唐诗学书系之六

书系主编　陈伯海
副　主　编　朱易安　查清华

唐诗汇评

陈伯海　主编
孙菊园　刘初棠　副主编

增订本

二

上海古籍出版社

第二册篇目表

王昌龄

王昌龄（694？—756？），字少伯，京兆万年（今陕西西安）人。开元十五年（727），登进士第，授秘书省校书郎。二十二年，举博学宏辞科，授汜水尉。获罪谪岭南，二十七年遇赦北还。二十八年冬，为江宁尉。天宝中，贬龙标尉。安史乱起，北归，为濠州刺史闾丘晓所杀。世称"王江宁"或"王龙标"。昌龄工诗，时称"诗家夫子"；尤长七绝，与李白共称"联璧"。有《王昌龄集》五卷，已佚。又著《诗格》二卷，《诗中密旨》一卷，今传本多疑非原著。有《王昌龄集》二卷和《王昌龄诗集》三卷行世。《全唐诗》编诗四卷。今人李云逸有《王昌龄诗注》。

【汇评】

元嘉以还，四百年内，曹、刘、陆、谢，风骨顿尽。顷有太原王昌龄、鲁国储光羲颇从厥迹，且两贤气同体别，而王稍声峻。（《河岳英灵集》）

昌龄工诗，绪密而思清，时谓王江宁云。（《新唐书》本传）

昌龄工诗，缜密而思清，时称"诗家夫子王江宁"，盖尝为江宁令。与文士王之涣、辛渐交友至深，皆出模范，其名重如此。（《唐

才子传》)

少伯天才流丽,音唱疏越。七言小诗几与太白比肩,当时乐府采录无出其右。五言古作与储光羲不相下,而稍逸致可采。高才玩世,流荡不持,卒取闾丘之祸。轻华之致,不并珪璋,岂亦定见耶!(《唐诗品》)

少伯诗为中兴名家,与储光羲相埒,而少伯稍声峻,多远调。至如"飞雨祠上来,霭然关中暮"、"东峰始含景,了了见松雪",兴象融化,有遗音矣。(朱警《王昌龄诗集跋》)

七言绝句,王江宁与太白争胜毫厘,俱是神品。(《艺苑卮言》)

绝句之源,出于乐府,贵有风人之致,其声可歌,其趣在有意无意之间,使人莫可捉着。盛唐惟青莲、龙标二家诣极,李更自然,故居王上。(《艺圃撷馀》)

江宁《长信词》、《西宫曲》、《青楼曲》、《闺怨》、《从军行》,皆优柔婉丽,意味无穷,风骨内含,精芒外隐,如清庙朱弦,一唱三叹。(《诗薮》)

摩诘五言绝,穷幽极玄;少伯七言绝,超凡入圣,俱神品也。(同上)

杜陵、太白七言律绝,独步词场;然杜陵律多险拗,太白绝间率露,大家故宜有此。若神韵干云,绝无烟火,深衷隐厚,妙协《箫韶》,李颀、王昌龄故是千秋绝调。(同上)

李(白)词气飞扬,不若王之自在,然照乘之珠,不以光芒杀直;王句格舒缓,不若李之自然,然连城之璧,不以追琢减称。　　李作故极自然,王亦和婉中浑成,尽谢炉锤之迹;王作故极自在,李亦飘翔中闲雅,绝无叫噪之风,故难优劣,然李词或太露,王语或过流,亦不得护其短也。(同上)

王龙标七言绝句,自是唐人骚语,深情苦恨,襞积重重,使人测之无端,玩之无尽,惜后人不善读耳。(《诗镜总论》)

书有利涩，诗有难易。难之奇，有曲涧层峦之致；易之妙，有舒云流水之情。王昌龄绝句，难中之难；李青莲歌行，易中之易。难而苦为长吉，易而脱为乐天，则无取焉。总之，人力不与，天致自成，难易两言，都可相忘耳。（同上）

专寻好意，不理声格，此中晚唐绝句所以病也。诗不待意，即景自成；意不待寻，兴情即是。王昌龄多意而多用之，李太白寡意而寡用之；昌龄得之椎炼，太白出于自然，然而昌龄之意象深矣。（同上）

钟云：人知王、孟出于陶，不知细读储光羲及王昌龄诗，深厚处益见陶诗渊源脉络。善学陶者宁从二公入，莫从王、孟入。（《唐诗归》）

钟云：龙标七言绝妙在全不说出，读未毕，而言外目前，可思可见矣，然终亦说不出。（同上）

黄绍夫云：唐七言绝句当以王龙标为第一，以其比兴深远，得风人温柔敦厚之体，不但词语高古而已。（《全唐风雅》）

七言绝句，唯王江宁能无疵颣，储光羲、崔国辅其次者。至若"秦时明月汉时关"，句非不炼，格非不高，但可作律诗起句，施之小诗，未免有头重之病。若"水尽南天不见云"、"永和三日荡轻舟"、"囊无一物献尊亲"、"玉帐分弓射虏营"，皆所谓滞累，以有衬字故也。其免于滞留者，如"只今唯有西江月，曾照吴王宫里人"、"黄鹤楼中吹玉笛，江城五月落梅花"、"此夜曲中闻折柳，何人不起故园情"，则又疲茶无生气，似欲匆匆结煞。（《姜斋诗话》）

龙标七言古，气势太峻而才幅狭，然迅快流爽，又一格也。（《诗辩坻》）

吴敬夫云：龙标七绝名手，五古笔法高妙，往往为理障所掩。如"精意莫能论"、"独立君始悟"、"海静月色真"、"寥寥天府空"，但

便人剿袭，故愚者入其鬼窟中。岂若"久之风榛寂，远闻樵声至"、"不信沙场苦，君看刀箭瘢"，顿挫雄浑也？(《唐诗归折衷》)

王昌龄五古，或幽秀，或豪迈，或惨恻，或旷达，或刚正，或飘逸，不可物色。(《围炉诗话》)

王龙标七绝，如八股之王济之也，起承转合之法自此而定，是为唐体，后人无不宗之。(同上)

七言绝句，古今推李白、王昌龄。李俊爽，王含蓄，两人辞、调、意俱不同，各有至处。(《原诗》)

龙标五古，胜情旷致，刊落凡俗。　龙标七绝，如高翼矫风，半空落响，危峰堕月，哀壑承泉，首首同调，一见一新，非惟独秀当时，抑已擅场千古。(《历代诗发》)

龙标绝句，深情幽怨，意旨微茫，令人测之无端，玩之无尽，谓之唐人《骚》语可。(《唐诗别裁集》)

龙标精深可敌李东川，而秀色乃更掩出其上。若以有明弘正之间徐迪功尚与李、何鼎峙，则有唐开、宝诸公，太白、少陵之外，舍斯人其谁与归？(《石洲诗话》)

有识者皆当戒心读王龙标"大漠风尘"、"白马金鞍"、"驰道杨花"诸作，止用一二字暗中托讽，使深心人于言外领会，意境既超，婉而不露，此其七绝所以独冠三唐。(《挹翠楼诗话》)

襄阳、龙标、供奉，虽不以七律名家，然视右丞、嘉州，少陵诸公，别有一种神气，有精采而无滞色，此盛唐之所以为盛也。(《唐七律隽》)

孟浩然、王昌龄、常建五言清逸，风格均与摩诘相近，而篇幅较窄。学问为之，才力为之也。(《岘傭说诗》)

其源出于鲍明远，缩作短篇，自成幽峭。七绝擅名，亦由关塞之词，江山所助。(《三唐诗品》)

塞下曲四首（选二首）

其一

蝉鸣空桑林，八月萧关道。

出塞入塞寒，处处黄芦草。

从来幽并客，皆共尘沙老。

莫学游侠儿，矜夸紫骝好。

【汇评】

《批点唐诗正声》：气散逸，乃是得意者。

《唐贤清雅集》：情景黯然，妙不说尽，低手必再作结句。

其二

饮马渡秋水，水寒风似刀。

平沙日未没，黯黯见临洮。

昔日长城战，咸言意气高。

黄尘足今古，白骨乱蓬蒿。

【汇评】

《唐诗解》：末言意气高者安在？

《唐诗选脉会通评林》：周珽曰：少伯慧心甚灵，神力亦劲。此篇及《少年行》与新乡此题诗极简、极纵、极古、极新，俱在汉魏之间。　　吴山民曰：格古气雄，起二句实境。

从军行二首（其一）

向夕临大荒，朔风轸归虑。

平沙万里馀，飞鸟宿何处？

虏骑猎长原，翩翩傍河去。

边声摇白草，海气生黄雾。

百战苦风尘，十年履霜露。

虽投定远笔，未坐将军树。

早知行路难，悔不理章句。

【汇评】

《对床夜语》：王昌龄《从军行》云："百战苦风尘，十年履霜露。虽投定远笔，未坐将军树。早知行路难，悔不理章句。"怨其有功未报也。岑参云："早知逢世乱，少小漫读书。悔不学弯弓，向东射狂胡。"悲其所遇非时也。意虽反而实同。

少年行二首（其一）

西陵侠少年，送客短长亭。

青槐夹两道，白马如流星。

闻道羽书急，单于寇井陉。

气高轻赴难，谁顾燕山铭！

【汇评】

《唐诗分类绳尺》：全是侠少意气本色语。

《唐诗别裁》：少伯塞上诗，多能传出义勇。

古　意

桃花四面发，桃叶一枝开。

欲暮黄鹂啭，伤心玉镜台。

清筝向明月，半夜春风来。

《载酒园诗话又编》："桃花四面发"、"高卧南斋时"二篇,俱有古音。

听弹风入松阕赠杨补阙

商风入我弦,夜竹深有露。

弦悲与林寂,清景不可度。

寥落幽居心,飕飗青松树。

松风吹草白,溪水寒日暮。

声意去复还,九变待一顾。

空山多雨雪,独立君始悟。

【汇评】

《唐诗分类绳尺》:作此等题,意格最所当法,若使晚唐人为之,未免局促。

《唐诗归》:钟云:此首骨韵似刘眘虚。 谭云:"深"字属竹,不属夜。奥妙("夜竹"句下)。 钟云:五字奥甚("声意"句下)。 谭云:每独吟此,即有人外之想。钟云:五字自是有慧力人语(末句下)。

《唐诗别裁》:弦外之音,味外之旨,可想而不可说。

《唐贤清雅集》:起境意匠精绝,结处更超脱。"不可度"妙,是深一步倒跌法。

《岘佣说诗》:王昌龄《听弹〈风入松〉》一首最为清幽。收处"空山多雨雪,独立君始悟"殊得琴理。作清微诗亦须识此意,故曰诗禅。

同从弟销南斋玩月忆山阴崔少府

高卧南斋时，开帷月初吐。

清辉淡水木，演漾在窗户。

苒苒几盈虚，澄澄变今古。

美人清江畔，是夜越吟苦。

千里其如何，微风吹兰杜。

【汇评】

《唐诗别裁》：高人对月时，每有盈虚今古之感。

《王闿运手批唐诗选》：着墨不多，自觉深远。

代扶风主人答

杀气凝不流，风悲日彩寒。

浮埃起四远，游子弥不欢。

依然宿扶风，沽酒聊自宽。

寸心亦未理，长铗谁能弹？

主人就我饮，对我还慨叹。

便泣数行泪，因歌行路难。

十五役边地，三回讨楼兰。

连年不解甲，积日无所餐。

将军降匈奴，国使没桑乾。

去时三十万，独自还长安。

不信沙场苦，君看刀箭瘢。

乡亲悉零落，冢墓亦摧残。

仰攀青松枝，恸绝伤心肝。

禽兽悲不去，路傍谁忍看？

幸逢休明代，寰宇静波澜。

老马思伏枥，长鸣力已殚。

少年与运会，何事发悲端？

天子初封禅，贤良刷羽翰。

三边悉如此，否泰亦须观。

【汇评】

《批点唐诗正声》：格清调楚，"三别"风骨于兹再见。

《增订评注唐诗正声》：哀情质语，深得风刺之妙。

《唐诗归》：钟云：长诗感事，惟少陵独得风刺之妙，此作近之，微有铺叙之痕，故为少逊。　　钟云：无限凄感，在此五字（"依然"句下）。　　谭云：有愁人对愁人之意。钟云："理"字妙！对"乱"字看自见（"寸心"句下）。　　谭云：看其出没，真五言古中宏肆高格也（"君看"句下）。　　钟云：此语深（"少年"句下）。

钟云：有讽（"贤良"句下）。　　谭云：五字耳。又是一篇深远大文章。钟云：得此一结，不碎不散，全篇身分（末句下）。

《唐诗选脉会通评林》：周启琦曰：缠绵激楚，如怨如诉，读之不知诗生于情、情生于词？

《唐风定》：波澜阔远，叙次雅密，与杜各自一门。钟谓微逊，非也。

宿裴氏山庄

苍苍竹林暮，吾亦知所投。

静坐山斋月，清溪闻远流。

西峰下微雨，向晚白云收。

遂解尘中组，终南春可游。

《唐诗归》：钟云：能读此以下三诗（按指本诗与《秋兴》、《斋心》），方许看陶诗，许作王、孟。　　当于静深中看其力量。
谭云：入得幽静而深晓（首二句下）。　　谭云：想其视听心魂之超（"静坐"二句下）。

《唐贤三昧集笺注》：此种便是无迹可寻。

《古唐诗合解》：王少伯古诗，其脉络本于学陶，此二首（按指本诗与《秋兴》）尤近。

秋　兴

日暮西北堂，凉风洗修木。
著书在南窗，门馆常肃肃。
苔草延古意，视听转幽独。
或问余所营，刈黍就寒谷。

【汇评】

《唐诗归》：谭云："门馆常肃肃"是著书人家光景，非老于此不知。　　"延古意"妙甚（"苔草"句下）。　　谭云："古意"何关"苔草"，便可想其视听幽独处（"视听"句下）。　　老甚（"或问"句下）。

《汇编唐诗十集》：唐云：思清调古，信可与王、孟颉颃。

《王闿运手批唐诗选》：开韦应物一派，纯用轻笔。

斋　心

女萝覆石壁，溪水幽濛胧。
紫葛蔓黄花，娟娟寒露中。

朝饮花上露，夜卧松下风。

云英化为水，光采与我同。

日月荡精魄，寥寥天宇空。

【汇评】

《唐诗纪事》引殷璠语：予尝睹昌龄《斋心》诗、《吊轵道赋》，谓其人孤洁恬澹、与物无伤。晚节谤议沸腾，言行相背，及沦落窜谪，竟未减才名，固知善毁者不能掩西施之美也。

《唐诗归》：钟云：幽事称题（"娟娟"句下）。　　异境（"云英"句下）。谭云：光怪竦峙（"光采"句下）。　　仙语、佛语，各有神妙，不可言说。此道家神妙语，混袭不得（末句下）。

《唐诗选脉会通评林》：周敬曰：五光徘徊，十色陆离，可想其神致。　　周启琦曰：古人谈玄，但见烟霞。不见云雾。

《唐贤清雅集》：空澹至此，妙难思议。

独　游

林卧情每闲，独游景常晏。

时从灞陵下，垂钓往南涧。

手携双鲤鱼，目送千里雁。

悟彼飞有适，知此雁忧患。

放之清冷泉，因得省疏慢。

永怀青岑客，回首白云间。

神超物无违，岂系名与宦。

【汇评】

《续唐三体诗》：僧皎然云："手携"四句取嵇生"目送归鸿，手挥五弦，俯仰自得，游心太元"之意也。

《批点唐诗正声》：超然有道语。

《而庵说唐诗》："永怀"两句,最为佳句,亦为新句也。

《网师园唐诗笺》:龙标规抚灵均,长于幽怨,此独得彭泽笔意。

《唐诗合选详解》:王翼云曰:王少伯古诗,其脉络本于学陶。

江上闻笛

横笛怨江月,扁舟何处寻?
声长楚山外,曲绕胡关深。
相去万馀里,遥传此夜心。
寥寥浦溆寒,响尽惟幽林。
不知谁家子,复奏邯郸音。
水客皆拥棹,空霜遂盈襟。
羸马望北走,迁人悲越吟。
何当边草白,旄节陇城阴?

【汇评】

《唐诗广选》:转得有力("何当"句下)。

《唐诗归》:钟云:五字妙。所谓虚响之意、弦外之音,可想不可说。谭云:只说笛以后之妙,而笛之妙自见("响尽"句下)。

谭云:舟中闻笛真境("水客"句下)。

《历代诗发》:闻笛诗清越如许,会得斯意,当能摔落一切畦径。

《王闿运手批唐诗选》:王诗每言闻笛,辄佳,颇似闻琴。

太湖秋夕

水宿烟雨寒,洞庭霜落微。
月明移舟去,夜静魂梦归。

暗觉海风度,萧萧闻雁飞。

【汇评】

《唐诗归》:谭云:游得真率自在("月明"句下)。　　钟云:"雁飞"属"闻"上便不熟(末句下)。

大梁途中作

快快步长道,客行渺无端。

郊原欲下雪,天地棱棱寒。

当时每酣醉,不觉行路难。

今日无酒钱,凄惶向谁叹?

【汇评】

《唐诗归》:钟云:二句与"天地寒更雨",非"天地"二字皆不能写出雨雪之候。谭云:既下雪,反不寒矣。"欲"字传神("郊原"二句下)。

《王闿运手批唐诗选》:寒气逼人,只下得"棱棱"二字。

初　日

初日净金闺,先照床前暖。

斜光入罗幕,稍稍亲丝管。

云发不能梳,杨花更吹满。

【汇评】

《竹庄诗话》:《瑶溪集》云:《初日》一首,见妇人所以为情。

《唐诗归》:谭云:六句浓媚,动人孤怀。　　钟云:"先"字说得初日有情("先照"句下)。

《载酒园诗话又编》:婉媚若此,乃不数作,多为荒凉刻直之音,固薄绮靡不屑也。

《王闿运手批唐诗选》：春情绵邈,光景剧佳。

失　题

> 奸雄乃得志,遂使群心摇。
>
> 赤风荡中原,烈火无遗巢。
>
> 一人计不用,万里空萧条。

【汇评】

《唐诗归》：钟云：终古之感,伤心事后,垂戒事前。　　　六句诗能深婉则妙矣。悲壮者极难为工,惟少陵最长,此作近之。谭云：高达夫"惆怅孙吴事,归来独闭门",妙在闷气不言；此诗"一人计不用,万里空萧条",妙在开口明怨。

《载酒园诗话又编》：王江宁诗,其美收之不尽,"奸雄乃得志"一篇尤是集中之冠。"一人计不用,万里空萧条",每一读之,觉皇甫郦之论董卓、张九龄之议禄山、李湘之策庞勋,千载恨事,历历在目,真天地间有数语言。

《唐诗别裁》：岂指张曲江欲诛安禄山事耶?

《诗比兴笺》：此所谓"一人计不用",即彼诗之"龙城飞将"也,其指王忠嗣乎? 忠嗣身佩四节,控制万里,为国长城,数上言禄山有异志。使明皇用其言,则渔阳之祸不作。故诗叹边臣之用舍,关天下之安危也。

箜篌引

> 卢溪郡南夜泊舟,夜闻两岸羌戎讴。
>
> 其时月黑猿啾啾,微雨沾衣令人愁。

有一迁客登高楼，不言不寐弹箜篌。
弹作蓟门桑叶秋，风沙飒飒青冢头。
将军铁骢汗血流，深入匈奴战未休。
黄旗一点兵马收，乱杀胡人积如丘。
疮病驱来配边州，仍披漠北羔羊裘。
颜色饥枯掩面羞，眼眶泪滴深两眸。
思还本乡食犛牛，欲语不得指咽喉。
或有强壮能咿嚘，意说被他边将仇。
五世属藩汉主留，碧毛毡帐河曲游。
橐驼五万部落稠，敕赐飞凤金兜鍪。
为君百战如过筹，静扫阴山无鸟投。
家藏铁券特承优，黄金千斤不称求。
九族分离作楚囚，深溪寂寞弦苦幽，
草木悲感声飕飗。
仆本东山为国忧，明光殿前论九畴。
簏读兵书尽冥搜，为君掌上施权谋，
洞晓山川无与俦。
紫宸诏发远怀柔，摇笔飞霜如夺钩，
鬼神不得知其由。
怜爱苍生比蚍蜉，朔河屯兵须渐抽，
尽遣降来拜御沟。
便令海内休戈矛，何用班超定远侯！
史臣书之得已不？

【汇评】

《唐诗归》：钟云：歌行长篇，悲壮。理极紧密，法极深老，故不
懈不粗，不宜草草看之。　　谭云："其时月黑"等句，皆炼词炼格
者所不肯写入，不知诗中翻以此等为活眼。钟云：俗人以炼则不

宜用虚,不知虚处益炼("其时月黑"句下)。　　钟云:愁人苦境,神字高闲("不言不寐"句下)。　　要知自此以下皆从箜篌中出,作人语看便死矣("风沙飒飒"句下)。　　谭云:点缀不痴("仍披漠北"句下)。　　凄怨,如见其时("欲语不得"句下)。　　疲弱者、强壮者,终于不曾说出,要看他"意"字("意说被他"句下)。　　妙语("为君百战"句下)!　　钟云:"不称求"三字,写尽恶少骄态("黄金千斤"句下)。　　又照应箜篌有情("草木悲感"句下)。　　着此一段方不粗("仆本东山"句下)。　　谭云:此处得此一句又荡活了。钟云:又老("鬼神不得"句下)。　　钟云:"抽"字有妙用("朔河屯兵"句下)。　　通篇主意在此一段,只是厌兵("便令海内"句下)。

《汇编唐诗十集》:唐云:柏梁体极易藏拙,此作似冗,实有脉理,必竟是堂上人。

《昭昧詹言》:王龙标《箜篌引》,商调抗坠,自有奇气。

乌栖曲

白马逐朱车,黄昏入狭邪。

柳树乌争宿,争枝未得飞上屋。

东房少妇婿从军,每听乌啼知夜分。

【汇评】

《唐诗选》:龙标天才流丽,音唱疏越。七言古长篇如《箜篌引》,理极紧密,法极深老。短篇如《乌栖曲》、《城傍曲》,格极熔炼,词极雄浑,自是盛唐堂上人。

《诗薮》:少伯《乌栖曲》有韵有神,可追踪太白。

《唐诗归》:谭云:句巧("争枝未得"句下)。　　谭云:昵昵有情。钟云:此句之妙在言外(末句下)。

《唐诗解》:要言不烦,正乐府本色。

城傍曲

秋风鸣桑条，草白狐兔骄。

邯郸饮来酒未消，城北原平掣皂雕。

射杀空营两腾虎，回身却月佩弓弰。

【汇评】

《唐诗广选》：壮武如题。

《唐诗直解》：莫寻其趣，亦有一种气骨。

《唐诗解》：此见城傍猎客而赋其事，言木落草枯，狐兔狡健，猎者乘醉而来，手接皂雕，箭联双虎，向月而归，得意如此。

《唐诗选》：玉遮曰：造语奇峻。

《唐诗选脉会通评林》：从猎客实境写就一幅观猎图。不纤不诡，意味沉涵。李梦阳曰：悲壮，真盛唐风韵。

《唐诗别裁》：犹《齐风》"子之还"、"卢令令"等篇。

《网师园唐诗笺》：豪气。

《唐贤清雅集》：简古有馀味，妙本《国风》。

胡笳曲

城南虏已合，一夜几重围。

自有金笳引，能沾出塞衣。

听临关月苦，清入海风微。

三奏高楼晓，胡人掩涕归。

【汇评】

《唐诗解》：是咏物体，清雅不纤，妙妙。

《唐诗选脉会通评林》：蒋一葵曰：气贯，无雕琢处。"关月"、"海风"亦并乐府曲，用入此曲妙，而诗亦极工。结用事佳切。

潞府客亭寄崔凤童

萧条郡城闭，旅馆空寒烟。
秋月对愁客，山钟摇暮天。
新知偶相访，斗酒情依然。
一宿阻长会，清风徒满川。

【汇评】

《唐诗归》：钟云：龙标五言律，音节多似古诗，清骨闲情，时见其奥。

《汇编唐诗十集》：唐云：无声调、无对偶者，仍当归古。

《唐律消夏录》：上六句皆是追写前日夜间凤童相访情景，所寄之意不过下两句而已，章法最奇。

《唐诗成法》："萧条"字、"闭"字、"秋月"字、"愁"字、"山钟"字、"对""摇"字，写到百分寂寥，方转出"新知"、"斗酒"，意外欢乐。乃七、八忽言一夕相阻，将欢乐皆变寂寥，又胜前百倍矣。格好。

《近体秋阳》：命意取道，设想遣材，凡皆迥出常众，岂直为拗律冠，当亦近体一《广陵散》乎！

宿京江口期刘眘虚不至

霜天起长望，残月生海门。
风静夜潮满，城高寒气昏。
故人何寂寞，久已乖清言。
明发不能寐，徒盈江上尊。

【汇评】

《唐诗归》：钟云：有真朋友自有真诗文，八句中眘虚之人、之诗和盘托出矣。唐诸名公同时酬往，诗莫不皆然。　谭云：王昌龄期刘眘虚有此诗，自是至情，自是至理。

《唐诗笺注》：写宏阔境界，却饶流逸，笔亦挺劲，龙标本色毕竟不同。

《唐贤三昧集笺注》：三、四雄深可喜。

《唐贤清雅集》：浑写寒江夜景，魄力笼罩得住。后半转到"期"字，仍收还"宿"字，实写"不至"意。

朝来曲

月昃鸣珂动，花连绣户春。
盘龙玉台镜，唯待画眉人。

【汇评】

《诗境浅说续编》：唐人咏闺阁者，多言愁怨，此诗独写笄珈贵妇，伉俪情多。东方千骑，夫婿上头。驰骢马于天街，鸣玉已看官贵；拂盘龙之宝镜，画眉留待郎归。极写闺人美满之情。与"宰负香衾事早朝"句，同是金龟贵婿，而各有诗意。语云："欢娱之言难工，愁苦之音易好"，作者可谓善状欢娱矣。

《唐人绝句精华》：此春闺妇人待夫婿朝回之作，诗但写其骄贵之状，与寻常闺怨之作不同。

答武陵田太守

仗剑行千里，微躯感一言。
曾为大梁客，不负信陵恩。

【汇评】

《唐诗归》：谭云：谦得淋漓感慨。

《唐诗直解》：侠气，淋漓感慨。

《唐诗归折衷》：敬夫云：故作郑重。

《载酒园诗话》：与张说"握手与君别，歧路赠一言。曹卿礼公子，楚媪馈王孙。倏尔生六翮，翻飞戾九门。常怀客鸟意，会答主人恩"同法，束六句之意为两句，尤觉高浑。且张援引古人，借作虚势，此即据为实事；张犹不能不待六翮之生，此则有士为知己死，随时可以报效。不惟法老，胆识俱高一层。

从军行七首（选四首）

其一

烽火城西百尺楼，黄昏独坐海风秋。

更吹羌笛关山月，无那金闺万里愁。

【汇评】

《唐诗绝句类选》：桂天祥曰：起处壮逸，断句伤神。

《唐诗镜》："烽火城西百尺楼"一绝，"黄昏独坐"一绝，"海风秋"一绝，"更吹羌笛《关山月》"一绝，"无那金闺万里愁"一绝，昌龄作绝句往往襞积其意，故觉其情之深长而辞之饱决也。法不与众同。

《唐诗摘钞》：当黄昏独坐之时，乡思已自"无那"，岂意羌笛更吹《关山月》之曲，闻之使人倍难为情矣。

《增订唐诗摘钞》：己之愁从金闺之愁衬出，便为情深。

《唐诗笺注》：曰"更吹"，曰"无那"，形出黄昏独上之情，极缠绵悱恻。

《诗法易简录》：不言己之思家，而但言无以慰闺中之思己，正深于思家者。

《唐贤清雅集》：气骨高古，末转从金闺说边思，两面俱到，妙。只有轻笔，便有馀味。

《养一斋诗话》：诗之妙，全以先天神运，不在后天迹象。如王龙标"烽火城西百尺楼"云云，此诗前二句便是笛声之神，不至"更吹羌笛"句矣。

《王闿运手批唐诗选》：高响，是绝句正格。

《诗境浅说续编》：诗之佳处，在末句"无那"二字，用提笔以结全篇。海风山月，都化绮愁矣。

其二

琵琶起舞换新声，总是关山旧别情。

撩乱边愁听不尽，高高秋月照长城。

【汇评】

《增订评注唐诗正声》："总是"二字转接得有力。　　忽说月妙。

《唐诗解》：末句景中含情，更惨。

《唐诗选脉会通评林》：奇想层出。　　周敬曰：意调酸楚。

《唐诗摘钞》：前首以"海风"为景，以"羌笛"为事，景在事前；此首以"琵琶"为事，以"秋月"为景，景在事后。当观其变调。

《增订唐诗摘钞》：首句言琵琶当起舞时换新声也，是缩脉句法。下"总是"字，见得非独于琵琶也，故三句云"听不尽"。听已不堪，况所见又是秋月，其愁为何如乎？末句是进步法。

《唐贤三昧集笺注》：有凄绝之音。

《唐诗笺注》：跟上首来，故曰"换"，曰"总是关山离别情"，即指上笛中所吹曲说。"缭乱边愁"而结之以"听不尽"三字，下无语可续，言情已到尽头处矣。"高高秋月照长城"，妙在即景以托之，思人微茫,似脱实粘,诗之最上乘也。

《唐人万首绝句选评》:此首第二句已斩绝矣,第三句转得不迫,落句更有含蓄,愈叹其妙。

《湘绮楼说诗》:此篇声调高响,明七子皆为之而不厌人意者。

《王闿运手批唐诗选》:以"新"、"旧"二字相起,有无限情韵,俗本作"离别",便索然矣。

《唐人绝句精华》:第二首琵琶之新声,亦撩人之怨曲,满腹离绪之人何堪听此,故有第三句。末句忽接写月,正以见边愁不尽者,对此"高高秋月"但"照长城",愈觉难堪也。句似不接,而意实相连,此之谓暗接。

其四

青海长云暗雪山,孤城遥望玉门关。

黄沙百战穿金甲,不破楼兰终不还。

【汇评】

《唐诗选脉会通评林》:李梦阳曰:语亦悲壮。

《唐诗别裁》:作豪语看亦可,然作归期无日看,倍有意味。

《唐诗笺注》:玉关在望,生入无由,青海雪山,黄沙百战,悲从军之多苦,冀克敌以何年。"不破楼兰终不还",愤激之词也。

《唐贤清雅集》:清而庄,婉而健,盛唐人不作一凄楚音。

《诗境浅说续编》:首二句乃逆挽法,从青海回望孤城,见去国之远也。后二句谓确斗无前,黄沙百战,金甲都穿,见胜概英风。

《诗式》:首句长云迷漫,雪山亦暗,有不甚明见之意。二句惟见有孤城,遥而望之,系玉门关云,起势远甚。三句在黄沙之地已经百战,终穿上金甲,转得突兀。四句不破楼兰不还,如顺流之舟矣,结句壮甚。

《唐人绝句精华》:第三首又换一意,写思归之情而曰"不破楼兰终不还",用一"终"字而使人读之凄然。盖"终不还"者,终不得还也,连上句金甲着穿观之,久戍之苦益明,如以为思破敌立功而归,则非诗人之本意矣。

其五

大漠风尘日色昏,红旗半卷出辕门。

前军夜战洮河北,已报生擒吐谷浑。

【汇评】

《唐诗解》:江宁《从军》诸首,大都戍卒旅情,独此有献凯意,亦乐府所不可少。

《唐诗选脉会通评林》:周珽曰:战捷凯歌之词。末即歼厥巨魁之意,谓大寇既擒,馀不足论矣。横逸之气,壮烈之志,合并而出。　　吴山民曰:健。　　陆士钶曰:跌宕。

《诗式》:首句大漠之乡,风尘迷霾,日色欲昏,盖已近暮天。先写塞外情境,此为凌空盘旋起法。二句言风起尘扬,红旗难以全张,故半卷也。出辕门,出战也。前军所指,连夜接战,地在洮河以北,先已擒得吐谷浑。曰"前军",则全军尚未齐至。曰"已报",有不待全军至而已获胜者。"夜"字应上"昏"字,"已报"应上"前军"二字。

《诗境浅说续编》:此诗总结前数章,故言扫老上之庭,饮黄龙之府,以告武成。为塞下曲之凄调悲歌别开面目也。

《唐人绝句精华》:第四首但写边军战胜之事。

【总评】

《唐诗选脉会通评林》:周敬曰:龙标《从军》诸篇,静挈动勘,顺吐逆吸,真有脉可按、无迹可象者。

《唐人万首绝句选评》:《从军》诸作,皆盛唐高调,极爽朗,却无一直致语。

《诗式》：自第一至第四章（按即此所选四首），章法要自井然。
［品］雄浑。

出塞二首（其一）

秦时明月汉时关，万里长征人未还。

但使龙城飞将在，不教胡马度阴山。

【汇评】

《升庵诗话》：此诗可入神品。"秦时明月"四字，横空盘硬语
也，人所难解。李中溪侍御尝问余，余曰：扬子云赋，榱橑为闉，明
月为堠。此诗借用其字，而用意深矣。盖言秦时虽远征而未设关，
但在明月之地，犹有行役不逾时之意；汉则设关而戍守之，征人无
有还期矣，所赖飞将御边而已。虽然，亦异乎守在四夷之世矣。

《批点唐音》：惨淡可伤。　　音律虽柔，终是盛唐骨格。

《唐诗绝句类选》："秦时明月"一首，用修、于鳞谓为唐绝第一。
愚谓王之涣《凉州词》神骨声调当为伯仲，青莲"洞庭西望"气概相
敌。第李诗作于沦落，其气沉郁；少伯代边帅自负语，其神气飘
爽耳。

《唐诗直解》：惨淡可伤。结句出人意表，盛唐气骨。

《艺苑卮言》：于鳞言唐人绝句当以此压卷，余始不信，以少伯
集中有极工妙者。既而思之：若落意解，当别有所取；若以有意无
意、可解不可解间求之，不免此诗第一耳。

《艺圃撷馀》：于鳞选唐七言绝句，取王龙标"秦时明月汉时
关"为第一，以语人，多不服。于鳞意止击节"秦时明月"四字耳。
必欲压卷，还当于王翰"葡萄美酒"、王之涣"黄河远上"二诗求之。

《诗薮》："秦时明月"在少伯自为常调，用修以诸家不选，故《唐
绝增奇》首录之，所谓前人遗珠，兹则掇拾。于鳞不察而和之，非定

论也。

《唐音癸签》：王少伯七绝宫词闺怨，尽多诣极之作，若边词"秦时明月"一绝，发端句虽奇，而后劲尚属中驷，于鳞遽取压卷，尚须商榷。

《唐诗摘钞》：中晚唐绝句涉议论便不佳，此诗亦涉议论，而未尝不佳。此何以故？风度胜故，气味胜故。

《此木轩论诗汇编》：好在第二句，"秦时明月汉时关"不可通，"但使龙城飞将在，不教胡马渡阴山"，令人起长城之叹。诗人之词凡百，皆不忍尽、不敢尽，只有此一节无不尽者，此《春秋》继诗之旨也。如不信者，试遍觅唐人诗读之。

《说诗晬语》："秦时明月"一章，前人推奖之而未言其妙。盖言师劳力竭而功不成，由将非其人之故，得飞将军备边，边烽自熄，即高常侍《燕歌行》归重"至今人说李将军"也。边防筑城，起于秦汉；明月属秦，关属汉，诗中互文。

《网师园唐诗笺》：悲壮浑成，应推绝唱。

《岘佣说诗》："秦时明月"一首，"黄河远上"一首，"天山雪后"一首，皆边塞名作，意态雄健，音节高亮，情思悱恻，令人百读不厌也。

采莲曲二首

其一

吴姬越艳楚王妃，争弄莲舟水湿衣。

来时浦口花迎入，采罢江头月送归。

【汇评】

《唐诗归》：谭云：对结流动。

《唐诗解》：采莲之戏盛于三国，故并举之，非三国之女会采也。下联描写采莲之景如画。

《增订唐诗摘钞》：首句叠得妙。次句顿得妙。结写花月逞妍，送迎媚艳，丽思新采，那不销魂！

《唐人绝句精华》：元杨载谓绝句之"宛转变化工夫，全在第三句，若于此转变得好，则第四句如顺流之舟矣"。其理不但此诗可证明，唐绝佳者大都如此写法。

其二

荷叶罗裙一色裁，芙蓉向脸两边开。

乱入池中看不见，闻歌始觉有人来。

【汇评】

《归田诗话》：贡有初，泰父尚书侄也，刻意于诗。尝谓予曰："王昌龄《采莲词》……意谓叶与裙同色，花与脸同色，故棹入花间不能辨，及闻歌声，方知有人来也。用意之妙，读者皆草草看过了。"

《批点唐音》：此篇纤媚如晚唐，但不俗，故别。

《唐诗归》：钟云：从"乱"字、"看"字、"闻"字、"觉"字，耳、目、心三处参错说出情来，若直作衣服容貌相夸示，则失之远矣。

《唐诗选脉会通评林》：容貌服色与花如一，若不闻歌声，安知中有解语花也？景趣天然，巧绝、慧绝。

《姜斋诗话》：艳情有述欢好者，有述怨情者，《三百篇》亦所不废，顾皆流览而达其定情，非沉迷不反，以身为妖冶之媒也。嗣是作者，如"荷叶罗裙一色裁"、"昨夜风开露井桃"，皆艳极而有所止。

《唐诗笺注》：梁元帝《碧玉诗》"莲花乱脸色，荷叶杂衣香"，意所本。"向脸"二字却妙，似花亦有情。乱入不见，闻歌始觉，极清丽。

春宫曲

昨夜风开露井桃，未央前殿月轮高。
平阳歌舞新承宠，帘外春寒赐锦袍。

【汇评】

《唐诗训解》：睹得意之人，望而不妒，有浑厚意。　　敖子发曰：唐人作宫词，或赋事，或抒怨，或寓风刺，或其人负才抱志不得于君，流落无聊，托此以自况。如此诗末二句，是言官家又别用一番人，其特恩异数类如此。

《唐诗镜》：人说赐锦袍，决不叠上"春寒"二字，即说"春寒"，决不叠上"帘外"二字，只四字便备极情色。

《唐诗归》：钟云：就事写情写景，合来无痕，亦在言外，不曾说破。　　谭云：宠丽语蓄意悲凉，此真悲凉也。

《唐诗选脉会通评林》：周珽曰：古今谈宫体诗，辄归仲初，谓括尽内象情景，赋极百篇尔。至机迅不逝，气至不溢，拘纵伸缩，肖像传神，少伯直臻微妙。仲初如在其范围，终可倪其出没矣。

《唐诗摘钞》："昨夜"二字，直贯到底。　　此比人君宠用新进，恩数过隆，而寓意于平阳新宠。前二句又比中比也，著"昨夜"二字，便知出望幸者之口，语脉深婉，不露怨意。

《增订唐诗摘钞》：忆写彼之恩幸，绝不道己愁思，只用"前殿"字，微为逗明耳。末七字刻画承宠精甚，然毒只在一"新"字。

《古唐诗合解》：不寒而赐，赐非所赐，失宠者思得宠之荣，而愈加愁恨。

《唐诗笺要》：蓄意悲凉，真丽真悲。

《说诗晬语》：王龙标绝句，深情幽怨，意旨微茫。"昨夜风开露井桃"一章，只说他人之承宠，而己之失宠，悠然可思，此求响于弦指外也。

《王闿运手批唐诗选》：桃开不寒,而特有赐,宜为人妒。

《唐人万首绝句选评》：只直写去,而叹羡怨妒,一齐俱见于此。

西宫春怨

西宫夜静百花香,欲卷珠帘春恨长。

斜抱云和深见月,朦胧树色隐昭阳。

【汇评】

《唐诗正声》：吴逸一曰："斜抱"字多情态,"深"字吊下句"朦胧"有力,愈见恍惚,愈添情想。

《增订评注唐诗正声》：幽怨在"深"、"隐"字。末句好夜景,又含春。

《诗薮》：太白《长门怨》："天回北斗挂西楼,金屋无人萤火流。月光欲到长门殿,别作深宫一段愁。"江宁《西宫曲》："西宫夜静百花香,欲卷珠帘春恨长。斜抱云和深见月,朦胧树色隐昭阳。"李则意尽语中,王则意在言外。然二诗各有至处,不可执泥一端。大概李写景入神,王言情造极。王宫词乐府,李不能为;李览胜纪行,王不能作。

《唐诗绝句类选》：胡元瑞谓李写景入神,王言情造极。予谓宫怨之作主于抒情,要在情景融合,二人各兼其妙,第太白意尽语中,王意含蓄耳。　　桂天祥曰：情思容冶中间多少怨恨,与《西宫秋怨》作俱盛唐佳制。

《唐诗三集合编》：诗意凡七转换,专做"怨"字,而"怨"字不露,盛唐含蓄之妙如此。

《唐诗归》：钟云：妙在不说着自家。　　谭云："斜抱云和"以态则至媚，以情则至苦。予犹谓"朦胧树色"句反浅一着耳。

《唐诗归折衷》：唐云："春恨长"已说着矣。　　　吴敬夫云："春恨"方长，帘欲卷而不卷，则身在帘内矣，故曰"深见月"，"深"字从上句生来。"斜抱"只形容其态耳。《诗解》云：瑟从旁出，故云斜。宫殿沉阴，月不易睹，故云深。岂不忍卷帘，反能抱云和而出帘乎？且宫殿深沉意只在"朦胧"二字见，不宜又赘"深"字矣。

《唐诗摘钞》："欲卷"，不欲卷也。曰深、曰隐、曰朦胧，皆从帘内见月之语，是终于不卷也。"斜抱云和"四字似见，然是诗中装衬之法。三、四解明次句，言本欲卷帘望月，恐照见昭阳，转增春恨耳。语脉深曲，自是盛唐家数。琢句欲实不欲虚，用笔欲润不欲枯，蓄意欲厚不欲薄，如三句著"斜抱云和"四字，则句为之实，笔为之润，意为之厚。凡诗皆宜如此，在七言尤为要耳。

《增订唐诗摘钞》：只写到"昭阳"二字便住，妙有可望不可即之思，彼之多少恩宠，在所不言。

《历代诗发》：一起一落，使人志满神移。

《唐诗笺要》：与供奉《长门怨》当玩其深婉之韵，然李之深婉标举，王之深婉笃沉，是二家同工异致处。

《唐贤三昧集笺注》：不言怨而怨自深，诗可以怨，其在斯乎！

《诗法易简录》：夜静不寐，但望昭阳树色，不言怨而怨自深。此诗品格最高，神韵绝世。

《唐诗笺注》：西宫冷落，逐层递写。夜静花香，珠帘欲卷，乃由春恨。欲卷还停，因而斜抱云和，将以自遣。而帘中见月，朦胧树色，将映昭阳，暄凉异致，又有不忍见萦绕。夜静恨长，不情不绪，更极怨意之曲。总为"春恨长"三字烘染。

《诗式》：首句"西宫"二字略读，君王不来故夜静，惟静故闻百花之香，描写"春怨"二字甚细。　　　〔品〕凄丽。

西宫秋怨

芙蓉不及美人妆，水殿风来珠翠香。

谁分含啼掩秋扇？空悬明月待君王。

【汇评】

《升庵诗话》：司马相如《长门赋》："悬明月以自照兮，徂清夜于洞房。"此用其语，如李光弼将子仪之师，精神十倍矣。

《唐诗正声》：吴逸一曰："水殿"映带"芙蓉"，"香"字亦从"芙蓉"生意。

《批点唐音》：句好。

《唐诗选》：如泣如诉，令人欲绝。

《唐诗归》：钟云：语意浑雅，妙悟求诸言外。

《唐诗解》：此宫人自惜其貌也。"香"字跟着"芙蓉"来，语意浑雅。不当解以肤浅穿凿，俟妙悟者求诸言外。

《唐诗选脉会通评林》：徐充曰：此诗有轮辕徒饰之意。高棅曰：声俊而婉，句丽而沉。　周启琦曰：元瑞谓江宁"言情造极"，最窥其微。

《唐贤三昧集笺注》：袁石公云：思而不怨，弃而待用，雄厚之情可想。

《唐人万首绝句选评》：二诗（按指《西宫春怨》与本诗）极婉极丽，极沉极响，言情写景，入微造极。"奉帚平明"差觉格峻耳，二诗较胜之。

《唐诗笺注》：芙蓉寂寞，团扇凄凉，偏借美人珠翠伴说，相形亦以自况。含情相待，明月空悬，用《长门赋》"悬明月以自照，徂清夜于洞房"语。"水殿风来珠翠香"，承明上"不及"意，艳极。下接"却恨"、"含情"二句，怨意刻露；"却恨"一作"谁分"，尤怨而不怒。

《诗式》：四句言明月正好，而君王不至，亦属空悬，然犹且有待，仍不忘于君王，此诗人敦厚之至也。前两句开，后两句合，开与合相关，须知章法之妙。[品]凄丽。

《诗境浅说续编》：首句言其色之艳也，次句言其服之华也，三句见独处之经时，四句言今正月华如水，大好秋光，君王未必果来，犹劳凝望。春花秋月，皆入怨词。

长信秋词五首（选二首）

其一

金井梧桐秋叶黄，珠帘不卷夜来霜。

熏笼玉枕无颜色，卧听南宫清漏长。

【汇评】

《诗薮》：江宁《长信词》、《西宫曲》、《青楼曲》、《闺怨》、《从军行》，皆优柔婉丽，意味无穷，风骨内含，精芒外隐，如清庙朱弦，一唱三叹。

《唐诗选脉会通评林》：唐孟庄曰：取其淡雅。

《笺注唐贤三体诗法》：“秋”字方与第二句贯注。

其三

奉帚平明金殿开，且将团扇暂裴回。

玉颜不及寒鸦色，犹带昭阳日影来。

【汇评】

《唐诗品汇》：谢叠山云：此篇怨而不怒，有风人之义。

《唐诗绝句类选》：此篇固佳，终是比喻，故不及《西宫春怨》作。

《唐诗归》：钟云：“团扇”用“且将”字、“暂”字，皆从“秋”字生来。三、四与"帘外春寒"、"朦胧树色"同一法,皆不说自家身上。然"帘外春寒"句气象宽缓,此句与"朦胧树色"情事幽细,"寒鸦"、"日影"尤觉悲怨之甚。　　谭云:宫词细于毫发,不推为第一婉丽手不可,惟"芙蓉不及美人妆"差弱耳。

《唐诗选脉会通评林》:周敬曰:意存含蓄,语多浑厚。"暂徘徊"三字妙。徐充曰:得《小弁》投兔不如之情。

《唐风定》:一片神工,非从锻炼而成,神韵干云,绝无烟火,深衷隐厚,妙协《箫韶》,此评庶近之矣。

《唐绝诗钞注略》:王太冲云:首二句分明画出内象,有情有态。

《唐诗归折衷》:吴敬夫云:"帘外春寒"、"朦胧树色"皆妙在含蓄,至"玉颜"二句久已脍炙人口,然试与二诗并读,便浅率易沿袭矣。诗之品价,所争在此。

《唐诗摘钞》:此等诗要识其章法错叙之妙,看其如何落想,如何用笔,作者当时必非率然一挥而就者,后人作诗流于率易,只是不知理会章法、句法耳。亦知古人锻炼之功如此其至乎!　"玉颜"与"寒鸦"比拟不伦,总之触绪生悲,寄情无奈。

《载酒园诗话又编》:龙标古诗,乍尝螫口,久味津生,而咀啮,实在高、岑之上,徒赏其宫词,非高识也。即论宫词,如"玉颜不及寒鸦色,犹带昭阳日影来",尝因其造语之秀,殊忘其着想之奇。因叹咏"长信"事者多矣,读此,而崔湜之"不忿君恩断,新妆视镜中",已嫌气盛;王谌"生君弃妾意,增妾怨君情",一何伧父!

《碛砂唐诗》:谦曰:下二句仍含蓄不尽。

《此木轩论诗汇编》:"玉颜不及寒鸦色,犹带昭阳日影来。"玉颜如何比到寒鸦,已是绝奇语,至更"不及",益奇矣。看下句则真"不及"也,奇之又奇。而字字是女人眼底口头语,不烦钩索而出,怨而不怒,所以为绝调也。又须知此与退之羡二鸟光荣之类一般意思,与宫人无干也。文士自谋之不暇,彼其幽闭深宫者,何豫吾事哉!

《唐三体诗评》:"平明"二字中便含"日影","秋"字起"团扇","寒鸦"关合"平明","寒"字仍有"秋"意,诗律之细如是。

《唐诗别裁》:昭阳宫,赵昭仪所居。宫在东方,寒鸦带东方日影而来,见已之不如鸦也。优柔婉丽,含蕴无穷,使人一唱而三叹。

《诗法易简录》:不得承恩意,直说便无味,借"寒鸦"、"日影"为喻,命意既新,措词更曲。

《养一斋诗话》:龙标"玉颜不及寒鸦色,犹带昭阳日影来",与晚唐人"自恨身轻不如燕,春来犹绕御帘飞",似一副言语,然厚薄远近,大有殊观。

《岘佣说诗》:"玉颜不及寒鸦色,犹带昭阳日影来",羡寒鸦羡得妙;"沅湘日夜东流去,不为愁人住少时",怨沅湘怨得妙。可悟含蓄之法。

《筱园诗话》:夫王诗所以妙者,顾"玉颜"、"寒鸦",一人一物,初无交涉,乃借鸦之得入昭阳,虽寒犹带日光而飞,以反形人,……用意全在言外对面,寓人不如物之感,而措词微婉,浑然不露,又出以摇曳之笔,神味不随词意俱尽,十四字中兼有赋比兴三义,所以入妙,非但以风调见长也。

《王闿运手批唐诗选》:想入牛角尖,却是面前语。

《诗境浅说续编》:(前二首)不若此首之凄婉也。……设想愈痴,其心愈悲矣。

青楼曲二首

其一

白马金鞍从武皇,旌旗十万宿长杨。

楼头小妇鸣筝坐,遥见飞尘入建章。

【汇评】

《唐诗绝句类选》：桂天祥曰：期门羽林，骄气正合如此；娼妇对之，极为风韵。

《升庵诗话》：此诗咏游侠恩幸，有如此之夫，有如此之妇。含讽感时，意在言表。

《唐诗直解》：此首与下首，雍容浑含，明白简易，绝句极品。

《唐诗训解》：影响隐然形声。

《唐诗解》：极言娼乐之盛也，似赞而实刺焉。

《姜斋诗话》：想知少妇遥望之情，以自矜得意，此善于取影者也。

《唐诗笺注》：白马金鞍，少年得意，鸣筝独坐，闺阁钟情，却联以"遥见"二字，正如迦叶拈花，世尊微笑，说破便不是。

《湘绮楼说唐诗》："白马金鞍从武皇"云云，此即事写情景，与太白"白马骄行"篇同。彼云"美人一笑褰珠箔，遥指红楼是妾家"，则不及鸣筝者之娇贵也。故诗须有品，艳体尤宜名贵。

《诗式》：首句言侍从。二句言侍从之众。三句转变，言楼头小妇鸣筝而坐，只写青楼之常情。四句从小妇眼中看到车马之众，飞尘入建章宫里，回应首句。两句离合尽致，是以三句为主而转变得好者也。　　〔品〕壮丽。

《诗境浅说续编》：楼中小妇之感想，马上郎君之贵宠，皆于言外见之。

其二

驰道杨花满御沟，红妆缦绾上青楼。

金章紫绶千馀骑，夫婿朝回初拜侯。

【汇评】

《批点唐音》：此二篇音律雄浑，句法清新，可次《闺怨》。

宫情闺思作者多矣,未有江宁此篇与《闺怨》,雍容浑合,明白简易,绝句中极品也。

《唐诗选脉会通评林》:周珽曰:夸诩随从天子游幸,子夫得宠荣归也。发语妖艳,结构轻飘,道出青楼意态。

《唐诗笺注》:"金章紫绶"二句,言随从之侈,恩幸之新也。只用赋体,而味自远。

《唐人万首绝句选评》:"白马"一篇,向来解者多谬,至谓极言娟乐之盛者,一发可笑。此皆青楼中人夸张其夫婿之辞,与第二章合看,便得其解。今夫婿白马金鞍以从武皇,而与旌旗十万宿长杨,此时楼上高坐,遥见飞尘直入建章宫去,而夫婿驰骋其间,何等气概!及至朝回,而金章紫绶,已拜侯矣。与罗敷盛夸其夫婿意同。

《养一斋诗话》:此诗两首,极写富贵景色,绝无贬词,而彼时淫奢之失,武事之轻,田猎之荒,爵赏之滥,无不一一从言外会得,真绝调也。

《诗境浅说续编》:此诗与《闺怨》同出一手。《闺怨》诗言妆罢登楼,见陌头柳色,悔觅封侯;此诗言妆罢登楼,见杨花驰道中,朝回夫婿,竟拜通侯。二诗适成翻案。以诗境论,《闺怨》诗情思尤佳。

青楼怨

香帏风动花入楼,高调鸣筝缓夜愁。
肠断关山不解说,依依残月下帘钩。

【汇评】

《批点唐音》:此是拗体,音律凄婉清畅。"缓"字妙。

《唐贤清雅集》:王龙标诗自汉魏乐府出,故骨气深厚,为风雅正宗。此作闺人词,亦毫无软媚态,是何等身份!

《万首唐人绝句选评》:此首落句与"高高秋月照长城"一法,但彼通首用峻调,此通首用缓调,一肖军壮之情,一肖闺房之态。

浣纱女

钱塘江畔是谁家?江上女儿全胜花。

吴王在时不得出,今日公然来浣纱。

【汇评】

《唐诗归》:谭云:味"公然"二字,似恨似幸。

《载酒园诗话又编》:此直以西施誉江上女儿,借吴王作波势耳。汉文帝语李广曰:"令子当高帝时,万户侯岂足道哉!"同一语意,用之诗,尤法奇而思折。

《围炉诗话》:此种诗思,宋人已绝。

闺 怨

闺中少妇不知愁,春日凝妆上翠楼。

忽见陌头杨柳色,悔教夫婿觅封侯。

【汇评】

《唐诗绝句类选》:刘会孟曰:浅而近,淡而真。　　蒋仲舒曰:"不知"、"忽见"、"悔教"有转折,是章法。

《唐诗训解》:谢君直曰:此本人情而言。唐人有《远将归曲》,末句云:"去愿车轮迟,回思马蹄速。但令在家相对贫,不愿离家金绕身。"亦此意。

《唐诗解》:伤离者莫甚于从军,故唐人闺怨,大抵皆征妇之词也。知愁,则不复能"凝妆"矣,凝妆上楼,明其"不知愁"也。然一见柳色而生悔心,功名之望遥,离索之情亟也。虫鸣思觊,南国之正音;萱草瘵心,东迁之变调。闺中之作,近体之《二南》欤?

《唐诗选脉会通评林》:周敬曰:因见柳色而念及夫婿,《卷耳》、《草虫》遗意,得之真乎!从来无人道得。　　周珽曰:情致语,一句一折,波澜横生。

《唐诗摘钞》:先反唤"愁"字,末句正应。　　感时恨别,诗人之作多矣,此却以"不知愁"三字翻出后二句,语境一新,情思婉折。闺情之作,当推此首为第一。　　此即《国风》妇人感时物而思君子之意,含情甚正,含味甚长。唐人绝句实具风雅遗音。

《围炉诗话》:《风》与《骚》,则全唐之所自出,不可胜举。"忽见陌头杨柳色,悔教夫婿觅封侯",兴也。"夕阳无限好,只是近黄昏",比也。"海日生残夜,江春入旧年",赋也。

《唐诗笺要》:触景怀人,精采迸射,却自大雅。

《而庵说唐诗》:此诗只看"闺中少妇"四字,通首于此上描写。　　"忽见陌头杨柳色",用"色"字妙。柳色自黄而绿、绿而青,犹女儿时面色黄,妇人面色红冶也。

《网师园唐诗笺》:"不知"、"忽见"四字,为通首关键。

《诗境浅说续编》:凡闺侣伤春,诗家所习咏,此诗不作直写,而于第三句以"忽见"二字陡转一笔,全首皆生动有致。绝句中每有此格。

《唐人绝句精华》:诗人笔下活描出一天真"少妇"之情态,而人民困于征役,自在言外,诗家所谓不犯本位也。

寄穆侍御出幽州

一从恩谴度潇湘,塞北江南万里长。
莫道蓟门书信少,雁飞犹得到衡阳。

《汇编唐诗十集》：唐云：太白绝句是豪放中豪放，江宁是和缓中和缓。

《唐诗解》：浑厚之气，故自超众。

《全唐风雅》：黄绍夫云：自是人心易忘，岂谓书信难寄，少伯此诗可谓说破千古交情矣。

听流人水调子

孤舟微月对枫林，分付鸣筝与客心。

岭色千重万重雨，断弦收与泪痕深。

【汇评】

《唐诗镜》：后二语倒装，故格高句老。"分付"字、"与"字、"收"字俱妙。

《唐诗归》：谭云：光景静妙。　　钟云："分付"字、"与"字说出鸣筝之情，却解不出。

《唐诗选脉会通评林》：周敬曰：深沉。

《唐诗摘钞》：只说闻筝下泪，意便浅。说泪如雨，语亦平常。看他句法字法运用之妙，便使人涵咏不尽，今人只知立新意、用新字，如唐人即旧意而语趣一新，亦知之乎？

《唐贤三昧集笺注》："与"字复出，不免为瑕瑾。

《万首唐人绝句选评》：深沉悲痛，觉《琵琶行》为烦。此等真当字字呕心。

《诗境浅说续编》：后二句谓断肠人之深悲，不啻将千万重之雨，一一收与泪痕。后主词云："问君能有几多愁，恰似一江春水向东流。"江水量愁，泪痕收雨，皆以透纸之力写之。

送魏二

　　醉别江楼橘柚香，江风引雨入舟凉。
　　忆君遥在潇湘月，愁听清猿梦里长。

【汇评】

　　《唐诗镜》：代为之思，其情更远。

　　《唐诗摘钞》：两句具六层意。

　　《增订唐诗摘钞》：为他写出凄其，以衬出我之凄其也，此对面着笔法。我忆君，君梦我，又交互法。

　　《唐贤三昧集笺注》：后半为他想出，其凄绝之状使人萧然。

　　《札朴》：杜诗："遥怜小儿女，未解忆长安。"又云："却看妻子愁何在，漫卷诗书喜欲狂。"此法唐人多有。如王昌龄《送别魏二》云："忆君遥在潇湘月，愁听清猿梦里长。"不述己之离绪，反念魏二别怀，与杜意正同。

　　《诗境浅说续编》：王诗尚有《卢溪别人》，……二诗虽送友所往之地楚蜀不同，而以江上夜月，愁听猿声，写别后之情，其意景皆同。以诗格论，则《送魏二》诗末句用摇曳之笔，馀韵较长；《卢溪》诗末句用转折之笔，诗境较曲也。

别李浦之京

　　故园今在灞陵西，江畔逢君醉不迷。
　　小弟邻庄尚渔猎，一封书寄数行啼。

【汇评】

　　《笺注唐贤绝句三体诗法》：圆至注：渔猎者，少年放逸之习，而小人之事也。忧其弟乐小人之事，故在外以书戒，又继以泣。此仁人爱弟之情也。孟子曰："涕泣而道之者亲之也。此诗近之矣。" 何焯：此恐只是诗其流落。

敏曰：细处在"醉不迷"三字，如诗其流落，不须着"醉不迷"三字。渔猎亦非小人事，恐只是指其年少不羁耳。

《唐诗绝句类选》：顾东桥评：此盛唐之似中唐者，亦自雄浑不同。

《唐诗选脉会通评林》：周珽曰：说到情意恳切处，令人味之愈永。

芙蓉楼送辛渐二首（其一）

寒雨连天夜入湖，平明送客楚山孤。

洛阳亲友如相问，一片冰心在玉壶。

【汇评】

《唐诗镜》：炼格最高。"孤"字自作一语。后二句别有深情。

《唐诗选脉会通评林》：周珽曰：神骨莹然如玉。 薛应旂曰：多写己意。送客有此一法者。

《唐诗摘钞》：古诗"清如玉壶冰"，此自喻其志行之洁，却将古句运用得妙。

《精选评注五朝诗学津梁》：自夜至晓饯别，风景尽情描出。下二句写临别之语。 意在言外。

《唐人万首绝句选评》：唐人多送别妙作。少伯诸送别诗，俱情极深，味极永，调极高，悠然不尽，使人无限留连。

《唐诗笺注》：上二句送时情景，下二句托寄之言，自述心地莹洁，无尘可滓。本传言少伯"不护细行"，或有所为而云。

《诗境浅说续编》：借送友以自写胸臆，其词自萧洒可爱。

重别李评事

莫道秋江离别难,舟船明日是长安。

吴姬缓舞留君醉,随意青枫白露寒。

【汇评】

《批点唐音》:此作不似盛唐。

《增订评注唐诗正声》:悠悠缓缓,无限缠绵。末句妙,粗人不解。

《艺苑卮言》:王少伯"吴姬缓舞留君醉,随意青枫白露寒","缓"字与"随意"字照应,是句眼,甚佳。

《唐诗归》:谭云:"随意"字只可如此用,入律对用不得。

《唐诗选脉会通评林》:金献之曰:"随意"二字妙极,见得无处不伤心也。

《唐诗归折衷》:唐云:和缓有情。　　吴敬夫云:俗语入诗而佳,如"随意"、"打点"、"真个"等是也,然存乎手笔,不便为俗子借用。

《载酒园诗话又编》:"随意"二字,似与下五字不粘,两句参观,便可意会,乃是得醉且醉耳。若正言之,如曰既有缓舞相留之人,天又渐寒,不如且醉。横嵌"随意"二字于中,如老僧毁律,不复牵拘。然欲奉以为法,则如鸠摩弟子,先学餐针,始可纳室。　　黄白山评:此解终不畅。予友洪方舟云:"随意",随他意也。予谓"露寒"字只当夜深字。莫管夜深,且须尽醉,正流连不忍分手之意。开口却云"莫道秋江离别难",自己先进一步说,唐贤诗肠之曲如此。

《万首唐人绝句选评》:叹分手之易远,且追欢于斯须,极和缓有情。

卢溪别人

武陵溪口驻扁舟，溪水随君向北流。

行到荆门上三峡，莫将孤月对猿愁。

【汇评】

《唐诗归》：谭云："莫将孤月"横甚。　钟云：无奈何语。

《唐诗选脉会通评林》：蒋一葵曰：当镜又下"莫将"二字，其思愈远。

《唐诗归折衷》：吴敬夫云：硬入"莫将孤月"四字，遂成警句。

《唐诗摘钞》："溪水随君向北流"，寓已相送之情与溪水共长也。三四即"忆君"二句意反言之。

《唐贤三昧集笺注》：袁云：上三句历纪其道途，落句想象其景物，乘月听猿，客思所由生也。

《万首唐人绝句选评》：无聊慰嘱语，真欲令人堕泪。

送柴侍御

流水通波接武冈，送君不觉有离伤。

青山一道同云雨，明月何曾是两乡？

【汇评】

《唐诗归》：钟云：与"别后同明月"一意，而翻脱新妙。　尝爱昌龄"月带千里貌"一语，恨其全首不称，不能收之。今得此句释然。

常　建

常建,生卒年里贯均未详。开元十五年(727),登进士第,任盱眙尉。天宝中,曾寓居鄂渚,以诗招王昌龄、张偾同隐。约卒于天宝末、至德初。建长于五言。殷璠编《河岳英灵集》,以建为首。有《常建集》一卷。《全唐诗》编诗一卷。

【汇评】

建诗似初发通庄,却寻野径,百里之外,方归大道。所以其旨远,其兴僻,佳句辄来,唯论意表。至如"松际露微月,清光犹为君",又"山光悦鸟性,潭影空人心",此例十数句,并可称警策。然一篇尽善者:"战馀落日黄,军败鼓声死……今与山鬼邻,残兵哭辽水",属思既苦,词亦警绝。潘岳虽云能叙悲怨,未见如此章。(《河岳英灵集》)

刘须溪云:常建诗情景沉冥,不类著色。(《唐诗品汇》)

建诗颇事雅道,不善近体。殷璠评其诗"似初发通庄,却寻野径,百里之外,方归大道"。夫魏晋作者,直趋音调,而饰以藻节,亦本末之致也。建诗颇亦擅此,而间出近语,此其所短。若《梦游太白西峰》、《闲斋卧疾》、《鄂渚》、《仙谷》等作,亦可公幹、彦伯之流

矣。(《唐诗品》)

殷璠诗选,以常建为第一;张为句图,以孟云卿为高古奥逸。盖二子皆盛唐名家,常幽深无际,孟古雅有馀。常"战馀落日黄,军败鼓声死。""今与山鬼邻,残兵哭辽水",绝是长吉之祖;孟"朝日上高堂,离人怨秋草。少壮无会期,水深风浩浩",剧为东野所宗。(《诗薮》)

常建语极幽玄,读之使人泠然如出尘表。然过此则鬼语矣。(同上)

钟云:初盛唐之妙,未有不出于厚者。常建清微灵洞,似"厚"之一字,不必为此公设,非不厚也,灵慧之极,有所不觉耳。灵慧而气不厚,则肤且佻矣。　谭云:常建诸诗,令不知诗者读之,满腹是诗,急起拈笔,即深于诗者,不得一语。予尝谓诗家有仙有佛,此皆佛之属也。　钟云:储与王以厚掩其清,然所不足者非清;常建以清掩其厚,然所不足者非厚。(《唐诗归》)

常建音韵已卑,恐非律之所贵。(《诗镜总论》)

常建诗灵慧雅秀,清中带厚,如"清溪深不测"、"清晨入古寺"等篇,令人诵欲忘年。故钟、谭盛唐品语,若于建偏致心赏。伯敬云:"凡清者必约,约者必少。此公诗一入清境中,泉涌丝出,若'清'之一字,反为富有之物。"友夏云:"妙极矣,注脚转语,一切难着,所谓见诗人身而为说法也。"斯论俱可与为千古知己。(《唐诗选脉会通评林》)

常建五言古,风格既高,意趣亦远,然未尽称快,惟短篇堪入录耳。(《诗源辩体》)

吴敬夫云:建诗如金如玉,坚质内涵,神彩外映,骨韵之妙,超王越孟。微嫌杂以幻妄语,开今日竟陵一派。(《唐诗归折衷》)

常建七言古,格意轻隽,而下语粉绘皆别设,虽在盛唐,隐开温、李乐府一派。(《诗辩坻》)

盛唐七绝，常建最劣，高得中唐，卑入宋格，如"过在将军不在兵"是也。（同上）

钟伯敬云："常建诗清微灵洞，似'厚'之一字，不必为此公设。"此语甚当。但常建诗亦自有常建之厚，古人所谓温厚者，常建之诗是也。其深微灵洞，俱从温厚中出，所以内外俱彻，如琉璃映月耳。（《诗筏》）

"高山临大泽，正月芦花干。阳色薰两厓，不改青松寒。"此东野意趣也。"井底玉冰洞地明，琥珀辘轳青丝索。仙人骑凤披彩霞，挽上银瓶照天阁。黄金作身双飞龙，口衔明月喷芙蓉。一时渡海望不见，晓上青楼十二重。"置之长吉集，奚辨乎？二子之生，尚在数十年后，此实唐风之始变也。吾读盛唐诸家，虽浅深浓淡，奇正疏密，各自不同，咸有昌明之象。独常盱眙如去大梁、吴、楚而人黔、蜀，触目举足，皆危崖深箐，其间幽泉怪石，良非中州所有，然亦阴森之气逼人。（《载酒园诗话又编》）

常诗名胜处，几于支、许清言，即刻划林泉，亦天然藻缋。独如"汉上逢老翁，江口为僵尸"诸篇，宇宙大矣，何地不可行，必效大阮驱车耶！（同上）

常建诗一片空灵境界，然或根柢未深，学之恐堕魔道。（《小澥堂草杂论诗》）

常建、刘眘虚诗，于王、孟外又辟一径。常取径幽而不诡于正，刘气象一派空明。（《剑溪说诗》）

常较王、孟诸公，颇有急疾之意，此所以为飞仙也。又多仙气语。（《石洲诗话》）

常尉以玄妙得之，储侍御以浅淡得之。储近王，常近孟，而常胜于储多矣。（同上）

其源出于嵇叔夜，长篇沉厉，思若有馀，短篇兴来情答，爽秀生姿，如谈子房、季扎之间，衮衮可听。（《三唐诗品》）

吾读其诗,一字一珠,务极洗炼,高雅缜密,词不害意,而意在言外。源出齐梁,而遗齐梁之迹,可谓出蓝之胜是矣。(《诗学渊源》)

江上琴兴

> 江上调玉琴,一弦清一心。
> 泠泠七弦遍,万木澄幽阴。
> 能使江月白,又令江水深。
> 始知梧桐枝,可以徽黄金。

【汇评】

《唐诗品汇》:刘云:等闲楚楚。

《唐诗归》:钟云:深静有奇光。　　谭云:似水晶帘,内外洞澈,此天生诗人心手也。　　钟云:从何处见得?谭云:"一心"尤妙("一弦"句下)。　　谭云:"能使"、"又令",神化之言,觉相如以琴心挑之,只能动有情耳。("能使"二句下)。

《唐诗解》:一弦足清一心,遍奏则万木改色,而月之白、江之深,咸若琴声使之然者,其神妙乃尔邪!

《唐诗选脉会通评林》:蒋一葵曰:松散极得趣,入深偏有情。

《此木轩论诗汇编》:自为古音,亦为东野开先。

《唐贤三昧集笺注》:泠泠清音,欲满人耳。一结意味尤深。

《网师园唐诗笺》:妙在只写琴理,若一从琴声著笔,便多落套。

《王闿运手批唐诗选》:清语生新,是作者特勤。

宿王昌龄隐居

> 清溪深不测,隐处唯孤云。

松际露微月，清光犹为君。

茅亭宿花影，药院滋苔纹。

余亦谢时去，西山鸾鹤群。

【汇评】

《唐诗归》：钟云：幽严（"隐处"句下）。　　谭云：是昌龄一幅小像。钟云："为"字说林月灵妙（"松际"一联下）。

《唐诗选脉会通评林》：周敬曰：征君诗神气清朗。如此篇与《题破山寺》意趣俱到，可谓吃着丹头，地水火风皆可助我变化者，是天然学问人。　　刘辰翁曰：清远沉冥，不类色相，景同意别。

《唐诗归折衷》：唐云：字字超凡。

《唐诗成法》：王之清才，死后松月犹若缱恋，生时不见用，此所以感而欲隐也。读此方知李颀"物在人亡"一首俗浅。

《唐诗别裁》：清澈之笔，中有灵悟。

送楚十少府

微风吹霜气，寒影明前除。

落日未能别，萧萧林木虚。

愁烟闭千里，仙尉其何如？

因送别鹤操，赠之双鲤鱼。

鲤鱼在金盘，别鹤哀有馀。

心事则如此，请君开素书。

【汇评】

《批点唐音》：精奇古雅，正与险薄不同。

《唐诗归》：钟云：此等诗未尝露其深厚，然直以为清灵一派不可，请参之。钟云：冷极。尤妙在题中不用出冬日字。谭云：冬景入微，非送人时不觉（首二句下）。　　谭云："虚"字妙（"萧萧"句下）。　　谭云：探得温柔（"愁烟"一联下）。　　谭云：刀斧斩绝语，偏有流风馀韵（末句下）。

《唐诗选脉会通评林》：通篇词气情理兼至。　　吴亮之曰：沉奥幽迥，后数语几使浅识者不能解。

《唐贤清雅集》：起境微妙，渐渐说开阔去，构局极精。佳在全用兴比，境味便深厚。

闲斋卧病行药至山馆稍次湖亭二首（其二）

行药至石壁，东风变萌芽。
主人门外绿，小隐湖中花。
时物堪独往，春帆宜别家。
辞君向沧海，烂漫从天涯。

【汇评】

《唐诗归》：钟云："绿"字无所指，妙，妙！

《唐贤三昧集》："行药"字甚新。

塞上曲

翩翩云中使，来问太原卒。
百战苦不归，刀头怨明月。
塞云随阵落，寒日傍城没。
城下有寡妻，哀哀哭枯骨。

【汇评】

《批点唐诗正声》：常诗短篇固佳，而气格少减，晚唐胚胎必自此始。

《唐诗解》：语意佳。

《唐诗选脉会通评林》：吴山民曰："塞云"一联，惨景；末二句，惨情。周明辅曰：气格清劲，然晚唐胚胎自此始。

梦太白西峰

梦寐升九崖，杳霭逢元君。
遗我太白峰，寥寥辞垢氛。
结宇在星汉，宴林闲氤氲。
檐楹覆馀翠，巾舄生片云。
时往溪水间，孤亭昼仍曛。
松峰引天影，石濑清霞文。
恬目缓舟趣，霁心投鸟群。
春风又摇棹，潭岛花纷纷。

【汇评】

《唐诗归》：钟云："恬目"、"霁心"四字，无此不可到山水间。

《唐诗选脉会通评林》：周珽曰：嶙峋崒嵂，时有丹霞纷峙于心口间。方之太白《梦游天姥》，俱能空中造奇。

《唐贤三昧集笺注》：奇景（"檐楹"句下）。　　如对王摩诘《春川钓鱼图》（"春风"句下）。

西　山

一身为轻舟，落日西山际。
常随去帆影，远接长天势。
物象归馀清，林峦分夕丽。
亭亭碧流暗，日入孤霞继。
渚日远阴映，湖云尚明霁。

林昏楚色来，岸远荆门闭。

至夜转清迥，萧萧北风厉。

沙边雁鹭泊，宿处蒹葭蔽。

圆月逗前浦，孤琴又摇曳。

泠然夜遞深，白露沾人袂。

【汇评】

《唐诗直解》：此诗置谢康乐集中，不露苍白。平铺直叙，自是出世语。

《唐诗镜》：霁色清音。

《唐诗归》：钟云：于鳞知取此作，而遗前后数首，何也？乃知未得此首之趣，从众收之耳。　　谭云："一身为轻舟"，妙在"为"字，用"如"字则肤矣。　　谭云：又妙在"归"字，在"馀"字前（"物象"句下）。　　谭云：孤霞凑趣，若灯烛则败兴矣（"日人"句下）。　　谭云："至夜"接得老。

《唐诗选脉会通评林》：黄家鼎曰：清绝，无烟火气。

《唐诗归折衷》：唐云：据钟所选诸首，终是此首清绝，馀未免有烟火气。

《唐贤三昧集笺注》：雄丽宕逸可爱。　　奇笔（"远接"句下）。

《古唐诗合解》：是诗平铺直叙，自见清澈。

《唐诗别裁》：步骤谢公。　　此夜泊西山之作。"一身为轻舟"，言独身泛舟，身犹舟也。

昭君墓

汉宫岂不死？异域伤独没。

万里驮黄金，蛾眉为枯骨。

回车夜出塞，立马皆不发。

共恨丹青人，坟上哭明月。

【汇评】

《唐诗品汇》：刘云：千古词人之恨，写作当时事，断肠软语，不落脂粉，故他作不及。

《增订评注唐诗正声》：起便多少悲惋。

《唐诗广选》：蒋仲舒曰：伤哉！片语足当万泪。"立马"句又自凄其。

《全唐风雅》：造意精巧（"蛾眉"句下）。

《唐诗选脉会通评林》：吴山民曰："岂"、"伤"字有照应。"皆不发"三字有情。延寿先伏欧刀，死不必恨。

《唐诗绪笺》：首二句意深。昔有慰远谪者曰："伤寒七日不起死矣，岂独海外能死人哉！"与此意同。

吊王将军墓

嫖姚北伐时，深入强千里。

战馀落日黄，军败鼓声死。

尝闻汉飞将，可夺单于垒。

今与山鬼邻，残兵哭辽水。

【汇评】

《对床夜语》：哀之至矣。第二联尤妙。

《唐诗品汇》：殷云：一篇尽善。属辞既苦，辞亦警绝。潘岳虽云能序悲怨，未见如此章。

《唐诗镜》：三、四古色黯淡。

《唐诗归》：钟云：疏壮，又是一调。　　又云："鼓声死"，从师旷"南风不竞多死声"出（"军败"句下）。

《唐诗选脉会通评林》：刘辰翁曰：短绝。形容古所未至。

《唐风定》：极其悲壮,幽奇寓于其中。

《唐贤三昧集笺注》："死"字险,得力全在此。"哭"字亦善用。　　使人感慨不已。

《唐诗别裁》："哭枯骨"、"哭明月"、"哭辽水",长于写哭。

古　意

井底玉冰洞地明,琥珀辘轳青丝索。

仙人骑凤披彩霞,挽上银瓶照天阁。

黄金作身双飞龙,口衔明月喷芙蓉。

一时渡海望不见,晓上青楼十二重。

【汇评】

《唐诗归》：钟云：似李长吉。　　谭云：诗中不必多作此调,有数首入集,可脱寒酸浅易之气。

《唐诗解》：妆点绮丽,使人眩目。结归实境,便易着想,然终非有骨文。

《唐诗选脉会通评林》：周敬曰：酷似李长吉《梦天》等作,艳不伤怪,故胜。

《唐风定》：创意幽玄,恍惚杳冥,几希鬼语矣！

《唐诗绪笺》：建诗七言《古意》,托之游仙,故是有养之士。

古　兴

辘轳井上双梧桐,飞鸟衔花日将没。

深闺女儿莫愁年,玉指泠泠怨金碧。

石榴裙裾蛱蝶飞,见人不语擎蛾眉。

青丝素丝红绿丝,织成锦衾当为谁！

【汇评】

《唐诗广选》：蒋仲舒曰：五、六画出娇容，七、八情语殊绝。

《唐诗归》：钟云：三"丝"字连用在一句中，数得妙！　　谭云：写儿女闺房中开奁检点，琐屑光景在目，娓娓话头，无限情思在此（"青丝"句下）。

《汇编唐诗十集》：唐云：闺情平调，于诸家中未见其超。

张公子行

日出乘钓舟，袅袅持钓竿。

涉淇傍荷花，骢马闲金鞍。

侠客白云中，腰间悬辘轳。

出门事嫖姚，为君西击胡。

胡兵汉骑相驰逐，转战孤军西海北。

百尺旌竿沉黑云，边笳落日不堪闻。

【汇评】

《唐诗品汇》：刘云：从闲人幽事，忽写至败军亡将，险绝。

《唐风定》：和平雅捷，盛唐正派。《古意》之作外道矣，《古兴》尤靡靡，好新者喜之。

题破山寺后禅院

清晨入古寺，初日照高林。

竹径通幽处，禅房花木深。

山光悦鸟性，潭影空人心。

万籁此都寂，但馀钟磬音。

【汇评】

《洪驹父诗话》：丹阳殷璠撰《河岳英灵集》首列常建诗，爱其"山光悦鸟性，潭影空人心"之句，以为警策。欧公又爱建"竹径通幽处，禅房花木深"，欲效作数语，竟不能得，以为恨。予谓建此诗，全篇皆工，不独此两联而已。

《瀛奎律髓》：三、四不必偶，乃自是一体，盖亦古诗、律诗之间。全篇自然。

《唐诗广选》：胡元瑞曰：中二联，五言律之入禅者。

《诗薮》：孟诗淡而不幽；常建"清晨入古寺"、"松际露微月"，幽矣。

《唐诗镜》：三、四清韵自然。

《唐诗归》：钟云：无象有影，无影有光，是何物参之？　谭云：妙极矣，注脚转语，一切难着，所谓见诗人身而为说法也。

又云：清境幻思，千古不磨。

《唐诗选脉会通评林》：陆钿曰：读此诗，何必发禅家大藏，可当了心片偈，更妙在镜花水月。

《唐风定》：诗家幽境，常尉臻极，此犹是其古体也。

《唐律消夏录》：[增]"曲径"、"禅房"二句深为欧阳公所慕，至屡拟不慊。吾意未若刘君之"时有落花至，远随流水香"为尤妙也。

《唐诗归折衷》：吴敬夫云：自济北集粗豪之语以为初盛，而竟陵以空幻矫之，引人入魔。如"山光悦鸟性，潭影空人心"，吟咏之家奉为金科玉律矣，不知诗贵深细，不贵粗豪，贵真实，不贵空幻。若悟二家无有是处，即已得是处矣。

《唐诗摘钞》：全篇直叙。对一、二，不对三、四，名换柱对。有右丞《香积寺》之摹写，而神情高古过之；有拾遗《奉先寺》之超悟，而意象浑融过之。"薄暮空潭曲，安禅制毒龙"、"欲觉闻晨钟，令人发深省"，方之此结，工力有馀，天然则远矣。

《历代诗发》：解人为诗，不横作诗之见于胸，随所感触写来，自然超妙，读此益信。

《唐诗绪笺》：五、六写一时佳景，澄潭莹净，万象森罗。"影"字下得妙，形容心体妙明，无如此语。

《唐诗成法》：但写幽情，不着一赞羡语，而赞羡已到十分。

次写景真，句法又活。

《而庵说唐诗》："山光"二句，其气力全注射到合处也。此诗人皆称其中二联，而忽起合，何异拾却仙人，而反为扇所障也？

《唐贤三昧集笺注》：欧阳公极赏此作，自以生平未能为也。此即"唐无文章，惟《盘谷序》"之意。

《闻鹤轩初盛唐近体读本》：评：幽人逸笔，自是一种。三、四逸，第六峭，前四一气转旋，不为律缚，结更悠然。

《瀛奎律髓汇评》：冯班：字字入神。　纪昀：通体谐律，何得云古诗、律诗之间？然前八句不对之律诗，皆谓之古诗矣。兴象深微，笔笔超妙，此为神来之候。"自然"二字不足以尽之。

《唐诗别裁》：鸟性之悦，悦以山光；人心之空，空因潭水：此倒装句法。　通体幽绝。

江　行

平湖四无际，此夜泛孤舟。
明月异方意，吴歌令客愁。
乡园碧云外，兄弟渌江头。
万里无归信，伤心看斗牛。

【汇评】

《唐诗归》：比"楚云千里心"（按见《潭州留别》诗）觉深妙些，请于其同处参之（"明月"句下）。

送宇文六

花映垂杨水彻清，微风林里一枝轻。

即今江北还如此，愁杀江南离别情。

【汇评】

《唐诗训解》：无限离情，淡淡描出。

《唐诗归》：钟云：秀极。　　谭云："微"字、"一"字、"轻"字，尽洗累气（首二句下）。　　谭云：直而深（末句下）。

《唐诗选脉会通评林》：周敬曰：清爽悲惋。　　蒋一葵曰：送别多用杨柳，佳者不少。而此作亦洒然。

《唐贤三昧集笺注》：袁云：此对花惜别，故言此地春色犹未即凋，独恨君往江南，不复睹此景耳。

《唐人万首绝句选评》：此诗只后二句质直浑成，不杀气格。钟、谭俱赞次句秀极，如此论诗，直堕鬼道。

三日寻李九庄

雨歇杨林东渡头，永和三日荡轻舟。

故人家在桃花岸，直到门前溪水流。

【汇评】

《唐诗直解》：翻案只觉清健，具见笔力。

《唐诗训解》：纪地纪时，按实而亦巧。

《唐诗镜》：后二语清趣自然。

《唐诗归》：钟云：依然永和，依然桃花，依然流水，直直说来，不曾翻案，只觉清健。此非常建至处，存之以见笔力。

《唐诗选脉会通评林》：薛应旂曰：奇调森森具见。　　蒋一梅曰：清脱。

《唐诗笺注》：从杨林车渡，荡舟寻李，桃花溪水，直到门前。读之如身入图画。此等真率语，非学步所能，兴趣笔墨，脱尽凡俗矣。

《网师园唐诗笺》：工于缀景。

《唐人万首绝句选评》：平平直写，自有情致，亦有法，所以佳。

《唐贤清雅集》：用桃源事正合题境，别见风流。

《诗境浅说续编》：诗言当修禊良辰，杨枝过雨，风日晴美，思寻访故人，由渡头自荡小舟，沿溪而往，遥见桃花深处人家，即故人住屋，溪流一碧，直到门前，可谓如此家居，俨若仙矣。《万首绝句》中录常建二诗，其《送宇文》……虽用转笔，以江南、江北相映生情，不及此诗得天然韵致。

《唐人绝句精华》：李九当是隐居高士，故以其所居比之桃花源。此用典使人不觉是典之例也。

塞下曲四首（选二首）

其一

玉帛朝回望帝乡，乌孙归去不称王。

天涯静处无征战，兵气销为日月光。

【汇评】

《唐诗正声》：吴逸一曰：四语并壮，落句更与"秦时明月"七字争雄。然王语沉，此语炼，正未易优劣。

《唐诗选》：玉遮曰：末句雄浑，且寓偃武修文意。

《唐诗归》：谭云：太平颂圣奇语。

《唐诗选脉会通评林》：焦竑曰：此善言乱后即见升平景象，为华夏吐气。

《唐风怀》：瑞符曰：沐日浴月，百宝生奇矣。读此结句，更觉雄丽百倍。

《唐诗归折衷》：吴敬夫云：摹写太平入神，觉放牛归马太着痕迹。

《载酒园诗话又编》：唐三百年，《塞下曲》佳者多矣，昌明博大，无如此篇，出自幽纡之笔，故为尤奇。

《唐诗别裁》：句亦吐光。

其二

北海阴风动地来，明君祠上望龙堆。

髑髅皆是长城卒，日暮沙场飞作灰。

【汇评】

《唐诗绝句类选》：边塞阴风惨烈景色，独此诗写出。

《唐诗广选》：酸鼻。

《唐诗直解》：读此令人黯然酸心。

《唐诗解》：此篇见耀武之非。

《唐诗选脉会通评林》：吊古战场文，尽此四句。

戏题湖上

湖上老人坐矶头，湖里桃花水却流。

竹竿袅袅波无际，不知何者吞吾钩？

【汇评】

《唐诗归》：谭云：古意。　　钟云：似王昌龄《河上歌》。

李 嶷

李嶷,生卒年不详,赵郡赞皇(今属河北)人。开元十五年(727),举进士第一。终官右武卫录事参军。殷璠《河岳英灵集》选录嶷诗五首,《全唐诗》存诗六首。

【汇评】

嶷诗鲜净有规矩,其《少年行》三首,词虽不多,翩翩然侠气在目也。(《河岳英灵集》)

少年行三首（其二）

侍猎长杨下,承恩更射飞。
尘生马影灭,箭落雁行稀。
薄暮随天仗,联翩入琐闱。

林园秋夜作

林卧避残暑,白云长在天。

赏心既如此，对酒非徒然。

月色遍秋露，竹声兼夜泉。

凉风怀袖里，兹意与谁传？

【汇评】

《批点唐诗正声》：次句极佳，颔联寄兴清真，妙妙。

《批选唐诗》：杳然清绝。

《唐诗归》：谭云：清澈到底，不减高、岑。　　钟云：语甚高闲（首二句下）。　　钟云：看得出，说不出（"月色"句下）。

《唐诗成法》：空清平远，结率甚。

《唐贤三昧集笺注》：五、六奇句喜人。

《历代诗评注读本》：诗境清绝，如不食人间烟火者。

蒋维翰

蒋维翰,《国秀集》、《唐诗纪事》、《乐府诗集》作薛维翰,生卒年里贯均未详。开元中,登进士第。《全唐诗》存诗五首。

春女怨

白玉堂前一树梅,今朝忽见数花开。

儿家门户重重闭,春色因何入得来?

【汇评】

《唐诗归》:钟云:"因何"妙于"何因"。"入得来"妙于"得入"。用字之变,不可不知。

《唐诗解》:绝不言怨,词浅味深。

《唐诗选脉会通评林》:睹梅开而感春色,发为警怪之语。"忽见""因而"四字,相关而怨自见,此心贞洁,非外物所能动,得国风不淫不诽之体,的是闺女妙词。与李白"春风不相识,何事入罗帏"同入神境。

《唐诗摘钞》:与王昌龄"闺中少妇"语异意同,但彼言思妇,此言怨女，故情事有藏露之别。"得人"作"人得"，更落诗馀声口。

《载酒园诗话》：以苦思激成快响奇想，全在"重重"二字，拙手改为"寻常闭"，便宽泛不激烈矣。

万　楚

万楚，生卒年里贯均未详。开元中，登进士第，与李顺友善。《全唐诗》存诗八首。

五日观妓

西施谩道浣春纱，碧玉今时斗丽华。

眉黛夺将萱草色，红裙妒杀石榴花。

新歌一曲令人艳，醉舞双眸敛鬓斜。

谁道五丝能续命？却令今日死君家。

【汇评】

《唐诗广选》：王元美曰：中联真婉丽，有梁陈韵致。结语宋人所不能作，然亦不肯作。于鳞严刻，收此，吾所不解。又"西施"句与"五日"无干，"碧玉今时斗丽华"又不相比。

《唐诗选脉会通评林》：李维桢曰：开山破险，振拔一时，"夺将"、"妒杀"甚奇。　　周敬曰：通篇就观妓发挥，鲜艳古劲。结用五日事，巧切有情。　　蒋一葵曰："敛鬓斜"对法不同。结用事得趣。苟非狂客不能有此风调。　　周珽曰：善描善谑，狂而欲死，亦趣人也。然丝能续命，适以伤身，妆服歌舞，真伐性之斧，人何多中其饵乎？此诗别有讽刺。王元美谓西施浣纱与"五日"无干，"碧玉"、"丽华"又不相比，余玩"谩道"、"今时"四字，必非无指。唐仲言云"于鳞取其高华耳"，似也，但谓"刺明皇贵妃时事"，而自恐失之凿。

《贯华堂选批唐才子诗》：眉黛、裙红、萱草、榴花，写得妩与"五日"交光连辉，欲离欲合。　　五丝续命者，恰用"五日"事翻成妙结。宋人不是不肯作，直是不能作也。

《唐七律选》：千秋绝艳语，却不泛下，故妙（"红裙妒杀"句下）。　　"双眸"二字插入无理，然故有初唐生塞之气（"醉舞双眸"句下）。　　虽涉轻薄，然绾合相联处，直是《子夜》快笔，不知者以无赖弆语目之，谬矣。元、长后，刘、白俳调全仿此。

《春酒堂诗话》：此诗无不视为拱璧，何也？"夺将"、"妒杀"，开后人多少俗调！末结竟似弋阳场上曲矣。唐人俗诗甚多，不胜枚举，独举此者，以诸家所赞羡者也。

《此木轩论诗汇编》：此等诗更无深意。看六朝人此类甚多，凡强为之说者，皆缘不识诗之源流故也。既自误，又以惑后生，岂不可恨！　　万之倾倒于此妓，何若此之甚？然固非诗之所禁也。"何事世人偏重色，真娘墓上独题诗"岂非良箴？然入诗，则煞风景矣。

《近体秋阳》：容与跌宕，自是盛朝之文。

题情人药栏

敛眉语芳草，何许太无情？

正见离人别，春心相向生。

《唐诗归》：钟云：《题情人药栏》当看"情人"字，《河上逢落花》当看"逢"字，便知诗所由妙。　　谭云：思深而奇，情苦而媚。　　又云：此诗骂草，后诗（按指《河上逢落花》）托花，可谓有情痴矣，不痴不可为情。　　钟云："太无情"望之以有情也，横得妙！

河上逢落花

河水浮落花，花流东不息。

应见浣纱人，为道长相忆。

【汇评】

《唐诗归》：钟云：此与前诗（按指《题情人药栏》）同法。"正见"、"相向"着芳草上，"应见"、"为道"着落花上，怒语芳草，温语落花，皆用无情为有情，无可奈何之词。

《唐诗摘钞》：托花寄讯，诗家趣语，然命鹊为媒，骚人久已先之。唐人诗虽鲜妍秀蒨，其源实自风、骚而出，学唐诗者切宜知此。　　此君极一艳诗好手，其诗惜不多见，二绝而外，仅《五日观妓》一律而已。

《此木轩论诗汇编》：如梦如痴，诗家三昧。

《历代诗发》：属花致语，无理得妙。

王 諲

王諲，生卒年里贯均未详。开元中，登进士第，后官至右补阙。《全唐诗》存诗六首。

闺 情

日暮裁缝歇，深嫌气力微。

才能收箧笥，懒起下帘帷。

怨坐空然烛，愁眠不解衣。

昨来频梦见，夫婿莫应归？

【汇评】

《唐诗归》：谭云：媚丽极矣，动宕极矣，却一字不落填词。想王君是千古风流第一，不风流中第一，不知情思中许多曲折。看此君三诗，崔颢"十五嫁王昌"一首，何得遽以轻薄许之？　　钟云：只此二语，无限情事，然单看上一句尤妙（"才能"二句下）。

《唐诗选脉会通评林》：以"气力微"三字，生出"才收"、"懒下"二语。要知裁缝未歇之先，已有一番难言情绪，故觉心烦神倦。至于燃烛怨坐，带衣愁眠，此时衷曲悲楚，凭谁能堪？结重为恍惚疑料之语，自伤自解。非熟谙闺情者，畴能摹状透彻如此！王诨诗妙在好结，如此篇与《观灯》末句俱佳。一谓人情想极多梦，至有认梦为真者，"莫应归"，固其因梦虚度耳。一谓元宵之人，必多村夫痴子，欲尽记所见，以夸与不同来者。词实近朴，而用意新奇。

陶　翰

陶翰,生卒年不详,润州丹阳(今属江苏)人。开元十八年(730),登进士第,又曾登宏词、拔萃二科,授华阴丞。天宝中,屡官大理评事、太常博士,官终礼部员外郎。翰诗笔双美,尤精赋序,长于五言诗,既多兴象,复备风骨。与孟浩然、房琯为友。大历诗人鲍防、谢良弼、谢良辅等均曾受其奖掖。有《陶翰集》一卷,已佚。《全唐诗》存诗一卷。

【汇评】

历代词人,诗笔双美者鲜矣,今陶生实谓兼之。既多兴象,复备风骨。三百年以前,方可论其体裁矣。(《河岳英灵集》)

行在六径,志在五言,尤精赋序。……綦毋著作潜、王龙标昌龄,则其劲敌。(顾况《礼部员外郎陶氏集序》)

古塞下曲

进军飞狐北,穷寇势将变。

日落沙尘昏,背河更一战。

骍马黄金勒,雕弓白羽箭。

射杀左贤王，归奏未央殿。

欲言塞下事，天子不召见。

东出咸阳门，哀哀泪如霰。

【汇评】

《批点唐诗正声》：体格俱佳，但第二句及第十句稍失雅正，故少让崔诗。

《唐诗广选》：含情无限（末句下）。

《唐诗选脉会通评林》：周珽曰：心忠见阻，功多见戮，无论将帅士卒，谁肯用命？此篇多捣穴语，与王昌龄、刘湾等曲，淋漓痛快，怒骂涕哭，一齐并至，将者、将将者胡可不并读而细省之？

燕歌行

请君留楚调，听我吟燕歌。

家在辽水头，边风意气多。

出身为汉将，正值戎未和。

雪中凌天山，冰上渡交河。

大小百馀战，封侯竟蹉跎。

归来灞陵下，故旧无相过。

雄剑委尘匣，空门垂雀罗。

玉簪还赵女，宝瑟付齐娥。

昔日不为乐，时哉今奈何！

【汇评】

《唐诗品汇》：刘云：可感（“空门”句下）。

《汇编唐诗十集》：仲言云：温雅有致，仿佛建安。

《唐诗选脉会通评林》：唐陈彝曰：首二句乐府都以此意发端，结有含蓄。　　唐孟庄曰：勇猛在“雪中”“冰上”四字。“大小”四语化用李广事妙。

《唐风定》：二篇一意，透达世情，悲惋无限。

《唐贤三昧集笺注》：艰辛可想（"雪中"句下）。　　　失意可想（"雄剑"句下）。

宿天竺寺

松柏乱岩口，山西微径通。

天开一峰见，宫阙生虚空。

正殿倚霞壁，千楼标石丛。

夜来猿鸟静，钟梵响云中。

岑翠映湖月，泉声乱溪风。

心超诸境外，了与愚解同。

明发唯改视，朝日长崖东。

湖色浓荡漾，海光渐瞳朦。

葛仙迹尚在，许氏道犹崇。

独往古来事，幽怀期二公。

【汇评】

《增订评注唐诗正声》：郭云：风格超然，亦自沉。

《唐诗归》：钟云：真境（"宫阙"句下）。

《唐诗解》：此游天竺而赋其事，真古诗。

《唐诗选脉会通评林》：气骨、语意不失盛唐典型。

《唐贤三昧集笺注》：山寺之状，写出如见。

出萧关怀古

驱马击长剑，行役至萧关。

悠悠五原上，永眺关河前。

北虏三十万，此中常控弦。

秦城亘宇宙，汉帝理旌旃。

刁斗鸣不息，羽书日夜传。

五军计莫就，三策议空全。

大漠横万里，萧条绝人烟。

孤城当瀚海，落日照祁连。

怆矣苦寒奏，怀哉式微篇。

更悲秦楼月，夜夜出胡天。

【汇评】

《唐诗解》：此因明皇喜边功，而托秦汉以讽也。散婉无骨，非盛唐高手。

《唐诗选脉会通评林》：周珽曰：末四句可玩。

《唐贤三昧集笺注》：又说尽边况。

《唐诗别裁》：虽属对偶，尚有气骨。

乘潮至渔浦作

舣棹乘早潮，潮来如风雨。

樟台忽已隐，界峰莫及睹。

崩腾心为失，浩荡目无主。

飓愡浪始闻，漾漾入鱼浦。

云景共澄霁，江山相吞吐。

伟哉造化工，此事从终古。

流沫诚足诫，商歌调易苦。

颇因忠信全，客心犹栩栩。

【汇评】

　　《此木轩论诗汇编》:"崩腾心为失,浩荡目无主",工于形似。

　　《唐贤三昧集笺注》:上半叙海上之景,甚详,不经风潮之险者,不能解其实况。

刘长卿

刘长卿（？—790左右），字文房，宣城（今属安徽）人，郡望河间（今河北献县），寓居京兆（今陕西西安）。天宝中，登进士第。至德中，江东选补使崔涣选授长洲尉，摄海盐令。因事陷狱，贬南巴尉。广德中，为监察御史。大历中以检校祠部员外郎为转运使判官，知淮西、鄂岳转运留后，为观察使吴仲孺诬奏，贬睦州司马。德宗初年，擢随州刺史，建中末去任，约卒于贞元五至七年间。长卿擅长五言，尤工五律，自许"五言长城"。有《刘长卿集》十卷，今存。《全唐诗》编诗五卷。

【汇评】

长卿有吏干，刚而犯上，两遭迁谪，皆自取之。诗体虽不新奇，甚能炼饰，大抵十首以上，语意稍同，于落句尤甚，思锐才窄也。如"草色加湖绿，松声小雪寒"；又"沙鸥惊小吏，湖色上高枝"；又"细雨湿衣看不见，闲花落地听无声"。裁长补短，盖丝之颣欤！其"得罪风霜苦，全生天地仁"，可谓伤而不怨，亦足以发挥风雅矣。（《中兴间气集》）

刘长卿郎中，皆谓"前有沈、宋、王、杜，后有钱、郎、刘、李"。刘君曰："李嘉祐、郎士元，焉得与予齐称也!"每题诗，不言其姓，但"长卿"而已，以海内合知之乎？士林或之讥也。(《云溪友议》)

长卿诗细淡而不显焕，当缓缓味之，不可造次一观而已。刘长卿号"五言长城"，细味其诗，思致幽缓，不及贾岛之深峭，又不似张籍之明白，盖颇欠骨力而有委曲之意耳。(《瀛奎律髓》)

《刘长卿集》凄婉清切，尽羁人怨士之思，盖其情性固然，非但以迁谪故，譬之琴有商调，自成一格。(《麓堂诗话》)

刘公雅畅清夷，中唐独步。表曰"五言长城"，允矣无愧。(《批点唐音》)

刘长卿七、五言稍觉不协，以李、杜大家及盛唐诸公在前，故难为继耳。唐诸公七言古诗当以李、杜为祖，故诸诗难看。(《批点唐诗正声》)

钱、刘并称故耳，钱似不及刘。钱意扬，刘意沉；钱调轻，刘调重。如"轻寒不入宫中树，佳气常浮仗外峰"，是钱最得意句，然上句秀而过巧，下句宽而不称。刘结语"匹马翩翩春草绿，昭陵西去猎平原"，何等风调!"家散万金酬士死，身留一剑答君恩"，自是壮语。(《艺苑卮言》)

钟云：中、晚之异于初、盛，以其俊耳，刘文房犹从朴入。然盛唐俊处皆朴，中、晚人朴处皆俊。文房气有极厚者，语有极真者。真到极快透处，便不免妨其厚。(《唐诗归》)

黄绍夫云：刘文房登第于开元，正当玄宗盛时，与钱、郎颉颃。诗格调清峭而词气深厚，"五言长城"语不虚也，不知者列之中唐，误矣。(《全唐风雅》)

钱、刘五言古，平韵者多忌"上尾"，仄韵者多忌"鹤膝"。刘句多偶丽，故平韵亦间杂律体，然才实胜钱。七言古，刘似冲淡而格实卑，调又不纯；钱格若稍胜而才不及，故短篇多郁而不畅，盖欲铺叙而不能耳。(《诗源辩体》)

五、七言律，刘体尽流畅，语半清空，而句意多相类。（同上）

中唐五、七言绝，钱、刘而下皆与律诗相类，化机自在，而气象风格亦衰矣。（同上）

刘长卿最得骚人之兴，专主情景。（《骚坛秘语》）

文房在盛、晚转关之时，最得中和之气。（《唐诗善鸣集》）

中唐诸家各有独至处，即各有偏蔽处，人皆知避之。至于文房，则几无瑕可指矣。嫌其有意炼饰，引人入平稳一路。学者法此，一望雷同，黯然无色，有害于诗教不浅也。故于文房诗，当赏其沉淡，去其平夷。（《唐诗归折衷》）

文房与钱郎中齐名，时称"钱刘"。然刘诗温而钱微燥，刘诗纯而钱微驳。故善读随州，则不第可该郎、钱，并可以洞视韦、柳之清深，旁通贾、孟之孤秀。（《二刘诗叙》）

刘长卿诗能以苍秀接盛唐之绪，亦未免以新隽开中晚之风。其命意造句，似欲揽少陵、摩诘二家之长而兼有之，而各有不相及、不相似处。其不相似、不相及，乃所以独成其为文房也。（《诗筏》）

随州绝句，真不减盛唐。次则莫妙于排律。排律惟初盛为工，元和以还，牵凑冗复，深可厌也，惟随州真能接武前贤。（《载酒园诗话又编》）

刘有古调，有新声。盛唐人无不高凝整浑，随州短律，始收敛气力，归于自然，首尾一气，宛若面语。其后遂流为张籍一派，益事流走，景不越于目前，情不逾于人我，无复高足阔步、包括宇宙、综揽人物之意。虽孟襄阳诗，亦有因语真而意近，以机圆而体轻者，然不佻不纤。随州始有作态之意，实溽暑中之一叶落也。（同上）

唐七律，随州词藻清洁，抑扬反覆，有味外之味，最耐人吟诵。但结句多弱，又多同，昔人谓才小，未必，但法律不精严耳。（《唐诗成法》）

文房诸律，如玉馔时花，有口目者共赏。（《唐诗笺要》）

文房五言，格韵高妙，绝处不减摩诘。（《唐诗观澜集》）

中唐诗渐秀渐平，近体句意日新，而古体顿减浑厚之气矣。权德舆推文房为"五言长城"，亦谓其近体也。（《唐诗别裁》）

中唐诗近收敛，选言取胜，元气不完，体格卑而声调亦降矣。刘文房工于铸意，巧不伤雅，犹有前辈体段。（同上）

刘文房五言长律，博厚深醇，不减少陵；求杜得刘，不为失求。（《小澥草堂杂论诗》）

文房古体概乏气骨，就中歌行情调极佳，然无复崔颢、王昌龄古致矣。（《大历诗略》）

文房固"五言长城"，七律亦最高，不矜才，不使气，右丞、东川以下，无此韵调也。（同上）

文房诗为大历前茅，清夷闲旷，饶有怨思。（同上）

纪昀：随州五言骨韵天然，非浪仙、文昌所可望。（《瀛奎律髓汇评》）

随州七律，渐入坦迤矣。坦迤则一往易尽，此所以启中、晚之滥觞也。（《石洲诗话》）

刘文房七律宗派，李东川色相华美，所以李辅辋川为一派，而文房又所以辅东川者也。大历十子以文房为最。……文房诗多兴在象外，专以此求之，则成句皆有馀味不尽之妙矣。较宋人入议论、涉理趣、以文以语录为诗者，有灵蠢仙凡之别。（《昭昧詹言》）

随州古近体清妙，可与王、孟埒。若"楚国苍山古，幽州白日寒"；"卷帘高楼上，万里看日落"，直摩少陵之垒，又不止清妙而已。（《养一斋诗话》）

刘文房诗，以研炼字句见长，而清赡闲雅，蹈乎大方。其篇章亦尽有法度，所以能断截晚唐家数。（《艺概·诗概》）

其源出于柳浑、薛道衡。驰思波润，流音玉亮，尤工五律，当时号为"五字长城"。"老至居人下,春归在客先",以雅淡宣情;"叠浪浮元气,中流没太阳",以雄浑取概。暮帆夏口,寒雨巴邛,楚国苍山,幽州白日。"空江人语",动石濑之吟;"川日寒蝉",托江湖之想。皆振采苍凝,体物弥工者也。《石梁湖》、《洞庭》、《京口》诸作,方之小谢,异曲同工矣。(《三唐诗品》)

长卿诗务质实,尚情性,尤善使事。格高气劲,自然沉着。古诗句法,犹袭齐梁,而无秾纤之敝;近体五、七言,无杜老之峻峭,过白傅之高雅;其绝句则于江宁、太白之外,独树一帜者也。(《诗学渊源》)

盛唐之诗人怀古,多沉雄之作。至随州而秀雅生姿,殆风会所趋耶!(《诗境浅说》)

逢雪宿芙蓉山主人

日暮苍山远,天寒白屋贫。
柴门闻犬吠,风雪夜归人。

【汇评】

《批点唐音》:此所谓真语真情者,清语古调。

《唐诗正声》:吴逸一曰:极肖山庄清景,却不寂寞。

《唐诗解》:此诗直赋实事,然令落魄者读之,真足凄绝千古。

《唐诗选脉会通评林》:周敬曰:语清调古,含无限凄楚。

《大历诗略》:宜入宋人团扇小景。

《唐诗笺注》:上二句孤寂况味,犬吠人归,若惊若喜,景色入妙。

《岘傭说诗》:较王、韦稍浅,其清妙自不可废。

《唐人绝句精华》:此诗二十字,将雪夜宿山人家一段情事,描绘如见。

春草宫怀古

君王不可见，芳草旧宫春。

犹带罗裙色，青青向楚人。

【汇评】

《唐诗分类绳尺》：只一"楚"字，便是无限意味。且"芳草"三句一意直下，长卿真是"五言长城"。

《诗境浅说续编》：此作可称郁伊善感。

《唐人绝句精华》：此亦吊古之词。第三句从第二句"芳草"引出，因草色与罗裙同而想见昔日之宫人，故曰"犹带"。又因今日之草色青青，但向楚人，补足首句之意，词意回环入妙。江都故东楚地，故曰"楚人"。

瓜洲道中送李端公南渡后归扬州道中寄

片帆何处去？匹马独归迟。

惆怅江南北，青山欲暮时。

送方外上人

孤云将野鹤，岂向人间住？

莫买沃洲山，时人已知处。

【汇评】

《唐诗镜》：貌古而唐，以有做作在。

《唐诗别裁》：有"三宿桑下，已嫌其迟"意，盖讽之也。

《网师园唐诗笺》：峭刻浑成。

送灵澈上人

苍苍竹林寺，杳杳钟声晚。

荷笠带夕阳，青山独归远。

【汇评】

《诗境浅说续编》：四句纯是写景，而山寺僧归，饶有潇洒出尘之致。高僧神态，涌现毫端，真诗中有画也。

茱萸湾北答崔载华问

荒凉野店绝，迢递人烟远。

苍苍古木中，多是隋家苑。

【汇评】

《唐诗镜》：指点却好。

《唐人绝句精华》：此吊古之作也。首二句已极见荒远，三句更具萧森，末句淡淡指出隋苑，而今昔盛衰之感，不言自见。王世贞所谓"愈小而大，愈促而缓"，五绝之妙，此诗有之。

江中对月

空洲夕烟敛，望月秋江里。

历历沙上人，月中孤渡水。

【汇评】

《批点唐音》：俗事清语，庶几古调。

碧涧别墅喜皇甫侍御相访

荒村带返照，落叶乱纷纷。

古路无行客，寒山独见君。

野桥经雨断，涧水向田分。

不为怜同病，何人到白云？

【汇评】

《瀛奎律髓》：刘随州号"五言长城"，答皇甫诗如此句句明润，有韦苏州之风。他诗为尝贬谪，多凄怨语。

《唐诗矩》：虚实相间格。　　五、六明皇甫乃揭厉而至，却叙得雅。

《唐诗成法》："荒村"至"独见君"一气说下，五、六顿住两句，第七句用折笔，亦有篇法。

《大历诗略》：文房五言皆意境好，不费气力。此尤以不见用意为长。

《瀛奎律髓汇评》：冯舒：细能不弱，淡实有味。　　何义门：画出闻人足音，跫然而喜。　　纪昀：起四句有灏气。五、六言路之难行，以起末二句，非写意也。

《唐诗近体》：前叙时景，后叙地景，总言荒僻而喜侍御之相访。诗中不言喜，而喜意已足。

《唐宋诗举要》：姚曰：何减摩诘！

新年作

乡心新岁切，天畔独潸然。

老至居人下，春归在客先。

岭猿同旦暮，江柳共风烟。

已似长沙傅，从今又几年。

【汇评】

《唐诗镜》：三、四隽甚，语何其炼！

《诗镜总论》：刘长卿体物情深，工于铸意，其胜处有迥出盛唐者。"黄叶减馀年"，的是庾信、王褒语气。"老至居人下，春归在客先"，"春归"句何减薛道衡《人日思归》语！

《唐律消夏录》：句句从"切"字说出，便觉沉著。五、六以"同"、"共"二字形容出"独"字来，甚妙。

《唐诗别裁》：巧句。别于盛唐，正在此（"春归"句下）。

《诗式》：发句上句出"新岁"二字点题面，冠以"乡心"二字，题意亦已点明。下句承上句写足，题面、题意俱到。颔联上句承发句下句，以写其不得志。下句承发句上句，以写其不得归。颈联写景兼写情，所谓情景兼到者。落句上句点在南巴，下句归到新岁，词尽而意不尽，言从今兹新岁起，不知还有若干年在此也，与上"乡心"二字亦有回应之意。通首尤以颔联下句为得神。　　〔品〕凄丽。

岳阳馆中望洞庭湖

万古巴丘戍，平湖此望长。

问人何淼淼，愁暮更苍苍。

叠浪浮元气，中流没太阳。

孤舟有归客，早晚达潇湘。

【汇评】

《瀛奎律髓》：五、六尽佳。非"中流"果没日也，水远而日短，故所见者日落于中耳。水之外又水，地之外又地，而水与地目不可及者，日月常可得而见，非日月之光有馀为之乎？

《唐诗成法》：三联亦佳。因有襄阳、少陵二作，遂压倒。结正是叹湖之广大。　　六句皆写"望"字，神妙。

《唐诗别裁》：五、六犹有气焰。然视襄阳、少陵二篇，如江、黄之敌荆楚矣。

《瀛奎律髓汇评》：纪昀：此虽不能肩随孟、杜，犹可望其后尘。或谓五、六似海诗，亦不为无见。　　查慎行：川泽通气，大浸稽天，可作五、六注脚，评尚粘滞。

《北江诗话》：岳阳楼望洞庭湖诗，少陵一篇尚矣。次则刘长卿"叠浪浮元气，中流没太阳"，余以为在孟襄阳"气蒸云梦泽，波撼岳阳城"二语之上，通首亦较孟诗遒劲。

雨中过员稷巴陵山居赠别

怜君洞庭上，白发向人垂。

积雨悲幽独，长江对别离。

牛羊归故道，猿鸟聚寒枝。

明发遥相望，云山不可知。

【汇评】

《唐诗归》：谭云：写得出，含得多。

《唐诗选脉会通评林》：生平友谊，和词吐尽，温厚深切，自是佳品。

《大历诗略》：三、四语极平易而意致沉沉，此无意之意也，索解人正难。

送李中丞之襄州

流落征南将，曾驱十万师。

罢归无旧业，老去恋明时。

独立三边静，轻生一剑知。

茫茫汉江上，日暮欲何之？

【汇评】

《唐诗镜》：三、四老气深衷。

《唐诗选脉会通评林》：周珽曰：章法明练，句律雄浑，中唐佳品。

《大历诗略》：清壮激昂，而意自浑浑。

奉使至申州伤经陷没

举目伤芜没，何年此战争？

归人失旧里，老将守孤城。

废戍山烟出，荒田野火行。

独怜浉水上，时乱亦能清。

穆陵关北逢人归渔阳

逢君穆陵路，匹马向桑乾。

楚国苍山古，幽州白日寒。

城池百战后，耆旧几家残。

处处蓬蒿遍，归人掩泪看。

【汇评】

《对床夜语》：前一首司空曙，后一首郎士元，皆前虚后实之格。今之言唐诗者，多尚此。及观其作，则虚者枯，实者塞，截然不相通，徒驾宗唐之名而实背之也。其前实后虚者，即前格也，第反景物于上联，置情思于下联耳。如刘长卿"楚国苍山古，幽州白日寒。城池百战后，耆旧几家残"，则始可以言格。

《艺苑卮言》：刘随州"五言长城"，如"幽州白日寒"语，不可多得。惜十章以还，便自雷同，不耐检。

《唐诗归》：钟云：壮语平调。　　　又云：悲在"归人"二字。

《唐律消夏录》：此在初、盛为平实之作，在中唐为稳称好诗。

《唐诗矩》：起联总冒格。　　　三言屋舍皆空，四言人民俱尽，此两句略言其意，下始透发。"楚国"、"幽州"，绾住彼此两地。五、六则言中途所经，再以"处处"二字绾之，章法极紧。

《三体唐诗评》：只有山川日月不改旧观，并城郭亦非矣，一路逼出"泪"字。

《网师园唐诗笺》：刻挚（"幽州"句下）。

馀干旅舍

摇落暮天迥，青枫霜叶稀。
孤城向水闭，独鸟背人飞。
渡口月初上，邻家渔未归。
乡心正欲绝，何处捣寒衣。

【汇评】

《南濠诗话》：刘长卿《馀干旅舍》……，张籍《宿江上馆》……，二诗皆奇，而偶似次韵，尤可喜也。

《唐诗选脉会通评林》：周珽曰：咏客邸秋夜萧索、孤寂情景，极凄极韵。

《唐风定》：清忧中神骨苍苍。

《围炉诗话》：刘长卿五律胜于钱起，《穆陵关》、《吴公台》、《漂母墓》皆言外有远神。《馀干旅舍》前六句叙尽寂寥之景，结以情收之，亦"吹笛关山"之体。

北归次秋浦界清溪馆

万里猿啼断，孤村客暂依。

雁过彭蠡暮，人向宛陵稀。

旧路青山在，馀生白首归。

渐知行近北，不见鹧鸪飞。

【汇评】

《瀛奎律髓》：末句最新。此公诗淡而有味，但时不偶或有一苦句。

《唐诗成法》：万里之外，日听猿啼，今已断矣，可喜。溪馆暂依，明日即北行，可喜。南来之雁甚多，北归之人甚少，我独北归，可喜。旧路惟青山尚在，则不在者多；馀生至白首方归，则得归亦幸。语语若伤感，意却有喜。不见鹧鸪，是以渐知近北，盖厌见已久，今始不见，喜可知矣。以"见"字应听猿，以"鹧鸪"应啼猿，法密。通篇无一"喜"字，全以神行。

《瀛奎律髓汇评》：冯班：八句俱有味。　　纪昀：三、四自然清远。　　又曰：随州以格韵胜，不以淡胜。自古诗集岂能联联工致，宁独随州？苦语亦诗家之常，又岂能篇篇矫语高尚？

秋杪干越亭

日暮更愁远，天涯殊未还。

世情何处澹，湘水向人闲。

寒渚一孤雁，夕阳千万山。

扁舟将落叶，俱在洞庭间。

【汇评】

《唐诗镜》：五、六清瘦如削。

《唐诗归》：钟云：语不须深而自然奥，浑气之所至。

《唐律消夏录》：此等清远诗，读去未尝不妙。然通首只写得一光景，不曾有实际，且口气直下，殊少顿跌。初唐固不敢望，较之高、岑，亦相去远矣。　　"更愁远"三字，初、盛人必然发挥出无数意思来。若下面止是此意，则此三字断不肯轻下矣。

《唐诗归折衷》：四语便是一幅潇湘图（末四句下）。

秋日登吴公台上寺远眺寺即陈将吴明彻战场

古台摇落后，秋日望乡心。

野寺人来少，云峰水隔深。

夕阳依旧垒，寒磬满空林。

惆怅南朝事，长江独至今。

【汇评】

《大历诗略》：空明萧瑟，长庆诸公无此境也。

《诗式》：发句上句点"台"字，下句点"秋日"，"望"字起"登"字意。领联上句入"寺"字，下句切"远眺"。颈联上句切题意，盖寺为吴公战场也；下句切台上寺，寺在高处，磬声散落，故空林俱满。此联"依"字、"满"字，为炼字法。落句就题意收，盖吴公为陈将，南朝战场今已为寺，故可"惆怅"，惟长江自流耳。此以吊古作收者，下句并切"台上"、"远眺"等字，此结句馀意无穷法也。　　〔品〕凄清。

送王端公入奏上都

旧国无家访，临歧亦羡归。

途经百战后，客过二陵稀。

秋草通征骑，寒城背落晖。

行当蒙顾问，吴楚岁频饥。

【汇评】

《唐诗镜》："通"字佳，正于"通"字见阻（"秋草"句下）。

《大历诗略》：大历诗结语多作虚步，如此切实者绝少。

《诗式》：发句上句言"无家"，以方乱也；下句言"羡归"，以方行也。颔联上句承发句上句，下句承发句下句，皆写萧条之状。颈联写景，"秋草"系行路所经，"寒城"系行路所过。"征骑"逐"秋草"以去，故曰"通"；"落晖"衔"寒城"以下，故曰"背"。"通"字、"背"字为炼字法。落句切题中"入奏"二字结，上句从入奏字对面写来，盖将有顾问也；下句从入奏里面写出，盖欲王公以吴楚地方连年饥荒入告也。通首发句开合，颔联苍凉，颈联真切，句法尤炼。落句意厚，必须有此一层，题意方见透发。　　〔品〕悲慨。

经漂母墓

昔贤怀一饭，兹事已千秋。

古墓樵人识，前朝楚水流。

渚苹行客荐，山木杜鹃愁。

春草茫茫绿，王孙旧此游。

【汇评】

《瀛奎律髓》：长卿意深不露。第四句盖谓楚亡、汉亡，今惟有流水耳。一漂母之墓，樵人犹能识之，亦以其有一饭之德于时耳。

《唐律消夏录》：只是慨叹口气。末二句又与第四句同意，但分得"草"与"水"耳。试将三、四与七、八换转，读去亦无碍，所以为薄也。

《唐诗成法》："昔"字、"一"字、"兹"字、"已"字呼三、四，甚醒豁。五、六写"经"字,又着"愁"字,唤起七、八,言外见今日我来游此,更无漂母其人能识我者也。   此首止用"一饭"、"王孙"四字,而切题不易。今人则故实满纸矣。

《大历诗略》:意境超然,此题绝唱。析而论之,五、六平按题位,前半叙事以唱叹出之,极顿挫抑扬之妙,结亦具有远神。

《历代诗发》:徘徊隐约,讽咏神移。

《瀛奎律髓汇评》:冯舒:首句领起,笔墨高挺,有无穷之味。

《唐宋诗举要》:大家咏古诗不屑屑于隶事,观此可见。

松江独宿

洞庭初下叶,孤客不胜愁。
明月天涯夜,青山江上秋。
一官成白首,万里寄沧洲。
久被浮名系,能无愧海鸥。

【汇评】

《增订唐诗摘钞》:调轻而语细,此变盛唐为中之始。前点题,后述意。"寄"字不惟见地远,亦见官卑。

寻南溪常山道人隐居

一路经行处,莓苔见履痕。
白云依静渚,芳草闭闲门。
过雨看松色,随山到水源。
溪花与禅意,相对亦忘言。

【总评】

《批点唐诗正声》:"芳草闭闲门",绝好绝好。结句空色俱了。

《唐诗镜》：幽色满抱。

《唐诗选脉会通评林》：周敬曰：起二句便幽，中联自然，结闲静，有渊明丰骨。

《碛砂唐诗选》：敏曰：全首稳称，无一懈笔，清新俊逸，兼有其长，诗家正法眼也。

《唐诗成法》：题是"寻常道士"诗，只"见履痕"三字完题。馀但写南溪自己一路得意忘言之妙，其见道士否不论，与王子猷何必见安道同意。

《唐诗三百首》：语语是"寻"。

湘中纪行十首（选四首）

湘妃庙

荒祠古木暗，寂寂此江濆。

未作湘南雨，知为何处云？

苔痕断珠履，草色带罗裙。

莫唱迎仙曲，空山不可闻。

花石潭

江枫日摇落，转爱寒潭静。

水色淡如空，山光复相映。

人闲流更慢，鱼戏波难定。

楚客往来多，偏知白鸥性。

【汇评】

《唐诗善鸣集》：松风竹籁，逸韵天然，诵之神情开涤。

浮石濑

秋月照潇湘,月明闻荡桨。

石横晚濑急,水落寒沙广。

众岭猿啸重,空江人语响。

清晖朝复暮,如待扁舟赏。

【汇评】

《唐诗镜》:诗趣如清流浅濑。

《大历诗略》:清拔。"空江"句非亲历,不知其警动天然。

横龙渡

空传古岸下,曾见蛟龙去。

秋水晚沉沉,犹疑在深处。

乱声沙上石,倒影云中树。

独见一扁舟,樵人往来渡。

【总评】

《对床夜语》:刘长卿有《湘中纪行》十诗,《花石潭》有云:"水色淡如空,山光复相映。"《浮石濑》云:"秋色照潇湘,月明闻荡桨。"《横龙渡》云:"乱声沙上石,倒影云中树。"皆胜语也。

杂咏八首上礼部李侍郎（选二首）

幽 琴

月色满轩白,琴声宜夜阑。

飅飅青丝上,静听松风寒。

古调虽自爱,今人多不弹。

向君投此曲,所贵知音难。

《唐诗归》：钟云：发题中"幽"字。

《唐诗归折衷》：吴逸一云：有不尽可怜意。　　唐云：简质。

《唐诗观澜集》：有意味,有身份("古调"二句下)。

疲　马

玄黄一疲马,筋力尽胡尘。

骧首北风夕,徘徊鸣向人。

谁怜弃置久,却与驽骀亲。

犹恋长城外,青青寒草春。

龙门八咏（选三首）

阙　口

秋山日摇落,秋水急波澜。

独见鱼龙气,长令烟雨寒。

谁穷造化力？空向两崖看。

远公龛

松路向精舍,花龛归老僧。

闲云随锡杖,落日低金绳。

入夜翠微里,千峰明一灯。

【汇评】

《对床夜语》："天光波影动,月影随江流",又"入夜翠微里,千峰明一灯",……词妙气逸,如生马驹不为缰络所掣,读之使人飘飘然有凭虚御风之意。谓其"思锐才窄"者,不亦诬乎！

《问花楼诗话》：昔人谓"诗中有画,画中有诗",然亦有画手所不能到者。先广文尝言：刘文房《龙门八咏》"入夜翠微里，千峰明一灯"、《浮石濑》诗"众岭猿啸重，空江人语响"……此岂画手所能到耶？

渡　水

日暮下山来，千山暮钟发。
不知波上棹，还弄山中月。
伊水连白云，东南远明灭。

【总评】

《历代诗发》：仿佛辋川绝句。

《石洲诗话》：刘随州《龙门八咏》体清心远，后之分题园亭诸景者往往宗之。

送丘为赴上都

帝乡何处是？歧路空垂泣。
楚思愁暮多，川程带潮急。
潮归人不归，独向空塘立。

【汇评】

《唐诗镜》："川程带潮急"语趣佳。

《唐诗笺要》：文房善为佳句，即古体亦不掩本色。

《唐诗别裁》：工于用短。

平蕃曲三首（其三）

绝漠大军还，平沙独戍闲。
空留一片石，万古在燕山。

《批点唐诗正声》：正看无谓，反看甚有意。末二句似非平蕃曲体，故反看有味。

《唐诗观澜集》：二十字一气浑成，高健，真"五言长城"矣。

别李氏女子

念尔嫁犹近，稚年那别亲。

临歧方教诲，所贵和六姻。

俯首戴荆钗，欲拜凄且嚬。

本来儒家子，莫耻梁鸿贫。

汉川若可涉，水清石磷磷。

天涯远乡妇，月下孤舟人。

【汇评】

《唐诗归》：钟云：柔厚。　　谭云：凄淡。

初至洞庭怀灞陵别业

长安邈千里，日夕怀双阙。

已是洞庭人，犹看灞陵月。

谁堪去乡意？亲戚想天末。

昨夜梦中归，烟波觉来阔。

江皋见芳草，孤客心欲绝。

岂讶青春来？但伤经时别。

长天不可望，鸟与浮云没。

【汇评】

《升庵诗话》：刘文房诗："已是洞庭人，犹看灞陵月"，孟东野诗"长安日下影,又落江湖中",语意相似,皆寓恋阙之意。然总不若王仲宣云"南登灞陵岸,回首望长安",涵蓄蕴藉,自然不可及也。

《大历诗略》:淡缓,语极酸楚("已是"二句下)。

《王闿运手批唐诗选》:当云"本是灞陵人,来看洞庭月",乃无语病。今在洞庭而怀灞陵,是在雅怀俗,在冷怀热,无诗理矣("已是"二句下)。

负谪后登干越亭作

天南愁望绝,亭上柳条新。
落日独归鸟,孤舟何处人。
生涯投越徼,世业陷胡尘。
杳杳钟陵暮,悠悠鄱水春。
秦台悲白首,楚泽怨青苹。
草色迷征路,莺声伤逐臣。
独醒空取笑,直道不容身。
得罪风霜苦,全生天地仁。
青山数行泪,沧海一穷鳞。
牢落机心尽,惟怜鸥鸟亲。

【汇评】

《唐诗选脉会通评林》:吴山民曰:"草色"联见闻楚楚,"青山"二语可伤。

《围炉诗话》:禅者问答之语,其中必有人,不知禅者不觉耳。余以此知诗中亦有人也。人之境遇有穷通,而心之哀乐生焉。夫子言诗,亦不出于哀乐之情也。诗而有境有情,则自有人在其中。如刘长卿之"得罪风霜苦,全生天地仁。青山数行泪,白首一穷鳞"，……有情有境，有人在其中也。　　又：刘长卿《登干越亭》诗，前段尚宽和，至"得罪"三联，忽出哀苦之辞，遂觉通篇尽是哀苦。唐人诗法如是，若通篇哀苦，失操纵法。

《大历诗略》：十韵中声泪俱下。文房诗之深悲极怨无愈于此者，真绝唱也。

留题李明府霄溪水堂

寥寥此堂上，幽意复谁论。
落日无王事，青山在县门。
云峰向高枕，渔钓入前轩。
晚竹疏帘影，春苔双履痕。
荷香随坐卧，湖色映晨昏。
虚牖闲生白，鸣琴静对言。
暮禽飞上下，春水带清浑。
远岸谁家柳？孤烟何处村？
谪居投瘴疠，离思过湘沅。
从此扁舟去，谁堪江浦猿！

【汇评】

《批点唐诗正声》：幽思雅兴，极为佳作。

《增定评注唐诗正声》：郭云：极清趣，绝无官况。使今人题明府书堂，不知作何语矣。

《唐诗归》：钟云：文房五言妙手，朴中带峭，便开中晚诸路。至排律深老博大，其气骨则渐向上去矣。　　钟云：浑沦（"青山"句下）。

《唐诗选脉会通评林》：周珽曰：通篇美李之政治清逸，官舍幽致。末四句叙己投荒远别，不堪凄楚，见留题之意。联法词气，字字工妙,语语秀朗。

《唐诗归折衷》:唐云:雪溪真境("青山"句下)。

登东海龙兴寺高顶望海简演公

胸山压海口,永望开禅宫。

元气远相合,太阳生其中。

豁然万里馀,独为百川雄。

白波走雷电,黑雾藏鱼龙。

变化非一状,晴明分众容。

烟开秦帝桥,隐隐横残虹。

蓬岛如在眼,羽人那可逢?

偶闻真僧言,甚与静者同。

幽意颇相惬,赏心殊未穷。

花间午时梵,云外春山钟。

谁念遽成别,自怜归所从。

他时相忆处,惆怅西南峰。

【汇评】

《汇编唐诗十集》:唐云:文房骨力素弱,独此望海数语咄咄逼人。

《唐诗选脉会通评林》:周珽曰:前写登望中人观奇状,因起羽人之想;后省僧言静者幽意相惬,动惜别之思。总见为世务羁束,不得与演公长乐海寺之胜也。不作禅语,而有禅味,如狮子音一吼,令六神震动。

《唐诗善鸣集》:文房五古颇佳,每苦通体不称,有散漫处。如此篇前半赋海妙矣,后竟判然说开。

寻张逸人山居

危石才通鸟道,空山更有人家。
桃源定在深处,涧水浮来落花。

【汇评】

《唐诗选脉会通评林》:周珽曰:玄情野调,有花明十里、月映千江之思。

《唐诗笺注》:桃源图想象如是,山居景色,悠然入胜。

发越州赴润州使院留别鲍侍御

对水看山别离,孤舟日暮行迟。
江南江北春草,独向金陵去时。

【汇评】

《唐诗解》:右丞六言悉作偶语,此独彻首尾不对。词非足宝,体自可传。

《汇编唐诗十集》:唐云:句句中有怅望意,又取其不对。

《唐诗笺注》:"行迟"二字,低徊不忍去也。"江南江北"二句,于"行迟"中写状离情入妙。

《大历诗略》:意不必深,自好。

送陆澧还吴中

瓜步寒潮送客,杨柳暮雨沾衣。
故山南望何处?秋草连天独归。

《唐诗选脉会通评林》：唐陈彝曰："瓜"、"杨"作对巧，落句语峻。

《围炉诗话》：刘长卿《送陆澧》、《赠别严士元》、《送耿拾遗》、《别薛柳二员外》诸诗，绝无套语。

《唐诗笺注》：送客之情兼思乡之念，倍觉缠绵。

苕溪酬梁耿别后见寄

清溪落日初低，惆怅孤舟解携。
鸟向平芜远近，人随流水东西。
白云千里万里，明月前溪后溪。
独恨长沙谪去，江潭春草萋萋。

【汇评】

《批点唐音》：是六言诗法。

《唐诗选脉会通评林》：周珽曰：恬淡容与。

《唐诗析类集训》：曹锡彤云：前二韵以惜别梁耿言，后二韵以苕溪酬寄言。此诗后入乐府，词题作《谪仙怨》。窦弘馀《广谪仙怨》序曰：大历中，江南人盛为此曲。随州刺史刘长卿左迁睦州司马，祖筵之内，长卿遂撰其词，吹之为曲。盖亦不知本事。

七里滩重送严维

秋江渺渺水空波，越客孤舟欲榜歌。
手折衰杨悲老大，故人零落已无多。

【汇评】

《唐诗笺要》："故人零落"从"衰杨"生出，送客意已宛转欲尽。

《诗式》：首句写景，二句写客之欲行者，三句转到送行，四句落到客去后情境。首句起，二句承，三句转，四句合。　　[品] 凄婉。

重送裴郎中贬吉州

猿啼客散暮江头，人自伤心水自流。
同作逐臣君更远，青山万里一孤舟。

【汇评】

《唐诗选》：两"自"字，有情、无情之别，最佳。

《唐诗归折衷》：唐云：又从"远"字中生出。　　吴敬夫云：最是佳境，点入愁中，却又凄绝。

《大历诗略》：只如说话，始见真情。

《网师园唐诗笺》：同病相怜，情词恺切。

寻盛禅师兰若

秋草黄花覆古阡，隔林何处起人烟？
山僧独在山中老，唯有寒松见少年。

【汇评】

《唐诗品汇》：刘云：凄婉。

《唐诗善鸣集》：不言僧见寒松，而曰寒松见僧，笔端妙用。

酬李穆见寄

孤舟相访至天涯，万转云山路更赊。
欲扫柴门迎远客，青苔黄叶满贫家。

《后村诗话》：刘长卿七言云："欲扫柴门迎远客，青苔黄叶满贫家"，魏野、林逋不能及也。

《唐诗选脉会通评林》：周珽曰：平淡中有深味。末句幽极，即蓬蒿蒲径之意。

《诗式》：首句言李穆相访，孤舟远来。二句承首句，亦答穆诗"处处云山无尽时"句。三句言盼穆之来，故欲扫门以迎远客之至，此正见第三句宛转变化工夫。四句"青苔黄叶"与上"扫"字应，此正见第四句如顺流之舟也。　　〔品〕疏野。

新息道中作

萧条独向汝南行，客路多逢汉骑营。
古木苍苍离乱后，几家同住一孤城。

【汇评】

《批点唐音》：如此诗结句岂不佳，只是气格卑弱。

《唐诗笺要》：文房七绝，工作不少，而去盛唐远。

送李判官之润州行营

万里辞家事鼓鼙，金陵驿路楚云西。
江春不肯留归客，草色青青送马蹄。

【汇评】

《批点唐音》：首句调好。末二句意虽佳，效之恐堕晚唐。太白云"桃花潭水深千尺，不及汪伦送我情"，与此末句同格，其气韵自别。

《唐诗直解》：春江不留，草色又送，殆难为情。"送"字佳。

《唐诗解》：不言行客不留，而言"江春不留"，正绝句中翻弄法。

《唐诗选脉会通评林》："不肯留"三字妙。

《诗境浅说续编》：起二句叙别意，题之本意也。后言草色青青，无情送客，就诗句论之，有"春草碧色，送君南浦"之思。但观其首句云"万里辞家"，则客游殊有苦衷，故三句言江春不留行客，盖有所指也。

昭阳曲

昨夜承恩宿未央，罗衣犹带御衣香。

芙蓉帐小云屏暗，杨柳风多水殿凉。

【汇评】

《批点唐音》：知长卿绝句亦有高入盛唐处，其次气格委靡，便不可看。

《唐诗正声》：吴逸一评：下"昨夜"、"犹带"，见暂违宠侍，遽生冷落想。援古喻今，探索隐情入骨，复含蓄不露。

《增订唐诗摘钞》：三、四说承恩甚难，光景俱在言外。

《唐诗笺注》：此因昨夜而感今夕，见欢会不长，景色顿异，而君恩难恃，怙宠莫骄，言外有婉讽意。

送耿拾遗归上都

若为天畔独归秦，对水看山欲暮春。

穷海别离无限路，隔河征战几归人？

长安万里传双泪，建德千峰寄一身。

想到邮亭愁驻马，不堪西望见风尘。

《唐诗镜》：中联流动易而整策难，律法以整策为正。

《唐诗选脉会通评林》：周珽曰：曲折尽情，中唐绝唱。　　　陈继儒曰：凄雨悲风，痛心酸鼻。文房送寄等诗都善苦调。

《诗薮》："若为天畔独归秦，对水看山欲暮春。"……虽意稍疏野，亦自一种风姿。

《诗源辩体》：刘如"建牙吹角"、"征西诸将"、"十年多难"、"若为天畔"等篇，在中唐声气为雄；其他气虽有降，无不称工。

《贯华堂选批唐才子诗》：看他八句诗中，凡用无限意思，却又笔笔能到。

《唐七律选》：落句只就当时所见事连缀作结，似属非属，机构又变。

《山满楼笺注唐诗七言律》：此种诗又曲折，又淋漓，中唐中有数笔墨也。

《大历诗略》：结体清健，五、六尤警策。

《昭昧詹言》：起句先点耽归上都，次句带叙时令。三、四从自己衬跌出，作羡之之词，以起送归意。五、六分写两边。结句送后情事，当时实象。

题灵祐和尚故居

叹逝翻悲有此身，禅房寂寞见流尘。
多时行径空秋草，几日浮生哭故人。
风竹自吟遥入磬，雨花随泪共沾巾。
残经窗下依然在，忆得山中问许询。

【汇评】

《唐诗镜》：诗家深浅，大半与难易相掩。"几日浮生哭故人"，骤视之若浅，而实非也，乃易耳。若杜少陵《秋兴》等诗，人皆谓深矣。

《贯华堂选批唐才子诗》：哭和尚，看他不悲和尚无身，反悲自己有身，妙绝，妙绝（"禅房寂寞"句下）。

《唐诗善鸣集》：苦境翻成悟境。

《唐七律隽》：深情婉致，已入三昧，真杰作也。盖唐诗有三变，盛唐以气胜，中唐以情胜，晚唐以意胜，文房七律，皆以情胜，非但超健而已。

献淮宁军节度使李相公

建牙吹角不闻喧，三十登坛众所尊。
家散万金酬士死，身留一剑答君恩。
渔阳老将多回席，鲁国诸生半在门。
白马翩翩春草细，郊原西去猎平原。

【汇评】

《批点唐诗正声》：投献中之绝佳律，如此诗岂不选？将帅阃外之尊、英侠之气，尽此一律，佳佳。

《增定评注唐诗正声》：郭云：文房诗闲雅，时带细弱，独此有力，一结浑然。

《批选唐诗》：雄而雅，浑而清。

《唐诗归》：钟云：二语有本领，不是一味豪壮（"家散万金"二句下）。

《唐诗镜》：如此等，觉馀韵渺绝，诗之佳处在一叹三咏之间。

《唐诗选脉会通评林》：周敬曰：豪健闲雅，中唐第一首，王、李、少陵何能多让！次联雄壮，刘会孟所谓"国尔忘家"也。写出真豪侠、真忠勇。　　陈继儒曰：韵度珊珊，自成异响，皮相者失去。

通篇雄浑慷慨,章局调法依然盛唐规簇。

《唐诗评选》:带结,但用本色,自尔烟波。

《唐诗归折衷》:吴敬夫云:生气奕奕("身留一剑"句下)。　　唐云:闲雅中有雄浑气,盛唐人无此结。　　吴敬夫云:结有风神(末句下)。　　唐云:文房七律,秀雅清新,骨力欠劲,堪入盛唐者独此。于鳞尚气骨而失之,可称皮相。

《唐诗摘钞》:妙在七句宕开写景,全首为之生动。

《唐律偶评》:落句用李广事。全篇极写先贵而后贱,昔富而今贫,失势无聊之意而了无痕迹,读之但见其壮丽而已。不用霸陵,却用茂陵,诗家移换手段使人不觉。

《唐诗成法》:雄壮难,雄壮而清利更难。结得闲雅有远神。

《唐七律隽》:气韵高老,笔力复遒劲,当在高、岑之上。文房七律精到处,可与盛唐诸公争雄,不止五言称"长城"而已。

《瀛奎律髓汇评》:冯舒:只是道地。　　何义门:全篇极写失势无聊之状,读者但见其壮丽也。落句了不觉为败兴语。纪昀:绰有风格。

《昭昧詹言》:起先写一句,奇警突兀妙极。或疑次句不称。先君云:"若第二句再浓,通篇何以运掉。"树谓:非但已也,此第二句,乃是叙点交代题面本事主句,文理一定,断不可少,所谓安身立命处也。中二联分赋,叙其忠悃声望,高华伟丽。结句入妙。言外多少馀味不尽,所谓言在此而意寄于彼,兴在象外。

送李录事兄归襄邓

十年多难与君同,几处移家逐转蓬。
白首相逢征战后,青春已过乱离中。
行人杳杳看西月,归马萧萧向北风。

汉水楚云千万里，天涯此别恨无穷。

【汇评】

《批点唐音》：与李从一"苏台诗"同一兴调，可谓良工独苦者也。

《唐七律选》：直说无含蓄，正其变处。

《唐体肤诠》：上截相逢，下截送别。刘尚飘泊，李乃得归。篇中开阖有二，真为灵警之笔。

《唐诗成法》：通篇皆写"与君同"，而三、四伤心特甚。"恨无穷"虽结通篇，而三、四已含此意。

《昭昧詹言》：此诗起四句在题前。五、六始入"归"字。收句结"送"字，又切襄阳。三、四圆警精美，气味沉厚，故可取。文房言近而意皆深，耐人吟咏。

《唐七律隽》：张南士云：读诗至上元、宝应后，顿觉衰减，如长安贵戚，车如流水、马如游龙之后，一旦改换门第，人情物色皆非旧时。惟随州尚具少陵遗响，然亦萧萧矣。

《诗式》：发句写长卿与李公之境遇，颔联写时势，承上"多难"二字。颈联写李公之归。落句上句点襄邓，下句以"送"字作收，馀意亦复无穷。此首前半写与李公平日交谊，后半写与李公别时情景，一气转折，章法浑成。　　［品］感慨。

长沙过贾谊宅

三年谪宦此栖迟，万古惟留楚客悲。
秋草独寻人去后，寒林空见日斜时。
汉文有道恩犹薄，湘水无情吊岂知？
寂寂江山摇落处，怜君何事到天涯。

【汇评】

《唐诗品汇》：刘云：怨甚（"汉文有道"二句下）。

《唐音癸签》："秋草独寻人去后，寒林空见日斜时。"初读之似
海语，不知其最确切也，谊《鵩赋》云："四月孟夏，庚子日斜，野鸟入
室，主人将去。""日斜"、"人去"，即用谊语，略无痕迹。

《唐诗选脉会通评林》：周敬曰：哀怨之甚，《鵩赋》中语，自然
妙合。　　周珽曰：以风雅之神，行感忾之思，正如《鵩鸟》一赋，
直欲悲吊千古。　　吴山民云：三、四无限凄伤，一结黯然。

《唐风定》：深悲极怨，乃复妍秀温和，妙绝千古。

《唐诗贯珠》：松秀轻圆，中唐风致。

《增订唐诗摘钞》：黄生曰：后四句语语打到自家身上，怜贾正
所以自怜也。三、四"人去"、"日斜"，皆《鵩赋》中字，妙在用事
无痕。

《山满楼笺注唐诗七言律》：笔法顿挫，言外有无穷感慨，不愧
中唐高调。

《大历诗略》：极沉挚以澹缓出之，结乃深悲而反咎之也。读
此诗须得其言外自伤意，苟非迁客，何以低回如此？

《唐诗笺要》：怨语难工，难在澹宕婉深耳。"秋草"、"湘水"二
语，尤当隽绝千古。

《唐诗别裁》：谊之迁谪，本因被谗，今云何事而来，含情不尽。

《精选七律耐吟集》："一唱三叹息，慷慨有馀哀"，此种是也。

《昭昧詹言》：首二句叙贾谊宅，三、四"过"字，五、六入议，收
以自己托意，亦全是言外有作诗人在，过宅人在。

《湘绮楼说诗》：运典无痕迹。

《岘佣说诗》："汉文有道"一联可谓工矣。上联"芳草独寻人去
后，寒林空见日斜时"疑为空写，不知"人去"句即用《鵩赋》"主人将
去"，"日斜"句即用"庚子日斜"。可悟运典之妙，水中着盐，如是

如是。

登馀干古县城

孤城上与白云齐，万古荒凉楚水西。

官舍已空秋草绿，女墙犹在夜乌啼。

平江渺渺来人远，落日亭亭向客低。

沙鸟不知陵谷变，朝飞暮去弋阳溪。

【汇评】

《对床夜语》：措思削词皆可法。

《唐诗隽》：清爽流亮之作。

《唐诗选脉会通评林》：周珽曰：悲情凄响，捧诵一过，不减痛读《骚》经。　　张震云：伤今吊古之情，蔼然见于言意之表。

吴山民云：愁思要眇之声。

《唐诗善鸣集》：文房以五言擅名，如此七言又岂在诸公下！

《网师园唐诗笺》：缠绵怆恻（"女墙犹在"句下）。

《批唐诗鼓吹》：纪昀：当日之清吟，后来之滥调，神奇腐臭，变化何常！善学者贵以意消息耳。

《唐诗笺要》：文房句法之妙，如"贾谊上书忧汉室"、"飞鸟不知陵谷变"，有盛唐之雄伟而化其嶙峋，有初唐之渊冲而益以声调。

《昭昧詹言》：首二句破题：首句破"城"字，而以"上与白云齐"五字为象，则不枯矣；次句上四字"古"字，下三字"馀干"。三、四赋古城，而以"秋草"、"夜乌"为象，则不枯矣。五、六"登"字中所望意。收句"古"字、"馀干"字，切实沉着而入妙矣，以情有馀、味不尽，所谓"兴在象外"也。言外句句有登城人在，句句有作诗人在，所以称为作者，是谓魂魄停匀。

酬屈突陕

落叶纷纷满四邻，萧条环堵绝风尘。
乡看秋草归无路，家对寒江病且贫。
藜杖懒迎征骑客，菊花能醉去官人。
怜君计画谁知者，但见蓬蒿空没身。

【汇评】

《唐诗归》：钟云：调悲而气不露，所以可贵。

《唐诗成法》：格虽太整，味在酸咸之外。

《近体秋阳》：借题写怀，忽起忽止，亦诘问，亦慰劳。文心至此，可谓酣适怪幻矣。

别严士元

春风倚棹阖闾城，水国春寒阴复晴。
细雨湿衣看不见，闲花落地听无声。
日斜江上孤帆影，草绿湖南万里情。
东道若逢相识问，青袍今日误儒生。

【汇评】

《批选唐诗》：清空飘逸，文房之诗大抵皆然。

《唐诗善鸣集》：落句闲雅。

《唐七律隽》：语甚工警，以极作意，所以是中唐（"闲花落地"句下）。

《删正二冯先生评阅才调集》：纪云：虽涉平调，尚不庸肤，中唐人诗清婉中自有雅致。

《大历诗略》：五、六神彩飞动，调亦高朗，殊不类随州，《才调集》作李嘉祐近是。

听笛歌

原注：留别郑协律。

旧游怜我长沙谪，载酒沙头送迁客。
天涯望月自沾衣，江上何人复吹笛？
横笛能令孤客愁，渌波淡淡如不流。
商声寥亮羽声苦，江天寂历江枫秋。
静听关山闻一叫，三湘月色悲猿啸。
又吹杨柳激繁音，千里春色伤人心。
随风飘向何处落？唯见曲尽平湖深。
明发与君离别后，马上一声堪白首。

【汇评】

《批点唐诗正声》：风格优入盛唐，读之始爽恺。评诗失此，便非金刚眼矣。　　"曲终人不见，江上数峰青"正合此语，佳，佳（"唯见曲尽"句下）。

《增订评注唐诗正声》：凄清摇荡，如此风格自好。

《唐诗广选》：蒋春甫曰：遂有意外奇隽之语，中唐如此，虽巧庸何伤？

《唐诗选脉会通评林》：此文房贬南巴尉时所作。起叙郑送己，因而闻笛；次咏笛声，凄清凛烈；又次即笛曲之妙，能伤人心；末即笛终恍惚情景，以致别后之悲。篇法整饬，词意深至。

《唐风定》：悠扬淡泺，铿锵曲折，得王、李法。

《大历诗略》：音韵悲凉，尤妙于短歌中写得繁会丛杂，如闻入破。

新安送陆澧归江阴

新安路，人来去。

早潮复晚潮，明日知何处？

潮水无情亦解归，自怜常在新安住。

【汇评】

《钦定词谱》：此本三、五、七言诗，后人采入词中（寇准词，名《江南春》），其平仄不拘。

铜雀台

娇爱更何日？高台空数层。

含啼映双袖，不忍看西陵。

漳河东流无复来，百花辇路为苍苔。

青楼月夜长寂寞，碧云日暮空徘徊。

君不见邺中万事非昔时，古人不在今人悲。

春风不逐君王去，草色年年旧宫路。

宫中歌舞已浮云，空指行人往来处。

【汇评】

《诗辩坻》：文房《铜雀台》前四句，可作五言一绝，衍作长调，不觉繁缛，便是此君高处。

《此木轩论诗汇编》：此诗有三"空"一"唯"，"唯"亦"空"之替身也。

《唐诗别裁》：不必嘲笑老瞒，淡淡写去，自存诗品。

《历代诗发》：感慨淋漓。"春风不逐君王去"，语甚新快。

《大历诗略》：不必沉至，尽题之精义，而结体疏淡，令人把玩不置。

颜真卿

颜真卿(708—784),字清臣,京兆万年(今陕西西安)人。开元二十二年(734),登进士第。又登拔萃科及文词秀逸科,调醴泉尉,迁监察御史、殿中侍御史。宰相杨国忠恶之,出为平原太守。起兵抗安史叛军,诏拜户部侍郎。肃宗即位,拜工部尚书兼御史大夫,为河北招讨使。至德二载(757)为宪部尚书,迁御史大夫。军国事知无不言,为宰相所忌,出为冯翊太守,累贬至蓬州长史。代宗立,除尚书左丞,寻除检校刑部尚书,兼御史大夫,封鲁国公。与元载不合,贬峡州别驾,迁抚、湖二州刺史。德宗立,改太子少师。时李希烈叛,受命往劝谕,被拘,不屈被害。真卿书法精妙,擅长行、楷,世称"颜体"。善诗文,著作甚富,有《韵海镜源》三百六十卷,又《礼乐集》、《吴兴集》、《庐陵集》、《临川集》各十卷,均佚。宋人辑有《颜鲁公集》十五卷行世。《全唐诗》编诗一卷。

【汇评】

鲁公情欣所遇,悉综古调,颇尚格气,不事弥文。虽有一二近体,不过游戏之作,非所以系幽惊也。今集中所载不及百篇,大都守吴兴时,与皎僧、陆处士之流结思岩林,相忘外道者也。然旷世

之情,优入三昧,殊非守平原时色相。(《唐诗品》)

赠僧皎然

秋意西山多,别岑萦左次。

缮亭历三癸,趾趾邻什寺。

元化隐灵踪,始君启高致。

诛榛养翘楚,鞭草理芳穗。

俯砌披水容,逼天扫峰翠。

境新耳目换,物远风尘异。

倚石忘世情,援云得真意。

嘉林幸勿剪,禅侣欣可庇。

卫法大臣过,佐游群英萃。

龙池护清激,虎节到深邃。

徒想嵊顶期,于今没遗记。

【汇评】

《唐诗归》:钟云:此诗密理幽致,何减谢康乐?而选者不及,皆为"唐无五言古"一语抹杀。收此忠臣,不能为诗家立门户耶? 又云:"趾趾"字奇甚,思之却极象("趾趾"句下)。

《唐诗归折衷》:唐云:鲁公原不籍一诗以成名,其体似谢,拔之当矣。然古亡于谢,似谢正不可言古诗,此又钟所未解。

李　华

李华(715—774)，字遐叔，赵州赞皇(今属河北)人。开元二十三年(735)，登进士第，天宝二年(743)，又登博学宏词科。十一载拜监察御史，改右补阙。安史乱起，哥舒翰守潼关，表华为掌书记。潼关破，华走邺，欲奉老母南逃，被俘受伪职。两京收复，贬杭州司功参军。上元中诏授左补阙，广德中，加司封员外郎，自伤节隳亲亡，均告病不赴。李岘领选江淮，召入幕府，擢检校吏部员外郎。因病去官，隐居山阳，卒。华工文，与萧颖士齐名，世称"萧李"，为韩、柳先驱。有《李华前集》十卷，《中集》二十卷，已佚。后人辑有《李遐叔文集》四卷行世。《全唐诗》编诗一卷。

【汇评】

华文辞绵丽，少宏杰气。颖士健爽自肆，时谓不及颖士，而华自疑过之。……华爱奖士类，名随以重，若独孤及、韩云卿、韩会、李纾、柳识、崔祐甫、皇甫冉、谢良弼、朱巨川，后至执政显官。(《新唐书·文艺传下》)

李遐叔《杂诗》，虽不足以上继陈伯玉、张子寿之《感遇》，要亦正声雅奏也。《咏史》诗大有合于开元、天宝中事，似非无为而作，恨用事多沓拖耳。然如咏杨仆伐朝鲜曰："岛夷非敢乱，政暴地仍偏。得罪因怀璧，防身辄控弦。三军求裂土，万里讵闻天！"说尽边臣邀功生衅之弊，岂有感于青海之役耶？（《载酒园诗话又编》）

其诗清而博雅，无损以古；《杂诗》及《咏史》诸作，亦嗣宗、景纯之亚也。（《诗学渊源》）

仙游寺

原注：有龙潭穴、弄玉祠。

舍事入樵径，云木深谷口。
万壑移晦明，千峰转前后。
巍然龙潭上，石势若奔走。
开拆秋天光，崩腾夏雷吼。
灵谿自兹去，纡直互纷纠。
听声静复喧，望色无更有。
冥冥翠微下，高殿映杉柳。
滴滴洞穴中，悬泉响相扣。
昔时秦王女，羽化年代久。
日暮松风来，箫声生左右。
早窥神仙篆，愿结芝术友。
安得羡门方，青囊系吾肘！

【汇评】

《唐诗归》：奇语可畏（"开拆"句下）。

《唐贤三昧集笺注》：才笔叙去，山景奇绝，使人想象不已。

春行寄兴

宜阳城下草萋萋,涧水东流复向西。

芳树无人花自落,春山一路鸟空啼。

【汇评】

《唐诗直解》:情致俱幽。

《唐诗训解》:"自"与"空"字,益见凄景。

《唐诗三集合编》:四句说尽荒凉,却不露乱离事,妙。

《唐风定》:亦自花落鸟啼常境,直是风气遒美。

《诗境浅说续编》:五绝中如王右丞之《鸟鸣涧》诗、《辛夷坞》诗,言月下鸟鸣,涧边花落,皆不涉人事,传神弦外。七绝中此诗亦然。首二句言城下之萋萋草满,城外之流水东西,皆天然之致。后二句言路转春山,屦齿不到,一任鸟啼花落,送尽春光。诗题标以春行寄兴,殆万物静观皆自得也。若元微之见桃花自落,感连昌之故宫;刘长卿因啼鸟空闻,叹六朝之如梦。同是花落鸟啼,寓多少兴亡之感。此作不落形气之中,忘怀欣戚矣。

萧颖士

萧颖士(717—759),字茂挺,萧梁宗室后裔,祖籍兰陵(今山东苍山),居于颖川(今河南许昌)。四岁能文,十岁入太学。开元二十三年(735),登进士第,对策第一,授金坛尉。历桂州参军,丁家艰去职。天宝初,任秘书正字,搜求遗书,因"慢官离局"被劾免,居濮阳,以教授为生,人称"萧夫子"。后召为集贤校理,不屈于李林甫,降资参广陵军事。十载,因人荐入史馆待制,复调参河南府军事。安史乱起,为山南节度使源洧掌书记。洧卒,入淮南李成式幕,为扬州功曹参军,掌书记。乾元中,为诸道租庸使第五琦从事,赴嵩条迁衬先人遗骨,客死汝南逆旅。颖士工文能诗,奖掖后进,名重一时。文章与李华齐名,世称"萧李"。有《梁萧史谱》二十卷,《游梁新集》三卷,《文集》十卷,均佚。后人辑有《萧茂挺文集》一卷。《全唐诗》编诗一卷。

【汇评】

李华序其文曰:开元、天宝间,以文学著于时者,曰兰陵萧颖士,字茂挺。……君谓:六经之后,有屈原、宋玉,文甚雄壮,而不能经。厥后有贾谊,文词详正,近于理体。枚乘、司马相如,亦瑰丽才士,然而不近风雅。扬雄用意颇深,班彪识理,张衡宏旷,曹植丰赡，王粲超逸，嵇康标举，此外皆金相玉质，所尚或殊，不能备举。左思诗赋，有雅颂遗风，干宝著论，近乎王化根源，此外皆夐绝无闻。近日陈拾遗文体最正。以此而言，见君述作。（《唐诗纪事》）

人有一时负重名，既久而声暂歇者，唐之萧茂挺，宋之梅圣俞是也。诗文具在，不知当时何以倾动蛮貊如此！萧尝谓"屈、宋雄壮而不能经，贾生近理，枚、马瑰丽而不近风雅。"然其《江有枫》、《菊荣》、《凉雨》、《有竹》诸篇，岂遂真风雅乎？于《三百篇》虽具孙叔之衣冠，尚无优孟之抵掌。（《载酒园诗话又编》）

越江秋曙

扁舟东路远，晓月下江濆。
激滟信潮上，苍茫孤屿分。
林声寒动叶，水气曙连云。
暾日浪中出，榜歌天际闻。
伯鸾常去国，安道惜离群。
延首剡溪近，咏言怀数君。

【汇评】

《唐贤三昧集笺注》：秋光接眼（"水气"句下）。

《批唐贤三昧集》：萧颖士以笃行闻，此诗亦有端劲之气。

崔　曙

崔曙（？—739），一作崔暑，原籍博陵（今河北安平），寓居宋州（今河南商丘）。少孤贫，隐居颍阳太室山苦读。开元二十六年（738），登进士第，以试《明堂火珠》诗得名。授河内尉，卒。曙工诗，与薛据友善。《全唐诗》存诗一卷。

【汇评】

曙诗多叹词要妙，清意悲凉。送别、登楼，俱堪泪下。（《河岳英灵集》）

（开元中）省司试举人，作《明堂火珠诗》，进士崔曙诗最清拔。（《封氏闻见记》）

（曙）集中所载，殊未脱齐梁排偶之习，与王翰同工，远逊孟云卿古朴。（《诗学渊源》）

送薛据之宋州

无媒嗟失路，有道亦乘流。
客处不堪别，异乡应共愁。

我生早孤贱，沦落居此州。

风土至今忆，山河皆昔游。

一从文章事，两京春复秋。

君去问相识，几人今白头？

【汇评】

《汇编唐诗十集》：唐云：一篇之中，或律或古，亦作法不整齐处。

《唐诗选脉会通评林》：陈继儒曰：崔署诸诗古致错落，奥意每了然言表。

山下晚晴

寥寥远天净，溪路何空濛。

斜光照疏雨，秋气生白虹。

云尽山色暝，萧条西北风。

故林归宿处，一叶下梧桐。

【汇评】

《批点唐诗正声》：情景疏旷，故句得逸散。

《增订评注唐诗正声》：周云：悠然飒然，得散逸之趣。

《批选唐诗》：精润有深致。

《唐诗评选》：或曲或直，写生已至，而气不伤。

《历代诗评注读本》：写"晴"字，见日光初吐，而雨尚未停。写"晚"字，见斜光才照，而山色已暝。倏忽之间，景象不同，山中幽兴，随处可以领略，况在秋初时乎？意境超脱，笔致明净。

颍阳东溪怀古

灵溪氛雾歇，皎镜清心颜。

空色不映水，秋声多在山。

世人久疏旷，万物皆自闲。

白鹭寒更浴，孤云晴未还。

昔时让王者，此地闲玄关。

无以蹑高步，凄凉岑蔇间。

【汇评】

《批点唐诗正声》：白鸥孤云，有何情思？如此说便佳（"白鹭"二句下）。

《批选唐诗》：冲融恬静，正是古意。

《唐诗选脉会通评林》：周珽曰：通篇心闲手敏，觉纶巾羽扇便可破敌。

《唐贤三昧集笺注》：名句解颐（"秋声"句下）。

《唐贤清雅集》：写得灵异，与题情雅合。

《养一斋诗话》：崔曙"空色不映水，秋声多在山"，……曲尽幽闲之趣，每一诵味，烦襟顿涤。乃知盛唐诸公，古诗深造如此，不必储、王、孟、韦，而后尽物外之妙也。

早发交崖山还太室作

东林气微白，寒鸟急高翔。

吾亦自兹去，北山归草堂。

仲冬正三五，日月遥相望。

萧萧过颍上，晚晚辨少阳。

川冰生积雪，野火出枯桑。

独往路难尽，穷阴人易伤。

伤此无衣客，如何蒙雪霜！

《唐诗直解》：此篇虽因岁暮而作，然亦有"北风"、"雨雪"之意，岂天宝已后之诗与？

《唐诗归》：钟云：绝似孟浩然。　　谭云：真历过始知。　　钟云：数语殊有汉五言风味（"穷阴"句下）。　　谭云：感叹是《三百篇》气脉（末句下）。

《唐诗选脉会通评林》：陈继儒曰：离奇清莹，妙合无痕，妙，妙。

《唐诗评选》：学建安体亦须如此和缓。

《历代诗发》：起手得趣，通篇意致停蓄入古。

途中晓发

晓霁长风里，劳歌赴远期。

云轻归海疾，月满下山迟。

旅望因高尽，乡心遇物悲。

故林遥不见，况在落花时。

【汇评】

《唐诗归》：钟云：觉"可怜高处送，远见故人车"多却五字（"旅望"句下）。

《唐诗选脉会通评林》：周敬曰：三联二语，洞中客情，古今绝唱。

九日登望仙台呈刘明府容

汉文皇帝有高台，此日登临曙色开。

三晋云山皆北向，二陵风雨自东来。

关门令尹谁能识？河上仙翁去不回。

且欲近寻彭泽宰，陶然共醉菊花杯。

【汇评】

《批点唐音》：此篇句律典重，通篇匀称，情景分明，又一意直下，固足为法。但看音律不雄浑，绝似中唐。

《增定评注唐诗正声》：郭云：慷慨写意，中唐人无此气骨。

《唐诗选》：玉遮曰：三、四即境用事，甚切。

《贯华堂选批唐才子诗》："曙色开"妙。一是高台久受湮没，气象忽得一开；一是登高台人久抱抑郁，情思忽得一畅（"此日登临"句下）。

《增订唐诗摘钞》：起联见题，次联写景，中联叙事，末联寓意。格法严正，风调高古，兴象玲珑，悉备此作。昔人取七言律压卷者，或以沈佺期《独不见》，或出崔颢《黄鹤楼》，然沈中二联语意微重，崔起四句非律诗正格，必求尽善，恐无过此篇也。　　一气舒卷，毫无痕迹。

《唐七律选》：何许气象，何许神兴，千秋绝调（"三晋云山"二句下）。　　一气转合，就题有法。

《唐贤三昧集笺注》：堂堂正正。　　三、四有李、杜口吻，自是盛唐正声。

《网师园唐诗笺》：名句浑成（"二陵风雨"句下）。

《唐贤清雅集》：形势物候俱确切，不独诗格雄健，古人学问真实如此。

《唐宋诗举要》：吴曰：宜看其兴象高华，不在追求字面。

嵩山寻冯炼师不遇

青溪访道凌烟曙，王子仙成已飞去。

更值空山雷雨时，云林薄暮归何处？

王　翰

　　王翰，生卒年不详，翰一作澣，字子羽，并州晋阳（今山西太原）人。睿宗景云元年（710）登进士第。开元初，连举直言极谏、超拔群类科。张说由并州长史入相，召为秘书正字，擢通事舍人，迁驾部员外郎。开元十四年，说罢相，翰出为汝州刺史，改仙州别驾。以穷乐畋饮，贬道州司马。开元二十三年杜甫至洛阳应试时，翰尚在世。翰兼擅诗文，有《王澣集》十卷，已佚。《全唐诗》存诗一卷。

【汇评】

　　王翰之文，有如琼林玉斝，虽烂然可珍，而多有玷缺。若能箴其所阙，济其所长，亦一时之秀也。（《大唐新语》卷八引张说语）

　　翰工诗，多壮丽之词。文士祖咏、杜华等，尝与游从。华母崔氏云："吾闻孟母三迁，吾今欲卜居，使汝与王翰为邻足矣。"其才名如此。（《唐才子传》）

饮马长城窟行

　　长安少年无远图，一生惟羡执金吾。

麒麟前殿拜天子,走马西击长城胡。

胡沙猎猎吹人面,汉虏相逢不相见。

遥闻鼙鼓动地来,传道单于夜犹战。

此时顾恩宁顾身,为君一行摧万人。

壮士挥戈回白日,单于溅血染朱轮。

归来饮马长城窟,长城道傍多白骨。

问之耆老何代人?云是秦王筑城卒。

黄昏塞北无人烟,鬼哭啾啾声沸天。

无罪见诛功不赏,孤魂流落此城边。

当昔秦王按剑起,诸侯膝行不敢视。

富国强兵二十年,筑怨兴徭九千里。

秦王筑城何太愚?天实亡秦非北胡。

一朝祸起萧墙内,渭水咸阳不复都。

【汇评】

《唐诗广选》:蒋仲舒曰:此题作者多,而各自一格调。

《围炉诗话》:只取后四句,可作一绝句。

子夜春歌

春气满林香,春游不可忘。

落花吹欲尽,垂柳折还长。

桑女淮南曲,金鞍塞北装。

行行小垂手,日暮渭川阳。

【汇评】

《诗薮》:初唐律有全作齐梁者,王翰"春气满林香"是也。

《唐诗归》:钟云:急调不轻。

凉州词二首（其一）

葡萄美酒夜光杯，欲饮琵琶马上催。

醉卧沙场君莫笑，古来征战几人回？

【汇评】

《唐诗绝句类选》：语意远，乃得隽永。

《唐诗直解》：悲慨在"醉卧"二字。

《艺苑卮言》："可怜无定河边骨，犹是深闺梦里人"，用意工妙至此，可谓绝唱矣。惜为前二句所累，筋骨毕露，令人厌憎。"葡萄美酒"一绝，便是无瑕之璧。盛唐地位不凡乃尔。

《增订唐诗摘钞》：诗意在末句，而以饮酒引之，沉痛语也。若以豪饮解之，则人人所知，非古人之意。

《而庵说唐诗》：此诗妙绝，无人不知，若非细细寻其金针，其妙亦不可得而见。……若论顿挫，"葡萄美酒"一顿，"夜光杯"一顿，"欲饮"一顿，"琵琶马上催"一顿，"醉卧沙场"一顿，"君莫笑"一顿，凡六顿，"古来征战几人回"则方挫去。夫顿处皆截，挫处皆连，顿多挫少，唐人得意乃在此。

《唐诗别裁》：故作豪饮旷达之词，而悲感已极。　　杨仲弘论绝句，以第三句为主，而第四句发之，盛唐多与此合。

《诗法易简录》："君莫笑"三字喝末句有力。

《岘傭说诗》：作悲伤语读便浅，作谐谑语读便妙，在学人领悟。

《唐人万首绝句选评》：气格俱胜，盛唐绝作。

春日归思

杨柳青青杏发花，年光误客转思家。

不知湖上菱歌女,几个春舟在若耶?

【汇评】

《唐诗归》:"误客"妙,妙("年光误客"句下)!

孟云卿

孟云卿(约725—?),河南(今河南洛阳)人,郡望平昌(今山东商河西北)。天宝中应进士试落第。永泰二年,为校书郎,将往南海,元结以诗文送之。大历中,流寓荆州、广陵等地。八年犹在世。云卿诗祖述陈子昂、沈千运,注重反映现实,为时所重。乾元三年,元结编沈千运等七人诗为《箧中集》,云卿诗亦入选。《全唐诗》存诗一卷。

【汇评】

(孟云卿)祖述沈千运,渔猎陈拾遗,词意伤怨。如"虎豹不相食,哀哉人食人",方于《七哀》"路有饥妇人,抱子弃草间",则云卿之句深矣。虽效于沈、陈,才得升堂,犹未入室,然当今古调,无出其右,一时之英也。(《中兴间气集》)

高古奥逸主。(《诗人主客图》)

钟云:元次山与云卿以词学相友二十年,次山直奥,云卿深婉,各不相同,此古人真相友处也。(《唐诗归》)

诗有一意透快,略不含蓄,不碍其为佳者,沈千运、孟云卿是也。(《载酒园诗话又编》)

古别离

朝日上高台，离人怨秋草。

但见万里天，不见万里道。

君行本迢远，苦乐良难保。

宿昔梦同衾，忧心常倾倒。

含酸欲谁诉？展转伤怀抱。

结发年已迟，征行去何早！

寒暄有时谢，憔悴难再好。

人皆算年寿，死者何曾老？

少壮无见期，水深风浩浩。

【汇评】

《唐诗镜》：苦刻，古人道不到此（"死者"句下）。

《唐贤三昧集笺注》：得古乐府至理。　有仰天浩叹之概（末句下）。

《剑溪说诗》：余少时曾拟《古别离》一章转韵，山阳邱拙村师评曰："颇学汉魏，中多有合，但首尾尚未合拍尔。"时正雏诵孟云卿诗，初未识所谓汉魏诗也。由是进取而习之，乃恍然于云卿体制所自出。

《王闿运手批唐诗选》：元结至交也，诗亦有元派。

今别离

结发生别离，相思复相保。

如何日已久，五变庭中草。

渺渺大海途，悠悠吴江岛。

但恐不出门，出门无远道。
远道行既难，家贫衣复单。
严风吹积雪，晨起鼻何酸。
人生各有志，岂不怀所安？
分明天上日，生死愿同欢。

悲哉行

孤儿去慈亲，远客丧主人。
莫吟苦辛曲，此曲谁忍闻！
可闻不可说，去去无期别。
行人念前程，不待参辰没。
朝亦常苦饥，暮亦常苦饥。
飘飘万余里，贫贱多是非。
少年莫远游，远游多不归。

【汇评】

《唐音癸签》：杜甫称云卿云："一饭未尝留俗客，数篇今见古人诗。"观集中《哀哉行》、《古挽歌》、《途中寄友》诸篇，尤惬杜句。

古挽歌

草草闾巷喧，涂车俨成位。
冥冥何所须？尽我生人意！
北邙路非远，此别终天地。
临穴频抚棺，至哀反无泪。
尔形未衰老，尔息才童稚。
骨肉安可离，皇天若容易。

房帷即灵帐，庭宇为哀次。

薤露歌若斯，人生尽如寄。

【汇评】

《四溟诗话》：诗中泪字若"沾衣"、"沾裳"，通用不为剽窃。多有出奇者，潘岳曰："涕泪应情陨"，子美曰："近泪无干土"，太白曰："泪尽日南珠"，刘禹锡曰："巴人泪应猿声落，"贾岛曰："泪落故山远，"孟云卿曰："至哀反无泪。"……卢仝曰："黄金矿里铸出相思泪，"此太涉险怪矣。

《全唐风雅》：黄云：挽歌至此，死者有知，亦当痛哭一场，大笑一场。

《唐诗别裁》：入骨语（"至哀"句下）。

放歌行

吾观天地图，世界亦何小！
落落大海中，飘浮数洲岛。
贤愚与蚁虱，一种同草草。
地脉日夜流，天衣有时扫。
东山谒居士，了我生死道。
目见难噬脐，心通可亲脑。
轩皇竟磨灭，周孔亦衰老。
永谢当时人，吾将宝非宝。

伤怀赠故人

稍稍晨鸟翔，浙浙草上霜。
人生早雁苦，寿命恐不长。

二十学已成，三十名不彰。

岂无同门友？贵贱易中肠。

驱马行万里，悠悠过帝乡。

幸因弦歌末，得上君子堂。

众乐互喧奏，独余备笙簧。

坐中无知音，安得神扬扬！

愿因高风起，上感白日光。

【汇评】

《唐诗选脉会通评林》：周珽曰：凄楚声气，出天入渊。大抵孟诗多以苦调胜人，如"贵贱易中肠"、"为长心易忧"、"死者何曾老"等语皆刻骨，觉鸟啼花落，尽成悲思。

《此木轩论诗汇编》：效《十九首》。

伤　情

为长心易忧，早孤意常伤。

出门先踌躇，入户亦彷徨。

此生一何苦，前事安可忘！

兄弟先我没，孤幼盈我傍。

旧居近东南，河水新为梁。

松柏今在兹，安忍思故乡！

四时与日月，万物各有常。

秋风一以起，草木无不霜。

行行当自勉，不忍再思量。

【汇评】

《唐诗归》：谭云：万愁万苦，能令阅者各有愁苦，恰好合着。　　钟云：老人语，孺子心，感人处在声泪之外。　　钟云：

五字是为长话头（"前事"句下）。　　钟云：人生苦境有眼中放得，心中想不得者，此五字是也（"孤幼"句下）。　　钟云：悲促中忽着此宽大语（"万物"句下）。　　钟云：四语似汉人古诗（"四时"四句下）。

《载酒园诗话又编》：孟之"为长心易忧，早孤意常伤"，语皆入妙。但读其全诗，皆羽声角调，无甚宫商之音。

伤时二首（其一）

徘徊宋郊上，不睹平生亲。
独立正伤心，悲风来孟津。
大方载群物，生死有常伦。
虎豹不相食，哀哉人食人！
岂伊逢世运，天道亮云云。

【汇评】

《唐诗品汇》：刘须溪云：子昂风调。

寒　食

二月江南花满枝，他乡寒食远堪悲。
贫居往往无烟火，不独明朝为子推。

【汇评】

《唐诗归》：谭云：翻得静。

《唐诗归折衷》：唐云：盛唐响调，钟本尤难得。

《载酒园诗话又编》：孟《寒食》诗最佳，"贫居往往无烟火，不独明朝为子推"，正可与韩翃诗参看。

《网师园唐诗笺》：翻新见妙（末句下）。

张 巡

张巡(709—757),蒲州河东(今山西永济)人,一说邓州南阳(今属河南)人。开元二十四年(736),擢进士第。天宝初,由太子通事舍人出为清河令,更调真源令。安禄山反,巡起兵讨贼,至睢阳,与太守许远合,诏拜主客郎中、河南节度副使。至德二载,贼将尹子琦率众十馀万攻睢阳,屡败之,诏拜御史中丞。粮尽城陷,遇害。巡善诗文,多散佚。《全唐诗》存诗二首。

【汇评】

(巡)博通群书,为文章不立稿,以忠义死睢阳。(《唐诗纪事》)

睢阳死义之士,非以诗名,而其诗亦壮,读之凛然。(《唐诗解》)

闻 笛

岧峣试一临,虏骑附城阴。

不辨风尘色,安知天地心!

营开边月近,战苦阵云深。

旦夕更楼上,遥闻横笛音。

【汇评】

《唐诗直解》：聚成一片，流出真诗。只一结句闻笛，觉上数语皆闻笛矣，妙手。

《唐诗选脉会通评林》：周敬曰：次联忠精节义，凛凛生气。　　陈继儒曰：死义之士，其词壮。

《唐诗选》：结句方见笛，则题当有"军中"字。

《唐诗评选》：一事开合，弘深广远，固当密于柴桑，纯于康乐也。　　三、四下句简妙，寓曲于直，不许庸人易辟。文生于情，情深者文自不浅。

《唐诗选》：玉遮曰：第二联不可磨灭。结句方见笛。

《唐诗意》：其节义如"庶姜"，其气概如"南仲"，可风可雅。

《唐诗别裁》：一片忠义之气滚出，闻笛意一点自足。　　三、四言不识风尘之愁惨，并不知天意之向背，非一开一合语也。宋贤谓伯夷、叔齐欲与天意违拗，正复相合。

《网师园唐诗笺》：忠肝若揭（"不辨"句下）。

守睢阳作

接战春来苦，孤城日渐危。
合围俟月晕，分守若鱼丽。
屡厌黄尘起，时将白羽挥。
裹疮犹出阵，饮血更登陴。
忠信应难敌，坚贞谅不移。
无人报天子，心计欲何施！

【汇评】

《新唐书·忠义传》赞曰：张巡、许远，可谓烈丈夫矣。以疲卒数万，婴孤墉，抗方张不制之虏，鲠其喉牙，使不得搏食东南，牵掣首尾,歴溃梁、宋间。大小数百战,虽力尽乃死,而唐全得江、淮财用,以济中兴,引利偿害,以百易万可矣。巡先死不为遽,远后死不为屈。巡死三日而救至,十日而贼亡,天以完节付二人,畀名无穷,不待留生而后显也。

《围炉诗话》:张睢阳《闻笛》诗及《守睢阳》排律,当置六经中敬礼之,勿作诗读。

《静居绪言》:张睢阳诗不多,亦足辚轹一时,其《闻笛》诗,人多采之。如《守睢阳》诗,……博大工稳,置之杜老集中,几难轩轾。

《石园诗话》:禄山反,(巡)与睢阳太守许远婴城自守,经年城陷,死节。有诗云:"……忠信应难敌,坚贞谅不移。"忠义之气,溢于言表。

张　抃

张抃(？—757)，韶州曲江(今广东韶关)人。曾官丰城令。安史
乱中，与张巡、许远同守睢阳，城陷，与张巡、南霁云、姚誾等三十六人
同殉节。《全唐诗》存诗一首。

题衡阳泗州寺

一水悠悠百粤通，片帆无奈信秋风。

几层峡浪寒春月，尽日江天雨打篷。

漂泊渐摇青草外，乡关谁念雪园东。

未知今夜依何处，一点渔灯出苇丛。

贺兰进明

贺兰进明，生卒年里贯均未详。开元十六年（728）登进士第，累官主客员外郎。天宝末，任信安太守。安史乱起，徙北海太守。赴肃宗灵武行在，授御史大夫、河南节度使，驻临淮。安史叛军围睢阳，张巡遣南霁云突围至临淮求救，进明不肯出兵，致睢阳陷落。后坐第五琦党，贬溱州员外司马，不知所终。《全唐诗》存其诗七首。

【汇评】

员外好古博达，经籍满腹。其所著述一百馀篇，颇究天人之际。又有古诗八十首，大体符于阮公。又《行路难》五首，并多新兴。（《河岳英灵集》）

古意二首（其一）

崇兰生涧底，香气满幽林。
采采欲为赠，何人是同心？
日暮徒盈把，裴回忧思深。

慨然纫杂佩，重奏丘中琴。

【汇评】

《批点唐诗正声》：意至兴远，读之可悲。

闾丘晓

闾丘晓(？—757)，里贯不详。至德中，为濠州刺史。安史叛军围睢阳，张巡告急，兼河南节度使张镐檄之赴援，晓逗留不进，为镐杖杀。《全唐诗》存诗一首。

夜渡江

舟人自相报，落日下芳潭。

夜火连淮市，春风满客帆。

水穷沧海畔，路尽小山南。

且喜乡园近，能令意味甘。

【汇评】

《唐诗归》：钟云：能杀王昌龄人也，能作如此诗，怪事！

《唐诗选脉会通评林》：周敬曰：此诗与张钫《舟行旦发》篇深雅平妥，俱不失唐律正调。

孟浩然

孟浩然(689—740),襄阳(今湖北襄樊)人。早年隐居鹿门山。开元间游长安,应进士试不第。自洛之越,漫游江、淮、吴、越、湘、赣等地。归襄阳。二十五年,张九龄出任荆州长史,引为幕宾。次年归里。二十八年,王昌龄自岭南北归,经襄阳,相得甚欢。寻病卒。浩然以诗名重当世,与王维齐名,为盛唐山水田园诗派的代表诗人。天宝四载,王士源编次其诗为《孟浩然诗集》三卷,今存。《全唐诗》编诗二卷。

【汇评】

浩然诗,文彩茸茸,经纬绵密,半遵雅调,全削凡体。至如"众山遥对酒,孤屿共题诗",无论兴象,兼复故实。又"气蒸云梦泽,波动岳阳城"亦为高唱。(《河岳英灵集》)

(浩然)骨貌淑清,风神散朗。……学不为儒,务掇菁藻;文不按古,匠心独妙。五言诗天下称其尽美矣。(王士源《孟浩然集序》)

明皇世,章句之风大得建安体,论者推李翰林、杜工部为尤。介其间能不愧者,惟吾乡之孟先生也。先生之作,遇景入咏,不钩奇抉异,令龌龊束人口者,涵涵然有干霄之兴,若公输氏当巧而不巧者也。北齐美萧悫"芙蓉露下落,杨柳月中疏",先生则有"微云淡河汉,疏雨滴梧桐”；乐府美王融“日霁沙屿明，风动甘泉浊”，先生则有“气蒸云梦泽，波动岳阳城”；谢朓之诗句，精者有“露湿寒塘草，月映清淮流”，先生则有“荷风送香气，竹露滴清声”。此与古人争胜于毫厘间也。他称是者众，不可悉数。（皮日休《郢州孟亭记》）

子瞻谓孟浩然之诗，韵高而才短，如造内法酒手，而无材料尔。（《后山诗话》）

孟浩然如洞庭始波，木叶微落。（《臞翁诗评》）

孟襄阳学力下韩退之远甚，而其诗独出退之之上者，一味妙悟而已。（《沧浪诗话》）

孟浩然之诗，讽咏之久，有金石宫商之声。（同上）

生成语难得。浩然诗高处不刻画，只似乘兴，苏州远在其后，而澹复过之。（刘辰翁《孟浩然诗集跋》）

襄阳气象清远，心惊孤寂，故其出语洒落，洗脱凡近，读之浑然省净，而采秀内映，虽悲感谢绝，而兴致有馀。藻思不及李翰林，秀调不及王右丞，而闲澹疏豁、儵儵自得之趣，亦非二公之长也。世代下流，崇慕冠绂，孟君沦落江海，遂阻声华，传之后世，悠然隐意更高。孟君之节，夫亦久而后定者耶！（《唐诗品》）

浩然体本自冲澹中有趣味，故所作若不经思，而盛丽幽闲之思时在言外，盖天降殊才，非偶然也。（《批点唐诗正声》）

浩然五言古诗近体，清新高妙，不下李、杜。但七言长篇，语平气缓，若曲涧流泉，而无风卷江河之势。（《四溟诗话》）

诗有必不能废者，虽众体未备，而独擅一家之长。如孟浩然洮洮易尽，止以五言隽永，千载并称“王孟”。（《艺圃撷馀》）

孟五言不甚拘偶者，自是六朝短古，加以声律，便觉神韵超然，此其占便宜处。英雄欺人，要领未易勘也。（《诗薮》）

孟诗淡而不幽，时杂流丽；闲而匪远，颇觉轻扬。可取者，一味自然。（同上）

孟浩然诗材虽浅窘，然语气清亮，诵之有泉流石上、风来松下之音。（《唐诗镜》）

钟云：浩然诗当于清浅中寻其静远之趣，岂可故作清态，饰其寒窘，为不读书、不深思人便门？若右丞诗，虽欲窃其似以自文，不可得矣。此王、孟之别也。（《唐诗归》）

孟五言秀雅不及王，而闲澹颇自成局。（《唐音癸签》引何景明语）

孟襄阳才不足半摩诘，特善用短耳。其景色恒傅情而发，故小胜也；其气先志而索，故大不胜也。然偏师而出者，犹轻当于众志而脍炙艺林。（《唐音癸签》引王世贞语）

周珽曰：凡读孟诗，真若水石潺湲，风竹相吞，炉烟方袅，草木自馨，自有一种天然清旷之致。（《唐诗选脉会通评林》）

孟浩然古律之诗，五言为胜；五言则短篇为胜。（《诗源辩体》）

唐人律诗以兴象为主，风神为宗。浩然五言律兴象玲珑，风神超迈，即元瑞所谓"大本先立"，乃盛唐最上乘，不得偏于闲淡幽远求之也。（同上）

古人为诗，有语语琢磨者，有一气浑成者。语语琢磨者称工，一气浑成者为圣。语语琢磨者，一有相类，疑为盗袭；一气浑成者，兴趣所到，忽然而来，浑然而就，不当以形似求之。试观浩然五言律入录者，无一句人不能道，然未有一篇人易道也。后人才小者辄慕浩然，然但得其浅易耳。（同上）

李、杜二公诗甚多，而浩然诗甚少。盖二公才力甚大，思无不获。浩然造思极深，必待自得。故其五言律皆忽然而来，浑然而就，而圆转超绝，多入于圣矣。须溪谓"浩然不刻画，只似乘兴"，沧浪谓"浩然一味妙悟"，皆得之矣。（同上）

五言律，摩诘风体不一，浩然机局善变。然摩诘可学，而浩然不易学也。浩然如"云海访瓯闽"、"沿溯非便习"、"士有不得志"、

"拂衣去何处"、"府寮能枉驾"、"敝庐在郭外"、"闻君息阴地"、"与君园庐并"、"去国已如昨"、"少小学书剑"、"挂席东南望"、"遑遑三十载"、"南国辛居士"、"旧国余归楚"、"二月湖水清"等篇,格虽稍放而入小变,然皆神会兴到,随地化生,未可以智力求之。至如"欣逢柏台旧"、"义公习禅寂"、"支遁初求道"、"龙象经行处"等篇,则皆幽远清旷,以丘壑胜者也。(《载酒园诗话又编》)

诗忌闹,孟独静;诗忌板,孟最圆。然律诗有一篇如一句者,又有上句即有下句者,往往稍涉于轻,乃知有所避必有所犯。笔力强弱,实由性生,不复可强,智者善藏其短耳。(《载酒园诗话又编》)

(浩然诗)祖建安,宗渊明,冲澹中有壮逸之气。(《骚坛秘语》)

襄阳五言律、绝句,清空自在,淡然有馀,衍作五言排律,转觉易尽,大逊右丞。盖长篇中须警策语耐看,不得专以气体取胜也,故必推老杜擅场。(《蠖斋诗话》)

孟诗以清胜,其入悟处,非学可及。吴敬夫云:浩然清姿淑质,风神掩映,乃在淡若无意之中。(《唐诗归折衷》)

孟诗佳处只"真"字,初读无奇,寻绎则齿颊间有馀味。(同上)

襄阳(五律)佳处亦整亦暇,结构别有生趣,辋川、太白,殆能兼之。(《古欢堂集杂著》)

孟浩然诸体似乎澹远,然无缥缈幽深思致,如画家写意,墨气都无。苏轼谓"浩然韵高而才短,如造内法酒手,而无材料",诚为知言。后人胸无才思,易于冲口而出,孟开其端也。(《原诗》)

襄阳诗从静悟得之,故语淡而味终不薄,此诗品也。然比右丞之浑厚,尚非鲁、卫。(《唐诗别裁》)

孟诗胜人处,每无意求工,而清超越俗,正复出人意表。(同上)

孟公五律,笔洁气逸,为品最高;较之储生,尤为神足。故能指作自如,不窘边幅。自是一代家数,未易轩轾也。(《闻鹤轩初盛唐近体读本》)

其源出于谢惠连,挹彼清音,谢其密藻。五律含华洗骨,超然远神,如初日芙蕖,亭亭秀映。《唐书》称其方驾李、杜,固知名下无虚。(《三唐诗品》)

姚曰:孟公高华精警,不逮右丞,而自然奇逸处则过之。(《唐宋诗举要》)

传言浩然为诗,伫兴而作,造意极苦。篇什既成,洗涤凡近,超然独妙。虽气象清远,而采秀内映,藻思所不及。(《历代五言诗评选》)

登江中孤屿赠白云先生王迥

悠悠清江水,水落沙屿出。
回潭石下深,绿筿岸傍密。
鲛人潜不见,渔父歌自逸。
忆与君别时,泛舟如昨日。
夕阳开返照,中坐兴非一。
南望鹿门山,归来恨相失。

【汇评】

《王孟诗评》:"回潭"二句似柳州小记。

《唐诗归》:钟云:见山水思故人,自是人情,然亦非俗情,又泛泛不得。

《唐贤三昧集笺注》:"中坐兴非一","一"字用法轻妙。

《王闿运手批唐诗选》:诗境豁开。

秋登兰山寄张五

北山白云里,隐者自怡悦。

相望试登高，心随雁飞灭。

愁因薄暮起，兴是清秋发。

时见归村人，沙行渡头歇。

天边树若荠，江畔舟如月。

何当载酒来，共醉重阳节。

【汇评】

《苕溪渔隐丛话》引《复斋漫录》：颜之推《家训》云："《罗浮山记》：'望平地树如荠'，故戴暠诗'长安树如荠'。有人《咏树》诗：'遥望长安荠'，此耳学之过也。"余因读浩然《秋登万山》诗："天边树若荠，江畔洲如月。"乃知孟真得暠意。

《王孟诗评》：刘云：朴而不厌。

《升庵诗话》：《罗浮山记》云："望平地树如荠。"自是俊语。梁戴暠诗"长安树如荠"，用其语也。后人翻之益工，薛道衡诗："遥原树若荠，远水舟如叶。"孟浩然诗："天边树若荠，江畔洲如月。"

《唐贤三昧集笺注》：刘云："时见"二句，其俚如此。

《唐贤清雅集》：超旷中独饶劲健，神味与右丞稍异，高妙则一也。　　结出主意，通首方着实。

《历代诗评注读本》："天边"、"江畔"两句，摹写物象，超然入神。

入峡寄弟

吾昔与尔辈，读书常闭门。

未尝冒湍险，岂顾垂堂言？

自此历江湖，辛勤难具论。

往来行旅弊，开凿禹功存。

壁立千峰峻，溪流万壑奔。

我来凡几宿，无夕不闻猿。

浦上摇归恋，舟中失梦魂。

泪沾明月峡，心断鹡鸰原。

离阔星难聚，秋深露已繁。

因君下南楚，书此示乡园。

【汇评】

《王孟诗评》：起处凄婉。"壁立"四句，巴峡峭幽之状殆尽，然不可下点，又却自佳。

湖中旅泊寄阎九司户防

桂水通百越，扁舟期晓发。

荆云蔽三巴，夕望不见家。

襄王梦行雨，才子谪长沙。

长沙饶瘴疠，胡为苦留滞？

久别思款颜，承欢怀接袂。

接袂杳无由，徒增旅泊愁。

清猿不可听，沿月下湘流。

【汇评】

《唐贤三昧集笺注》：一结清远。

《唐贤清雅集》：宛转如辘轳，妙无痕迹。末四句回合宕往，多少法力！隽味在笔墨之外，只令读者心神恍恍，其成连海上琴手！

仲夏归汉南园寄京邑耆旧

尝读高士传，最嘉陶征君。

日耽田园趣，自谓羲皇人。

予复何为者？栖栖徒问津。

中年废丘壑，上国旅风尘。

忠欲事明主，孝思侍老亲。

归来当炎夏，耕稼不及春。

扇枕北窗下，采芝南涧滨。

因声谢同列，吾慕颍阳真。

【汇评】

《王孟诗评》：其怀淡然自足，故出语不求工，愈浅愈佳。以句字争奇者，彼安知诗为何物？

宿扬子津寄润州长山刘隐士

所思在建业，欲往大江深。

日夕望京口，烟波愁我心。

心驰茅山洞，目极枫树林。

不见少微星，风霜徒夜吟。

【汇评】

《唐贤三昧集笺注》：有六朝人之口吻。

夏日南亭怀辛大

山光忽西落，池月渐东上。

散发乘夕凉，开轩卧闲敞。

荷风送香气，竹露滴清响。

欲取鸣琴弹，恨无知音赏。

感此怀故人，中宵劳梦想。

【汇评】

《王孟诗评》：刘云：起处似陶，清景幽情，洒洒楮墨间。

《批选唐诗》：写景自然，不损天真。

《唐诗选脉会通评林》：周珽曰：此倒薤垂露书也。大小篆皆出其下，何况俗书！　　陈继儒曰：风入松而发响，月穿水而露痕，《兰山》、《南亭》二诗深静，真可水月齐辉，松风比籁。

《此木轩论诗汇编》："荷风送香气，竹露滴清响"，韦诗多似此。

《唐贤三昧集笺注》："卧闲敞"字甚新奇。"荷风"二句一读，使人神思清旷。

《唐诗别裁》："荷风"、"竹露"，佳景亦佳句也。外又有"微云淡河汉，疏雨滴梧桐"句，一时叹为清绝。

《网师园唐诗笺》："荷风"、"竹露"亦凡写夏景者所当有，妙在"送"字、"滴"字耳。

《唐贤清雅集》：清旷，与右丞《送宇文太守》同调，气色较华美。

《王闿运手批唐诗选》：爽朗（"散发"二句下）。

秋宵月下有怀

秋空明月悬，光采露沾湿。
惊鹊栖未定，飞萤卷帘入。
庭槐寒影疏，邻杵夜声急。
佳期旷何许，望望空伫立。

【汇评】

《王孟诗评》：刘云：亦自纤丽，与"疏雨滴梧桐"相似。谓其诗枯淡，非也。

《批点唐音》：秋夜之语，更不能胜。

送从弟邕下第后寻会稽

疾风吹征帆，倏尔向空没。
千里在俄顷，三江坐超忽。
向来共欢娱，日夕成楚越。
落羽更分飞，谁能不惊骨！

【汇评】

《唐诗品汇》：刘云：发兴甚苦。

《增定评注唐诗正声》：郭云："疾风"句妙，下三句从此生出。离情闪忽，真可惊。

《唐诗分类绳尺》：悲语动人，至此极矣。

《唐诗选脉会通评林》：周珽曰：读孟诗，逸调如闻苏门清啸，苦调似听燕市悲筑。如此诗以哀感胜者，盖浩然累试不第，穷困道途。若《南归阻雪》、《苦雨思归》、《寄京邑耆旧》等篇，俱慨叹悲调，读之所谓"酸风苦雨一时来，正使英雄泪成碧"。

岘潭作

石潭傍隈隩，沙岸晓夤缘。
试垂竹竿钓，果得槎头鳊。
美人骋金错，纤手脍红鲜。
因谢陆内史，莼羹何足传！

【汇评】

《王孟诗评》：刘云：其诗风味可爱如此，以致遂为少陵拈出。

《唐贤三昧集笺注》：六朝人语。

《此木轩论诗汇编》：别无深意，而有深味。

题终南翠微寺空上人房

翠微终南里，雨后宜返照。
闭关久沉冥，杖策一登眺。
遂造幽人室，始知静者妙。
儒道虽异门，云林颇同调。
两心相喜得，毕景共谈笑。
暝还高窗眠，时见远山烧。
缅怀赤城标，更忆临海峤。
风泉有清音，何必苏门啸！

【汇评】

《王孟诗评》：刘云：不必刻深，怀抱如洗。　　"闭关"四语，
高怀静致，非实际人不可得。

《唐诗归》：钟云：此处住，情景俱深妙许多（"时见"句下）。

《唐贤三昧集笺注》："毕景"字新奇。

宿业师山房期丁大不至

夕阳度西岭，群壑倏已暝。
松月生夜凉，风泉满清听。
樵人归欲尽，烟鸟栖初定。
之子期未来，孤琴候萝径。

【汇评】

《王孟诗评》：此诗愈淡愈浓，景物满眼，而清淡之趣更浮动，
非寂寞者。

《唐诗选脉会通评林》：周珽曰："生"、"满"二字静中含动，

"尽"、"定"二字动中得静,禅语妙思。伯敬谓"尽"字不如用"稀"字,那知"尽"字得暮宿真境。

《唐诗摘钞》:与王右丞《过香积寺》作几不相上下,但王作调平而较浑,此作调高而语过峭,此处微输一筹。

《唐贤三昧集笺注》:三、四使人生尘外之想。　　　幽绝。

《唐诗别裁》:山水清音,悠然自远。末二句见"不至"意。

《纫斋诗谈》:不做作清态,正是天真烂漫。

《唐贤清雅集》:清秀彻骨,是襄阳独得处。

《王闿运手批唐诗选》:常语清妙。

耶溪泛舟

落景馀清辉,轻桡弄溪渚。

澄明爱水物,临泛何容与。

白首垂钓翁,新妆浣纱女。

相看似相识,脉脉不得语。

【汇评】

《王孟诗评》:清溪丽景,闲远馀情,不欲犯一字绮语自足。

《此木轩论诗汇编》:高洁。

《唐贤三昧集笺注》:神似乐府。

彭蠡湖中望庐山

太虚生月晕,舟子知天风。

挂席候明发,眇漫平湖中。

中流见匡阜,势压九江雄。

黤黕容霁色,峥嵘当晓空。

香炉初上日，瀑布喷成虹。

久欲追尚子，况兹怀远公。

我来限于役，未暇息微躬。

淮海途将半，星霜岁欲穷。

寄言岩栖者，毕趣当来同。

【汇评】

《唐贤三昧集笺注》：大湖中见高山，真成活画。

《养一斋诗话》：严沧浪云："孟襄阳学力下韩退之远甚，而其诗独出退之之上者，一味妙悟故也。"然则盛唐惟孟襄阳，乃可以一味妙悟目之。然襄阳诗如"东旭早光芒，浦禽已惊聒。卧闻渔浦口，桡声暗相发。日出气象分，始知江湖阔"、"太虚生月晕，舟子知天风。挂席候明发，渺漫平湖中。中流见匡阜，势压九江雄。香炉初上日，瀑布喷成虹"，精力浑健，俯视一切，正不可徒以清言目之，则谓襄阳诗都属悟到，不关学力，亦微误耳。

《唐宋诗举要》：兴象华妙。

登鹿门山

清晓因兴来，乘流越江岘。

沙禽近方识，浦树遥莫辨。

渐至鹿门山，山明翠微浅。

岩潭多屈曲，舟楫屡回转。

昔闻庞德公，采药遂不返。

金涧饵芝术，石床卧苔藓。

纷吾感耆旧，结揽事攀践。

隐迹今尚存，高风邈已远。

白云何时去？丹桂空偃蹇。

探讨意未穷，回艇夕阳晚。

【汇评】

《王孟诗评》：叙致淡远。

《唐诗品汇》：僧皎然云：静也（"丹桂"句下）。

《唐贤三昧集笺注》：叙山溪状迫真。　　　绝近《选》体。

万山潭作

垂钓坐盘石，水清心亦闲。

鱼行潭树下，猿挂岛藤间。

游女昔解佩，传闻于此山。

求之不可得，沿月棹歌还。

【汇评】

《王孟诗评》：蜕出风露，古始未有。　　　古意淡韵，终不可以众作律之，而众作愈不可及。

《唐诗归》：谭云：澹而永。　　　钟云：宜入律。

《此木轩论诗汇编》：读至"求之不可得"，试掩下句，看他如何发放。须知才有意，便失之"吾与点也"之意。

《历代诗发》：襄阳山水间诗，境象兴趣，不必追摹谢客，而超诣处往往神契。至于灵襟萧旷，洒然孤行，方诸俳骈，尤为挺出矣。

《唐诗别裁》：不必刻深，风骨自异。

《五七言今体诗钞》：空逸澹宕。

《唐宋诗举要》：吴曰：后半超妙无匹，笔墨之迹俱化烟云，浩渺无际。

采樵作

采樵入深山，山深树重叠。

桥崩卧槎拥，路险垂藤接。

日落伴将稀，山风拂萝衣。

长歌负轻策，平野望烟归。

【汇评】

《王孟诗评》：孟诸诗皆极洗炼而不枯瘁，又在苏州前。

《批点唐音》：言外有意，好！

《唐诗归》：钟云：观此"稀"字，远胜"樵人归欲尽""尽"字。

《唐诗选脉会通评林》：吴山民云：幽深静至之语，读之使喧扰人自失。

《唐诗别裁》："桥崩"十字，写出奇险之状。

早发渔浦潭

东旭早光芒，渚禽已惊聒。

卧闻渔浦口，桡声暗向拨。

日出气象分，始知江湖阔。

美人常晏起，照影弄流沫。

饮水畏惊猿，祭鱼时见獭。

舟行自无闷，况值晴景豁。

【汇评】

《王孟诗评》：别是一种清景可人（"桡声"句下）。　　"美人常晏起"，着此空阔，又别超众作以此（末句下）。

《唐诗归》：钟云：浩然诗常为浅薄一路人藏拙，当于此等处着眼，看其气韵起止处。

岁暮海上作

仲尼既云殁，余亦浮于海。

昏见斗柄回,方知岁星改。

虚舟任所适,垂钓非有待。

为问乘槎人,沧洲复谁在?

【汇评】

《王孟诗评》:刘云:奇壮淡荡,少许自足。

《唐贤三昧集笺注》:一笔挥成,气格迈往。余年友张南山不喜王、孟家数,大约嫌其孤淡,千篇一律,其实王、孟非无气概,抑且无体不有也。

南归阻雪

我行滞宛许,日夕望京豫。

旷野莽茫茫,乡山在何处?

孤烟村际起,归雁天边去。

积雪覆平皋,饥鹰捉寒兔。

少年弄文墨,属意在章句。

十上耻还家,裴回守归路。

【汇评】

《王孟诗评》:象此时景,曲折凄楚。

《唐诗归》:钟云:幽事历历,随口成诗("饥鹰"句下)。"守"字真境幻思,不可思议(末句下)。

听郑五愔弹琴

阮籍推名饮,清风满竹林。

半酣下衫袖,拂拭龙唇琴。

一杯弹一曲,不觉夕阳沉。

予意在山水，闻之谐凤心。

【汇评】

《王孟诗评》：朴而不俚，风韵尚存。

《唐诗归》：钟云：唐人琴诗每深妙，此诗妙处似又不在深，难言难言！

《历代诗发》：只说听琴，而赞叹弹琴只于结意略见，便省无限气力。

高阳池送朱二

当昔襄阳雄盛时，山公常醉习家池。

池边钓女日相随，妆成照影竞来窥。

澄波澹澹芙蓉发，绿岸毵毵杨柳垂。

一朝物变人亦非，四面荒凉人径稀。

意气豪华何处在？空馀草露湿罗衣。

此地朝来饯行者，翻向此中牧征马。

征马分飞日渐斜，见此空为人所嗟。

殷勤为访桃源路，予亦归来松子家。

【汇评】

《王孟诗评》：起语兴自清发，中段流媚，末复凄惋。

《唐诗选脉会通评林》：周敬曰：风裁秀朗。

鹦鹉洲送王九之江左

昔登江上黄鹤楼，遥爱江中鹦鹉洲。

洲势逶迤绕碧流，鸳鸯鸂鶒满滩头。

滩头日落沙碛长，金沙熠熠动飙光。

舟人牵锦缆，浣女结罗裳。

月明全见芦花白，风起遥闻杜若香，

君行采采莫相忘。

【汇评】

《王孟诗评》：好语古调。　　　李子云：伤于轻。

《唐诗归》：谭云：三句便有急管繁弦之趣（"洲势逶迤"句下）。

《唐诗评选》：襄阳于盛唐中尤为褊露，此作寓意于言，风味深永，可歌可言，亦晨星之仅见。

《载酒园诗话又编》：孟襄阳写景、叙事、述情，无一不妙，令读者躁心欲平。但瑰奇磊落，实所不足，故不甚作七言，专精五字。如《鹦鹉洲送王九之江左》曰："月明全见芦花白，风起遥闻杜若香，君行采采莫相忘"，全似《浣溪纱》风调也。

夜归鹿门山歌

山寺钟鸣昼已昏，渔梁渡头争渡喧。

人随沙路向江村，余亦乘舟归鹿门。

鹿门月照开烟树，忽到庞公栖隐处。

岩扉松径长寂寥，惟有幽人夜来去。

【汇评】

《王孟诗评》：此诗为昔人所甚赏，尚非孟胜场，作手自辨。

《批点唐诗正声》：浩然作《鹿门歌》，其本象清彻闲淡备至。

《唐诗归》：钟云：幽细之调，得此一转有力（"余亦乘舟"句下）。

《唐诗解》：此篇不加斧凿，字字超凡。

《汇编唐诗十集》：唐云：浅浅说去，自然不同，此老胸中有泉石。

《唐诗选脉会通评林》：周珽曰：清彻，真澄水明霞。　陈继儒曰：明月在天，清风徐引，一种高气，凌虚欲下。知此可读孟诗。

《唐风怀》：瑞符曰：窈然幽绝。

《唐诗归折衷》：吴敬夫云："幽"之一字，非孟襄阳其谁与？然篇不多见，即此五十六字，亦足当诸家千百言。

《唐诗笺要》：韵事佳题，词不烦而意有馀，更妙在"庞公"不多铺张。

《绂斋诗谈》：句句下韵，紧调也。脉却舒徐。

《网师园唐诗笺》：入画（"余亦乘舟"句下）。

《唐贤清雅集》：幽秀至此，直是诗中精灵。

《岘佣说诗》：孟公边幅太窄，然如《夜归鹿门》一首，精幽绝妙，才力小者，学步此种，参之李东川派，亦可名家。

和张丞相春朝对雪

迎气当春至，承恩喜雪来。
润从河汉下，花逼艳阳开。
不睹丰年瑞，焉知燮理才？
撒盐如可拟，愿糁和羹梅。

【汇评】

《瀛奎律髓》：善用事者化死事为活事。"撒盐"本非俊语，却引为宰相和羹糁梅之事则新矣。

《唐诗成法》：前半春朝对雪，后半和丞相，法亦犹人。惟结自用典切甚，又化俗为雅。"盐"、"梅"既切丞相，切雪，梅又切春朝。切雪、切丞相易，并切春难矣。

《瀛奎律髓汇评》：纪昀：襄阳诗格清逸，而合观全集，俗浅处实不能免。五、六二句太浅俗。

和张二自穰县还途中遇雪

风吹沙海雪，渐作柳园春
宛转随香骑，轻盈伴玉人。
歌疑郢中客，态比洛川神。
今日南归楚，双飞似入秦。

【汇评】

《孟襄阳诗集》：刘云："宛转"二句便是浩然诗流丽，非尽枯涩，更极恋着。

《笺注唐贤诗集》：襄阳乃有此艳笔，得之咏雪尤奇。

《闻鹤轩初盛唐近体读本》：张盖携肉而归。写作巧切，笔韵亦乃婉秀，非孟家所能恒有。

望洞庭湖赠张丞相

八月湖水平，涵虚浑太清。
气蒸云梦泽，波撼岳阳城。
欲济无舟楫，端居耻圣明。
坐观垂钓者，空有羡鱼情。

【汇评】

《西清诗话》：洞庭天下壮观，骚人墨客题者众矣，终未若此诗颔联一语气象。

《王孟诗评》：刘云：托兴可伤。　　又云：起得浑浑，称题。"蒸"、"撼"偶然，不是下字，而气概横绝，朴不可易。"端居"兴感深厚。末语意长。

《升庵诗话》：孟浩然"八月湖水平，涵虚混太清"，虽律也，而含古意,皆起句之妙,可以为法。

《唐诗镜》:浑浑不落边际。三、四惬当,浑若天成。

《唐诗归》:钟云:此诗,人知其雄大,不知其温厚。

《唐诗选脉会通评林》:周敬曰:起便别。三、四典重,句法最为高唱。后托兴可伤。

《诗源辩体》:浩然"八月湖水平"一篇,前四句甚雄壮,后稍不称;且"舟楫"、"圣明"以赋对比,亦不工。或以此为孟诗压卷,故表明之。

《唐诗从绳》:此篇望人援手,不直露本意,但微以比兴出之,幽婉可法。   此前后两切格。前叙望洞庭,后半赠张,故名两切。五、六呼应句,又是正呼反应法。

《唐诗归折衷》:唐云:气势在"蒸"、"撼"二字。

《唐风定》:孟诗本自清澹,独此联气胜,与少陵敌,胸中几不可测("气蒸"一联下)。

《唐诗评选》:襄阳律其可取者在一致,而气局拘迫,十九沦于酸馅,又往往于情景分界处为格法所束,安排无生趣,于盛唐诸子,品居中下,犹齐梁之有沈约,取合于浅人,非风雅之遗音也。此作力自振拔,乃貌为高,而格亦未免卑下。宋人之鼻祖,开、天之下驷,有心目中当共知之。

《姜斋诗话》:孟浩然以"舟楫"、"垂钓"钩锁合题,却自全无干涉。

《诗辩坻》:襄阳《洞庭》之篇,皆称绝唱,至欲取压唐律卷。余谓起句平平,三、四雄,而"蒸"、"撼"语势太矜,句无馀力;"欲济无舟楫"二语感怀已尽,更增结语,居然蛇足,无复深味。又上截过壮,下截不称。世目同赏,予不敢谓之然也。   襄阳五言律体无他长,只清苍酝藉,遂自名家,佳什亦多。《洞庭》一章,反见索露,古人以此作孟公声价,良不解也。

《唐风怀》：南邨曰：起得最高。当时皆惊"云梦"二语为名句，其气概故自横绝，不知"涵虚"句尤为雄浑，下二语皆从此生。

《然灯记闻》：为诗须有章法、句法、字法，……如"气蒸云梦泽，波撼岳阳城"，"蒸"字、"撼"字，何等响，何等确，何等警拔也！

《唐诗成法》：前半何等气势，后半何其卑弱！

《唐诗别裁》：起法高深，三、四雄阔，足与题称。　　读此诗知襄阳非甘于隐遁者。

《闻鹤轩初盛唐近体读本》：此诗脍炙止在三、四，未尝锤炼，自然雄警，故是不易名句。后半述意正得稳婉。

《瀛奎律髓汇评》：冯舒：通篇出"临"字（按诗题一作《临洞庭湖》），无起炉造灶之烦，但见雄浑而兼潇洒，后四句似但言情，却是实做"临"字。此诗家之浅深虚实法。　　冯班：次联毕竟妙，与寻常作壮语者不同。　　纪昀：前半望洞庭湖，后半赠张相公，只以望洞庭托意，不露干乞之痕。　　无名氏：三、四雄奇，五、六遒浑又过之。起结都含象外之意景，当与杜诗俱为有唐五律之冠。

《唐宋诗举要》：吴曰：唐人上达官诗文，多干乞之意，此诗收句亦然，而词意则超绝矣。

宿永嘉江寄山阴崔少府国辅

我行穷水国，君使入京华。
相去日千里，孤帆天一涯。
卧闻海潮至，起视江月斜。
借问同舟客，何时到永嘉？

【汇评】

《唐诗品汇》：刘云：不必思索皆有（"卧闻"一联下）。

《汇编唐诗十集》：唐云：对偶不失，语若贯珠，才是至境。

《历代诗发》：一片神理，思路都绝。

上巳洛中寄王九迥

卜洛成周地，浮杯上巳筵。
斗鸡寒食下，走马射堂前。
垂柳金堤合，平沙翠幕连。
不知王逸少，何处会群贤。

【汇评】

《孟襄阳诗集》："斗鸡"二句写尽无限上巳风光，虽逊兰亭之高寄，却胜齐梁之秾纤。

《瀛奎律髓》：浩然作此诗时，其体未甚刻画，但细看亦自用工。第二句下"浮杯"字便着题；"平沙翠幕连"一句，初看似未见工，久之乃见祓禊而游者甚盛也。尾句用逸少事，所寄之人适又姓王，切矣。

《瀛奎律髓汇评》：纪昀：虚谷说六句甚是。然此句乃呼起七、八，见他人携侣嬉游，因忽忆故人，非泛言修契之盛，虚谷犹未尽详也。　　冯班：破，天然。　　纪昀：格不必高，而气韵自然雅令。

宿桐庐江寄广陵旧游

山暝闻猿愁，沧江急夜流。
风鸣两岸叶，月照一孤舟。
建德非吾土，维扬忆旧游。
还将两行泪，遥寄海西头。

《王孟诗评》："一孤"似病，天趣自得。大有洗炼，非率尔得者。

《唐诗镜》：三、四意象逼削。

《唐诗别裁》：孟公诗高于起调，故清而不寒。

《唐诗三百首补注》：二十字可作十五六层，而一气贯注，无斧凿痕迹（前四句下）。

《唐宋诗举要》：健举，工于发端（首联下）。　　旅况寥落，情景如绘（"月照"句下）。　　情深语挚（末句下）。

九日怀襄阳

去国似如昨，倏然经抄秋。

岘山不可见，风景令人愁。

谁采篱下菊？应闲池上楼。

宜城多美酒，归与葛疆游。

【汇评】

《汇编唐诗十集》：唐云：语不求整，风韵自超。后四句觉胜。

《唐贤清雅集》：襄阳诗神闲骨峻，用意最深稳，比右丞稍露；至其洗伐精洁，三唐一人而已。　　不对之对，自然合拍，神力完厚。

《唐诗意》：《国风》"伊威在室，蟏蛸在户"之意。

《王闿运手批唐诗选》：此王、孟创派，无中生有。

初出关旅亭夜坐怀王大校书

向夕槐烟起，葱茏池馆曛。

客中无偶坐，关外惜离群。

烛至萤光灭，荷枯雨滴闻。

永怀芸阁友，寂寞滞扬云。

【汇评】

《唐诗归》：谭云：上句妙在"至"字，下句妙在"闻"字，微吟自知。钟云：唐人每妙于用"闻"字（"烛至"一联下）。

《汇编唐诗十集》：唐云：孟诗之整饬者。

《唐诗归折衷》：吴云：中宵见闻，寂寂如此，已逗起怀人意矣。与"微云"、"疏雨"二句同写秋夜景色，然彼为新秋，此为深秋，各极工妙（"烛至"一联下）。

《唐贤三昧集笺注》：颈联楚楚有致，已开宋人之境。

早寒江上有怀

木落雁南度，北风江上寒。

我家襄水上，遥隔楚云端。

乡泪客中尽，孤帆天际看。

迷津欲有问，平海夕漫漫。

【汇评】

《王孟诗评》：读此四句，令人千万言自废（"我家"四句下）。

《唐贤三昧集笺注》：客怀凄然，何等起手！

《历代诗发》：回翔容与，绝代风规。

《唐诗别裁》：起手须得此高致（"木落"句下）。

《网师园唐诗笺》：振衣千仞（"遥隔"句下）。

《闻鹤轩初盛唐近体读本》：陈德公先生曰：逸笔故饶爽韵，前四纯以神胜，是此家绝唱，诣不必逊他人人工也。三、四正乃悠然神往，后半弥作生态，结语紧接五、六，亦复隐承三、四。

《唐诗近体》："早寒"起，"有怀"接，一气相承（"遥隔"句侧）。

《唐宋诗举要》：纯是思归之神，所谓超以象外也。

闲园怀苏子

> 林园虽少事，幽独自多违。
> 向夕开帘坐，庭阴落景微。
> 鸟过烟树宿，萤傍水轩飞。
> 感念同怀子，京华去不归。

【汇评】

《唐诗品汇》：刘云：一种情绪。

《唐律消夏录》："幽独"句先露出一怀人影子，以下却不就说怀人，再将庭阴落景、鸟宿云飞写得悄然、冷然，然后接出"感"字，虽欲不怀，不可得也。

《纨斋诗谈》：一、二是"怀"字意，三、四正是怀人时节，五、六又是怀人景物，一气赶下，末乃点出"怀"字，局法最妙。

留别王侍御维

> 寂寂竟何待？朝朝空自归。
> 欲寻芳草去，惜与故人违。
> 当路谁相假？知音世所稀。
> 只应守索寞，还掩故园扉。

【汇评】

《王孟诗评》：个中人，个中语，看着便不同（首四句下）。末意更悲。

《唐贤三昧集笺注》：三、四醇茂，胎息汉人。

《唐诗别裁》：客中无聊之况（"寂寂"句下）。

《王闿运手批唐诗选》：真情（"欲寻"二句下）。

洛中送奚三还扬州

水国无边际，舟行共使风。
羡君从此去，朝夕见乡中。
予亦离家久，南归恨不同。
音书若有问，江上会相逢。

【汇评】

《王孟诗评》："水国无边际"与"木落雁南渡"较"八月湖水平"
尤胜，学孟当于此着眼。

《唐诗归》：钟云：此与上篇，一篇只如一句，然易于弱，太白有
此法。

《汇编唐诗十集》：唐云：诗多如此，对偶便可废，何以称律？
所谓不可无一不工。

广陵别薛八

士有不得志，栖栖吴楚间。
广陵相遇罢，彭蠡泛舟还。
樯出江中树，波连海上山。
风帆明日远，何处更追攀？

【汇评】

《王孟诗评》：刘云：起得雄。　　慨然如叹，句句好，句句
"别"。

《唐诗归》：钟云：此等作，正王元美所谓"篇法之妙，不见句
法"。　　谭云：此岂有声色臭味哉！

《唐诗选脉会通评林》：周敬曰：一起悲语恸人。

《唐诗意》：别情深至，不念己之劳损，尚是正风。

《王闿运手批唐诗选》：此一气呵成，要在不滑。

与诸子登岘山

人事有代谢，往来成古今。

江山留胜迹，我辈复登临。

水落鱼梁浅，天寒梦泽深。

羊公碑字在，读罢泪沾襟。

【汇评】

《王孟诗评》：起得高古，略无粉色，而情景俱称。悲慨胜于形容，真岘山诗也。复有能言，亦在下风。　　不必苦思，自然好。苦思复不能及。

《唐诗援》：结语妙在不翻案。后人好议论，殊觉多事，乃知诗中著议论定非佳境。　　孟诗一味简淡，意足便止，不必求深，自可空前绝后。子美云："吾爱襄阳孟浩然，新诗句句尽堪传。"太白云："吾爱孟夫子，风流天下闻。"二公推服如此，岂虚语哉！

《唐风定》：风神兴象，空灵澹远，一味神化。中晚涉意，去之千里矣。

《唐律消夏录》：结语妙在前半首说得如此旷达，而究竟不免子堕泪也，悲夫！

《唐诗归折衷》：吴曰：死后有知，魂魄犹应登此。昔人所为兴慨也。　　读罢沾襟，能自已乎？

《唐诗矩》：前四语略率，得五、六一联精警，振起其势。一"字"大妙，有聊复尔尔之意。

《而庵说唐诗》："我辈"二字，浩然何等自负，却在"登临"上说，尤妙。

《历代诗发》：浩气回旋，前六句含情抱感，末一句一点，通体皆灵。

《唐诗意》：羊公百世后能令人思，以比己之他日，可有人思之否，意在及时修德，正风也。

《此木轩论诗汇编》：前半首似泛而实切，此起法之高也。"羊公碑尚在"，推门落臼矣。　"人事有代谢"云云，直是恰好，不知者道是遇山便可如此起。

《唐诗别裁》：清远之作，不烦攻苦著力。

《纻斋诗谈》：流水对法，一气滚出，遂为最上乘。意到气足，自然浑成，逐句摹拟不得（"江山"一联下）。

《闻鹤轩初盛唐近体读本》：陈德公先生曰：前半本色高浑之笔，所谓神足。五、六承以景联，章法方称，而第六尤稳。结仍浑然，有起句故有结句，亦有结意故有起句耳。慨当以慷，无限牢骚形于登眺。落句："尚"不如"字"，"字在"乃可读也。

《唐诗近体》：起四语凭空落笔，若不著题，而与羊公登山意自然神会。移置他处登山，便成泛语。

《诗境浅说》：前四句俯仰今古，寄慨苍凉。凡登临怀古之作，无能出其范围，句法一气挥洒，若鹰隼摩空而下，盘折中有劲疾之势。

寻天台山

吾友太乙子，餐霞卧赤城。
欲寻华顶去，不惮恶溪名。
歇马凭云宿，扬帆截海行。
高高翠微里，遥见石梁横。

《王孟诗评》：李子云："华顶"、"恶溪"极有照应，"扬帆截海行"更雄。

《唐诗解》：山水之思，摹写殆尽。

《唐诗选脉会通评林》：周珽曰：浩然志趣，好寻游方外，故见诸篇章，多脱出风尘语。如寻天台山，游景光寺、精思观与题惠上人、义、立、融山房诸诗，寄情赋景，俱有造微入妙处。

《唐诗意》：通篇是比体，言求道者能无所不尽其力，必有可至之理，亦《小雅·鹤鸣》意也。

《唐贤三昧集笺注》：孟诗亦有此种炼字健句，奈何以清微淡远概之（"扬帆"句下）？

《闻鹤轩初盛唐近体读本》：通首用矫亮之笔，后四尤苍峭不凡。　　"凭"字、"截"字生，故佳，"高高"字亦佳，俱从三、四来。

晚泊浔阳望庐山

挂席几千里，名山都未逢。

泊舟浔阳郭，始见香炉峰。

尝读远公传，永怀尘外踪。

东林精舍近，日暮但闻钟。

【汇评】

《吕氏童蒙训》：浩然诗："挂席几千里，名山都未逢。泊舟浔阳郭，始见香炉峰。"但详看此等语，自然高远。如"松月生夜凉，石泉满清听"，亦可以为高远者也。

《王孟诗评》：刘云：不经造意作。

《唐诗广选》：谢曰：诗有韵有格，格高似梅花，韵高似海棠。欲韵胜者易，欲格高者难，二者孟浩然兼之。

《唐诗援》：只如说话，而当代词人为之敛手，良由风神超绝，非复尘凡所有。王曰：前半偶然会心，后半淡然适足，遂成绝唱。

《唐三体诗评》：后半写"望"字，闲远空阔。

《唐贤三昧集笺注》：一起超脱。　　不拘泥于对法，自是盛唐本色。

《历代诗发》：意匠浑沦，不可寻枝摘叶。

《唐诗别裁》：已近远公精舍，而但闻钟声，写"望"字意，悠然神远。

《岘佣说诗》：五律有清空一气，不可以炼句炼字求者，最为高格。如襄阳"挂席几千里"，所谓"羚羊挂角，无迹可求"。

《石遗室诗话》：夫古今所传伫兴而得者，莫如孟浩然之"微云淡河汉，疏雨滴梧桐"，"挂席几千里，名山都未逢。泊舟浔阳郭，始见香炉峰"诸语。然当时实有微云、疏雨、河汉、梧桐诸景物，谋于目，谋于心，并无一字虚造，但写得大方不费力耳。然如此人人眼中之景，人人口中之言，而必待孟山人发之者，他人一腔俗虑，挂席千里，并不为看山计。自襄阳下汉水，至于九江，黄州、赤壁、武昌，皆卑不足道，惟匡庐东南伟观，久负大名。但俗人未逢名山，不觉其郁郁；逢名山，亦不觉其欣欣耳。

《唐宋诗举要》：一片空灵。

武陵泛舟

武陵川路狭，前棹入花林。
莫测幽源里，仙家信几深。
水回青嶂合，云度绿溪阴。
坐听闲猿啸，弥清尘外心。

《批点唐诗正声》："回"字、"度"字俱眼。凡眼，有虚字眼，有实字眼，有半虚半实眼。"回"、"度"字，半虚实也。全首写得浓至，无一字不佳。

《唐诗选脉会通评林》：周珽曰：律法清老，意境孤秀。"棹入花林"，便得趣。次言已知仙境矣，却又不可穷测。"水回"、"云度"二语，正顶"幽"、"深"来。结谓到此尘念已息，更闻猿啸，此心弥清。总美武陵溪源妙异也。　　大抵孟诗遇景入韵，浓淡自如，景物满眼，兴致却别。

与颜钱塘登障楼望潮作

百里闻雷震，鸣弦暂辍弹。
府中连骑出，江上待潮观。
照日秋云迥，浮天渤澥宽。
惊涛来似雪，一坐凛生寒。

《闻鹤轩初盛唐近体读本》：陈德公先生曰：三、四现成秀句。　　迤逦而入，章法井然。五、六得登望远景，故"浮天"句不觉为枵。结更警拔，足令全体俱灵。

梅道士水亭

傲吏非凡吏，名流即道流。
隐居不可见，高论莫能酬。
水接仙源近，山藏鬼谷幽。
再来迷处所，花下问渔舟。

《王孟诗评》：刘云：事料不凡，得语亦异，故好。

《唐诗归》：与右丞"欲投人处宿，隔水问樵夫"，各自成渔樵画图。

《精选评注五朝诗学津梁》：起为连环对偶法。第三联工夫纯粹。

游精思观回王白云在后

出谷未停午，到家日已曛。

回瞻下山路，但见牛羊群。

樵子暗相失，草虫寒不闻。

衡门犹未掩，伫立望夫君。

【汇评】

《王孟诗评》：刘云：并与草虫无之，则其境可悲。幽凄寂历之境，数言俱足。

《唐诗归》：钟云：一首陶诗，却入律中。妙！妙！ 谭云：妙在无迹可寻。

《唐贤三昧集笺注》：未足以为妙。

《古唐诗合解》：此诗以古行律，有晋人风味。

宿立公房

支遁初求道，深公笑买山。

何如石岩趣，自入户庭间？

苔涧春泉满，萝轩夜月闲。

能令许玄度，吟卧不知还。

《王孟诗评》：刘云：起处用事得好，固宜不经人道。三、四句亦自在有味。诣入淡境，觉一切求工造险者形秽之甚。

《闻鹤轩初盛唐近体读本》：评：五、六著"苔"、"萝"二字增致。结承第六来，有致足登。　　又云：亦是浅淡中作小致者，无此则败蜡矣。　　邹古愚曰：起二用反入，三、四转掉，一往情深，耽入嚼味。

题大禹寺义公禅房

义公习禅处，结构依空林。
户外一峰秀，阶前群壑深。
夕阳连雨足，空翠落庭阴。
看取莲花净，应知不染心。

【汇评】

《唐诗训解》：秀语可餐。

《唐诗评选》：五、六为襄阳绝唱，必如此乃耐吟咏。一结入套，依然山人本色。

《唐诗选》：玉遮曰：尽禅门清净况味。

《唐贤三昧集笺注》：二联俱妙（"户外"四句下）。

《绠斋诗谈》："夕阳连雨足，空翠落庭阴"，惟其"连雨"，是以"空翠"欲落，形对待而意侧注。

《网师园唐诗笺》：中四写景清真。

《唐贤清雅集》：森秀是襄阳本色。　　魂魄语（"空翠"句下）。

《唐诗合选详解》：王一士曰：前赞义公禅房，后赞义公禅心，总从空际设色。

题融公兰若

精舍买金开，流泉绕砌回。
芰荷薰讲席，松柏映香台。
法雨晴飞去，天花昼下来。
谈玄殊未已，归骑夕阳催。

【汇评】

《唐诗选脉会通评林》：周珽曰：孟诗每似不经思轻口吐出，古意淡韵，人自罕及。此篇极美兰若建置幽胜，兼赞融公道法灵通，语调稍艳，而丰骨超逸。即"法雨晴飞去"句更奇越，也如选载脍炙人处，高华清峭，出人意表，不胜弹迷。刘会孟评其如访梅问柳，偏入古寺，与韦苏州意趣虽相似，然入处不同。善哉，千古知己！

《闻鹤轩初盛唐近体读本》：陈德公曰：婉隽正声，王、岑何隔！乃知风气所齐，定复无能自外也。　　评：风声婉上，较本色更是浑成。又《题义公房》："户外一峰秀，阶前群壑深。看取莲花净，应知不染心。"皆苍秀句。

《瀛奎律髓汇评》：冯班：但见其妙，无可形容矣。　　纪昀：语虽平近，尚有初唐意味。

裴司士员司户见寻

府僚能枉驾，家酝复新开。
落日池上酌，清风松下来。
厨人具鸡黍，稚子摘杨梅。
谁道山公醉？犹能骑马回。

《王孟诗评》：刘云：大巧若拙。或谓"杨梅"假对，谬论。

《唐诗分类绳尺》：作诗亦当有野意，全集中无此，不足以破其巧冶之气，非粗也。

《载酒园诗话又编》：宋人巧猎名色，正对外，有就对，有蹉对，有扇对，惟所言假对，最穿凿可厌。如"厨人具鸡黍，稚子摘杨梅"，谓以"杨"借"羊"，……真支离鄙细，但可与写别字人解嘲。　黄白山评：本唐人有此对法，而未立名目，宋人因为之目耳，不得以穿凿病之。

《网师园唐诗笺》：翛然（"清风"句下）。

春中喜王九相寻

二月湖水清，家家春鸟鸣。
林花扫更落，径草踏还生。
酒伴来相命，开尊共解酲。
当杯已入手，歌妓莫停声。

【汇评】

《王孟诗评》：刘云：亦自豪宕。"家家春鸟鸣"又别，结语情属不浅。

《艺苑卮言》：孟襄阳"欲寻芳草去，惜与故人违"、"林花扫更落，径草踏还生"，韦左司"身多疾病思田里，邑有流亡愧俸钱"，虽格调非正，而语意亦佳。于鳞乃深恶之，未敢从也。

《唐诗解》：水清鸟啭，草长花飞，仲春之景丽矣。酒有伴，妓善歌，饮中之胜事也。颔联有生气，尾联见豪举。曰"解酲"，便有一醉累月意。读此篇，孟之风韵可想。

《唐诗评选》：轻艳如出女郎手，布势较宽，不似孟他作之褊。

《唐诗成法》：水清、鸟啭，紧接草长、花飞，写"晚"字得神。后四宴赏之胜事，恰在个中，欢乐难工，此诗有焉。

李氏园林卧疾

我爱陶家趣，园林无俗情。
春雷百卉坼，寒食四邻清。
伏枕嗟公幹，归山羡子平。
年年白社客，空滞洛阳城。

【汇评】

《王孟诗评》：刘云：寒食惨淡，更念四邻。

《唐贤三昧集笺注》：一起甚妙，有陶家风致。　　后半多少感慨！

《王闿运手批唐诗选》：亦苦炼句（"春雷"二句下）。

过故人庄

故人具鸡黍，邀我至田家。
绿树村边合，青山郭外斜。
开筵面场圃，把酒话桑麻。
待到重阳日，还来就菊花。

【汇评】

《王孟诗评》：刘云：每以自在相凌厉者，极是。

《瀛奎律髓》：此诗句句自然，无刻划之迹。

《升庵诗话》：孟集有"到得重阳日，还来就菊花"之句，刻本脱一"就"字，有拟补者，或作"醉"，或作"赏"，或作"泛"，或作"对"，皆不同，后得善本是"就"字，乃知其妙。

《唐诗摘钞》：全首俱以信口道出，笔尖几不着点墨。浅之至而深，淡之至而浓，老之至而媚。火候至此，并烹炼之迹俱化矣。王、孟并称，意尝不满于孟。若此作，吾何间然？　　结句系孟对故人语，觉一片真率款曲之意溢于言外。

《增订唐诗摘钞》："就"字百思不到，若用"看"字，便无味矣。

《唐诗成法》：以古为律，得闲适之意，使靖节为近体，想亦不过如此而已。

《唐诗别裁》：通体清妙。末句"就"字作意，而归于自然。

《网师园唐诗笺》：野景幽情（"把酒"句下）。

《闻鹤轩初盛唐近体读本》：一意淡，结作小致。虽古今不同，居然元亮品格。第五欲作异使，对句亦逸。　　"就"字新。

《瀛奎律髓汇评》：冯舒：字字珠玉，"就"字真好。　　纪昀：王、孟诗大段相近，而体格又自微别。王清而远，孟清而切。学王不成，流为空腔；学孟不成，流为浅语。如此诗之自然冲淡，初学遽蹴等而效之，不为滑调不止也。

《唐诗近体》：通体朴实，而语意清妙。

岁暮归南山

北阙休上书，南山归敝庐。

不才明主弃，多病故人疏。

白发催年老，青阳逼岁除。

永怀愁不寐，松月夜窗虚。

【汇评】

《新唐书·文艺传下》：（王）维私邀（孟浩然）入内署，俄而玄宗至，浩然匿床下。维以实对，帝喜曰："朕闻其人而未见也，何惧而匿？"诏浩然出。帝问其诗，浩然再拜，自诵所为，至"不才明主弃"之句,帝曰:"卿不求仕,而朕未尝弃卿,奈何诬我?"因放还。

王之望《上宰相书》:孟浩然在开元中诗名亦高,本无宦情,语亦平淡。及"北阙"、"南山"之诗,作意为愤躁语,此不出乎情性,而失其音气之和,果终弃于明主。

《王孟诗评》:刘云:他人有此起,无此结,每见短气。 又云:是其最得意之诗,亦其最失意之日,故为明皇诵之。

《瀛奎律髓》:八句皆超绝尘表。

《唐诗归》:钟云:五字恕("北阙"句下)。 谭云:自言自语妙。 钟云:浩然于明皇前诵此二句,自是山人草野气("不才"一联下)。

《唐诗选脉会通评林》:周珽曰:三、四二语不朽,识力名言,真投之天地劫火中,亦可历劫不变。

《增订唐诗摘钞》:结句是寂寥之甚,然只写景,不说寂寥,含蓄有味。

《唐诗矩》:写景结,隽永。此诗未免怨,然语言尚温厚。卢纶亦有《下第归终南别业》诗,与此相较,便见盛唐人身份。

《而庵说唐诗》:此作字字真性情,当是浩然极得手之作。

《唐贤三昧集笺注》:纯是真气贯注。

《闻鹤轩初盛唐近体读本》:陈德公曰:三、四婉笔叙质语,意尽而更饶隽韵,此最不易。宋人为之,败矣。诗联风花易构,质语难工,以此。 五、六"青阳"二字,对出人意。岁前春与岁后春皆可作也,而岁后春作此更有情。

《瀛奎律髓汇评》:冯舒:一生失意之诗,千古得意之作。纪昀:三、四亦尽和平,不幸而遇明皇尔。或以为怨怒太甚,不及老杜"官应老病休"句之温厚,则是以成败论人也。结句亦前人所称,意境殊为深妙。然"永怀愁不寐"句尤见缠绵笃挚,得诗人风旨。

《纽斋诗谈》：绝不怒张，浑成如铁铸。

《唐诗合选详解》：吴绥眉曰：此种最为清雅，不求工而自合。

《唐宋诗举要》：结句意境深妙。

溯江至武昌

家本洞湖上，岁时归思催。

客心徒欲速，江路苦遭回。

残冻因风解，新正度腊开。

行看武昌柳，仿佛映楼台。

【汇评】

《王孟诗评》：刘云：虽属人情，语未简至。

《唐诗归》：钟云：说尽行路意味（"客心"句下）。　　二语消
人躁念（"江路"句下）。

舟中晓望

挂席东南望，青山水国遥。

舳舻争利涉，来往接风潮。

问我今何去，天台访石桥。

坐看霞色晓，疑是赤城标。

【汇评】

《唐贤三昧集笺注》：一气旋折，后来屈翁山喜学此格。

《闻鹤轩初盛唐近体读本》：后半一笔下，即拈"天台"作趣语
结，雅足成章。徐中崖曰：前四一气自爽，后半复成别调，纯作散
行，已开供奉津梁。摘经语"利涉"二字，法自六朝。

《五七言今体诗钞》：趣兴奇逸。

《甚原诗说》：有两句中字法参差相对者，谓之犄角对。如……"舳舻争利涉，来往任风潮"，"舳舻"与"风潮"对，"利涉"与"来往"对也。

《唐诗近体》：前写舟中望，留"晓"字作结，篇法生动。后四句以古行律，不用对偶。

《唐宋诗举要》：吴曰：一片神行，此王、孟之绝诣也。

途中遇晴

已失巴陵雨，犹逢蜀坂泥。

天开斜景遍，山出晚云低。

馀湿犹沾草，残流尚入溪。

今宵有明月，乡思远凄凄。

【汇评】

《王孟诗评》：刘云：起四句不似着意，好语！好语！清婉萧闲，略逗钱、刘音调。　　李曰：通透。

《瀛奎律髓》：三、四壮浪，五、六细润，形容雨晴妙甚。

《唐诗成法》：一、二虚破全题，三、四实写遇晴，五、六初晴景，七总结上四，八应途中。一从上写，二从下写，三、四从上写，五、六从下写，七、八从途中写旅寓，法细如丝。一有幸喜意；二有不足意；三、四景佳，极有幸喜意；五、六亦佳景，却有不足意；七从途中想到定有明月，亦有幸喜意；八从明月又想到乡思。抑扬曲折，无一直笔，但重"犹"字。

《唐诗别裁》：状晚霁如画。

《闻鹤轩初盛唐近体读本》：苍幽合作，无一恒笔。　　起二是前一层，三、四方说向晴，五、六写初晴景最确，结作预拟之辞，馀波更乃不竭。　　吴曰：画不能及（"天开"句下）。

《瀛奎律髓汇评》：纪昀：通体细润，以为"壮浪"，非是。

《精选评注五朝诗学津梁》："低"字、"溪"字韵，贴切"遇晴"之题，笔工造化。

夜渡湘水

客舟贪利涉，暗里渡湘川。

露气闻芳杜，歌声识采莲。

榜人投岸火，渔子宿潭烟。

行侣时相问，浔阳何处边？

【汇评】

《王孟诗评》：清润自喜。

《此木轩论诗汇编》：句句是"暗里"（"露气"二句下）。　　不言不笑。

《网师园唐诗笺》：写夜景极清新（"露气"二句下）。

《闻鹤轩初盛唐近体读本》：语语夜渡，声调松脆。　　二句着"暗里"字，向后承此申写，方不鹘突，古人作诗细密乃尔。结意正缴足"贪利涉"句耳。　　汪曰："岸火"、"潭烟"，琢对工巧。"时相问"三字趣。

赴京途中遇雪

迢递秦京道，苍茫岁暮天。

穷阴连晦朔，积雪满山川。

落雁迷沙渚，饥乌集野田。

客愁空伫立，不见有人烟。

《王孟诗评》：刘云：决不为小儿语求工者，大方语绝无峻处。

《瀛奎律髓》：规模好。

《增订唐诗摘钞》：点"雪"只第四一句，前具雪意，后借雪中人物衬托，真能写雪之神者。

《闻鹤轩初盛唐近体读本》：三、四高苍，结亦有致。　　李白山曰：只第三写遇雪，前是未雪时景，后是雪霁时景。凡作诗，须实少，虚处多，方有馀地。浅夫喋喋，徒辞费耳。

《瀛奎律髓汇评》：纪昀：此所谓唐人矩度，古格有焉，不可废也。然效之则易入空腔，虚谷评此三字最斟酌。　　何义门：后半的是"途中遇雪"，何等大方！　　无名氏：浩然不及李、杜之神勇，而自具淡雅之姿；亦无郊、岛之刻苦，而自具幽闲之韵，真能拔俗千寻。

永嘉上浦馆逢张八子容

逆旅相逢处，江村日暮时。

众山遥对酒，孤屿共题诗。

廨宇邻蛟室，人烟接岛夷。

乡园万馀里，失路一相悲。

【汇评】

《王孟诗评》：刘云："众山"、"孤屿"，且不犯时景，句句淘洗欲尽。

《瀛奎律髓》：此诗五、六俊美。

《唐诗选脉会通评林》：周敬曰：孟公胸襟远旷，出语另有一种深长意趣，如此诗便自高华。

《唐贤三昧集笺注》：气魄自大，此孟之似杜者。

《闻鹤轩初盛唐近体读本》：陈德公曰：后四转警。孟公有此，故非纤才。

《瀛奎律髓汇评》：纪昀：雍容闲雅，清而不薄，此是盛唐人身份。　　查慎行：三、四自然有远致，五、六有远景。然质实，少意致。

宿武阳即事

川暗夕阳尽，孤舟泊岸初。
岭猿相叫啸，潭嶂似空虚。
就枕灭明烛，扣舷闻夜渔。
鸡鸣问何处？人物是秦馀。

【汇评】

《王孟诗评》：刘云：唱出随意，自无俗意。　　以孟高情逸调，客中静夜，无怪乎屡多佳什也。

《唐律消夏录》：将一宿情景逐字叙出，即事诗必如此方妙。

《唐诗成法》：自夕阳初泊时写到鸡鸣，皆是景中见情，无一呆笔。盖烛灭闻渔，则一夜不寐可知，方可紧接"鸡鸣"字。

《闻鹤轩初盛唐近体读本》：陈德公曰：步步作致。三、四放笔，不为律缚；五、六峭，本色之刻意者。此公神足，到家后，便复指作自如如此。　　评：古人作诗，入手便经喝破，或就正说，或从反起，法虽不一，要令阅者展卷了然，即或抹去题面，皆可默会。

渡扬子江

桂楫中流望，京江两畔明。
林开扬子驿，山出润州城。
海尽边阴静，江寒朔吹生。

更闻枫叶下,淅沥度秋声。

【汇评】

《王孟诗评》:写景如在目前。"林开"二语,可作金山寺门榜一对。

春　意

佳人能画眉,妆罢出帘帷。

照水空自爱,折花将遗谁?

春情多艳逸,春意倍相思。

愁心极杨柳,一种乱如丝。

【汇评】

《王孟诗评》:矜丽婉约。

《唐贤清雅集》:前半见品,后半言情,此真天仙化人。若王龙标"闺中少妇",不免带脂粉气。作托兴诗,须学此种。

《删正二冯评阅才调集》:纪曰:毕竟大雅。

登安阳城楼

县城南面汉江流,江涨开成南雍州。

才子乘春来骋望,群公暇日坐销忧。

楼台晚映青山郭,罗绮晴骄绿水洲。

向夕波摇明月动,更疑神女弄珠游。

【汇评】

《王孟诗评》:刘云:老成素净,但"江"、"嶂"、"山"、"水"、"晚"、"夕"、"珠"、"绮",不免叠意。

《唐诗解》:襄阳诸体并佳,惟七言绝响。余以名家不可阙,采其仅可一章列于篇。

《唐诗评选》：轻俊，幸不凉俭。

《唐风怀》：季曰：七言律最难得此清妙，而气味浑融，自是盛唐之音。

《唐七律选》：艳生于气（"罗绮晴骄"句下）。　　一结倍见无尽。

《唐体馀编》：先叙事而后写景，得悠远不尽之妙。

《唐诗笺要》：结句之妙，与崔司勋"日暮乡关"、李翰林"欲栖珠树"鼎足而三。

春　情

青楼晓日珠帘映，红粉春妆宝镜催。
已厌交欢怜枕席，相将游戏绕池台。
坐时衣带萦纤草，行即裙裾扫落梅。
更道明朝不当作，相期共斗管弦来。

【汇评】

《王孟诗评》：五、六皆装点趣事，然下句尤妙。

《唐诗评选》：末入乐府语，自佳。

《唐七律选》：似拙塞而实通隽，何许骨格（"相将游戏"句下）！

《山满楼笺注唐诗七言律》：春情者，闺人春日之情也，艳而不俚，乃为上乘。他人写情，必写其晏眠不起，而此偏写其早起；他人写情，必写其怜枕席，而此偏写其厌交欢，落想已高人数等。而尤妙在从朝至暮，曲曲折折写其初起，写其妆成，写其游戏，既写其坐，复写其行，五十六字中便已得几幅美人图，真能事也。

与崔二十一游镜湖寄包贺二公

试览镜湖物,中流到底清。

不知鲈鱼味,但识鸥鸟情。

帆得樵风送,春逢谷雨晴。

将探夏禹穴,稍背越王城。

府掾有包子,文章推贺生。

沧浪醉后唱,因此寄同声。

【汇评】

《闻鹤轩初盛唐近体读本》:三、四用拗笔,翻得老厉,偶一作耳,非可藉口。五、六对更出意。

西山寻辛谔

漾舟寻水便,因访故人居。

落日清川里,谁言独羡鱼?

石潭窥洞彻,沙岸历纡徐。

竹屿见垂钓,茅斋闻读书。

款言忘景夕,清兴属凉初。

回也一瓢饮,贤哉常晏如!

【汇评】

《王孟诗评》:刘云:自言其趣,亦颇简淡。

《增订评注唐诗正声》:郭云:清旷脱俗,非常见闻。

《古唐诗合解》:前解不用对偶,后解落句俊逸,调新而格弱矣。视初唐排律有间,然写作自佳。

送朱大入秦

游人武陵去，宝剑直千金。

分手脱相赠，平生一片心。

【汇评】

《批点唐诗正声》：气侠情真，不愧儿女子志。

《唐诗广选》：蒋仲舒曰：任侠称题。

《唐诗归折衷》：吴曰：游武陵，赠宝剑，何等心胸！莫因"千金"二字，作借物仲情读也。长吉"直是荆轲一片心"，同此意。

《唐诗笺注》：不过任侠意，写得有神。

《唐人万首绝句选评》：从"入秦"生出首句，字字有关会，一语不泛说。落句五字，斩绝中有深味。

《诗境浅说》：襄阳诗皆冲和淡逸之音，此诗独有抑塞磊落之气。

送友人之京

君登青云去，予望青山归。

云山从此别，泪湿薜萝衣。

【汇评】

《王孟诗评》：刘云：甚不多语，神情悄然，然比之苏州特怨甚。

《批点唐诗正声》：野人饯别，正合此语，少益便非孟浩然。

北涧泛舟

北涧流恒满，浮舟触处通。

沿洄自有趣，何必五湖中？

《王孟诗评》：刘云：结尤属收拾。

春　晓

春眠不觉晓，处处闻啼鸟。

夜来风雨声，花落知多少？

【汇评】

《王孟诗评》：刘云：风流闲美，正不在多。以诗近词，太以纤丽故。

《唐诗广选》：顾云：真景实情，人说不到。高兴奇语，唯吾孟公。

《唐诗归》：钟云：通是猜境，妙！妙！

《唐诗解》：昔人谓诗如参禅，如此等语，非妙悟者不能道。

《唐诗镜》：喁喁恹恹，绝得闺中体气，宛是六朝之馀，第骨未峭耳。

《唐诗选》：玉遮曰："知多少"，正是"不觉晓"妙处。

《唐诗选脉会通评林》：周珽曰：晓景喧媚，莫卜夜无寂寞。惜春心绪，有说不出之妙。　　周敬曰：二十字清声婉约。

《唐诗笺要》：朦胧臆想，构此幻境。"落多少"可以不说，又不容不说，诚非妙悟，不能有此。

《而庵说唐诗》：做上二句便煞住笔，复停想到昨夜去，又到花上来，看他用笔不定，瞻之在前，忽然在后矣。或问：何不写"夜来"在前？曰：看题中"晓"字。"处处闻啼鸟"下若再连一笔，则便不算晓矣，故特转到晓之前下"夜来"二字。"风雨声"紧跟上"闻"字，"晓"字便隔寻丈。其作"晓"字，精微有若此。

《唐诗笺注》：诗到自然，无迹可寻。"花落"句含几许惜春意。

《诗法易简录》：亦具一气流转之妙。

《历代诗评注读本》：描写春晓，而含有一种惋惜之意。惜落花乎？惜韶光耳。

《唐人绝句精华》：此古今传诵之作，佳处在人人所常有，唯浩然能道出之。闻风雨而惜落花，不但可见诗人清致，且有屈子"哀众芳之零落"之感也。

扬子津望京口

北固临京口，夷山近海滨。
江风白浪起，愁杀渡头人。

宿建德江

移舟泊烟渚，日暮客愁新。
野旷天低树，江清月近人。

【汇评】

《鹤林玉露》：孟浩然诗云"江清月近人"，杜陵云"江月去人只数尺"，子美视浩然为前辈，岂祖述而敷衍之耶？浩然之句浑涵，子美之句精工。

《王孟诗评》：刘云："新"字妙。"野旷"二语酷似老杜。

《批点唐诗正声》：语少意远，清思痛入骨髓。

《唐诗解》：客愁因景而生，故下联不复言情，而旅思自见。

《唐诗选脉会通评林》：周敬曰：神韵无伦。

《唐诗笺要》：襄阳最多率素语，如此绝又杂以庄重，似齐梁俪体。

《唐诗别裁》：下半写景，而客愁自见。

《绒斋诗谈》："低"字、"近"字，宋人所谓诗眼，却无造作痕，此唐诗之妙也。

《唐诗笺注》："野旷"一联，人但赏其写景之妙，不知其即景而言旅情，有诗外味。

《唐诗近体》：下半写景而客愁自见，十字咀味不尽。

《唐诗真趣编》："低"字从"旷"字生出，"近"字从"清"字生出。野惟旷，故见天低于树；江惟清，故觉月近于人。清旷极矣。烟际泊宿，恍置身海角天涯、寂寥无人之境，凄然四顾，弥觉家乡之远，故云"客愁新"也。下二句不是写景，有"愁"字在内。

《唐人绝句精华》：诗家有情在景中之说，此诗是也。

问舟子

向夕问舟子，前程复几多？

湾头正堪泊，淮里足风波。

送杜十四之江南

荆吴相接水为乡，君去春江正淼茫。

日暮征帆何处泊？天涯一望断人肠。

【汇评】

《批点唐诗正声》：近歌行体，无一点尘秽。

《唐诗直解》：明净无一点尘氛，不胜歧路之泣。

《唐诗训解》：辞意俱显。

《唐贤三昧集笺注》：一气呵成，有情有色。

《唐诗笺注》：真挚中却极悱恻。

《批唐贤三昧集》：似浅近而有馀味者，以运气浑洽，写景清切故也。此辨甚微。

《唐人万首绝句选评》：渺然思远，不胜临歧之感。

渡浙江问舟中人

潮落江平未有风，扁舟共济与君同。

时时引领望天末，何处青山是越中？

【汇评】

《历代诗发》：二诗（按：指此诗与《送杜十四之江南》）俱在人意中，却只如面谈，人不能及。

《诗式》：首句言潮落故江平，尚未有风，则可以济矣，就"江"字起。二句言与舟子共济，"君"指舟子也，就舟子承。三句就"济"字转，心中想越，故引领而望；"时时"见望之勤，"天末"见望之远。四句言江上青山无数，未知越山在于何处，因指青山以问舟子也。"青山"二字冠以"何处"二字，"越中"二字冠以"是"字，做题中"问"字不著痕迹，但写出神理。"望天"二字平仄倒，"望"字救，"天"字拗。

李　白

　　李白(701—762),字太白,号青莲居士。祖籍陇西成纪(今甘肃秦安)。出生地有蜀中、西域、长安诸说,迄无定论。少时居绵州彰明县清廉乡(今属四川江油),读书吟诗,遍观百家,好神仙,任侠仗义,曾手刃数人。二十五岁辞亲远游,出三峡,游洞庭、衡山、襄汉、庐山、金陵、扬州。开元十五年与故相许围师孙女结婚,留居安陆十年。其间曾西入长安,北游太原。三十五岁后,迁居山东任城,与孔巢父等隐于徂徕山,号"竹溪六逸"。天宝元年应诏入京,供奉翰林。三载,因权贵谗毁,"赐金放还"。至洛阳,与杜甫相识,同游梁宋、齐鲁。曾受道箓于齐州紫极宫。后复漫游江淮、吴越、河北、梁宋等地。安史乱起,入永王璘幕府。璘兵败,被捕下浔阳狱,长流夜郎。中途遇赦东还,漂泊于武昌、岳阳、豫章、金陵、宣城等地。上元二年,李光弼出镇临淮,白以六十一岁高龄前往从军,道病还,依族叔当涂令李阳冰,寻病卒。白长于歌诗,嗜酒,人称"谪仙"。与杜甫齐名,并称"李杜",在古代诗歌史上享有崇高地位。李阳冰受白遗命,编其诗文为《草堂集》二十卷,又李白友人魏万编其诗为《李翰林集》二卷,均佚。北宋宋敏求辑、曾巩编次其诗文为《李太白文集》三十卷,今存。《全唐诗》编诗二十五卷。

【汇评】

李白性嗜酒，志不拘检，常林栖十数载。故其为文章，率皆纵逸。至如《蜀道难》等篇，可谓奇之又奇。然自骚人以还，鲜有此体调也。（《河岳英灵集》）

凡所著述，言多讽兴。自三代以来，《风》、《骚》之后，驰驱屈、宋，鞭挞扬、马，千载独步，唯公一人。故王公趋风，列岳结轨，群贤翕习，如鸟归凤。卢黄门云："陈拾遗横制颓波，天下质文，翕然一变。"至今朝诗体尚有梁陈宫掖之风，至公大变，扫地并尽。今古文集，遏而不行；唯公文章，横被六合，可谓力敌造化欤！（李阳冰《草堂集序》）

白才逸气高，与陈拾遗齐名，先后合德。其论诗云："梁陈以来，艳薄斯极，沈休文又尚以声律。将复古道，非我而谁与！"故陈、李二集律诗殊少。尝言"兴寄深微，五言不如四言，七言又其靡也，况使束于声调俳优哉！"（《本事诗》）

为诗格高旨远，若在天上物外，神仙会集，云行鹤驾，想见飘然之状；视尘中屑屑米粒，虫睫纷扰，菌蠢羁绊蹂躏之比。（裴敬《翰林学士李公墓碑》）

欧贵韩而不悦子美，所不可晓；然于李白而甚赏爱，将由李白超趋飞扬为感动也。（《中山诗话》）

李白诗类其为人，骏发豪放，华而不实，好事喜名，而不知义理之所在也。语用兵，则先登陷阵不以为难；语游侠，则白昼杀人不以为非；此岂其诚能也哉？白始以诗酒奉事明皇，遇谗而去，所至不改其旧。永王将窃据江淮，白起而从之不疑，遂以放死。今观其诗，固然。唐诗人李、杜称首，今其诗皆在。杜甫有好义之心，白所不及也。（苏辙《诗病五事》）

余评李白诗如黄帝张乐于洞庭之野，无首无尾，不主故常，非墨工椠人所可拟议。（黄庭坚《题李白诗草后》）

李太白诗逸态凌云,映照千载,然时作齐梁间人体段,略不近浑厚。(《西清诗话》)

至于李杜,尤不可轻议。欧阳公喜太白诗,乃称其"清风明月不用一钱买,玉山自倒非人推"之句。此等句虽奇逸,然在太白诗中,特其浅浅者。鲁直云:"太白诗与汉魏乐府争衡",此语乃真知太白者。王介甫云:"白诗多说妇人,识见污下。"介甫之论过矣。孔子删诗三百五篇,说妇人者过半,岂可亦谓之识见污下耶?(《岁寒堂诗话》)

韵有不可及者,曹子建是也;味有不可及者,渊明是也;才力有不可及者,李太白、韩退之是也;意气有不可及者,杜子美是也。……杜子美,李太白、韩退之三人,才力俱不可及,而就其中,退之喜崛奇之态,太白多天仙之词,退之犹可学,太白不可及也。(同上)

李唐群英,惟韩文公之文,李太白之诗,务去陈言,多出新意。(《珊瑚钩诗话》)

古今诗人有《离骚》体者,惟李白一人,虽老杜亦无似《骚》者。(《艇斋诗话》)

元微之作李杜优劣论,谓太白不能窥杜甫之藩篱,况堂奥乎?唐人未尝有此论,而积始为之。至退之曰:"李杜文章在,光焰万丈长。不知群儿愚,那用故谤伤!"则不复为优劣矣。(《竹坡诗话》)

杜甫、李白以诗齐名……然杜诗思苦而语奇,李诗思疾而语豪。(《韵语阳秋》)

李白乐府三卷,于三纲五常之道,数致意焉。……徐究白之行事,亦岂纯于行义者哉!永王之叛,白不能洁身而去,于君臣之义为如何?既合于刘,又合于鲁,又娶于宗,又携昭阳、金陵之妓,于夫妇之义为如何?至于友人路亡,白为权窆;及其糜溃,又收其骨;则朋友之义庶几矣。(同上)

诗人各有所得，"清水出芙蓉，天然去雕饰"，此李白所得也。（《苕溪渔隐丛话》引王安石语）

或云：太白诗其源流出于鲍明远，如乐府多用《白纻》。故子美云"俊逸鲍参军"，盖有讥也。（同上引《雪浪斋日记》）

李白则飘扬振激，如浮云转石，势不可遏。（《能改斋漫录》引刘次庄语）

李太白诗非无法度，乃从容于法度之中，盖圣于诗者也。（《朱子语类》）

李太白终始学《选》诗，所以好。（同上）

观太白诗者，要识真太白处。太白天才豪逸，语多率然而成者。学者于每篇中，要识其安身立命处可也。（《沧浪诗话》）

李杜二公，正不当优劣。太白有一二妙处，子美不能道；子美有一二妙处，太白不能作。（同上）

子美不能为太白之飘逸，太白不能为子美之沉郁。（同上）

人言太白仙才，长吉鬼才。不然，太白天仙之词，长吉鬼仙之词耳。（同上）

太白峭评矫时之状，不得大用，流斥齐鲁。眼明耳聪，恐贻颠踣。故狎弄杯觞，沉溺曲蘖；耳一淫乐，目混黑白。或酒醒神健，视听锐发，振笔着纸，乃以聪明移于月露风云，使之涓洁飞动；移于草木禽鱼，使之妍茂赛挪；移于闺情边思，使之壮气激人，离情溢目；移于幽岩邃谷，使之辽历物外，爽人精魄；移于车马弓矢，悲愤酣歌，使之驰骋决发，如睨幽并，而失意放怀，尽见穷通焉。（《诗人玉屑》引沈光《李白酒楼记》）

太白（诗）雄豪空旷，学者不察，失于狂诞。（《木天禁语》）

（乐府）上格如《焦仲卿》、《木兰词》、《羽林郎》、《霍家奴》、《三妇词》、《大垂手》、《小垂手》等篇，皆为绝唱。李太白乐府，气语皆自此中来，不可不知也。（同上）

李白诗祖《风》《骚》，宗汉魏，下至鲍照、徐、庾，亦时用之。善掉弄，造出奇怪，惊动心目，忽然撒出，妙入无声。其诗家之仙者乎？格高于杜，变化不及。（陈绎曾《诗谱》）

诗至开元、天宝间，神秀声律，粲然大备。李翰林天才纵逸，轶荡人群，上薄曹、刘，下凌沈、鲍，其乐府古调，能使储光羲、王昌龄失步，高适、岑参绝倒，况其下乎？（《唐诗品汇》）

杨诚斋云："李太白之诗，列子之御风也；杜少陵之诗，灵均之乘桂舟、驾玉车也。无待者，神于诗者欤？有待而未尝有待者，圣于诗者欤？"……徐仲车云："太白之诗，神鹰瞥汉；少陵之诗，骏马绝尘。"二公之评，意同而语亦相近。余谓太白诗，仙翁剑客之语；少陵诗，雅士、骚人之词。比之文，太白则《史记》，少陵则《汉书》也。（《升庵诗话》）

子美五言绝句皆平韵，律体景多而情少。太白五言绝句平韵，律体兼仄韵，古体景少而情多。二公各尽其妙。（《四溟诗话》）

堆垛古人，谓之"点鬼簿"。太白长篇用之，自不为病，盖本于屈原。（同上）

徐伯传问诗法于康对山，曰："熟读太白长篇，则胸次含宏，神思超越，下笔殊有气也。"（同上）

太白纵横，往往强弩之末，间杂长语，英雄欺人耳。（李攀龙《唐诗选序》）

（太白）五七言绝句，实唐三百年一人，盖以不用意得之，即太白亦不自知其所至；而工者顾失焉。（同上）

太白古乐府，窈冥惝恍，纵横变幻，极才人之致。然自是太白乐府。（《艺苑卮言》）

闻诸言诗者，有云：供奉之诗，仙；拾遗之诗，圣。圣可学，仙不可学；亦犹禅人所谓顿、渐，李顿而杜渐也。杜之怀李曰"诗无敌"，李之寄杜曰"作诗苦"。二先生酬赠，亦各语其极耳。（王稚登

《合刻李杜诗集序》

　　供奉读书匡山，鸟雀就掌取食。散金十万如飞尘，沉湎至尊之前，啸傲御座之侧，目中不知有开元天子，何况太真妃、高力士哉！当其稍能自屈，可立跻华要，乃掉臂不顾，飘然去之，坎壈以终其身。迨长流夜郎，与魑魅为伍，而其诗无一羁旅牢愁之语，读之如餐霞吸露，欲蜕骨冲举，非天际真人胸臆，畴能及此？其放浪于曲生柔曼，醉月迷花，特托而逃焉耳。（王稚登《李翰林分体全集序》）

　　陇西（李）趋《风》，《风》故荡诀，出于情之极，而以辞群者也；襄阳（杜）趋《雅》，《雅》故沈郁，入于情之极，而以辞怨者也。趋若异而轨无勿同，故无有能轩轾之者。（刘世教《合刻李杜分体全集序》）

　　李杜才气格调，古体歌行，大概相埒。李偏工独至者绝句，杜穷极变化者律诗。言体格，则绝句不若律诗之大；论结撰，则律诗倍于绝句之难。然李近体足自名家，杜诸绝殊寡入彀。截长补短，盖亦相当。惟长篇叙事，古今子美。故元、白论咸主此，第非究竟公案。（《诗薮》）

　　李才高气逸而调雄，杜体大思精而格浑。超出唐人而不离唐人者，李也；不尽唐调而兼得唐调者，杜也。（同上）

　　太白笔力变化，极于歌行；少陵笔力变化，极于近体。李变化在调与词，杜变化在意与格。然歌行无常爨，易于错综；近体有定规，难于伸缩。调、词超逸，骤如骇耳，索之易穷；意格精深，始若无奇，绎之难尽；此其稍不同也。（同上）

　　李杜二家，其才气本无优劣，但工部体裁明密，有法可寻；青莲兴会标举，非学可至。又唐人特长近体，青莲缺焉，故诗流习杜者众也。（同上）

　　备诸体于建安者，陈王也；集大成于开元者，工部也。青莲才之逸，并驾陈王，气之雄，齐驱工部，可谓撮胜二家。第古风既乏温

淳,律体微乖整栗,故令评者不无轩轾。(同上)

太白五言沿洄魏晋,乐府出于齐梁,近体周旋开、宝,独绝句超然自得,冠古绝今。(同上)

太白雄姿逸气,纵横无方,所谓天马行空,一息千里。(《唐诗镜》)

太白七言乐府接西汉之体制,掩六代之才华,自傅玄以下,未睹其偶。至赠答歌行,如风卷云舒,惟意所向,气韵文体,种种振绝。五言乐府摹古绝佳,诸诗率意而成,苦无深趣。苏子由谓之"浮花浪蕊",此言非无谓也。读李太白诗当得其气韵之美,不求其字句之奇。(同上)

太白长于感兴,远于寄衷,本于十五《国风》为近。(《诗镜总论》)

太白其千古之雄乎? 气骏而逸,法老而奇,音越而长,调高而卓。(同上)

太白七古,想落意外,局自变生,真所谓"驱走风云,鞭挞海岳"。其殆天授,非人力也。(同上)

钟云:古人虽气极逸,才极雄,未有不具深心幽致而可入诗者。读太白诗,当于雄快中察其静远精出处,有斤两,有脉理。今人把太白只作一粗人看矣。(《唐诗归》)

太白于乐府最深,古题无一弗拟,或用其本意,或翻案另出新意,合而若离,离而实合,曲尽拟古之妙。(《唐音癸签》)

周敬曰:青莲雄姿逸气,变化无方,七古千载罕有并驱。(《唐诗选脉会通评林》)

王元美云:"太白之七言律变体,不足多法。"愚按:太白七言律,集中仅得八篇,骀荡自然,不假雕饰,虽入小变,要亦非浅才可到也。(同上)

太白五七言律,以才力兴趣求之,当知非诸家所及;若必于句格法律求之,殆不能与诸家争衡矣。胡元瑞云:"五言律,太白风华逸宕,特过诸人,后之学者,才非天仙,多流率易。"此论最有斟酌。(同上)

太白五、七言绝,多融化无迹,而入于圣。(同上)

太白七言绝多一气贯成者,最得歌行之体。(同上)

取高华奇逸者,咸左祖乎李;取雄浑沉厚者,独首推乎杜;要之二子不可高下定论。胡元瑞谓李犹庄周,杜犹左氏,或庶几焉。(同上)

太白歌行,窈冥恍惚,漫衍纵横,极才人之致……此皆变化不测而入于神者也。(《诗源辩体》)

屈原《离骚》在千古辞赋之宗,而后人摹仿盗袭,不胜餍饫。太白《鸣皋歌》虽本乎骚,而精彩绝出,自是太白手笔。至《远别离》、《蜀道难》、《天姥吟》,则变幻恍惚,尽脱蹊径,实与屈子互相照映。谢茂秦云:"太白诗歌若疾雷破山,颠风播海,非神于诗者不能。"(同上)

太白歌行,虽大小短长,错综无定,然自是正中之奇。(同上)

太白胸中浩渺之致,汉人皆有之,特以微言点出,包举自宏。太白乐府歌行,则倾囊而出耳。如射者引弓极满,或即发,或迟审久之,能忍不能忍,其力之大小可知已。要至于太白止矣。(《姜斋诗话》)

无论诗歌与长行文字,俱以意为主。意犹帅也。无帅之兵,谓之乌合。李杜所以称大家者,无意之诗十不得一二也。烟云泉石,花鸟苔林,金铺锦帐,寓意则灵。(同上)

李太白之歌行,祖述骚雅,下迄梁陈七言,无所不包,奇中又奇,而字字有本,讽刺沉切,自古未有也。(《钝吟杂录》)

盛唐人,禅也;太白则仙也。于律体中以飞动票姚之势,运广远奇逸之思,此独成一境者。(姚鼐《五七言今体诗钞序目》)

吴敬夫云:太白天才豪迈,托兴悠长,饮酒学仙,适以佐其苍茫之势。他人为之,则泽矣。故曰:气大则物之大小毕浮其形。王摩诘微妙有禅理,然不在其作禅语中;太白缥缈有仙骨,然不在其作仙语中:此当从神味会之,难与俗子语。(《唐诗归折衷》)

冯复京曰:太白古诗全出己调,宋人乃谓出于子昂《感遇》。子昂局促,太白萧散,乌可同日语!(《唐音审体》)

冯复京曰:太白歌行曰神、曰化,天仙口语,不可思议。其意气豪迈,固是本调,而转折顿挫,极抑扬起伏之妙,然亦有失之狂纵者。此公才高如转巨虹、驾风螭,不可以为训。(同上)

太白妙处全在逸气横出,其五言古从曹、阮二家变出,并不规模小谢,亦非踵武伯玉。(《贞一斋诗说》)

太白诗纵横驰骤,独《古风》二卷,不矜才,不使气,原本阮公,风格俊上,伯玉《感遇》诗后,有嗣音矣。(《唐诗别裁》)

太白七言古,想落天外,局自变生。大江无风,波浪自涌,白云从空,随风变灭。此殆天授,非人可及。(同上)

集中如《笑矣乎》、《悲来乎》、《怀素草书歌》等作,皆五代凡庸子所拟,后人无识,将此种入选,嗷訾者指太白为粗浅人作俑矣。读李诗者,于雄快之中,得其深远逸宕之神,才是谪仙人面目。(同上)

七言绝句,以语近情遥,含吐不露为贵;只眼前景、口头语而有弦外音,使人神远。太白有焉。(同上)

五言绝句,右丞之自然,太白之高妙,苏州之古澹,并入化机;而三家中,太白近乐府,右丞、苏州近古诗,又各擅胜场也。(《说诗晬语》)

太白七古不独取法汉魏,上而楚骚,下而六朝,俱归镕冶,而一种飘逸之气,高迈之神,自超然于六合之表,非浅学所能问津也。(《诗法易简录》)

太白七言近体不多见。五言如《宫中行乐》等篇,犹有陈隋习气,然用律严矣,音节亦稍稍振顿。七言长短句则纵横排奡,独往独来,如活虎生龙,未易捉摸,少陵固尝首肯心醉矣。(《梅崖诗话》)

（白）诗之不可及处,在乎神识超迈,飘然而来,忽然而去,不屑屑于雕章琢句,亦不劳劳于镂心刻骨,自有天马行空,不可羁勒之势。若论其沉刻,则不如杜;雄鸷,亦不如韩。然以杜、韩与之比较,一则用力而不免痕迹,一则不用力而触手生春;此仙与人之别也。(《瓯北诗话》)

大,可为也;化,不可为也。其李诗之谓乎?太白之论曰:"寄兴深微,五言不如四言,七言又其靡也。"若斯以谈,将类于襄阳孟公以简远为旨乎?而又不然。盖太白在唐人中,别有举头天外之意,至于七言,则更迷离浑化,不可思议。以此为"寄兴深微",非大而化者,其乌乎能之! 所谓七言之靡,殆专指七律言耳,故其七律不工。(《石洲诗话》)

庄、屈实二,不可以并;并之以为心,自白始。儒、仙、侠实三,不可以合;合之以为气,又自白始也。其斯以为白之真原也矣。(龚自珍《最录李白集序》)

太白亦奄有古今,而迹未全化,亦觉真实处微不及阮、陶、杜、韩。(《昭昧詹言》)

太白胸襟超旷,其诗体格安放,文法高妙,亦与阮公同;但气格不相似,又无阮公之切忧深痛,故其沉至亦若不及之。然古人各有千古,政不必规似前人也。阮公为人志气宏放,某语亦宏致,求之古今,惟太白与之匹,故合论之。(同上)

太白当希其发想超旷,落笔天纵,章法承接,变化无端,不可以寻常胸臆摸测;如列子御风而行,如龙跳天门,虎卧凤阁,威凤九苞,祥麟独角,日五彩,月重华,瑶台绛阙,有非寻常地上凡民所能梦想及者。至其词貌,则万不容袭,蹈袭则凡儿矣。(同上)

大约太白诗与庄子文同妙:意接词不接,发想无端,如天上白

云,卷舒灭现,无有定形。(同上)

太白七古,超秀之中,自饶雄厚,不善学之,便堕尘障。(《越缦堂诗话》)

古风运阴、何之俊响,结曹、王之深秀,第才多累质,振采未沉。七言雄放,多用典籍成语,正如乱头粗服,益见其佳。(《三唐诗品》)

古 风（选二十首）

其一

大雅久不作,吾衰竟谁陈?
王风委蔓草,战国多荆榛。
龙虎相啖食,兵戈逮狂秦。
正声何微茫,哀怨起骚人。
扬马激颓波,开流荡无垠。
废兴虽万变,宪章亦已沦。
自从建安来,绮丽不足珍。
圣代复元古,垂衣贵清真。
群才属休明,乘运共跃鳞。
文质相炳焕,众星罗秋旻。
我志在删述,垂辉映千春。
希圣如有立,绝笔于获麟。

【汇评】

《韵语阳秋》:李太白、杜子美诗皆擘鲸手也。余观太白《古风》、子美《偶题》之篇,然后知二子之源流远矣。李云:"《大雅》久不作,吾衰竟谁陈?……"则知李之所得在《雅》。

《朱子语类》:李太白诗不专是豪放,亦有雍容和缓底,如首篇"大雅久不作",多少和缓。

《后村诗话》：此今古诗人断案也。

《分类补注李太白诗》萧士赟注：观此诗则太白之志可见矣。斯其所以为有唐诗人之称首者欤！

《唐诗品汇》：舂陵杨齐贤云：唐兴，文变极矣。扫魏晋之陋，起骚人之废，太白盖以自任矣。览其著述，笔力翩翩，如行云流水，出乎自然，非思索而得，岂欺我哉！

《李杜二家诗钞评林》：此诗自负，良亦不浅。

《李杜诗通》：统论前古诗源，志在删诗垂后。以此发端，自负不浅。

《唐诗选脉会通评林》：周敬曰：朱子谓太白诗不专是豪放，如"大雅久不作"多少和缓。今诵之，和缓中实多感慨激切，发一番议论，开一番局面，真古韵绝品。结二句有胆有志。

《围炉诗话》："大雅久不作"诸诗，非太白断不能作，子美亦未有此体。

《唐诗别裁》：昌黎云"齐梁及陈隋，众作等蝉噪"，太白则云"自从建安来，绮丽不足珍"，是从来作豪杰语。

《李太白全集》王琦注："吾衰竟谁陈"，是太白自叹吾之年力已衰，竟无能陈其诗于朝廷之上也。杨氏（齐贤）以斯文衰萎为释，殊混。唐仲言《诗解》引孔子"吾衰"之说，更非。徐昌谷所谓首二句为一篇大旨，"绮丽不足珍"以上是申第一句意，"圣代复元古"以下是申第二句意。其说极为明了。

《网师园唐诗笺》："正声"六句，识高论卓。"建安来"，指建安以后言。　　末二句志在夫子删述以垂教也。

《唐宋诗醇》：《古风》诗多比兴，此篇全用赋体，括风雅之源流，明著作之意旨，一起一结，有山立波回之势。昔刘勰《明诗》一篇略云：两汉之作，结体散文，直而不野，为五言之冠冕。又云：建安之初，五言腾踊，不求纤密之巧，惟取昭晰之能。何晏之徒，率多浮浅，惟嵇志清峻，阮旨遥深，故能标焉。晋世群才，稍入轻绮，采缛于正始，力柔于建安。观白此篇，即刘氏之意。指归大雅，志在删述，上溯风骚，俯观六代，以绮丽为贱，清真为贵，论诗之义，昭然明矣。举笔直书所见，气体实足以副之，阳冰称其"驰驱屈、宋，鞭挞扬、马，千载独步，惟公一人"，洵非阿好。其纂《草堂集》以古风列于卷首，又以此篇弁之，可谓有卓见者。

《瓯北诗话》：青莲一生本领，即在五十九首《古风》之第一首。开口便说：《大雅》不作，骚人斯起，然词多哀怨，已非正声；至扬、马益流宕，建安以后，更绮丽不足为法；迨有唐文运肇兴，而己适当其时，将以删述继获麟之后。是其眼光所注，早已前无古人，后无来者，直欲于千载后上接《风》、《雅》。盖自信其才分之高，趋向之正，足以起八代之衰，而以身任之，非徒大言欺人也。

《茗香诗论》：李仙、杜圣固已。李则曰："我志在删述，垂辉映千春。"杜则曰："别裁伪体亲《风》、《雅》。"遐哉邈矣！学语仙圣语，当思仙圣何所有。有仙圣胸中所有，称心而言，不已足乎？

《竹林答问》：首章以说诗起，若无与于治乱之数者。而以《王风》起，以《春秋》终，已隐自寓诗史。自后数十章，或比或兴，无非《国风》、《小雅》之遗。

《李太白诗醇》：严沧浪云：初声所噫，便悲慨欲绝。 又云："王风"以下，是申前语，是递起语；"正声"二句，又是一慨。 又云：以建安为"绮丽"，具眼。 又云：当郑重炫赫处，着"清真"二字，妙。 又云："秋旻"有眼，若读《尔雅》太熟，但认作有来历，非知诗者。

其三

秦皇扫六合，虎视何雄哉！

飞剑决浮云，诸侯尽西来。

明断自天启，大略驾群才。

收兵铸金人，函谷正东开。

铭功会稽岭，骋望琅琊台。

刑徒七十万，起土骊山隈。

尚采不死药，茫然使心哀。

连弩射海鱼，长鲸正崔嵬。

额鼻象五岳，扬波喷云雷。

鬐鬣蔽青天，何由睹蓬莱？

徐市载秦女，楼船几时回？

但见三泉下，金棺葬寒灰。

【汇评】

《分类补注李太白诗》萧士赟注：白意若曰：仙者清净自然，无为而化，秦皇之所为若此，求仙者岂如是乎？宜其卒为方士之所欺而不免于死也。

《唐诗别裁》：既期不死，而又筑高陵，自相矛盾矣。

《唐宋诗醇》：极写其盛，正为中间转笔作地。"茫然使心哀"五字，多少包含。借秦以讽，意深旨远。

《昭昧詹言》：收两义合并。

《诗比兴笺》：此亦刺明皇之词，而有二意：一则太白乐府中所谓"穷兵黩武有如此，鼎湖飞龙安可乘"。二则人心苦不足，周穆、秦、汉同一辙也。

《李太白诗醇》：严云：雄快。　　又云："尚采"二语紧接，方警动；若蓄而不露，只就下文委蛇去，便气漫不振矣。

其八

咸阳二三月，宫柳黄金枝。

绿帻谁家子，卖珠轻薄儿。

日暮醉酒归,白马骄且驰。

意气人所仰,冶游方及时。

子云不晓事,晚献长杨辞。

赋达身已老,草玄鬓若丝。

投阁良可叹,但为此辈嗤。

【汇评】

《分类补注李太白诗》萧士赟注:此时戚里骄纵逾制,动致高位,儒者沉困下僚,是诗必有所感讽而作。

《批选唐诗》:李白诗信笔舒卷,妙合天则,不似他人刻画求工而反拙,所以擅场。

《唐诗镜》:感慨逸荡,归于和平,所谓有大力者不动。

《李太白全集》王琦注:唐仲言曰:此刺戚里骄横而以子云自况,所谓"绿帻"必有所指。

《唐宋诗醇》:世所谓晓事者及时行乐耳。而至老矻矻者,晚节末路,又复可叹。白气骨自负,岂愿以辞人终老?两两夹照,不是漫作诙调语。

《昭昧詹言》:此言少年乘时,贤者无位。

《李太白诗醇》:严云:悲愤语不堪再读。谢叠山云:此篇见人情可悲。

其十

齐有倜傥生,鲁连特高妙。

明月出海底,一朝开光曜。

却秦振英声,后世仰末照。

意轻千金赠,顾向平原笑。

吾亦澹荡人,拂衣可同调。

【汇评】

《唐诗品汇》：萧云：白平生豪迈，藐视权臣，浮云富贵。此诗盖有慕乎鲁仲连之为人也。

《唐诗解》：按太白素有高尚之志意，出山之后，不为时相所礼，悔恨而作是诗。

《唐宋诗醇》：曹植诗"大国出良材，譬海出明珠"，即"明月出海底"意。白姿性超迈，故感兴于鲁连。

《瓯北诗话》：青莲少好学仙，……然又慕功名，所企羡者，鲁仲连、侯嬴、郦食其、张良、韩信、东方朔等。总欲有所建立，垂名于世，然后拂衣还山，学仙以求长生。

《昭昧詹言》：此托鲁连起兴以自比。

《李太白诗醇》：严沧浪曰：倜傥与潇荡，绝不相类，而看作一致。始知有意倜傥者，非真倜傥也。惟潇荡人乃可与同耳。

其十二

松柏本孤直，难为桃李颜。
昭昭严子陵，垂钓沧波间。
身将客星隐，心与浮云闲。
长揖万乘君，还归富春山。
清风洒六合，邈然不可攀。
使我长叹息，冥栖岩石间。

【汇评】

《唐诗品汇》：萧云：太白亦有高尚其事之意。此诗有所慕而作也。

《唐风定》：咏史亦人所同，气体高妙则独步矣。

《唐诗别裁》：不著议论，咏古一体。

《唐宋诗醇》：起句本之《荀子》，直揭本指，严羽所谓"开门见山"者也。与左思《咏史》作风格正复相似。

《李太白诗醇》：严云："昭昭"二字，为隐人生光焰，妙，妙。　　又云："身将"四句，何等傲逸！

其十四

胡关饶风沙，萧索竟终古。

木落秋草黄，登高望戎虏。

荒城空大漠，边邑无遗堵。

白骨横千霜，嵯峨蔽榛莽。

借问谁凌虐，天骄毒威武。

赫怒我圣皇，劳师事鼙鼓。

阳和变杀气，发卒骚中土。

三十六万人，哀哀泪如雨。

且悲就行役，安得营农圃？

不见征戍儿，岂知关山苦！

李牧今不在，边人饲豺虎。

【汇评】

《唐诗品汇》：萧云：此篇当为哥舒翰败石堡而作，其旨微而显欤！

《李杜诗通》：此亦约略言开、天数十年间用兵吐蕃之概，叹中外之骚敝耳。指石堡一役言，则非也。

《唐诗别裁》：天宝中，上使王忠嗣攻吐蕃石堡城。忠嗣言：坚守难攻。董延光自请攻之，不克。复命哥舒翰攻而拔之，获吐蕃四百人，而唐兵死亡略尽。其后，世为仇敌矣。诗为开边垂戒。

《唐宋诗醇》：此诗极言边塞之惨，中间直入时事，字字沉痛，当与杜甫《前出塞》参看。别本多四句，语尽而露。诗词意已足，不当更益。

《瓯北诗话》：述用兵开边之事，讥明皇黩武，则天宝初年事也。

《李太白诗醇》：叙来凄惨，使人肝胆凛烈。　　严沧浪曰：此首可与老杜《塞上》诸篇伯仲。

其十五

燕昭延郭隗，遂筑黄金台。

剧辛方赵至，邹衍复齐来。

奈何青云士，弃我如尘埃。

珠玉买歌笑，糟糠养贤才。

方知黄鹄举，千里独徘徊。

【汇评】

《分类补注李太白诗》萧士赟注：太白少有高尚之志，此诗岂出山之后，不为时相所礼，有轻出之悔欤？不然，何以曰“方知黄鹄举，千里一徘徊”？吁！读其诗者，百世之下，犹有感慨。

《唐诗正声》：叹权贵之不重贤才也。

《唐诗选脉会通评林》：唐孟庄曰：“珠玉”二语，骂世亦直。

《李太白诗醇》：严云：“珠玉”二句慨痛，一字一泪。

其十八

天津三月时，千门桃与李。

朝为断肠花，暮逐东流水。

前水复后水，古今相续流。

新人非旧人，年年桥上游。

鸡鸣海色动，谒帝罗公侯。

月落西上阳，馀辉半城楼。

衣冠照云日，朝下散皇州。

鞍马如飞龙,黄金络马头。

行人皆辟易,志气横嵩丘。

入门上高堂,列鼎错珍羞。

香风引赵舞,清管随齐讴。

七十紫鸳鸯,双双戏庭幽。

行乐争昼夜,自言度千秋。

功成身不退,自古多愆尤。

黄犬空叹息,绿珠成衅仇。

何如鸱夷子,散发棹扁舟?

【汇评】

《潜溪诗眼》:建安诗辩而不华,质而不俚,风调高雅,格力遒壮,得风雅骚人气骨,最为近古。惟李杜有之。

《唐诗品汇》:萧云:此篇叹时。贵宠者不知退,安得无李斯、石崇之祸乎!

《批选唐诗》:语直而意婉,不厌其多。

《诗源辩体》:太白五言古长篇,如"门有车马宾"、"天津三月时"、"忆昔作少年"……等篇,兴趣所到,瞬息千里,沛然有馀。然与子美各自为胜,未可以优劣论也。或以此倾倒为嫌,而取其含蓄蕴藉者,非所以论太白也。

《删订唐诗解》:自开一境,不必古人。

《唐诗别裁》:历言权贵豪侈,沉溺不返,而有李斯、石崇之祸,不如范蠡扁舟归去之为得也。前用兴起。

《唐宋诗醇》:此刺当时贵幸之徒,怙侈骄纵,而不恤其后也。杜甫《丽人行》其刺国忠也微而婉,此则直而显,自是异曲同工。……《诗眼》以为建安气骨,惟李杜有之,良然。

《诗比兴笺》:此讽开、宝朝贵作,前用兴起,词警情逸。

《读雪山房唐诗序例》:李太白《古风》一卷,上薄《风》、《骚》,

顾其间多隐约其事。……"天津三月时"为(李)林甫斫棺而作。

《李太白诗醇》：严云：承流变声，见古意("朝为"六句下)。　　严云："双双"句以上，政须多言之；荣华处皆是断肠处。

其十七

　　西上莲花山，迢迢见明星。
　　素手把芙蓉，虚步蹑太清。
　　霓裳曳广带，飘拂升天行。
　　邀我登云台，高揖卫叔卿。
　　恍恍与之去，驾鸿凌紫冥。
　　俯视洛阳川，茫茫走胡兵。
　　流血涂野草，豺狼尽冠缨。

【汇评】

　　《李杜诗通》：白自比叔卿，辞翰林供奉，亦不臣玄宗，因得免禄山之难，俯视天下之流血，而豺狼冠缨也。

　　《唐诗镜》：有情可观，无迹可履，此古人落笔佳处。

　　《李太白全集》王琦注：此诗大抵是洛阳破没之后所作。"胡兵"，谓禄山之兵；"豺狼"，谓禄山所用之逆臣。

　　《诗比兴笺》：皆遁世避乱之词，托之游仙也。《古风》五十九章，涉仙居半，惟此二章(按指本诗及"郑客西入关")差有古意，则词含寄托故也。世人本无奇臆，好言升举，云螭鹤驾，翻成土苴。太白且然，况触目悠悠者乎？

其二十三

　　秋露白如玉，团团下庭绿。
　　我行忽见之，寒早悲岁促。
　　人生鸟过目，胡乃自结束？

景公一何愚，牛山泪相续。

物苦不知足，得陇又望蜀。

人心若波澜，世路有屈曲。

三万六千日，夜夜当秉烛。

【汇评】

《唐诗品汇》：萧云：此篇言人功成当去，奈何恋世不足而谬用心，几百年之内，唯及时行乐耳！识者观之，岂不可笑欤？盖白之言不尽意，意在其中。非圣于诗者，孰能与于此乎？

《唐宋诗醇》：《唐风·蟋蟀》之篇，感兴如此。诗之神韵，与古为化，拟之《十九首》，可谓波澜莫二。结处与通篇一意相贯，即《桃李园序》之意。　　萧曰："三万六千日"，虽太白造辞如此，然其意却祖《左传》，所谓夺胎换骨，使事而不为事使者。

《历代诗发》：凌云摇岳之气，稍为沉敛。

《昭昧詹言》：言岁时易尽，而自苦思，亦放意也。

其二十四

大车扬飞尘，亭午暗阡陌。

中贵多黄金，连云开甲宅。

路逢斗鸡者，冠盖何辉赫。

鼻息干虹霓，行人皆怵惕。

世无洗耳翁，谁知尧与跖。

【汇评】

《分类补注李太白诗》萧士赟注：此篇讽刺之诗，盖为贾昌辈而作。末句谓世无高识者，故莫知此等之为跖行，而太白辈之为贤人也。亦太白不遇而自叹欤！

《李太白文集》（郭云鹏重刊本）：徐祯卿云：此篇刺时贵也。

《瓯北诗话》：铺张斗鸡之贾昌，则开元中事也。

《李太白诗醇》：叙得有气势，如见其轻薄夸张之状。

其二十六

碧荷生幽泉，朝日艳且鲜。

秋花冒绿水，密叶罗青烟。

秀色空绝世，馨香竟谁传？

坐看飞霜满，凋此红芳年。

结根未得所，愿托华池边。

【汇评】

《分类补注李太白诗》萧士赟注：此篇荷与华池，比也。谓君子有绝世之行，处于僻野而不为世所知，常恐老之将至，而所抱不见于所用，安得托身于朝廷之上而用世哉？是亦太白自伤之意也欤！

《唐宋诗醇》：伤不遇也。末二句情见乎辞。白未尝一日忘事君也，求仙采药，岂其本心哉！严羽云：观白诗，要识其安身立命处，此类是也。

《诗比兴笺》：君子履洁怀芳，何求于世？然而未尝忘意当世者，惧盛年之易逝，而思遇主以成功名也。

其三十一

郑客西入关，行行未能已。

白马华山君，相逢平原里。

璧遗镐池君，明年祖龙死。

秦人相谓曰：吾属可去矣！

一往桃花源，千春隔流水。

【汇评】

《载酒园诗话又编》："秦人相谓曰"，乃史中叙事法，谁敢入之于诗？吾不难其奇，而难其妥。尝叹李长吉费尽心力，不能不借险句见奇，孰若太白用寻常语自奇！

《唐宋诗醇》：赏其风调致佳。

《昭昧詹言》：衍古高妙。

《李太白诗醇》：严云：寻常新逸，力搜不得，偶撮亦不得。当是才兴所至，无复典格存于胸中，乃有此耳（"秦人"四句下）。

其三十四

羽檄如流星，虎符合专城。

喧呼救边急，群鸟皆夜鸣。

白日曜紫微，三公运权衡。

天地皆得一，澹然四海清。

借问此何为？答言楚征兵。

渡泸及五月，将赴云南征。

怯卒非战士，炎方难远行。

长号别严亲，日月惨光晶。

泣尽继以血，心摧两无声。

困兽当猛虎，穷鱼饵奔鲸。

千去不一回，投躯岂全生。

如何舞干戚，一使有苗平？

【汇评】

《唐诗品汇》：刘云：非蹀涉是境，不知其妙。若模写及此，则入神矣（"群鸟"句下）。

《李杜诗通》：此篇咏讨南诏事，责三公非人，黩武丧师，有慕益、禹之佐舜。

《李太白全集》王琦注：萧士赟云：此诗盖讨云南时作也。首即征兵时景象而言。当此君明臣良、天清地宁、海内澹然、四郊无警之时，而忽有此举。问之于人，始知征兵者，讨云南也。乃所调之兵，不堪受甲，所谓驱市人而战之，如以困兽当虎，穷鱼饵鲸，吾见师之出而不见师之入矣。末则深叹当国之臣不能敷文德以来远人，致有覆军杀将之耻也。

《初白庵诗评》：当天宝之世，忽开边衅，驱无罪之人，置之必死之地，谁为当国运权衡者？"白日"以下四句，国忠之蒙蔽殃民，二罪可并案矣。

《唐诗别裁》：炎月出师，而又当炎方，能无败之（"渡泸"四句下）？

《唐宋诗醇》："群鸟夜鸣"，写出骚然之状；"白日"四句，形容黩武之非。至于征夫之凄惨，军势之怯弱，色色显豁，字字沉痛。结归德化，自是至论。此等诗殊有关系，体近《风》、《雅》；杜甫《兵车行》、《出塞》等作，工力悉敌，不可轩轾。宋人罗大经作《鹤林玉露》，乃谓："白作为歌诗，不过狂醉于花月之间，社稷苍生，曾不系其心膂，视甫之忧国忧民，不可同年语。"此种识见，真"蚍蜉撼大树"，多见其不知量也。

《李太白诗醇》：严云："长号"一段，写得惨动。

其三十五

丑女来效颦，还家惊四邻。

寿陵失本步，笑杀邯郸人。

一曲斐然子，雕虫丧天真。

棘刺造沐猴，三年费精神。

功成无所用，楚楚且华身。

大雅思文王，颂声久崩沦。

安得郢中质，一挥成斧斤。

【汇评】

《分类补注李太白诗》萧士赟注：此篇盖讥世之作诗赋者，不过藉此以取科第、干禄位而已,何益于世教哉？太白尝论诗曰:"将复古道,非我而谁?"《雅》、《颂》之作,太白自负者如此,然安得《雅》、《颂》之人识之,使郢中之质能当匠石之运斤耶?

《唐诗别裁》:讥世之文章无补风教,而因追思《大雅》也。

其三十九

登高望四海,天地何漫漫。

霜被群物秋,风飘大荒寒。

荣华东流水,万事皆波澜。

白日掩徂辉,浮云无定端。

梧桐巢燕雀,枳棘栖鸳鸾。

且复归去来,剑歌行路难。

【汇评】

《唐诗品汇》:萧云:此篇谓君子在下,小人在上。识时之士,唯有归去来而已。

《李太白全集》王琦注:即景而寓感叹于间,以见不得不动归来之念。意者,是时太白所投之主人,惑于群小而不见亲礼,将欲去之而作此诗。旧注以时世昏乱,阴小用事为解,专指朝政而言,恐未是。

《唐诗别裁》:"白日"二语,喻谗邪惑主。"梧桐"二语,喻小人得志,君子失所。

其四十七

桃花开东园,含笑夸白日。

偶蒙东风荣,生此艳阳质。

岂无佳人色,但恐花不实。

宛转龙火飞,零落早相失。

诋知南山松,独立自萧瑟!

【汇评】

《唐诗品汇》:萧云:此篇谓士无实行,偶然荣遇,其宠衰则易于弃捐,孰若君子有持操而不改节哉!

《网师园唐诗笺》:首句用阮句。

《唐诗正声》:叹庸愚之富贵幸得,终不可长。以松柏自况也。

其四十九

美人出南国,灼灼芙蓉姿。

皓齿终不发,芳心空自持。

由来紫宫女,共妒青蛾眉。

归去潇湘沚,沉吟何足悲!

【汇评】

《岁寒堂诗话》:《国风》云:"爱而不见,搔首踟蹰。""瞻望弗及,伫立以泣。"其词婉,其意微,不迫不露,此其所以可贵也。《古诗》云:"馨香盈怀袖,路远莫致之。"李太白云:"皓齿终不发,芳心空自持。"皆无愧于《国风》矣。

《李杜二家诗钞评林》:曹植诗:"南国有佳人,容华若桃李。朝游江北岸,夕宿潇湘沚。时俗薄朱颜,谁来发皓齿? 俯仰岁将暮,荣耀难久恃。"白此诗全用之。

《李太白全集》王琦注:萧士赟云:此太白遭谗摈逐之诗也。去就之际,曾无留难。然自后人而观之,其志亦可悲矣。

《唐宋诗醇》:亦"绿萝"篇之意。但前篇寓意于君,此则谓张垍辈之谮毁也。

《昭昧詹言》:屈子"众女"之旨。

《李太白诗醇》:可悲不悲,其悲弥甚。

其五十一

殷后乱天纪，楚怀亦已昏。

夷羊满中野，菉葹盈高门。

比干谏而死，屈平窜湘源。

虎口何婉娈，女嬃空婵媛。

彭咸久沦没，此意与谁论！

【汇评】

《分类补注李太白诗》萧士赟注：此诗，比兴之诗也。其作于贬责张九龄之时乎？……太白此诗哀思怨怒，有感于时事而作。

《诗比兴笺》：此叹明皇拒直谏之臣，张九龄、周子谅俱窜死也。

《昭昧詹言》：忠不见容。

其五十四

倚剑登高台，悠悠送春目。

苍榛蔽层丘，琼草隐深谷。

凤鸟鸣西海，欲集无珍木。

鹜斯得所居，蒿下盈万族。

晋风日已颓，穷途方恸哭。

【汇评】

《分类补注李太白诗》萧士赟注：此篇首两句乃居高见远之意也。三句、四句比小人据高位而君子在野也。五句至八句盖谓当时君子亦有用世之意，而在朝无君子以安之，反不如小人之得位，呼俦引类至于万族之多也。末句借晋为喻，谓如此则君子道消，风俗颓靡，居然可知，若阮籍之途穷后恸哭，毋乃见事之晚乎！

《李太白文集》（郭云鹏本）：徐祯卿云：穷途恸哭，萧解未善，言风既颓矣，途既穷矣，方可恸哭而已。

《唐宋诗醇》：天宝以还，小人道长，君子道消矣。物亦各从其类也。篇中连类引象，杂而不越，途穷恸哭亦无可如何而已。

【总评】

《韵语阳秋》：李太白《古风》二卷，近七十篇，身欲为神仙者，殆十三四。或欲把芙蓉而蹑太清，或欲挟两龙而凌倒景，或欲留玉舄而上蓬山，或欲折若木而游八极，或欲结交王子晋，或欲高挹卫叔卿，或欲借白鹿于赤松子，或欲餐金光于安期生。岂非因贺季真有"谪仙"之目，而固为是以信其说邪？抑身不用，郁郁不得志，而思高举远引邪？

《朱子语类》：《古风》两卷，多效陈子昂，亦有全用其句处。太白去子昂不远，其尊慕之如此。

《后村诗话》：此六十八首，与陈拾遗《感遇》之作笔力相上下，唐诸人皆在下风。

《李杜二家诗钞评林》：朱子云：太白《古风》自子昂《感遇》中来。然陈以精深，李以鸿朗。而陈有意乎古，李近自然。

《李杜诗通》：太白《古风》，其篇富于子昂之《感遇》，俭于嗣宗之《咏怀》，其抒发性灵，寄托规讽，实相源流也。但嗣宗诗旨渊放，而文多隐避，归趣未易测求。子昂淘洗过洁，韵不及阮，而浑穆之象，尚多包含。太白六十篇中，非指言时事，即感伤己遭，循径而窥，又觉易尽。此则役于风气之递盛，不得不以才情相胜，宣泄见长。律之德制，未免言表系外，尚有可议；亦时会使然，非后贤果不及前哲也。

《诗镜总论》：太白《古风》八十二首，发源于汉魏，而托体于阮公。然寄托犹苦不深，而作用间尚未尽委蛇盘礴之妙，要之雅道时存。

《漫堂说诗》：阮嗣宗《咏怀》、陈子昂《感遇》、李太白《古风》、韦苏州《拟古》，皆得《十九首》遗意。于鳞云："唐无古诗而有其古诗。"彼仅以苏、李《十九首》为古诗耳；然则子昂、太白诸公非古诗乎？余意历代五古，各有擅长。

《唐诗笺要》：太白《古风》较伯玉《感遇》似过为激楚之间，而韵度少减。"糟糠养贤才"、"浮云蔽紫闼"，尤涉径露。

《瓯北诗话》：《古风》五十九首非一时之作，年代先后亦无伦次，盖后人取其无题者汇为一卷耳。

《竹林答问》：太白《古诗》五十九首，是被放后蒿目时事，洞烛乱源，而忧谗畏讥，不敢显指。

远别离

远别离，古有皇英之二女。
乃在洞庭之南，潇湘之浦。
海水直下万里深，谁人不言此离苦。
日惨惨兮云冥冥，猩猩啼烟兮鬼啸雨，
我纵言之将何补？
皇穹窃恐不照余之忠诚，云凭凭兮欲吼怒，
尧舜当之亦禅禹。
君失臣兮龙为鱼，权归臣兮鼠变虎。
或言尧幽囚，舜野死，九疑联绵皆相似，
重瞳孤坟竟何是？
帝子泣兮绿云间，随风波兮去无还。
恸哭兮远望，见苍梧之深山。
苍梧山崩湘水绝，竹上之泪乃可灭！

【汇评】

《艇斋诗话》：古今诗人有《离骚》体者，惟李白一人，虽老杜亦无似《骚》者。李白如《远别离》云："日惨惨兮云冥冥，猩猩啼烟兮鬼啸雨。"……如此等语，与《骚》无异。

《沧浪诗话》：太白《梦游天姥吟》、《远别离》等，子美不能道。

《唐诗品汇》：此太白伤时君子失位，小人用事，以致丧乱。身在江湖之上，欲往救而不可，哀忠谏之无从，舒愤疾而作也。

刘云：参差屈曲，幽人鬼语，而动荡自然，无长吉之苦。　　范云：此篇最有楚人风。所贵乎楚言者，断如复断，乱如复乱，而辞意实复屈折行乎其间者，实未尝断而乱也，使人一唱三叹而有遗音。至于收泪讴吟，又足以兴夫三纲五典之重者，岂虚也哉！兹太白所以为不可及也。

《麓堂诗话》：古律诗各有音节，然皆限于字数，求之不难。乐府长短句，初无定数，最难调叠，然亦有自然之声。……如李太白《远别离》、杜子美《桃竹杖》，皆极其操纵，曷尝按古人声调，而和顺委曲乃如此。

《艺圃撷馀》：太白《远别离》篇，意最参错难解……范德机，高廷礼勉作解事语，了与诗意无关。细绎之，始得作者意。其太白晚年之作邪？先是肃宗即位灵武，玄宗不得已称上皇，迎归大内，又为李辅国劫而幽之。太白忧愤而作此诗。因今度古，将谓尧、舜事亦有可疑。曰"尧舜禅禹"，罪肃宗也；曰"龙鱼"、"鼠虎"，诛辅国也。故隐其词，托兴英、皇，而以《远别离》名篇。风人之体善刺，欲言之无罪耳。然"幽囚野死"，则已露本相矣。古来原有此种传奇议论。曹丕下坛曰："舜、禹之事，吾知之矣。"太白故非创语。试以此意寻次读之，自当手舞足蹈。

《唐诗援》：乱处、断处、诞处俱从《离骚》来，妙在不拟《骚》。

《唐诗选脉会通评林》：周珽曰：词意若断若乱，实未尝断而乱，评者谓"至于收泪讴吟，又足以兴夫三纲五典之重，岂虚也哉"。读此等诗，真午夜角声，寒沙风紧，孤城觱吹，铁甲霜生，一字一句，皆能泣鬼磷而裂肝胆。

《诗源辩体》：太白《蜀道难》、《天姥吟》，虽极漫衍纵横，然终不如《远别离》之含蓄深永，且其词断而复续，乱而实整，尤合骚体。

《唐诗评选》：通篇乐府，一字不入古诗，如一匹蜀锦，中间固不容一尺吴练。工部讥时语开口便见，供奉不然，习其读而问其传，则未知己之有罪也。

《师友诗传录》述王士祯语：李之《远别离》、《蜀道难》、《乌夜啼》……皆乐府之变也。

《唐诗别裁》：玄宗禅位于肃宗。宦者李辅国谓上皇居兴庆宫，交通外人，将不利于陛下。于是，徙上皇于西内，怏怏，不逾时而崩。诗盖指此也。太白失位之人，虽言何补！故托吊古以致讽焉。

《唐宋诗醇》：杨载曰：波澜开阖，如江海之波，一波未平，一波复起。又如兵家之阵，方以为正，又复为奇，方以为奇，忽复是正，出入变化，不可纪极。

《石洲诗话》：太白《远别离》一篇，极尽迷离，不独以玄、肃父子事难显言。盖诗家变幻至此，若一说煞，反无归着处也；惟其极尽迷离，乃即其归着处。

《放胆诗》：所谓皇、英之事，特借之以引喻发兴，其词不伦不类，使读者自知之。此等精诚，唯少陵有之。其后唯卢仝、韩愈预见唐末宦竖之祸，亦托诸《月蚀》之诗，皆非有唐诗人所可及也，岂漫然作此荒远不经之言哉！太白诗大约叙知遇、叹沦落以及饮酒、游仙、闺词为多，如此奇峰杰构，往往掩映于长林丰草中，故特标此数首（按：指《远别离》、《战城南》、《梦游天姥吟留别东鲁诸公》、《襄阳歌》等），以识太白真面目，真气魄。

《唐宋诗举要》：胡孝辕曰：此篇……著人君失权之戒。使其词闪幻可骇，增奇险之趣。盖体干于楚《骚》，而韵调于汉《铙歌》诸曲，以成为一家语。　　高步瀛曰：结言遗恨千古，语甚悲痛，与起段相应。

《李太白诗醇》：沈云：中有欲言不可明言处，故托吊古以抒之，屈折反覆，《离骚》之旨。

公无渡河

黄河西来决昆仑，咆哮万里触龙门。

波滔天，尧咨嗟。

大禹理百川，儿啼不窥家。

杀湍湮洪水，九州始蚕麻。

其害乃去，茫然风沙。

被发之叟狂而痴，清晨临流欲奚为？

旁人不惜妻止之，公无渡河苦渡之。

虎可搏，河难凭，公果溺死流海湄。

有长鲸白齿若雪山，公乎公乎挂胃于其间。

箜篌所悲竟不还！

【汇评】

《分类补注李太白诗》萧士赟注：诗谓洪水滔天，下民昏垫，天之作孽，不可逭也。当地平天成，上下相安之时，乃无故冯河而死，是则所谓自作孽者，其亦可哀而不足惜也矣。故诗曰："旁人不惜妻止之"，是亦讽止当时不靖之人自投宪网者，借此以为喻云耳。

《李杜诗通》："波滔天，尧咨嗟。大禹理百川，儿啼不窥家。其害乃去，茫然风沙。"太白之极力于汉者也，然词气太逸，自是太白语。

《诗比兴笺》：是诗自昔不言所指，盖悲永王璘起兵不成诛死。而《新唐书》言永王璘辟白为府僚佐，及璘起兵，白逃还彭泽。盖永王初起事时，太白实望其勤王，不图其猖獗江淮，是以见机逃遁。

及璘兵败身戮,太白被诬,坐流夜郎,至后遇赦得还,乃追悲之。"黄河咆哮"云云,喻叛贼之匈溃。"波滔天,尧咨嗟"云云,喻明皇之忧危。"大禹理百川,儿啼不窥家"云云,谓肃宗出兵朔方,诸将戮力,转战连年,乃克收复也。艰难若此,岂狂痴无知之永王所能立功乎?乃既无戡乱讨贼之才,复无量力守分之智,冯河暴虎,自取覆灭,与渡河之叟何异乎?《豫章篇》云:"本为休明人,斩虏素不闲。岂惜战斗死,为君扫凶顽。精感不没羽,岂云惮险艰?楼船若鲸飞,波荡落星湾。"即此诗所指。

蜀道难

噫吁嚱,危乎高哉!

蜀道之难难于上青天。

蚕丛及鱼凫,开国何茫然。

尔来四万八千岁,不与秦塞通人烟。

西当太白有鸟道,可以横绝峨眉巅。

地崩山摧壮士死,然后天梯石栈相钩连。

上有六龙回日之高标,下有冲波逆折之回川。

黄鹤之飞尚不得过,猿猱欲度愁攀援。

青泥何盘盘,百步九折萦岩峦。

扪参历井仰胁息,以手抚膺坐长叹。

问君西游何时还,畏途巉岩不可攀。

但见悲鸟号古木,雄飞雌从绕林间。

又闻子规啼夜月,愁空山。

蜀道之难难于上青天,使人听此凋朱颜。

连峰去天不盈尺,枯松倒挂倚绝壁。

飞湍瀑流争喧豗,砯崖转石万壑雷。

其险也如此，嗟尔远道之人胡为乎来哉？

剑阁峥嵘而崔嵬，一夫当关，万夫莫开。

所守或匪亲，化为狼与豺。

朝避猛虎，夕避长蛇，

磨牙吮血，杀人如麻。

锦城虽云乐，不如早还家。

蜀道之难难于上青天，侧身西望长咨嗟。

【汇评】

《本事诗》：李太白初自蜀至京师，舍于逆旅。贺监知章闻其名，首访之。既奇其姿，复请所为文。出《蜀道难》以示之。读未竟，称叹者数四，号为"谪仙"，解金龟换酒，与倾尽醉，期不间日。由是称誉光赫。

《木天禁语》：七言长古篇法，……旧题乃篇末一、二句缴上起句，又谓之"顾首"，如《蜀道难》、《古别离》、《洗兵马行》是也。

《唐诗品汇》：刘须溪云：妙在起伏，其才思放肆，语次崛奇，自不在言。

《四溟诗话》：九言体，无名氏拟之曰："昨夜西风摇落千林梢，渡头小舟卷入寒塘坳。"声调散缓而无气魄。惟太白长篇突出两句，殊不可及，若"上有六龙回日之高标，下有冲波逆折之回川"是也。

《批选唐诗正声》：辞旨深远，雄浑飘逸，杜子美所不可到。欧阳子以《庐山高》方之，殊为哂。

《唐诗援》：太白创体，空前绝后。诸说纷纷不一，然细观此诗，定为明皇幸蜀而作。萧说是。

《批选唐诗》：太白长歌，森秀飞扬，疾于风雨，本其才性独诣，非由人力。人所不及在此，诗教大坏亦在此。后生学步，奋猛亢厉之音作，而温柔敦厚之意尽，露才扬己，长傲负气，辞人所以多轻薄，由来远已。嗟乎，西日东流，又岂人力哉！但可谓之唐体而已矣。

《唐音癸签》：《蜀道难》自是古曲，梁陈作者，止言其险，而不及其他。白则兼采张载《剑阁铭》"一人荷戟，万夫越趄，形胜之地，匪亲弗居"等语用之，为恃险割据与羁留佐逆者著戒。惟其海说事理，故苞括大，而有合乐府讽世立教本旨。若第取一时一人事实之，反失之细而不足味矣。

《唐诗镜》：《蜀道难》近赋体，魁梧奇谲，知是伟大。

《唐诗选脉会通评林》：周珽曰："一夫当关"四句，设意外之忧；"朝避猛虎"四句，指前见之恐，见变生肘腋，地终不可居。总言蜀道之难也。劈空落想，窍凿幽发，应使笔墨生而混沌死。

《诗源辩体》：屈原《离骚》本千古辞赋之宗，而后人摹仿盗袭，不胜厌饫……至《远别离》、《蜀道难》、《天姥吟》，则变幻恍惚，尽脱蹊径，实与屈子互相照映。

《唐风定》：变幻神奇，仙而不鬼，长吉魔语视之何如？　亘百代无能仿象，才涉意即入长吉魔中矣。　通篇奇险，不涉旁意，不参平调，其胜《天姥》、《鸣皋》以此。

《王文简古诗平仄论》：（七言古）又有长短句者，唐惟李太白多有之，然不必学。如《蜀道难》……效之而无其才，洵难免沧溟"英雄欺人"之诮。

《增订唐诗摘钞》：倏起倏落，忽虚忽实，真如烟水杳渺，绝世奇文也。

《载酒园诗话又编》：《蜀道难》一篇，真与河岳并垂不朽。即起句"噫吁戏，危乎高哉"七字，如累棋架卵，谁敢并于一处？至其造句之妙："连峰去天不盈尺，枯松倒挂倚绝壁。飞湍瀑流争喧豗，砯崖转石万壑雷。"每读之，剑阁、阴平，如在目前。又如"一夫当关，万夫莫开。所守或匪亲，化为狼与豺"，不惟刘璋、李势恨事如见，即孟知祥一辈亦逆揭其肺肝。此真诗之有关系者，岂特文词之雄！

《唐音审体》：篇中三言蜀道之难，所谓一唱三叹也。　突然以嗟叹起，嗟叹结，创格也。

《放胆诗》：太白《蜀道难》、《远别离》等篇出鬼入神，惝恍莫测。

《此木轩论诗汇编》：《蜀道难》旧题也，太白为之，加奇肆耳。　此千古绝调也，后人妄意学步，何其不知量也！　"噫吁嚱，危乎高哉"，七字五句。　"连峰去天不盈尺"无理之极，俗本作"连峰入烟几千尺"，有理之极。无理之妙，妙不可言。有理之不妙，其不妙亦不可胜言。举此一隅，即是学诗家万金良药也。

《而庵说唐诗》："尔来四万八千岁"，此云总非实据也。人言文人无实语，而不知文章家妙在跌宕；每说到已甚，太白用此，正跌宕法也。　"蜀道之难，难于上青天"再一提，此句妙有关锁，上来笔气纵横，逸宕不如此，则散无统束矣。　"锦城虽云乐"：上面说到蜀如此可惊、可畏，而忽下一"乐"字，妙极。　"不如早还家"：此虽是乐，不可久居，"不如早还家"之句尤乐也。文势至此甚紧，必须一放，方得宽转，所谓"一张一弛，文武之道"也。"蜀道之难，难于上青天"，复提此句为结束，妙。篇中凡三见，与《庄子·逍遥游》叙鲲鹏同。吾尝谓作长篇古诗，须读《庄子》、《史记》。子美歌行纯学《史记》，太白歌行纯学《庄子》。故两先生为歌行之双绝，不诬也。

《唐诗别裁》：笔阵纵横，如虬飞蠖动，起雷霆于指顾之间。任华、卢仝辈仿之，适得其怪耳，太白所以为仙才也。

《剑溪说诗》：太白诗"蜀道之难，难于上青天"句，凡三叠。管子曰："使海于有蔽，渠弥于有渚，纲山于有牢。"谷梁氏曰："梁山崩，壅遏河三日不流。"一篇之中，三番叙述，愈见其妙。所谓"闭户造车，出门合辙"者也。

《网师园唐诗笺》：造语奇险（"地崩山摧"二句下）。　　玩此，为明皇幸蜀作无疑（"问君西游"句下）。　　兜来何等力量。（"其险"句下）！　　高文险语，动魄惊心（"磨牙"二句下）。主意在此（"不如"句下）。

《李太白诗醇》：严云：提"蜀道难"，篇中三致意，用"噫吁戏"三字起，非无谓。后人学袭，便成恶道。

梁甫吟

长啸梁甫吟，何时见阳春？
君不见朝歌屠叟辞棘津，八十西来钓渭滨。
宁羞白发照清水，逢时吐气思经纶。
广张三千六百钓，风期暗与文王亲。
大贤虎变愚不测，当年颇似寻常人。
君不见高阳酒徒起草中，长揖山东隆准公。
入门不拜骋雄辩，两女辍洗来趋风。
东下齐城七十二，指挥楚汉如旋蓬。
狂客落魄尚如此，何况壮士当群雄！
我欲攀龙见明主，雷公砰訇震天鼓，
帝傍投壶多玉女。
三时大笑开电光，倏烁晦冥起风雨。
阊阖九门不可通，以额扣关阍者怒。
白日不照吾精诚，杞国无事忧天倾。
猰貐磨牙竞人肉，驺虞不折生草茎。
手接飞猱搏雕虎，侧足焦原未言苦。
智者可卷愚者豪，世人见我轻鸿毛。

力排南山三壮士，齐相杀之费二桃。

吴楚弄兵无剧孟，亚夫咍尔为徒劳。

梁甫吟，梁甫吟，声正悲。

张公两龙剑，神物合有时。

风云感会起屠钓，大人岅屼当安之！

【汇评】

《韵语阳秋》：尝观其所作《梁父吟》，首言钓叟遇文王，又言酒徒遇高阳，卒自叹己之不遇。有云："我欲攀龙见明主，……以额扣关阍者怒。"人间门户尚不可入，则太清倒景，岂易凌蹑乎？太白忤杨妃而去国，所谓"玉女起风雨"者，乃怒恚妃子之词也。

《批选唐诗》：感叹呜咽，豪雄之气勃勃。

《唐诗镜》：气魄驰骤，如风雨凭陵，惊起四座。

《唐诗评选》：长篇不失古意，此极难。将诸葛旧词"二桃三士"撺入夹点，局阵奇绝。苏子瞻取此法，作"燕子楼空"三句，便自托独得。

《唐诗别裁》：始言吕尚之耄年、郦食其之狂士，犹乘时遇合，为壮士者，正当自奋。然欲以忠言寤主，而权奸当道，言路壅塞。非不愿剪除之，而人主不听，恐为匪人戕害也。究之论其常理，终当以贤辅国，惟安命以俟有为而已。后半拉杂使事而不见其迹，以气胜也。若无太白本领，不易追逐。

《瓯北诗话》：《梁甫吟》专咏吕尚、郦生，以见士未遇时为人所轻，及成功而后见。

《昭昧詹言》：此是大诗，意脉明白而段落迷离莫辨。二句冒起。"朝歌"八句为一段，"大贤"二句总太公。"高阳"八句为一段，"狂客"二句总郦生。"我欲"句入己，以下奇横，用《骚》意。"帝旁"句，指群邪也。"三时"二句，言喜怒莫测。"阊阖"句归宿，如屈子意，承上一束。"以额"句奇气横肆，承上一束。"白日"二句转

"猕猴"句断,言性如此耳。"驺虞"句再束上顿位。"手接"句续。"力排"二句,解上"手接"二句。"吴楚"二句,解上"智者"二句。此上十九句为一大段。"梁甫吟"以下为一段,自慰作收。

《唐宋诗举要》:吴北江曰:雄奇俊伟,韩公所谓"光焰万丈"者也。　　又曰:通体设喻,所以错落而雄深。

《李太白诗醇》:"当年"句似杜。　　又云:缴是二,应仍是一。应看结句,更知用意之妙。

乌夜啼

　　黄云城边乌欲栖,归飞哑哑枝上啼。
　　机中织锦秦川女,碧纱如烟隔窗语。
　　停梭怅然忆远人,独宿空房泪如雨。

【汇评】

《唐诗品汇》:刘须溪云:语有深于此者,然情之所至皆不如此,则亦不必深也。凡言乐府者,未足以知此。

《增定评注唐诗正声》:郭云:乌啼已自感人,必曰"黄云城边",更觉黯淡。所语何事,又隔烟窗,令人咀味不尽。

《唐诗广选》:范德机曰:汉魏书多不可点,李诗亦难点,点之则全篇有所不可择焉。若此作与《乌栖曲》,可谓精金粹玉矣。意景悠然言外,直是气象不同。

《唐诗选》:无非语外见情。

《诗薮》:《乌夜啼》、《杨叛儿》、《白纻辞》、《长相思》诸篇,出自齐梁。

《李杜二家诗钞评林》:写得彻至。

《唐诗选脉会通评林》:周敬曰:此妇人思夫之词,言外不尽欷歔。

《唐诗评选》：只于乌啼上生情，更不复于情上布景，兴赋乃以不乱。　　直叙中自生色有馀，不资炉冶，宝光烂然。

《唐诗快》：此二诗乃贺监叹赏苦吟，所谓"可泣鬼神"者也。细观之，亦六朝艳曲之常耳。虽然，以泣鬼神则不足，以移人则有馀，安得不选？

《然灯记闻》：唐人乐府，惟有太白《蜀道难》、《乌夜啼》……不袭前人乐府之貌，而能得其神者，乃真乐府也。

《唐诗笺要》：只浅淡语，情款无限。

《唐诗别裁》：蕴含深远，不须语言之烦。

《唐宋诗醇》：语浅意深，乐府本色。　　吴昌祺曰：含蕴无穷，音节绝妙。

《网师园唐诗笺》：仙乎！仙乎（"机中织锦"二句下）！　　一语呜咽，不言神伤（末句下）。

《唐诗选胜直解》：对景伤心，泪零如雨，此种情绪，描摹逼真。

《删正二冯评阅才调集》：纪云：不深不浅，妙造自然。

《古唐诗合解》：语简情深，昔人评为精金粹玉。

乌栖曲

姑苏台上乌栖时，吴王宫里醉西施。

吴歌楚舞欢未毕，青山欲衔半边日。

银箭金壶漏水多，起看秋月坠江波，

东方渐高奈乐何。

【汇评】

《本事诗》：贺（知章）又见其《乌栖曲》，叹赏苦吟，曰："此诗可以泣鬼神矣。"故杜子美赠诗及焉。……或言是《乌夜啼》，二篇未知孰是，故两录之。

《唐诗品汇》：萧士赟云：此乐府深得《国风》刺诗之体。

《批点唐诗正声》：风格音调，万世之祖。"吴歌"以下，便觉吴有败亡之祸。至"起看秋月"二句，意思委婉，反复讽诵，为之泪下。

《唐诗归》：钟云：哀乐含情，妙在都不说破。

《唐诗选脉会通评林》：此借吴宫事以讽明皇与贵妃为长夜饮。熔炼缔构，变化自成，便可掷斤置削。

《唐诗训解》：此因明皇与贵妃为长夜饮，故借吴宫事以讽之。……按李杜乐府皆有所托意而发，非若今人无病而强呻吟者。但子美直赋时事，太白则援古以讽今，今读者鲜识其旨。

《李杜二家诗钞评林》：萧士赟曰：盛言其美，而不美自见，深得《国风》之体。

《唐风定》：情思亦诸家所有，吐辞缥缈，语带云霞，则俱不及。

《姜斋诗话》：艳诗有述欢好者，有述怨情者，《三百篇》亦所不废。……至如太白《乌栖曲》诸篇，则又寓意高远，尤为雅奏。

《唐诗评选》：虿尾银钩，结构特妙。　　　总此数语，由人卜度，正使后人误解，方见圈馈之大。　　　"青山"句天授，非人力。

《唐诗别裁》：末句"为乐难久"也。缀一单句，格奇。

《唐宋诗醇》：乐极生悲之意，写得微婉。荒宴未几，而麋鹿游于姑苏矣。全不说破，可谓兴寄深微者。胡应麟以杜之《七哀》隽永深厚，法律森然，谓此篇斤两稍轻，咏叹不足，真意为谤伤，未足与议也。末缀一单句，有不尽之妙。

《网师园唐诗笺》：音节寥亮，摇摇曳曳，言简味长。

《唐诗归折衷》：吴敬夫云：杜甫气悲，李白调爽；体裁虽异，而悯时嫉俗之意则同。读《乌栖曲》而卜唐祚之哀，殆不减于吴宫秋矣。

《竹林答问》：鲍照《代白纻舞歌》、李太白《乌栖曲》、郎士元《塞下曲》，结体用韵各异，可以为法。

《昭昧詹言》：太白层次插韵，此最迷人，真太史公文法。玩《乌栖曲》可悟。

《唐诗合选详解》：王翼云曰：此篇七句三转韵，而以首二句为根。

战城南

去年战，桑乾源；今年战，葱河道。

洗兵条支海上波，放马天山雪中草。

万里长征战，三军尽衰老。

匈奴以杀戮为耕作，古来唯见白骨黄沙田。

秦家筑城避胡处，汉家还有烽火然。

烽火然不息，征战无已时。

野战格斗死，败马号鸣向天悲。

乌鸢啄人肠，衔飞上挂枯树枝。

士卒涂草莽，将军空尔为。

乃知兵者是凶器，圣人不得已而用之。

【汇评】

《李太白诗集》严羽评：此篇乏雄深之力，成语有入诗似诗者，生割不化，典亦成俚。虽豪情不拘，而率笔未善。

《唐诗选脉会通评林》：周珽曰：写到淋漓痛快处，觉笔化为戟，血化为碧，巾帼化为须眉。　　又曰：作乐府等篇，非有坠铁深刻之候，则琅玕之出不奇；非有凿道蜀山之力，则钩栈之设不险；非有落羽层云之巧，则风雨之观不大。青莲《远别离》、《蜀道难》诸（诗）脍炙人口外，如《战城南》苍而浑，《胡无人》奇而壮，……俱多开天落地语，可谓极力于汉者，六朝安望其津畦！

《唐诗别裁》：奇句（"匈奴"二句下）。　　端庄语以摇曳出之

（"乃知"二句下）。　　　末句用《老子》。

《唐宋诗醇》：古词云："战城南，死郭北，野死不葬乌可食。"又云："愿为忠臣安可得！"白诗亦本其意，而语尤惨痛，意更切至，所以刺黩武而戒穷兵者深矣。

《诗比兴笺》：陈古刺今，此乐府之至显者。

《昭昧詹言》：结二语虚议作收，陈琳、鲍照不逮其恣。

《竹林答问》：诗至八言，冗长啴缓，不可以成句矣，又最忌折腰。东方朔八言诗不传，古人无继之者。即古诗中八字句法亦不多见，不比九字、十一字奇数之句，犹可见长也。有唐一代，惟太白仙才，有此力量。如《战城南》"匈奴以杀戮为耕作"，"圣人不得已而用之"，《蜀道难》"黄鹤之飞尚不得过"，《北风行》"日月照之何不及此"，《久别离》"为我吹行云使西来"，《公无渡河》"有长鲸白齿若雪山"等句，惟其逸气足以举之也。

将进酒

君不见黄河之水天上来，奔流到海不复回。
君不见高堂明镜悲白发，朝如青丝暮成雪。
人生得意须尽欢，莫使金樽空对月。
天生我材必有用，千金散尽还复来。
烹羊宰牛且为乐，会须一饮三百杯。
岑夫子，丹丘生，
将进酒，君莫停。
与君歌一曲，请君为我侧耳听。
钟鼓馔玉不足贵，但愿长醉不愿醒。
古来圣贤皆寂寞，惟有饮者留其名。
陈王昔时宴平乐，斗酒十千恣欢谑。

主人何为言少钱？径须沽取对君酌。

五花马，千金裘，

呼儿将出换美酒，与尔同销万古愁。

【汇评】

《李太白诗集》严羽评：一结豪情，使人不能句字赏摘。盖他人作诗用笔想，太白但用胸口一喷即是，此其所长。

《唐诗广选》：转折动荡自然（"岑夫子"二句下）。　　杨升庵曰：太白狂歌，实中玄理，非故为狂语者。

《唐诗选脉会通评林》：周珽曰：首以"黄河"起兴，见人之年貌倏改，有如河流莫返。一篇主意全在"人生得意须尽欢，莫使金樽空对月"两句。

《此木轩论诗汇编》："惟有饮者留其名"，乱道故妙，一学便俗。

《古唐诗合解》：太白此歌豪放极矣。

《而庵说唐诗》：太白此歌，最为豪放，才气千古无双。

《唐诗选胜直解》：此诗妙在自解又以劝人。"主人"是谁？"对君"是谁？骂尽窃高位、守钱虏辈，妙，妙！

《唐诗合选详解》：王翼云曰：此篇用长短句为章法，篇首两个"君不见"领起，亦一局也。

《唐宋诗举要》：吴曰：驱迈淋漓之气（"人生得意"二句下）。　　吴曰：豪健（末句下）。

《李太白诗醇》：一起奇想，亦自天外来。

行行且游猎篇

边城儿，生年不读一字书，但将游猎夸轻趫。

胡马秋肥宜白草，骑来蹑影何矜骄！

金鞭拂雪挥鸣鞘，半酣呼鹰出远郊。

弓弯满月不虚发，双鸧逆落连飞髇。

海边观者皆辟易，猛气英风振沙碛。

儒生不及游侠人，白首下帷复何益！

【汇评】

《唐诗镜》：轻快，绝不粘手。

《李太白全集》王琦注：胡震亨曰：《行行且游猎》篇，始梁刘孝威，其辞咏天子游猎事。太白咏边城儿游猎，为不同耳。

《唐宋诗醇》：揆文教，奋武卫，二者不可偏废。此白愤时有激而作，盖天宝以后益好边功，武士得志，亦世道之忧也。

飞龙引二首（其二）

鼎湖流水清且闲，轩辕去时有弓剑，

古人传道留其间。

后宫婵娟多花颜，乘鸾飞烟亦不还，

骑龙攀天造天关。

造天关，闻天语，长云河车载玉女。

载玉女，过紫皇，紫皇乃赐白兔所捣之药方，

后天而老雕三光。

下视瑶池见王母，蛾眉萧飒如秋霜。

【汇评】

《韵语阳秋》：《飞龙引》二首，当是明皇仙去之后。又有"彩女"、"玉女"之句，则怨之深矣。

《唐诗镜》：高简古貌，如秦仪汉制。

《李太白全集》王琦注：按《乐府诗集》，《飞龙引》乃琴曲歌词。太白二篇皆借黄帝上升事为言，乃游仙诗也。

《唐诗别裁》："后天而老"，犹蛾眉萧飒，则不老者先老矣。学

仙何为哉!

《李太白诗醇》：第一单句起,其奇。　　严云：多叠语,如儿谣。

行路难三首（选二首）

其一

金樽清酒斗十千,玉盘珍羞直万钱。

停杯投箸不能食,拔剑四顾心茫然。

欲渡黄河冰塞川,将登太行雪满山。

闲来垂钓碧溪上,忽复乘舟梦日边。

行路难,行路难,多岐路,今安在?

长风破浪会有时,直挂云帆济沧海。

【汇评】

《唐诗品汇》：刘云：结得不至鼠尾,甚善,甚善。

《李杜诗通》：《行路难》,叹世路艰难及贫贱离索之感。古辞亡,后鲍照拟作为多。白诗似全效照。

《唐宋诗醇》：冰塞雪满,道路之难甚矣。而日边有梦,破浪济海,尚未决志于去也。后有二篇,则畏其难而决去矣。此盖被放之初述怀如此,真写得"难"字意出。

《李太白诗醇》：句格长短错综,如缚龙蛇。

其二

大道如青天,我独不得出。

羞逐长安社中儿,赤鸡白狗赌梨栗。

弹剑作歌奏苦声,曳裾王门不称情。

淮阴市井笑韩信,汉朝公卿忌贾生。

君不见昔时燕家重郭隗,拥篲折节无嫌猜。

剧辛乐毅感恩分，输肝剖胆效英才。

昭王白骨萦烂草，谁人更扫黄金台？

行路难，归去来！

【汇评】

刘鉴《合刻李杜分体全集序》：青莲《梁父》、《行路》诸吟，《巧言》、《巷伯》之伦也。

《李太白诗醇》：严云："天衢"亦是常语，作喻却奇。　　又云：第四句极粗，极雅。　　短句作结，结法警拔，寄托兀傲。

长相思

长相思，在长安，

络纬秋啼金井阑，微霜凄凄簟色寒。

孤灯不明思欲绝，卷帷望月空长叹，

美人如花隔云端。

上有青冥之长天，下有渌水之波澜。

天长路远魂飞苦，梦魂不到关山难。

长相思，摧心肝。

【汇评】

《批点唐诗正声》：音节哀苦，忠爱之意蔼然。至"美人如花"之句，尤是惊绝。

《李杜二家诗钞评林》：缀景幽绝（"络纬秋啼"二句下）。如泣如诉，怨而不诽（末句下）。

《唐诗训解》：千里不忘君，可为孤臣泣血。　　此太白被放之后，心不忘君而作。不敢明指天子，故以京都言之。

《唐诗评选》：题中偏不欲显，象外偏令有馀，一以为风度，一以为淋漓。呜呼，观止矣！

《唐宋诗醇》：络纬秋啼，时将晚矣。曹植云："盛年处房室，中夜起长叹。"其寓兴则同，然植意以礼义自守，此则不胜沦落之感。《卫风》曰："云谁之思，西方美人。"楚辞曰："恐美人之迟暮。"贤者穷于不遇而不敢忘君，斯忠厚之旨也。词清意婉，妙于言情。

《李太白诗醇》：严云：他人不能着"色"字（"微霜凄凄"句下）。　"美人"句，单句。　严云："不到"似当作"欲到"，义始醒（"梦魂不到"句下）。　谢云：此篇戍妇之词，然悲而不伤，怨而不诽，可以追《三百篇》之旨矣。

上留田行

> 行至上留田，孤坟何峥嵘！
> 积此万古恨，春草不复生。
> 悲风四边来，肠断白杨声。
> 借问谁家地，埋没蒿里茔？
> 古老向余言，言是上留田，
> 蓬科马鬣今已平。
> 昔之弟死兄不葬，他人于此举铭旌。
> 一鸟死，百鸟鸣；
> 一兽走，百兽惊。
> 桓山之禽别离苦，欲去回翔不能征。
> 田氏仓卒骨肉分，青天白日摧紫荆。
> 交柯之木本同形，东枝憔悴西枝荣。
> 无心之物尚如此，参商胡乃寻天兵？
> 孤竹延陵，让国扬名。
> 高风缅邈，颓波激清。
> 尺布之谣，塞耳不能听。

【汇评】

《分类补注李太白诗》萧士赟注：此篇主意全在"孤竹延陵，让国扬名"、"尺布之谣，塞耳不能听"数句，非泛然之作，盖当时有所讽刺。以唐史至德间事考之，其为啖廷瑶、李成式、皇甫侁辈受肃宗风旨，以谋激永王璘之反而执杀之。太白目击其时事，故作是诗与？

《李杜诗通》：汉时上留田，有父母死，不字其孤弟者，人为作悲歌风其兄。白诗有"寻天兵"、"尺布谣"等语，似又指肃宗之不容永王璘而作。

《唐诗别裁》：促节繁音，如闻乐章之乱。　　末以孤竹、延陵、汉文、淮南为言，知此非同泛然而作也。太白每借古题以讽时事，岂有感于永王璘之死而为是言与？

《唐宋诗醇》：萧士赟说得之。白之从璘，虽曰迫胁，亦其倜傥自负，欲藉以就功名故也。词气激切，若有不平之感，如谢灵运所云"道消结愤懑"者。"桓山之禽"，盖白自比也。胡应麟《诗薮》称其《公无渡河》篇"波滔天，尧咨嗟，大禹湮百川，儿啼不窥家，其害乃去，茫然风沙"等语，为极力摹汉。似此情质词古，何遽不如汉也？

《唐宋诗举要》：先叙其故（首六句下）。　　次叙其事（"借问"七句下）。此言兄弟相逼，非独鸟兽之不若，并有愧无知之草木，意极沉痛（"一鸟死"十二句下）。　　末举兄弟让国，以愧兄不相若者（"孤竹"六句下）。　　吴（汝纶）曰：看其凭空横发，所以奇肆超妙。

前有一樽酒行二首（其一）

春风东来忽相过，金樽渌酒生微波。

落花纷纷稍觉多，美人欲醉朱颜酡。

青轩桃李能几何？流光欺人忽蹉跎。

君起舞，日西夕。

当年意气不肯平，白发如丝叹何益！

【汇评】

《李杜二家诗钞评林》："烟波"字妙。　　英雄之气，亦自难平。余未壮年，诵辄心折。

《诗源辩体》：（太白）《乌夜啼》《乌栖曲》《长相思》《前有樽酒行》《阳春歌》《杨叛儿》等，出自齐梁《捣衣篇》，亦似初唐。

《唐宋诗醇》：即古所云"浮生如梦，为欢几何"之意，写来偏自细致，不是一味豪放，又不是齐梁卑靡之音，故妙。

《李太白诗醇》：言外感慨之词，亦见其姿致。

夜坐吟

冬夜夜寒觉夜长，沉吟久坐坐北堂。

冰合井泉月入闺，金缸青凝照悲啼。

金缸灭，啼转多，掩妾泪，听君歌。

歌有声，妾有情，

情声合，两无违。

一语不入意，从君万曲梁尘飞。

【汇评】

《唐诗归》：钟云："悲啼"字不悲，悲在"照"字（"金缸青凝"句下）。钟云：入微。诗乐妙理，尽此十二字中（"歌有声"四句下）。　　谭云："从君"二字，娇甚，恨甚。似鲍参军"体君歌，逐君音，不贵声，贵意深"，而以"一语不入意"二句，露出太白爽快聪俊之致。

《汇编唐诗十集》：唐云：沉着宛转，曲尽闺思，犹恨末语决绝，少《国风》温润话头。

《李太白全集》王琦注：《夜坐吟》始自鲍照。其辞曰："冬夜沉沉夜坐吟，含情未发已知心。霜入幕，风度林；朱灯灭，朱颜寻。体君歌，逐君音；不贵声，贵意深。"盖言声歌逐音，因音托意也。

《唐宋诗醇》：空谷幽泉，琴声断续，恩怨尔汝，昵昵如闻，景细情真。结语从鲍照诗翻案而出。

《李太白诗醇》：严云：叠字是奇处，是恶处。　　又云：语情幽异，绝似长吉。

日出行

日出东方隈，似从地底来。

历天又入海，六龙所舍安在哉？

其始与终古不息，人非元气，安得与之久徘徊！

草不谢荣于春风，木不怨落于秋天。

谁挥鞭策驱四运？万物兴歇皆自然。

羲和羲和，汝奚汩没于荒淫之波？

鲁阳何德，驻景挥戈？

逆道违天，矫诬实多。

吾将囊括大块，浩然与溟涬同科。

【汇评】

《唐诗选脉会通评林》：周珽曰：精奇玄奥，出天入渊。　　又曰：必用议论，却随游衍，得屈子《天问》意，千载以上人物呼之欲出。

《李太白全集》王琦注：胡震亨曰：汉《郊祀歌·日出入》言日出入无穷，人命独短，愿乘六龙，仙而升天。太白反其意，言人安能如日月不息，不当违天矫诬，贵放心自然，与溟涬同科也。

《唐宋诗醇》：诗意似为求仙者发，故前云"人非元气，安得与之久徘徊"，后云"鲁阳挥戈，矫诬实多"，而结以"与溟涬同科"。言不如委顺造化也。若谓写时行物生之妙，作理学语，亦索然无味矣。观此盖知白之学仙盖有所托而然也。

《李太白诗醇》：严云：不信释典须弥之说，但言其疑似。奇语错落，琢句奇秀，匪夷所思（"草不谢荣"四句下）。　　严云：诘难得好（"羲和"六句下）。　　一结高超横绝，非太白不能道。

北风行

> 烛龙栖寒门，光曜犹旦开。
> 日月照之何不及此，唯有北风号怒天上来。
> 燕山雪花大如席，片片吹落轩辕台。
> 幽州思妇十二月，停歌罢笑双蛾摧。
> 倚门望行人，念君长城苦寒良可哀。
> 别时提剑救边去，遗此虎纹金鞞靫。
> 中有一双白羽箭，蜘蛛结网生尘埃。
> 箭空在，人今战死不复回。
> 不忍见此物，焚之已成灰。
> 黄河捧土尚可塞，北风雨雪恨难裁。

【汇评】

《批点唐诗正声》：独太白有此体。哀苦萧散，字句无难处，人便阁笔。

《四溟诗话》：太白曰："燕山雪花大如席，片片吹落轩辕台"，景虚而有味。

《唐诗选脉会通评林》：此篇主意全在"念君长城苦寒良可哀"一句生情，调法光响，意多含蓄。

《唐风定》：摧肝肺，泣鬼神，却自风流淡宕。

《唐诗评选》：前无含，后亦不应，忽然及此，则虽道闺人，知其自道所感。

《唐诗笺要续编》：雪花如席，自属豪句，看下句接轩辕台，另绘一种舆图，另成一种义理。严冲甫訾为无此理致，是胶柱鼓瑟之见。太白诗如"白发三千丈"、"愁来饮酒二千石"，俱不当执文义观。

《李太白全集》王琦注：鲍照有《北风行》，伤北风雨雪，行人不归。太白拟之而作。

《唐宋诗醇》：悲歌激楚。

《李太白诗醇》：严云："雪花大如席"，不知者以为夸辞，知者以为实语。

侠客行

赵客缦胡缨，吴钩霜雪明。

银鞍照白马，飒沓如流星。

十步杀一人，千里不留行。

事了拂衣去，深藏身与名。

闲过信陵饮，脱剑膝前横。

将炙啖朱亥，持觞劝侯嬴。

三杯吐然诺，五岳倒为轻。

眼花耳热后，意气素霓生。

救赵挥金槌，邯郸先震惊。

千秋二壮士，烜赫大梁城。

纵死侠骨香，不惭世上英。

谁能书阁下，白首太玄经！

《苕溪渔隐丛话》：《复斋漫录》云：太白《侠客行》云："事了拂衣去，深藏身与名。"元微之《侠客行》云："侠客不怕死，怕死事不成，不肯藏姓名。"二公寓意不同。

关山月

明月出天山，苍茫云海间。

长风几万里，吹度玉门关。

汉下白登道，胡窥青海湾。

由来征战地，不见有人还。

戍客望边色，思归多苦颜。

高楼当此夜，叹息未应闲。

【汇评】

《童蒙诗训》：李太白诗如"晓月出天山，苍茫云海间，长风一万里，吹度玉门关"，及"沙墩至梁苑，二十五长亭，大舸类双橹，中流鹅鹳鸣"之类，皆气盖一世，学者能熟味之，自然不褊浅矣。

《诗薮》：青莲"明月出天山，苍茫云海间。长风几万里，吹度玉门关"，浑雄之中，多少闲雅！

《汇编唐诗十集》：唐云：绝无乐府气。

《唐宋诗醇》：朗如行玉山，可作白自道语。格高气浑，双关作收，弥有逸致。

《网师园唐诗笺》：飘举欲仙（首四句下）。

《李太白诗醇》：严云："天山"亦若"云海"，皆虚境。若以某处山名实之，谓与"玉门关"不远，即曲为解，亦相去万里矣。　　又云："由来"二句，极惨、极旷。　　又曰：似近体。入古不碍，真仙才也。

独漉篇

独漉水中泥，水浊不见月。

不见月尚可，水深行人没。

越鸟从南来，胡鹰亦北渡。

我欲弯弓向天射，惜其中道失归路。

落叶别树，飘零随风。

客无所托，悲与此同。

罗帏舒卷，似有人开。

明月直入，无心可猜。

雄剑挂壁，时时龙鸣。

不断犀象，绣涩苔生。

国耻未雪，何由成名？

神鹰梦泽，不顾鸱鸢。

为君一击，鹏抟九天。

【汇评】

《李杜诗选》：苏子由曰：仙手自不可及。

《唐诗广选》：淡境玄理（"罗帏"二句下）。

《李杜二家诗钞评林》：颇存古调。

《唐诗镜》：彷徨惊顾，妙得其神，古词何必胜此！

《诗薮》：太白《独漉篇》"罗帏舒卷，似有人开。明月直入，无心可猜"四语独近（汉魏乐府）。

《李杜诗通》：本辞前五解，……白词义多与之同，堪称并美。后一解，本辞"猛虎斑斑，游戏山间。虎欲啮人，不避豪贤"，白作"神鹰击鹏"语易之，气即用壮，讽刺稍逊。

《唐诗选脉会通评林》：周敬曰：奇思。波委云属，居然古调。

古乐府俱四言,太白为长短语,更自错综,锦心仙手。　　周珽曰:
蒋尉、卞将军之雄,杨羡、空空儿之幻,作诗至此,壁垒变化入神矣。

《李太白全集》王琦注:萧士赟曰:《独漉篇》,即《拂舞歌》五曲
中之《独禄篇》也。特太白集中,"禄"字作"漉"字。其间命意造词,
亦模仿规拟。但古词为父报仇,太白言为国雪耻耳。　　琦按:
此诗依约古辞,当分六解。解各一意,峰断云连,似离似合,其体固
如是也。

《唐诗别裁》:晋人古词本或断或续,太白亦以此体仿之。中
三解未易窥测,恐强解之,转成穿凿耳。　　原词为父报仇,太白
为国雪耻。中作六解,似岭断云连,若离若合,不能强作一意。"雄
剑挂壁"以下,言豪士为国雪耻,当立大功以成名;犹鹰之不顾凡
鸟,而击九天之鹏也。

《唐宋诗醇》:全从古词夺换而出,其妙过之。"世人但学兰亭
面,欲换凡骨无金丹",如白之乐府,真乃神移意授,变化从心,故便
青出于蓝,冰寒于水。

《李太白诗醇》:严云:写风窈窕,写月伉爽;美人侠士,恍焉如
逢("落叶"八句下)。　　又云:上四语颇幽愁。此因愁发雄,雄
愈奋;从幽生耻,耻愈深。

登高丘而望远

登高丘,望远海。
六鳌骨已霜,三山流安在?
扶桑半摧折,白日沉光彩。
银台金阙如梦中,秦皇汉武空相待。
精卫费木石,鼋鼍无所凭。
君不见骊山茂陵尽灰灭,牧羊之子来攀登。

盗贼劫宝玉,精灵竟何能?

穷兵黩武今如此,鼎湖飞龙安可乘!

【汇评】

《唐音癸签》:《古风》六十篇中,言仙者十有二,……虽言游仙,未尝不与讥求仙者合也。时玄宗方用兵吐蕃、南诏,而受箓、投龙、崇高玄学不废,大类秦皇、汉武之为。故白之讥求仙者,亦多借秦汉为喻。白他诗又云:"穷兵黩武今如此,鼎湖飞龙安可乘?"其本指也欤!

《唐诗评选》:后人称杜陵为诗史,乃不知此九十一字中有一部开元、天宝本纪在内。俗子非出象则不省,几欲卖陈寿《三国志》,以雇说书人打匾鼓,夸赤壁鏖兵。可悲可笑,大都如此。

《李太白诗醇》:严云:题加"而"字,如赋如骚。　　长短错综,弥觉奇健。诗必有为而作,乃含蕴如此("君不见"四句下)。

杨叛儿

君歌杨叛儿,妾劝新丰酒。

何许最关人?乌啼白门楼。

乌啼隐杨花,君醉留妾家。

博山炉中沉香火,双烟一气凌紫霞。

【汇评】

《升庵诗话》:古乐府:"暂出白门前,杨柳可藏乌。欢作沉水香,侬作博山炉。"李白用其意,衍为《杨叛儿》。……其《杨叛儿》一篇,即"暂出白门前"之郑笺也。因其拈用,而古乐府之意益显,其妙益见。如李光弼将子仪军,旗帜益精明。又如神僧拈佛祖语,信口无非妙道,岂生吞义山、拆洗杜诗者比乎?

《诗镜总论》:杜少陵《丽人行》、李太白《杨叛儿》,一以雅道行之,故君子言有则也。

《唐诗选脉会通评林》:周珽曰:《杨叛儿》,艳而邃。

《唐诗别裁》:即《子夜》、《读曲》意,而语不嫚亵。故知君子言有则也。

《李太白全集》王琦注:"沉水"、"博山"之句,非太白以"双烟一气"解之,乐府之妙亦隐矣。

《李太白诗醇》:谢云:太白此诗盖衍古乐府义,而声调愈畅。　严云:"乌啼"二句,赋、比、兴俱现。　案:杨升庵殊称扬末句,而严沧浪则反之,云:"有此蛇足,愈见古曲之妙;且道笺篆语,入此更恶俗。"余则左祖于杨说。

幽涧泉

拂彼白石,弹吾素琴。

幽涧愀兮流泉深,善手明徽高张清。

心寂历似千古,松飔飗兮万寻。

中见愁猿吊影而危处兮,叫秋木而长吟。

客有哀时失职而听者,泪淋浪以沾襟。

乃辑商缀羽,潺湲成音。

吾但写声发情于妙指,殊不知此曲之古今。

幽涧泉,鸣深林。

【汇评】

《唐诗归》:钟云:似文、似词、似赋,妙甚。　谭云:长短句吞吐中有妙理别情,惟太白为之最易最宜。　钟云:"中见"非目境也,就琴中见之,耳根灵妙("中见愁猿":句下)。　又云:妙达乐理乐情,在此一语("吾但写声"二句下)。　又云:六字不尽(末二句下)。

《诗筏》：太白《梦游天姥吟》、《幽涧泉吟》、《鸣皋歌》、《谢朓楼饯别叔云》、《蜀道难》诸作，豪迈悲愤，《骚》之苗裔。

《唐诗别裁》：松响猿吟，从琴中写出，俱可以例涧泉也。纵笔挥洒，泠泠有声。

《唐宋诗醇》：此琴操也。松响猿吟，写出凄清幽怨之音，曲涧泉声，泠然在耳。

《李太白诗醇》：严云："善手"二句，神器俱来，妙尽琴理。　　又云："寂历"云云，空踪可想，无典实可寻，此等句真妙绝千古。　　又云：末六句，妙得铿尔。

王昭君二首（其二）

昭君拂玉鞍，上马啼红颊。
今日汉宫人，明朝胡地妾。

【汇评】

《分类补注李太白诗》萧士赟注：此二篇盖借汉事以咏当时公主出嫁异国者。

《唐诗援》：唐人咏昭君者多矣，俱不及太白此首简妙。

《唐宋诗醇》：题多名篇，此只以十字尽之，较"今朝犹汉地，明旦入胡关"之句，词意倍为激烈（"今日"二句下）。

《李太白诗醇》：严云：凡事异旦晚者，乃可叹、可惊（"今日"二句下）。

荆州歌

白帝城边足风波，瞿塘五月谁敢过？
荆州麦熟茧成蛾，缲丝忆君头绪多，

拨谷飞鸣奈妾何！

【汇评】

《李杜诗选》：杨慎云：此歌有汉谣之风。唐人诗可入汉魏乐府者，惟太白此首，及张文昌《白鼍谣》、李长吉《邺城谣》三首而止。

《老生常谈》："荆州麦熟茧成蛾，缲丝忆君头绪多"，"云鬟绿鬓罢梳结，愁如回飚乱白雪"，可云善于言情，工于言愁。

《唐宋诗醇》：古质入汉，得风人之遗韵，乐府妙处，如是如是。　桂临川曰：李诗短章，若《荆州歌》等作，俱出《风》、《雅》，可以被之管弦者也。

《李太白诗醇》：严云：词如《竹枝》，意同《子夜》。

雉子斑

辟邪伎作鼓吹惊，雉子斑之奏曲成，

喔咿振迅欲飞鸣。

扇锦翼，雄风生。

双雌同饮啄，趫悍谁能争？

乍向草中耿介死，不求黄金笼下生。

天地至广大，何惜遂物情！

善卷让天子，务光亦逃名。

所贵旷士怀，朗然合太清。

【汇评】

《唐诗评选》：二首（按指此诗及《白鸠辞》）从曹孟德父子问津，遂抵西京岸次，后人横分今古，明眼人自一簏片穿。太白于乐府歌行不许唐人分半席，唯此处委悉耳。历下、琅琊学《铙歌》，更不曾汤著气味在。

《李太白全集》王琦注：《雉子斑》，《乐府解题》曰："古词云：

'雉子高飞止,黄鹄飞之以千里,雄来飞,从雌视。'盖取首二字以命名也。若梁简文帝'妒场时向陇',则竟全篇咏雉矣。"宋何承天有《雉子游原泽》篇,则言避世之士,抗志清霄,视卿相功名,犹冰炭之不相入。太白此诗,盖拟何氏而作。

久别离

别来几春未还家,玉窗五见樱桃花。

况有锦字书,开缄使人嗟。

至此肠断彼心绝,云鬟绿鬓罢梳结,

愁如回飙乱白雪。

去年寄书报阳台,今年寄书重相催。

东风兮东风,为我吹行云使西来。

待来竟不来,落花寂寂委青苔。

【汇评】

《唐诗镜》:幽思飘然,绝去绮罗色相。

《李太白全集》王琦注:胡震亨曰:江淹拟古,始有《古别离》。后乃有《长别离》、《生别离》等名。此《久别离》及《远别离》,皆自为之名。其源则出于《古别离》也。

《唐宋诗醇》:一往缠绵,所谓缘情之什,却自不涉绮靡。

《李太白诗醇》:二解第三单句,形容妙绝("愁如回飙"句下)。　严云:已绝复催,又是五年后事。时愈久,情愈深("去年寄书"二句下)。　一结情思不尽。　严沧浪曰:意类词曲。

白头吟

锦水东北流,波荡双鸳鸯。

雄巢汉宫树，雌弄秦草芳。

宁同万死碎绮翼，不忍云间两分张。

此时阿娇正娇妒，独坐长门愁日暮。

但愿君恩顾妾深，岂惜黄金买词赋？

相如作赋得黄金，丈夫好新多异心，

一朝将聘茂陵女，文君因赠白头吟。

东流不作西归水，落花辞条羞故林。

兔丝固无情，随风任倾倒；

谁将女萝枝，而来强萦抱？

两草犹一心，人心不如草，

莫卷龙须席，从他生网丝。

且留琥珀枕，或有梦来时。

覆水再收岂满杯？弃妾已去难重回。

古来得意不相负，只今惟见青陵台。

【汇评】

《分类补注李太白诗》萧士赟注：此诗其为明皇宠武妃废王后而作乎！……唐诗人多引《春秋》作鲁讳之义，以汉武比明皇，中间比义引事，读者自见。

《李杜诗通》：旧说卓文君为相如将聘茂陵女为妾作。然本辞自疾相知者以新间旧，不能至白首，故以为名。六朝人拟作皆然。而白诗自用文君本事。

《唐诗别裁》：太白诗固多寄托，然必欲事事牵合，谓此诗指废王皇后事，殊支离也。　　信手写来，无不入妙（"东流不作"二句下）。

《唐宋诗醇》：萧士赟云：辞婉意悲，《国风》好色而不淫，《小雅》怨悱而不乱，是诗得之矣。　　冯舒曰：天际鸾吟，非复人间凡响。　　沈德潜曰：此随题感兴耳，后人欲扭合时事，支离无谓。"兔丝固无情"以下，信手拈来，无不入妙。

《诗伦》：比物抒情，含凄婉转（"人心"句下）。

《网师园唐诗笺》：缠绵婉曲，声声入人心坎里，此风人遗韵（"兔丝"六句下）。　　末二句，言语妙天下。

《老生常谈》：《白头吟》云："此时阿娇正娇妒"，接法有形无迹，有一落千丈之势，其妙不可思议。"莫卷龙须席"四句，尚作回护之笔，至"覆水再收"句，方下决绝语，用笔如晴丝袅空，深静中自能一一领会。

《养一斋李杜诗话》：方氏宏静曰：太白《白头吟》，颇有优劣，其一盖初本也。天才不废讨润，今人落笔便刊布，纵云"挥珠"，无怪多额。

《李太白诗醇》："娇妒"字奇。　　严云：骂武帝，并相如亦骂，甚快（"相如作赋"二句下）。　　又云："东流落花"句与上"宁同"、"不忍"句呼应。欢则愿死聚，怨则愿生离，皆钟情语。　　严云："莫卷"四句，可摘作《子夜歌》，妙绝。　　又云：末四句为赘。诗人好尽，往往病此。　　外史案：无此四句，不成结构。严说妄矣。

采莲曲

若耶溪旁采莲女，笑隔荷花共人语。
日照新妆水底明，风飘香袂空中举。
岸上谁家游冶郎，三三五五映垂杨。
紫骝嘶入落花去，见此踟蹰空断肠。

【汇评】

《唐诗品汇》：刘云：浅语尽情。

《李杜二家诗钞评林》：曹子建《七启》"长裾随风"，白用此刘长卿作转语,题西施障子:"窗风不举袖,自觉罗衣轻",大有隽致。

《唐诗镜》:语致闲闲,生情布景。

《汇编唐诗十集》:此作语极秀媚,体实轻浮,未见其细。

《唐诗评选》:卸开一步,取情为景。诗文至此,只存一片神光,更无形迹矣。

《唐宋诗醇》:绮而不艳,此自关乎天分。王安石云:诗人各有所得,"清水出芙蓉,天然去雕饰",此李白所得也。于此亦可见之。

《网师园唐诗笺》:丽景丽句("笑隔荷花"句下)。

《李太白诗醇》:严云:第二句可画,难画。　　三、四句多姿致,白乐天不得擅美于全唐也。　　又云:"三三五五"太多。

结袜子

燕南壮士吴门豪,筑中置铅鱼隐刀。

感君恩重许君命,太山一掷轻鸿毛。

【汇评】

《乐府诗集》:(《结袜子》)唐李白辞,大抵言感恩之重而以命相许也。

《李太白全集》王琦注:北魏温子升有《结袜子》诗,疑是当时曲名。

《诗境浅说》:乐府盛于汉魏,沿及江左,西曲南弄,古意寝微。太白此作,悲壮挺崛,犹有乐府遗风。首二句用荆、高、专诸事;后二句言生命重于泰山,不轻为人许,感君恩重,愿为知己用,遂一掷等于鸿毛。声情抗健,可作《游侠传》赞语。

结客少年场行

紫燕黄金瞳，啾啾摇绿鬃。

平明相驰逐，结客洛门东。

少年学剑术，凌轹白猿公。

珠袍曳锦带，匕首插吴鸿。

由来万夫勇，挟此生雄风。

托交从剧孟，买醉入新丰。

笑尽一杯酒，杀人都市中。

羞道易水寒，从今日贯虹。

燕丹事不立，虚没秦帝宫。

舞阳死灰人，安可与成功。

【汇评】

《分类补注李太白诗》萧士赟注：《乐府遗声》游侠二十一曲中有《结客少年场》，注云：取曹植诗"结客少年场，报怨洛北邙"为题，始自鲍照。　　李周翰曰：言少年时结任侠之客，为游乐之场，终而无成，故有斯作。今太白之诗全祖此意。

长干行二首（其一）

妾发初覆额，折花门前剧。

郎骑竹马来，绕床弄青梅。

同居长干里，两小无嫌猜。

十四为君妇，羞颜未尝开。

低头向暗壁，千唤不一回。

十五始展眉，愿同尘与灰。

常存抱柱信,岂上望夫台。

十六君远行,瞿塘滟滪堆。

五月不可触,猿声天上哀。

门前迟行迹,一一生绿苔。

苔深不能扫,落叶秋风早。

八月胡蝶来,双飞西园草。

感此伤妾心,坐愁红颜老。

早晚下三巴,预将书报家。

相迎不道远,直至长风沙。

【汇评】

《苕溪渔隐丛话》:山谷云:太白集中《长干行》二篇:"妾发初覆额",真太白作也。"忆妾深闺里",李益尚书作也。……词意亦清丽可喜,乱之太白诗中,亦不甚远。

《唐诗归》:钟云:古秀,真汉人乐府。　　谭云:人负轻捷妍媚之才者,每于换韵疾佻,结句疏宕,太白尤甚。

《唐诗快》:虽是儿女子喁喁,却原带英雄之气,自与他人闺怨不同。

《此木轩论诗汇编》:写他贞信处极其妖邪。句句小家气,方是此题神理。　　似《西洲曲》(末二句下)。

《唐诗别裁》:"蝴蝶"二句,即所见以感兴("双飞"句下)。"长风沙"在舒州。金陵至舒州七百余里,言相迎之远也(末二句下)。

《诗法易简录》:此诗音节,深得汉人乐府之遗,当熟玩之。

《历代诗发》:青莲才气,一瞬千里;此篇层析,独有节制。

《唐宋诗醇》:儿女子情事,直从胸臆间流出,萦迂回折,一往情深。尝爱司空图所云"道不自器,与之圆方",为深得委曲之妙,此篇庶几近之。

《王闿运手批唐诗选》：明艳娇憨，盖有所指。

《李太白诗醇》：严云："两小无嫌猜"，极寻常情事，说得出。　　又云："低头"云云，盖常情羞生，此却羞熟。　　又云："不可触"、"天上哀"，或近或远，难为情。

古朗月行

小时不识月，呼作白玉盘。

又疑瑶台镜，飞在白云端。

仙人垂两足，桂树作团团。

白兔捣药成，问言与谁餐？

蟾蜍蚀圆影，大明夜已残。

羿昔落九乌，天人清且安。

阴精此沦惑，去去不足观。

忧来其如何？凄怆摧心肝。

【汇评】

《分类补注李太白诗》萧士赟注：按此诗借月以引兴。日，君象；月，臣象。盖为安禄山之叛，兆于贵妃而作也。

《唐音癸签》：卢仝《月蚀》诗，生于李白之《古朗月行》。李白《古朗月行》，生于《天问》"夜光何德？死则又育。厥利维何？而顾菟在腹"数语。始则微辞含寄，终至破口发村，灵均氏亦何料到此！

《李杜诗通》：曲始鲍照，叙闺阁玩赏。白则借自刺阴之太盛，思去之。或似指太真妃言。　　便觉可疑、可问，不待后语（首二句下）。

《唐诗别裁》：暗指贵妃能惑主听。（"蟾蜍"句下）　　与《古风》中"蟾蜍薄太清"篇同意，但《古风》指武惠妃，此指杨贵妃，各有主意也。

《诗比兴笺》：忧禄山将叛时作。月，后象；日，君象。禄山之祸兆于女宠，故言蟾蜍蚀月明，以喻宫闱之蛊惑，九乌无羿射，以见太阳之倾危，而究归诸阴精沦惑，则以明皇本英明之辟，若非沉溺色荒，何以安危乐亡而不悟耶？危急之际，忧愤之词。萧士赟谓禄山叛后所作者，亦误。

《王闿运手批唐诗选》：先本咏月，后乃思及杨妃。胡前后不相顾？

《李太白诗醇》：严云：起手点，趣（首二句下）。

独不见

白马谁家子，黄龙边塞儿。
天山三丈雪，岂是远行时！
春蕙忽秋草，莎鸡鸣西池。
风摧寒棕响，月入霜闺悲。
忆与君别年，种桃齐蛾眉。
桃今百馀尺，花落成枯枝。
终然独不见，流泪空自知。

【汇评】

《升庵诗话》：太白诗："天山三丈雪，岂是远行时！"又云："水国秋风波，殊非远别时。""岂是"、"殊非"，变幻二字，愈出愈奇。孟蜀韩琮诗："青青河畔草，不是望乡时。"亦祖太白句法。

《唐宋诗醇》："喓喓草虫，趯趯阜螽"、"卉木萋止，女心悲止"，思妇之言，《三百篇》具矣，幽怨凄清，宛然可听。

《李太白诗醇》：严云："风摧"二语，读之使人意境清飒。
外史按："莎鸡"句五平，唐人古诗不拘声调如此。近人古诗平仄论断不足信也。

白纻辞三首（其一）

扬清歌，发皓齿，北方佳人东邻子。
且吟白纻停绿水，长袖拂面为君起。
寒云夜卷霜海空，胡风吹天飘塞鸿。
玉颜满堂乐未终，馆娃日落歌吹濛。

【汇评】

《李太白全集》王琦注：按鲍照《白纻辞》："朱唇动，素袖举，洛阳少年邯郸女。古称《绿水》今《白纻》，催弦急管为君舞。穷秋九月荷叶黄，北风驱雁天雨霜。夜长酒多乐未央。"太白此篇句法，盖全拟之。

《唐宋诗醇》：萧士赟曰：全篇句意间架，并是拟鲍明远者，杜少陵所谓"俊逸鲍参军"者与？　二诗（按指本题二首）虽出入古词，要自情景双美，别具丰神。

《李太白诗醇》：严云：清新俊逸，"寒云"、"胡风"二语兼之。　又云："歌吹"着"漾"字，不独曛色回翔，亦觉音响润泽。

妾薄命

汉帝宠阿娇，贮之黄金屋。
咳唾落九天，随风生珠玉。
宠极爱还歇，妒深情却疏。
长门一步地，不肯暂回车。
雨落不上天，水覆难再收。
君情与妾意，各自东西流。
昔日芙蓉花，今成断根草。

以色事他人，能得几时好？

【汇评】

《分类补注李太白诗》萧士赟注：太白之诗，其旨出于《国风》，往往寄兴深远。欲言时事，则借古喻今。此诗虽言汉武之事，而意则实在于明皇、王后也。

《唐诗品汇》：刘云：兴尽语尽。

《唐诗广选》：萧士赟曰：词意凄断，令人感慨。　　刘会孟曰：似妇人语。奇语（"雨落"句下）。

《批选唐诗》：艳情雅调，愈俗愈佳。

《李杜二家诗钞评林》：绵绵有情，诵之恻恻。

《唐诗镜》：末二语善乎国人之怨，朴貌深衷，是西汉家数。

《汇编唐诗十集》：唐云：伯敬谓不当以粗人看，太白此诗是其乐府之粗者。

《唐诗快》：忽作庄语，不异棒喝（末二句下）。

《围炉诗话》：《妾薄命》，刺武惠妃之专宠也。

《此木轩论诗汇编》："以色事他人，能得几时好"，婀娜。非文昌、梦得辈所及。

《唐诗别裁》：形容尽态，妙于语言（"随风"句下）。

《唐宋诗醇》：因题见意，与《白头吟》同，不必妄傅时事也。"雨落不上天"以下，一意折旋，可以发人深省。

《诗法易简录》：此诗换韵俱在对句，与刘越石《扶风歌》同，而音节骀宕，自是谪仙本色。

《老生常谈》：《妾薄命》云："宠极爱还歇，妒深情却疏。长门一步地，不肯暂回车。"下忽接"雨落不上天，水覆难再收。君情与妾意，各自东西流。"此种神妙，读者纵能了然于心，不能了然于口。

《媕雅堂诗话》：七古莫盛于盛唐，然亦体制各殊。……惟太白仙才不可捉搦，"咳唾落九天，随风生珠玉"二语殆其自赞。后人虽不易学，然用意琢句之间，略得一二，真足脱弃凡狠，诚疗俗之金丹也。

《李太白诗醇》：严云：提醒"宠"、"妒"无用，末二句从此生（"宠极"二句下）。　　谢叠山云：陈无己"叶落风不起，山空花自红"，正如太白"雨落不上天，覆水难重收"之意。

幽州胡马客歌

幽州胡马客，绿眼虎皮冠。
笑拂两只箭，万人不可干。
弯弓若转月，白雁落云端。
双双掉鞭行，游猎向楼兰。
出门不顾后，报国死何难！
天骄五单于，狼戾好凶残。
牛马散北海，割鲜若虎餐。
虽居燕支山，不道朔雪寒。
妇女马上笑，颜如颇玉盘。
翻飞射鸟兽，花月醉雕鞍。
旄头四光芒，争战若蜂攒。
白刃洒赤血，流沙为之丹。
名将古谁是？疲兵良可叹。
何时天狼灭，父子得闲安。

【汇评】

《李太白全集》王琦注：胡震亨曰：梁鼓角横吹本词言剿儿苦贫，又言男女燕游。太白则依题立义，叙边塞逐虏之事。

《唐宋诗醇》：明皇喜事边功，宠任番将。天宝十载，高仙芝败于大食，安禄山败于契丹。是诗之作，必刺禄山也。"出门不顾后，报国死何难”，诘之也。“名将古谁是？疲兵良可叹”，叹之也。言切而意悲矣。

东海有勇妇

梁山感杞妻，恸哭为之倾。
金石忽暂开，都由激深情。
东海有勇妇，何惭苏子卿？
学剑越处子，超然若流星。
捐躯报夫仇，万死不顾生。
白刃耀素雪，苍天感精诚。
十步两躩跃，三呼一交兵。
斩首掉国门，蹴踏五藏行。
豁此伉俪愤，粲然大义明。
北海李使君，飞章奏天庭。
舍罪警风俗，流芳播沧瀛。
名在列女籍，竹帛已光荣。
淳于免诏狱，汉主为缇萦。
津妾一棹歌，脱父于严刑。
十子若不肖，不如一女英。
豫让斩空衣，有心竟无成。
要离杀庆忌，壮夫所素轻。
妻子亦何辜，焚之买虚声。
岂如东海妇，事立独扬名。

【汇评】

《乐府诗集》：《东海有勇妇》，魏鞞舞五曲。李白作此篇，以代《关中有贤女》。

《韵语阳秋》：李白乐府三卷，于三纲五常之道，数致意焉。……虑父子之义不笃，则有《东海勇妇》之篇，所谓"淳于免诏狱，汉主为缇萦。津妾一棹歌，脱父于严刑。十子若不肖，不如一女英。"

《唐诗镜》：发扬有馀。傅玄《秦女休行》，尚多本体情色。

《唐宋诗醇》：辞气甚古，写出义烈之情，凛凛有生气。

《王闿运手批唐诗选》：叙实事作新乐府，仍似古乐府。得力在后一段。

《李太白诗醇》：沉雄壮激，叙来凛凛有生气（"白刃"四句下）。

黄葛篇

黄葛生洛溪，黄花自绵幂。
青烟蔓长条，缭绕几百尺。
闺人费素手，采缉作缔绤。
缝为绝国衣，远寄日南客。
苍梧大火落，暑服莫轻掷。
此物虽过时，是妾手中迹。

【汇评】

《分类补注李太白诗》萧士赟注：太白此诗，忠厚之意发于情性，风雅之作也。今世蚍蜉辈作诗评，乃谓太白诗全无关于人伦风教。吁，是亦未之思耳！

《李杜诗通》：清商吴曲《前溪歌》："黄葛结蒙笼，生在洛溪边。"白取"黄葛"命篇以此。本曲以葛花逐流不还，喻欢情不终。此言织葛寄远，欲其无轻掷，似另出一意而实合。

《唐宋诗醇》：情至语，何可多得！

《王闿运手批唐诗选》：温柔（"苍梧"四句下）。

《李太白诗醇》：严云：得《三百篇》之意。

白马篇

龙马花雪毛，金鞍五陵豪。

秋霜切玉剑，落日明珠袍。

斗鸡事万乘，轩盖一何高？

弓摧南山虎，手接太行猱。

酒后竞风采，三杯弄宝刀。

杀人如剪草，剧孟同游遨。

发愤去函谷，从军向临洮。

叱咤万战场，匈奴尽奔逃。

归来使酒气，未肯拜萧曹。

羞入原宪室，荒径隐蓬蒿。

【汇评】

《分类补注李太白诗》萧士赟注：此诗寓贬于褒，寄扬于抑，深得《国风》之旨，读者宜细味之。

《李杜诗通》：曹植《齐瑟行》"白马饰金羁"，言人当立功边塞，白拟为《白马篇》，诗义同。

《李诗辨疑》：此诗李白之所作者。辞壮气豪，第以不识原宪而嗤为"荒淫"为可怪耳！

塞下曲六首（选四首）

其一

五月天山雪，无花只有寒。

笛中闻折柳，春色未曾看。

晓战随金鼓，宵眠抱玉鞍。

愿将腰下剑，直为斩楼兰。

【汇评】

《增订唐诗摘钞》：三、四一气而下，妙极自然，故不用对，另是一体，究非常格。

《唐诗成法》：雪入春则无花，前言塞下寒若如此。五、六言其苦更甚。两层逼出"直为斩楼兰"，言外见庶不再来塞下受此苦也。意甚含蓄。

《说诗晬语》：太白"五月天山雪，无花只有寒。笛中闻折柳，春色未曾看。"一气直下，不就羁缚。

《唐诗别裁》：四语直下，从前未有此格（首四句下）。

《唐诗笺注》：四十字中，不假雕镂，自然情致。

《闻鹤轩初盛唐近体读本》：陈德公曰：前半爽逸高凉，后亦稳亮。　　评："晓""随"、"宵""抱"，正欲立功境外耳。故落句自可直接。

《精选五七言律耐吟集》：四语直下，从前未见此格。忽从天外落笔，想见用笔之先已扫尽多少（首四句下）！

《唐宋诗举要》：吴曰：淡语便自雄浑（首二句下）。

《李太白诗醇》：声律尽协，严沧浪以为近于近体律诗，洵然。

其三

骏马似风飙，鸣鞭出渭桥。

弯弓辞汉月，插羽破天骄。

阵解星芒尽，营空海雾消。

功成画麟阁，独有霍嫖姚。

【汇评】

《唐诗解》：汉唐命将，大抵皆亲戚幸臣，往往妒功害能，令勇敢之士丧气,是以无成功。太白盖有为而发。

《唐诗直解》:神韵超远,气复宏逸,盛唐绝作。

《唐诗选脉会通评林》:周珽曰:雄词壮气,可以搏犀缚象。一结忽发丧气之慨,实中时弊,可令竭忠之士读之而甘心黜逐乎?

《李杜诗通》:中唐人诗"死是战士死,功是将军功",视此,便觉太尽。

《唐诗评选》:总为末二语作前六句,直尔赫奕,正以激昂见意。俗笔开口便怨。　"麟"字拗。

《李太白全集》王琦注:"弯弓"以上三句,状出师之景。"插羽"以下三句,状战胜之景。末言功成奏凯,图形麟阁者,止上将一人,不能遍及血战之士。太白用一"独"字,盖有感乎其中欤?然其言又何婉而多风也!

《唐诗别裁》:独有贵戚得以纪功,则勇士丧气矣。

《闻鹤轩初盛唐近体读本》:陈德公曰:结意感愤,语殊不露,最有深情,章法亦见推拓。此正承"解"、"空"、"尽"、"销"四字绪来,有"兔死鸟尽"之意。评:一、二、五、六,俱有生气,厉锋棱棱跃跃。五、六,字字出色,复见老成,可为名句。

《唐宋诗举要》:吴曰:高唱入云(首二句下)。　吴曰:壮丽雄激("弯弓"二句下)。

其五

塞虏乘秋下,天兵出汉家。

将军分虎竹,战士卧龙沙。

边月随弓影,胡霜拂剑花。

玉关殊未入,少妇莫长嗟。

【汇评】

《唐诗训解》:雄壮之作。

《唐风定》：以太白之才咏关塞，而悠悠闲澹如此，诗所以贵淘炼也。

《唐诗别裁》：只"弓如月"、"剑如霜"耳，笔端点染，遂成奇彩。　　结意亦复深婉。

《唐宋诗醇》：高调入云，于声律中行俊逸之气，自非初唐可及。

《闻鹤轩初盛唐近体读本》：声声俱高，第六尤为英发。此亦定是结章体裁。古人多篇，必无凌躐。

《唐宋诗举要》：吴曰：有气骨，有采泽，太白才华过人处（首四句下）。　　锻炼（"边月"二句下）。　　吴曰：反掉超绝（"玉关"句下）。

《李太白诗醇》：又似律诗。　　严云：中四句皆是前料（按指"白马黄金塞"篇），无斧凿声，又成一构。　　严沧浪曰：结语慰前章。

其六

烽火动沙漠，连照甘泉云。

汉皇按剑起，还召李将军。

兵气天上合，鼓声陇底闻。

横行负勇气，一战净妖氛。

【汇评】

《诗薮》：李白《塞下曲》、《温泉宫》、《别宋之悌》、《南阳送客》、《度荆门》，孟浩然《岳阳楼》，王维《岐王应教》……俱盛唐杰作。视初唐格调如一，而神韵超玄，气概闳逸，时或过之。

《汇编唐诗十集》：唐云：此等诗并以韵胜，摘字句者未足与言。

塞上曲

大汉无中策,匈奴犯渭桥。

五原秋草绿,胡马一何骄。

命将征西极,横行阴山侧。

燕支落汉家,妇女无华色。

转战渡黄河,休兵乐事多。

萧条清万里,瀚海寂无波。

【汇评】

《增定评注唐诗正声》:周云:雄丽,为汉家生色。

《唐诗镜》:一起韵度高雅,从容驰骤。大家作当观其幅阔情深。

《唐风定》:《塞上》诗三唐之冠,正以不极意为难。

《李太白全集》王琦注:此篇盖追美太宗武功之盛而作也。……太白本以唐之初年,与颉利和好为非是,而不可直言,故借汉以喻,而叹其失御戎之策也。……洪迈《万首唐人绝句》分此诗为三章,顿觉无味;不若合作一首之善。

《李太白诗醇》严云:偏说"绿",奇("五原"句下)。　　严云:萧条语,偏雄壮(末二句下)。

玉阶怨

玉阶生白露,夜久侵罗袜。

却下水晶帘,玲珑望秋月。

【汇评】

《分类补注李太白诗》萧士赟注:太白此篇,无一字言怨,而隐然幽怨之意见于言外,晦庵所谓"圣于诗者",此欤!

《唐诗品汇》:刘云:矜丽素净,自是可人。

《批点唐诗正声》:怨而不怨,可入风雅,后之作者多少,无此浑雅。

《增定评注唐诗正声》:郭云:怨而不怨,浑然风雅。

《唐诗援》:从未有过下帘望月者,不言怨而怨自深。

《唐诗归》:钟云:一字不怨。深,深!

《唐诗归折衷》:吴敬夫云:是"玉阶怨",而诗中绝不露怨意,故自佳。

《唐宋诗醇》:妙写幽情,于无字处得之。"玉颜不及寒鸦色,犹带昭阳日影来",不免露却色相。　　蒋杲曰:玉阶露生,待之久也;水晶帘下,望之息也。怨而不怨,惟玩月以抒其情焉,此为深于怨者,可以怨矣。

《李太白诗醇》:严沧浪云:上二句,行不得,住不得;下二句,坐不得,卧不得。赋怨之深,只二十字可当二千言。　　翼云云:从帘隙中望玲珑之月,则望幸之情,犹未绝也。虽不说怨,而字字是怨。

《诗境浅说》:题为"玉阶怨",其写怨意,不在表面,而在空际。第二句云露侵罗袜,则空庭之久立可知。第三句云却下晶帘,则羊车之望绝可知。第四句云隔帘望月,则虚帏之孤影可知。不言怨,而怨自深矣。

襄阳曲四首（选二首）

其一

襄阳行乐处,歌舞白铜鞮。

江城回渌水,花月使人迷。

《李太白诗醇》：严沧浪曰：自然景，不须造作；却又非熟境，所以佳。

其三

岘山临汉江，水绿沙如雪。

上有堕泪碑，青苔久磨灭。

【汇评】

《李杜二家诗钞评林》：兴慨古今，言简意尽，《襄阳曲》要不出此。

《李杜诗通》：西曲《襄阳乐》，咏大堤女郎。此咏襄阳土风，兼及羊祜、山简事，四解相承，总归于行乐，如贯珠然。

《唐宋诗醇》："江山留胜迹，我辈复登临"，不如此寄慨之深。

《李太白诗醇》：严沧浪曰：真堪堕泪。

大堤曲

汉水临襄阳，花开大堤暖。

佳期大堤下，泪向南云满。

春风无复情，吹我梦魂散。

不见眼中人，天长音信断。

【汇评】

《升庵诗话》：古乐府云："春风复多情，吹我罗裳开。"李反其意，云："春风复无情，吹我梦魂散。"古人谓李诗出自乐府古《选》，信矣。

《批点唐诗正声》：太白《大堤曲》，入古乐府中不可辨。

《唐宋诗醇》：幽秀绝远俗艳。胡应麟谓：白诗，人知其华藻，而不知其神骨之清。于此亦见一斑。

《王闿运手批唐诗选》：岂即弄青梅者耶？何情之深！

宫中行乐词八首（选二首）

其一

小小生金屋，盈盈在紫微。

山花插宝髻，石竹绣罗衣。

每出深宫里，常随步辇归。

只愁歌舞散，化作彩云飞。

【汇评】

《唐诗选脉会通评林》：《诗旨》云：诗之华而不浮者，"山花"、"石竹"一联是也。

《闻鹤轩初盛唐近体读本》：陈德公曰：此等诗裁，原期工艳，既瞻彩丽，复得高亮，声色俱美，便征才情。若更姿韵流溢，尤擅情文之胜矣。　　评：通首流丽，一结缥缈，遂使全体氤氲。

《瀛奎律髓汇评》：纪昀：丽语难于超妙，太白故是仙才。结用"巫山"事无迹。

《岘佣说诗》：太白"汉宫谁第一？飞燕在昭阳"、"只愁歌舞散，化作彩云飞"，皆讥明皇、杨妃事，何等婉曲！

《李太白诗醇》：严沧浪曰："山花"泛指，"石竹"专指，似一虚一实。"插宝髻"，虚者实之；"绣罗衣"，实者虚之。七、八是乐不可极意，出之逸，不觉腐。

其七

寒雪梅中尽，春风柳上归。

宫莺娇欲醉，檐燕语还飞。

迟日明歌席，新花艳舞衣。

晚来移彩仗，行乐泥光辉。

【汇评】

《闻鹤轩初盛唐近体读本》：评："明"、"艳"等见盛唐字法实乃作意，为复浑然。

《瀛奎律髓汇评》：纪昀：此首亦清而艳。　　　许印芳："泥"，去声。

【总评】

《本事诗》：玄宗……尝因宫人行乐，谓高力士曰："对此良辰美景，岂可独以声伎为娱？倘时得逸才词人吟咏之，可以夸耀于后。"遂命召白。时宁王邀白饮酒，已醉。既至，拜舞颓然。上知其薄声律，谓非所长，命为《宫中行乐》五言律诗十首。白顿首曰："宁王赐臣酒，今已醉。倘陛下赐臣无畏，始可尽臣薄技。"上曰："可。"即遣二内臣掖扶之，命研墨濡笔以授之，又令二人张朱丝栏于其前。白取笔抒思，略不停缀，十篇立就，更无加点。笔迹遒利，凤跱龙拏。律度对属，无不精绝。

《苕溪诗话》：世俗夸太白赐床调羹为荣，力士脱靴为勇。愚观唐宗渠渠于白，岂真乐道下贤者哉！其意急得艳词媟语，以悦女人耳。白之论撰，亦不过玉楼、金殿、鸳鸯、翡翠等语，社稷苍生何赖？就使滑稽傲世，然东方生不忘纳谏，况黄屋既为之屈乎？说者以谋谟潜密，历考全集，爱国忧民之心如子美语，一何鲜也！力士闺闼腐庸，惟恐不当人主意，挟主势驱之，何所不可，脱靴乃其职也。自退之为"蚍蜉撼大木"之喻，遂使后学吞声。余窃谓如论其文采豪逸，真一代伟人，如论其心述事业，可施廊庙，李、杜齐名，真忝窃也。

《唐诗归》：太白《清平调》三绝，一时高兴耳。其诗殊未至也。……此虽流丽而未免浅薄，然较三绝句差胜。

《唐诗解》：《宫中行乐词》八章，语极绮丽，有江、庾遗音；不为高、李所取者，为其祖春花而忘秋实也。然其托兴超凡，意出言表，迥非江、庾所及。

《汇编唐诗十集》：太白《宫中行乐词》，艳而浮，轻而少骨。掇江、庾之绮丽，离鲍、谢之沉雄，选李者信不当采。然题曰《行乐》，要是龟年所唱。假令王、孟作之，尚能清真耶？越人治病，随俗而变；艺苑评诗，随题而变可也。

《唐诗选脉会通评林》：周珽曰：苑囿声乐，足称巨丽，君王岂可独享其乐？末句托讽昭然。一篇得此结，振起几多声调！

《诗筏》：太白《清平》三绝与《宫中行乐词》，钟、谭讥其浅薄。然大醉之后，援笔成篇，如此婉丽，岂非才人！

《唐诗别裁》：原本齐、梁，缘情绮靡中不忘讽意，寄兴独远。

《考田诗话》：黄彻《砦溪诗话》谓李、杜齐名，而太白集中爱君忧国如子美者绝少。然《蜀道难》、《远别离》，忠爱之忧，溢于楮墨；《战城南》、《独漉篇》、《梁父吟》等作，亦寓忧时之意。第其天才纵轶，出入变幻，令人莫可端倪。且凡不能显言者，每隐言之，是其忠爱之心，不能已也。至《宫中行乐词》，一曰"君王多乐事，还与万方同"，一曰"宫中谁第一？飞燕在昭阳"，一曰"只愁歌舞散，化作彩云飞"，既规讽之，又深警之。徒以玉楼、金殿、翡翠为艳词，则失之矣。

《梅崖诗话》：太白七言近体不多见，五言如《宫中行乐》等篇犹有陈隋习气，然用律严矣。音节稍稍振顿。

《竹林答问》：太白《宫中行乐词》诸作，绝似阴铿。

清平调词三首

其一

云想衣裳花想容，春风拂槛露华浓。

若非群玉山头见，会向瑶台月下逢。

【汇评】

《唐诗绝句类选》：蒋仲舒曰："想"、"想"，妙，难以形容也。次句下得陡然，令人不知。

《李杜二家诗钞评林》："想"字妙，得恍惚之致。

《汇编唐诗十集》：唐云：声响调高，神彩焕发，喉间有寒酸气者读不得。

《唐诗摘钞》：二"想"字是咏妃后语。

《而庵说唐诗》："春风拂槛露华浓"，此句须略重。花上风拂，喻妃子之摇曳；露浓，喻君恩之郑重。

《李太白全集》王琦注：琦按蔡君谟书此诗，以"云想"作"叶想"，近世吴舒凫遵之，且云"叶想衣裳花想容"，与王昌龄"荷叶罗裙一色裁，芙蓉向脸两边开"，俱从梁简文"莲花乱脸色，荷叶杂衣香"脱出。而李用二"想"字，化实为虚，尤见新颖，不知何人误作"云"字，而解者附会《楚辞》"青云衣兮白霓裳"，甚觉无谓云云。不知改"云"作"叶"，便同嚼蜡，索然无味矣。此必君谟一时落笔之误，非有意点金成铁，若谓太白原本是"叶"字，则更大谬不然。

《唐诗笺注》：此首咏太真，着二"想"字妙。次句人接不出，却映花说，是"想"之魂。"春风拂槛"想其绰约，"露华浓"想其芳艳，脱胎烘染，化工笔也。

《诗法易简录》：三首人皆知合花与人言之，而不知意实重在人，不在花也，故以"花想容"三字领起。"春风拂槛露华浓"，乃花最鲜艳、最风韵之时，则其容之美为何如？说花处即是说人，故下二句极赞其人。

《填词杂说》："云想衣裳花想容"，此太白佳境。柳屯田："拟把名花比，恐旁人笑我，谈何容易！"大畏唐突，尤见温存，又可悟翻旧换新之法。

《雨村词话》：李调元云：太白词有"云想衣裳花想容"，已成绝唱。韦庄效之"金似衣裳玉似身"，尚堪入目，而向子湮"花容仪，柳想腰"之句，毫无生色，徒生厌憎。

《李太白诗醇》：清便宛转，别自成风调。　　谢云：褒美中以寓箴规之意。严沧浪曰：想望缥缈，不得以熟目忽之。

其二

一枝浓艳露凝香，云雨巫山枉断肠。

借问汉宫谁得似？可怜飞燕倚新妆。

【汇评】

《唐诗直解》：结妙有风致。

《李杜二家诗钞评林》：巫山妖梦，昭阳祸水，微文隐讽，风人之旨。

《唐诗摘钞》：首句承"花想容"来，言妃之美，惟花可比，彼巫山神女，徒成梦幻，岂非"枉断肠"乎！必求其似，惟汉宫飞燕，倚其新装，或庶几耳。

《李太白全集》王琦注：力士之潜恶矣，萧氏所解则尤甚。而揆之太白起草之时，则安有是哉！巫山云雨、汉宫飞燕，唐人用之已为数见不鲜之典实。若如二子之说，巫山一事只可以喻聚淫之艳冶，飞燕一事只可以喻微贱之宫娃，外此皆非所宜言，何三唐诸子初不以此为忌耶？古来《新台》、《艾豭》诸作，言而无忌者，大抵出自野人之口，若《清平调》是奉诏而作，非其比也。乃敢以宫闱暗昧之事，君上所讳言者而微辞隐喻之，将蕲君知之耶，亦不蕲君知之耶？如其不知，言亦何益？如其知之，是批龙之逆鳞而履虎尾也。非至愚极妄之人，当不为此。

《唐诗笺注》：此首亦咏太真，却竟以花比起，接上首来。

《诗法易简录》：仍承"花想容"言之，以"一枝"作指实之笔，紧承前首。三、四句作转,言如花之容,虽世非常有,而现有此人,实如一枝名花,俨然在前也。两首一气相生,次首即承前首作转。如此空灵飞动之笔,非谪仙孰能有之?

《唐诗合选详解》:梅禹金云:萧(士赟)注谓神女刺明皇之聚麀,飞燕讥贵妃之微贱,亦太白醉中应诏,想不到此,但巫山妖梦、昭阳祸水、微文隐意,风人之旨。

《李太白诗醇》:驰思泉涌,敷藻云浮,而却得诗祸!人世遭遇,总出意表,可谓奇矣。   谢云:以巫山娇梦,昭阳祸水入调,盖微讽之也。

其三

名花倾国两相欢,长得君王带笑看。

解释春风无限恨,沉香亭北倚阑干。

【汇评】

《唐诗直解》:四出媚态,不以刻意工,亦非刻意所能工。

《诗薮》:"明月自来还自去,更无人倚玉阑干","解释东风无限恨,沉香亭北倚阑干",崔鲁、李白同咏玉环事,崔则意极精工,李则语由信笔,然不堪并论者,直是气象不同。

《唐诗解》:太白于极欢之际,加一"恨"字,意甚不浅。

《汇编唐诗十集》:唐云:三诗俱铄金石,此篇更胜。字字得沉香亭真境。

《唐诗选脉会通评林》:周敬曰:"带笑"字下得有情,第三句描贵妃心事。

《唐诗摘钞》:释恨即从"带笑"来。本无恨可释,而云然者,即《左传》:"君非姬氏,居不安,食不饱"之意。

《增订唐诗摘钞》:婉腻动人。"解释"句情多韵多。

《古唐诗合解》:此章方写唐皇同妃子同赏木芍药。

《唐诗别裁》：本言释天子之愁恨，托以"春风"，措词微婉。

《诗法易简录》：此首乃实赋其事而结归明皇也。只"两相欢"三字，直写出美人绝代风神，并写得花亦栩栩欲活，所谓诗中有魂。第三句承次句，末句应首句，章法最佳。

《李太白诗醇》：严沧浪曰：旖旎动人。　　　锦心绣口。

《唐人绝句精华》：第三首总结，点明名花、妃子皆能长邀帝宠者，以能"解释春风无限恨"也。

【总评】

《松窗杂录》：开元中，禁中初种木芍药，即今牡丹也。得四本，红、紫、浅白、通白者，上因移植兴庆池东沉香亭前。会花方繁开，上乘月夜召太真妃以步辇从。……上曰："赏名花，对妃子，焉用旧乐词为？"遂命龟年持金花笺宣赐翰林学士李白，进《清平调》词三章，白欣承诏旨，犹苦宿醒未解，因援笔赋之："云想衣裳花想容……"，太真妃持玻瓈七宝杯，酌西凉州葡萄酒，笑领意甚厚。上因调玉笛以倚曲，每曲遍将换，则迟其声以媚之。太真饮罢，饰绣巾重拜上意。龟年常话于五王，独忆以歌得自胜者无出于此，抑亦一时之极致耳。

《唐诗选脉会通评林》：周珽曰：太白《清平调》三章，语语藻艳，字字葩流，美中带刺，不专事纤巧。家澹斋有谓：以是诗，合得是语，所谓破空截石、旱地擒鱼者。近《诗归》选极富，何故独不收？吾所不解。

《唐诗摘钞》：三首皆咏妃子，而以"花"旁映之，其命意自有宾主。或谓初首咏人，次首咏花，三首合咏，非知诗者也。太白七绝以自然为宗，语趣俱若无意为诗，偶然而已。后人极力用意，愈不可到，固当推为天才。

《诗辩坻》：太白《清平调词》"云想衣裳花想容"，二"想"字已落填词纤境；"若非"，"会向"，居然滑调。"一枝浓艳"、"君王带笑”，了无高趣，《小石》跻之坦涂耳。此君七绝之豪，此三章殊不厌人意。

《古欢堂杂著》：少陵《秋兴八首》，青莲《清平词》三章，脍炙千古矣。余三十年来读之，愈知其未易到。

《原诗》：李白天才自然，出类拔萃，然千古与杜甫齐名，则犹有间。盖白之得此者，非以才得之，乃以气得之也。……如白《清平调》三首，亦平平宫艳体耳，然贵妃捧砚，力士脱靴，无论懦夫于此战栗趑趄万状，秦舞阳壮士不能不色变于秦皇殿上，则气未有不先馁者，宁暇见其才乎？观白挥洒万乘之前，无异长安市上醉眠时，此何如气也！

《唐诗选胜直解》：《清平调》三首章法最妙。第一首赋妃子之色，二首赋名花之丽，三首合名花、妃子夹写之，情境已尽于此，使人再续不得，所以为妙。

《唐诗别裁》：三章合花与人言之，风流旖旎，绝世丰神。或谓首章咏妃子，次章咏花，三章合咏，殊见执滞。

东武吟

好古笑流俗，素闻贤达风。
方希佐明主，长揖辞成功。
白日在高天，回光烛微躬。
恭承凤凰诏，欻起云萝中。
清切紫霄迥，优游丹禁通。
君王赐颜色，声价凌烟虹。
乘舆拥翠盖，扈从金城东。
宝马丽绝景，锦衣入新丰。
依岩望松雪，对酒鸣丝桐。

因学扬子云，献赋甘泉宫。

天书美片善，清芬播无穷。

归来入咸阳，谈笑皆王公。

一朝去金马，飘落成飞蓬。

宾客日疏散，玉尊亦已空。

才力犹可倚，不惭世上雄。

闲作东武吟，曲尽情未终。

书此谢知己，吾寻黄绮翁。

【汇评】

《唐诗纪事》：或曰：白以是诗留别翰苑，遂放游江湖矣。

《后村诗话》：《东武吟》云："白日在高天，……飘落成飞蓬"。《赠宋陟》云："早怀经济策，……君臣忽行路。"二诗与杜公"集贤学士如堵墙，观我落笔中书堂。往时文采动人主，此日饥寒趋路旁"之作，悲壮略同。

《分类补注李太白诗》萧士赟注：此诗乃太白放黜之后，作此以别知己者。抱材于世，始遇而卒不合，见知而不见用。……眷恋不忘之意，悠悠然见于辞外，亦可慨叹也已。

邯郸才人嫁为厮养卒妇

妾本丛台女，扬蛾入丹阙。

自倚颜如花，宁知有凋歇？

一辞玉阶下，去若朝云没。

每忆邯郸城，深宫梦秋月。

君王不可见，惆怅至明发。

【汇评】

《分类补注李太白诗》萧士赟注：此诗太白既黜之作也。特借此发兴,叙其睽遇之始末耳。然其辞意眷顾宗国,系心君王,亦得《骚》之遗意欤!

《唐音癸签》:此谢朓旧题也。盖设为其事,寓臣妾沦掷之感耳。

《秋窗随笔》:太白《邯郸才人嫁为厮养卒妇》诗,妙在不说目前之苦,只追想宫中乐处,文章于虚里摹神,所以超凡入圣耳。

《李太白诗醇》:"自倚"二句,在此题为寻常,若泛论之,便警策。

北上行

北上何所苦? 北上缘太行。

磴道盘且峻,巉岩凌穹苍。

马足蹶侧石,车轮摧高冈。

沙尘接幽州,烽火连朔方。

杀气毒剑戟,严风裂衣裳。

奔鲸夹黄河,凿齿屯洛阳。

前行无归日,返顾思旧乡。

惨戚冰雪里,悲号绝中肠。

尺布不掩体,皮肤剧枯桑。

汲水涧谷阻,采薪陇坂长。

猛虎又掉尾,磨牙皓秋霜。

草木不可餐,饥饮零露浆。

叹此北上苦,停骖为之伤。

何日王道平,开颜睹天光。

【汇评】

《对床夜语》:李太白《北上行》,即古之《苦寒行》也。《苦寒行》首句云"北上太行山，艰哉何巍巍"，因以名之也。太白词有云："磴道盘且峻，巉岩凌穹苍。马足蹶侧石，车轮摧高冈。"又："杀气毒剑戟，严风裂衣裳。"此正古词"羊肠坂诘屈，车轮为之摧。树木何萧瑟，北风声正悲"。太白又有"奔鲸夹黄河，凿齿屯洛阳"、"猛虎又掉尾，磨牙皓秋霜"，亦古词"熊罴对我蹲，虎豹夹路啼"。又"汲水涧谷阻，采薪陇坂长"、"草木不可餐，饥饮零露浆"，是亦古词"行行日已远，人马同时饥。担囊行取薪，斧冰持作糜"，特词语小异耳。陆士衡、谢灵运诸作，亦不出此辙。

《分类补注李太白诗》萧士赟注：此诗乃禄山初反时作也。凿齿指禄山，奔鲸指史思明、崔乾祐之徒。按《北上行》者，征行之曲，言行役者之苦也。太白此诗，其作于至德后乎？隐然有《国风》爱君忧国、劳而不怨、厌乱思治之意，读者其毋忽诸！

《唐宋诗醇》：古直悲凉，亦《苦寒行》之比。

《李太白诗醇》：此首五仄、五平句甚多，古人古体不拘声律如此。近人古诗平仄论，拘泥可笑。

短歌行

白日何短短，百年苦易满。

苍穹浩茫茫，万劫太极长。

麻姑垂两鬓，一半已成霜。

天公见玉女，大笑亿千场。

吾欲揽六龙，回车挂扶桑。

北斗酌美酒，劝龙各一觞。

富贵非所愿，与人驻颜光。

【汇评】

《分类补注李太白诗》萧士赟注：乐府诗古皆有此词，言人寿不可得长，思与知友及时为乐，并自戒勖之意。太白此词虽拟之，然其词意则出于《骚》，肆为诞词以寄兴而已。

《唐诗快》：信手拈来，亦复陆离光怪。

《唐宋诗醇》：恣意恢奇，逸情云上。

《李太白诗醇》：严云："劝龙"，奇。

丁督护歌

云阳上征去，两岸饶商贾。

吴牛喘月时，拖船一何苦。

水浊不可饮，壶浆半成土。

一唱督护歌，心摧泪如雨。

万人凿盘石，无由达江浒。

君看石芒砀，掩泪悲千古。

【汇评】

《分类补注李太白诗》萧士赟注：太白乐府，每篇必檃括一事而作，非泛然而言者。此篇之意是咏秦皇凿北坑以厌天子气之事，徒尔劳民凿石，而不知真主已在芒砀山泽间矣，非人力之所能胜也。触热拖船，就饮浊水，征夫之苦，徒兴千古之悲耳。或曰：诗者所以抒下情而通风谕，此诗乃是为韦坚开广运潭而作，借秦为喻耳。

《唐音癸签》：白《丁都护歌》所咏云阳水道舟行艰碍之苦，盖为齐瀚所开新河作也。按：润州旧不通江，瀚开元中为刺史，始移漕路京口塘下，直达于江，立埭收课。……京口岸高，水浅浊，用牛曳舟为难。故白有此歌，以言其苦。其名《丁都护歌》者，初，宋高祖即京口开东府，有女，其夫见杀，呼都护丁旿问收殡事。每问，辄叹息呼之，人因写为歌。白感其土俗之事，即用其土之古歌名以为歌也。

《唐宋诗醇》：落笔沉痛，含意深远，此李诗之近杜者。

《李太白全集》王琦注：考芒砀诸山，实产文石。或者是时官司取石于此山，傛舟搬运，适当天旱水涸，牵挽而行，期令峻急，役者劳苦。太白悯之而作此诗。

相逢行

> 朝骑五花马，谒帝出银台。
> 秀色谁家子？云车珠箔开。
> 金鞭遥指点，玉勒近迟回。
> 夹毂相借问，疑从天上来。
> 蹙入青绮门，当歌共衔杯。
> 衔杯映歌扇，似月云中见。
> 相见不得亲，不如不相见。
> 相见情已深，未语可知心。
> 胡为守空闺，孤眠愁锦衾。
> 锦衾与罗帏，缠绵会有时。
> 春风正澹荡，暮雨来何迟。
> 愿因三青鸟，更报长相思。
> 光景不待人，须臾发成丝。
> 当年失行乐，老去徒伤悲。
> 持此道密意，毋令旷佳期。

【汇评】

《分类补注李太白诗》萧士赟注：白诗题虽取之乐府，而诗意实本诸《骚》，盖有已近君而终不得近之怨焉。臣子睽隔之痛，思慕之诚，具见于此。观篇首以"谒帝"发端，大旨自明，不当仅作情辞读也。

《升庵诗话》：太白号"斗酒百篇"，而其诗精炼若此，所以不可及也。

《历代诗发》：胜"遥指红楼是妾家"（"金鞭"四句下）。

《唐宋诗醇》：顾华玉论五言绝，以调古为上乘，以情真为得体，李白有之。

《王闿运手批唐诗选》：入翰林后求宦之词（"光景"六句下）。

紫骝马

紫骝行且嘶，双翻碧玉蹄。

临流不肯渡，似惜锦障泥。

白雪关山远，黄云海戍迷。

挥鞭万里去，安得念春闺。

【汇评】

《李杜诗通》：《紫骝马》横吹曲，六朝人拟作皆咏马，白咏马兼及从军，稍殊。

《闻鹤轩初盛唐近体读本》：生气流溢，每用逸笔，不觉率然。　"双翻"二字活。

少年行二首（其二）

五陵年少金市东，银鞍白马度春风。

落花踏尽游何处，笑入胡姬酒肆中。

【汇评】

《李太白诗集》严羽评：写豪情在"笑入"二字，有味。

《唐诗品汇》：刘云：语气凌厉快活，梦亦难忘。

《唐诗解》：摹写少年之态，曲尽其妙。

《增订唐诗摘钞》：极写豪华之盛，曲尽少年之态。

《唐宋诗醇》：胡应麟曰：唐人七言绝有作乐府体者，如此诗及《横江词》尚是古词。　　钟惺曰：行径风生。

《李太白诗醇》：翼云云："银"字上映"金"字（"银鞍白马"句下）。

豫章行

胡风吹代马，北拥鲁阳关。

吴兵照海雪，西讨何时还？

半渡上辽津，黄云惨无颜。

老母与子别，呼天野草间。

白马绕旌旗，悲鸣相追攀。

白杨秋月苦，早落豫章山。

本为休明人，斩虏素不闲。

岂惜战斗死，为君扫凶顽。

精感石没羽，岂云惮险艰！

楼船若鲸飞，波荡落星湾。

此曲不可奏，三军鬓成斑。

【汇评】

《唐音癸签》：古《豫章行》，咏白杨生豫章山，秋至，为人所伐。太白亦有此辞，中间止着"白杨秋月苦，早落豫章山"两句，首尾均作军旅丧败语，并不及"白杨"片字，读者多为之茫然。今详味之，如所云"吴兵照海雪"及"老母与子别，呼天野草间"、"楼船若鲸飞，波荡落星湾"，皆永王璘兵败事也。盖白在庐山受璘辟，及璘舟师鄱湖溃散，白坐系浔阳狱，并豫章地。故以白杨之生落于豫章者自况，用志璘之伤败，及己身名隳坏之痛耳。其借题略点白杨，正用笔之妙，巧于拟古，得乐府深意者。

《李杜诗通》：此白咏永王璘事自悼也。……白初从庐山误陷于璘，事败，又于浔阳系狱，其地皆属豫章，故巧取此题为辞，以白杨之生落豫章者自况。写身名堕坏之痛，而伤璘败，终不忍斥言璘之逆，则犹近于厚，得风人之意焉。又云："胡风吹代马，北拥鲁阳关"，言禄山反。鲁阳关在汝州，璘镇荆州，吴正其北。"吴兵照海雪，西讨何时还？"言璘东下之败。时败于广陵兵，故云吴兵。"半渡上辽津，黄云惨无颜"，言璘不得如初志成渡辽功，辽盖指渔阳也。《东巡歌》亦以渡辽为言。"老母与子别，呼天野草间"，指璘子傄中矢伤遁事。"白马绕旌旗，悲鸣相追攀"，此言璘之丧败，亦以比己之追随不忍舍。"白杨秋月苦，早落豫章山"，一篇居要在此。"楼船若飞鲸，波荡落星湾"，璘败后奔鄱阳，守者不纳，舟师尽丧，走死。落星湾在鄱湖，正其地。此言己亦欲为璘毕命，无奈其败死不可为耳。

《李太白全集》王琦注："白马绕旌旗，悲鸣相追攀"，谓母子别离之时，乘马亦为之感动而哀嘶也。"白杨秋月苦，早落豫章山"，谓见草木之凋残，亦若母子悲恻者之所感召也。总以写从军者离别时情景耳。　　按《唐书·来瑱传》……知是时汝、邓之间为贼兵往来之地，所谓"胡风吹代马，此拥鲁阳关"，乃安史之兵而非永王之兵也。……所谓"吴兵"者，即宋中丞所统三千之兵，所谓"上辽津"者，即楼船所济之津。诗之作也，当在是时无疑。与永王璘事全无干涉，而胡氏更于每段中必引璘事以强合之，牵扯支离，尽失本诗辞意焉。

《唐宋诗醇》：胡震亨说得诗之意。其以"胡风吹代马"起，而继曰"西讨何时还"，若曰禄山之乱未弭，璘之起兵，原为国家讨贼耳！故下以"本为休明人"六句申之，至于鄱湖溃败，若隐若显，全不径露，此白微意所在。其词意危苦，笔墨沉郁，真古乐府之遗。

《诗比兴笺》：璘败于江西，故以豫章名篇。"胡风"，指渔阳之叛；"吴兵"，谓璘拥江淮之师。"上辽津"，故隐其词，寄之边塞也。"本为休明人，斩虏素不闲"，言承平帝胄，生长深宫，本无武略也。"岂惜战斗死"四语，惜其不知一意讨贼，勤王北上，纵令败死，犹不失为忠义也。落星湾，在江州浔阳，璘由此战败走鄱阳也。璘死后，肃宗以少所自鞫，不宣其罪，谓左右曰：皇甫侁执吾弟，不送之蜀而擅杀，何耶？终身不用。则朝廷亦悯其无知矣。……当知无论太白从与不从，先问永王之是贼非贼，今朝廷尚以永王为冤，而反议李白之从叛，岂不乖哉！

沐浴子

沐芳莫弹冠，浴兰莫振衣。
处世忌太洁，至人贵藏晖。
沧浪有钓叟，吾与尔同归。

【汇评】

《李杜二家诗钞评林》：此篇檃括《骚》意，便是名言。

《唐诗快》：豪放人忽作此澹寂语。

《唐诗别裁》：言立身忌太洁，不如老子之和光同尘也。暗用《楚骚》意。

《唐宋诗醇》：良贾深藏若虚，君子盛德，容貌若愚，与圣贤尚䌹之旨正复相同，特老氏未免有作用耳。昭昭然揭日月而行，圣贤固不为也。纫兰佩芷，屈平所以千古，然原之被谗，史谓众害其能，即后人之议原者亦以为露才扬己。……白因《渔父》一篇，反其意而用之，盖涉世之久，英气将敛，故云然耳。不然，与世浮沉，漫无介节，胡广中庸，冯道长乐，其可嗤又何如耶？

静夜思

床前明月光，疑是地上霜。

举头望明月，低头思故乡。

【汇评】

《唐诗品汇》：刘云：自是古意，不须言笑。

《唐诗正声》：百千旅情，妙复使人言说不得。天成偶语，讵由精炼得之？

《批点唐诗正声》：乐府体。老炼着意作，反不及此。

《增定评注唐诗正声》：郭云：悄悄冥冥，千古旅情，尽此十字（末二句下）。

《李杜诗选》：范德机曰：五言短古，不可明白说尽，含糊则有馀味，如此篇也。

《唐诗广选》：有第三句，自不意其末句忽转至此。　　便奇（"疑是"句下）。　　蒋仲舒曰："举头"、"低头"，写出踌躇踯躅之态。

《诗薮》：太白五言，如《静夜思》、《玉阶怨》等，妙绝古今，然亦齐梁体格。他作视七言绝句，觉神韵小减，缘句短，逸气未舒耳。

《唐诗归》：钟云：忽然妙境，目中口中，凑泊不得，所谓不用意得之者。

《李诗钞》：偶然得之，读不可了。

《李诗通》：思归之辞，白自制名。

《唐诗解》：摹写静夜之景，字字真率，正济南所谓"不用意得之"者。

《增订唐诗摘钞》：思乡诗最多，终不如此四语真率而有味。此信口语，后人复不能摹拟，摹拟便丑，　　语似极率，回环尽致。

《古唐诗合解》：此诗如不经意，而得之自然，故群服其神妙。

《唐诗别裁》：旅中情思，虽说明却不说尽。

《唐诗选胜直解》：此旅怀之思。月色侵床，凄清之景也，易动乡思。月光照地，恍疑霜白。举头低头，同此月也，一俯一仰间多少情怀。题云《静夜思》，淡而有味。

《唐宋诗醇》：《诗数》谓古今专门大家得三人焉，陈思之古、拾遗之律、翰林之绝，皆天授而非人力也，要是确论。至所云唐五言绝多法齐梁，体制自别；此则气骨甚高，神韵甚穆，过齐梁远矣。

《唐诗笺注》：即景即情，忽离忽合，极质直却自情至。

《网师园唐诗笺》：得天趣（末二句下）。

《湖楼随笔》：李太白诗"床前明月光"云云，王昌龄诗"闺中少妇不知愁"云云，此两诗体格不伦而意实相准。夫闺中少妇本不知愁，方且凝妆而上翠楼，乃"忽见陌头杨柳色"，则"悔教夫婿觅封侯"矣。此以见春色之感人者深也。"床前明月光"，初以为地上之霜耳，乃举头而见明月，则低头而思故乡矣。此以见月色之感人者深也。盖欲言其感人之深而但言如何相感，则虽深仍浅矣。以无情言情则情出，从无意写意则意真。知此者可以言诗乎！

《诗境浅说续编》：前二句，取喻殊新。后二句，在举头、低头俄顷之间，顿生乡思。良以故乡之念，久蕴怀中，偶见床前明月，一触即发，正见其乡心之切。且"举头"、"低头"，联属用之，更见俯仰有致。

《李太白诗醇》：谢云：直书衷曲，不着色相。　　徐增曰：因"疑"则"望"，因"望"则"思"，并无他念，真"静夜思"也。

《唐人绝句精华》：李白此诗绝去雕采，纯出天真，犹是《子夜》民歌本色，故虽非用乐府古题，而古意益然。

渌水曲

渌水明秋月，南湖采白苹。

荷花娇欲语，愁杀荡舟人。

【汇评】

《李太白全集》王琦注：《渌水》，本琴曲名。太白袭用其题，以写所见，其实则《采菱》、《采莲》之遗意也。

《唐宋诗醇》：逸调。末句非有轶思，特妒花之艳耳。

《唐诗笺注》："愁杀"两字，反复读之，通首俱摄入矣。

《秋窗随笔》：少陵"春去春来洞庭阔，白苹愁杀白头人"，太白"荷花娇欲语，愁杀荡舟人"，风神摇漾，一语百情。李、杜洵敌手也。

《唐诗合选详解》：采苹而忽见荷花之娇艳，因转而为愁，盖妒其艳也。

《诗式》：首句先叙时景，见水月入秋，愈臻清澈，盖为泛舟点染。二句设为采苹，以寄秋意，起下荡舟之人。三句本为采苹而见荷花，系从旁面烘托；荷花又娇如欲语，系从生情。四句"愁杀"二字，所谓如顺流之舟矣。"荡舟人"对上"荷花"，"愁杀"对上"娇欲语"。此盖心有所属，情不能已，而有所托也。

《李太白诗醇》：翼云云：荷花娇艳迷人，因转而为愁，情不自持，盖有所托也。

春　思

燕草如碧丝，秦桑低绿枝。

当君怀归日，是妾断肠时。

春风不相识，何事入罗帏？

【汇评】

《分类补注李太白诗》萧士赟注：燕草如丝，兴征夫怀归；秦桑低枝，兴思妇断肠。　　末句喻此心贞洁，非外物所能动。此诗可谓得《国风》不淫不诽之体矣。

《唐诗品汇》：刘云：平易近情，自有天趣。

《唐诗归》：钟云：若嗔若喜，俱着"春风"上，妙，妙（末二句下）！　　比"小开骂春风"觉老成些，然各有至处。　　谭云：后人用此意跌入填词者多矣，毕竟此处无一毫填词气，所以为贵。

《唐诗镜》：尝谓大雅之道有三：淡、简、温。每读太白诗，觉深得此致。

《汇编唐诗十集》：唐云：太白虽长才，尤妙于短。如《乌夜啼》、《金陵酒肆留别》，七古之胜也；"长安一片月"、"燕草如碧丝"，五古之胜也。然《吴歌》三十字中，字字豪放；《春思》三十字中，字字和缓，谓非诗圣不可。

《唐诗评选》：字字欲飞，不以情，不以景。《华严》有"两镜相入"义，唯供奉不离不堕。

《唐诗快》：同一"入罗帏"也，"明月"则无心可猜，而"春风"则不识何事。一信一疑，各有其妙。

《唐诗归折衷》：吴敬夫云：当两地怀思之日，而春风又至，能不悲乎！若以不为他物所摇，毁诋春风，真俗见矣。

《古唐诗合解》：此五言古中最短，难在后二句结。

《唐诗笺要》：融两为一，神气飞动（"当君"二句下）。

《唐宋诗醇》：古意却带秀色，体近齐梁。"不相识"言不识人意也，自有贞静之意。　　吴昌祺曰：以风之来反衬夫之不来，与"只恐多情月，旋来照妾床"同意。

秋 思

燕支黄叶落，妾望自登台。

海上碧云断，单于秋色来。

胡兵沙塞合，汉使玉关回。

征客无归日，空悲蕙草摧。

【汇评】

《唐诗直解》：丽文诗"寄书浮云往不还"，"碧云断"三字本此。

《唐诗训解》：骤用"碧云断"，句奇。

《唐诗镜》：一气迥出。三、四如寒玉晶冰，品所最贵。

《汇编唐诗十集》：唐云：题曰《秋思》，仍以秋景作结。

《唐诗评选》：神藻飞动，乃所谓龙跃天门，虎卧凤阙也。以此及"塞虏乘秋下"相比拟，则知五言近体正、闰之分。

《唐诗笺注》：收得绵密，而用笔亦妙。

《闻鹤轩初盛唐近体读本》：三、四跳脱爽亮，青莲本调如此。　　第二"自"作"白"，取"黄"、"白"二字作微对，亦可。杨芝三曰："蕙草摧"，正回顾"黄叶落"与"秋色来"绪耳。

《石洲诗话》："海上碧云断，单于秋色来。""单于"当指台。

子夜吴歌（选一首）

秋 歌

长安一片月，万户捣衣声。

秋风吹不尽，总是玉关情。

何日平胡虏，良人罢远征。

【汇评】

《唐诗归》：钟云：毕竟是唐绝句妙境，一毫不像晋宋。然求像，则非太白矣。

《唐诗镜》：有味外味。　　每结二语，馀情馀韵无穷。"秋风吹不尽，总是玉关情"，此入感叹语意，非为万户砧声赋也。

《批选唐诗》：歘然起，悄然往，故自翩翩。

《唐诗广选》：蒋仲舒曰：前四语便是最妙绝句。

《唐诗直解》：不恨朝廷黩武，但言胡虏未平，深得风人之旨。

《唐诗训解》：此为戍妇之词，以讥当时战征之苦也。

《唐诗评选》：前四语是天壤间生成好句，被太白拾得。

《姜斋诗话》：情景名为二，而实不可离。神于诗者，妙合无垠。巧者则有情中景，景中情。景中情者，如"长安一片月"，自然是孤栖忆远之情。

《说诗晬语》：诗贵寄意，有言在此而意在彼者。李太白《子夜吴歌》本闺情语，而忽冀罢征。

《唐诗别裁》：不言朝家之黩武，而言胡虏之未平，立言温厚。

《西圃诗说》：李太白《子夜吴歌》："长安一片月……"，余窃谓删去末二句作绝句，更觉浑含无尽。

《唐宋诗醇》：一气浑成。有删末二句作绝句者，不见此女贞心亮节，何以风世厉俗？　　吴昌祺曰：万户砧声，风吹不尽，而其情则同，亦婉而深矣。

估客行

海客乘天风，将船远行役。
譬如云中鸟，一去无踪迹。

《李杜诗通》：西曲中有"长樯铁鹿子，布帆阿那起。诧侬安在间，一去数千里。"此云"一去无踪迹"，更可念。

《唐宋诗醇》：朴直得乐府体。

《唐诗真趣编》：闻者悄然而悲，肃然而恐，不必望洋始惊心也。

捣衣篇

闺里佳人年十馀，颦蛾对影恨离居。

忽逢江上春归燕，衔得云中尺素书。

玉手开缄长叹息，狂夫犹戍交河北。

万里交河水北流，愿为双燕泛中洲。

君边云拥青丝骑，妾处苔生红粉楼。

楼上春风日将歇，谁能揽镜看愁发？

晓吹员管随落花，夜捣戎衣向明月。

明月高高刻漏长，真珠帘箔掩兰堂。

横垂宝幄同心结，半拂琼筵苏合香。

琼筵宝幄连枝锦，灯烛荧荧照孤寝。

有便凭将金剪刀，为君留下相思枕。

摘尽庭兰不见君，红巾拭泪生氤氲。

明年若更征边塞，愿作阳台一段云。

【汇评】

《分类补注李太白诗》萧士赟注：末句曰："明年若更征边塞，愿作阳台一段云。"意谓滔滔不归，则惟有托梦以从其夫于四方上下耳。此亦极其怀思之形容也欤！

《诗薮》：太白《捣衣篇》等，亦是初唐格调。

《唐风定》：子安《捣衣》尚袭梁陈，此虽绮丽有馀，而神骨自胜矣。

《李太白诗醇》：押韵平仄互用，通篇无一句不协声律，可谓奇矣。　　好句法，是开白香山模范者，不似谪仙人平生口吻（"君边云拥"二句下）。

长相思

其一

日色已尽花含烟，月明欲素愁不眠。

赵瑟初停凤凰柱，蜀琴欲奏鸳鸯弦。

此曲有意无人传，愿随春风寄燕然。

忆君迢迢隔青天。

昔日横波目，今成流泪泉。

不信妾肠断，归来看取明镜前。

【汇评】

《唐诗归》：谭云：光景寂妙。　　钟云："欲素"二字幻甚（"月明欲素"句下）。

《全唐风雅》：萧云：词意悲而不伤，怨而不谤。

《王闿运手批唐诗选》：明艳绝底，奇花初开，李所独擅之技（首二句下）。

其二

美人在时花满堂，美人去后空馀床。

床中绣被卷不寝，至今三载犹闻香。

香亦竟不灭，人亦竟不来。

相思黄叶落，白露点青苔。

《诗薮》：(李白)《乌夜啼》、《杨叛儿》、《白纻辞》、《长相思》诸篇，出自齐梁。

《李太白诗醇》：使人领言外之意，绝调，绝调！　　严沧浪曰：只须言景之凄凉。

猛虎行

朝作猛虎行，暮作猛虎吟。

肠断非关陇头水，泪下不为雍门琴。

旌旗缤纷两河道，战鼓惊山欲颠倒。

秦人半作燕地囚，胡马翻衔洛阳草。

一输一失关下兵，朝降夕叛幽蓟城。

巨鳌未斩海水动，鱼龙奔走安得宁？

颇似楚汉时，翻覆无定止。

朝过博浪沙，暮入淮阴市。

张良未遇韩信贫，刘项存亡在两臣。

暂到下邳受兵略，来投漂母作主人。

贤哲栖栖古如此，今时亦弃青云士。

有策不敢犯龙鳞，窜身南国避胡尘。

宝书玉剑挂高阁，金鞍骏马散故人。

昨日方为宣城客，掣铃交通二千石。

有时六博快壮心，绕床三匝呼一掷。

楚人每道张旭奇，心藏风云世莫知。

三吴邦伯皆顾盼，四海雄侠两追随。

萧曹曾作沛中吏，攀龙附凤当有时。

溧阳酒楼三月春，杨花茫茫愁杀人。

胡雏绿眼吹玉笛，吴歌白纻飞梁尘。

丈夫相见且为乐，槌牛挝鼓会众宾。

我从此去钓东海，得鱼笑寄情相亲。

【汇评】

《李太白诗集》严羽评：太滥漫，疑非白诗，然声情却似。

杨遂《李太白故宅记》：《猛虎行》，可以励立节之士矣。

《李太白全集》王琦注：是诗当天宝十五载之春，太白与张旭相遇于溧阳，而太白又将遨游东越，与旭宴别而作也。……至萧氏訾此诗非太白之作，以为用事无伦理，徒尔肆为狂诞之词，首尾不相照，脉络不相贯，语意斐率，悲欢失据，必是他人诗窜入集中者。……今细阅之，所谓"无伦理"、"肆狂诞"者，必是"楚汉翻覆"，"刘项存亡"等字，疑其有高视禄山之意，而不知正是伤时之不能收揽英雄，遂使竖子得以猖狂耳。何为以数字之辞，而害一章之意耶？至其悲也以时遇之艰，其欢也以得朋之庆，两意本不相碍。首尾一贯，脉络分明，浩气神行，浑然无迹，乃七古之佳者。有识之士，自能别之，不知萧氏何以云云耶？

襄阳歌

落日欲没岘山西，倒著接䍦花下迷。

襄阳小儿齐拍手，拦街争唱白铜鞮。

傍人借问笑何事，笑杀山翁醉似泥。

鸬鹚杓，鹦鹉杯，

百年三万六千日，一日须倾三百杯。

遥看汉水鸭头绿，恰似葡萄初酦醅。

此江若变作春酒，垒曲便筑糟丘台。

千金骏马换小妾，笑坐雕鞍歌落梅。

车傍侧挂一壶酒，凤笙龙管行相催。

咸阳市中叹黄犬，何如月下倾金罍！

君不见晋朝羊公一片石，龟头剥落生莓苔。

泪亦不能为之堕，心亦不能为之哀。

清风朗月不用一钱买，玉山自倒非人推。

舒州杓，力士铛，李白与尔同死生。

襄王云雨今安在？江水东流猿夜声。

【汇评】

《王直方诗话》：欧阳公云："落日欲没岘山西，倒著接䍦花下迷，襄阳小儿齐拍手，大家争唱《白铜鞮》。"此常语也。至于"清风明月不用一钱买，玉山自倒非人推"，然后见太白之横放，所以惊动千古者，顾不在于此乎？

《李杜二家诗钞评林》：笔端横荡，遂不觉重。

《唐诗别裁》：妙于形容（"遥看汉水"二句下）。　　羊叔子岘山碑犹然磨灭，无人堕泪，况寻常富贵乎？不如韬精沉饮为乐也。　　"清风明月"二语，欧阳公谓足以惊动千古，信然！

《唐宋诗醇》：意旷神逸，极颓唐之趣，入后俯仰含情，乃有心人语。"韬精日沉饮，谁知非荒宴"，亦同此怀抱耳。子美云："长镵长镵白木柄，我生托子以为命"，语奇矣。此诗云："舒州杓，力士铛，李白与尔同死生。"苦乐不同，造语正复匹敌。

《昭昧詹言》：笔如天半游龙，断非学力所能到，然读之使人气王。"笑杀"句，借山公自兴。"遥看"二句，又借兴换笔换气。"此江"句，起棱。"千金骏马"，谓以妾换得马也。"咸阳"二句，言所以饮酒者，正见此耳。"君不见"二句，以上许多都为此故。"玉山"句束题，正意藏脉，如草蛇灰线。此与上所谓笔墨化为烟云，世俗作死诗者千年不悟，只借作指点，供吾驱驾发泄之料耳。

《王闿运手批唐诗选》：笔势浩渺（"遥看汉水"二句下）。

顿挫有局度（"泪亦不能"二句下）。

《唐宋诗举要》：吴曰：豪迈俊逸。

《李太白诗醇》：彭乘曰：欧阳公题沧浪亭云："清风明月本无价，可惜只卖四万钱"，与太白致辞虽异，然皆善言风月。　壮语逸伦，真是太白口吻。　谢云："此江"二句，形容嗜酒思想之极。

江上吟

> 木兰之枻沙棠舟，玉箫金管坐两头。
> 美酒尊中置千斛，载妓随波任去留。
> 仙人有待乘黄鹤，海客无心随白鸥。
> 屈平词赋悬日月，楚王台榭空山丘。
> 兴酣落笔摇五岳，诗成笑傲凌沧洲。
> 功名富贵若长在，汉水亦应西北流。

【汇评】

《分类补注李太白诗》萧士赟注：此达者之词也。汉水无西北流之理，功名富贵不能长在，亦犹是乎！

《增定评注唐诗正声》：郭云：气骨如此，不是假豪举。

《李杜诗选》：蒋仲舒云：反结。

《唐诗直解》：太白气魄磊落，故词调豪放。此篇尤奇拔入神。常人语，自非常人语。

《汇编唐诗十集》：唐云：太白七古，纵横跌宕，此是其循绳墨者，谓合于鳞调则可，谓太白得意作则不可。

《唐诗选脉会通评林》：周珽曰：游心千古，以佃以渔，精华所萃，结为奇调。

《唐诗别裁》：言必无之理（"功名富贵"二句下）。

《李太白全集》王琦注："仙人"一联，谓笃志求仙，未必即能冲举，而忘机狎物，自可纵适一时。"屈平"一联，谓留心著作，可以传千秋不刊之文，而溺志豪华，不过取一时盘游之乐，有孰得孰失之意。然上联实承上文泛舟行乐而言，下联又照下文兴酣落笔而言也。特以四古人事排列于中，顿觉五色迷目，令人骤然不得其解。似此章法，虽出自逸才，未必不少加惨淡经营，恐非斗酒百篇时所能构耳。

《唐宋诗醇》：发端四语，即事之辞也，以下慷当以慨，虽带初唐风调，而气骨迥绝矣。反笔作结，殊为遒健。

《唐宋诗举要》：淋漓酣恣。

《李太白诗醇》：雄健飘逸，有悬崖千仞之势（"兴酣落笔"四句下）。　　翼云云：此篇三解，不转韵。　　潘云：题曰《江上吟》，诗止首四句从江上说起，已后却似处处可通用者。不知此亦偶然在江上而吟，非吟江上也。

侍从宜春苑奉诏赋龙池柳色初青听新莺百啭歌

> 东风已绿瀛洲草，紫殿红楼觉春好。
> 池南柳色半青青，萦烟袅娜拂绮城。
> 垂丝百尺挂雕楹，上有好鸟相和鸣，
> 间关早得春风情。
> 春风卷入碧云去，千门万户皆春声。
> 是时君王在镐京，五云垂晖耀紫清。
> 仗出金宫随日转，天回玉辇绕花行。
> 始向蓬莱看舞鹤，还过茝石听新莺。
> 新莺飞绕上林苑，愿入箫韶杂凤笙。

【汇评】

《唐诗品汇》：范德机云：此赋物诗，格调既高，法度又谨妙，而又易见者也。

《增定评注唐诗正声》：流丽谨饬，又是一格。"春风"二语，是太白本色。

《批点唐诗正声》：馀皆常语可到，至"上有好鸟"至"春声"，此是太白真处，便不可及，"是时"云云以后，尤谨饬典丽。

《唐诗评选》：两层重叙，供奉于是亦且入时。亏他以光响合成一片，到头本色，自非天才固不当如此。

《围炉诗话》：首叙境，次出莺，次以莺合境，次出人，次收归莺，而以自意结，甚有法度。

《唐诗观澜集》：台阁诗却有金碧烟霞、惝恍不定之致，良由胸次高超。　天然超丽（"紫殿红楼"句下）。　飘忽（"千门万户"句下）。　何等气象（"五云垂晖"句下）！

《唐诗别裁》：应制诗有此，非仙才不能（"新莺飞绕"二句下）。　三唐应制诗，以此篇及摩诘之"云里帝城"、"雨中春树"为最上。

《唐宋诗醇》：清圆流丽，可以鼓吹休明。"千门万户"一语气象颇大。全篇格调，想见初唐馀响。

《网师园唐诗笺》：飘然而来（首句下）。　仙句（"春风卷入"二句下）。

玉壶吟

烈士击玉壶，壮心惜暮年。
三杯拂剑舞秋月，忽然高咏涕泗涟。
凤凰初下紫泥诏，谒帝称觞登御筵。
揄扬九重万乘主，谑浪赤墀青琐贤。
朝天数换飞龙马，勒赐珊瑚白玉鞭。

世人不识东方朔，大隐金门是谪仙。

西施宜笑复宜颦，丑女效之徒累身。

君王虽爱蛾眉好，无奈宫中妒杀人。

【汇评】

《后村诗话》：《玉壶吟》云："西施宜笑复宜颦，丑女效之徒累身。君王虽爱蛾眉好，无奈宫中妒杀人。"则妃尝沮白，信而有证。

《分类补注李太白诗》：萧士赟注：此诗乃太白自述其知遇始末之辞也。观太白传及前后诗集序，其意自见矣。

《围炉诗话》：太白云："君王虽爱蛾眉好，无奈宫中妒杀人"，无馀味。

《石园诗话》：太白《梁父》、《玉壶》两吟，隐寓当时受知明主、见愠群小之事于其内，读者但赏其神俊，未觉其自为写照也。

西岳云台歌送丹丘子

西岳峥嵘何壮哉，黄河如丝天际来。

黄河万里触山动，盘涡毂转秦地雷。

荣光休气纷五彩，千年一清圣人在。

巨灵咆哮擘两山，洪波喷箭射东海。

三峰却立如欲摧，翠崖丹谷高掌开。

白帝金精运元气，石作莲花云作台。

云台阁道连窈冥，中有不死丹丘生。

明星玉女备洒扫，麻姑搔背指爪轻。

我皇手把天地户，丹丘谈天与天语。

九重出入生光辉，东来蓬莱复西归。

玉浆倘惠故人饮，骑二茅龙上天飞。

《唐宋诗醇》:健笔凌云,一扫靡靡之调。

《老生常谈》:太白《西岳云台歌送丹丘子》中云:"云台阁道连窈冥,中有不死丹丘生。明星玉女备洒扫,麻姑搔背指爪轻。"下接仄韵云:"我皇手把天地户,丹丘谈天与天语。"每于转韵处,棱角峭厉,令人耳目顿觉醒豁。学者要从此种寻去,方有途径可通,若但貌袭其起句"石作莲花云作台",便是钝汉。

《昭昧詹言》:"中有不死"句入题。

《王闿运手批唐诗选》:只是实赋,便成奇语("白帝金精"二句下)。

《李太白诗醇》:实叙而伟丽,自是仙笔("三峰却立"四句下)。　　　句句有仙气("我皇手把"二句下)。

扶风豪士歌

洛阳三月飞胡沙,洛阳城中人怨嗟。

天津流水波赤血,白骨相撑如乱麻。

我亦东奔向吴国,浮云四塞道路赊。

东方日出啼早鸦,城门人开扫落花。

梧桐杨柳拂金井,来醉扶风豪士家。

扶风豪士天下奇,意气相倾山可移。

作人不倚将军势,饮酒岂顾尚书期!

雕盘绮食会众客,吴歌赵舞香风吹。

原尝春陵六国时,开心写意君所知。

堂中各有三千士,明日报恩知是谁?

抚长剑,一扬眉,清水白石何离离。

脱吾帽,向君笑;饮君酒,为君吟。

张良未逐赤松去,桥边黄石知我心。

【汇评】

《唐诗品汇》：刘云：偶然一览，八句自佳（"城门人开"句下）。　　刘云：虽浅，浅切甚，然而亦险激也（"明日报恩"句下）。

《批点唐诗正声》：流离中有如此风韵，如此调荡。　　高适《少年行》："未知肝胆向谁是，令人却忆平原君"，已是佳句。及观太白"原尝春陵"数语，其逸气尤觉旷荡，比高警策。"抚长剑"以下，是太白真处。末句尤调笑入神，不可及。

《李诗通》：洛阳如何光景，作快活语，在杜甫不会，在李白不可。

《唐诗选脉会通评林》：陈继儒曰：歌咏豪士义侠，并己意气，开合揉错，具大神力。奇标千古，迥出天际，月峡虬松，总是寻常观耳。

《诗辩坻》：《扶风歌》方叙东奔，忽著"东方日出"二语，奇宕入妙。此等乃真太白独长。

《声调谱》：辣句（"白骨相撑"句下）。　　将转韵处微入律，参之（"梧桐杨柳"二句下）。　　二句近律，然音调妙绝（"堂中各有"二句下）。　　结以张良自寓，方与篇首相关。　　此歌行之极则，神变不可方物矣。

《老生常谈》：《扶风豪士歌》："天津流水波赤血，白骨相撑如乱麻。我亦东奔向吴国，浮云四塞道路赊。"以下若入庸手，便入扶风矣。却接"东方日出啼早鸦，城门人开扫落花。梧桐杨柳拂金井，来醉扶风豪士家"。日出鸦啼，城门洞开，梧桐金井，人扫落花，一种太平景象，与上之白骨如麻作反映；从闲处引来，第四句方趁势入题，用法用笔，最宜留心。

《王闿运手批唐诗选》：避难时，忽睹太平景象，故有此咏。然吴国何以有扶风人？尚须提明。

《唐宋诗举要》：吴曰：接笔闲雅，章法奇变（"东方日出"二句下）。　　　杨子见曰：此太白避乱东土时，言道路艰阻，京国乱离，而东土之太平自若也（"梧桐杨柳"二句下）。　　　此赞士之豪侠奇伟（"扶风豪士"六句下）。　　　吴曰：轩昂俊伟（"原尝春陵"二句下）。

《李太白诗醇》：写出一个豪侠士如生（"扶风豪士"二句下）。

梁园吟

我浮黄云去京阙，挂席欲进波连山。

天长水阔厌远涉，访古始及平台间。

平台为客忧思多，对酒遂作梁园歌。

却忆蓬池阮公咏，因吟渌水扬洪波。

洪波浩荡迷旧国，路远西归安可得？

人生达命岂暇愁，且饮美酒登高楼。

平头奴子摇大扇，五月不热疑清秋。

玉盘杨梅为君设，吴盐如花皎白雪。

持盐把酒但饮之，莫学夷齐事高洁。

昔人豪贵信陵君，今人耕种信陵坟。

荒城虚照碧山月，古木尽入苍梧云。

梁王宫阙今安在？枚马先归不相待。

舞影歌声散渌池，空馀汴水东流海。

沉吟此事泪满衣，黄金买醉未能归。

连呼五白行六博，分曹赌酒酣驰辉。

歌且谣，意方远，

东山高卧时起来，欲济苍生未应晚。

【汇评】

《批点唐诗正声》：太白乐天知命，感今怀古，备载此诗。唐人亦自有解会者，造语突兀，便非此等轶宕。

《唐诗镜》：不衫不履，体气自贵。

《李太白全集》王琦注：作《梁园歌》而忽间以信陵数语，意谓以信陵之贤，名震一世，至今日而墓域且不克保，况梁孝王之贤不及信陵，其歌台舞榭又焉能保其常在乎？此文章衬托法，不是为信陵致慨，乃是为梁王释恨，并为自己解愁，以见不如及时行乐之为得也。故下遂接以"沉吟此事泪满衣"云云。

《唐宋诗醇》：怀古之作，慷慨悲歌，兴会飚举。范传正有云："李白脱屣轩冕，释羁缰锁，自放宇宙间。饮酒非嗜其酣乐，取其昏以自秽；好神仙非慕其轻举，欲耗壮心遣余年；作诗非事其文律，取其吟咏以自适。"三诵斯篇，信然。

《昭昧詹言》：起四句叙。"平台"二句入题情，正点一篇提局。"却忆"句转放开展，用笔顿挫浑转。"平头"二句酣恣肆放。"玉盘"四句铺。"昔人"数句，咏叹以足之。情文相生，情景交融，所谓兴会才情，忽然涌出花来者也。"空馀"句顿挫。"沉吟"句转正意。太白亦自沉痛如此，其言神仙语，乃其高情所寄，实实有见。小儿子强欲学之，便有令人呕吐之意，读太白者辨之。因见梁园有阮公、信陵、梁王诸迹，今皆不见，足为凭吊感慨。他人万手同知如此用意，而不解如此作法。此却从自己游历多愁说入，又自解不必如此。所谓借他人酒杯，浇自己块垒，死活、仙凡，全在如此。寻常俗士但知正衍故实，以为咏古炫博，或叙后人议论，炫才识，而不知此凡笔也。此却以自己为经，偶触此地之事，借作指点慨叹，以发泄我之怀抱，全不专为此地考古迹、发议论起见。所谓以题为宾、为纬，于是实者全虚，凭空御风，飞行绝迹，超超乎仙界矣，脱离一切凡夫心胸识见矣。杜公《咏怀古迹》便是如此。解此可通之近体，一也。诗最忌段落太分明，读此可得音节转换及章法大规。

《唐宋诗举要》：吴先生曰：此乃浮河去京、东行过梁之作。篇中皆历尽兴衰、及时行乐之旨。　　吴北江曰："昔人"八句,感吊苍茫,以见怀抱。　　吴曰:慷慨自负,是太白意态(末句下)。

《李太白诗醇》:桂临川曰:太白乐天知命,感今怀古,备载此诗。　　谢云:太白远离京国、故发西归之叹,所谓"身在江湖而心存魏阙"者欤!

鸣皋歌送岑徵君

原注:时梁园三尺雪,在清泠池作。

若有人兮思鸣皋,阻积雪兮心烦劳。

洪河凌兢不可以径度,冰龙鳞兮难容舠。

邈仙山之峻极兮,闻天籁之嘈嘈。

霜崖缟皓以合沓兮,若长风扇海涌沧溟之波涛。

玄猿绿熊,舔舕崟岌;

危柯振石,骇胆栗魄。

群呼而相号。

峰峥嵘以路绝,挂星辰于岩嶅。

送君之归兮,动鸣皋之新作。

交鼓吹兮弹丝,觞清泠之池阁。

君不行兮何待,若反顾之黄鹤。

扫梁园之群英,振大雅于东洛。

巾征轩兮历阻折,寻幽居兮越巇崿。

盘白石兮坐素月,琴松风兮寂万壑。

望不见兮心氛氲,萝冥冥兮霞纷纷。

水横洞以下渌,波小声而上闻。

虎啸谷而生风,龙藏溪而吐云。

寡鹤清唳,饥鼯颤呻。

魂独处此幽默兮，愀空山而愁人。

鸡聚族以争食，凤孤飞而无邻。

螟蛉嘲龙，鱼目混珍。

嫫母衣锦，西施负薪。

若使巢由桎梏于轩冕兮，亦奚异乎夔龙蹩躠于风尘！

哭何苦而救楚，笑何夸而却秦？

吾诚不能学二子沽名矫节以耀世兮，固将弃天地而遗身。

白鸥兮飞来，长与君兮相亲。

【汇评】

《艇斋诗话》：古今诗人有《离骚》体者，惟李白一人，虽老杜亦无似《骚》者。……《鸣皋歌》云："鸡聚族以争食，凤孤飞而无邻。螟蛉嘲龙，鱼目混珍。嫫母衣锦，西施负薪。"如此等语，与《骚》无异。

《唐诗品汇》：范云：此篇稍长，而词意易见。要亦楚人之流也。唯其有"螟蛉"、"鱼目"、"巢由"、"夔龙"等语，故前辈尝称之。然此实非太白之用意，妙处不在此也。与《远别离》篇皆佳，而彼深矣。

《唐诗广选》：蒋仲舒曰：句法短长，全以调胜，如南郭隐几，声振响答皆奇。后固于鳞所谓"强弩之末，英雄欺人，杂以长语"者也。

《诗薮》：太白以《百忧》等篇拟《风》、《雅》，《鸣皋》等作拟《离骚》，俱相去悬远；乐府奇伟高出六朝，古质不如两汉，较输杜一筹也。

《诗源辩体》：太白《鸣皋歌》虽本乎《骚》，而精彩绝出，自是太白手笔。

《唐诗选脉会通评林》：周珽曰：通篇仿《楚辞》意，发衰世之慨。观"鸡聚族"以下数语，其作于天宝杨、李用事之时乎？

《删定唐诗解》：叠四句而以五句为一韵，又非骚人之法，且多对仗,则亦太白之古诗耳。

《诗筏》:若太白短篇佳矣,乃其《蜀道难》、《鸣皋歌》、《梦游天姥吟》诸篇,亦何遽不如子美长歌。读二家诗者,勿随人看场可也。

《唐诗别裁》:叠四句而以第五句为一韵;四句之中,又成二韵,变化已极("玄猿"四句下)。 此一段写送别以后,幽居寂寞之况,恰好引起下段("望不见兮"句下)。 学楚骚而长短疾徐,纵横驰骤,又复变化其体,是为仙才。

《李太白全集》王琦注:晁补之曰:"李白天才俊丽,不可矩矱,然长于诗,而文非其所能也。赋近于文,故白《大鹏赋》辞非不壮,不若其诗盛行于世。至《鸣皋歌》一篇,本末《楚辞》也,而世误以为诗,因为出之。其略曰:'蝘蜓嘲龙,鱼目混珍。嫫母衣锦,西施负薪。'此谆谆效屈原《卜居》及贾谊《吊屈原》语,而白才自逸荡,故或离而去之云。"《楚辞后语》曰:"白天才绝出,尤长于诗,而赋不能及晋魏,独此篇近《楚辞》,然归来子犹以为白才自逸荡,故或离而去之,亦为知言云。"

《唐宋诗醇》:作骚体便觉屈原、宋玉去人不远,其不规规步趋处,正是其才高气逸为之耳。"望不见兮"一段,写出幽居寂寞之况,兴起下文,脉络相贯。陈绎曾谓:"白诗祖风骚,宗汉魏,善于掉弄,造出奇怪,惊心动目,忽然撒出,妙入无声。"其知言者乎!王世贞以为"歌行纵横,往往强弩之末,间以长语,英雄欺人",是不知其错落变化自有天然节奏,而轻议之也。

《十八家诗钞评注》:此诗声响,逼似《九辩》。

《王闿运手批唐诗选》:亦八韵一派,稍有奇致。

《唐宋诗举要》:吴先生曰:"天籁嘈嘈",谓帝旁谗口也;沧海波涛,猿鼷咆駭,状天籁也("駭胆栗魄"二句下)。 以上喻仕途危险,明征君远去之由("峰峥嵘"二句下)。 以上送行之地("送君"十二句下)。 "望不见兮"以下,写己之离忧。

劳劳亭歌

金陵劳劳送客堂，蔓草离离生道旁。
古情不尽东流水，此地悲风愁白杨。
我乘素舸同康乐，朗咏清川飞夜霜。
昔闻牛渚吟五章，今来何谢袁家郎。
苦竹寒声动秋月，独宿空帘归梦长。

【汇评】

《唐诗镜》：不必他奇，气格声调高视一世。

《昭昧詹言》："昔闻"以下发兴。收句归宿。

《李太白诗醇》：萧士赟曰：此诗意乃太白自比于灵运，而又自叹其才不减袁宏，而无谢尚之见知。"独宿空帘"，寄情归梦，亦可哀矣。

横江词六首

其一

人道横江好，侬道横江恶。

一风三日吹倒山，白浪高于瓦官阁。

【汇评】

《瓯北诗话》：诗家好作奇句警语，必千锤百炼而后能成。如李长吉"石破天惊逗秋雨"，虽险而无意义，只觉无理取闹。至少陵之"白摧朽骨龙虎死，黑入太阴雷雨垂"，昌黎之"巨刃磨天扬"、"乾坤摆礌硠"等句，实足惊心动魄，然全力搏兔之状，人皆见之。青莲则不然。如"抚顶弄盘古，推车转天轮。女娲戏黄土，团作愚下人。散在六合间，濛濛如沙尘"、"举手弄清浅，误攀织女机"、"一风三日吹倒山，白浪高于瓦官阁"，皆奇警极矣，而以挥洒出之，全不见其锤炼之迹。

其二

海潮南去过浔阳，牛渚由来险马当。
横江欲渡风波恶，一水牵愁万里长。

【汇评】

《李太白诗醇》：马当山横枕大江，风波恶。

其三

横江西望阻西秦，汉水东连扬子津。
白浪如山那可渡，狂风愁杀峭帆人。

其四

海神来过恶风回，浪打天门石壁开。
浙江八月何如此，涛似连山喷雪来。

【汇评】

《李太白诗醇》：写出伟景如画。

其五

横江馆前津吏迎，向余东指海云生。
郎今欲渡缘何事？如此风波不可行。

【汇评】

《李翰林诗范德机批选》：绝句一句一绝，乃其大本。其次，句少意多，极四韵而反复议论。此篇气格合歌行之风，使人咏叹而有无穷之思，乃唐人所长也。诸家诗非不佳，然视李、杜，气格音调绝异，熟读自见。

《升庵诗话》：古乐府《乌栖曲》："采菱渡头拟黄河，郎今欲渡愁风波。"太白以一句衍作二句，绝妙。

《批点唐诗正声》：风骨飘然，是何等意兴，何等音节！反复读之，令人悲慨。

《增订唐诗摘钞》：此诗四句一气，其意言内已尽，而言外更无尽，是绝句第一流。

《唐诗笺要》：此篇与《少年行》，俱是乐府妙境，常言俗语，古意盎然。朱子所谓"如无法度，乃从容于法度之中"者。

《唐宋诗醇》：梁简文《乌栖曲》云："郎今欲渡畏风波"，白用其语，风致转胜，若其即景写心，则托兴远矣。

《唐诗笺注》：质直如话，此等诗最难，如《山中答人》及《与幽人对酌》等，都是太白绝调。

《诗法易简录》：全是本色。横江之险，只从津吏口中叙出。"缘何事"三字，更有无穷含蓄。绝句中佳境，亦化境也。

《唐人万首绝句选评》：托津吏劝阻，意更佳。

《李太白诗醇》：赵秋谷曰："横江馆前"一首，此乐府也；"问余何事"一首，此古诗也。　　翼云云：既讶他"欲渡"，而又问云：因何急事要去也？又手指江曰"如此风波"，正与"向余东指"句应。"不可行"，是固沮其行而深戒之辞。

其六

月晕天风雾不开，海鲸东蹙百川回。

惊波一起三山动，公无渡河归去来！

【汇评】

《唐诗解》此津吏盛陈风波之恶而直劝其归，亦赋而比也。

【总评】

《李杜诗选》：杨曰：太白《横江词》六首，章虽分，意如贯珠。

俗本以第一首编入长短句,后五首编入七言绝,首尾冲决,殊失作者之意,如杜诗《秋兴》八首之分为二处,余特正之。凡古人诗歌不可分,类似此。

《诗境浅说续编》:《横江词》,即《子夜歌》之类。美人香草,皆词客之寓言。……诗固代女郎致殷勤临别之词,而诗外微言,喻名利驰逐之地,人哄而路不平。人情险巇,等于连云蜀栈,亦如涉江者犯风浪而进舟,太白之寄慨深矣。

金陵城西楼月下吟

金陵夜寂凉风发,独上高楼望吴越。
白云映水摇空城,白露垂珠滴秋月。
月下沉吟久不归,古来相接眼中稀。
解道澄江净如练,令人长忆谢玄晖。

【汇评】

《王直方诗话》:谢玄晖最以"澄江净如练"得名,故李白云:"解道澄江净如练,令人却忆谢玄晖。"

《苕溪渔隐丛话》:东坡送人守嘉州古诗,其中云:"峨眉山月半轮秋,影入平羌江水流。谪仙此语谁解道,请君见月时登楼。"上两句,全是李谪仙诗,故继之以:"谪仙……登楼"之句。此格本出于李谪仙,其诗云:"解道澄江净如练,令人还忆谢玄晖。"盖"澄江净如练"即玄晖全句也。后人袭用此格,愈变愈工。

《诗人玉屑》:太白云:"解道澄江净如练,令人还忆谢玄晖。"至鲁直则云:"凭谁说与谢玄晖,休道澄江静如练。"……反其意而言之,盖不欲沿袭之耳。

《李太白诗醇》:清气袭人。

白云歌送刘十六归山

楚山秦山皆白云,白云处处长随君。

长随君,君入楚山里,云亦随君渡湘水。

湘水上,女萝衣,白云堪卧君早归。

【汇评】

《李太白全集》王琦注:方弘静曰:太白赋《新莺百啭》与《白云歌》,无咏物句,自是天仙语。他人稍有拟象,即属凡辞。

《唐诗别裁》:随手写去,自然流逸。

《唐宋诗醇》:吐语如转丸珠,又如白云卷舒,清风与归,画家逸品。

秋浦歌十七首（选九首）

其二

秋浦猿夜愁,黄山堪白头。

清溪非陇水,翻作断肠流。

欲去不得去,薄游成久游。

何年是归日? 雨泪下孤舟。

【汇评】

《李杜诗通》:望归切,而归乃雨泪,情故生于久游("何年"二句下)。

《诗源辩体》:太白五言律,如"岁落众芳歇"、"燕支黄叶落"、"胡人吹玉笛"等篇,极为驯雅,然后人功力深至,尚或可为。至如……"秋浦猿夜愁"、"尔佐宣州郡"、"昨夜巫山下"、"牛渚西江夜"、"汉水波浪远"等篇,格虽稍放而入小变,然皆兴趣所到,一扫而成，后人必不能为。所谓人力可强，而天才未易及也。

其三

秋浦锦驼鸟，人间天上稀。

山鸡羞渌水，不敢照毛衣。

【汇评】

《后村诗话》：《秋浦》十五首云："秋浦长似秋，萧条使人愁。……"又云："秋浦锦驼鸟，人间天上稀。山鸡羞绿水，不敢照毛衣。"又云："山川如剡县，风日似长沙。"又云："两鬓入秋浦，一朝飒已衰。猿声催白发，长短尽成丝。"虽五言，然多佳句。

其四

两鬓入秋浦，一朝飒已衰。

猿声催白发，长短尽成丝。

【汇评】

《入蜀记》：李太白往来江东，此州（按指池州）所赋尤多。如《秋浦歌》十七首，及《九华山》、《清溪》、《白苛陂》、《玉镜潭》诸诗是也。《秋浦歌》云："秋浦长似秋，萧条使人愁。"又云："两鬓入秋浦，一朝飒已衰。猿声催白发，长短尽成丝。"则池州之风物可见矣。然观太白此歌，高妙乃尔，则知《姑熟十咏》决为赝作也。杜牧之池州诸诗，正尔观之，亦清婉可爱，若与太白诗并读，醇醨异味矣。

《李太白诗醇》："萧条使人愁"，可以评是诗。

其五

秋浦多白猿，超腾若飞雪。

牵引条上儿，饮弄水中月。

其六

愁作秋浦客，强看秋浦花。

山川如剡县，风日似长沙。

【汇评】

《唐诗解》：不言怀抱而言风日，正见诗人托兴深微处。

其八

秋浦千重岭，水车岭最奇。

天倾欲堕石，水拂寄生枝。

【汇评】

《唐宋诗醇》：奇境如画。

《李太白诗醇》：萧士赟曰：《秋浦志》：李元方尝刻碑于有待岩，谓：齐山大小泉凡十一，而半岩为胜；"秋浦千重岭"，而水车岭为最奇云云。则知太白之诗为纪实。宋诗人郭祥正尝追和《秋浦歌》，亦称此曰："万丈水车岭，还如九叠屏。北风来不断，六月亦水生。"

其十三

渌水净素月，月明白鹭飞。

郎听采菱女，一道夜歌归。

【汇评】

《唐诗归》：钟云：口齿了然。

《李太白诗醇》：王琢崖曰：《尔雅翼》：吴楚之风俗，当菱熟时，士女相与采之，故有《采菱》之歌以相和，为繁华流荡之极。

其十四

炉火照天地，红星乱紫烟。

赧郎明月夜，歌曲动寒川。

【汇评】

《李太白全集》王琦注：《唐书·地理志》：秋浦有银有铜，此篇盖咏鼓铸之景也。杨注以为炼丹之火，萧注以为渔人之火，此二火者，安能"照天地"耶？

其十五

白发三千丈，缘愁似个长。

不知明镜里，何处得秋霜。

【汇评】

《唐诗广选》：令人捉摸不着（首二句下）。　　蒋仲舒曰："似"字出脱上句，最活，陈后山"白发缘愁百尺长"本此。　　刘会孟曰：后联活活脱脱，真作家手段。

《唐诗直解》：兴到语绝，有神韵。

《唐诗解》：托兴深微，当求之意象之外。

《李杜诗通》：古人云"发短心长"，此却缘心长，发为俱长。

《唐诗选脉会通评林》：周敬曰：奇意奇调，真千古一人。周珽曰：发因愁而白，愁既长，则发亦长矣，故下句解之。托兴深微，辞实难解，读者当求之意象之外。陆氏云："六朝五言绝，意致既深，风华复绚，唐人即古其貌而不古其意，古其意而不古其韵，如《秋浦歌》、《劳劳亭》古意荡然矣。盖以诗之所以贵古者，以情深也，格老也，色丽也，句响也。"珽细味二诗，虚神荡漾，宛转关情，真是十年梨花枪，何情不深而格不老，色不丽而句不响，乃病其"不古"耶！　　唐仲言云：兴到语，全主神韵，不当以字句定高下。钟伯敬谓"徒霜镜中发"胜此，是以一字之活，掩一篇之神，浅乎其言诗矣！

《增订唐诗摘钞》：突起婉接，又翻开，奇甚。

《李太白全集》王琦注：起句怪甚，得下文一解，字字皆成妙义，洵非老手不能。寻章摘句之士，安可以语此？

《唐宋诗醇》：突然而起，四句三折，格力极健，要是倒装法也。

《唐诗笺注》：因照镜而见白发，忽然生感，倒装说入，便如此突兀，所谓逆则成丹也。唐人五绝用此法多，太白落笔便超。

《唐诗选胜直解》：发不可数，"三千丈"言其长也。愁多故易白，"秋霜"形其白也。倏然对镜，睹此皤然，感兹暮年，愁怀莫诉，偶于秋浦自叹之乎！

《梅崖诗话》：太白诗"白发三千丈"、"燕山雪花大如席"，语涉粗豪，然非尔便不佳。……如少陵言愁，断无"白发三千丈"之语，只是低头苦煞耳。故学杜易，学李难。然读杜后，不可不读李，他尚非所急也。

《秋窗随笔》：太白"白发三千丈"，下即接云"缘愁似个长"，并非实咏。严有翼云："其句可谓豪矣，奈无此理。"诗正不得如此讲也。

当涂赵炎少府粉图山水歌

峨眉高山西极天，罗浮直与南溟连。
名公绎思挥彩笔，驱山走海置眼前。
满堂空翠如可扫，赤城霞气苍梧烟。
洞庭潇湘意渺绵，三江七泽情洄沿。
惊涛汹涌向何处？孤舟一去迷归年。
征帆不动亦不旋，飘如随风落天边。
心摇目断兴难尽，几时可到三山巅？
西峰峥嵘喷流泉，横石蹙水波潺湲。
东崖合沓蔽轻雾，深林杂树空芊绵。

此中冥昧失昼夜，隐几寂听无鸣蝉。

长松之下列羽客，对坐不语南昌仙。

南昌仙人赵夫子，妙年历落青云士。

讼庭无事罗众宾，杳然如在丹青里。

五色粉图安足珍？真仙可以全吾身。

若待功成拂衣去，武陵桃花笑杀人。

【汇评】

《李太白诗集》严羽评：通篇皆赋题目，只此是达胸情。始知作诗贵本色，不贵著色（末四句下）。

《四溟诗话》：屈原曰："众人皆醉我独醒"，王绩曰："眼看人尽醉，何忍独为醒"，左思曰："功成不受爵，长揖归田庐"，太白曰："若待功成拂衣去，武陵桃花笑杀人"。王、李二公，善于翻案。

《唐宋诗醇》：写画似真，亦遂驱山走海，奔辏腕下。"杳然如在丹青里"，又以真为画，各有奇趣。康乐之模山范水，从此另开生面。

《王闿运手批唐诗选》：与杜《昆仑图》对看，此觉散漫。

《李太白诗醇》：明隽清图，顿得象外之趣（"此中冥昧"二句下）。

永王东巡歌十一首（选五首）

其一

永王正月东出师，天子遥分龙虎旗。

楼船一举风波静，江汉翻为雁鹜池。

【汇评】

《李太白全集》：王琦注：萧士赟曰：咏永王出师，而表之以"天子遥分龙虎旗"者，夫子作《春秋》书王之意也。百世而下，未有发明之者。

其二

三川北虏乱如麻,四海南奔似永嘉。

但用东山谢安石,为君谈笑静胡沙。

【汇评】

《后村诗话》:《永王东巡歌》内一绝云:"三川北虏乱如麻,……"。按永王璘客孔巢父亦在其间,白其一耳。此篇所谓"谢安石",不知属谁?可见自负不浅。然十篇只目王为帝子受命东巡,与王衍、阮籍劝进事不同。

《听秋声馆词话》:"但起东山谢安石,为君谈笑净胡尘",太白诗也。人或讥其大言不惭,然其时邺侯、汾阳均未显用,殆有所指,非自况也。

其三

雷鼓嘈嘈喧武昌,云旗猎猎过寻阳。

秋毫不犯三吴悦,春日遥看五色光。

其五

二帝巡游俱未回,五陵松柏使人哀。

诸侯不救河南地,更喜贤王远道来。

【汇评】

《养一斋李杜诗话》:观太白《永王东巡歌》曰:"二帝巡游俱未回,五陵松柏使人哀。"又云:"南风一扫胡尘静,西入长安到日边。"是太白直言东下之非,而劝以西上勤王,拥卫二帝,与永王如冰炭之不相入。迫胁之困,逃去之勇,均于此诗可见。

其十一

试借君王玉马鞭，指挥戎虏坐琼筵。

南风一扫胡尘静，西入长安到日边。

【汇评】

《李太白诗醇》：洛阳在北，江汉在南，"南风"起则"胡尘"扫矣。

【总评】

《蔡宽夫诗话》：太白之从永王璘，世颇疑，《唐书》载其事甚略，亦不为明辨其是否。……然太白岂从人为乱者哉？盖其学本出纵横，以气侠自任，当中原扰攘时，欲藉之以立奇功耳。故其《东巡歌》有"但用东山谢安石，为君谈笑静胡沙"之句。至其卒章乃云"南风一扫胡尘静，西入长安到日边"，亦可见其志矣。大抵才高志广如孔北海之徒，固未必有成功，而知人料事，尤其所难。

《韵语阳秋》：安禄山反，永王璘有窥江左意。……白传止言永王璘辟为府僚，璘起兵，遂逃还彭泽。审尔，则白非深于璘者。及观白集有《永王东巡歌》十一首，乃曰："初从云梦开朱邸，更取金陵作小山。"又云："我王楼船轻秦汉，却似文皇欲度辽。"若非赞其逆谋，则必无是语矣。

《归田诗话》：老杜诗识君臣上下，……太白作《上皇西巡歌》、《永王东巡歌》，略无上下之分。二公虽齐名，见趣不同如此。

《诗源辩体》：太白之从永王璘，由于迫协，东坡尝辩之矣。其《忆旧书怀》诗云"半夜水军来，寻阳满旌旃。空名适自误，迫协上楼船。徒赐五百金，弃之若浮烟。辞官不受赏，翻谪夜郎天"是也。或以太白《永王东巡歌》为累。《东巡歌》十一首，第九首昔人辨其为伪，其他篇篇规讽，无一语许其僭窃，乃以为太白累耶？

上皇西巡南京歌十首（选二首）

其四

谁道君王行路难，六龙西幸万人欢。

地转锦江成渭水，天回玉垒作长安。

【汇评】

《唐诗广选》：善变化题意（"谁道君王"句下）。　　蒋仲舒曰：只拈好处，有体，回护题意。

《增定评注唐诗正声》：末句结出两意，有感，有喜。

《龙性堂诗话初集》：太白"地转锦江成渭水，天回玉垒作长安"，子美"锦江春色来天地，玉垒浮云变古今"，乃是铺张明皇幸蜀微意，似宋人"直把杭州作汴州"语意。

《古唐诗合解》：明皇幸蜀，行路之难极矣。今反曰"谁道"，似不信人说者，盖欲留馀地于第二句也。三、四非一句转，一句合者，乃紧顶第二句而以一气为转合者。

《石洲诗话》：苏长公"横翠峨嵋"一联，前人比于杜陵《峡中览物》之句。然太白作《上皇西巡南京歌》云："地转锦江成渭水，天回玉垒作长安。"则更大不可及矣。

其十

剑阁重关蜀北门，上皇归马若云屯。

少帝长安开紫极，双悬日月照乾坤。

【汇评】

《唐诗广选》：蒋仲舒曰：末句结上皇、少帝两意，妙。

《姜斋诗话》："女也不爽，士贰其行。士也罔极，二三其德"，语似排偶，而下三语与上一语相匹。李白"剑阁重关蜀北门……"，窃取此法而逆用之，盖从无截然四方八段之风雅也。

《唐诗观澜集》：幸蜀非好事，易涉悲凉，看其笔力斡旋，反作壮语，而微文隐意自见，最得诗人之体。

《唐宋诗醇》：述当时事何等明白，可作诗史。

《李太白诗醇》：严云：以中一句对上二句，以下一句收三句是一法。　　谢云：末句结上皇、少帝二意，高妙。

【总评】

《李太白诗集》严羽评：十首皆于萧条奔寄中作壮丽语，是为得体；举秦蜀形势不忘故都，是为用意。

《后村诗话》：《上皇西巡歌》云："柳色未饶秦地绿，花光不减上阳台。"又云："地转锦江成渭水，天回玉垒作长安。"末云："少帝长安开紫极，双悬日月照乾坤。"时上皇播迁于蜀，非欲留蜀者。今盛称锦江、玉垒无异渭水、长安，又谓"双悬日月照乾坤"，若为少帝讳不力请回銮者，此所以上皇有"乞我剑南一道"之叹欤！

峨眉山月歌

峨眉山月半轮秋，影入平羌江水流。
夜发清溪向三峡，思君不见下渝州。

【汇评】

《唐诗品汇》：刘须溪云：含情凄婉，有《竹枝》缥缈之音。

《批点唐诗正声》：且不问太白如何，只此诗谁复能知？

《唐诗广选》：如此等神韵，岂他人所能效颦（首二句下）？

《艺苑卮言》：此是太白佳境，然二十八字中，有峨嵋山、平羌江、清溪、三峡、渝州，使后人为之，不胜痕迹矣。益见此老炉锤之妙。

《艺圃撷馀》：谈艺者有谓七律一句中不可入两故事，一篇中不可重犯故事，此病犯者固多，拈出亦见精严。吾以为皆非妙悟也。作诗到精神传处，随分自佳，下得不觉痕迹，纵使一句两人，两句重犯，亦自无伤。如太白《峨眉山月歌》，四句入地名者五，然古今目为绝唱，殊不厌重。

《唐诗解》："君"者，指月而言。清溪、三峡之见，天狭如线，即半轮亦不复可睹矣。

《唐诗选脉会通评林》：周敬曰：思入清空，响流虚远，灵机逸韵，相凑而来。每一歌之，令人忘睡。　金献之云：王右丞《早朝》诗五用衣服字，李供奉《峨眉山月歌》五用地名字，古今脍炙。然右丞用之八句中，终觉重复；供奉只用四句，而天巧浑成，毫无痕迹，故是千秋绝调。

《唐风定》：此种神化处，所谓太白不知其所以然。

《唐诗摘钞》：语含比兴。"君"字指月而言，喻谗邪之蔽明也。七律有"总为浮云能蔽日，长安不见使人愁"之句，参看便明。

《李太白全集》王琦注：蜂腰鹤膝，双声叠韵，沈休文三尺法也，古今犯者不少，宁尽汰之耶？

《唐宋诗醇》：但觉其工，然妙处不传。

《唐诗笺注》："君"指月。月在峨眉，影入江流，因月色而发清溪，及向三峡，忽又不见月，而舟已直下渝州矣。诗自神韵清绝。

《诗法易简录》：此就月写出蜀中山峡之险峻也。在峨眉山下，犹见半轮月色，照入江中。自清溪入三峡，山势愈高，江水愈狭，两岸皆峭壁层峦，插天万仞，仰眺碧落，仅馀一线，并此半轮之月亦不可见，此所以不能不思也。"君"字，指月也。

《唐人万首绝句选评》：王元美曰："此是太白佳境，益见此老炉锤之妙。"此诗定从随手写出，一经炉锤，定逊此神妙自然。

《瓯北诗话》：李太白"峨眉山月半轮秋"云云，四句中用五地名，毫不见堆垛之迹，此则浩气喷薄，如神龙行空，不可捉摸，非后人所能模仿也。

峨眉山月歌送蜀僧晏入中京

我在巴东三峡时，西看明月忆峨眉。
月出峨眉照沧海，与人万里长相随。
黄鹤楼前月华白，此中忽见峨眉客。
峨眉山月还送君，风吹西到长安陌。
长安大道横九天，峨眉山月照秦川。
黄金狮子乘高座，白玉麈尾谈重玄。
我似浮云殢吴越，君逢圣主游丹阙。
一振高名满帝都，归时还弄峨眉月。

【汇评】

《李太白诗集》严羽评：是歌当识其主伴变幻之法。题立峨眉作主，而以巴东三峡、沧海、黄鹤楼、长安陌、秦川、吴越伴之，帝都又是主中主。题用"月"作主，而以"风"、"云"作伴，"我"与"君"又是主中主。回环散见，映带生辉，真有月映千江之妙，非拟议所能学。　　巧如蚕，活如龙，回身作茧，嘘气成云，不由造得。

江夏行

忆昔娇小姿，春心亦自持。
为言嫁夫婿，得免长相思。
谁知嫁商贾，令人却愁苦。
自从为夫妻，何曾在乡土。
去年下扬州，相送黄鹤楼。
眼看帆去远，心逐江水流。
只言期一载，谁谓历三秋。

使妾肠欲断，恨君情悠悠。

东家西舍同时发，北去南来不逾月。

未知行李游何方，作个音书能断绝。

适来往南浦，欲问西江船。

正见当垆女，红妆二八年。

一种为人妻，独自多悲凄。

对镜便垂泪，逢人只欲啼。

不如轻薄儿，旦暮长相随。

悔作商人妇，青春长别离。

如今正好同欢乐，君去容华谁得知！

【汇评】

《李杜诗通》：按白此篇及前《长干行》篇并为商人妇咏，而其源似出《西曲》。盖古者吴俗好贾，荆、郢、樊、邓间尤盛。男女怨旷哀吟，《清商》诸《西曲》所由作也。第其辞五言二韵，节短而情有未尽。太白往来襄、汉、金陵，悉其土俗人情，因采而演之为长什。一从长干上巴峡，一从江夏下扬州，以尽乎行贾者之程，而言其家人失身误嫁之恨，盼归怨望之伤，使夫呕吟之者，足动其逐末轻离之悔，回积习而裨王风。虽其才思足以发之，而踵事以增华，自从《西曲》本辞得来，取材固有在也。凡太白乐府，皆非泛然独造，必参观本曲之词与所借用之曲之词，始知其源流之自，点化夺换之妙，要不独此二篇为然，聊发凡，资读者触解云。

《唐宋诗醇》：曲尽怨别之情，絮絮可听。"岂无膏沐，谁适为容"？末句正用其意。

清溪行

清溪清我心，水色异诸水。

借问新安江,见底何如此?

人行明镜中,鸟度屏风里。

向晚猩猩啼,空悲远游子。

【汇评】

《苕溪渔隐丛话》:《复斋漫录》云:山谷言"船如天上坐,人似镜中行",又云"船如天上坐,鱼似镜中悬"沈云卿诗也。老杜云"春水船如天上坐",祖述佺期之语也,继之以"老年花似雾中看",盖触类而长之。予以云卿之诗,原于王逸少《镜湖》诗所谓"山阴路上行,如坐镜中游"之句。然李太白《入青溪山》亦云:"人行明镜中,鸟度屏风里。"虽有所袭,然语益工也。

《唐宋诗醇》:伫兴而言,铿然古调,一结有言不尽意之妙。

《李太白诗醇》:五、六笔有画致,七、八使人凄然。　　严云:夫"子"字亦非概用。

临路歌

大鹏飞兮振八裔,中天摧兮力不济。

馀风激兮万世,游扶桑兮挂石袂。

后人得之传此,仲尼亡兮谁为出涕?

【汇评】

《李杜诗通》:仲尼适赵,闻简子杀鸣犊,临河不济而叹,作《临河歌》。此"临路"或"河"字之误。

《李太白全集》王琦注:按李华《墓志》谓太白赋《临终歌》而卒,恐此诗即是;"路"字盖"终"字之讹。……诗意谓西狩获麟,孔子见之而出涕。今大鹏摧于中天,时无孔子,遂无有人为出涕者,喻己之不遇于时,而无人为之隐惜。太白尝作《大鹏赋》,实以自喻,故此歌复借大鹏以寓言耶?

山鹧鸪词

苦竹岭头秋月辉,苦竹南枝鹧鸪飞。

嫁得燕山胡雁婿,欲衔我向雁门归。

山鸡翟雉来相劝,南禽多被北禽欺。

紫塞严霜如剑戟,苍梧欲巢难背违。

我今誓死不能去,哀鸣惊叫泪沾衣。

【汇评】

《李太白全集》王琦注:按:此诗当是南姬有嫁为北人妇者,悲啼誓死而不忍去,太白见而悲之,遂作此诗。

《王闿运手批唐诗选》:此盖当时实事("山鸡翟雉"二句下)。

赠孟浩然

吾爱孟夫子,风流天下闻。

红颜弃轩冕,白首卧松云。

醉月频中圣,迷花不事君。

高山安可仰? 徒此揖清芬。

【汇评】

《四溟诗话》:太白赠孟浩然诗,前云"红颜弃轩冕",后云"迷花不事君",两联意颇相似。刘文房《灵祐上人故居》诗,既云"几日浮生哭故人",又云"雨花垂泪共沾巾",此与太白同病。兴到而成,失于检点。意重一联,其势使然;两联意重,法不可从。

《唐宋诗举要》:吴曰:疏宕中仍自精炼("醉月"二句下)。   吴曰:开一笔("高山"句下)。   吴曰:一气舒卷,用孟体也,而其质健豪迈,自是太白手段,孟不能及。

《李太白诗醇》：严沧浪曰：矫然不变，三四十字尽一生。

赠从兄襄阳少府皓

结发未识事，所交尽豪雄。
却秦不受赏，击晋宁为功！
小节岂足言，退耕春陵东。
归来无产业，生事如转蓬。
一朝乌裘蔽，百镒黄金空。
弹剑徒激昂，出门悲路穷。
吾兄青云士，然诺闻诸公。
所以陈片言，片言贵情通。
棣华倘不接，甘与秋草同。

【汇评】

《李太白诗醇》：严沧浪曰：起二句，"未识事"即能如此，固作赞语说；"未识事"乃能如此，亦可作危语看。一结，至性语，甚烈。　　一本"为功"下有"脱身白刃里，杀人红尘中。当朝揖高义，举世请英雄"四句，非也。

见京兆韦参军量移东阳二首（其一）

潮水还归海，流人却到吴。
相逢问愁苦，泪尽日南珠。

【汇评】

《唐诗广选》：谢茂秦曰：诗用"泪"字有出奇者，潘岳"涕泪应情陨"、子美"近泪无干土"、太白此句、刘禹锡"巴人泪应猿声落"、贾岛"泪落故山远"、李峤"万古关山泪"、何大复"笛里三年泪"，皆奇。

《唐诗直解》：诗人惯用"泪"字如此（末句下）。

赠何七判官昌浩

有时忽惆怅，匡坐至夜分。
平明空啸咤，思欲解世纷。
心随长风去，吹散万里云。
羞作济南生，九十诵古文。
不然拂剑起，沙漠收奇勋。
老死阡陌间，何因扬清芬？
夫子今管乐，英才冠三军。
终与同出处，岂将沮溺群。

【汇评】

《唐诗解》：史称：白喜纵横，好击剑，为任侠。于此诗见之。

《唐诗选脉会通评林》：周珽曰：开口慷慨，便能吞吐凡俗。盖用世之志，由夜及旦，思得同心者并驱建树，以扬芬千古。故既羞为章句宿儒，复不甘与耕隐同类。白自负固高，其赞何亦不浅也。

《唐宋诗举要》：吴北江曰：宕笔使局势开拓（"心随"句下）。　　吴曰：转（"羞作"句下）。　　吴曰：再转（"不然"句下）。　　吴曰：起接超忽不平，一片奇气，其志意英迈，乃太白本色。

赠裴十四

朝见裴叔则，朗如行玉山。
黄河落天走东海，万里写入胸怀间。
身骑白鼋不敢度，金高南山买君顾。

裴回六合无相知，飘若浮云且西去。

【汇评】

《唐诗快》：此等诗不得不赏其豪旷，又不得但赏其豪旷，总是气格不同。

《唐宋诗醇》：吴昌祺曰：有如生龙活虎，非世人所可驾驭。天实授之，岂人力耶？

赠清漳明府侄聿

我李百万叶，柯条布中州。

天开青云器，日为苍生忧。

小邑且割鸡，大刀伫烹牛。

雷声动四境，惠与清漳流。

弦歌咏唐尧，脱落隐簪组。

心和得天真，风俗犹太古。

牛羊散阡陌，夜寝不扃户。

问此何以然？贤人宰吾土。

举邑树桃李，垂阴亦流芬。

河堤绕绿水，桑柘连青云。

赵女不冶容，提笼昼成群。

缫丝鸣机杼，百里声相闻。

讼息鸟下阶，高卧披道帙。

蒲鞭挂檐枝，示耻无扑挞。

琴清月当户，人寂风入室。

长啸无一言，陶然上皇逸。

白玉壶冰水，壶中见底清。

清光洞毫发，皎洁照群情。

赵北美佳政，燕南播高名。

过客览行谣，因之诵德声。

【汇评】

《唐宋诗醇》："天开青云器，日为苍生忧"，似范仲淹一流人物。"心和得天真"以下，循良之实，蔼然可睹，为民牧者，直当书之于座右。

《李太白诗醇》：严云："柯"、"叶"亦非蔓生，移用他姓便淡（"我李"二句下）。　萧云："弦歌"两句，使事不为事所廛，学者正好看大匠手段。　严云："贤人"句可住，下便入套。　严云："琴清"四句可摘。

邺中赠王大

一身竟无托，远与孤蓬征。

千里失所依，复将落叶并。

中途偶良朋，问我将何行。

欲献济时策，此心谁见明？

君王制六合，海塞无交兵。

壮士伏草间，沉忧乱纵横。

飘飘不得意，昨发南都城。

紫燕枥下嘶，青萍匣中鸣。

投躯寄天下，长啸寻豪英。

耻学琅琊人，龙蟠事躬耕。

富贵吾自取，建功及春荣。

我愿执尔手，尔方达我情。

相知同一己，岂惟弟与兄。

抱子弄白云，琴歌发清声。

临别意难尽，各希存令名。

《汇编唐诗十集》：唐云：铺叙爽朗，仅存太白本色。

《唐诗归折衷》：谭云：说得英雄血热。　　钟云：写得落落。只此句及"我愿执尔手"一段（"投躯"句下）。　　钟云：无此一句，成不得事。　　附：吴逸一云：妙合当不在寻。　　吴敬夫云：英雄本色，流浪少年，未许借口（"长啸"句下）。　　钟云：肝肠吐出，眉宇朗然，英雄相遇真光景（"尔方"句下）。　　谭云：读此六语，不以为仙才不可也（"琴歌"句下）。　　附：吴敬夫云：飘飘有凌云气。

赠新平少年

韩信在淮阴，少年相欺凌。

屈体若无骨，壮心有所凭。

一遭龙颜君，啸咤从此兴。

千金答漂母，万古共嗟称。

而我竟何为，寒苦坐相仍。

长风入短袂，两手如怀冰。

故友不相恤，新交宁见矜。

摧残槛中虎，羁绁韝上鹰。

何时腾风云，搏击申所能！

【汇评】

《李太白诗集》严羽评：太白诗多匠心，冲口似不由推敲，能使推敲者见之而丑，此何以故？

《汇编唐诗十集》：唐云：词浅意露，太白下品。

《瓯北诗话》：诗家好作奇句警语，必千锤百炼而后能成。……（白诗）以挥洒出之，全不见其锤炼之迹。其他刻露处，如

"长风入短袂，两手如怀冰"、"客土植危根，逢春犹不死"、"螅蛄啼
青松，安见此树老"、"罗帏舒卷，似有人开；明月直入，无心可猜"、
"莫卷龙须席，从他生网丝；且留琥珀枕，或有梦来时"，皆人所百思
不到，而入青莲手，一若未经构思者。后人从此等处悟入，可得其
真矣。

《李太白诗醇》：悲壮淋漓。

口号赠征君鸿

陶令辞彭泽，梁鸿入会稽。

我寻高士传，君与古人齐。

云卧留丹壑，天书降紫泥。

不知杨伯起，早晚向关西？

【汇评】

《李太白诗集》严羽评：将头作尾，亦复无首无尾，此格甚异。
若以为犯，必非知诗者。

《唐诗品汇》范云：律诗必须守规矩。试看此等五言，何其严
哉！今人虚实轻重且不审，恶乎律？

《李杜诗通》：既比之陶潜、梁鸿，不得复比之杨震。一篇中用
三人，任笔错杂，此在太白可耳。范德机以为律诗须守规矩，此篇
为最严，非确评也。

《唐诗选脉会通评林》：周珽曰：前四句不特一气呵成，而援引
古人，法属独创。

《网师园唐诗笺》：一气舒卷，无斧凿痕。

《唐诗成法》：起列两高士，下紧接征君无愧古人，已把征君
将入天上去，再无出仕之理。今方云卧丹壑，而紫泥已降，但不
知征君早晚赴召，又与前判然，盖讽其勿往也。前五句一段，后

三句一段,法之变化已极。起用两古人名,结用一古人,又相应法也。

上李邕

大鹏一日同风起,扶摇直上九万里。
假令风歇时下来,犹能簸却沧溟水。
世人见我恒殊调,闻余大言皆冷笑。
宣父犹能畏后生,丈夫未可轻年少。

书情题蔡舍人雄

尝高谢太傅,携妓东山门。
楚舞醉碧云,吴歌断清猿。
暂因苍生起,谈笑安黎元。
余亦爱此人,丹霄冀飞翻。
遭逢圣明主,敢进兴亡言。
白璧竟何辜,青蝇遂成冤。
一朝去京国,十载客梁园。
猛犬吠九关,杀人愤精魂。
皇穹雪冤枉,白日开氛昏。
泰阶得夔龙,桃李满中原。
倒海索明月,凌山采芳荪。
愧无横草功,虚负雨露恩。
迹谢云台阁,心随天马辕。
夫子王佐才,而今复谁论!
层飙振六翮,不日思腾骞。

我纵五湖棹，烟涛恣崩奔。

梦钓子陵湍，英风缅犹存。

彼希客星隐，弱植不足援。

千里一回首，万里一长歌。

黄鹤不复来，清风愁奈何？

舟浮潇湘月，山倒洞庭波。

投泪笑古人，临濠得天和。

闲时田亩中，搔背牧鸡鹅。

别离解相访，应在武陵多。

【汇评】

《瓯北诗话》：青莲自翰林被放还山，固不能无怨望，然其诗尚不甚露怼憾之意，如《赠蔡舍人雄》云："遭逢圣明主，敢进兴亡言。白璧竟何辜，青蝇遂成冤。"《赠崔司户》云："布衣侍丹墀，密勿草丝纶。才微惠渥重，谗巧生缁磷。"《答王十二寒夜独酌》云："一谈一笑失颜色，苍蝇贝锦喧谤声。"《赠宋少府》云："早怀经济策，特受龙颜顾。白玉栖青蝇，君臣忽行路。"皆不过谓无罪被谤而出耳。独《雪谗诗》……指斥丑行，毫无顾忌。青莲胸怀浩落，不屑屑于恩怨，何至诽谤如此？恐亦非其真笔也。

赠昇州王使君忠臣

六代帝王国，三吴佳丽城。

贤人当重寄，天子借高名。

巨海一边静，长江万里清。

应须救赵策，未肯弃侯嬴。

【汇评】

《瀛奎律髓汇评》：方回：盛唐人诗气魄广大，晚唐人诗工夫纤细,善学者能两用之,一出一入,则不可及矣。此诗比老杜,律虽宽而意不迫。　　何义门:第二联轻得好。腹联势重难结,故只收到自己。

《唐宋诗醇》:御评:如五六语,乃为不负重寄。末以侯嬴自比,寓意救赵,盖在天宝初乱后也。

赠崔秋浦三首（选二首）

其一

吾爱崔秋浦,宛然陶令风。

门前五杨柳,井上二梧桐。

山鸟下厅事,檐花落酒中。

怀君未忍去,惆怅意无穷。

【汇评】

《唐诗笺注》:诗境清绝。

《李太白诗醇》:诗亦有陶令风。

其三

河阳花作县,秋浦玉为人。

地逐名贤好,风随惠化春。

水从天汉落,山逼画屏新。

应念金门客,投沙吊楚臣。

【汇评】

《石园诗话》:太白《赠崔秋浦》三首,又云:"见客但倾酒,为官不爱钱。"又云:"河阳花作县,秋浦玉为人。"想见崔公壮年俊伟,廉隅自爱,故太白深许之。

中丞宋公以吴兵三千赴河南军次
寻阳脱余之囚参谋幕府因赠之

独坐清天下，专征出海隅。

九江皆渡虎，三郡尽还珠。

组练明秋浦，楼船入郢都。

风高初选将，月满欲平胡。

杀气横千里，军声动九区。

白猿惭剑术，黄石借兵符。

戎虏行当剪，鲸鲵立可诛。

自怜非剧孟，何以佐良图？

【汇评】

《唐诗广选》：刘会孟曰：句句壮，末语更佳。　　范德机曰：真长律起辞也，雄浑而严。

《全唐风雅》：黄云：太白此诗可与王摩诘《和臸从温汤》诗伯仲，盖感恩怀德，其用意良苦矣。

流夜郎赠辛判官

昔在长安醉花柳，五侯七贵同杯酒。

气岸遥凌豪士前，风流肯落他人后？

夫子红颜我少年，章台走马著金鞭。

文章献纳麒麟殿，歌舞淹留玳瑁筵。

与君自谓长如此，宁知草动风尘起。

函谷忽惊胡马来，秦宫桃李向明开。

我愁远谪夜郎去，何日金鸡放赦回。

《诗源辩体》：读《赠辛判官》诗云："函谷忽惊胡马来，秦宫桃李向明开。"俭国泰云："此指诸臣附合肃宗者而言，太白深有所刺也。"

《李太白全集》王琦注：萧士赟曰：子见以"桃李向明开"为公卿归禄山，非也。是指同时侪类，因兵兴之际不次被用，人为桃李，我独遭谪也。"向明"者，向阳花木之义。

《唐宋诗醇》：中间转捩处甚健。

经乱离后天恩流夜郎忆旧
游书怀赠江夏韦太守良宰

天上白玉京，十二楼五城。

仙人抚我顶，结发受长生。

误逐世间乐，颇穷理乱情。

九十六圣君，浮云挂空名。

天地赌一掷，未能忘战争。

试涉霸王略，将期轩冕荣。

时命乃大谬，弃之海上行。

学剑翻自哂，为文竟何成？

剑非万人敌，文窃四海声。

儿戏不足道，五噫出西京。

临当欲去时，慷慨泪沾缨。

叹君倜傥才，标举冠群英。

开筵引祖帐，慰此远徂征。

鞍马若浮云，送余骠骑亭。

歌钟不尽意，白日落昆明。

十月到幽州，戈铤若罗星。
君王弃北海，扫地借长鲸。
呼吸走百川，燕然可摧倾。
心知不得语，却欲栖蓬瀛。
弯弧惧天狼，挟矢不敢张。
揽涕黄金台，呼天哭昭王。
无人贵骏骨，騄耳空腾骧。
乐毅傥再生，于今亦奔亡。
蹉跎不得意，驱马还贵乡。
逢君听弦歌，肃穆坐华堂。
百里独太古，陶然卧羲皇。
征乐昌乐馆，开筵列壶觞。
贤豪间青娥，对烛俨成行。
醉舞纷绮席，清歌绕飞梁。
欢娱未终朝，秩满归咸阳。
祖道拥万人，供帐遥相望。
一别隔千里，荣枯异炎凉。
炎凉几度改，九土中横溃。
汉甲连胡兵，沙尘暗云海。
草木摇杀气，星辰无光彩。
白骨成丘山，苍生竟何罪！
函关壮帝居，国命悬哥舒。
长戟三十万，开门纳凶渠。
公卿如犬羊，忠谠醢与菹。
二圣出游豫，两京遂丘墟。
帝子许专征，秉旄控强楚。
节制非桓文，军师拥熊虎。

人心失去就，贼势腾风雨。

惟君固房陵，诚节冠终古。

仆卧香炉顶，餐霞漱瑶泉。

门开九江转，枕下五湖连。

半夜水军来，浔阳满旌旃。

空名适自误，迫胁上楼船。

徒赐五百金，弃之若浮烟。

辞官不受赏，翻谪夜郎天。

夜郎万里道，西上令人老。

扫荡六合清，仍为负霜草。

日月无偏照，何由诉苍昊？

良牧称神明，深仁恤交道。

一忝青云客，三登黄鹤楼。

顾惭祢处士，虚对鹦鹉洲。

樊山霸气尽，寥落天地秋。

江带峨眉雪，川横三峡流。

万舸此中来，连帆过扬州。

送此万里目，旷然散我愁。

纱窗倚天开，水树绿如发。

窥日畏衔山，促酒喜得月。

吴娃与越艳，窈窕夸铅红。

呼来上云梯，含笑出帘栊。

对客小垂手，罗衣舞春风。

宾跪请休息，主人情未极。

览君荆山作，江鲍堪动色。

清水出芙蓉，天然去雕饰。

逸兴横素襟，无时不招寻。

朱门拥虎士，列戟何森森。

剪凿竹石开，萦流涨清深。

登台坐水阁，吐论多英音。

片辞贵白璧，一诺轻黄金。

谓我不愧君，青鸟明丹心。

五色云间鹊，飞鸣天上来。

传闻赦书至，却放夜郎回。

暖气变寒谷，炎烟生死灰。

君登凤池去，忽弃贾生才。

桀犬尚吠尧，匈奴笑千秋。

中夜四五叹，常为大国忧。

旌旆夹两山，黄河当中流。

连鸡不得进，饮马空夷犹。

安得羿善射，一箭落旄头！

【汇评】

《唐宋诗醇》：此篇历叙交游始末，而白生平踪迹亦略见于此。十月初到幽州一段，盖自被放后，北游燕赵，观听形势，知禄山之必叛；尾大不掉之害，欲言不能，述之犹觉痛切。至于潼关失守，江陵煽乱，与白之为璘所胁，受累远谪，无不明如指掌。结尾一段，虑朝堂之无人，忧将帅之不一，而贼之不得速平，与前遥相呼应。通篇以交情、事势互为经纬，汪洋灏瀚，如百川之灌河，如长江之赴海，卓乎大篇，可与《北征》并峙。

《读雪山房唐诗序例》：陈、张《感遇》出于阮公《咏怀》，供奉《古风》本于太冲《咏史》。《经乱离后赠江夏韦太守》计八百三十字，太白生平略具，纵横恣肆，激宕淋漓，真少陵《北征》劲敌。后人舍此而举昌黎《南山》，失其伦矣。

《竹林答问》：太白《经乱忆旧游书怀赠江夏韦太守》诗，书体也;少陵《北征》诗,记体也;昌黎《南山》诗,赋体也。三长篇鼎峙一代,俯笼万有,正不必以优劣论。

《李太白诗醇》:文气如山("儿戏"二句下)。 严云:豪雅("歌钟"二句下)。 悲壮淋漓,使人感慨不止("草木"四句下)。 严云:清境豪情,写得尽兴("纱窗"四句下)。 严云:忽成《子夜》声("对客"二句下)。严沧浪曰:长篇转韵,情愤而畅。

江夏赠韦南陵冰

胡骄马惊沙尘起,胡雏饮马天津水。

君为张掖近酒泉,我窜三巴九千里。

天地再新法令宽,夜郎迁客带霜寒。

西忆故人不可见,东风吹梦到长安。

宁期此地忽相遇,惊喜茫如堕烟雾。

玉箫金管喧四筵,苦心不得申长句。

昨日绣衣倾绿尊,病如桃李竟何言。

昔骑天子大宛马,今乘款段诸侯门。

赖遇南平豁方寸,复兼夫子持清论。

有似山开万里云,四望青天解人闷。

人闷还心闷,苦辛长苦辛。

愁来饮酒二千石,寒灰重暖生阳春。

山公醉后能骑马,别是风流贤主人。

头陀云月多僧气,山水何曾称人意。

不然鸣笳按鼓戏沧流,呼取江南女儿歌棹讴。

我且为君捶碎黄鹤楼,君亦为吾倒却鹦鹉洲。

赤壁争雄如梦里,且须歌舞宽离忧。

《苕溪诗话》：(杜甫)《剑阁》云"吾将罪真宰，意欲铲叠嶂"，与太白"捶碎黄鹤楼"、"铲却君山好"语亦何异？然《剑阁》诗意在削平僭窃，尊崇王室，凛凛有忠义气；"捶碎"、"铲却"之语，但觉一味粗豪耳。故昔人论文字，以意为上。

《老生常谈》：《江夏赠韦南陵冰》，是初从夜郎放归，忽与故人相遇，一路酸辛凄楚，闲闲著笔。末幅"头陀云月多僧气，山水何曾称人意"二句，忽然掷笔空际。此下以必不可行之事，抒必当放浪之怀，气吞云梦，笔扫虹霓。中材人读之，亦能渐发聪明，增其豪俊之气。

《王闿运手批唐诗选》：接松懈("复兼夫子"句下)。　　似欲生奇。不知江汉之不可压倒。谓江景不如"女儿"，夫谁信之？且"女儿"不可渡大江。

《李太白诗醇》：严云：忽入乐府一句。转韵难于增情，多有此衬副之累("人闷"二句下)。　　又云："山公"二句，有韵致，便能使事化。　　又云："头陀"句情境会处，乃有此语，非虚想所能得。　　又云："我且"二句太粗豪。此太白被酒语，是其短处。

外史云：长短错综，豪语冲吻出，是太白长处，他人决不能道。沧浪以为"短处"者，何哉？

赠卢司户

秋色无远近，出门尽寒山。

白云遥相识，待我苍梧间。

借问卢耽鹤，西飞几岁还？

《唐诗广选》：刘会孟曰：起语极苦，然不复为惨寒者。　　极近极远,人不能道("秋色"二句下)。

《李杜二家诗钞评林》:苍然数语,正不必多。

《唐诗快》:苍然有仙气("秋色"句下。)

《唐宋诗醇》:高调,妙于省净。　　　谭元春曰:起二句,后代清语领此一派。

《网师园唐诗笺》:首四句,至常之景,写来遂尔绝奇。

《李太白诗醇》:严云:起二句清绝,安得如此画手!　　　严沧浪曰:只存前四句,无题更佳。

赠张相镐二首 (其二)

原注:时逃难在宿松山作。

本家陇西人,先为汉边将。

功略盖天地,名飞青云上。

苦战竟不侯,当年颇惆怅。

世传崆峒勇,气激金风壮。

英烈遗厥孙,百代神犹王。

十五观奇书,作赋凌相如。

龙颜惠殊宠,麟阁凭天居。

晚途未云已,蹭蹬遭谗毁。

想像晋末时,崩腾胡尘起。

衣冠陷锋镝,戎虏盈朝市。

石勒窥神州,刘聪劫天子。

抚剑夜吟啸,雄心日千里。

誓欲斩鲸鲵,澄清洛阳水。

六合洒霖雨,万物无凋枯。

我挥一杯水,自笑何区区。

因人耻成事,贵欲决良图。

灭虏不言功,飘然陟蓬壶。

惟有安期舄,留之沧海隅。

【汇评】

《韵语阳秋》:先是苏颋为益州长史,见白异之,曰:"是子天才英特,少益以学,可比相如。"故白诗中每以相如自比。……《赠张镐》曰:"十五观奇书,作赋凌相如。"白自比为相如,非止一诗也。

《瓯北诗话》:《赠张相镐》诗(其一)云:"卧病宿松山,苍茫空四邻。闻君自天来,目张气益振。"按张镐以宰相兼河南节度使,出师河南,在至德二载之秋;而永王璘之败,在是年之春。璘败,青莲即亡奔宿松,被系寻阳狱,安得以诗赠镐?岂亡奔宿松时,尚未被系,闻镐将至,以诗干之耶?

闻谢杨儿吟猛虎词因此有赠

同州隔秋浦,闻吟猛虎词。

晨朝来借问,知是谢杨儿。

【汇评】

《唐诗援》:绝无意味,却是五绝妙境。

宿清溪主人

夜到清溪宿,主人碧岩里。

檐楹挂星斗,枕席响风水。

月落西山时,啾啾夜猿起。

【汇评】

《唐宋诗醇》:奇语得自眼前。

《李太白诗醇》：其境过清，不堪久宿。

巴陵赠贾舍人

贾生西望忆京华，湘浦南迁莫怨嗟。

圣主恩深汉文帝，怜君不遣到长沙。

【汇评】

《批点唐诗正声》：全首翻贾生，用如此格亦少，诸公怨不能道。

《升庵诗话》：贾至左迁巴陵有诗云："极浦三春草，高楼万里心。楚山晴霭碧，湘水暮流深。忽与朝中旧，同为泽畔吟。感时还北望，不觉泪沾襟。"太白此诗解其怨嗟也，得温柔敦厚之旨矣。

《唐诗绝句类选》：婉娈有情，忠厚得体。

《唐宋诗醇》：可谓深婉。萧士赟以此与前篇（按指《系寻阳上崔相涣三首》）为非白作，观其气味，非白不办。

《网师园唐诗笺》：言语妙天下（末二句下）。

《耐冷谭》：唐人赠迁谪诗，率用贾太傅事，不过概作惋惜之词耳。太白《巴陵赠贾舍人》，……真得温柔敦厚之旨。唐汝询疑其词气不类，非也。

赠钱征君少阳

白玉一杯酒，绿杨三月时。

春风馀几日，两鬓各成丝。

秉烛唯须饮，投竿也未迟。

如逢渭水猎，犹可帝王师。

《唐宋诗举要》：吴汝纶曰：突起（"白玉"句下）。　　无限感寓（"春风"句下）。　　转（"投竿"句下）。　　收雄奇跌宕（"如逢"两句下）。

经乱后将避地剡中留赠崔宣城

双鹅飞洛阳，五马渡江徼。

何意上东门，胡雏更长啸。

中原走豺虎，烈火焚宗庙。

太白昼经天，颓阳掩馀照。

王城皆荡覆，世路成奔峭。

四海望长安，颦眉寡西笑。

苍生疑落叶，白骨空相吊。

连兵似雪山，破敌谁能料？

我垂北溟翼，且学南山豹。

崔子贤主人，欢娱每相召。

胡床紫玉笛，却坐青云叫。

杨花满州城，置酒同临眺。

忽思剡溪去，水石远清妙。

雪尽天地明，风开湖山貌。

闷为洛生咏，醉发吴越调。

赤霞动金光，日足森海峤。

独散万古意，闲垂一溪钓。

猿近天上啼，人移月边棹。

无以墨绶苦，来求丹砂要。

华发长折腰，将贻陶公诮。

【汇评】

《诗源辩体》：太白五言古长篇，如"门有车马宾"、"天津三月时"、"忆昔作少年"、"一身竟无托"、"昔闻颜光禄"、"鸾乃凤之族"、"我昔钓白龙"、"双鹅飞洛阳"、"吴地桑叶绿"、"淮南望江南"、"化城若化出"、"钟山抱金陵"等篇，兴趣所到，瞬息千里，沛然有馀。然与子美各自为胜，未可以优劣论也。或以此倾倒为嫌，而取其含蓄蕴藉者，非所以论太白也。

《唐宋诗醇》：奇辞络绎，行以苍峭之气，直达所怀，绝无长语。谢朓惊人，此故不减。　　吴昌祺曰：悲壮处，亦《七哀》之遗。

《李太白诗醇》：严云：一派空明，置身其中，可使形神俱化也（"雪尽"二句下）。　　结得冷绝。　　谢叠山曰：梁虞骞诗："落晖散长足，细雨织斜文。"太白亦用其字，然其惊人泣鬼，则刘勰所谓自铸伟辞，前无古人者乎！

赠汪伦

李白乘舟将欲行，忽闻岸上踏歌声。
桃花潭水深千尺，不及汪伦送我情。

【汇评】

《批点唐诗正声》：好句好意，放之又放，达之又达。只"桃花"之情，千载无人可到，何云非诗之清者耶？

《增定详注唐诗正声》：语从至情发出。

《四溟诗话》：诗有四格：曰兴，曰趣，曰意，曰理。太白《赠汪伦》曰："桃花潭水深千尺，不及汪论送我情。"此兴也。

《李杜二家诗钞评林》：诗不必深，一时雅致。

《唐诗解》：太白于景切情真处，信手拈来，所以调绝千古。后人效之，如"欲问江深浅，应如远别情"，语非不佳，终是栖卷杞柳。

《唐诗选脉会通评林》：周敬曰：不雕不琢，天然成响，语从至情发出，故妙。周珽曰：上则百尺无枝，下则清浑无影，此诗之谓与？着意摩拟，便丑。

《唐诗摘钞》：直将主客姓名入诗，老甚，亦见古人尚质，得以坦怀直笔为诗。若今左顾右忌，畏首畏尾，其诗安能进步古人耶？"请君试问东流水，别意与之谁短长？"意亦同此，所以不及此者，全得"桃花潭水"四字衬映入妙耳。

《镫窗琐语》：赠人之诗，有因其人之姓借用古人，时出巧思；若直呼其姓名，似径直无味矣。不知唐人诗有因此而入妙者，如"桃花流水深千尺，不及汪伦送我情"、"旧人惟有何戡在，更与殷勤唱渭城"、"平生不解藏人善，到处逢人说项斯"，皆脍炙人口。

《此木轩论诗汇编》："桃花潭水深千尺"，掩下句看是甚么？却云"不及汪伦送我情"，何等气力，何等斤两，抵过多少长篇大章！又只是眼前口头语，何曾待安排雕镵而出之？此所以为千秋绝调也。

《唐诗别裁》：若说汪伦之情比于潭水千尺，便是凡语，妙境只在一转换间。

《唐诗笺注》：相别之地，相别之情，读之觉娓娓兼至，而语出天成，不假炉炼，非太白仙才不能。"将"字、"忽"字，有神有致。

《网师园唐诗笺》：深情赖有妙语达之。

《诗法易简录》：言汪伦相送之情甚深耳，直说便无味，借桃花潭水以衬之，便有不尽曲折之意。

《随园诗话》：唐时汪伦者，泾川豪士也，闻李白将至，修书迎之，诡云："先生好游乎？此地有十里桃花，先生好饮乎？此地有万家酒店。"李欣然至。乃告云："'桃花'者，潭水名也，并无桃花；'万家'者，店主人姓万也，并无万家酒店。"李大笑，款留数日，赠名马八匹，官锦十端，而亲送之。李感其意，作《桃花潭》绝句一首。

《诗式》：首句从"李白欲行"起，下一"将"字，则已在舟中而尚未行也，此就题起格。二句岸上有"踏歌声"，汪伦送李白也，伏下"送我"二字之根，承首句起。三句"桃花潭水深千尺"，兴下"情"字；三句转变，虽系兴字诀，却实接也。四句言汪伦之情更深于桃花潭水；虽深至千尺而不及汪伦之情之深，非为潭水言，特借以形容汪伦之情。"深千尺"三字已写足，下句拍上，更得势。所谓四句发之如顺流之舟者，于此可悟矣。　　〔品〕宛转。

《李太白诗醇》：严云：才子神童出口成诗者，多如此。前夷后劲。　　范德机云：此非必其诗之佳，要见古人风致如此。

望终南山寄紫阁隐者

出门见南山，引领意无限。

秀色难为名，苍翠日在眼。

有时白云起，天际自舒卷。

心中与之然，托兴每不浅。

何当造幽人，灭迹栖绝巘。

【汇评】

《批点唐诗正声》：情景适会，悄无垠鄂。

《增定评注唐诗正声》：周云：从题中"望"字发兴，语语清幽。

《唐诗选脉会通评林》：周珽曰：山色秀越，举目怡然，白云舒卷，与心俱化。栖隐之志勃如，得不思同调者与之屏迹乎？

《唐诗别裁》：因白云舒卷，念及幽人。偕隐之思，与之俱远。

《唐宋诗醇》：淡雅自然处，神似渊明。白云天际，无心舒卷，白诗妙有其意。

《网师园唐诗笺》：以山光云态兴起，所思情深致远。

《艺概》："有时白云起，天际自舒卷"，"却顾所来径，苍苍横翠微”，即此四语，想见太白诗境。

《李太白诗醇》：严云：陆士衡诗："秀色若可餐"，不如此"秀色"二句味不尽。

沙丘城下寄杜甫

我来竟何事？高卧沙丘城。

城边有古树，日夕连秋声。

鲁酒不可醉，齐歌空复情。

思君若汶水，浩荡寄南征。

【汇评】

《批点唐诗正声》：散淡有深情。

《唐诗归》：钟云："连"字下得奇（"日夕"句下）。　　钟云：一片真气，自是李白寄杜甫之作，工拙不必论也。

《唐诗别裁》：沙丘在莱州，汶水出沂水，在青州，境地相接，故欲因水以寄情也。

《唐宋诗醇》：白与杜甫相知最深，"饭颗山头"一绝，《本事诗》及《酉阳杂俎》载之，盖流俗传闻之说，白集无是也。鲍、庾、阴、何，词流所重，李、杜实宗尚之，特所成就者大，不寄其篱下耳。安得以为讥议之词乎？甫诗及白者十馀见，白诗亦屡及甫，即此结语，情亦不薄矣。世俗轻诬古人，往往类是，尚论者当知之。　　沈德潜曰：有馀地，有馀情，此诗家正声也，浮浅者以为无味。

《李太白诗醇》：名句读终有馀韵（"城边"二句下）。　　谢云：古诗有"婵娟空复情，浩荡而伤怀"，今衍为四句，尤见自然（末四句下）。

闻王昌龄左迁龙标遥有此寄

杨花落尽子规啼,闻道龙标过五溪。

我寄愁心与明月,随风直到夜郎西。

【汇评】

《批点唐诗正声》:太白绝句,篇篇只与人别,如《寄王昌龄》、《送孟浩然》等作,体格无一分相似,音节、风格,万世一人。

《增定评注唐诗正声》:王云:白此诗兼裁古意,遂成奇语。　　周云:音节清哀。

《唐诗广选》:梅禹金曰:曹植"愿作东北风,吹我入君怀",齐澣"将心寄明月,流影入君怀",此诗兼裁其意,撰成奇语。

《唐诗直解》:音节清哀。

《诗薮》:太白七言绝,如"杨花落尽子规啼"、"朝辞白帝彩云间"、"谁家玉笛暗飞声"、"天门中断楚江开"等作,读之真有挥斥八极、凌属九霄意。贺监谓为"谪仙",良不虚也。

《唐诗选脉会通评林》:周敬曰:是遥寄情词,心魂渺渺。

《诗辩坻》:太白"杨花落尽"与元微之"残灯无焰"体同题类,而风趣高卑,自觉天壤。

《唐诗摘钞》:趣。一写景,二叙事,三、四发意,此七绝之正格也。若单说愁,便直率少致,衬入景语,无其理而有其趣。

《增订唐诗摘钞》:即景见时,以景生情,末句且更见真情。

《唐诗别裁》:即"将心寄明月,流影入君怀"意,出以摇曳之笔,语意一新。

《唐诗笺注》:"愁心"二句,何等缠绵悱恻!而"我寄愁心",犹觉比"隔千里兮共明月"意更深挚。

《网师园唐诗笺》:奇思深情(末二句下)。

《诗法易简录》：三、四句言此心之相关，直是神驰到彼耳，妙在借明月以写之。

《岘佣说诗》：深得一"婉"字诀。

《李太白诗醇》：严沧浪曰：无情生情，其情远。　　　潘稼堂云：前半言时方春尽，已可愁矣；况地又极远，愈可愁矣。结句承次句，心寄与月，月又随风，幻甚。

忆旧游寄谯郡元参军

忆昔洛阳董糟丘，为余天津桥南造酒楼。
黄金白璧买歌笑，一醉累月轻王侯。
海内贤豪青云客，就中与君心莫逆。
回山转海不作难，倾情倒意无所惜。
我向淮南攀桂枝，君留洛北愁梦思。
不忍别，还相随。
相随迢迢访仙城，三十六曲水回萦。
一溪初入千花明，万壑度尽松风声。
银鞍金络倒平地，汉东太守来相迎。
紫阳之真人，邀我吹玉笙。
餐霞楼上动仙乐，嘈然宛似鸾凤鸣。
袖长管催欲轻举，汉中太守醉起舞。
手持锦袍覆我身，我醉横眠枕其股。
当筵意气凌九霄，星离雨散不终朝，
分飞楚关山水遥。
余既还山寻故巢，君亦归家渡渭桥。
君家严君勇貔虎，作尹并州过戎虏。
五月相呼度太行，摧轮不道羊肠苦。

行来北凉岁月深，感君贵义轻黄金。

琼杯绮食青玉案，使我醉饱无归心。

时时出向城西曲，晋祠流水如碧玉。

浮舟弄水箫鼓鸣，微波龙鳞莎草绿。

兴来携妓恣经过，其若杨花似雪何？

红妆欲醉宜斜日，百尺清潭写翠娥。

翠娥婵娟初月辉，美人更唱舞罗衣。

清风吹歌入空去，歌曲自绕行云飞。

此时行乐难再遇，西游因献长杨赋。

北阙青云不可期，东山白首还归去。

渭桥南头一遇君，酂台之北又离群。

问余别恨今多少？落花春暮争纷纷。

言亦不可尽，情亦不可及。

呼儿长跪缄此辞，寄君千里遥相忆。

【汇评】

《唐诗品汇》：刘云：当时人，当时语。不知太白援"糟丘"为重耶？而使千载知其人如此（"忆昔洛阳"二句下）。　　刘云：清景逼人，终不刻意（"相随迢迢"四句下）。　　刘云：起语如此，岂非人豪（"袖长管催"四句下）。　　刘云：清丽动人（"兴来携妓"四句下）。　　刘云：携妓裹景，写入天际，宛转清彻（"翠娥婵娟"四句下）。　　刘云：却只如此结去。读起句，便使人惊倒（"言亦不可尽"四句下）。

《唐诗解》：历叙旧游之事，凡合而离者四焉：在洛，则我就君游；适淮，则君随我往；并州，戎马之地，而携妓相过；西游，落魄之馀，而不忘晤对。此篇叙事四转，语若贯珠，绝非初唐牵合之比，长篇当以此为法。

《唐诗选脉会通评林》：周珽曰：纵横华藻，如蜃宫蜃市出没变怪于其中。应是胸有日月,笔有风雨,古篇长调绝技。

《唐诗别裁》:此只作引,引入("忆昔洛阳"二句下)。　　以下言元参军("海内贤豪"句下)。　　此言合("就中与君"句下)。　　此言欲离仍合("不忍别"二句下)。　　此宾("汉东太守"句下)。　　此言离("分飞楚关"句下)。　　此又合("行来北京"句下)。　　此又离("此时行乐"二句下)。　　此两合两离,语从其略("渭桥南头"二句下)。　　叙与参军情事,离离合合,结构分明,才情动荡,不止以纵逸见长也。老杜外,谁堪与敌?

《网师园唐诗笺》:此又一离一合,只以二语括之,前后叙法,详简错综("渭桥南头"四句下)。

《唐宋诗醇》:白诗天才纵逸。至于七言长古,往往风雨争飞,鱼龙百变,又如大江无风,波浪自涌,白云从空,随风变灭,可谓怪伟奇绝者矣。此篇最有纪律可循。历数旧游,纯用叙事之法。以离合为经纬,以转折为节奏,结构极严,而神气自畅。至于奇情胜致,使览者应接不暇,又其才之独擅者耳。　　吴昌祺曰:长篇步步奇崛苍劲,亦天然笔力也。

《历代诗发》:滔滔莽莽,浩瀚无极,才分绝人,不容追步。

《老生常谈》:《忆旧游寄谯郡元参军》诗,以董糟丘陪起入题,先用"回山转海不作难"二句一顿,方能引起下文如许热闹。"一溪初入千花明"云云,东坡每能效此种句。前段入汉东太守,主中之宾也。插入紫阳真人,又宾中之宾也。又复折回汉东太守"手持锦袍"云云,不特气力横绝,而用笔回环,亦极奇幻不测。"当筵意气"五句,用单句作过脉,有峰回岭断之妙。"君家严君"云云,又起一波,引起下半首,便不更添一人,只以美人歌曲略作点缀,与前面文字虚实相生恰好。末路回映渭桥,章法完密。一首长歌,以惊艳绝世之笔,写旧游朋从之欢,乍读去令人目炫心摇,不知从何得来?细心绎之,中之离离合合,一丝不乱。

《求阙斋读书录》："君留洛北"以上，洛阳相会，旋即相别。"我醉横眠"以上，汉阳（应作汉东）相会，旋又相别。"歌曲自绕"以上，晋州相会，旋又相别。"鄹台之北"以上，关中相会，旋又相别。四会四别，统名曰"忆旧游"。

月夜江行寄崔员外宗之

飘飘江风起，萧飒海树秋。
登舻美清夜，挂席移轻舟。
月随碧山转，水合青天流。
杳如星河上，但觉云林幽。
归路方浩浩，徂川去悠悠。
徒悲蕙草歇，复听菱歌愁。
岸曲迷后浦，沙明瞰前洲。
怀君不可见，望远增离忧。

【汇评】

《诗源辩体》：太白五言古，轶荡处多，似明远而娇逸过之，子美称其"俊逸鲍参军"是也。至如"浮阳灭霁景"、"朝发汝海东"、"飘飘江风起"……等篇，偶俪虽出灵运，而流利自然，了不见斧凿痕。

《唐宋诗醇》：可谓工于发端，警句亦直逼二谢。

《李太白诗醇》：严云：起旷澹。 开阔壮丽，自是太白口吻（"月随"二句下）。 谢云：月夜江行之景，分明写出；而寄远之意，又不渗漏。

宿白鹭洲寄杨江宁

朝别朱雀门，暮栖白鹭洲。

波光摇海月，星影入城楼。

望美金陵宰，如思琼树忧。

徒令魂入梦，翻觉夜成秋。

绿水解人意，为余西北流。

因声玉琴里，荡漾寄君愁。

【汇评】

《韵语阳秋》：李白诗云："朝发汝海东，暮栖龙门中。"又云："朝别凌烟楼，暝投永华寺。"又云："朝别朱雀门，暮栖白鹭洲。"……可见其常作客也。范传正言，白偶乘扁舟，一日千里，或遇胜境，终年不移，往来牛、斗之分，长江远山，一泉一石，无往而不自得也。则白之长作客，乃好游尔，非若杜子美为衣食所驱者也。李阳冰论白云："王公趋风，列岳结轨，群贤翕习，如鸟归凤。"魏颢论白云："携骏马美妾，所适，二千石郊迎，饮数斗径醉。"夫岂有衣食之迫哉？

《唐宋诗醇》：节谐语警。

《李太白诗醇》：妙句解颐（"波光"二句下）。

寄东鲁二稚子

原注：在金陵作。

吴地桑叶绿，吴蚕已三眠。

我家寄东鲁，谁种龟阴田？

春事已不及，江行复茫然。

南风吹归心，飞堕酒楼前。

楼东一株桃，枝叶拂青烟。

此树我所种，别来向三年。

桃今与楼齐，我行尚未旋。

娇女字平阳，折花倚桃边。

折花不见我，泪下如流泉。

小儿名伯禽，与姊亦齐肩。

双行桃树下，抚背复谁怜？

念此失次第，肝肠日忧煎。

裂素写远意，因之汶阳川。

【汇评】

《批点唐诗正声》：太白寄东鲁二子诗，意兴凄惋，读之流涕，风雅之遗意与！

《增定评注唐诗正声》：郭云：蚕桑儿女入此诗殊不累俗，可想太白高处。　　谭云：折花倚桃双行树下，写娇女孤儿无情无绪，的的可思。

《唐诗援》：宗子发曰：入"桃树"一段，最有波澜情致。

《唐诗归》：钟云：家书语，入诗妙在不直叙，有映带。

《唐诗别裁》：家常语琐琐屑屑，弥见其真，得《东山》诗意（"楼东"四句下）。

《唐宋诗醇》：范杼曰：天下丧乱，骨肉分离，此老杜《咏怀》"入门号咷"以下意也。然彼合此离。彼有哭其死，此则怜其生；彼兼时事，此乃单咏；要皆忧思之正者也。

《李太白诗醇》：严沧浪曰：是家常寄书语。有情景映带，书愁亦逸。　　严云：太白善用"吹"字，都在意象之外（"南风"句下）。

庐山谣寄卢侍御虚舟

我本楚狂人，凤歌笑孔丘。

手持绿玉杖，朝别黄鹤楼。

五岳寻仙不辞远，一生好入名山游。

庐山秀出南斗傍，屏风九叠云锦张，
影落明湖青黛光。

金阙前开二峰长，银河倒挂三石梁。

香炉瀑布遥相望，回崖沓嶂凌苍苍。

翠影红霞映朝日，鸟飞不到吴天长。

登高壮观天地间，大江茫茫去不还。

黄云万里动风色，白波九道流雪山。

好为庐山谣，兴因庐山发。

闲窥石镜清我心，谢公行处苍苔没。

早服还丹无世情，琴心三叠道初成。

遥见仙人彩云里，手把芙蓉朝玉京。

先期汗漫九垓上，愿接卢敖游太清。

【汇评】

《批点唐诗正声》：方外玄语，不拘流例。全篇开阖佚荡，冠绝古今，即使杜工部为之，未易及此，高、岑辈恐亦胁息。又襟期雄旷，辞旨慨慷，音节浏亮，无一不可。　　结句非素胎仙骨，必无此诗。

《李杜诗选》：刘须溪曰：为此桀态。

《李诗辨疑》辞有纯驳，强弱不一，为可疑也。

《唐诗快》：伯敬云：读李白诗，当于雄快中察其静远精出处。又云：太白有饮酒、学仙两路语，资浅俗人口角，言俱不谬。若如此等诗，则有雄快而无浅俗矣。

《唐诗别裁》：先写庐山形胜，后言寻幽不如学仙，与卢敖同游太清，此素愿也。笔下殊有仙气。

《唐宋诗醇》：天马行空，不可羁继。

《昭昧詹言》："庐山"以下正赋。"早服"数句应起处，而提笔另起，是以不平。章法一线乃为通，非乱杂无章不通之比。

《王闿运手批唐诗选》：此就山中典故铺叙，非游山之景（"庐山秀出"句下）。

《唐宋诗举要》：吴曰：壮阔称题。

春日归山寄孟浩然

朱绂遗尘境，青山谒梵筵。
金绳开觉路，宝筏度迷川。
岭树攒飞栱，岩花覆谷泉。
塔形标海月，楼势出江烟。
香气三天下，钟声万壑连。
荷秋珠已满，松密盖初圆。
鸟聚疑闻法，龙参若护禅。
愧非流水韵，叨入伯牙弦。

【汇评】

《瀛奎律髓》：太白负不羁之才，乐府大篇翕忽变化，而此一律诗乃工夫缜密如此，与杜审言、宋之问相伯仲。别有《赠孟浩然》诗曰："醉月频中圣，迷花不事君"，虽飘逸，不如此诗之端整。

《全唐风雅》：黄云：太白五言长律，此首最为工致，盖其才高，不用苦思，此则从思索中来也。

《唐诗选脉会通评林》：周珽曰：太白初罢翰林，浪迹方外，故此篇首以脱尘悟道言，中述山寺之景与安禅之妙，见归山有如此兴味。时与孟浩然志趣相契，故结谓孟诗妙如伯牙琴调，非己可埒，以见寄之之意。

《唐诗笺要》：句句法，字字稳。青莲才情诞放，于排律固细心如此。

《闻鹤轩初盛唐近体读本》："攒"、"覆"、"标"、"出"四字，法乃极作意,而撰句亦警("岭树"四句下)。

《瀛奎律髓汇评》:纪昀:纯沿初体,太白集中平近之作。缜密非太白所长。

自汉阳病酒归寄王明府

去岁左迁夜郎道,琉璃砚水长枯槁。
今年敕放巫山阳,蛟龙笔翰生辉光。
圣主还听子虚赋,相如却与论文章。
愿扫鹦鹉洲,与君醉百场。
啸起白云飞七泽,歌吟渌水动三湘。
莫惜连船沽美酒,千金一掷买春芳。

【汇评】

《唐宋诗醇》:"平生飞动意,见尔不能无",胸怀正复如此。

《瓯北诗话》:《汉阳病酒寄王明府》云:"去岁左迁夜郎道"、"今年敕放巫山阳",其下即云:"愿扫鹦鹉洲,与君醉千场"、"莫惜连船沽美酒,千金一掷买群芳",其豪气依然如故也。

早春寄王汉阳

闻道春还未相识,走傍寒梅访消息。
昨夜东风入武阳,陌头杨柳黄金色。
碧水浩浩云茫茫,美人不来空断肠。
预拂青山一片石,与君连日醉壶觞。

【汇评】

《李杜二家诗钞评林》:此虽非太白极致,朱谏删入《辨疑》,未的。

《唐诗镜》：一起四语，乃诗家排调，然语气自老。

《唐宋诗醇》：秀骨天成，偶然涉笔，无不入妙。

《网师园唐诗笺》：极寻常意，涉笔都仙（"昨夜东风"二句下）。

《李太白诗醇》：神韵缥缈。

寄崔侍御

宛溪霜夜听猿愁，去国长为不系舟。

独怜一雁飞南海，却羡双溪解北流。

高人屡解陈蕃榻，过客难登谢朓楼。

此处别离同落叶，朝朝分散敬亭秋。

【汇评】

《唐宋诗醇》：白寄人之诗，大致泛滥于元嘉以还，此前诸篇皆是也。白尝谓：建安以来，绮丽非珍。盖亦大概言之。至其间表表诸人，曷尝不历阃入室，相与周旋出入乎？特才实迈古，故大而化之，其渊源有自来矣。

《闻鹤轩初盛唐近体读本》：陈德公曰：三、四脱落是本色，结尤凄婉缠绵，足称逸构。　　评：宛溪听猿，愁心顿起，看"霜夜"字，更觉情凄。"北流"用对"南海"，则"流"字坐实。末压"秋"字，从"落叶"生情。

《李太白诗醇》：严云：律中清商。　　王翼云云：前解写己之南去，后解才写寄意。

秋日鲁郡尧祠亭上宴别杜补阙范侍御

我觉秋兴逸，谁云秋兴悲？

山将落日去，水与晴空宜。

鲁酒白玉壶,送行驻金羁。

歇鞍憩古木,解带挂横枝。

歌鼓川上亭,曲度神飙吹。

云归碧海夕,雁没青天时。

相失各万里,茫然空尔思。

【汇评】

《唐诗镜》:所谓逸兴遄飞,此等处是太白本相。

《李杜诗通》:太白诗惯押"宜"字,如"山将落日去,水与晴空宜"、"月色望不尽,空天交相宜",又"谑浪偏相宜"、"置酒正相宜"。"春风与醉客,今日乃相宜",凡五用,而前二"宜"韵为尤佳。

《汇编唐诗十集》:唐云:清逸而整,读有馀韵。

《唐宋诗醇》:飘然而来,戛然而止。格调高逸,有如鹏翔未息,翩翩而自逝。

《李太白诗醇》:严云:起二句道其真情,非故为翻案。　又云:三、四写山水情性,悠然杳然,画笔所不能及。

别中都明府兄

吾兄诗酒继陶君,试宰中都天下闻。

东楼喜逢连枝会,南陌愁为落叶分。

城隅渌水明秋日,海上青山隔暮云。

取醉不辞留夜月,雁行中断惜离群。

【汇评】

《批点唐诗正声》:太白天才豪放,譬之飞龙游鳞不可羁靮,故诗中放言雄论极为浩瀚。而律诗独步,盖贵在写真,若争葩斗巧,非所事也。

《唐诗选脉会通评林》:周珽曰:诗酒能继渊明,此兄亦非俗品矣。然有会不能无别,非取醉何以慰离群之感?亦兄弟依依惜别无聊之语。尾句凄怆可玩。

《贯华堂批选唐才子诗》:"连枝"、"落叶"如对不对,有意无意,故妙。如后人特地为之,即拙矣("东楼喜逢"二句下)。

《唐七律隽》:青莲七律,前六句似不经意,而结句甚有力。　　尝读陆放翁《剑南》、《渭南》集,中联对仗,靡不工妙,而落句无足取者。前人谓好联易得,好结难得,正谓此也。然自元和、长庆以下,结句得力者鲜,何况宋人?　　"取醉不须留夜月,雁行中断惜离群"、"借问欲栖珠树鹤,何年去向帝城飞"、"总为浮云能蔽日,长安不见使人愁",三结俱有言有尽而意无穷之妙,真可与杜陵抗衡也。

梦游天姥吟留别

海客谈瀛洲,烟涛微茫信难求。
越人语天姥,云霓明灭或可睹。
天姥连天向天横,势拔五岳掩赤城。
天台四万八千丈,对此欲倒东南倾。
我欲因之梦吴越,一夜飞度镜湖月。
湖月照我影,送我至剡溪。
谢公宿处今尚在,渌水荡漾清猿啼。
脚著谢公屐,身登青云梯。
半壁见海日,空中闻天鸡。
千岩万转路不定,迷花倚石忽已暝。
熊咆龙吟殷岩泉,栗深林兮惊层巅。
云青青兮欲雨,水澹澹兮生烟。
列缺霹雳,丘峦崩摧。

洞天石扉，訇然中开。

青冥浩荡不见底，日月照耀金银台。

霓为衣兮风为马，云之君兮纷纷而来下。

虎鼓瑟兮鸾回车，仙之人兮列如麻。

忽魂悸以魄动，怳惊起而长嗟。

惟觉时之枕席，失向来之烟霞。

世间行乐亦如此，古来万事东流水。

别君去兮何时还？且放白鹿青崖间，

须行即骑访名山。

安能摧眉折腰事权贵，使我不得开心颜！

【汇评】

《唐诗品汇》：范云：瀛洲难求而不必求，天姥可睹而实未睹，故欲因梦而睹之耳（"海客"四句下）。　　甚显（"半壁"二句下）。　　甚晦（"千岩万转"二句下）。　　又甚显（"洞天"四句下）。　　又甚晦（"霓为衣兮"四句下）。　　范云："梦吴越"以下，梦之源也；次诸节，梦之波澜也。其间显而晦，晦而显，至"失向来之烟霞"极而与人接矣。非太白之胸次、笔力，亦不能发此。"枕席"、"烟霞"二句最有力。结语平衍，亦文势之当如此也。

《批点唐诗正声》：《梦游天姥吟》胸次皆烟霞云石，无分毫尘浊，别是一副言语，故特为难到。

《增定评注唐诗正声》：郭云：恍恍惚惚，奇奇幻幻，非满肚皮烟霞，决挥洒不出。

《李杜诗选》：桂曰：骚语奇奇怪怪。

《唐诗选脉会通评林》：周珽曰：出于千丝铁网之思，运以百色流苏之局，忽而飞步凌顶，忽而烟云自舒。想其拈笔时，神魂毛发尽脱于毫楮而不自知，其神耶！　　吴山民曰："天台四万八千丈"，形容语，"白发三千丈"同意，有形容天姥高意。"千岩万转"

句,语有概括。下三句,梦中危景。又八句,梦中奇景。又四句,梦中所遇。"唯觉时之枕席"二语,篇中神句,结上启下。"世间行乐"二句,因梦生意。结超。

《增订唐诗摘钞》:"忽魂"四句,束上生下,笔意最紧。　万斛之舟,收于一柁(末二句下)。

《唐诗别裁》:"飞渡镜湖月"以下,皆言梦中所历。　一路离奇灭没,恍恍惚惚,是梦境,是仙境("列缺霹雳"十二句下)。托言梦游,穷形尽相,以极"洞天"之奇幻;至醒后,顿失烟霞矣。知世间行乐,亦同一梦,安能于梦中屈身权贵乎?吾当别去,遍游名山,以终天年也。诗境虽奇,脉理极细。

《唐宋诗醇》:七言歌行,本出楚骚、乐府。至于太白,然后穷极笔力,优入圣域。昔人谓其"以气为主,以自然为宗,以俊逸高畅为贵,咏之使人飘飘欲仙",而尤推其《天姥吟》、《远别离》等篇,以为虽子美不能道。盖其才横绝一世,故兴会标举,非学可及,正不必执此谓子美不能及也。此篇夭矫离奇,不可方物,然因语而梦,因梦而悟,因悟而别,节次相生,丝毫不乱;若中间梦境迷离,不过词意伟怪耳。胡应麟以为"无首无尾,窈冥昏默",是真不可以说梦也。特谓非其才力,学之立见踬踏,则诚然耳。

《赵秋谷所传声调谱》:方纲按:《扶风豪士歌》、《梦游天姥吟》二篇,虽句法、音节极其变化,然实皆自然入拍,非任意参错也。秋谷于《豪士》篇但评其神变,于《天姥》篇则第云"观此知转韵元无定格",正恐难以示后学耳。

《网师园唐诗笺》:纵横变化,离奇光怪,以奇笔写梦境,吐句皆仙,着纸欲飞("列缺霹雳"十句下)。　斐然收勒,通体宗主攸在,线索都灵("世间行乐"二句下)。

《昭昧詹言》:陪起,令人迷。"我欲"以下正叙梦,愈唱愈高,愈出愈奇。"失向"句,收住。"世间"二句,入作意,因梦游推开,见世事皆成虚幻也;不如此,则作诗之旨无归宿。留别意,只末后一点。韩《记梦》之本。

《老生常谈》:《梦游天姥吟留别》诗,奇离惝恍,似无门径可寻。细玩之,起首入梦不突,后幅出梦不竭,极恣肆幻化之中,又极经营惨淡之苦,若只貌其格句字面,则失之远矣。一起淡淡引入,至"我欲因之梦吴越"句,乘势即入,使笔如风,所谓缓则按辔徐行,急则短兵相接也。"湖月照我影"八句,他人捉笔,可云已尽能事矣,岂料后边尚有许多奇奇怪怪。"千岩万转"二句,用仄韵一束。以下至"仙之人兮"句,转韵不转气,全以笔力驱驾,遂成鞭山倒海之能,读去似未曾转韵者,有真气行乎其间也。此妙可心悟,不可言喻。出梦时,用"忽魂悸以魄动"四句,似亦可以收煞得住,试想若不再足"世间行乐"二句,非但喝题不醒,抑亦尚欠圆满。"且放白鹿"二句,一纵一收,用笔灵妙不测。后来惟东坡解此法,他人多昧昧耳。

《李太白诗醇》:严云:"半壁"二句,不独境界超绝,语音亦复高朗。　　严云:有意味在"青青"、"澹澹"字作叠("云青青兮"二句下)。　　严云:太白写仙人境界皆渺茫寂历,独此一段极真,极雄,反不似梦中语("霓为衣兮"四句下)。　　严云:"世间"云云,甚达,甚警策,然自是唐人语,无宋气。

广陵赠别

玉瓶沽美酒,数里送君还。

系马垂杨下,衔杯大道间。

天边看渌水,海上见青山。

兴罢各分袂,何须醉别颜。

【汇评】

《唐诗分类绳尺》:三联雄健。盛唐口气,不凡乃尔。

金陵酒肆留别

风吹柳花满店香，吴姬压酒唤客尝。
金陵子弟来相送，欲行不行各尽觞。
请君试问东流水，别意与之谁短长？

【汇评】

《苕溪渔隐丛话》：《诗眼》云：好句须要好字。如李太白诗"吴姬压酒唤客尝"，见新酒初熟，江南风物之美，工在"压"字。

《云麓漫钞》：李太白诗"吴姬压酒唤客尝"，说者以为工在"压"字上，殊不知乃吴人方言耳。至今酒家有旋压酒子相待之语。

《诗人玉屑》：山谷言：学者不见古人用意处，但得其皮毛，所以去之更远。如"风吹柳花满店香"，若人复能为此句，亦未是太白。至于"吴姬压酒唤客尝"，"压酒"二字他人亦难及。"金陵子弟来相送，欲行不行各尽觞"，益不同。"请君试问东流水，别意与之谁短长"，至此乃真太白妙处，当潜心焉。

《唐诗品汇》：刘须溪云：终是太白语别（末二句下）。

《升庵诗话》：李太白诗："风吹柳花满店香。"温庭筠《咏柳》诗："香随静婉歌尘起，影伴娇娆舞袖垂。"传奇诗："莫唱踏春阳，令人离肠结。郎行久不归，柳自飘香雪。"其实柳花亦有微香，诗人之言非诬也。

《四溟诗话》：太白《金陵留别》诗"请君试问东流水，别意与之谁短长"，妙在结语。使坐客同赋，谁更擅场？谢宣城《夜发新林》诗："大江流日夜，客心悲未央。"阴常侍《晓发金陵》诗："大江一浩荡，悲离足几重。"二语突然而起，造语雄深，六朝亦不多见。太白能变化为法，令人叵测，奇哉！　诗有简而妙者，若刘桢"仰视白日光，皎皎高且悬"，不如傅玄"日月光太清"。亦有简而弗佳者,若……刘禹锡"欲问江深浅,应如远别情",不如太白"请君试问东流水,别意与之谁短长"。

《李杜二家诗钞评林》:不浅不深,自是钟情之语。

《唐诗归》:钟云:不须多,亦不须深,写得情出。

《唐诗评选》:供奉一味本色,诗则如此,在歌行诚为大家。

《唐诗归折衷》:唐云:将"桃花潭水"参看,知诗中变化法("别意与之"句下)。　　吴敬夫云:豪爽之语最易一往而竭,兹何含蓄不尽也!凡意致深沉者,当看其斩截处,不然则胶矣;词气疏快者,当看其蕴藉处,不然则粗矣。

《古唐诗合解》:此篇短调急节,情景各胜。

《唐宋诗醇》:言有尽而意无穷,味在酸咸之外。

《网师园唐诗笺》:深情婉转(末二句下)。

《唐诗合选详解》:吴绥眉曰:短章天然入妙。

《王闿运手批唐诗选》:无情有情("欲行不行"句下)。

《李太白诗醇》:严云:首句既飘然不群,柳花说香更精微。

又云:"欲行不行"四字内,不独情深,已藏"短长"意。

别东林寺僧

东林送客处,月出白猿啼。

笑别庐山远,何烦过虎溪?

黄鹤楼送孟浩然之广陵

故人西辞黄鹤楼,烟花三月下扬州。

孤帆远影碧空尽,唯见长江天际流。

【汇评】

《入蜀记》：太白登此楼，《送孟浩然》诗云："孤帆远映碧山尽，惟见长江天际流。"盖帆樯映远山，尤可观；非江行久，不能知也。

《唐诗正声》：燕公《送梁六》之作，直以落句见情，便不能与青莲此诗争雄。

《唐诗绝句类选》：末二句写别时怅望之景，而情在其中。

《唐诗直解》：更不说在人上，妙，妙。

《唐诗解》："黄鹤"分别之地，"扬州"所往之乡，"烟花"叙别之景，"三月"纪别之时。帆影尽，则目力已极；江水长，则离思无涯。怅望之情，俱在言外。

《汇编唐诗十集》：唐云：说"孤帆"即是说人。

《唐诗选脉会通评林》：陈继儒曰：送别诗之祖，情意悠渺，可想不可说。

《唐诗摘钞》：不见帆影，惟见长江，怅别之情，尽在言外。

《增订唐诗摘钞》："烟花三月"四字，插入轻婉；"三月"时也，"烟花"景也。第三句只接写"辞"字、"下"字。

《而庵说唐诗》：有神理在内。诗中用字须板，用意须活。板则不可移动，活则不可捉摸也。

《唐宋诗醇》：语近情遥，有"手挥五弦，目送飞鸿"之妙。

《网师园唐诗笺》：语近情遥（末二句下）。

《唐诗选胜直解》：首二句将题面说明，后二句写景，而送别之意已见言表。孤帆远影，以目送也；长江天际，以心送也。极浅极深，极淡极浓，真仙笔也。

《唐人万首绝句选评》：不必作苦语，此等语如朝阳鸣凤。

《唐诗三百首》陈婉俊补注：千古丽句（"烟花三月"句下）。

《诗境浅说续编》：送行之作夥矣，莫不有南浦销魂之意。太白与襄阳，皆一代才人，而兼密友，其送行宜累笺不尽。乃此诗首二句仅言自武昌至扬州。后二句叙别意，言天末孤帆，江流无际，止寥寥十四字，似无甚深意者。盖此诗作于别后，襄阳此行，江程迢递，太白临江送别，直望至帆影向空而尽，惟见浩荡江流，接天无际，尚怅望依依，帆影尽而离心不尽。十四字中，正复深情无限，曹子建所谓"爱至望苦深"也。

《唐诗绝句精华》：善写情者不贵质言，但将别时景象有感于心者写出，即可使诵其诗者发生同感也。

渡荆门送别

渡远荆门外，来从楚国游。
山随平野尽，江入大荒流。
月下飞天镜，云生结海楼。
仍怜故乡水，万里送行舟。

【汇评】

《升庵诗话》：太白《渡金（荆）门》诗："仍怜故乡水，万里送行舟。"……寓怀乡之意。

《诗薮》："山随平野尽，江入大荒流"，太白壮语也；杜"星垂平野阔，月涌大江流"，骨力过之。

《唐诗解》：此自蜀入楚，渡荆门而赋，其形胜如此。

《唐诗镜》：诗太近人，其病有二，浅而近人者，率也；易而近人者，俗也。如《荆门送别》诗，便不免此病。

《唐诗选脉会通评林》：周敬曰：三四雄壮，好形胜。

《唐诗评选》：明丽杲如初日。结二语，得象外于圜中。"飘然思不穷"，唯此当之。泛滥钻研者，正由思穷于本分耳。

《李太白全集》王琦注：丁龙友曰：胡元瑞谓"山随平野尽，江入大荒流"，此太白壮语也；子美诗"星垂平野阔，月涌大江流"二语，骨力过之。予谓李是昼景，杜是夜景；李是行舟暂视，杜是停舟细观；未可概论。

《精选五七言律耐吟集》：包举宇宙气象。

《石洲诗话》：太白云："山随平野尽，江入大荒流。"少陵云："星垂平野阔，月涌大江流。"此等句皆适与手会，无意相合，固不必谓相为倚傍，亦不容区分优劣也。

《闻鹤轩初盛唐近体读本》：三、四写形势，确不可易，复尔苍亮。五、六亦是平旷所见，语复警异。观此结，太白允是蜀人，语亦有情，未经人道。

《唐诗近体》：炼句雄阔，与杜匹敌（"山随"二句下）。

《唐宋诗举要》：语言倜傥，太白本色。

《诗境浅说》：太白天才超绝，用笔若风樯阵马，一片神行。……此诗首二句，言送客之地。中二联，写荆门空阔之景。惟收句见送别本意，图穷匕首见，一语到题。昔人诗文，每有此格。次联气象壮阔，楚蜀山脉，至荆州始断；大江自万山中来，至此千里平原，江流初纵，故山随野尽，在荆门最切。四句虽江行皆见之景，而壮健与上句相埒。后顾则群山渐远，前望则一片混茫也。五、六句写江中所见：以"天镜"喻月之光明，以"海楼"喻云之奇特。惟江天高旷，故所见如此；若在院宇中观云月，无此状也。末二句叙别意，言客踪所至，江水与之俱远，送行者心亦随之矣。

闻李太尉大举秦兵百万出征东南懦夫请缨冀申一割之用半道病还留别金陵崔侍御十九韵

秦出天下兵，蹴踏燕赵倾。
黄河饮马竭，赤羽连天明。

太尉杖旄钺，云旗绕彭城。

三军受号令，千里肃雷霆。

函谷绝飞鸟，武关拥连营。

意在斩巨鳌，何论鲙长鲸！

恨无左车略，多愧鲁连生。

拂剑照严霜，雕戈鬘胡缨。

愿雪会稽耻，将期报恩荣。

半道谢病还，无因东南征。

亚夫未见顾，剧孟阻先行。

天夺壮士心，长吁别吴京。

金陵遇太守，倒屣相逢迎。

群公咸祖饯，四座罗朝英。

初发临沧观，醉栖征房亭。

旧国见秋月，长江流寒声。

帝车信回转，河汉复纵横。

孤凤向西海，飞鸿辞北溟。

因之出寥廓，挥手谢公卿。

【汇评】

《瓯北诗话》：青莲虽有志出世，而功名之念，至老不衰。集中有留别金陵诸公诗，题云《闻李太尉大举秦兵百万出征懦夫请缨冀申一割之用半道病还》。按李光弼为太尉，在上元元年，统八道行营，镇临淮。青莲于乾元二年赦归，是时已在金陵矣。一闻光弼出师，又欲赴其军自效，何其壮心不已耶？或欲自雪其从璘之累耶？

南陵别儿童入京

白酒新熟山中归，黄鸡啄黍秋正肥。

呼童烹鸡酌白酒，儿女嬉笑牵人衣。

高歌取醉欲自慰，起舞落日争光辉。

游说万乘苦不早，著鞭跨马涉远道。

会稽愚妇轻买臣，余亦辞家西入秦。

仰天大笑出门去，我辈岂是蓬蒿人！

【汇评】

《唐诗品汇》：刘云：草草一语，倾倒至尽。起四句，说得还山之乐，磊落不辛苦，而情实畅然，不可胜道。

《载酒园诗话又编》：杜自称"沉郁顿挫"，谓李"飞扬跋扈"，二语最善形容。后复称其"笔落惊风雨，诗成泣鬼神"，推许至矣。……宋人乃以好言妇人饮酒病之，则子美"耽酒须微禄"、"朝回日日典春衣"，不饮酒乎？"大妇同行小妇随"、"翠眉萦度曲"，不妇人乎？太白曰"下士大笑，如苍蝇声"，又曰"仰天大笑出门去，我辈岂是蓬蒿人"。凡作此论者，皆太白千载前豫知其笑，而先自仰天者也。

《唐宋诗醇》：结句以直致见风格，所谓词意俱尽，如截奔马。

《李太白诗醇》：淡淡有致。

江夏别宋之悌

楚水清若空，遥将碧海通。

人分千里外，兴在一杯中。

谷鸟吟晴日，江猿啸晚风。

平生不下泪，于此泣无穷。

【汇评】

《入蜀记》：自此（鹦鹉洲）以南为汉水，……水色澄澈可鉴。太白云："楚水清若空"，盖言此也。

《唐诗分类绳尺》：豪迈。

《诗薮》：太白云："人分千里外，兴在一杯中"，达夫"功名万里外，心事一杯中"，甚类。然高虽浑厚，易到；李则超逸入神。

《唐音癸签》：太白"人分千里外，兴在一杯中"，达夫"功名万里外，心事一杯中"，似皆从庾抱之"悲生万里外，恨起一杯中"来。而达夫较厚，太白较逸，并未易轩轻。

《唐诗选脉会通评林》：周敬曰：起结联法，俱有品有度。

《唐宋诗醇》：登高而呼，众山皆响。

南阳送客

> 斗酒勿为薄，寸心贵不忘。
> 坐惜故人去，偏令游子伤。
> 离颜怨芳草，春思结垂杨。
> 挥手再三别，临岐空断肠。

【汇评】

《李杜二家诗钞评林》：此诗旧列五言古，然实律耳。

《唐诗镜》：一起四语，是本色当家。

《唐宋诗醇》：从《古诗十九首》脱化而出，词意俱古，咏至五、六，可谓蕴藉风流矣。　　钟惺曰：项联是客中送客语，说得混然不觉。

《石园诗话》：太白五律中，如"边月随弓影，胡霜拂剑花"、"烟花宜落日，丝管醉春风"、"宫花争笑日，池草暗生春"、"海上碧云断，单于秋色来"、"山随平野尽，江入大荒流"、"斗酒勿为薄，寸心贵不忘"，……齿颊之间，俱带仙气。

《李太白诗醇》：严云：真情厚意，起二语道尽。　　谢云：曲尽离别之情。

送张舍人之江东

张翰江东去,正值秋风时。
天清一雁远,海阔孤帆迟。
白日行欲暮,沧波杳难期。
吴洲如见月,千里幸相思。

【汇评】

《瀛奎律髓》:"一雁"、"孤帆"之句,亦以寓吾道不偶之叹。下句引"白日"、"沧波",而云"行欲暮"、"杳难期",意可见也。

《唐诗评选》:读太白诗,乃悟风华不由粉黛,温飞卿、杨大年殊郎当不俚赖。"天清一雁远"与"大江流日夜"、"亭皋木叶下",自挟飞仙之气。贾岛"落叶满长安",妆排语耳,无才而为有才,欺天乎?

《瀛奎律髓汇评》:许印芳:此诗立格在古、律之间。其调法,在律体中有不可效用者。起二句,分之则首句乃平调,次句乃拗调,皆律体也;合之则上下不粘,乃古体也。五句本是拗调,六句以古句作对,上下相粘,亦古体也。此皆律体之所禁忌,不得以古人偶有此格而效用之。

《李太白诗醇》:送张舍人引张翰典,甚妙。　　严云:三、四情境旷邈,可望,可思。

送友人寻越中山水

闻道稽山去,偏宜谢客才。
千岩泉洒落,万壑树萦回。
东海横秦望,西陵绕越台。

湖清霜镜晓，涛白雪山来。

八月枚乘笔，三吴张翰杯。

此中多逸兴，早晚向天台。

【汇评】

《李杜诗选》：桂曰：太白天才飘逸，长律虽法度严整，而清骨不泯。

《唐诗广选》：蒋仲舒曰：李诗常清旷，而此独刻画。

《唐诗选脉会通评林》：周敬曰：得"湖清"一联，通篇生色。

《网师园唐诗笺》："湖清"二句，写景清切。

《闻鹤轩初盛唐近体读本》：陈德公曰：寻常语入其笔端，便飘飘然有凌云之气。　　评：三、四洒落萦回，字法排纵。"涛白雪山来"，眼前佳境，笔能道出。

《养一斋李杜诗话》：按沈、宋排律，人巧而已。右丞明秀，实超沈、宋之上，若气魄闳大，体势飞动，亦未可与太白抗行也。"湖清霜镜晓，涛白雪山来"、"地形连海尽，天影落江虚"等句，右丞恐当避席。

《李太白诗醇》：谢云：太白专学鲍明远，亦有全用其句处，如鲍云："千岩盛阻积，万壑势萦回"是也（"千岩"二句下）。　　有声画。

鲁郡尧祠送窦明府薄华还西京

原注：时久病初起作。

朝策犁眉𬴊，举鞭力不堪。

强扶愁疾向何处？角巾微服尧祠南。

长杨扫地不见日，石门喷作金沙潭。

笑夸故人指绝境，山光水色青于蓝。

庙中往往来击鼓，尧本无心尔何苦？

门前长跪双石人，有女如花日歌舞。

银鞍绣毂往复回，簸林蹴石鸣风雷。

远烟空翠时明灭，白鸥历乱长飞雪。

红泥亭子赤阑干，碧流环转青锦湍。

深沉百丈洞海底，那知不有蛟龙蟠！

君不见绿珠潭水流东海，绿珠红粉沉光彩。

绿珠楼下花满园，今日曾无一枝在。

昨夜秋声阊阖来，洞庭木落骚人哀。

遂将三五少年辈，登高远望形神开。

生前一笑轻九鼎，魏武何悲铜雀台。

我歌白云倚窗牖，尔闻其声但挥手。

长风吹月度海来，遥劝仙人一杯酒。

酒中乐酣宵向分，举觞酹尧尧可闻。

何不令皋繇拥篲横八极，直上青天挥浮云。

高阳小饮真琐琐，山公酩酊何如我？

竹林七子去道赊，兰亭雄笔安足夸！

尧祠笑杀五湖水，至今憔悴空荷花。

尔向西秦我东越，暂向瀛洲访金阙。

蓝田太白若可期，为余扫洒石上月。

【汇评】

《诗薮》：太白《蜀道难》、《远别离》、《天姥吟》、《尧祠歌》等，无首无尾，变幻错综，窈冥昏然，非其才力学之，立见颠踬。

《诗源辩体》：太白歌行……至《忆旧游》、《鲁郡尧祠》之类，则太白已调耳。

《唐宋诗醇》：起灭在手，变化从心，初曷尝沾沾于矩矱，而意之所到，无不应节合拍。歌行至此，岂非神品。

《老生常谈》：《鲁郡尧祠送窦明府薄华还西京》诗，全用一拓一顿之笔，如神龙夭矫九天，屈强奇攫。……"庙中往往来击鼓"，此等接落，真出人意表。"尧本无心尔何苦"，意极正当，而笔极恣横。"深沉百丈洞海底"二句，力为排奡。"昨夜秋声闻阖来"云云，忽然又起一波，令人已不可测；"我歌白云倚窗牖"云云，忽又作一顿折之笔，奇横至此为极。"高阳小饮"四句，本作一气读，偏于下二句连，再下二句另为一韵，顺带一笔，挽回"尧祠"，有千钧力量。结亦遒劲。

《王闿运手批唐诗选》：亦欲泥沙俱下，而杂凑不匀，幸尚能驱驾耳。

金乡送韦八之西京

客自长安来，还归长安去。
狂风吹我心，西挂咸阳树。
此情不可道，此别何时遇？
望望不见君，连山起烟雾。

【汇评】

《批点唐诗正声》：词理清真，细绘者不能道。

《李杜诗通》：刘辰翁云：同是瞻望不及之意，能者自然。

《唐诗别裁》：即"瞻望弗及，实劳我心"意，说来自远。

《网师园唐诗笺》：奇逸（"狂风"二句下）。

单父东楼秋夜送族弟沈之秦

原注：时凝弟在席。

尔从咸阳来，问我何劳苦。
沐猴而冠不足言，身骑土牛滞东鲁。
沈弟欲行凝弟留，孤飞一雁秦云秋。

坐来黄叶落四五，北斗已挂西城楼。

丝桐感人弦亦绝，满堂送君皆惜别。

卷帘见月清兴来，疑是山阴夜中雪。

明日斗酒别，惆怅清路尘。

遥望长安日，不见长安人。

长安宫阙九天上，此地曾经为近臣。

一朝复一朝，发白心不改。

屈原憔悴滞江潭，亭伯流离放辽海。

折翮翻飞随转蓬，闻弦坠虚下霜空。

圣朝久弃青云士，他日谁怜张长公？

【汇评】

《唐诗品汇》：萧云：此篇眷顾宗国之意深。

《升庵诗话》：写意亦黯淡。"沐猴"句，讥时太露。

《唐诗笺要》：别离与放废并写，……不见悲哀，只觉渊茂。

《老生常谈》："孤飞一雁秦云秋"句，峭而逸。"丝桐感人弦亦绝"云云，突接硬转。学古人全要在此等处留心，方能筋络灵动。下用短句夹长句，一路接去，其音凄怆，其笔俊逸，此太白独异于诸家处也。

鲁郡东石门送杜二甫

醉别复几日，登临遍池台。

何时石门路，重有金樽开。

秋波落泗水，海色明徂徕。

飞蓬各自远，且尽手中杯。

【汇评】

《分类补注李太白诗》萧士赟注：杜工部尝有诗赠太白曰："何

时一樽酒,重与细论文?"今观此篇,岂一时酬答之诗邪?

《李杜诗选》:梅禹金曰:不必言涕,黯然消魂。

《唐诗广选》:蒋仲舒曰:爽语易而有致。

《南濠诗话》:李太白、杜子美微时为布衣交,并称于天下后世。今考之杜集,其怀赠太白者多至四十馀篇,而太白诗之及杜者,不过沙丘城之寄、鲁郡石门之送,及"饭颗"之嘲一绝而已。盖太白以帝室之胄,负天仙之才,日试万言,倚马可待,而杜老不免刻苦作诗,宜其为太白所诮。

《唐宋诗醇》:无限低徊,有说不尽处,可谓情深于辞。

《石园诗话》:少陵于太白,或赠或怀,诗凡九见。太白于少陵,惟《鲁郡东石门送杜二甫》、《沙丘城下寄杜甫》二作,而皆情溢言外。……试玩二公诗及"醉眠秋共被,携手日同行"句,可知其交情也。

《李太白诗醇》:严云:出语轻省,写情稠至。　　又云:五、六取境清旷,非胸怀如此者,对此亦堕茫昧。

灞陵行送别

送君灞陵亭,灞水流浩浩。
上有无花之古树,下有伤心之春草。
我向秦人问路岐,云是王粲南登之古道。
古道连绵走西京,紫阙落日浮云生。
正当今夕断肠处,黄鹂愁绝不忍听。

【汇评】

《增定评注唐诗正声》:郭云:连用三"之"字,在太白则可,他人学之,便堕训诂一路。

《诗源辩体》:《公无渡河》、《北风行》、《飞龙引》、《登高丘》、

《灞陵行》等，出自古乐府。

《唐诗选脉会通评林》：周珽曰："落日浮云生"深情可思。

《唐诗评选》：夹乐府入歌行，掩映百代。

《唐宋诗醇》：古之"伤心人别有怀抱"，是诗之谓矣。

《李太白诗醇》：长短错综，亦一奇格也。　　谢云：缀景清新。

送贺监归四明应制

久辞荣禄遂初衣，曾向长生说息机。

真诀自从茅氏得，恩波宁阻洞庭归。

瑶台含雾星辰满，仙峤浮空岛屿微。

借问欲栖珠树鹤，何年却向帝城飞？

【汇评】

《唐七律选》：太白诗不耐入细，与三唐律法迥别，然其巀兀之气不可泯也。是作如生马就羁勒，虽跳梁未免，而倍觉其骏。庸律卑缛，宜以此振之。

《唐诗别裁》：望其复来帝城，借说便不入套（末二句下）。

《网师园唐诗笺》：期其复来，隐然以吾道规之（末二句下）。

《唐诗笺要》：不废君臣大义，是何等眼孔！

《闻鹤轩初盛唐近体读本》：陈德公曰：通首稳切，结韵悠飏。　　贺归四明，道经洞庭，故第四云尔，然必着"恩波"字于句首，则语意方融，只此可悟琢叠法。五、六写归后景物，因"瑶台"生"星辰"字，因"仙峤"生"岛屿"字，"含"故言"满"，"浮"故言"微"，意绪相承，必无强缀。

《抱真堂诗话》：太白之诗，豪迈潇洒，想不耐苦索，故七言律少耶？抑传者失轶耶？若"借问欲栖珠树鹤"一首，篇体轻澹，亦不易得。

《诗式》：发句上句说乞归，下句说为道士。颔联上句顶发句下句，下句即顶颔联上句。颈联"瑶台"、"仙峤"等字渲染道家景色。落句只自设问季真之乞归可得更还朝否，而托之于鹤，"飞"字与"栖"字针锋相对。白少有逸才，志气宏放，飘然有超世之志。苏颋曰："是子天才可比相如。"贺季真曰："谪仙人也。"凡所为诗，每飘飘欲仙。　　〔品〕飘逸。

送贺宾客归越

镜湖流水漾清波，狂客归舟逸兴多。
山阴道士如相见，应写黄庭换白鹅。

【汇评】

《苕溪渔隐丛话》：《西清诗话》云：唐人以诗为专门之学，虽名世善用故事者，或未免小误。……李太白"山阴道士如相访，为写《黄庭》换白鹅"，乃《道德经》，非《黄庭》也。逸少尝写《黄庭经》与王修，故二事相紊。

《容斋随笔》：李太白诗云："山阴道士如相见，应写《黄庭》换白鹅。"盖用王逸少事也。前贤或议之曰：逸少写《道德经》，道士举鹅群以赠之，元非《黄庭》。以为太白之误。予谓太白眼高四海，冲口成章，必不规规然旋检阅《晋史》，看逸少传，然后落笔。正使误以《道德》为《黄庭》，于理正自无害，议之过矣。

《交翠轩笔记》：沈涛云：蔡絛《西清诗话》以李太白诗"山阴道士如相访，为写《黄庭》博白鹤"为误，云逸少所写乃《道德经》。《能改斋漫录》主其说，《广川书跋》亦云，世疑《黄庭经》非羲之书，以传考之，知尝书《道德经》，不言写《黄庭》也。涛案：《太平御览》职官部引何法盛《晋中兴书》：山阴有道士养群鹅，羲之甚悦。道士云，为写《黄庭经》，当举群鹅相赠。乃为写讫，笼鹅而去。乃知太白用事不误，后人少见多怪耳。

送裴十八图南归嵩山二首

其一

何处可为别？长安青绮门。

胡姬招素手，延客醉金樽。

临当上马时，我独与君言。

风吹芳兰折，日没鸟雀喧。

举手指飞鸿，此情难具论。

同归无早晚，颍水有清源。

【汇评】

《唐诗评选》：只写送别事，托体高，著笔平。"风惊芳兰折"以下，即所与君言者也。寒山指裂石壁便去，岂有步后尘踪！

《李太白全集》王琦注："风吹芳兰折"，喻君子被抑不得伸其志也。"日没鸟雀喧"，喻君暗而谗言竞作也。

其二

君思颍水绿，忽复归嵩岑。

归时莫洗耳，为我洗其心。

洗心得真情，洗耳徒买名。

谢公终一起，相与济苍生。

【汇评】

《唐诗别裁》：言真能洗心，则出处皆宜，不专以忘世为高也。借洗耳引洗心，无贬巢父意。

《唐宋诗醇》：沉刻之意，以快语出之，可令闻者警竦。

《李太白诗醇》：严云："为我"字说得亲热。　　严沧浪曰：此格如常山蛇，首尾与中皆相应。

同王昌龄送族弟襄归桂阳二首（其二）

尔家何在潇湘川，青莎白石长沙边。

昨梦江花照江日，几枝正发东窗前。

觉来欲往心悠然，魂随越鸟飞南天。

秦云连山海相接，桂水横烟不可涉。

送君此去令人愁，风帆茫茫隔河洲。

春潭琼草绿可折，西寄长安明月楼。

【汇评】

《批点唐诗正声》：情出至悃，故词调警绝。

《唐诗选脉会通评林》：周珽曰：首为己问弟之辞；次为弟自述梦中所见与梦觉急归情思；末致相送之意，冀弟还相忆也。机局斩新，破空而行，珠圆玉润。

《网师园唐诗笺》：笔妙从空中飞舞，步步引人，往复不尽（"昨梦江花"四句下）。

《李太白诗醇》：一读使人情思蔼然（"风帆茫茫"句下）。

送杨山人归嵩山

我有万古宅，嵩阳玉女峰。

长留一片月，挂在东溪松。

尔去掇仙草，菖蒲花紫茸。

岁晚或相访，青天骑白龙。

【汇评】

《唐诗广选》：刘会孟曰：超然天地间，可以不死，岂独不经人道哉！　　奇思高调（首二句下）。

《唐诗选脉会通评林》：陈继儒曰：英清朗决，出世之语自异。

《唐诗矩》：前后两截格。　　全首不对，以此古为律体，语虽参差而音实协律，此其妙也。太白集中此体特多，恨其率易，无一首可诵。此首发兴特奇崛，而结句浑成，力重千钧，故取以存一体。

《唐宋诗醇》：蟠逸气于短言，弥觉奇健。

《闻鹤轩初盛唐近体读本》：陈德公曰：太白本色奇迥，非复凡响，一字不对，不在古律之限。三、四、五、六、七、八，无辙迹，有烟霞，岂非天才！　　评：太白英才爽笔，绝尘轶轨，不复以律自羁，故五律有全工对者，有五、六对者，有通首一、二字对者，有通首全不对者。无论工丽、脱落，其中总有运掣生气，乃不胜采掇。此则全不对者。

《唐诗合选详解》：王翼云曰：飘然语是太白本相，而吴绥眉谓其故为奇矫，非也。

《李太白诗醇》：严云："万古宅"三字，作达人语会，方妙；一涉仙气，便痴。　　又云：五、六一作"君行到此峰，餐霞驻衰容"，见此二句，方知本句之佳，便隔仙凡，便分雅俗。

送殷淑三首（其二）

白鹭洲前月，天明送客回。
青龙山后日，早出海云来。
流水无情去，征帆逐吹开。
相看不忍别，更进手中杯。

【汇评】

《唐诗成法》：一、二昨夜先送一客。三、四今日景，隔句对法。

五、六今日又送别。七、八情。昨夜送客，已是消魂；今日又送，何以为情！"不忍别"三字，全首俱动。　　　第六句方出题，格法。　　　信手拈来，天花乱落，骤看全然古意，细味却是律体，精神流动，格法离奇。青莲屡学崔颢《黄鹤楼》诗，皆不能佳，惟此首无愧。

送友人

　　青山横北郭，白水绕东城。
　　此地一为别，孤蓬万里征。
　　浮云游子意，落日故人情。
　　挥手自兹去，萧萧班马鸣。

【汇评】

　　《唐诗广选》：蒋春甫曰：不如此接，便无生气（"此地"二句下）。

　　《唐诗直解》：评：不刻不浅，自是爽词。

　　《唐风怀》：质公曰：倏忽万里，念此黯然销魂。

　　《唐诗归折衷》：唐云：起极弘远（首二句下）。　　　唐云：接得轻便（"此地"二句下）。　　　唐云：结更凄楚（末二句下）。吴敬夫云：深情婉转，老致纷披，便可与老杜"带甲满天地"同读。

　　《古唐诗合解》：前解叙送别之地，后解言送友之情。

　　《唐诗成法》："青山"、"白水"，先写送别之地，如此佳景为"孤蓬万里"对照。"此地"紧接上二句，"一别"，送者、去者合写。五、六又分写。"自兹"二字，人、地总结。八止写"马鸣"，黯然销魂，见于言外。

　　《唐诗别裁》：三、四流走，竟亦有散行者，然起句必须整齐。　　　苏、李赠言多唏嘘语而无蹶蹙声，知古人之意在不尽矣。

太白犹不失斯旨。

《唐宋诗醇》：首联整齐，承则流走，而下联健劲，结有萧散之致。大匠运斤，自成规矩。

《唐诗近体》：起句整齐。结得洒脱，悠然不尽。

《精选五七言律耐吟集》：青莲五律无一首不意在笔先，扫尽人千百言，破空而下。

《李太白诗醇》：严沧浪曰：五、六澹荡凄远，胜多多语。

送友人入蜀

见说蚕丛路，崎岖不易行。

山从人面起，云傍马头生。

芳树笼秦栈，春流绕蜀城。

升沉应已定，不必问君平。

【汇评】

《瀛奎律髓》：太白此诗，虽陈、杜、沈、宋不能加。

《唐诗正声》：气清裁密，五六音节直似戛石铿丝。

《唐诗广选》：胡元瑞曰：结句更精。　　　亦真亦幻（"山从"句下）。

《唐诗直解》：用蜀事贴切。末二句达生之言。

《唐诗选》：是真境（"云傍"句下）。

《唐诗镜》：三、四语佳，第未秀耸。

《唐诗摘钞》：三、四奇，故五、六可平。五、六平，故七、八必奇。太白五律多率易，结语尤甚。如此合作者，集中亦不多得。

《初白庵诗评》：前四句一气盘旋。

《而庵说唐诗》：蜀中奇险，太白生于其间，与之相习，尚畏行之难，今送友人入蜀，即以"崎岖"相告。"山从"二句，是承上"崎岖不易行"五字,勿作好景看。

《唐诗别裁》:奇语传出"不易行"意。"笼秦栈"、"绕蜀城",以所经言之。结用蜀人恰好。

《唐宋诗醇》:此五律正宗也。李梦阳曰:"叠景者意必二,阔大者半必细",极得诗家微旨。此诗颔联承接次句,语意奇险,五、六则秾纤矣。颔联极言蜀道之难,五、六又见风景可乐,以慰征夫,此两意也。一结翻案,更饶胜致。

《网师园唐诗笺》:"山从"二句,奇景奇情。

《闻鹤轩初盛唐近体读本》:评:三、四警削语,而出句尤异。五、六秀润矣。"笼"字字法最高。因人蜀即举及君平,当非硬人。

《瀛奎律髓汇评》:纪昀:一片神骨,而锋芒不露。

《唐宋诗举要》:吴曰:起浑雄无迹。 又曰:能状奇险之景,而无艰深刻画之态("山从"二句下)。 又曰:牢骚语抑遏不露(末二句下)。

《诗境浅说》:蜀中之栈道峡江,雄奇甲海内,惟李、杜椽笔足以举之。李诗上句(按指"山从人面起"),言拔地高峰,忽当人面,见山之奇也;万山环合,处处生云,马前数尺,即不辨径途,见云之近也。……以雄奇之笔,状雄奇之景,是足凌驾有唐矣。

送鞠十少府

> 试发清秋兴,因为吴会吟。
> 碧云敛海色,流水折江心。
> 我有延陵剑,君无陆贾金。
> 艰难此为别,惆怅一何深!

【汇评】

《唐诗笺注》:如此送别,语意深挚。

《李太白诗醇》：严云：用"延陵剑"，古人亦太不忌。　　严沧浪曰：颔联写云水卷舒之状，必须"敛"、"折"，二字方合，他字不能待也。当知句中自有正法眼，只求其是；好新作怪，皆为野狐。

送陆判官往琵琶峡

　　水国秋风夜，殊非远别时。
　　长安如梦里，何日是归期？

【汇评】

　　《升庵诗话》：太白诗："天山三丈雪，岂是远行时？"又曰："水国秋风夜，殊非远别时。""岂是"、"殊非"，变幻二字，愈出愈奇。

　　《唐人万首绝句选评》：味首二句，似非长安送陆；陆已谪外为判官，此又送之往琵琶峡，因悲其去国日远也。

　　《李太白诗醇》：妙味在文字之外。　　严沧浪曰：语短意长，是五言绝妙境地。

赋得白鹭鸶送宋少府入三峡

　　白鹭拳一足，月明秋水寒。
　　人惊远飞去，直向使君滩。

【汇评】

　　《唐宋诗醇》：奇思古调。

　　《李太白诗醇》：前半一幅活画。

宣州谢朓楼饯别校书叔云

　　弃我去者昨日之日不可留，乱我心者今日之日多烦忧。

长风万里送秋雁，对此可以酣高楼。

蓬莱文章建安骨，中间小谢又清发。

俱怀逸兴壮思飞，欲上青天揽明月。

抽刀断水水更流，举杯销愁愁更愁。

人生在世不称意，明朝散发弄扁舟。

【汇评】

《唐诗品汇》：刘云：崔嵬迭宕，正在起一句。"不称意"，诺欲绝。

《全唐风雅》：萧云：此篇眷顾宗国之意深。

《唐诗选脉会通评林》：周珽曰：厌世多艰，兴思远引。韵清气秀，蓬蓬起东海，蓬蓬起西海。异质快才，自足横绝一世。

《唐诗评选》：兴比超忽。

《古唐诗合解》：此篇三韵两转，而起结别是一法。起势豪迈如风雨之骤至。

《唐诗别裁》：此种格调，太白从心中化出（首二句下）。

《网师园唐诗笺》：耸突爽逸（首二句下）。　奥思奇句（"抽刀断水"二句下）。

《唐宋诗醇》：遥情飚竖，逸兴云飞，杜甫所谓"飘然思不群"者，此矣。千载而下，犹见酒间岸异之状，真仙才也。　吴昌祺曰：亦从明远变化出来。

《昭昧詹言》：起二句，发兴无端。"长风"二句，落入；如此落法，非寻常所知。"抽刀"二句，仍应起意为章法。"人生"二句，言所以愁。

《艺概》：昔人谓激昂之言出于兴，此"兴"字与他处言兴不同。激昂大抵只是情过于事，如太白诗"欲上青天揽日月"是也。

《王闿运手批唐诗选》：起句破格，赖此救之（"长风万里"二句下）。中四句不贯，以其无愁也（"蓬莱文章"四句下）。

《唐宋诗举要》：吴曰：破空而来，不可端倪（首二句下）。

吴曰：再用破空之句作接，非太白雄才，那得有此奇横（"长风万里"句下）？　　吴曰：第四句始倒煞到题。　　翁覃溪曰："蓬莱"句从中突起，横亘而出。　　吴曰："抽刀"句再断。　　吴曰：收倒煞到题（末二句下）。

送储邕之武昌

> 黄鹤西楼月，长江万里情。
> 春风三十度，空忆武昌城。
> 送尔难为别，衔杯惜未倾。
> 湖连张乐地，山逐泛舟行。
> 诺为楚人重，诗传谢朓清。
> 沧浪吾有曲，寄入棹歌声。

【汇评】

《唐诗直解》：起四语韵胜，不比自佳。后亦流动，行云流水，飘然不群。

《唐诗训解》：起语雄健，亦复自然，景物收入笔端如矢口唱出。

《汇编唐诗十集》：唐云：此诗音韵铿锵，俪偶参错，排律之变体，同时惟孟襄阳有之。然不可无一，不可有二。

《唐诗选脉会通评林》：逸度逸才，铿然合节。

《唐诗评选》：供奉于此体本非胜场，乃此一篇又一空万古，要唯胸中无排律名目也。　　冲口云烟，无端萦绕。

《唐诗别裁》：以古风起法运作长律，太白天才，不拘绳墨乃尔！

《唐宋诗醇》：健笔凌空，如列子御风而行，泠然善也。

《李太白诗醇》：严云：起两句一字非类，而错揉成对，最新，不独情境之佳。

五月东鲁行答汶上君

五月梅始黄,蚕凋桑柘空。
鲁人重织作,机杼鸣帘栊。
顾余不及仕,学剑来山东。
举鞭访前途,获笑汶上翁。
下愚忽壮士,未足论穷通。
我以一箭书,能取聊城功。
终然不受赏,羞与时人同。
西归去直道,落日昏阴虹。
此去尔勿言,甘心为转蓬。

【汇评】

《唐风定》:豪杰吐气如虹。

山中问答

问余何意栖碧山,笑而不答心自闲。
桃花流水窅然去,别有天地非人间。

【汇评】

《诚斋诗话》:"问余何意栖碧山……",又"相随遥遥访赤城,三十六曲水回萦。一溪初入千花明,万壑度尽松风声",此李太白诗体也。

《麓堂诗话》:诗贵意,意贵远不贵近,贵淡不贵浓;浓而近者易识,淡而远者难知。如杜子美"钩帘宿鹭起,丸药流莺啭"、"不通姓字粗豪甚,指点银瓶索酒尝"、"衔泥点涴琴书内,更接飞虫打著人",李太白"桃花流水杳然去，别有天地非人间"，王摩诘"返景入深林，复照青苔上"，皆淡而愈浓，近而愈远，可与知者道，难与俗人言。

《唐诗选脉会通评林》：周珽曰：随心趁口，不经思维，苍词古意，自成天籁。非谪仙人何得此不食烟火语！

《唐诗摘钞》：趣，此绝句中拗体。三、四只当"心自闲"三字注脚，究竟不曾答其所以。栖山原非本怀，然难为俗人道，故立言如此。

《古唐诗合解》：此诗信手拈来，字字入化，无段落可寻，特可会其意，而不可拘其辞也。

《而庵说唐诗》：此诗纯是化机。白作此诗，如世尊拈花；人读此诗，当如迦叶微笑。不可说，亦不必说。

《唐宋诗醇》：自是君身有仙骨，世人那得知其故。　　许颛曰：贺知章呼太白为"谪仙人"，余观此诗信之矣。

《雨村诗话》：李诗本陶渊明，杜诗本庾子山，余尝持此论，而人多疑之。杜本庾，信矣；李与陶，似绝不相近。不知善读古人书，在观其神与气之间，不在区区形迹也。如"问余何事栖碧山……"，岂非《桃源记》拓本乎？

《湘绮楼说诗》："为政心闲物自闲，朝看飞鸟暮飞还。寄书河上神明宰，羡尔城头姑射山"，此篇超妙，为绝句上乘。所谓"羚羊挂角，不著一字"者也。欲知其超，但看太白诗"问余何事栖碧山"一首，世所谓仙才者，与此相比，觉李诗有意作态，不免村气。李选字皆妍丽，此则拉杂，如"神明宰"等字，比之"桃花流水"等字雅俗相远，而俗者反雅，雅者反俗，何耶？

以诗代书答元丹丘

青鸟海上来，今朝发何处？
口衔云锦字，与我忽飞去。

鸟去凌紫烟,书留绮窗前。

开缄方一笑,乃是故人传。

故人深相勖,忆我劳心曲。

离居在咸阳,三见秦草绿。

置书双袂间,引领不暂闲。

长望杳难见,浮云横远山。

【汇评】

《批点唐诗正声》:《答元丹丘》诗自是一体,词旨盖出乐府。

《增定评注唐诗正声》:郭云:将青鸟衔书一意,委折到底,不拘不散,妙甚。

《汇编唐诗十集》:一幅好尺牍。

玩月金陵城西孙楚酒楼达曙歌吹日晚
乘醉著紫绮裘乌纱巾与酒客数人棹
歌秦淮往石头访崔四侍御

昨玩西城月,青天垂玉钩。

朝沽金陵酒,歌吹孙楚楼。

忽忆绣衣人,乘船往石头。

草裹乌纱巾,倒被紫绮裘。

两岸拍手笑,疑是王子猷。

酒客十数公,崩腾醉中流。

谑浪棹海客,喧呼傲阳侯。

半道逢吴姬,卷帘出揶揄。

我忆君到此,不知狂与羞。

一月一见君,三杯便回桡。

舍舟共连袂,行上南渡桥。

兴发歌绿水，秦客为之摇。

鸡鸣复相招，清宴逸云霄。

赠我数百字，字字凌风飘。

系之衣裳上，相忆每长谣。

【汇评】

《旧唐书·李白传》：（白被）斥去，乃浪迹江湖，终日沉饮。时侍御史崔宗之（按当为崔成甫）谪官金陵，与白诗酒唱和。尝月夜乘舟，自采石达金陵。白衣宫锦袍，于舟中顾瞻笑傲，傍若无人。

答王十二寒夜独酌有怀

昨夜吴中雪，子猷佳兴发。

万里浮云卷碧山，青云中道流孤月。

孤月沧浪河汉清，北斗错落长庚明。

怀余对酒夜霜白，玉床金井冰峥嵘。

人生飘忽百年内，且须酣畅万古情。

君不能狸膏金距学斗鸡，坐令鼻息吹虹霓。

君不能学歌舒横行青海夜带刀，西屠石堡取紫袍。

吟诗作赋北窗里，万言不直一杯水。

世人闻此皆掉头，有如东风射马耳。

鱼目亦笑我，请与明月同。

骅骝拳跼不能食，蹇驴得志鸣春风。

折杨皇华合流俗，晋君听琴枉清角。

巴人谁肯和阳春，楚地由来贱奇璞。

黄金散尽交不成，白首为儒身被轻。

一谈一笑失颜色，苍蝇贝锦喧谤声。

曾参岂是杀人者，谗言三及慈母惊。

与君论心握君手，荣辱于余亦何有？

孔圣犹闻伤凤麟，董龙更是何鸡狗？

一生傲岸苦不谐，恩疏媒劳志多乖。

严陵高揖汉天子，何必长剑拄颐事玉阶！

达亦不足贵，穷亦不足悲。

韩信羞将绛灌比，祢衡耻逐屠沽儿。

君不见李北海，英风豪气今何在？

君不见裴尚书，土坟三尺蒿棘居。

少年早欲五湖去，见此弥将钟鼎疏。

【汇评】

乐史《李翰林别集序》：白有歌云："吟诗作赋北窗里，万言不及一杯水。"盖叹乎有其时而无其位。

《分类补注李太白诗》萧士赟注：按此篇造语叙事，错乱颠倒，绝无伦次，董龙一事尤为可笑。决非太白之作，乃先儒所谓五季间学太白者所为耳。

《昭昧詹言》："鱼目"句入己。"楚地"句以上学。"谗言"句以上世情。"与君"句合。

《李太白诗醇》：此诗萧士赟以为伪作，严沧浪断为太白作，余从严说。　　严云："青天中道流孤月"，是写其心胸。　　严沧浪曰：感愤放达，不妨纵言之。世以为五季间学太白者，非知太白者也。

寻鲁城北范居士失道落苍耳
中见范置酒摘苍耳作

雁度秋色远，日静无云时。

客心不自得，浩漫将何之？

忽忆范野人，闲园养幽姿。

茫然起逸兴，但恐行来迟。

城壕失往路，马首迷荒陂。

不惜翠云裘，遂为苍耳欺。

入门且一笑，把臂君为谁。

酒客爱秋蔬，山盘荐霜梨。

他筵不下箸，此席忘朝饥。

酸枣垂北郭，寒瓜蔓东篱。

还倾四五酌，自咏猛虎词。

近作十日欢，远为千载期。

风流自簸荡，谑浪偏相宜。

酣来上马去，却笑高阳池。

【汇评】

《唐诗归》：钟云：起得空远，若不涉题，然相关之妙在此（"浩漫"句下）。钟云：事妙诗妙矣，只觉多了数语，减得便好，却又不能或不肯（"遂为"句下）。　谭云：是失路真境（"入门"句下）。　钟云：下箸时严甚，眼中雅俗朗然（"他筵"句下）。

《李太白诗醇》：严云：起四句，取境远，取情近，兴致应如此。　"忽忆范野人"，看他称人如此。　"闲园养幽姿"，风流不枯，得闲趣。　"兴"从"茫然起"，乃逸。　"遂为"句说得草头无眼有心，如稚子认真，趣而不怨。　严沧浪曰：失足处，政是得意处，遂使苍耳条下增一妙典。

东鲁门泛舟二首（其一）

日落沙明天倒开，波摇石动水萦回。

轻舟泛月寻溪转，疑是山阴雪后来。

【汇评】

《唐诗绝句类选》：此诗缀景之妙，如画中神品，气韵生动，窅然人微。

《增订唐诗摘钞》：前二句写景，极着意，后便写得流利，此章法也。

《唐诗笺注》："日落沙明"二句，写景奇绝。少陵造句常有此，而此二句毕竟是李非杜，有飞动凌云之致也。下二句日落泛月，寻溪而转，清境迥绝，故疑似王子猷之山阴雪后来也。诗真飘然不群。

《诗式》：开首两句言泛舟时景，一句平直叙起，一句从容承之。三句宛转变化，始见工夫。四句顺流而下，绝无障碍；"疑是"二字活着，言泛舟之兴，同于王子猷也。　　[品] 清婉。

《李太白诗醇》：翼云云：日光落下，照沙而明，有似乎天在下者，故曰"倒开"。　　巧致已开晚唐人之境。　　谢云：缀景之妙，窈然人玄。

游泰山六首（其六）

朝饮王母池，暝投天门关。
独抱绿绮琴，夜行青山间。
山明月露白，夜静松风歇。
仙人游碧峰，处处笙歌发。
寂静娱清辉，玉真连翠微。
想象鸾凤舞，飘飖龙虎衣。
扪天摘匏瓜，恍惚不忆归。
举手弄清浅，误攀织女机。
明晨坐相失，但见五云飞。

《批点唐诗正声》：雄壮谲奇殆尽，句萧洒高逸。

《唐诗选脉会通评林》：周珽曰：首含讥讽，次写奇景，后述旷怀。

《唐宋诗醇》：白性本高逸，复遇偃蹇，其胸中磊砢一于诗乎发之。泰山观日，天下之奇，故足以舒其旷渺而写其块垒不平之意。是篇气骨高峻而无恢张之象，后三篇状景奇特，而无刻削之迹。盖浩浩落落，独来独往，自然而成，不假人力，大家所以异人者在此。若其体近游仙，则其寄兴云耳。

《匏庐诗话》：《古诗》"河汉清且浅"；李白《游太山》诗"举手弄清浅，误攀织女机"，是即以"清浅"为"河汉"。

《李太白诗醇》：空灵飘逸，愈出愈妙（"山明"四句下）。

下终南山过斛斯山人宿置酒

暮从碧山下，山月随人归。
却顾所来径，苍苍横翠微。
相携及田家，童稚开荆扉。
绿竹入幽径，青萝拂行衣。
欢言得所憩，美酒聊共挥。
长歌吟松风，曲尽河星稀。
我醉君复乐，陶然共忘机。

【汇评】

《李杜二家诗钞评林》：颇造平澹。

《唐诗评选》：清旷中无英气，不可效陶，以此作视孟浩然，真山人诗尔。

《古唐诗合解》：首言下山时明月随人，回顾行来路径，夜色苍苍，横于翠微之中矣。

《唐诗别裁》：太白山水诗亦带仙气。

《唐宋诗醇》：此篇及《春日独酌》、《春日醉起言志》等作，逼真渊明遗韵。

《网师园唐诗笺》：尽是眼前真景，但人苦会不得，写不出（首四句下）。

《唐诗评注读本》：先写景，后写情；写景处字字幽靓，写情处语语率真。

《李太白诗醇》：严云：起四句作绝，更有馀地。

把酒问月

原注：故人贾淳令予问之。

青天有月来几时？我今停杯一问之。
人攀明月不可得，月行却与人相随。
皎如飞镜临丹阙，绿烟灭尽清辉发。
但见宵从海上来，宁知晓向云间没。
白兔捣药秋复春，嫦娥孤栖与谁邻？
今人不见古时月，今月曾经照古人。
古人今人若流水，共看明月皆如此。
唯愿当歌对酒时，月光长照金樽里。

【汇评】

《汇编唐诗十集》：唐云：收敛豪气，信笔写成，取其雅淡可矣。谓胜《蜀道》诸作，则未敢许。

《唐诗评选》：于古今为创调。乃歌行，必以此为质，然后得施其裁制。供奉特地显出稿本，遂觉直尔孤行，不知独参汤原为诸补中方药之本也！辛幼安、唐子畏未许得与此旨。

《李太白诗醇》：奇想自天外来。　　圆活自在，可谓笔端有舌矣（"但见宵从"二句下）。　　严沧浪曰：缠绵不堕纤巧，当与《峨眉山月歌》同看。

游秋浦白笴陂二首（其二）

白笴夜长啸，爽然溪谷寒。

鱼龙动陂水，处处生波澜。

天借一明月，飞来碧云端。

故乡不可见，肠断正西看。

陪侍郎叔游洞庭醉后三首（其三）

铲却君山好，平铺湘水流。

巴陵无限酒，醉杀洞庭秋。

【汇评】

《鹤林玉露》：李太白云："铲却君山好，平铺湘水流。"杜子美云："斫却月中桂，清光应更多。"二公所以为诗人冠冕者，胸襟阔大故也。此皆自然流出，不假安排。

《诗家直说》：《金针诗格》曰："内意欲尽其理，外意欲尽其象，内外含蓄，方入诗格。若子美'旌旗日暖龙蛇动，宫殿风微燕雀高'，是也。"此固上乘之论，殆非盛唐之法。且如贾至、王维、岑参诸联，皆非内意，谓之不入诗格可乎？然格高气畅，自是盛唐家数。太白曰："铲却君山好，平铺湘水流。巴陵无限酒，醉杀洞庭秋。"迄今脍炙人口，谓有含蓄之意，则凿矣。

《批选唐诗》：率尔道出，自觉高妙。

《唐诗摘钞》：放言无理，在诗家转有奇趣。四句四见地名不觉。

《酌雅诗话》：瞿存斋云：太白诗："铲却君山好，平铺湘水流。

巴陵无限酒,醉杀洞庭秋。"是甚胸次?少陵亦云:"夜醉长沙酒,晓行湘水春。"然无许大胸次也。余谓不然。洞庭有君山,天然秀致。如铲却,是诚趣也。诗情豪放,异想天开,正不须如此说;既如此说,亦何大胸次之有?

《唐诗笺注》:诗豪语辟,正与少陵"斫去月中桂,清光应更多"匹敌。"巴陵"二句,极言其快心。

《唐诗选胜直解》:言铲去君山而令湘水平铺,太白胸中放旷豪迈可见。中流畅饮,洞庭秋意,尽收于醉中矣。

《诗式》:首句,若以君山在湖中不免犹为芥蒂,不如铲除更好。二句,君山铲去,湘水平流,则眼界弥觉空阔。三句,先点"酒"字。四句,落到"醉"字。步骤一丝不乱。三句有了"无限"二字,四句"醉杀"二字迎机而上,所谓一应一呼也。结句有醉倒在洞庭秋色之中,有"一脚踢翻鹦鹉洲,一拳捶碎黄鹤楼"之概。　　[品]豪迈。

《李太白诗醇》:严云:便露出碎黄鹤气质。

陪族叔刑部侍郎晔及中书贾舍人至游洞庭五首

其一

洞庭西望楚江分,水尽南天不见云。

日落长沙秋色远,不知何处吊湘君?

【汇评】

《唐诗正声》:评:《远别离》托兴皇、英,正可互证。

《李杜诗选》:敖子发曰:游览诗妙在缀景而略写怀古之意。此诗缀景宏阔,有吞吐湖山之气,落句感慨之情深矣。

《升庵诗话》:此诗之妙不待赞。前句云"不见",后句"不知",读之不觉其复。此二"不"字决不可易,大抵盛唐大家正宗作诗,取其流畅,不似后人之拘拘耳。

《唐诗直解》:缀景宏阔,有吞吐湖山之气。太白所长在此,他人不及。末句正形容秋色远耳。俗人不知,恐认做用湘君事。

《唐诗解》:唐云:湘君不得从舜,有类逐臣,故思吊之。幼邻亦云"白云明月吊湘娥",白盖反其语意尔。

《唐诗归》:钟云:此句正形容"秋色远"耳。俗人不知,恐误看作用湘君事("日落长沙"二句下)。

《唐诗归折衷》:唐云:吊泛然者,读《远别离》当自知之("不知何处"句下)。　　又云:贾诗"乘兴轻舟无近远,白云明月吊湘娥",李盖就其诗意而反之。　　吴敬夫云:登眺山川,感慨系之,自是人情所有。或谓湘君不得从舜,有类逐臣,故吊之。或谓湘君指杨妃,明皇无从而吊,纷纷傅会,大误后学,不可不知。

《唐人万首绝句选评》:此作以神胜。

《唐宋诗醇》:即目伤怀,含情无限,二十八字,不减《九辩》之哀矣。解者求其形迹之间,何以会其神韵哉!

《诗法易简录》:妙在"不知何处"四字,写得湘妃之神缥缈无方,而迁谪之感令人于言外得之,含蓄最深。

《诗境浅说续编》:此诗写景皆空灵之笔,吊湘君亦幽邈之思,可谓神行象外矣。

《李太白诗醇》:潘稼堂云:只言"日落",未说到"月"。　　此首伏末首。

其二

南湖秋水夜无烟,耐可乘流直上天。

且就洞庭赊月色,将船买酒白云边。

【汇评】

《唐诗归》:钟云:写洞庭寥廓幻杳,俱在言外。　　钟云:水月静夜,身历乃知("南湖秋水"句下)。　　　谭云:"耐可",丑字。

《唐诗解》:天不可乘流而上,聊沽酒以相乐耳。"赊"者,预借之意,时盖未有月也。

《唐诗选脉会通评林》:周珽曰:前首下联,景中含情,落句吊古;此首下联,情中见景,落句悲今。真景实情,互相映发,凌厉千古。

《李太白诗醇》:潘稼堂曰:乘流直可"上天",故将船买酒,可至"云边"也;无非形容月色之妙。

其三

洞阳才子谪湘川,元礼同舟月下仙。

记得长安还欲笑,不知何处是西天?

【汇评】

《唐诗解》:贾生比至,惜其谪;元礼指晔,美其名。二子虽流落于此,能不复思长安而西笑乎? 但波心迷惑,莫识为"西天"耳。四诗之中,三用"不知"字,心之烦乱可想。

《李太白全集》王琦注:潘岳《西征赋》"贾生,洛阳之才子",谓贾谊也。贾至亦河南洛阳人,故以谊比之。后汉李膺,字元礼,与郭林宗同舟而济,……用此以拟李晔。二人俱谪官,故用桓谭《新论》中"人闻长安乐,出门向西笑"之语,以致其思望之情。

《李太白诗醇》:稼堂云:第三(首)月下有人。

其四

洞庭湖西秋月辉,潇湘江边早鸿飞。

醉客满船歌白苎,不知霜露入秋衣。

【汇评】

《李杜诗选》:刘须溪曰:自是悲壮。

《唐诗解》:秋月未沉,晨雁已起,舟中之客,霜露入衣而不知,岂乐而忘返耶？意必有不堪者在也。

《唐人万首绝句选评》：惊心迟暮，含思无限。

《李太白诗醇》：谢云：前二句，景之远；后二句，景之近。稼堂云：前首是夜月，此首是将晓月。

其五

帝子潇湘去不还，空馀秋草洞庭间。

淡扫明湖开玉镜，丹青画出是君山。

【汇评】

《李太白诗醇》：稼堂云：不言月，想是天晓也。　　此首应第一首。

【总评】

《增定评注唐诗正声》：郭云：洞庭诸作不专写景，须看他一段无聊之思。

《柳亭诗话》：太白《洞庭》五绝，结句三用"不知"二字，亦强弩之末也。

《李太白诗醇》：潘稼堂曰：游湖于今日之晡，而月，而月下人，而将晓月；想客散于明日天晓以后，故首尾不言月也。章法极有次第可观。

九日龙山饮

九日龙山饮，黄花笑逐臣。

醉看风落帽，舞爱月留人。

【汇评】

《唐诗品汇》：刘云：同是棹歌，此与童谣等尔。

《唐诗解》：时有夜郎之放，故称"逐臣"，而任风落帽，爱月留人,所为花亦笑其狂态者也。

天台晓望

天台邻四明,华顶高百越。
门标赤城霞,楼栖沧岛月。
凭高登远览,直下见溟渤。
云垂大鹏翻,波动巨鳌没。
风潮争汹涌,神怪何翕忽。
观奇迹无倪,好道心不歇。
攀条摘朱实,服药炼金骨。
安得生羽毛,千春卧蓬阙?

【汇评】

《李杜二家诗钞评林》:宋之问诗"楼观沧海日,门对浙江潮",白全法其语。

《李太白诗醇》:严云:"观奇"二句,是诗中参禅诀。

杜陵绝句

南登杜陵上,北望五陵间。
秋水明落日,流光灭远山。

【汇评】

《李太白诗醇》:严沧浪曰:此景从无人拈出("秋水"二句下)。

登太白峰

西上太白峰,夕阳穷登攀。

太白与我语，为我开天关。

愿乘泠风去，直出浮云间。

举手可近月，前行若无山。

一别武功去，何时复见还？

【汇评】

《唐宋诗醇》：亦率胸臆而出。形容峰势之高，奇语独造。

《李太白诗醇》：与《望松寥山》同一奇想奇语，非谪仙决不能言（"太白"四句下）。

登新平楼

去国登兹楼，怀归伤暮秋。

天长落日远，水净寒波流。

秦云起岭树，胡雁飞沙洲。

苍苍几万里，目极令人愁。

【汇评】

《增定评注唐诗正声》：郭云：暮秋之景，悄然在目。

《升庵诗话》：高棅选《唐诗正声》首以五言古诗，而其所取，如……李太白"去国登兹楼，怀归伤暮秋"……皆律也，而谓之古诗，可乎？譬之新寡之文君、屡醮之夏姬，美则美矣，谓之初笄室女，则不可。

《李杜二家诗钞评林》：高棅《唐诗品汇》、《正声》并作五言古，谬，杨慎有驳。

《唐诗分类绳尺》：雄健横出，非强硬语也。

《李太白诗醇》：谢云：写景感怀，无不曲尽其妙。　　结亦有跌宕之意。　　严沧浪曰："天长落日远，水净寒波流"，太白多有此悠涵气象。

登金陵凤凰台

凤凰台上凤凰游,凤去台空江自流。

吴宫花草埋幽径,晋代衣冠成古丘。

三山半落青天外,二水中分白鹭洲。

总为浮云能蔽日,长安不见使人愁。

【汇评】

《珊瑚钩诗话》:金陵凤凰台,在城之东南,四顾江山,下窥井邑,古题咏惟谪仙为绝唱。

《瀛奎律髓》:太白此诗与崔颢《黄鹤楼》相似,格律气势未易甲乙。此诗以凤凰台为名,而咏凤凰台不过起二语已尽之矣。下六句乃登台而观望之景也。三、四怀古人之不见也。五、六、七、八咏今日之景,而慨帝都之不可见也。登台而望,所感深矣。金陵建都自吴始,三山、二水、白鹭洲,皆金陵山水名。金陵可以北望中原唐都长安,故太白以浮云遮蔽,不见长安为愁焉。

《唐诗品汇》:范德机云:登临诗首尾好,结更悲壮,七言律之可法者也。　　刘须溪云:其开口雄伟、脱落雕饰俱不论,若无后两句,亦不必作。出于崔颢而特胜之,以此云("总为浮云"二句下)。

《归田诗话》:崔颢题黄鹤楼,太白过之不更作。时人有"眼前有景道不得,崔颢题诗在上头"之讥。及登凤凰台作诗,可谓十倍曹丕矣。盖颢结句云:"日暮乡关何处是,烟波江上使人愁。"而太白结句云:"总为浮云能蔽日,长安不见使人愁。"爱君忧国之意,远过乡关之念。善占地步矣!

《唐诗广选》:王元美曰:《凤凰台》效颦崔颢,可厌。次联亦非作手。律无全盛者,惟得此篇及"借问欲栖珠树鹤,何年却向帝城飞"两结耳。

《唐诗直解》：一气嘘成，但二联仍不及崔。

《艺圃撷馀》：崔郎中作《黄鹤楼》诗，青莲短气。后题凤凰台，古今目为勍敌。识者谓前六句不能当，结语深悲慷慨，差足胜耳。然余意更有不然。无论中二联不能及，即结语亦大有辨。言诗须道兴、比、赋，如"日暮乡关"，兴而赋也。"浮云蔽日"，比而赋也。以此思之，"使人愁"三字虽同，孰为当乎？"日暮乡关"、"烟波江上"，本无指著，登临者自生愁耳，故曰"使人愁"，烟波使之愁也。"浮云蔽日"、"长安不见"，逐客自应愁，宁须使之？青莲才情标映万载，宁以予言重轻？尺有所短，寸有所长，窃以为此诗不逮，非一端也。如有罪我者，则不敢辞。

《诗薮》：崔颢《黄鹤楼》、李白《凤凰台》，但略点题面，未尝题黄鹤、凤凰也。……故古人之作，往往神韵超然，绝去斧凿。

《唐诗选脉会通评林》：周敬曰：读此诗，知太白眼空法界，以感生愁，勍敌《黄鹤楼》。一结实胜之。　　周珽曰：胸中笼盖，口里吐吞。眼前光景，又岂虑说不尽耶？

《唐诗评选》："浮云蔽日"、"长安不见"，借晋明帝语影出。"浮云"以悲江左无人，中原沦陷；"使人愁"三字总结"幽径"、"古丘"之感，与崔颢《黄鹤楼》落句语同意别。宋人不解此，乃以疵其不及颢作，觌面不识，而强加长短，何有哉！太白诗是通首混收，颢诗是扣尾掉收；太白诗自《十九首》来，颢诗则纯为唐音矣。

《贯华堂选批唐才子诗》：此二句，只是承上"凤去台空"，极写人世沧桑。然而先生妙眼妙手，于写吴后偏又写晋，此是其胸中实实看破得失成败，是非赞骂，一总只如电拂。我恶乎知甲子兴必贤于甲子亡，我恶乎知收瓜豆人之必便宜于种瓜豆人哉！此便是《仁王经》中最尊胜偈（"吴宫花草"二句下）。　　看先生前后二解文，直各自顿挫，并不牵合顾盼，此为大家风轨。

《唐诗成法》：三、四熟滑庸俗，全不似青莲笔气。五、六佳句，然音节不合。结亦浅薄。

《唐宋诗醇》：崔颢题诗黄鹤楼，李白见之，去不复作，至金陵登凤凰台乃题此诗，传者以为拟崔而作，理或有之。崔诗直举胸情，气体高浑，白诗寓目山河，别有怀抱，其言皆从心而发，即景而成，意象偶同，胜境各擅，论者不举其高情远意，而沾沾吹索于字句之间，固已蔽矣。至谓白实拟之以较胜负，并谬为"槌碎黄鹤楼"等诗，鄙陋之谈，不值一噱也。

《李太白全集》王琦注：刘后村曰：古人服善。李白登黄鹤楼有"眼前有景道不得，崔颢题诗在上头"之语，至金陵，乃作《凤凰台》诗以拟之。今观二诗，真敌手棋也。　《黄鹤》、《凤凰》相敌在何处？《黄鹤》第四句方成调，《凤凰》第二句即成调；不有后句，二诗首唱皆浅稚语耳。调当让崔，格则逊李。颢虽高出，不免四句已尽，后半首别是一律，前半则古绝也。

《山满楼笺注唐诗七言律》：若论作法，则崔之妙在凌驾，李之妙在安顿，岂相碍乎？

《诗法度针》：按此诗二王氏并相诋訾，缘先有《黄鹤楼》诗在其胸中，拘拘字句，比较崔作谓为弗逮。太白固已虚心自服，何用呶呶？惟沈（德潜）评云：从心所造，偶然相类，必谓摹仿崔作，恐属未然。诚为知言。

《闻鹤轩初盛唐近体读本》：陈德公曰：高迥遒亮，自是名篇。　评：起联有意摹崔，敛四为二，繁简并佳。三、四登临感兴。五、六就台上所见，衬起末联"不见"，眼前指点，一往情深。江上烟波，长安云日，境地各别，寄托自殊。

《瀛奎律髓刊误》：冯班：登凤凰台便知此句之妙，今人但登清凉台，故多不然此联也（"三山半落"二句下）。　又云：穷敌矣，不如崔自然。　极拟矣，然气力相敌，非床上安床也。次联定过崔语。　纪昀：原是登凤凰台，不是咏凤凰台，首二句只算引起。虚谷此评,以凤凰台为正文,谬矣。　　气魄远逊崔诗,云"未易甲乙",误也。　　陆贻典:起二句即崔颢《黄鹤楼》四句意也,太白缩为二句,更觉雄伟。

《唐宋诗举要》:太白此诗全摹崔颢《黄鹤楼》,而终不及崔诗之超妙,惟结句用意似胜。

《诗境浅说》:慨吴宫之秀压江山,而消沉花草;晋代之史传人物,而寂寞衣冠。在十四字中,举千年之江左兴亡,付凭阑一叹。与"汉家箫鼓空流水,魏国山河半夕阳"句调极相似,但怀古之地不同耳。

《李太白诗醇》:严沧浪曰:《鹤楼》祖《龙池》而脱卸,《凤台》复倚《黄鹤》而翻甋。《龙池》浑然不凿,《鹤楼》宽然有馀。《凤台》构造,亦新丰凌云妙手,但胸中尚有古人,欲学之,欲似之,终落圈圜。盖翻异者易美,宗同者难超。太白尚尔,况馀才乎!

望庐山瀑布水二首（其二）

日照香炉生紫烟,遥看瀑布挂前川。
飞流直下三千尺,疑是银河落九天。

【汇评】

《东坡志林》:仆初入庐山,……有以陈令举《庐山记》见寄者,且行且读,见其中云徐凝、李白之诗,不觉失笑。旋入开元寺,主僧求诗,为作一绝云:"帝遣银河一派垂,古来惟有谪仙词。飞流溅沫知多少,不为徐凝洗恶诗。"

《韵语阳秋》:徐凝《瀑布》诗云:"千古犹疑白练飞,一条界破青山色。"或谓乐天有赛不得之语,独未见李白诗耳。李白《望庐山瀑布》诗云:"飞流直下三千尺,疑是银河落九天。"故东坡云:"帝遣银河一派垂,古来惟有谪仙词。"以余观之,银河一派,犹涉比类,未若白前篇云:"海风吹不断,江月照还空",凿空道出,为可喜也。

《唐诗品汇》：刘云：奇复不复可道。　　又云：以为银河，犹未免俗耳。

《网师园唐诗笺》：非身历其境者不能道。

《李太白诗醇》：严云：亦是眼前喻法。何以使后人推重？试参之。

登庐山五老峰

庐山东南五老峰，青天削出金芙蓉。

九江秀色可揽结，吾将此地巢云松。

【汇评】

《唐宋诗醇》：纯用古调，次句亦秀削天成。

《李太白诗醇》：王云：芙蓉，莲花也。山峰秀丽，可以比之，其色黄，故曰金芙蓉也。

鹦鹉洲

鹦鹉来过吴江水，江上洲传鹦鹉名。

鹦鹉西飞陇山去，芳洲之树何青青。

烟开兰叶香风暖，岸夹桃花锦浪生。

迁客此时徒极目，长洲孤月向谁明！

【汇评】

《瀛奎律髓》：鹦鹉洲在今鄂州城南，对南楼；黄鹤楼在城西，向汉阳。太白此诗，乃是效崔颢体，皆于五、六加工，尾句寓感叹，是时律诗犹未甚拘偶也。

《唐诗品汇》：刘须溪云：犹是《凤台》馀韵，情景觉称，终觉豪胜。此以正平吊正平者。

《麓堂诗话》：古诗与律不同体，必各用其体乃为合格。然律犹可间出古意，古不可涉律。……李太白"鹦鹉西飞陇山去，芳洲之树何青青"，崔颢"黄鹤一去不复返，白云千载空悠悠"，乃律间出古，要自不厌也。

《唐诗镜》：太白七言，绝无蕴藉，《鹦鹉洲》一首，气格高岸。

《诗源辩体》：太白《鹦鹉洲》拟《黄鹤楼》为尤近，然《黄鹤》语无不炼，《鹦鹉》则太轻浅矣。至"烟开兰叶香风暖，岸夹桃花锦浪生"，下比李赤，不见有异耳。

《唐诗评选》：此则与《黄鹤楼》诗宗旨略同，乃颢诗如虎之威，此如凤之威，其德自别。

《贯华堂选批唐才子诗》："芳洲之树何青青"，只得七个字，一何使人心杳目迷，更不审其起尽也。

《唐风怀》：质公曰：此篇凡三"鹦鹉"、三"江"、三"洲"、二"青"字，其法皆出于《黄鹤楼》、《龙池篇》二作，与《凤凰台》同一机杼，而天锦灿然，亦一奇也。

《唐七律选》：此七律变体。初唐沈詹事《龙池篇》已发其端，崔颢《黄鹤楼》便肆意为之，于《金陵凤凰台》效之最劣，此则生趣勃然矣。

《唐诗成法》：青莲自《黄鹤楼》以后，屡为此体，然皆不佳。此首稍胜《凤凰台》，究竟只三、四好，以下音节已失，字句非所论矣。然此理甚微，看沈《龙池篇》与崔颢《黄鹤楼》自知。

《诗学纂闻》：李白《鹦鹉洲》一章乃庚韵而押"青"字，此诗《文粹》编入七古，后人编入七律，其体亦可古可今，要皆出韵也。

《唐诗别裁》：以古笔为律诗，盛唐人每有之，大历后，此调不复弹矣。

《山满楼笺注唐诗七言律》：人谓此必又拟《黄鹤楼》，似也。圣叹云：一蟹不如一蟹。以予观之，则殊未肯让崔独步也。前半亦是顺叙法，而却以凤凰台之二句展作三句，可见伸缩变化，皆随乎人，岂当为格律所拘耶？"芳洲之树何青青"，较"白云千载空悠悠"更具情趣。

《瀛奎律髓汇评》：纪昀：白云悠悠，不觉添出芳洲之树，却明露凑泊，此故可思。　五、六二句亦未免走俗。　崔是偶然得之，自然流出。此是有意为之，语多衬贴，虽效之而实不及。冯班：与崔语一例，而词势不及，似稍逊《凤凰台》。　陆贻典：起四句虽与崔作一意，而体格自殊，崔作乃金针体，此作乃扇对格也。　何义门：画笔不到。义山安敢望此？

《昭昧詹言》：崔颢《黄鹤楼》，千古擅名之作，只是以文笔行之，一气转折。五、六虽断，写景而气亦直下喷溢，收亦然，所以可贵。太白《鹦鹉洲》，格律工力悉敌，风格逼肖，未尝有意学之而自似。

《李太白诗醇》：严沧浪曰：极似《黄鹤》。"芳洲"句更拟"白云"，极骚雅，正嫌太骚。"烟开"二句，较"晴川"句竟分雅俗矣。结故清远足敌。

秋登巴陵望洞庭

清晨登巴陵，周览无不极。
明湖映天光，彻底见秋色。
秋色何苍然，际海俱澄鲜。
山青灭远树，水绿无寒烟。
来帆出江中，去鸟向日边。
风清长沙浦，山空云梦田。
瞻光惜颓发，阅水悲徂年。
北渚既荡漾，东流自潺湲。
郢人唱白雪，越女歌采莲。
听此更肠断，凭崖泪如泉。

【汇评】

《唐宋诗醇》：写望中景物，与题相称。次联即"空水共澄鲜"之意。以下四联极阔、极切，细意熨贴，登览中佳制也。

《李太白诗醇》：句亦透彻玲珑（"明湖"二句下）。

与夏十二登岳阳楼

楼观岳阳尽，川迥洞庭开。
雁引愁心去，山衔好月来。
云间连下榻，天上接行杯。
醉后凉风起，吹人舞袖回。

【汇评】

《唐诗品汇》：刘须溪云：甚为不俗。

《唐诗分类绳尺》：情中含情，飘飘欲举。

《闻鹤轩初盛唐近体读本》：起句大是警语。通首俊爽，五六写高意，不刻而警。结亦有致。

挂席江上待月有怀

待月月未出，望江江自流。
倏忽城西郭，青天悬玉钩。
素华虽可揽，清景不同游。
耿耿金波里，空瞻鸤鹊楼。

【汇评】

《李太白诗醇》：画景（"倏忽"二句下）。　　萧士赟曰：按此诗亦身在江海、心存魏阙之意乎？读者忽之，使白心不白于后世，惜哉！

秋登宣城谢朓北楼

江城如画里，山晓望晴空。
两水夹明镜，双桥落彩虹。
人烟寒橘柚，秋色老梧桐。
谁念北楼上，临风怀谢公。

【汇评】

《艇斋诗话》：李白云："人烟寒橘柚，秋色老梧桐。"老杜云："荒庭垂橘柚，古屋画龙蛇。"气焰盖相敌。陈无己云："寒心生蟋蟀，秋色上梧桐。"盖出于李白也。

《瀛奎律髓》：太白亦有《登岳阳楼》句，未及孟、杜。此诗起句似晚唐，中二联言景而豪壮，则晚唐所无也。宣州有双溪、叠嶂，乃此州胜景也，所以云"两水"；惟有"两水"，所以有"双桥"。王荆公《虎图行》"目光夹镜坐当隅"，虎两目如夹两镜，得非仿谪仙"两水夹明镜"之意乎？此联妙绝。起句所谓"江城如画里"者，即指此三、四一联之景，与五、六皆是也。

《唐诗广选》：王元美曰：太白"人烟"二语，黄鲁直更之曰："人家围橘柚，秋色老梧桐。"只易两字，而丑态毕具，直点金作铁手耳。　　句法（"山晓"句下）。

《唐诗直解》："寒"、"老"二字孤清。

《唐诗镜》：五、六清老秀出，是天际人语。

《唐律消夏录》："明镜"、"彩虹"、"寒"字、"老"字，皆在秋天晴空中看出，所以为妙。乃知古人好句，必与上下文关合。若后人就句论句，不知埋没古人多少好处。

《唐诗成法》：三、四人多赏之，余嫌近俗。五、六佳甚，山谷改"烟"为"家"，评者嗤为点金成铁手，然亦不言"烟"之不为"家"者何在。

《唐诗别裁》：二联俱是如画（"两水"四句下）。 人家在橘柚林，故"寒"；梧桐早凋，故"老"。

《唐宋诗醇》：风神散朗。五、六写出秋意，郁然苍秀。 吴昌祺曰：此种自堪把臂玄晖。

《闻鹤轩初盛唐近体读本》：三、四高华，非止骈丽；五、六句老成，复以自然，成其名句。 方霞城曰：中四写景如画，正从起句生情。

《瀛奎律髓汇评》：冯舒：看第二联，何尝分景与情？ 直作宣城语，几不可辨。 冯班：谢句也。太白酷学谢。 何义门：中二联是秋霁新霁绝景。落句以谢朓惊人语自负耳。 纪昀：五、六佳句，人所共知。结在当时不妨，在后来则为寒臼语，为浅率语，为太现成语，故论诗者当论其世。 无名氏（乙）：襄阳"微云"、"疏雨"一联澹逸，此苍深，并千古名句。

《唐诗近体》："寒"字、"老"字，实字活用，是炼字法。

《唐宋诗举要》：吴曰：刻划鲜丽，千古常新（"两水"二句下）。 吴曰：苍老峭远（"人烟"二句下）。

《李太白诗醇》：严沧浪曰：五、六入画品中，极平淡，极绚烂。岂必王摩诘？

望天门山

天门中断楚江开，碧水东流至此回。
两岸青山相对出，孤帆一片日边来。

【汇评】

《入蜀记》：（出姑熟）至大信口泊舟。盖自此出大江，须风便乃可行，往往连日阻风。两小山夹江，即东梁、西梁，一名天门山。

李太白诗云:"两岸青山相对出,孤帆一片日边来",……皆得句于此。

《增定评注唐诗正声》:郭云:说尽目前山水。将孤帆一片影出"望"字,诗中有画。

《唐诗直解》:一幅绝好画意。

《唐诗训解》:指点景物如画。

《唐诗选脉会通评林》:周珽曰:以山相对,照应"中断";以水流回,承应"江开",意调出自天然。

《唐诗摘钞》:语无深意,写景逼真。

《唐诗笺注》:此天然图画境界,正难有此大手笔写成。

《唐宋诗醇》:对结另是一体。词调高华,言尽意不尽,不得以半律议之。胡应麟曰:此及"朝辞白帝"等作,俱极自然,洵属神品,足以擅场一代。

《诗境浅说续编》:大江自岷山来,与金沙江合,凤舞龙飞,东趋荆楚,至天门,稍折而北,山势中分,江流益纵。遥见一白帆痕,远在夕阳明处。此诗赋天门山,宛然楚江风景,……能手固无浅语也。

过崔八丈水亭

高阁横秀气,清幽并在君。
檐飞宛溪水,窗落敬亭云。
猿啸风中断,渔歌月里闻。
闲随白鸥去,沙上自为群。

【汇评】

《唐诗广选》:刘会孟曰:此老原无俗气。

《唐诗分类绳尺》:太白于事情景象夙兴,意兴契合,故信口道来,皆入妙品。

《近体秋阳》:上句奇于下句,然下句较妙。盖诗之奇则在于情,诗之妙要在于虚,尤在于虚实相生。上句虚矣,下句虚中却有实理在("檐飞"二句下)。

《唐宋诗举要》:吴曰:雄阔奇肆("檐飞"二句下)。

《李太白诗醇》:翼云云:前解崔八丈水亭,后解写亭外之景,合"过"字意。严沧浪曰:取景甚夷,不求高,亦不堕下一格,此正太白以浅近胜人之处。

夜下征虏亭

船下广陵去,月明征虏亭。
山花如绣颊,江水似流萤。

下途归石门旧居

吴山高,越水清,握手无言伤别情。
将欲辞君挂帆去,离魂不散烟郊树。
此心郁怅谁能论,有愧叨承国士恩。
云物共倾三月酒,岁时同饯五侯门。
羡君素书尝满案,含丹照白霞色烂。
余尝学道穷冥筌,梦中往往游仙山。
何当脱屣谢时去,壶中别有日月天。
俯仰人间易凋朽,钟峰五云在轩牖。
惜别愁窥玉女窗,归来笑把洪崖手。
隐居寺,隐居山,陶公炼液栖其间。
灵神闭气昔登攀,恬然但觉心绪闲。

数人不知几甲子，昨夜犹带冰霜颜。

我离虽则岁物改，如今了然失所在。

别君莫道不尽欢，悬知乐客遥相待。

石门流水遍桃花，我亦曾到秦人家。

不知何处得鸡豕，就中仍见繁桑麻。

翛然远与世事间，装鸾驾鹤又复远。

何必长从七贵游，劳生徒聚万金产。

挹君去，长相思，云游雨散从此辞。

欲知怅别心易苦，向暮春风杨柳丝。

【汇评】

《李杜诗通》：留别诗，题似不全。

《老生常谈》：篇中多用格句，太白诗未可多得，最宜师法。"将欲辞君挂帆去"二语，是太白本色。"俯仰人间易凋朽"，亦突接硬转法也。"我离虽则岁物改"四句，当玩其转笔之捷，真能如风扫箨。再接"石门流水旧桃花"四句，益觉得气味浓厚，文境宽绰有馀。将到结尾，又用"何必常从七贵游"二语一夹，可云到底不懈。选本不登此种，美不胜收也。　　从此问津，觉武陵仙源尚在人世。

客中行

兰陵美酒郁金香，玉碗盛来琥珀光。

但使主人能醉客，不知何处是他乡。

【汇评】

《批点唐诗正声》：太白豪放，此诗仿佛。

《唐诗绝句类选》：蒋仲舒曰：下语富。　　又曰：乃其本相，故佳。

《唐诗广选》：太白真自传其神。

《唐诗别裁》：强作宽解之词。

《唐诗笺注》：借酒以遣客怀，本色语却极情致。

《网师园唐诗笺》：浅语却饶深情（末二句下）。

《诗法易简录》：首二句极言酒之美，第三句以"能醉客"紧承"美酒"，点醒"客中"，末句作旷达语，而作客之苦，愈觉沉痛。

《李太白诗醇》：严沧浪曰："但使"云云，真知此中趣，虽耳目熟，毕竟是佳语。　　潘稼堂曰：欲说客中苦况，故说有美酒而无人；然不说不能醉客之主人，偏说"主人能醉客"，而以"但使"二字。皮里春秋，若非题是《客中行》，几被先生迷杀。

太原早秋

岁落众芳歇，时当大火流。
霜威出塞早，云色渡河秋。
梦绕边城月，心飞故国楼。
思归若汾水，无日不悠悠。

【汇评】

《唐诗广选》：只是一个直捷（末二句下）。

《唐诗评选》：两折诗，以平叙，故不损。李、杜五言近体，其格局随风会而降者，往往多有。供奉于此体似不著意，乃有入高、岑一派诗；既以备古今众制，亦若曰：非吾不能为之也。此自是才人一累，若曹孟德之啖冶葛，示无畏以欺人。其本色诗，则自在景云、神龙之上，非天宝诸公可至，能拣者当自知之。

《唐宋诗醇》：健举之至，行气如虹。　　唐汝询曰：唐人汾上作必用《秋风辞》，太白曰："云色渡河秋"，便无蹊径。

《唐宋诗举要》：格调高逸。

《李太白诗醇》：严沧浪曰："出塞"字，更用得好。

奔亡道中五首（选二首）

其四

函谷如玉关，几时可生还？
洛阳为易水，嵩岳是燕山。
俗变羌胡语，人多沙塞颜。
申包惟恸哭，七日鬓毛斑。

【汇评】

《李太白全集》王琦注：太白意谓函谷之地，已为禄山所据，未知何日平定，得能生入此关？洛川、嵩岳之间，不但有同边界，而风俗人民，亦且渐异华风。己之所以从永王者，欲效申包恸哭乞师，以救国家之难耳。自明不敢有他志也，其心亦可哀矣。

《闻鹤轩初盛唐近体读本》：评：偬迫情词，正见老厉，李公乃亦有此。

其五

淼淼望湖水，青青芦叶齐。
归心落何处？日没大江西。
歇马傍春草，欲行远道迷。
谁忍子规鸟，连声向我啼。

【汇评】

《李太白诗醇》：失身奔亡，所见无非愁景，所触无非愁绪也。

上三峡

巫峡夹青天，巴水流若兹。

巴水忽可尽，青天无到时。

三朝上黄牛，三暮行太迟。

三朝又三暮，不觉鬓成丝。

【汇评】

《入蜀记》：(黄牛峡)庙后山如屏风叠，嵯峨插天。第四叠上若牛状，其色赤黄；前有一人如著帽立者。……(舟行一日)犹见黄牛峡庙后山。太白诗云："三朝上黄牛，三暮行太迟。三朝又三暮，不觉鬓成丝。"

《升庵诗话》：古乐府："朝见黄牛，暮见黄牛。三朝三暮，黄牛如故。"李白则云："三朝上黄牛，三暮行太迟。三朝又三暮，不觉鬓成丝。"……古人谓李诗出自乐府古《选》，信矣。

《唐诗归》：钟云：声响似峡中语。

《唐诗评选》：落卸皆神，袁淑所云"须捉著，不尔便飞"者，非供奉不足以当之。真《三百篇》，真《十九首》，固非历下、琅邪所知，况竟陵哉！

《古欢堂杂著》：青莲善用古乐府，昔人曾言之。……"三朝见黄牛"……皆自古乐府来。如李光弼将郭子仪军，旌旗改色；又如禅僧拈佛祖语，信口无非妙谛。

《唐宋诗醇》：质处似古谣，惟其所之，皆可以相肖也。爽直之气，自是本色。

《李太白诗醇》：严沧浪曰：从谣音再叠，情似《阳关》。　　　严云："夹青天"三字形容已尽，设有惊奇之意，必繁衍作数十语矣。

自巴东舟行经瞿塘峡登巫山最高峰晚还题壁

江行几千里，海月十五圆。

始经瞿塘峡，遂步巫山巅。

巫山高不穷,巴国尽所历。

日边攀垂萝,霞外倚穹石。

飞步凌绝顶,极目无纤烟。

却顾失丹壑,仰观临青天。

青天若可扪,银汉去安在?

望云知苍梧,记水辨瀛海。

周游孤光晚,历览幽意多。

积雪照空谷,悲风鸣森柯。

归途行欲曛,佳趣尚未歇。

江寒早啼猿,松暝已吐月。

月色何悠悠,清猿响啾啾。

辞山不忍听,挥策还孤舟。

【汇评】

《唐宋诗醇》:于叙次中见寄托,词意沉郁。盖白当忧患之馀,虽豪迈不改,而怀抱可知,故言多楚声,吟皆商调。中间遥情忽往,不胜魏阙之恋。猿啼月上,于邑谁语?其所感深矣。其词敛而不肆,读者以意逆之,可也。

《李太白诗醇》:第四解高风跨俗,杰语迭见,自是本色("青天"四句下)。警句清冷逼人("江寒"二句下)。

早发白帝城

朝辞白帝彩云间,千里江陵一日还。

两岸猿声啼不住,轻舟已过万重山。

【汇评】

《批点唐诗正声》:亦有作者,无此声调。此飘逸。

《增定评注唐诗正声》:郭云:"已过"二字,便见瞬息千里。点入猿声,妙,妙。

《升庵诗话》:盛弘之《荆州记》"巫峡江水之迅"云:"朝发白帝,暮到江陵,其间千二百里,虽乘奔御风,不以疾也。"杜子美诗:"朝发白帝暮江陵,顷来目击信有征",李太白"朝辞白帝彩云间……",虽同用盛弘之语,而优劣自别。今人谓李、杜不可以优劣论,此语亦太愦愦。　　白帝至江陵,春水盛时,行舟朝发夕至,云飞鸟逝,不是过也。太白述之为韵语,惊风雨而泣鬼神矣。

《唐诗训解》:笔势迅如下峡。

《唐诗选脉会通评林》:周敬曰:脱洒流利,非实历此境说不出。　　焦竑曰:盛弘之谓白帝至江陵甚远,春水盛时行舟,朝发暮至。太白述之为韵语,惊风雨而泣鬼神矣。

《唐风怀》:汉仪曰:境之所到,笔即追之,有声有情,腕疑神助,此真天才也。

《唐诗归》:谭云:忽然,写得出。

《唐诗归折衷》:吴敬夫云:只为第二句下注脚耳,然有意境可想(末二句下)。

《唐诗摘钞》:一、二即"朝发白帝,暮宿江陵"语,运用得妙。以后二句证前二句,趣。

《增订唐诗摘钞》:插"猿声"一句,布景着色之法。第三句妙在能缓,第四句妙在能疾。

《唐诗别裁》:写出瞬息千里,若有神助。　　入"猿声"一句,文势不伤于直。画家布景设色,每于此处用意。

《唐宋诗醇》:顺风扬帆,瞬息千里,但道得眼前景色,便疑笔墨间亦有神助。三、四设色托起,殊觉自在中流。

《网师园唐诗笺》:一片化机(首二句下)。　　烘托得妙(末二句下)。

《诗法易简录》:通首只写舟行之速,而峡江之险,已历历如绘,可想见其落笔之超。

《唐人万首绝句选评》:读者为之骇极,作者殊不经意,出之似不着一点气力。阮亭推为三唐压卷,信哉!

《札朴》:友人请说太白"朝辞白帝"诗,馥曰:但言舟行快绝耳,初无深意,而妙在第三句,能使通首精神飞越,若无此句,将不得为才人之作矣。晋王廙尝从南下,旦自寻阳,迅风飞帆,暮至都,廙倚舫楼长啸,神气俊逸,李诗即此种风概。

《岘傭说诗》:太白七绝,天才超逸,而神韵随之。如"朝辞白帝彩云间,千里江陵一日还",如此迅捷,则轻舟之过万山不待言矣。中间却用"两岸猿声啼不住"一句垫之,无此句,则直而无味;有此句,走处仍留,急语仍缓。可悟用笔之妙。

《诗式》:绝句要婉曲回环,删芜就简,句绝而意不绝。大抵以第三句为主,而第四句接之。有实接,有虚接,承接之间,开与合相关,反与正相依,顺与逆相应,一呼一吸。如此诗三句"啼不住"三字,与四句"已过"二字呼应,盖言晓猿啼犹未歇,而轻舟已过万山,状其迅速也。　　[品]俊迈。

《诗境浅说续编》:四渎之水,惟蜀江最为迅急,以万山紧束,地势复高,江水若建瓴而下,舟行者帆橹不施,疾于飞鸟。自来诗家,无专咏之者,惟太白此作,足以状之。诵其诗,若身在三峡舟中,峰峦城郭,皆掠舰飞驰,诗笔亦一气奔放,如轻舟直下。惟蜀道诗多咏猿啼,李诗亦言两岸猿声。今之蜀江,猿声绝少,闻猱猨皆在深山,不在江畔,盖今昔之不同也。

《唐人绝句精华》:此诗写江行迅速之状,如在目前。而"两岸猿声"句,虽小小景物,插写其中,大足为末句生色。正如太史公于叙事紧迫中,忽入一二闲笔,更令全篇生动有味。而施均父谓此诗"走处仍留,急语仍缓,乃用笔之妙。"

秋下荆门

霜落荆门江树空，布帆无恙挂秋风。

此行不为鲈鱼脍，自爱名山入剡中。

【汇评】

《唐诗绝句类选》：蒋仲舒曰："挂"字最得趣。　　徐子扩曰：闲适。

《唐诗直解》：信口拈出，兴味自佳。

《唐诗训解》：霜落则木叶俱尽，故云"空"。于此时而挂帆来游，岂欲以鲈自高耶？所以入剡中者，爱此名山耳。

《唐诗镜》：无意无色，自然高妙。

《唐诗摘钞》：用事之法，贵有变化，不宜即事用事。如"行人安稳，布帆无恙"，本言济险之状，而诗中无济险意，偶用四字，成笔趣而已，是谓借用古事（"不为鲈鱼"句下）。　　翻案用事。

《唐诗别裁》：明明说天下将乱，孑身归隐，却又推开解说，此古人身份不可及处。

《唐宋诗醇》：轻秀。运古入化，绝妙好辞。

《网师园唐诗笺》：言微旨远（末二句下）。

《诗法易简录》：首句写荆门，用"霜落"、"树空"等字，已为次句"秋风"通气。次句写舟下，趁便嵌入"挂秋风"字，暗引起第三句"鲈鱼脍"意来。第三句即以"此行"承住上二句，以"不为鲈鱼脍"五字翻用张翰事，以生出第四句来，托兴名山，用意微婉。

《唐人万首绝句选评》：清景幽情，自然深出，若着一点俗思，作不得亦读不得。此等句点拨入神，笔端真有造化。

《李太白诗醇》：严沧浪曰：后半自清胜，然"思鲈鱼"是晋人偏趣，翻作"爱山"是唐人，便痴。　　翼云云："霜落"则叶空矣，先写秋意。次句以题中"下"字意承。"此行"便紧接上文作转,以"张翰见秋风起,思吴中莼鲈"事开一笔。剡县隶会稽,多佳山水,"自"字合上"不为"二字。

江行寄远

> 刳木出吴楚,危槎百馀尺。
> 疾风吹片帆,日暮千里隔。
> 别时酒犹在,已为异乡客。
> 思君不可得,愁见江水碧。

【汇评】

《唐诗归》:写得飘忽,使人黯然自失。

《唐宋诗醇》:字字真。至情至,而文亦至。

《李太白诗醇》:严沧浪曰:"别时"二句,形容"疾"意,不复用景,更亲而有味。

宿五松山下荀媪家

> 我宿五松下,寂寥无所欢。
> 田家秋作苦,邻女夜舂寒。
> 跪进雕胡饭,月光明素盘。
> 令人惭漂母,三谢不能餐。

【汇评】

《四溟诗话》:太白夜宿荀媪家,闻比邻舂臼之声以起兴,遂得"邻女夜舂寒"之句。然本韵"盘"、"餐"二字,应用以"夜宿五松下"发端,下句意重词拙,使无后六句,必不押"欢"韵。此太白近体,先得联者,岂得顺流直下哉?

《石园诗话》：太白《宿五松山下荀媪家》诗末云："令人惭漂母，三谢不能餐。"夫荀媪一雕胡饭之进，素盘之供，而太白感之如是，且诗以传之，寿于其集。当世之贤媛淑女多矣，而独传于荀媪，荀媪亦贤矣。

《李太白诗醇》：严沧浪曰：是胜语，非怯语，不可错会。村家苦况，写出如耳闻目见。

下泾县陵阳溪至涩滩

涩滩鸣嘈嘈，两山足猿猱。
白波若卷雪，侧足不容舠。
渔子与舟人，撑折万张篙。

夜泊黄山闻殷十四吴吟

昨夜谁为吴会吟？风生万壑振空林。
龙惊不敢水中卧，猿啸时闻岩下音。
我宿黄山碧溪月，听之却罢松间琴。
朝来果是沧洲逸，酤酒提盘饭霜栗。
半酣更发江海声，客愁顿向杯中失。

【汇评】

《昭昧詹言》：起句叙。二句写。三、四顺平。"我宿"句，接续叙。"听之"句，衬。"朝来"句，又提。佳在下半笔力截剪。收二句，倒绕加倍法，六一有之。两半章法同《江山吟》。前层正叙，叙毕乃再推论，此与七律同。千年以来，不解此矣。此诗律最深处。

苏台览古

旧苑荒台杨柳新，菱歌清唱不胜春。

只今惟有西江月，曾照吴王宫里人。

【汇评】

《唐诗正声》：作法圆转，妙在"只今惟有"四字。

《批点唐诗正声》：千万怨恨人，便不能为一语。

《唐诗直解》：此首伤今思古，后作思古伤今，得力全在"只今惟有"四字。

《唐音癸签》：诸家怀古感旧之作，如"年年春色为谁来"、"惟见江流去不回"、"惟有年年秋雁飞"、"只今惟有西江月，曾照吴王宫里人"等句，非不脍炙人口，奈词意易为仿效，竟成悲吊海语，不足贵矣。诸贤生今，不知又作如何洗刷？

《唐诗训解》：结句与卫万《吴宫怨》同。

《唐诗三集合编》：末二句如天花从空中幻出。

《唐诗评选》：七言绝句唯王江宁能无疵颣，储光羲、崔国辅其次者。……若"水尽南天不见云"、"永和三日荡轻舟"、"囊无一物献尊亲"、"玉帐分弓射虏营"，皆所谓滞累，以有衬字故也。其免于滞累者，如"只今惟有西江月，曾照吴王宫里人"、"黄鹤楼中吹玉笛，江城五月《落梅花》"、"此夜曲中闻《折柳》，何人不起故园情"，则又疲苶无生气，似欲匆匆结煞。

《唐诗笺注》：吊古情深，语极凄婉。

《网师园唐诗笺》：神韵天然（末二句下）。

《诗法易简录》：一二句但写今日苏台之风景，已含起吴宫美人不可复见意，却妙在三四句不从不得见处写，转借月之曾经照见写，而美人之不可复见，已不胜感慨矣。

《诗式》：首句言苑已旧，台已荒，惟杨柳年年新，"新"、"旧"二字便寓感慨。二句言荒台寂然，只有菱歌清唱于春风，不胜怀古之思。三句"只今惟有"四字，用在转句，言只西江月为昔年所有，曾照到夫差时。有了三句，便有四句，两句作一句读。　　〔品〕凄惋。

《李太白诗醇》：严沧浪曰：感慨语极清深，但太白多用此，亦不堪数见。　　谢云：前二句言"苏台"所见所闻如此，繁华安在哉？曾见其盛者，惟有此"月"耳！苑、台、西江，标地也；柳色、菱歌与月，缀景也。

越中览古

越王句践破吴归，义士还乡尽锦衣。
宫女如花满春殿，只今惟有鹧鸪飞。

【汇评】

《优古堂诗话》：唐窦巩有《南游感兴》诗："伤心欲问当时事，惟见江流去不回。日暮东风春草绿，鹧鸪飞上越王台。"盖用李太白《览古》诗意也。

《唐诗绝句类选》：吊古诸作，大得风人之体。……《越中览古》诗，前三句赋昔日之豪华，末一句咏今日之凄凉。大抵唐人吊古之作，多以今昔盛衰构意，而纵横变化，存乎体裁。

《唐诗广选》：今世反成怀古等题一套子矣（末句下）。

《唐诗训解》：敖子发曰：此与韩退之《游曲江寄白舍人》、元微之《刘阮天台》三诗，皆以落句转合，有抑扬，有开合。此格，唐诗中亦不多得。

《唐音审体》：三句直下，一句转出，此格奇甚。

《古唐诗合解》：此"只今惟有"四字用在合句，各尽其妙。

《唐诗别裁》：三句说盛，一句说衰，其格独创。

《唐宋诗醇》：前《苏台览古》，通首言其萧索，而末一语兜转其盛；此首从盛时说起，而末句转入荒凉，此立格之异也。

《唐诗笺注》：《苏台览古》……是由今溯古也。此首从越王破吴说起，雄图伯业，奕奕声光，追出"鹧鸪"一句结局，是吊古伤今也。体局各异。古人炼局之法，于此可见。

《诗法易简录》：前三句极写其盛，末一句始用转笔以写其衰，格法奇矫。

《唐人万首绝句选评》：极力振宕一句，感叹怀古，转有馀味。

《诗式》：首句冒，二句承，三句转，均言越王之豪王。而三句美女如花，且满春殿，后则寂无所见，惟有鹧鸪飞而已，所谓开与合相关也。而此首"只今惟有"四字，与前首用法大异，前用之于开，而此用之于合也。　　〔品〕悲壮。

《论文杂言》：杜公"蓬莱宫阙对南山"，六句开，两句合；太白"越王句践破吴归"，三句开，一句合，皆律绝中创调。

《诗境浅说续编》：咏句践平吴事，振笔疾书，其异于平铺直叙者，以真有古茂之致；且末句以"惟有"二字，力绾全篇，诗格尤高。前三句言平吴归后，越王固粉黛三千，宫花春满；战士亦功成解甲，昼锦荣归。曾几何时，而霸业烟消，所馀者惟三两鹧鸪，飞鸣原野，与夕阳相映耳。

《李太白诗醇》：潘稼堂曰：上三句何等喧热，下一句何等悲感，但用"只今"二字一转，真有绘云汉而暖、绘北风而寒之事。

《唐人绝句精华》：两诗（指本诗与《苏台览古》）皆吊古之作。前首从今月说到古宫人，后首从古宫人说到今鹧鸪，皆以见今昔盛衰不同，令人览之而生感慨，而荣华无常之戒即寓其中。

苏 武

苏武在匈奴,十年持汉节。

白雁上林飞,空传一书札。

牧羊边地苦,落日归心绝。

渴饮月窟冰,饥餐天上雪。

东还沙塞远,北怆河梁别。

泣把李陵衣,相看泪成血。

【汇评】

《批点唐诗正声》:怀古二首,不问如何只是佳。

《唐诗广选》:蒋仲舒曰:曾不数言,而其情怆然。

《唐诗解》:此太白流窜之时,备尝艰苦,故取苏武事以咏之。

《唐诗评选》:咏史诗以史为咏,正当于唱叹写神理,听闻者之生其哀乐。一加论赞,则不复有诗用,何况其体?"子房未虎啸"一篇,如弋阳杂剧人妆大净,偏入俗人眼,而此篇不显。大音希声,其来久矣。

经下邳圯桥怀张子房

子房未虎啸,破产不为家。

沧海得壮士,椎秦博浪沙。

报韩虽不成,天地皆振动。

潜匿游下邳,岂曰非智勇?

我来圯桥上,怀古钦英风。

惟见碧流水,曾无黄石公。

叹息此人去,萧条徐泗空。

《批点唐诗正声》：太白志豪，盖有所慕而作，末句尤见感慨。

《唐诗广选》：蒋仲舒曰：为英雄生色。　　眼界阔，是太白本色（"萧条"句下）。

《唐诗直解》：数语将子房说活了，无数断案，在"岂曰非智勇"五字，可作《留侯世家》小传。

《唐诗镜》：奇杰。似与古人把臂披豁，不徒为歔欷凭吊之辞。

《汇编唐诗十集》：唐云：叙事好手（"椎秦"句下）。　　又云：用留侯语，增易一字，便有生气（"报韩"二句下）。

《唐诗选脉会通评林》：周敬曰：奇崛雄浑。

《唐诗归折衷》：敬夫云：岂独子房，我并壮荆卿也。古人不作，谁可与语（"天地"句下）！

《唐诗别裁》：为子房生色。"智勇"二字，可补世家赞语。

《唐诗笺要》：雄俊事，得太白豪迈之笔传之，倍觉生色。其豪迈处又抑扬顿挫，"虽不成"、"岂曰非"等字可味。《西清诗话》称白"逸态凌云"，应是此种。

《唐诗选胜直解》：自寓之意，见于言表。

《石洲诗话》：太白咏古诸作，各有奇思。　　入手"虎啸"二字，空中发越，不知其势到何等矣，乃却以"未"字缩住；下三句又皆实事，无一字装他门面。及至说破"报韩"，又用"虽"字一勒，真乃逼到无可奈何，然后发泄出"天地皆振动"五个字来，所以其声大而远也。不然，而但讲虚赞空唱，如"怀古钦英风"之类，使后人为之，尚不值钱，而况在太白乎？

《唐宋诗举要》：英骏雄迈，句句挟飞腾之势。

《李太白诗醇》：王翼云曰：是首绝妙咏史诗。　　潘稼堂曰：子房之为人，从下邳、圯桥分界。以前是一截人，以后又是一截人。此诗亦分两半篇。从"岂曰非智勇"句止，是上半篇，是宾；从"我来圯桥上"句起,是下半篇,是主。

金陵三首（其二）

地拥金陵势,城回江水流。

当时百万户,夹道起朱楼。

亡国生春草,离宫没古丘。

空馀后湖月,波上对江州。

【汇评】

《唐诗广选》：蒋春甫曰：如此来又好。　　接得奇陡（"当时"二句下）。

《闻鹤轩初盛唐近体读本》：起便有不羁之态。五、六直注向结,笔酣神舞。

《唐宋诗举要》：雄迈悲凉。

《李太白诗醇》：多少悲慨！

秋夜板桥浦泛月独酌怀谢朓

天上何所有？迢迢白玉绳。

斜低建章阙,耿耿对金陵。

汉水旧如练,霜江夜清澄。

长川泻落月,洲渚晓寒凝。

独酌板桥浦,古人谁可征？

玄晖难再得,洒酒气填膺。

望鹦鹉洲怀祢衡

魏帝营八极,蚁观一祢衡。

黄祖斗筲人，杀之受恶名。

吴江赋鹦鹉，落笔超群英。

锵锵振金玉，句句欲飞鸣。

鸷鹗啄孤凤，千春伤我情。

五岳起方寸，隐然讵可平。

才高竟何施？寡识冒天刑。

至今芳洲上，兰蕙不忍生。

【汇评】

《唐诗广选》：刘会孟曰：兴尽语尽。

《抱真堂诗话》：太白古诗云："魏武踞八极，蚁视一祢衡。黄祖斗筲人，杀之受恶名。"直是叙事起，不落议论。他人则必云正平蚁视魏武尔。

《唐宋诗醇》：曹瞒、黄祖辈不足道也。"寡识冒天刑"，祢生亦应心服。

《唐宋诗举要》：此以正平自况，故极致悼惜，而沉痛语以骏快出之，自是太白本色。　　起两句言正平轻魏武。"鸷鹗"比黄祖，"孤凤"比正平。"才高"、"寡识"，用孙登谓嵇康之言，乃痛惜相怜之词，激起末句，言芳草亦不忍生也。若以"寡识"为讥正平之短，则与上句不相应，且与结句之意亦不合矣。

《李太白诗醇》：严云：起二句，好眼孔，好识力，能不逐常见。　　又云：真有心人，块磊如见（"鸷鹗"四句下）。　　严沧浪曰："才高寡识"四字，断尽祢衡。言"天刑"，见非黄祖能杀之。

谢公亭

谢公离别处，风景每生愁。
客散青天月，山空碧水流。

池花春映日,窗竹夜鸣秋。

今古一相接,长歌怀旧游。

【汇评】

《唐诗评选》:五、六不似怀古,乃以怀古,觉杜陵"宝靥"、"罗裙"之句犹为貌取。"今古一相接"五字,尽古今人道不得,神理、意致、手腕,三绝也。

《唐宋诗醇》:吴昌祺曰:通体完浑。

夜泊牛渚怀古

牛渚西江夜,青天无片云。

登舟望秋月,空忆谢将军。

余亦能高咏,斯人不可闻。

明朝挂帆席,枫叶落纷纷。

【汇评】

《沧浪诗话》:有律诗彻首尾不对者。盛唐诸公有此体,如孟浩然诗"挂席东南望"之篇,又太白"牛渚西江夜"之篇,音韵铿锵,八句皆无对偶者。

《带经堂诗话》:或问"不著一字、尽得风流"之说,答曰:太白诗"牛渚西江夜……",诗至此,色相俱空,正如羚羊挂角,无迹可求,画家所谓逸品是也。

《古唐诗合解》:此诗以古行律,不拘对偶,盖情胜于词者。

《唐诗成法》:先写"无片云"为月明地,正写夜泊兼客怀。望月月愈明,人愈不寐,为怀古地。谢将军"牛渚"事还本题,只一句,却用二句自叹不遇,正写"怀"字。结落叶纷纷,止写秋景,有馀味。　　三句一解,六句两解,五律中奇格,与"卢橘为秦树"、少陵《送裴二虬尉永嘉》同法。诗格了然,而人以为怪,不可解。

《唐宋诗醇》：白天才超迈，绝去町畦，其论诗以兴寄为主，而不屑于排偶、声调，当其意合，真能化尽笔墨之迹，迥出尘埃之外。司空图云："不著一字，尽得风流。"严羽云："镜中之花，水中之月，羚羊挂角，无迹可求。"论者以此诗及孟浩然《望庐山》一篇当之，盖有以窥其妙矣。羽又云："味在酸咸之外。"吟此数过，知其善于名状矣。　　吴昌祺曰：《长信》犹用对起，此篇全散，如海鹤凌空，不必鸾凤之苞彩。　　田雯曰：青莲作近体，如作古风，一气呵成，无对待之迹，有流行之乐，境地高绝。

《唐诗笺注》：不粘不脱，历落情深。

《诗法易简录》：通首单行，一气旋折，有神无迹。

《精选五七言律耐吟集》：举头千古，独往独来，此为佳作，一清如水，无迹可寻。

《竹林答问》：盛唐人古律有两种：其一纯乎律调而通体不对者，如太白"牛渚西江月"、孟浩然"挂席东南望"是也。其一为变律调而通体有对有不对者，如崔国辅"松雨时复滴"、岑参"昨日山有信"是也。虽古诗仍归律体。故以古诗为律，惟太白能之，岑、王其辅车也；以古文为诗，唯昌黎能之，少陵其少路也。

《唐诗三百首》陈婉俊补注：以谪仙之笔作律，如豢神龙于池沼中，虽勺水无波，而屈伸盘拏，出没变化，自不可遏。须从空灵一气处求之。

《唐宋诗举要》：吴曰：挺起清健，王孟无此笔（"余亦"句下）。

《李太白诗醇》：严云：一结凄然。

春归终南山松龛旧隐

我来南山阳，事事不异昔。
却寻溪中水，还望岩下石。

蔷薇缘东窗,女萝绕北壁。

别来能几日,草木长数尺。

且复命酒樽,独酌陶永夕。

【汇评】

《唐诗援》:和平恬淡,太白诗中变调,故朱子谓太白诗不专是豪放。

月下独酌四首(其一)

花间一壶酒,独酌无相亲。

举杯邀明月,对影成三人。

月既不解饮,影徒随我身。

暂伴月将影,行乐须及春。

我歌月徘回,我舞影零乱。

醒时同交欢,醉后各分散。

永结无情游,相期邈云汉。

【汇评】

《唐诗品汇》:刘云:古无此奇("对影"句下)。　刘云:凡情俗态终以此,安得不为改观(末句下)?

《唐诗归》:谭云:奇想,旷想。　钟云:放言月中无人。

《唐诗别裁》:脱口而出,纯乎天籁,此种诗人不易学。

《停云阁诗话》:李诗"举杯邀明月,对影成三人",东坡喜其造句之工,屡用之。予读《南史·沈庆之传》,庆之谓人曰:"我每履田园,有人时与马成三,无人则与马成二。"李诗殆本此。然庆之语不及李诗之妙耳。

《唐宋诗醇》:千古奇趣,从眼前得之。尔时情景,虽复潦倒,终不胜其旷达。陶潜云:"挥杯劝孤影",白意本此。

《唐诗三百首》：题本独酌，诗偏幻出三人，月影伴说，反复推勘，愈形其独（"举杯"四句下）。

《李太白诗醇》：严沧浪曰：饮情之奇。于孤寂时，觅此伴侣，更不须下酒物。且一叹一解，若远若近，开开阖阖，极无情，极有情。如此相期，世间岂复有可"相亲"者耶？

友人会宿

涤荡千古愁，留连百壶饮。

良宵宜清谈，皓月未能寝。

醉来卧空山，天地即衾枕。

【汇评】

《李太白诗醇》：严云："天地即衾枕"，本语已恶，那可再述！案：快语喜人，何恶之有？严评拘矣。　　萧士赟曰：此诗，太白盖用刘伶《酒德颂》"幕天席地，纵意所如"之意。

山中与幽人对酌

两人对酌山花开，一杯一杯复一杯。

我醉欲眠卿且去，明朝有意抱琴来。

【汇评】

《苕溪渔隐丛话》：太史公《淳于髡传》云："操一豚蹄酒一盂。"夫叙事犹尔，所谓"一胡卢酒一篇诗"，自有七言，无此句法也。或曰：李白不云乎"一杯一杯复一杯"？余曰：古者豪杰之士，高情远意，一寓之酒。有所感发，虽意于饮，而饮不能自已则又饮，至于三杯五斗，醉倒而后已。是不云尔，则不能形容酒客妙处。夫李白意先立，故七字六相犯，而语势益健，读之不觉其长。……惟第三句，若有意而语亦不工。

《唐宋诗醇》：用成语妙如已出。前二句古调，后二句谐，拗体正格。

《唐诗真趣编》：此诗写对幽人，情致栩栩欲活。言我意中惟幽人，幽人意中惟我，相对那能不酌？酌而忽见山花，便似此花为我两人而开者，意投神洽，杯难停手，故不觉陶然至醉也。"我醉欲眠卿且去"固是醉中语，亦是幽人对幽人，天真烂漫，全忘却形迹周旋耳。幽意正浓，幽兴颇高，今日之饮，觉耳中不闻雅调，空负知音，大是憾事，君善琴，明日肯为我抱来一弹，才是有意于我。两个幽人何等缠绵亲切！　　刘仲肩曰：坦率之至，太古遗民。

《峴阳诗话》：作诗用字，切忌相犯，亦有犯而能巧者。如"一胡芦酒一篇诗"，殊觉为赘。太白诗"一杯一杯复一杯"，反不觉相犯。夫太白先有意立，故七字六犯，而语势益健，读之不觉其长。如"一胡芦"句，方叠用一字，便形萎弱。此中工拙，细心人自能体会，不可以言传也。

《李太白诗醇》：严沧浪曰：麾之可去，招之可来，政见同调。诙谐得好，不是作傲语。

春日醉起言志

处世若大梦，胡为劳其生？
所以终日醉，颓然卧前楹。
觉来盼庭前，一鸟花间鸣。
借问此何时？春风语流莺。
感之欲叹息，对酒还自倾。
浩歌对明月，曲尽已忘情。

【汇评】

《分类补注李太白诗》杨齐贤云：太白此诗，拟陶之作也。

《唐诗品汇》：刘云：流丽酣畅，欲胜渊明者，以其尤易也。诗皆如此，何以沉著为哉？　　范椁云：诸五言皆有晋宋间风，而此更超然。

《麓堂诗话》：太白天才绝出，真所谓"秋水出芙蓉，天然去雕饰"。今所传石刻"处世若大梦"一诗，序称"大醉中作，贺生为我读之。"此等诗皆信手纵笔而就，他可知已。

《唐诗选脉会通评林》：周敬曰：处世若梦，劳生无益，悟此理者谁耶？太白厌世而逃于酒，终日酣饮自适，可谓达生矣。

《而庵说唐诗》：此诗极摹陶靖节，陶却自然。李一味摆脱，笔有逸气，往往见才，是不及陶处。

《唐宋诗醇》：吴昌祺曰：有感时之思，而不觉自得于酒；有高歌之兴，而不觉遽忘其情：此意正佳。

《网师园唐诗笺》：纯乎天趣，勿但以语妙赏之。

《李太白诗醇》：严云："一鸟花间鸣"，幽极。妙在不判出"幽"字，始觉后人拙露。　　严沧浪曰：甚适，甚达，似陶，却不得言学陶。

寻雍尊师隐居

群峭碧摩天，逍遥不记年。
拨云寻古道，倚石听流泉。
花暖青牛卧，松高白鹤眠。
语来江色暮，独自下寒烟。

【汇评】

《唐诗归》：钟云：八句清浅，事称。

《唐诗评选》：乃尔沉远，杜陵所谓"往往似阴铿"者也，非皮相供奉人得知。

《唐宋诗醇》：一结擅胜，神韵悠然。　　吴昌祺曰：此种甚与襄阳相似。

《精选五七言律耐吟集》：仙云满纸，太白往往写仙是仙。

《唐诗评注读本》：首句属地说，次句属人说，三、四句正写"寻"字；既得其处，则先写"青牛"、"白鹤"，用映衬法；末以语罢下山作结，层次井然。先以拨云而上，后乃冲烟而下，用字俱有照应。

《李太白诗醇》：严沧浪曰：不必深，不必琢，但觉其应尔。　　翼云云：起句写隐居。三、四以"寻"字意承，见尊师之居，超然物外也。五、六既至隐居，而以物性之自然为映衬也。七、八以回去为合，先以拨云而上者，今乃冲烟而下，用字俱有照应。

与史郎中钦听黄鹤楼上吹笛

一为迁客去长沙，西望长安不见家。
黄鹤楼中吹玉笛，江城五月落梅花。

【汇评】

《苕溪渔隐丛话》：《复斋漫录》云："古曲有《落梅花》，非谓吹笛则梅落。诗人用事，不悟其失。"余意不然之。盖诗人因笛中有《落梅花》曲，故言吹笛则梅落，其理甚通，用事殊未为失。

《四溟诗话》：作诗有三等语，堂上语、堂下语、阶下语，知此三者可以言诗矣。凡上官临下官，动有昂然气象，开口自别。若李太白"黄鹤楼上吹玉笛，江城五月落梅花"，此堂上语也。

《唐诗广选》：蒋仲舒曰：无限羁情，笛里吹来，诗中写出。

《唐诗摘钞》：前思家，后闻笛，前后两截，不相照顾，而因闻笛益动乡思，意自联络于言外。意与《洛城下》同，此首点题在后，法较老。

《唐宋诗醇》：凄切之情,见于言外,有含蓄不尽之致。至于《落梅》笛曲,点用入化,论者乃纷纷争梅之落与不落,岂非痴人前不得说梦耶?

《唐宋诗举要》：因笛中《落梅花》曲而联想及真梅之落,本无不可。然意谓吹笛则梅落,亦傅会也。复斋说虽稍泥,然考核物理自应有此,不当竟斥为妄。

《诗式》：首句直叙;二句转,旅思凄然,于此可见。三句入吹笛;四句说落梅,以承三句。若非三句将"吹玉笛"三字先见,则四句"落梅花"三字无根矣。且"江城落梅花",足见笛声从楼上传出,"听"字之神,现于纸上。　　[品] 悲慨。

《李太白诗醇》：严沧浪曰：凄远,堪堕泪。　　潘稼堂曰：登黄鹤楼,初欲望家,而家不见;不期闻笛,而笛忽闻：总是思归之情,以厚而掩。

独坐敬亭山

众鸟高飞尽,孤云独去闲。

相看两不厌,只有敬亭山。

【汇评】

《唐诗广选》：蒋仲舒曰：便是独坐境界。

《诗薮》：绝句最贵含蓄,青莲"相看两不厌,惟有敬亭山",亦太分晓。

《唐诗训解》：描写独坐之景,非深知山水趣者不能道。

《批选唐诗》：大雅玄冲。

《唐诗归》：钟云：胸中无事,眼中无人。　　钟云：说出矣,说不出。　　谭云："只有"二字,人皆用作萧条零落,沿袭可厌,惟"相看两不厌"之下,接以"只有敬亭山",则此二字,竟是意象所结,岂许俗人浪识！

《唐诗选脉会通评林》：周敬曰：孤行千古。

《唐诗归折衷》：唐云："不厌"妙矣，"两不厌"尤妙。

《唐诗摘钞》：贤者自表其节，不肯为世推移也。

《增订唐诗摘钞》：鸟飞云远，言其独坐也；末句"独"字更醒。

《而庵说唐诗》：只此五个字（按指"众鸟高飞尽"），使我目开心朗，身在虚空，一丝不挂，不必更读其诗也。　　白七言绝佳，而五言绝尤佳。此作于五言绝中，尤其佳者也。

《唐诗别裁》：传"独坐"之神。

《唐宋诗醇》：宛然"独坐"神理。胡应麟谓"绝句贵含蓄，此诗太分晓"，非善说诗者。

《李太白全集》王琦注：《江南通志》：敬亭山在宁国府城北十里，……东临宛溪，南俯城闉，烟市风帆，极目如画。

《唐诗笺注》："尽"字、"闲"字是"不厌"之魂，"相看"下着"两"字，与敬亭山对若宾主，共为领略，妙！

《诗法易简录》：首二句已绘出"独坐"神理，三、四句偏不从独处写，偏曰"相看两不厌"，从不独处写出"独"字，倍觉警妙异常。

《唐诗选胜直解》：山间之所有者，鸟与云耳，今则飞尽矣，去闲矣。独坐之际对之郁然而深秀者，则有此山。陶靖节诗"悠然见南山"，即此意也，加"不厌"二字，方醒得独坐神理。言浅意深，人所不能道。

《唐人万首绝句选评》：命意之高不待言，气格亦内外具足，五绝中有数之作。

《唐诗真趣编》：鸟尽天空，孤云独去，青峰历历，兀坐怡然。写得敬亭山竟如好友当前，把臂谈心，安有厌倦？且敬亭而外，又安有投契若此者？然此情写之不尽，妙以"两不厌"三字了之。　　为"独坐"二字传神，性灵结撰，无复笔墨痕迹。

《诗式》：首句"众鸟"喻世间名利之辈，"高飞尽"言皆得意去，尽为"独"字写照。"孤云"喻世间高隐一流，"独去闲"言虽与世相忘，而尚有往来之迹。"独"字非题中"独"字，应上句"尽"字。三句看曰"相看"，见人固看著山，山亦似看著人；"两不厌"，见人固恋看山，山亦似恋看人。四句"只有"二字，见恋看山者惟人，而恋看人者似亦惟山。除却敬亭山以外，无足语者，"独坐"二字之神，跃然纸上。　　〔品〕高旷。

《诗境浅说续编》：后二句以山为喻，言世既与我相遗，惟敬亭山色，我不厌看，山亦爱我。夫青山漠漠无情，焉知憎爱，而言不厌我者，乃太白愤世之深，愿遗世独立，索知音于无情之物也。

《李太白诗醇》：严沧浪曰：与寒山一片石语，惟山有耳；与敬亭山相看，惟山有目：不怕聋聩杀世上人。古人胸怀眼界，直如此孤旷。　　潘云：不同鸟与云之易舍，是人不厌山；不同鸟与云之暂对，是山不厌人：故谓之"两"。然山无情，人有情，止成"独坐"而已。

《唐人绝句精华》：首二句独坐所见，三、四句独坐所感。曰"两不厌"，便觉山亦有情，而太白之风神，有非尘俗所得知者，知者其山灵乎？

自　遣

对酒不觉暝，落花盈我衣。
醉起步溪月，鸟还人亦稀。

【汇评】

《唐诗正声》：语秀气清，趣深意远。

《批点唐诗正声》：情景两忘。胸中无此趣，不能为此诗。

《唐诗分类绳尺》：幽独之景，适足自遣。

《增订唐诗摘钞》：前二句忘怀之甚，后二句又有静中愁来之意。

《唐诗笺注》：此等诗，必有真胸境，而后能领此真景色，故其言皆成天趣。

《李太白诗醇》：冲淡入化境矣。

访戴天山道士不遇

犬吠水声中，桃花带雨浓。
树深时见鹿，溪午不闻钟。
野竹分青霭，飞泉挂碧峰。
无人知所去，愁倚两三松。

【汇评】

《唐诗归》：钟云：全首幽适。

《唐诗选脉会通评林》：周敬曰：起联仙境。三、四极幽野之致。　　通为秀骨玉映，丰神绝胜。

《唐诗评选》：全不添入情事，只拈死"不遇"二字作，愈死愈活。

《唐律消夏录》：从水次有人家起，渐渐走到深林绝壑之间，而道士竟不知在何处也。仙乎仙乎！此等诗随手写出，看他层次之妙。

《增订唐诗摘钞》：写幽意固其所长，更喜其无丹鼎气，不用其所短。

《诗筏》：无一字说"道士"，无一字说"不遇"，却句句是"不遇"，句句是"访道士不遇"。何物戴天山道士，自太白写来，便觉无烟火气，此皆不必以切题为妙者。

《古唐诗合解》：前解访道士不遇，后解则对景而怅然，倚树望竹泉而已。

《唐诗成法》：不起不承，顺笔直写六句，以不遇结。唐人每有此格。　　"水声"、"溪午"、"飞泉"、"桃花"、"树"、"钟"、"竹"、"松"等字，重出叠见，不觉其累者，逸气横空故也，然终不可为法。

《唐宋诗醇》：自然深秀，似王维集中高作，视孟浩然《寻梅道士》诗，华实俱胜。

《李太白全集》王琦注：唐仲言曰：今人作诗多忌重叠。右丞《早朝》，妙绝古今，犹未免五用衣冠之议。如此诗，水声、飞泉、树、松、桃、竹，语皆犯重。吁！古人于言外求佳，今人于句中求隙，失之远矣。

《网师园唐诗笺》：入画，画且莫到（首二句下）。

《闻鹤轩初盛唐近体读本》：生妍婉隽，殊似右丞。惟首句出韵耳。

《唐宋诗举要》：吴曰：此四句写深山幽丽之景，设色甚鲜采（"犬吠"四句下）。

《李太白诗醇》：翼云云：用桃源事起，以"不遇"意承，以山中所见为转句，合句仍写不遇。　　又云："两三松"，见倚不一处，不一时。

忆东山二首（其一）

不向东山久，蔷薇几度花。
白云还自散，明月落谁家！

【汇评】

《批点唐诗正声》：仙意逸语，雕出组绮，不可近。

《而庵说唐诗》：太白胸襟高洒，直与云、月为友，东山为家。白既出山，良友寂寞，如之何不忆也？

《唐宋诗醇》：吴昌祺曰：后二句，即"明月独举，白云谁侣"

之意。

《李太白诗醇》：王翼云曰：空山云月，以无人而寥寂如此，安得不忆？馀韵不尽。

望月有怀

清泉映疏松，不知几千古？
寒月摇清波，流光入窗户。
对此空长吟，思君意何深。
无因见安道，兴尽愁人心。

【汇评】

《删订唐诗解》：水映松而月摇水，语意相衔。"清"字宜易其一。

《李太白诗醇》：清气袭人。

对酒忆贺监二首并序

太子宾客贺公，于长安紫极宫一见余，呼余为"谪仙人"，因解金龟换酒为乐。殁后对酒，怅然有怀，而作是诗。

其一

四明有狂客，风流贺季真。
长安一相见，呼我谪仙人。
昔好杯中物，翻为松下尘。
金龟换酒处，却忆泪沾巾。

【汇评】

《唐诗笺要》："谪仙"之目，季真为青莲第一知己，故青莲此诗倍觉淋漓痛快。

《李太白诗醇》：严云：以"狂客"答其呼，易地皆然，又不过誉，真率可法。

其二

狂客归四明，山阴道士迎。

敕赐镜湖水，为君台沼荣。

人亡馀故宅，空有荷花生。

念此杳如梦，凄然伤我情。

【汇评】

《唐诗镜》：初唐以律行古，局缩不伸；盛唐以古行律，其体遂败。良马之妙，在折旋蚁封；豪士之奇，在规矩妙用。若恃一往，非善之善也。《对酒忆贺监》、《宿五松山下荀媪家》、《宿巫山下》、《夜泊牛渚怀古》，清音秀骨，夫岂不佳？第非律体所宜耳。

《闻鹤轩初盛唐近体读本》：后半苍凉，沉痛直写，中有真致，不是枯率。此大须按纸背索之。　　潘一山曰：得五、六作对语，便不全落直置。

《唐宋诗醇》：白于知章有知己之感，对酒伤怀，不减西州一恸。

重忆一首

欲向江东去，定将谁举杯？

稽山无贺老，却棹酒船回。

【汇评】

裴敬《翰林学士李公墓碑》：予尝过当涂，访翰林旧宅，又于浮屠寺化城之僧得翰林自写《访贺监不遇》诗云："东山无贺老，却棹酒船回。"味之不足，重之为宝，用献知音。

《唐人万首绝句选评》：真是目空一世，合之于题，一些不觉，神境也。

《唐宋诗举要》：太白此前有《对酒忆贺监》二首……，盖意有未尽，故有《重忆》之作。

拟古十二首（选四首）

其三

长绳难系日，自古共悲辛。
黄金高北斗，不惜买阳春。
石火无留光，还如世中人。
即事已如梦，后来我谁身？
提壶莫辞贫，取酒会四邻。
仙人殊恍惚，未若醉中真。

【汇评】

《李杜诗选》：梅禹金曰：是达生语，钱奴可怜。

《唐诗援》："即事如好梦，后来我谁身"，与子美"万古一骸骨，邻家递歌哭"，俱是见道之言，非流俗而知。

《唐宋诗醇》："后来我谁身"，铸为奇句，巧不累理。

《李太白诗醇》：严云：常情必谓世人如石火，今反以石火为如世人，更可思。严沧浪曰："即事"二句，道人之识，达人之言。末句云："仙人殊恍惚，未若醉中真"，白至此始悟，翻下一级，转入醉乡。

其六

运速天地闭，胡风结飞霜。

百草死冬月，六龙颓西荒。

太白出东方，彗星扬精光。

鸳鸯非越鸟，何为眷南翔？

惟昔鹰将犬，今为侯与王。

得水成蛟龙，争池夺凤凰。

北斗不酌酒，南箕空簸扬。

【汇评】

《唐诗品汇》：萧云：此篇似是讽永王璘不从，知王不足与有为而作。

《李太白全集》王琦注：此诗其作于流夜郎之前耶？……"北斗不酌酒，南箕空簸扬"，伤己无人荐达，如彼天星之中北斗，虽有斗名，而不可用之以酌酒，南箕虽有箕名，而不可用之以簸扬米谷。徒有高才不为人用，其自悲之意深矣。

《李太白诗醇》："惟昔"四句，如为我今日设者，使人失笑。一结，奇想奇语。

其八

月色不可扫，客愁不可道。

玉露生秋衣，流萤飞百草。

日月终销毁，天地同枯槁。

蟪蛄啼青松，安见此树老？

金丹宁误俗，昧者难精讨。

尔非千岁翁，多恨去世早。

饮酒入玉壶，藏身以为宝。

【汇评】

《唐诗品汇》：刘云：其初未有此意，肆言及此，达之又达。　萧云：此篇是反古诗"服食求神仙，多为药所误"。盖白之素志，欲学神仙，犹反《骚》云。

《唐诗别裁》：言天地终归枯槁，况乎人生，正当及时行乐。

《唐宋诗醇》：起句妙语天然，不由思索而得。

《李太白诗醇》：严云：兴、情皆从《三百篇》来，直是无可奈何。　　又云：草化萤，乃云"飞百草"，灵变之极。　　又云：五、六句，见大。　　严沧浪曰：一结用费长房事，乃入浑冥。

其十一

　　涉江弄秋水，爱此荷花鲜。

　　攀荷弄其珠，荡漾不成圆。

　　佳人彩云里，欲赠隔远天。

　　相思无由见，怅望凉风前。

【汇评】

《唐宋诗醇》：萧士赟曰：喻贤者慕君，始得位而害之者至，欲有献而为谗所间也。辞微意显，怨而不诽。

《网师园唐诗笺》：秀色鲜伦（"攀荷"二句下）。

《李太白诗醇》：严云：只须起四句，成古乐府。

【总评】

《唐诗笺要》：前辈谓太白《拟古》文词清丽，从鲍、谢来，非《十九首》风格，良然。

《唐宋诗醇》：汉代五言，虽辞多质直，然如《十九首》之类，各具机杼，变化不测，非尽无作用者也。陆机、江淹《拟古》，善矣，论者谓如搏猛虎、捉生龙，急与之较而力不暇，诚为气格悉敌。白之诸作，体虽仿古，意仍自运，其才无所不有，故辞意出入魏晋，而大致直媲西京，正不必拘拘句比字拟以求之。又，其辞多有寄托，当以意会，更不必处处牵合，如旧注所云也。

翰林读书言怀呈集贤诸学士

晨趋紫禁中，夕待金门诏。
观书散遗帙，探古穷至妙。
片言苟会心，掩卷忽而笑。
青蝇易相点，白雪难同调。
本是疏散人，屡贻褊促诮。
云天属清朗，林壑忆游眺。
或时清风来，闲倚栏下啸。
严光桐庐溪，谢客临海峤。
功成谢人间，从此一投钓。

【汇评】

《分类补注李太白诗》萧士赟注：此太白写心之作，观此，则前《效古》一首概可见矣。

《李太白诗醇》：严云："片言"云云，真得读书味。　　王云：陈子昂诗"青蝇一相点，白璧遂成冤"。盖青蝇遗粪成点污，以比谗言能使修洁之士致招罪尤也。

寻阳紫极宫感秋作

何处闻秋声？翛翛北窗竹。
回薄万古心，揽之不盈掬。
静坐观众妙，浩然媚幽独。
白云南山来，就我檐下宿。
懒从唐生决，羞访季主卜。
四十九年非，一往不可复。

野情转萧洒，世道有翻覆。

陶令归去来，田家酒应熟。

【汇评】

《唐诗品汇》：刘云：其自然不可及矣。东坡和此有馀，终涉拟议。

《唐诗镜》：一起四语，意境清微。

《唐诗选脉会通评林》：周珽曰：泠然以静，油然以幽，有道之诗。

《唐诗笺注》：飘然之思，真觉不群。

万愤词投魏郎中

海水渤潏，人罹鲸鲵。

蓊胡沙而四塞，始滔天于燕齐。

何六龙之浩荡，迁白日于秦西。

九土星分，嗷嗷栖栖。

南冠君子，呼天而啼。

恋高堂而掩泣，泪血地而成泥。

狱户春而不草，独幽怨而沉迷。

兄九江兮弟三峡，悲羽化之难齐。

穆陵关北愁爱子，豫章天南隔老妻。

一门骨肉散百草，遇难不复相提携。

树榛拔桂，囚鸾宠鸡。

舜昔授禹，伯成耕犁。

德自此衰，吾将安栖？

好我者恤我，不好我者何忍临危而相挤！

子胥鸱夷，彭越醢醢。

自古豪烈，胡为此繋？

苍苍之天，高乎视低。

如其听卑，脱我牢狴。

傥辨美玉，君收白珪。

【汇评】

《后村诗话》：太白《百忧》、《万愤》二篇：《百忧》上崔相员也，……卒赖员力北归。《万愤》投魏郎中，不知魏何人，乃侪之崔相之列。此篇云："树榛拔桂，囚鸾宠鸡"，语甚新。又言兄弟妻子离隔，有"一门骨肉散百草，遭难不复相提携"之句。魏必是一志义之士，能恤人患难者，当考。

《诗源辩体》：初读太白《远别离》，高廷礼谓"伤时君子失位、小人用事而作"，殊不醒。然后读《赠辛判官》诗云："函谷忽惊胡马来，秦宫桃李向明开。"俚国泰云："此指诸臣附合肃宗者而言，太白深有所刺也。"予意犹未会。既而读《万愤词》云"舜昔授禹，伯成耕犁，德自此衰，吾将安栖"，意便了然。乃知《远别离》言尧舜不当禅禹，又引《竹书》"尧幽囚"为证，实与《万愤词》互相发明。

《李太白全集》王琦注：此诗有云"兄九江兮弟三峡"，与下文爱子老妻并言，似指其亲兄弟而言。上有兄下有弟，则太白乃其仲钦！然兄弟之名则无可据，姑表出之，以俟淹博者之详考。

田园言怀

贾谊三年谪，班超万里侯。

何如牵白犊，饮水对清流？

【汇评】

《李太白全集》：王琦注：诗意谓仕宦而不得志如贾谊一流，得志如班超一流，皆羁旅异方，不如巢许隐居独乐，安步田园之为善也。其旨深矣。

听蜀僧濬弹琴

蜀僧抱绿绮，西下峨眉峰。
为我一挥手，如听万壑松。
客心洗流水，馀响入霜钟。
不觉碧山暮，秋云暗几重。

【汇评】

《唐宋诗醇》：累累如贯珠，泠泠如叩玉，斯为雅奏清音。

《网师园唐诗笺》：逸韵铿然，是能得弦外之音者。

《唐宋诗举要》：一气挥洒，中有凝炼之笔，便不流入轻滑。

《诗境浅说》：此诗前半首，质言之，惟蜀僧为弹琴一语耳。学作诗者，仅此一语，欲化作四句好诗，几不知从何下笔。试观其起句，言蜀僧抱古琴自峨嵋而下，已有"入门下马气如虹"之概。紧接三、四句，如河出龙门，一泻千里，以松涛喻琴声之清越，以"万壑松"喻琴声之宏远，句法动荡有势。五句言琴之高妙，闻者如流水洗心，乃赋听琴之正面。六句以"霜钟"喻琴，同此清迥，不以俗物为譬，乃赋听琴之尾声。收句听琴心醉，不觉山暮云深，如闻《韶》忘肉味矣。

《李太白诗醇》：严沧浪曰：一味清响，真如松风。

见野草中有曰白头翁者

醉入田家去，行歌荒野中。
如何青草里，亦有白头翁？

折取对明镜，宛将衰鬓同。

微芳似相诮，留恨向东风。

【汇评】

《唐诗分类绳尺》：咏物体，李、杜自是一格，与唐人不同。众人不免尖巧，而晚唐又失之。

《唐诗归》：谭云：此则径似高、岑。

《唐诗援》：题虽小，然一气呵成，天然浑雅，自是大家风度。

《唐诗观澜集》：偶然落笔，自有绛云在霄之致。　　词直而意曲（"如何"二句下）。

《唐宋诗醇》：结意刻深，却有风致。

白鹭鸶

白鹭下秋水，孤飞如坠霜。

心闲且未去，独立沙洲傍。

【汇评】

《唐诗归》：谭云：寂寂有情。

《唐宋诗醇》：奇思古调。

《李太白诗醇》：严云：写生。"且未去"，更活。

巫山枕障

巫山枕障画高丘，白帝城边树色秋。

朝云夜入无行处，巴水横天更不流。

【汇评】

《唐诗归》：钟云：三字说得幽灵（"朝云夜入"句下）。

南奔书怀

遥夜何漫漫，空歌白石烂。

宁戚未匡齐，陈平终佐汉。

欃枪扫河洛，直割鸿沟半。

历数方未迁，云雷屡多难。

天人秉旄钺，虎竹光藩翰。

侍笔黄金台，传觞青玉案。

不因秋风起，自有思归叹。

主将动谗疑，王师忽离叛。

自来白沙上，鼓噪丹阳岸。

宾御如浮云，从风各消散。

舟中指可掬，城上骸争爨。

草草出近关，行行昧前算。

南奔剧星火，北寇无涯畔。

顾乏七宝鞭，留连道傍玩。

太白夜食昴，长虹日中贯。

秦赵兴天兵，茫茫九州乱。

感遇明主恩，颇高祖逖言。

过江誓流水，志在清中原。

拔剑击前柱，悲歌难重论。

【汇评】

《李太白全集》：王琦注：此篇首引宁戚、陈平，盖以自况，思得
见用于世之意。"欃枪扫河洛，直割鸿沟半"，谓禄山反叛，覆陷两
京，河北河南半为割据。天人，谓永王璘。……"侍笔黄金台，传觞
青玉案。不因秋风起，自有思归叹"，谓在永王军中虽蒙礼遇，而早

动思归之志，当是察其已有逆谋，不可安处矣。太白之于永王璘，与张翰之于齐王冏，事略相类，故引以为喻。惜乎其不能如翰之勇决，洁身早去，致遭污累也。……"自来白沙上，鼓噪丹阳岸。宾御如浮云，从风各消散"，言军中扰乱，宾幕逃奔之状，……其曰"舟中指可掬，城上骸争爨"，甚言其挠败之形有若此耳。"草草出近关，行行昧前算。南奔剧星火，北寇无涯畔。顾乏七宝鞭，留连道旁玩"，自言奔走匆遽之状。"太白夜食昴，长虹日中贯"，喻己为国之精诚可以上干天象。"秦赵兴天兵，茫茫九州乱。感遇明主恩，颇高祖逖言。过江誓流水，志在清中原"，明己之所以从璘者，实因天下乱离，四方云扰，欲得一试其用，以扩清中原，如祖逖耳，非敢有逆志也。"拔剑击前柱，悲歌难重论"，自伤其志之不能遂，而反有从王为乱之名，身败名裂，更向何人一为申论。拔剑击柱，慷慨悲歌，出处之难，太白盖自嗟其不幸矣。萧士赟曰："此篇用事偏枯，句意倒杂，决非太白之作。"果真灼见，其为非太白之作耶？抑为太白讳而故为此言耳。

劳劳亭

天下伤心处，劳劳送客亭。

春风知别苦，不遣柳条青。

【汇评】

《唐诗分类绳尺》：不经用意，自见深沉。

《唐诗归》：谭云：天下伤心处，古之伤心人，岂是寻常哀乐（首句下）！　　钟云："知"字、"不遣"字，不见着力之痕。

《汇编唐诗十集》：说"天下"见非寻常，"伤心处"妙。

《唐诗摘钞》：将无知者说得有知，诗人惯弄笔如此。

《增订唐诗摘钞》：深极巧极，自然之极，太白独步。

《唐诗笺要》：起与"独坐清天下"同一肆境。三、四句视王之涣"近来攀折苦"，更剥进数层。

《历代诗发》：委过春风，用意深曲。

《唐宋诗醇》：二十字无不刺骨。

《网师园唐诗笺》：无情有情，与前篇（按指《渌水曲》）一意（末二句下）。

《秋窗随笔》：云溪子曰："杜舍人牧《杨柳》诗：'巫娥庙里低含雨，宋玉堂前斜带风'……俱不言'杨柳'二字，最为妙也。"如此论诗，诗了无神致矣。诗人写物，在不即不离之间，"昔我往矣，杨柳依依"，只"依依"两字，曲尽态度。太白"春风知别苦，不遣柳条青"，何等含蓄，道破"柳"字益妙。

《诗法易简录》：若直写别离之苦，亦嫌平直；借"春风"以写之，转觉苦语入骨。其妙全在"知"字、"不遣"字，奇警绝伦。

《精选评注五朝诗学津梁》：离别何关于春风？偏说到春风，高一层意思作法。

《李太白诗醇》：严云：起句一口吸尽。

嘲鲁儒

鲁叟谈五经，白发死章句。
问以经济策，茫如坠烟雾。
足著远游履，首戴方山巾。
缓步从直道，未行先起尘。
秦家丞相府，不重褒衣人。
君非叔孙通，与我本殊伦。
时事且未达，归耕汶水滨。

《后村诗话》：此篇几于以儒为戏，然"秦家丞相府，不重褒衣人"，非谪仙不能语。

《唐诗快》："足著"四语，画出迂腐小像。鲁儒在焉，呼之或出。　　庄子言鲁少儒，举国独有一丈夫，太白亦用此意，而以诙谐出之。

《唐宋诗醇》：儒不可轻。若死于章句而不达时事，则貌为儒而已。汉宣帝所谓"俗儒不达时宜"，叔孙通所谓"鄙儒"，施之此人则可矣；不然，以儒为戏，岂可训哉！

《李太白诗醇》：严云：腐儒光景，形容逼肖（"缓步"句下）。

观胡人吹笛

胡人吹玉笛，一半是秦声。
十月吴山晓，梅花落敬亭。
愁闻出塞曲，泪满逐臣缨。
却望长安道，空怀恋主情。

【汇评】

《分类补注李太白诗》：萧士赟注：太白放逐之馀，眷恋宗国之意随寓而发，观此诗末二句，概可见矣。

《批点唐诗正声》：格韵散逸，唐诸公所未到。

《诗源辩体》：或问："太白五、七言律，较盛唐诸公何如？"曰：盛唐诸公本在兴趣，故体多浑圆，语多活泼；太白才大兴豪，于五、七言律太不经意，故每失之于放，盖过而非不及也。五言如"岁落众芳歇"、"燕支黄叶落"、"胡人吹玉笛"，七言如"久辞荣禄遂初衣"等篇，斯得中耳。世谓太白短于律，故表明之。

《李太白诗醇》：严沧浪曰：其音凄清，其格浏亮，如水晶珠。

从军行

百战沙场碎铁衣,城南已合数重围。

突营射杀呼延将,独领残兵千骑归。

【汇评】

《批点唐诗正声》:起句壮逸,断处伤气。 气象温厚。卫、霍极愿,而难自在。

《唐诗分类绳尺》:悲壮精健,不为儿女态者。

《唐诗选脉会通评林》:周珽曰:奋勇精悍,转败为功,赵将军一身都是胆,从军将士可多得否?

春夜洛城闻笛

谁家玉笛暗飞声,散入春风满洛城。

此夜曲中闻折柳,何人不起故园情?

【汇评】

《批点唐诗正声》:唐人作闻笛诗每有韵致,如太白散逸潇洒者不复见。

《诗薮》:太白七言绝,如"杨花落尽子规啼"、"朝辞白帝彩云间"、"谁家玉笛暗飞声"、"天门中断楚江开"等作,读之真有挥斥八极、凌属九霄意。贺监谓为谪仙,良不虚也。

《唐诗直解》:次句不独流逸,亦且稳定。看他下句下字,炉锤二妙。

《唐诗选脉会通评林》:周珽曰:意远字精,炉锤巧自天然。

《唐诗摘钞》:前首(按指《与史郎中饮听黄鹤楼上吹笛》)倒,此首顺;前首含,此首露;前首格高,此首调婉。并录之,可以观其变矣。

《增订唐诗摘钞》："满"从"散"来，"散"从"飞"来，用字细甚。妙在"何人不起"四字，写得万方同感，百倍自伤。

《唐诗笺注》："散入"二字妙，领得下二句起。通首总言笛声之动人。"何人不起故园情"，含着自己在内。

《唐宋诗醇》：与杜甫《吹笛》七律同意，但彼结句与黄鹤楼绝句出以变化，不见用事之迹，此诗并不翻新，深情自见，亦异曲同工也。

《网师园唐诗笺》："折柳"二字为通首关键。

《唐人万首绝句选评》：下句下字炉锤工妙，却如信笔直写。后来闻笛诗，谁复发出此？真绝调也。

《诗式》：此首闻笛与前首听笛（按指《与史郎中饮听黄鹤楼吹笛》）异。听笛者知在黄鹤楼上，故有心听之也；闻笛者不知何处，无意闻知也。开首"谁家"二字起"闻"字，"暗"字起"夜"字，"飞声"二字起"闻"字。二句"散"字、"满"字写足"闻"字之神。三句点"夜"字，便转闻笛感别，有故国之情。曰"何人"，即己亦在内，不必定指自己。正诗笔灵活处。　　〔品〕悲慨。

《诗境浅说续编》：春宵人静，闻笛声悠扬，及聆其曲调，不禁黯然动乡国之思。释贯休《闻笛》诗云："霜月夜徘徊，楼中羌笛催。晓风吹不尽，江上落残梅。"同是风前闻笛，太白诗有磊落之气，贯休诗得蕴藉之神，大家名家之别，正在虚处会之。

《李太白诗醇》：潘稼堂曰：此与《黄鹤楼》诗异：《黄鹤楼》是思归而又闻笛，此是闻笛而始思归也。因笛中有《折柳》之曲，忽忆此时柳真堪折，春而未归，能不念故国也？

宣城见杜鹃花

蜀国曾闻子规鸟，宣城还见杜鹃花。

一叫一回肠一断,三春三月忆三巴。

【汇评】

《升庵诗话》:此太白寓宣州怀西蜀故乡之作也。

《唐宋诗醇》:如谚如谣,却是绝句本色。效之,则痴矣。

《李太白诗醇》:严沧浪曰:出太白,如此犹不恶。

三五七言

秋风清,秋月明。

落叶聚还散,寒鸦栖复惊。

相思相见知何日? 此时此夜难为情。

【汇评】

《李杜诗通》:其体始郑世翼,白仿之。

《李太白全集》:王琦注:杨齐贤云:古无此体,自太白始。

《沧浪诗话》以此为隋郑世翼之诗,《瞳仙诗谱》以此篇为无名氏作,俱误。

《唐宋诗醇》:哀音促节,凄若繁弦。

寄远十一首(选二首)

其六

阳台隔楚水,春草生黄河。

相思无日夜,浩荡若流波。

流波向海去,欲见终无因。

遥将一点泪,远寄如花人。

【汇评】

《唐宋诗醇》:与古为化,不以摹拟为工,而寄托自远。

其八

忆昨东园桃李红碧枝,与君此时初别离。

金瓶落井无消息,令人行叹复坐思。

坐思行叹成楚越,春风玉颜畏销歇。

碧窗纷纷下落花,青楼寂寂空明月。

两不见,但相思。

空留锦字表心素,至今缄愁不忍窥。

【汇评】

《十八家诗钞评点》:此等绝似鲍照("忆昨东园"句下)。

《李太白诗醇》:忧愁幽思,笔端缭绕,情致不尽。后来高青丘辈全学这样格调者欤!

长门怨二首

其一

天回北斗挂西楼,金屋无人萤火流。

月光欲到长门殿,别作深宫一段愁。

【汇评】

《批点唐诗正声》:全首不言怨,末句怨而复怨。

《诗薮》:太白《长门怨》:"天回北斗挂西楼……"江宁《西宫曲》:"西宫夜静百花香,欲卷珠帘春恨长。斜抱云和深见月,朦胧树色隐昭阳。"李则意尽语中,王则意在言外。然二诗各有至处,不可泥执一端。大概李写景入神,王言情造极。王宫词乐府,李不能为;李览胜纪行,王不能作。

《唐诗解》:上联因时而叙景,下联即景生愁。月本无心,哀怨之极,觉其有心耳。

《唐诗摘钞》:含意甚深,故曰"诗可以怨",何必定云"枉把黄金买词赋,相如原是薄情人",始为此题本色语?

《唐诗归折衷》:唐云:怨在"欲到"、"别作"四字。

《增订唐诗摘钞》:上二语实写,第三句空中陡起,奇辟惊人。
"金屋无人"已含愁,又下"欲到"、"别作"四字一转,更觉咀味不尽。

《唐诗笺注》:"别作"、"一段"四字,令人咏味不尽。

《唐人万首绝句选评》:只从"金屋"、"长门"着想,解此诗意,
已尽得矣。

其二

桂殿长愁不记春,黄金四屋起秋尘。

夜悬明镜青天上,独照长门宫里人。

【汇评】

《唐诗解》:前篇因秋而起秋思,此篇则无时非秋矣。"独"字
甚佳,见月之有意相苦。

《唐诗笺注》:曰"不记春",曰"起秋尘",形容长愁无尽,不觉
春去而秋至也。下二句就长夜之愁托出"独照"二字,说怨意妙。

《唐宋诗醇》:写出凄凉奇况,所谓善于言愁。

《唐人万首绝句选评》:情思不如江宁,正以气格胜。通首不
言怨,怨在言外。

《诗境浅说续编》:首句桂殿秋与春对举者,言含愁独处,但见
秋之萧瑟,不知有春之怡畅也。次句四面黄金涂壁,华贵极矣,而
流尘污满,则华贵于我何预,只益悲耳。后二句言月镜秋悬,照彻
几家欢乐,一至寂寂长门,便成独照,不言怨而怨可知矣。

《李太白诗醇》:严沧浪曰:前首言愁已清微;此但举如此光
景,不言愁,愈不堪。

【总评】

《分类补注李太白诗》:萧士赟注:此诗皆隐括汉武帝、陈皇后

事,以比玄宗皇后,其意微而婉矣。

《李杜二家诗钞评林》:二首萧注以感明皇废王后作,然此或自况耳。古宫怨诗大都自况。

《唐诗镜》:二诗用意高妙,气格雄深。

《唐诗选脉会通评林》:周敬曰:太白《长门怨》二诗,才情藻拔,自有一种超胜之韵,极慨极悲,何必再读《长门赋》!

陌上赠美人

骏马骄行踏落花,垂鞭直拂五云车。
美人一笑褰珠箔,遥指红楼是妾家。

【汇评】

《增订唐诗摘钞》:字字爽,字字艳,字字响。　　此"一笑"中,含却冶情无限。

《诗境浅说续编》:当紫陌春浓之际,策骏马而过,适道左有五云车过,误拂鞭丝。乃车中美人,不生薄愠,翻致微辞,谓遥看一角红楼,即妾家住处,若谓门前垂柳,何妨暂系青骢。与崔颢《长干曲》之"妾住在横塘",皆萍絮偶逢,即示以香巢所在,其慧眼识人耶?抑诗人托兴耶?以青莲之豪迈,而作此侧艳之词,殆如昌黎之"玉钗银烛",未免有情也。

《李太白诗醇》:王翼云曰:此当是五陵游侠,陌上春游,太白偶见,故赋其事以赠也。然亦不必认真。

怨　情

新人如花虽可宠,故人似玉由来重。
花性飘扬不自持,玉心皎洁终不移。

故人昔新今尚故，还见新人有故时。

请看陈后黄金屋，寂寂珠帘生网丝。

【汇评】

《唐宋诗醇》：偶引古辞，别出新意，怨意不言而显。

《李太白诗醇》："故人昔新"二句，自隋江总诗"故人虽故昔经新，新人虽新复应古"化出。

怨　情

美人卷珠帘，深坐颦蛾眉。

但见泪痕湿，不知心恨谁。

【汇评】

《李杜诗通》："心中念故人，泪堕不知止"，此陈思王《怨诗》语也。明说个"故人"来，觉古人犹有未工。

《唐诗归》：钟云：二语有不敢前问之意，温存之极（末二句下）。

《唐诗训解》："不知恨谁"，最妙。

《唐诗笺要》："不可明白说尽"六字，乃作诗秘钥，凡诗皆宜尔，不独五言短古为然。

《闻鹤轩初盛唐近体读本》：神韵绝人，不在笔墨。　　毛衣儒曰：恨至不可解处，即己亦不自知。

《秋窗随笔》：最喜王摩诘"看花满眼泪，不共楚王言"，李太白"但见泪痕湿，不知心恨谁"，……得言外之旨；诸人用"泪"字，莫及也。

《李太白诗醇》：严沧浪曰：写"怨情"，已满口说出，却有许多说不出，使人无处下口通问。如此幽深！

思　边

去年何时君别妾？南园绿草飞蝴蝶。

今岁何时妾忆君？西山白雪暗晴云。

玉关此去三千里，欲寄音书那可闻！

口号吴王美人半醉

风动荷花水殿香，姑苏台上宴吴王。

西施醉舞娇无力，笑倚东窗白玉床。

【汇评】

《升庵诗话》：徐陵诗："竹密山斋冷，荷开水殿香。"太白诗"风动荷花水殿香"，全用其语。

《李太白全集》：王琦注：吴王即为庐江太守之吴王也。以其所宴之地，比之姑苏；以其美人，比之西施。乃席上口占，以寓笑谑之意耳。若作咏古，味同嚼蜡。

《诗式》：首句叙景起，二句点题，三句以承为转。因见吴王，而见西施；因见西施，而见其醉且舞。半醉半舞，纵娇无力也。四句"笑"字合"娇"字，"倚"合"无力"字，读此可悟用字之法。
［品］艳丽。

《李太白诗醇》：严云："口号"二字，若今人必缀在下，便成常俗。　　翼云云："笑"字合"娇"字，"倚"字合"无力"字。倚床献笑，曲形要宠之态也。

越女词五首（选三首）

其一

长干吴儿女，眉目艳新月。

屐上足如霜，不著鸦头袜。

【汇评】

《李杜诗通》：越中书所见也。谢灵运《东阳溪中问答》："可怜谁家妇，缘流洗素足。明月在云间，迢迢不可得。""可怜谁家郎，缘流乘素舸。但问情若为？月就云中堕。"此诗所本。

《李太白诗醇》：后人所谓《竹枝》体也。　　严沧浪曰：有此品题，始知女儿露足之妙，何用行缠？

其三

耶溪采莲女，见客棹歌回。

笑入荷花去，佯羞不出来。

【汇评】

《唐诗归》：谭云：说情处，字字使人心宕。　　钟云：非"佯羞"二字，说不出"笑入"之情（末二句下）。

《闻鹤轩初盛唐近体读本》："笑入"、"佯羞"，如亲见之。

《李太白诗醇》：写出如画。　　严沧浪曰：调客不如避客，眼掷不如突去。女儿情以此为深，如前者（按指前首中"卖眼掷春心，折花调行客"句）易喜，亦易贱也。

其五

镜湖水如月，耶溪女似雪。

新妆荡新波，光景两奇绝。

《闻鹤轩初盛唐近体读本》：此等所谓"俊逸"。

《李太白诗醇》：好句调，又好绝句。

巴女词

巴水急如箭，巴船去若飞。

十月三千里，郎行几岁归？

【汇评】

《李杜诗通》：似亦效《西曲》者。

《李太白诗醇》：言外有用沉痛悲切之情。

哭晁卿衡

日本晁卿辞帝都，征帆一片绕蓬壶。

明月不归沉碧海，白云愁色满苍梧。

【汇评】

《李太白诗醇》：是闻安陪仲麻吕覆没讹传时之诗也。而诗词绝调，惨然之情，溢于楮表。

哭宣城善酿纪叟

纪叟黄泉里，还应酿老春。

夜台无晓日，沽酒与何人？

【汇评】

《后村诗话》：太白七言近体，如《凤凰台》，五言如《忆贺监》、《哭纪叟》之作，皆高妙。

《唐诗归》：钟云：夜台中，还占地步（"夜台"二句下）。

《李太白全集》：王琦注：《杨升庵外集》：《哭宣城善酿纪叟》，予家古本作"夜台无李白"，此句绝妙，不但齐一生死，又且雄视幽明矣。昧者改为"夜台无晓日"，"夜台"自无"晓日"，又与下句"何人"字不相干。甚矣，士俗不可医也！

《李太白诗醇》：严沧浪曰："无李白"，妙。既云"夜台"，何必更言"无晓日"耶！　与"稽山无贺老"用意同。狂客谪仙，饮中并歌。自视世间，惟我与尔。　于鬼窟亦居胜地。傲甚，达甚，趣甚。

韦应物

韦应物（735—791），京兆万年（今陕西西安）人。天宝末，为玄宗三卫近侍，时年十五，颇任侠负气。后入太学，折节读书。广德中，任洛阳丞，被讼，弃官闲居。大历中，任京兆府功曹，摄高陵令，又历鄠县、栎阳二令。建中中，除比部员外郎，出为滁州刺史。贞元元年，转江州刺史。三年，入为左司郎中，出守苏州，卒。世称韦江州、韦左司或韦苏州。应物工诗，五言诗高雅闲淡，自成一家之体。有《韦应物诗集》十卷。北宋王钦臣重加校定编次，仍为十卷，题《韦苏州集》，行于世。《全唐诗》编其诗为十卷。

【汇评】

韦应物立性高洁，鲜食寡欲，所至焚香扫地而坐。其为诗驰骤建安以还，各得其风韵。（李肇《国史补》）

韦苏州歌行，才丽之外，颇近兴讽。其五言诗又高雅闲澹，自成一家之体。今之秉笔者谁能及之？（白居易《与元九书》）

李、杜之后，诗人继出，虽间有远韵，而才不逮意。独韦应物、柳宗元发纤秾于简古，寄至味于澹泊，非馀子所及也。（苏轼《书黄子思诗集后》）

韦应物古诗胜律诗,李德裕、武元衡律诗胜古诗,五字句又胜七字。张籍、王建诗格极相似,李益古、律诗相称,然皆非应物之比也。(《临汉隐居诗话》)

右丞、苏州,皆学于陶、王,得其自在。(《后山诗话》)

苏州诗律深妙,白乐天辈固皆尊称之,而行事略不见唐史为可恨。以其诗语观之,其人物亦当高胜不凡。(《蔡宽夫诗话》)

韦苏州诗如浑金璞玉,不假雕琢成妍,唐人有不能到。至其过处,大似村寺高僧,奈时有野态。(《蔡百衲诗评》)

韦苏州……诗清深妙丽,虽唐诗人之盛,亦少其比。(《陵阳室中语》)

徐师川言:人言苏州诗,多言其古淡,乃是不知言苏州诗。自李、杜以来,古人诗法尽废,惟苏州有六朝风致,最为流丽。(《童蒙诗训》)

韦苏州诗,韵高而气清。王右丞诗,格老而味长。虽皆五言之宗匠,然互有得失,不无优劣。以标韵观之,右丞远不逮苏州,至于词不迫切而味甚长,虽苏州亦所不及也。(《岁寒堂诗话》)

诗律自沈、宋以后,日益靡曼,镂章刻句,揣合浮切,虽音韵婉谐,属对丽密,而娴雅平淡之气不存矣。独应物之诗驰骤建安以还,得其风格云。(《郡斋读书志》)

其诗无一字做作,直是自在,其气象近道,意常爱之。问比陶如何?曰:陶却是有力,但语健而意闲。隐者多是带气负性之人为之,陶却有为而不能者也,又好名;韦则自在,其诗直有做不着处便倒塌了底。(《清遨阁论诗》)

韦苏州诗高于王维、孟浩然诸人,以其无声色臭味也。(同上)

韦苏州如园客独茧,暗合音徽。(《臞翁诗评》)

韦诗律深妙,流出肝肺,非学力所可到也。(《后村诗话》)

韦应物居官自愧,闵闵有恤人之心,其诗如深山采药,饮泉坐石,日晏忘归。孟浩然如访梅问柳,偏入幽寺。二人意趣相似,然入处不同。韦诗润者如石;孟诗如雪,虽淡无彩色,不免有轻盈之意。　　诵韦苏州一二语,高处有山泉极品之味。(《王孟诗评》)

苏州诗气象清华,词端闲雅,其源出于靖节,而深沉顿郁,又曹、谢之变也。唐人作古调,虽各有门户,要之律体方精,弥多附寄,而专业之流鲜矣。苏州独骋长辔,大窥囊代,而又去其拘挛补衲之病,盖一大家也。当时词流秾郁,感荡成波,其视苏州淡泊无文,未淹高听,而大羹玄味,足配元英。虽不足以嬉春弄物,要之心灵跨俗,自致上列,不与浊世争长矣。(《唐诗品》)

左司性情闲远,最近风雅,其恬淡之趣,不减陶靖节。唐人中,五言古诗有陶、谢遗韵者,独左司一人。(《四友斋丛说》)

苏州五言古优入盛唐,近体婉约有致,然自是大历声口,与王、孟稍有不同。(《诗薮》)

钟云:韦苏州等诗,胸中腕中,皆先有一段真至深永之趣,落笔自然清妙,非专以浅淡拟陶者。世人误认陶诗作浅淡,所以不知韦诗也。　　谭云:总是"清"之一字,要有来历,不读书不深思人,侥幸假借不得。(《唐诗归》)

诗之所贵者,色与韵而已矣。韦苏州诗,有色有韵,吐秀含芳,不必渊明之深情,康乐之灵悟,而已自佳矣。(《诗镜总论》)

盈盈秋水,淡淡春山,将韦诗陈对其间,自觉形神无间。(同上)

唐人五言古气象宏远,惟韦应物、柳子厚。其源出于渊明,以萧散冲淡为主。然要其归,乃唐体之小偏,亦犹孔门视伯夷也。(《诗源辩体》)

韦、柳五言古,犹摩诘五言绝,意趣幽玄,妙在文字之外。(同上)

应物之诗,较子厚虽精密弗如,然其句亦自有法,故其五言古短篇仄韵最工;七言古既多矫逸,而劲峭独出。乃知二公是由工入微,非若渊明平淡出于自然也。(同上)

东坡云："柳子厚诗在渊明下、韦苏州上。"朱子云："韦苏州高于王维、孟浩然诸人，以其无声色臭味也。"愚按：韦、柳虽由工入微，然应物入微而不见工，子厚虽入微，而经纬绵密，其功自见。故由唐人而论，是柳胜韦；由渊明而论，是韦胜柳。（同上）

六朝五言，谢灵运俳偶雕刻，正非流丽。玄晖虽稍见流丽，而声渐入律，语渐绮靡，遂成杂体。若应物，萧散冲淡，较六朝更自迥别。（同上）

应物五七言律绝，萧散冲淡，与五言古相类，然所称则在古也。（同上）

韦于五言古，汉晋之大宗也。俯视诸子，要当以儿孙畜之，不足以充其衙官之位。其安顿位置，有所吝留，有所挥斥。其吝留者必流俗之挥斥，其挥斥者必流俗之吝留，岂其以摆脱自异哉！吟咏家唯于此千锻百炼，如《考工记》所称五气俱尽、金锡融浃者，方可望作者肩背。（《同上》）

唐诗之修闲澄澹，韦公为独至。五言古律二体。读之每令人作登仙入佛想。（《唐律消夏录》）

韦诗皆以平心静气出之，故多近于有道之言。（《载酒园诗话又编》）

韦诗诚佳，但观刘须溪细评，亦太钻皮出羽。唯云"韦诗润者如石，孟诗如雪，虽淡无采色，不免有轻盈之意"，比喻尚好。至谓二人意趣相似，则又不然。"自顾躬耕者，才非管乐俦。闻君荐草泽，从此泛沧洲"，自是隐士高尚之言。"促戚下可哀，宽政身致患。日夕思自退，出门望故山"，自是循吏倦还之语。原不同床，何论各梦！宋人又多以韦、柳并称，余细观其诗，亦甚相悬。韦无造作之烦，柳极锻炼之力。韦真有旷达之怀，柳终带排遣之意。诗为心声，自不可强。（同上）

东坡谓"柳柳州诗，在陶彭泽下，韦苏州上。"此言误矣。余更其语曰：韦诗在陶彭泽下，柳柳州上。余昔在扬州作论诗绝句，有云："风怀澄澹推韦柳，佳处多从五字求。解识无声弦指妙，柳州那得并苏州！"又常谓：陶如佛语，韦如菩萨语，王右丞如祖师语也。（《分甘馀话》）

　　昔人谓韦与王、孟鼎立为三，以其皆近陶体也。冯复京曰：韦公本有六朝浓丽之意，而澄之为唐调，突过唐人之上。（《唐音审体》）

　　韦诗不唯古澹，兼以静胜。古澹可几，静非澄怀观道不可能也。（《剑溪说诗又编》）

　　诗中有画，不若诗中有人。左司高于右丞以此。（同上）

　　其诗七言不如五言，近体不如古体。五言古体源出于陶，而熔化于三谢。故真而不朴，华而不绮。但以为步趋柴桑，未为得实。如"乔木生夏凉，流云吐华月"，陶诗安有是格耶？（《四库全书总目》）

　　王孟诸公，虽极超诣，然其妙处，似犹可得以言语形容之。独至韦苏州，则其奇妙全在淡处，实无迹可求。（《石洲诗话》）

　　后人学陶，以韦公为最深，盖其襟怀澄澹，有以契之也。（《岘傭说诗》）

　　其源出于渊明，在当时已定论，唯其志洁神疏，故能淡言造古。《拟古》十二篇，虽未远迹陶公，亦得近裁白傅。乃如"画寝清香"、"郡斋夜雨"，琅然疏秀，有杂仙心。至若"乔木生夏凉，流云吐华月"，亦复自然佳妙，不假雕饰之功。唯气格未遒，视古微疑涣散。（《三唐诗品》）

　　其诗闲淡简远，人比之陶潜，虽或过当，而其《拟古》之作，寝几于《十九首》；效陶一体，亦极冲淡之怀，但微嫌着迹耳，着迹则近于刻画矣。然当此之时，高古旷达，殊无出其右者。（《诗学渊源》）

　　五律中有高唱入云，风华掩映，而见意不多者，韦诗其上选也。（《诗境浅说》）

拟古诗十二首（选六首）

其一

辞君远行迈，饮此长恨端。

已谓道里远，如何中险艰？

流水赴大壑，孤云还暮山。

无情尚有归，行子何独难！

驱车背乡园，朔风卷行迹。

严冬霜断肌，日入不遑息。

忧欢容发变，寒暑人事易。

中心君讵知，冰玉徒贞白。

【汇评】

《唐诗品汇》：刘云：此"卷"、此"背"，言之可伤（"驱车"二句下）。

古别离多矣，此作更古者，以其清净自然之美，如秋雨旷野，自难为怀。

《唐风定》：陆士衡辈拟古，但步趋形貌。此独神骨泠然，另出机抒，千秋绝调也。

《唐诗笺要》：古别离最多作者，此更有清静自然之美，如秋月喷野，自难为怀。

《石园诗话》：韦公性高洁，鲜食寡欲，所居焚香扫地而坐。其诗如"流水赴大壑，孤云还暮山。无情尚有归，行子何独难"、"裁此百日功，唯将一朝舞。舞罢复裁新，岂思劳者苦"……皆能摆去陈言，意致简远、超然，似其为人。诗家比之陶靖节，真无愧也。

其四

绮楼何氛氲,朝日正杲杲。

四壁含清风,丹霞射其牖。

玉颜上哀啭,绝耳非世有。

但感离恨情,不知谁家妇?

孤云忽无色,边马为回首。

曲绝碧天高,馀声散秋草。

徘徊帷中意,独夜不堪守。

思逐朔风翔,一去千里道。

【汇评】

《唐诗品汇》:刘云:别是清丽,超凡入圣,可望而不可即者。末极寻常,以古调胜。　　吾旧评此诗云:淡而绮,绮而不烦。

《唐诗别裁》:歌声于感也("孤云"句下)。　　连上首,疑是逐臣恋主之词。

《诗比兴笺》:曲非世有,自命之高也,而知音之难遇,益以此矣。

其五

嘉树蔼初绿,靡芜吐幽芳。

君子不在赏,寄之云路长。

路长信难越,惜此芳时歇。

孤鸟去不还,缄情向天末。

【汇评】

《韦孟全集》:刘云:常言常语,枯淡欲无。

《唐诗选脉会通评林》:吴山民曰:语简意长,不妨枯淡。

《汇编唐诗十集》:六句拟尽古诗,结出新意。

《删订唐诗解》:清雅有馀味。

《唐诗别裁》：此怀友之词。

其六

月满秋夜长，惊乌号北林。

天河横未落，斗柄当西南。

寒蛩悲洞房，好鸟无遗音。

商飙一夕至，独宿怀重衾。

旧交日千里，隔我浮与沉。

人生岂草木，寒暑移此心。

【汇评】

《韦孟全集》：刘云："月满秋夜长"，但摘一语，谁不知是苏州妙？然得之全篇甚难，非尝偏阅不知。此编具眼，变化后来，姑发此例。

《唐诗别裁》：本《燕燕》及《株林》之诗。

《诗比兴笺》：信彼路长，惜此芳歇，迟暮之惧也。心非草木，寒暑何移，"匪石"之诚也。岂徒沉沦之感，怨旷之嗟！

其九

春至林木变，洞房夕含清。

单居谁能裁？好鸟对我鸣。

良人久燕赵，新爱移平生。

别时双鸳绮，留此千恨情。

碧草生旧迹，绿琴歇芳声。

思将魂梦欢，反侧寐不成。

揽衣迷所次，起望空前庭。

孤影中自恻，不知双涕零。

【汇评】

《唐诗品汇》：刘云："单居"两语，流动自然，复非苦吟所及。

末意耿耿,情性适然,不假外物而见。

《唐诗别裁》:疑其得新忘故,欲梦魂以相就,而梦既不成,则又披衣顾影,不觉泪之沾衣也。应亦寄托之词。

其十二

白日淇上没,空闺生远愁。

寸心不可限,淇水长悠悠。

芳树自妍芳,春禽自相求。

徘徊东西厢,孤妾谁与俦?

年华逐丝泪,一落俱不收。

【汇评】

《韦孟全集》:刘云:不言不语,情景甚真,但觉丽情绮语,俱不足道。

《唐诗镜》:起四语澹而远,气味极佳。

《唐诗别裁》:与前意(按指"有客天一方")寄托相同。

《网师园唐诗笺》:《三百篇》遗响("淇水"句下)。

《诗比兴笺》:《诗》云:"淇水汤汤,渐车帷裳",此用其意也。"春禽自相求","孤妾谁与俦?"自非惜年华之逝水,胡为幽怨如斯哉!

【总评】

《批点唐音》:五言古诗先学韦应物,然后诸家可入。　　古意古语。

《批点唐诗正声》:出自风雅,然浓绮深浅无不极至。

《艺苑卮言》:韦左司平淡和雅,为元和之冠。至于《拟古》,如"无事此离别,不如今生死"语,使枚、李诸公见之,不作呕耶?此不敢与文通同日,宋人乃欲令之配陶陵谢,岂知诗者?

《唐诗选脉会通评林》:周珽曰:读《拟古》诸篇,极简极纵,极古极新，杂《十九首》中，恐未易骤辨，觉渊明一灯于今不熄。

《唐风定》：顾云：韦古诗独步唐代，以其得汉魏之质也，下者亦在晋宋间。

《唐诗别裁》：诸咏胎源于《古诗十九首》，须领取意言之外。

《纫斋诗谈》：《拟古》十二首，汁厚而不胶，锷敛而力透。　缠绵忠厚，似《十九首》气味。

《诗比兴笺》：兹十二章，情词一贯，皆美人天末之思，蹇修媒劳之志也。或谓韦公冲怀物外，寄情吏隐，本非用世匡主之辈，未必江湖魏阙之思，此非知韦者也。读其集中，如曰"直方难为进，守此微贱班"，曰"坐感理乱迹，永怀经济言"，曰"相敦在勤事，海内方劳师"，又《滁城对雪》诗云"厕迹鸳行末，蹈舞丰年期。今朝覆山郡，寂寞复何为"，又《始建射侯》诗云"昔曾邹鲁学、亦陪鸳鹭翔。一朝愿投笔，世难结中肠"，则其情可略见矣。《拟古》、《杂体》，性情寄焉，其壮少之年沉沦丞尉，忤时不合，感遇而作乎？可以意会，难尽言诠也。

杂体五首（选二首）

其二

古宅集祆鸟，群号枯树枝。

黄昏窥人室，鬼物相与期。

居人不安寝，搏击思此时。

岂无鹰与鹯？饱肉不肯飞。

既乖逐鸟节，空养凌云姿。

孤负肉食恩，何异城上鸱！

【汇评】

《诗比兴笺》：思直臣以逐奸邪也。集中又有《鸢夺巢》七言诗曰："野鹊野鹊巢林梢,鸱鸢恃力夺鹊巢。吞鹊之肝啄鹊脑,窃食偷居还自保。凤皇五色尊,知鸢为害何不言？霜鹯野鹞得残肉,同啄膻腥不肯逐。可怜百鸟纷纵横,虽有深林何处宿!"

其三

春罗双鸳鸯,出自寒夜女。

心精烟雾色,指历千万绪。

长安贵豪家,妖艳不可数。

裁此百日功,唯将一朝舞。

舞罢复裁新,岂思劳者苦!

【汇评】

《韦孟全集》：意未尝不新,只是体裁高古,所以为难。

《唐风定》：柔婉欲绝,几不复若语言。

《诗比兴笺》：悯民力,思节俭也。

与友生野饮效陶体

携酒花林下,前有千载坟。

于时不共酌,奈此泉下人。

始自玩芳物,行当念徂春。

聊舒远世踪,坐望还山云。

且遂一欢笑,焉知贱与贫!

【汇评】

《韦孟全集》：刘云：全章体素,默合自然。

《批点唐诗正声》：体质浑朴,着以芳艳字。

《唐风定》：体质自与陶近,不拟肖而合矣。

效陶彭泽

霜露悴百草，时菊独妍华。

物性有如此，寒暑其奈何？

掇英泛浊醪，日入会田家。

尽醉茅檐下，一生岂在多？

【汇评】

《竹坡诗话》：古今诗人多喜效渊明体者，如和陶诗非不多，但使渊明愧其雄丽耳。此诗非惟语似而意亦大似，盖意到而语随之也。

《唐诗品汇》：刘云：两语似达似怨，甚好（"物性"二句下）。苏州诗去陶自近，至《效陶》，则复取王夷甫语用之，故知晋人无不有风致可爱也。

《唐诗广选》：逼陶（"物性"句下）。

《批选唐诗》：语淡而味永。

《唐诗镜》：陶澹而深，韦澹而浅。

《古唐诗合解》：不特其诗效陶，而其人亦陶也。

燕李录事

与君十五侍皇闱，晓拂炉烟上赤墀。

花开汉苑经过处，雪下骊山沐浴时。

近臣零落今犹在，仙驾飘飖不可期。

此日相逢思旧日，一杯成喜亦成悲。

【汇评】

《瀛奎律髓》：前豪夸，后感慨。

《贯华堂选批唐才子诗》：浅人读之，谓只两人追写旧事耳。不知通首皆是先生胸前一段服勤至死方丧三年至情至谊。我读之不觉声泪为之齐下也（前四句下）。　　近臣不止韦、李，故曰"零落"。然"今犹在"乃对下句，非承二字也。"方喜已悲"，"方"、"已"字妙。言宴李诚喜，而思旧实悲，此喜固不能敌此悲矣（后四句下）。

《唐律偶评》："今"字呼起落句"旧"字（"近臣零落"句下）。

《唐体徐编》：句句照应，笔笔圆转。

《唐诗笺注》：诗质而味长。

《瀛奎律髓汇评》：纪昀：首句韵太借，通首平衍少力。苏州佳处在五古，不长于律诗，七律尤非所长。　　无名氏（甲）：毕竟不同，自有深韵。

淮上喜会梁川故人

江汉曾为客，相逢每醉还。
浮云一别后，流水十年间。
欢笑情如旧，萧疏鬓已斑。
何因北归去，淮上对秋山。

【汇评】

《四溟诗话》：此篇多用虚字，辞达有味。

《唐诗选脉会通评林》：周珽曰：人如浮云易散，一别十年，又若流水去无还期，二语道尽别离情绪。他如"旧国应无业，他乡到是归"，其悲慨之思可想。

《瀛奎律髓汇评》：查慎行：五、六浅语，却气格高。　　纪昀：清圆可诵。

无名氏（甲）：大抵平淡诗非有深情者不能为，若一直平淡，竟如槁木死灰，曾何足取？此苏州三首，极有深情，所谓"看似寻常最奇崛，成如容易却艰难"也。

《唐诗近体》：情景婉至（"浮云"二句下）。　　　结意佳。

《唐诗三百首》：评：一气旋折，八句如一句。

《唐宋诗举要》：似王、孟。

月下会徐十一草堂

空斋无一事，岸帻故人期。
暂辍观书夜，还题玩月诗。
远钟高枕后，清露卷帘时。
暗觉新秋近，残河欲曙迟。

【汇评】

《瀛奎律髓》：苏州诗淡而自然，此三诗（按指本诗及《淮上喜会梁川故人》、《扬州偶会前洛阳卢耿主簿》）皆是也。

《瀛奎律髓汇评》：纪云：此较洒脱，亚于《淮上》一篇。　　五、六好。结二句乃言彻夜未眠，而说来无迹，只似写景者，然若晚唐、宋人，必写作尽兴语矣。此盛唐身份也。

郡斋雨中与诸文士燕集

兵卫森画戟，宴寝凝清香。
海上风雨至，逍遥池阁凉。
烦疴近消散，嘉宾复满堂。
自惭居处崇，未睹斯民康。
理会是非遣，性达形迹忘。
鲜肥属时禁，蔬果幸见尝。

俯饮一杯酒，仰聆金玉章。

神欢体自轻，意欲凌风翔。

吴中盛文史，群彦今汪洋。

方知大藩地，岂曰财赋疆！

【汇评】

《王直方诗话》：刘太真《与韦苏州书》云："（顾著作来，以）足下《郡斋燕集》相示，是何情致畅茂遒逸如此！宋齐间，沈、谢、吴、何始精于理意，缘情体物，称诗人指。后之传者，甚失其源，唯足下制其横流。师挚之始，《关雎》之乱，于足下之文见之矣。"则知苏州诗为当时所贵如此。《燕集》所作，乃"兵卫森剑戟，燕寝凝清香"也。

《唐诗纪事》：（白）乐天《吴郡诗石记》独书"兵卫森画戟，宴寝凝清香"。

《韦孟全集》：起处十字，清绮绝伦，为富丽诗句之冠。中段会心语亦可玩。

《唐诗镜》：都雅雍裕。每读韦诗，觉其如兰之喷。"海上风雨至，逍遥池阁凉"，意境何其清旷！

《此木轩论诗汇编》：居然有唐第一手。起"兵卫"云云，谁知公意在"自惭居处"之"崇"。

《绎斋诗谈》：莽苍中森秀郁郁，便近汉魏。"兵卫森画戟，宴寝凝清香"二语，起法高古。

《剑溪说诗又编》：薛文清居官，每诵韦"自惭居处崇，未睹斯民康"之句，以为惕然有警于心。又"所愿酌贪泉，心不为磷缁"，谓可以为守身之戒。余谓左司此等句，数不可更仆，如"身多疾病思田里，邑有流亡愧俸钱"，固见称于紫阳也。然则韦公足当良吏之目，而后世徒重其诗，谓之知言可乎？

《唐贤清雅集》：兴起大方，逐渐叙次，情词蔼然，可谓雅人深致。末以文士胜于财赋,成为深识至言,是通首归宿处。

听嘉陵江水声寄深上人

凿崖泄奔湍,称古神禹迹。

夜喧山门店,独宿不安席。

水性自云静,石中本无声。

如何两相激,雷转空山惊?

贻之道门旧,了此物我情。

【汇评】

《韦孟全集》:苏长公得意处不能出此。

《唐诗归》:谭云:水何尝"自云"? 妙妙!("水性"句下)。　　钟云:胸中无领会,如何吐得此语(末句下)。

《唐诗别裁》:两静相遇则动生,天地化机,忽然写出。

《网师园唐诗笺》:笔饶化机("水性"句下)。

高陵书情寄三原卢少府

直方难为进,守此微贱班。

开卷不及顾,沉埋案牍间。

兵凶久相践,徭赋岂得闲!

促戚下可哀,宽政身致患。

日夕思自退,出门望故山。

君心傥如此,携手相与还。

【汇评】

《艺概·诗概》:韦苏州忧民之意如元道州,试观《高陵书情》云:"兵凶久相践,徭赋岂得闲! 促戚下可哀,宽政身致患。日夕思自退,出门望故山。"此可与《春陵行》、《贼退示官吏》作并读,但气别婉劲耳。

自巩洛舟行人黄河即事寄府县僚友

夹水苍山路向东,东南山豁大河通。
寒树依微远天外,夕阳明灭乱流中。
孤村几岁临伊岸,一雁初晴下朔风。
为报洛桥游宦侣,扁舟不系与心同。

【汇评】

《韦孟全集》:"一雁初晴"语,入画。

《增定评注唐诗正声》:郭云:景与兴会,绝似盛唐,只"孤村"自露本色。

《唐诗广选》:饶有幽致("寒树依微"二句下)。　　造意辛苦,写景入微,然亦不做作("孤村几岁"二句下)。

《唐诗训解》:潇洒不乏法度。

《唐风定》:韦诗别有一种至处,真色外色、味外味也。

《贯华堂选批唐才子诗》:读一、二,如读《水经注》相似,便将自洛入河一路心眼都写出来。又如读《庄子》外篇《秋水》相似,便将出于涯涘,乃知尔丑,向不至于子之门,实见笑于大方之家一段惭愧快活,都写出来也。三、四"寒树"、"远天"、"夕阳"、"乱流",言山豁河通后,有如许眼界也(前四句下)。

五、六正双写末句"不系"之"心"也。"伊岸"、"孤村",为时已久,"朔风"、"一雁",现见初下,然而今日扁舟适来相遇,我直以为村亦不故,雁亦不新。何则?若言村故,则我今寓目,本自斩新;若言雁新,则顷刻舟移,又成故迹,此真将何所系心于其间也乎(后四句下)!

《山满楼笺注唐诗七言律》：一写自巩县之洛水，迤逦而来，不知几许道路，但俯而观水，水则绿也，仰而观山，山则苍也；及志其所向之路，路皆东也，一何潇洒乃尔！二忽然向南，忽然山豁，忽然河通，遂换出一极苍茫浩荡之境界来，只此二语已不是寻常笔墨。三四但见远天之外有景依微，非寒树乎？乱流之中有光明灭，非夕阳乎？此真是乍出口时光景，固不得写向后边也。五六久之而后乃遇孤村，又久之而后又见一雁，此真是岸转风回时光景，固不得写向前边也。要之皆从"扁舟不系"中，匆匆领略其一、二者，如此而亦何尝有所沾滞眷恋于其间哉！七、八为报与游宦诸公，使之猛省，而却借扁舟之不系，轻轻带出"心"字，立言之妙，一至于此。

《唐律偶评》：直叙由巩洛入河，非常笔力。

《唐诗成法》：起亦高亮，三四写景颇称；五六又写景，皆成呆句。若将五六写情，则与下"与心同"三字相应矣，然外貌可观。

《唐诗别裁》："寒树"句，画本；"夕阳"句，画亦难到。"鹭鸶飞破夕阳烟"、"水面回风聚落花"、"芰荷翻雨泼鸳鸯"，同是名句，然皆作意求工，少天然之致矣。山水云霞，皆成图缋，指点顾盼，自然得之，才是古人佳处。

《瀛奎律髓汇评》：纪昀：三、四名句。归愚所谓上句画句，下句画亦画不出也。　　许印芳：第六句亦佳，次联与首联不粘。

《唐七律隽》：左司古体得柴桑之胜，七律亦具萧散之致，与侂染、嗳悦两种，固自有别。

《昭昧詹言》：起叙行程破题，历历分明。中二联写景如画。五、六切地切时，其妙远似文房。收寄友，古人无不顾题、还题如是。

《小清华园诗谈》：唐人之诗，有清和纯粹，可诵而可法者，如……韦应物之"夹水苍山路向东……"。

寄卢庚

悠悠远离别，分此欢会难。
如何两相近，反使心不安？
乱发思一栉，垢衣思一浣。
岂如望友生，对酒起长叹。
时节异京洛，孟冬天未寒。
广陵多车马，日夕自游盘。
独我何耿耿，非君谁为欢？

【汇评】

《唐诗镜》：情深有不见著情之妙。

初发扬子寄元大校书

凄凄去亲爱，泛泛入烟雾。
归棹洛阳人，残钟广陵树。
今朝此为别，何处还相遇？
世事波上舟，沿洄安得住。

【汇评】

《韦孟全集》：刘云：至浓至淡，便是苏州笔意。

《汇编唐诗十集》：唐云：浅浅说出，自然超凡。

《唐诗善鸣集》：韦诗醇古，之内又复坚深，用笔甚微。如此诗，令选者似可舍却，终不可舍却，细咏之，自得其味。

《唐诗笺要》：数字内无数逗露，无数包含，了却情人多少公案。元明间才人为一"情"字作传奇千百出，不敌这首。

《唐诗别裁》：写离情不可过于凄惋，含蓄不尽，愈见情深，此种可以为法。

《唐宋诗举要》：六朝佳句（"归棹"二句下）。

淮上即事寄广陵亲故

前舟已眇眇，欲渡谁相待？
秋山起暮钟，楚雨连沧海。
风波离思满，宿昔容鬓改。
独鸟下东南，广陵何处在？

【汇评】

《韦孟全集》：刘云：好句（"楚雨"句下）。　　又云：两语足以极初别之怀（"风波"二句下）。　　又云："独鸟下东南"，偶然景，偶然语，亦不容再得。

《唐诗选脉会通评林》：周珽曰：苏州酬寄诸诗，洗尽铅华，独标丰骨，有深山兰菊、花发不知之况。

《王闿运手批唐诗选》：此韦诗惯语，每见益新，不嫌空（首四句下）。

《唐宋诗举要》：神似宣城。

同德寺雨后寄元侍御李博士

川上风雨来，须臾满城阙。
岧峣青莲界，萧条孤兴发。
前山遽已净，阴霭夜来歇。
乔木生夏凉，流云吐华月。
严城自有限，一水非难越。
相望曙河远，高斋坐超忽。

【汇评】

《韦孟全集》：“流云吐华月”，酷似魏人语。

《唐诗评选》：胸中有此，腕下适尔得之，则知其本富而力强也。以此读“前山遽已净”四句，方得不负作者。

《载酒园诗话又编》：韦应物冰玉之姿，蕙兰之质，粹如蔼如，警目不足，而沁心有馀。然虽以澹漠为宗，至若“乔木生夏凉，流云吐华月”、“日落群山阴，天秋百泉响”、“落叶满空山，何处寻行迹”、“高梧一叶下，空斋归思多”、“一为风水便，但见山川驰”、“何因知久要，丝白漆亦坚”，正如嵇叔夜土木形骸，不加修饰，而龙章凤姿，天质自然特秀。

《纫斋诗谈》：凝而不涩，是精于《选》体者。

《网师园唐诗笺》：眼前语，却极生新（“乔木”二句下）。

《岘傭说诗》：韦公亦能作秀语，如“乔木生夏凉，流云吐华月”、“南亭草心绿，春塘泉脉动”、“绿阴生昼静，孤花表春馀”、“日落群山阴，天秋百泉响”，亦足敌王、孟也。

《雨窗消意录》：秋崖曰：“韦苏州‘流云吐华月’句，兴象天然。觉张子野‘云破月来花弄影’句，过于着力。”谷村未答，忽暗中人语曰：“岂独着力不着力，意境迥殊；一是诗语，一是词语，格调亦迥殊也。”

县内闲居赠温公

满郭春风岚已昏，鸦栖散吏掩重门。
虽居世网常清净，夜对高僧无一言。

寺居独夜寄崔主簿

幽人寂不寐，木叶纷纷落。
寒雨暗深更，流萤度高阁。
坐使青灯晓，还伤夏衣薄。
宁知岁方晏，离居更萧索。

【汇评】

《韦孟全集》：刘云：发自幽情，遂入凄境，公诗往往如此。

寓居沣上精舍寄于张二舍人

万木丛云出香阁，西连碧涧竹林园。
高斋犹宿远山曙，微霰下庭寒雀喧。
道心淡泊对流水，生事萧疏空掩门。
时忆故交那得见？晓排阊阖奉明恩。

【汇评】

《唐诗品汇》：刘云：寂寞有沉着意（"道心淡泊"二句下）。

《唐诗评选》：笔至意至。与《寄李元》作，俱以陶五言为七言律，皮相人不知。别以律，原不别以诗，谁为鸿沟生分楚汉？

《贯华堂批唐才子诗》：此不止是妙诗，直是妙画，且不止是妙画，直是禅家所谓妙境，乃至所谓妙理者也。看他"万木"下便画"丛云"字，只谓是眼注万木耳，却不悟其乃是欲写"出香阁"之三字。"出"字妙妙。此自是当境人，一时适然下得之字，我今亦不知其如何谓之"出"也。二忽然转笔，又写一碧涧，又写一竹园，有意无意，不必比兴。三、四"高斋独宿"，即是宿此阁中；"微霰下庭"，便是下此阁前之庭也。"远山曙"妙，写尽独宿人心头旷然无事；

"寒雀喧"妙，写尽微霰中众人生理凋瘁也。（前四句下）。　　"淡泊"字，须知不是矜。"萧条"字，须知不是怨。"对流水"字，须知不为"淡泊"。"空掩门"字，须知不为"萧条"。总是学道人晚年有悟，一片旷然无事境界也。"时"，不解作时时，是正当对水掩门之时。言此时，则正二舍人得君行志之时。夫行藏既已各判，忙闲自不相及，又安得而相见乎哉！

园林晏起寄昭应韩明府卢主簿

田家已耕作，井屋起晨烟。
园林鸣好鸟，闲居犹独眠。
不觉朝已晏，起来望青天。
四体一舒散，情性亦忻然。
还复茅檐下，对酒思数贤。
束带理官府，简牍盈目前。
当念中林赏，览物遍山川。
上非遇明世，庶以道自全。

【汇评】

《韦孟全集》：体裁情韵，俱逼渊明。

《唐诗别裁》：真朴处最近陶公（"起来"句下）。

《岘傭说诗》：韦公古淡胜于右丞，故于陶为独近。如"贵贱虽异等，出门皆有营"、"微雨夜来过，不知春草生"、"宁知风雨夜，复此对床眠"、"不觉朝已晏，起来望青天"，如出五柳先生口也。

登楼寄王卿

踏阁攀林恨不同，楚云沧海思无穷。

数家砧杵秋山下，一郡荆榛寒雨中。

【汇评】

《韦孟全集》：刘云：高视城邑，真复如此。开合野兴甚浓，正是绝意。即复增两联，情味不过如此也。

《批点唐诗正声》：绝处二句，正是闻见萧瑟时寄王卿本意。刘评谓"野兴正浓"，尽不识景象语。

《升庵诗话》：绝句四句皆对，杜工部"两个黄鹂"一首是也，然不相连属，即是律中四句也。唐绝万首，唯韦苏州"踏阁攀林恨不同"及刘长卿"寥寥孤莺啼杏园"两首绝妙，盖字句虽对而意则一贯也。

《唐诗直解》：登楼愁思，宛然下泪。

《唐诗解》：此诗先叙情，后布景，是绝中后对法。

《唐诗摘钞》：章法倒叙，以三、四为一、二，……山长水远，悠悠我思，亦与俱无穷耳。

《网师园唐诗笺》：凄凉欲绝（末二句下）。

《唐人万首绝句选评》：先叙情，后布景，而情正在景中，愈难为怀。

寄李儋元锡

去年花里逢君别，今日花开已一年。
世事茫茫难自料，春愁黯黯独成眠。
身多疾病思田里，邑有流亡愧俸钱。
闻道欲来相问讯，西楼望月几回圆。

【汇评】

《碧溪诗话》：韦苏州《赠李儋》云："身多疾病思田里，邑有流亡愧俸钱。"《郡中燕集》云："自惭居处崇，未睹斯民康。"余谓有官君子当切切作此语。彼有一意供祖，专事土木，而视民如仇者，得无愧此诗乎？

《韦孟全集》：简淡之怀，百世犹为兴慨。

《瀛奎律髓》：朱文公盛称此诗五、六好，以唐人仕宦多夸美州宅风土，此独谓"身多疾病"、"邑有流亡"，贤矣。

《唐音癸签》：韦左司"身多疾病思田里，邑有流亡愧俸钱"，仁者之言也。刘辰翁谓其居官自愧，闵闵有恤人之心，正味此两语得之。若高常侍"拜迎官长心欲碎，鞭挞黎庶令人悲"，亦似厌作官者，但语微带傲，未必真有退心如左司之一向淡耳。

《此木轩论诗汇编》："邑有流亡"句，高在闲放在第六句，只与上下文一般随口说，不是特地说，如云我之用心如此如此也。此不是为作诗者说法，乃是看诗之法，闻其乐而知其德也。

《唐律偶评》：此句中暗藏"望"字（"今日花开"句下）。

《唐体肤诠》：中四句自述近况，寄怀意唯于起结作呼应。然次句击动三、四，七句暗承五、六，又未尝不关照也。

《唐七律隽》：此等诗只家常话、烂熟调耳，然少时读之，白首而不厌者，何也？与老杜《寄旻上人》之作，可称伯仲。

《瀛奎律髓汇评》：冯舒：圆熟却轻蒨。　　纪昀：上四句竟是闺情语，殊为疵累。五、六亦是淡语，然出香山辈手便俗浅，此于意境辨之。七律虽非苏州所长，然气韵不俗，胸次本高故也。
许印芳：晓岚讥前半为闺情语，虽是刻核太过，然亦可见诗人措词各有体裁，下笔时检点偶疏，便有不伦不类之病，作者不自知其非，观者亦不觉其谬，病在诗外故也。

《唐宋诗举要》：吴曰：情景交融（"世事茫茫"二句下）。蔼然仁者之言（"邑有流亡"句下）。　　方曰：本言今日思寄，却追述前此，益见情真，亦是补法。三句承"一年"，放空一句，四句兜回自己，五、六接写自己怀抱，末始入今日寄意。

京师叛乱寄诸弟

弱冠遭世难，二纪犹未平。

羁离官远郡，虎豹满西京。

上怀犬马恋，下有骨肉情。

归去在何时？流泪忽沾缨。

忧来上北楼，左右但军营。

函谷行人绝，淮南春草生。

鸟鸣野田间，思忆故园行。

何当四海晏，甘与齐民耕。

【汇评】

《韦孟全集》："忧来"四语，写离乱之景，惨恻欲泪。

《唐诗镜》：忧而不悴。不必垂涕悲伤，意已至矣，所谓雅者。

寄全椒山中道士

今朝郡斋冷，忽念山中客。

涧底束荆薪，归来煮白石。

欲持一瓢酒，远慰风雨夕。

落叶满空山，何处寻行迹？

【汇评】

《彦周诗话》："落叶满空山，何处寻行迹。"东坡用其韵曰："寄语庵中人，飞空车无迹。"此非才不逮，盖绝唱不当和也。

《容斋随笔》：韦应物在滁州，以酒寄全椒山中道士，作诗云云。其为高妙超诣，固不容夸说，而结尾两句，非复语句思索可到。

《韦孟全集》：刘云：其诗自多此景意，及得意如此亦少。妙语佳言，非人意想所及。

《批点唐诗正声》：全首无一字不佳，语似冲泊，而意兴独至，此所谓"良工心独苦"也。

《唐诗归》：钟云：此等诗妙处在工拙之外。

《唐诗选脉会通评林》：周敬曰：通篇点染，情趣恬古。一结出自天然，若有神助。

《唐风定》：语语神境。作者不知其所以然，后人欲和之，知其拙矣。

《唐诗别裁》：化工笔，与渊明"采菊东篱下，悠然见南山"，妙处不关语言意思。

《绳斋诗谈》：无烟火气，亦无云雾光，一片空明，中涵万象。

《网师园唐诗笺》：妙夺化工（末句下）。

《唐贤清雅集》：东坡所谓"发纤秾于简古，寄至味于淡泊，"正指此种。

《王闿运手批唐诗选》：超妙极矣，不必有深意。然不能数见，以其通首空灵，不可多得也。

《岘佣说诗》：《寄全椒山中道士》一作，东坡刻意学之而终不似。盖东坡用力，韦公不用力；东坡尚意，韦公不尚意，微妙之谓也。

《唐宋诗举要》：一片神行。

宿永阳寄璨律师

遥知郡斋夜，冻雪封松竹。

时有山僧来，悬灯独自宿。

【汇评】

《韦孟全集》：刘云：苏州用意常在此等，故精炼特胜，触处自然。

《诗境浅说续编》：怀友之作，遣词命意，须因人而施。韦苏州尚有《秋夜寄丘员外》诗，……与此作皆意境清绝。一则在客中却寄方外璨师，一则寄山居友人，故皆写寒夜萧寥之景。

寒食寄京师诸弟

雨中禁火空斋冷，江上流莺独坐听。

把酒看花想诸弟，杜陵寒食草青青。

【汇评】

《韦孟全集》：此等绝句岂王昌龄辈可办？于鳞论诗浅略如此。

《批点唐诗正声》：寄兴闲远，绝句尤有风。

《此木轩论诗汇编》：比右丞似高一格。

《唐诗笺注》：此诗情味不减"遍插茱萸少一人"诗也。王诗粘，韦诗脱，各极其致。

秋夜寄丘二十二员外

怀君属秋夜，散步咏凉天。

山空松子落，幽人应未眠。

【汇评】

《韦孟全集》：幽情淡景，触处成诗，苏州用意闲妙若此。

《唐诗广选》：蒋仲舒曰：浅而远，自是苏州本色。

《汇编唐诗十集》：唐云：以我揣彼，无限情致。

《诗绎》：中唐五言绝，苏州最古。寄邱员外作，悠然有盛唐风格。　　三、四思邱之思己，应念我未眠，妙在含蓄不尽。

《增订唐诗摘钞》：妙在第三句宛是幽人，故末句脱口而出。

《网师园唐诗笺》：悠然神往。

《唐诗选胜直解》：孤怀寂寞，谁与唱酬，忽忆良朋，正当秋夜，散步庭除之际，吟诗寄远，因念幽居，想亦未眠，以吟咏为乐，书去恍如亲面也。情致委曲，句调雅淡。

《唐人万首绝句选评》：淡而远，是苏州本色。第三句将写景一衬，落句便有情味。

《岘傭说诗》：韦公"怀君属秋夜"一首，清幽不改摩诘，皆五绝之正法眼藏也。

送李十四山东游

圣朝有遗逸，披胆谒至尊。

岂是贸荣宠，誓将救元元。

权豪非所便，书奏寝禁门。

高歌长安酒，忠愤不可吞。

欻来客河洛，日与静者论。

济世翻小事，丹砂驻精魂。

东游无复系，梁楚多大藩。

高论动侯伯，疏怀脱尘喧。

送君都门野，饮我林中樽。

立马望东道，白云满梁园。

踟蹰欲何赠？空是平生言。

【汇评】

《唐诗品汇》：刘云：善道人意高处（"忠愤"句下）。　　世非太白不能当（"济世"二句下）。

《批点唐诗正声》：气韵真朴，如吴丝白纻，挟之便体。

《唐风定》：顾云：此篇便与渊明《荆轲》作相近，以其气相敌也。

《唐诗别裁》：已学道，济世又小事矣。太白学仙，原在不遇之后。

送元仓曹归广陵

官闲得去住，告别恋音徽。
旧国应无业，他乡到是归。
楚山明月满，淮甸夜钟微。
何处孤舟泊？遥遥心曲违。

【汇评】

《唐诗品汇》：刘云：可悲（"旧国"句下）。　　刘云：他人几许造次能通（"他乡"句下）。

《唐诗笺要》：蔼然情与词化。句清奇，堪与二谢争席。

《唐诗别裁》：苦句（"旧国"句下）。

赋得暮雨送李胄

楚江微雨里，建业暮钟时。
漠漠帆来重，冥冥鸟去迟。
海门深不见，浦树远含滋。
相送情无限，沾襟比散丝。

【汇评】

《艇斋诗话》：唐人诗用"迟"字皆得意。……韦苏州《细雨》诗："漠漠帆来重，冥冥鸟去迟"，亦佳句。

《韦孟全集》：起甚佳，馀复称是。

《瀛奎律髓》：三、四绝妙，天下诵之。

《四溟诗话》：梁简文曰："湿花枝觉重，宿鸟羽飞迟。"韦苏州曰："漠漠帆来重，冥冥鸟去迟。"……虽有所祖，然青愈于蓝矣。

《唐诗笺要》：通首无一语松放"暮雨"，此又以细切见精神者，韦苏州之不可方物如此。

《唐诗观澜集》：冲淡夷犹，读之令人神往。

《网师园唐诗笺》：双起点题(首二句下)。

《瀛奎律髓汇评》：查慎行：三、四与老杜"湛湛长江去，冥冥细雨来"各尽其妙。　　纪昀：净细。

送榆次林明府

无嗟千里远，亦是宰王畿。
策马雨中去，逢人关外稀。
邑传榆石在，路绕晋山微。
别思方萧索，新秋一叶飞。

【汇评】

《韦孟全集》：刘云：此等亦味外味("逢人"句下)。　　无一句不合。"路绕晋山微"句尤极清润，作者可仰。

《唐诗选脉会通评林》：章法句律，清雅匀称而一局。

《唐风定》：不求工而自工，真为至浅至难。

《唐律消夏录》：随手顿折而下，是高、岑佳处，较之平平写去者有间矣。

《唐诗成法》："亦是"句一折；"逢人"句一折；先写邑，后写路，又一折。"方"字结上六句，八"一叶"，顿折而下，情景兼写，高、岑之法也。

《历代诗发》：淡处多味，兴会偶然，最不易得。

送别覃孝廉

思亲自当去，不第未蹉跎。

家住青山下，门前芳草多。

秭归通远徼，巫峡注惊波。

州举年年事，还期复几何？

【汇评】

《唐诗品汇》：却自浑浑（"秭归"句下）。

《唐诗摘钞》：三、四笔致甚佳。

《唐诗善鸣集》：起法相应，章法紧严。

《唐风定》：初不经思，正非苦思可得。

《唐诗别裁》：说得心平气和。送不第人，自应如是。

《唐诗笺要》：眼前物，意中事，只争说得亲切蕴藉耳。颔联宛然六朝乐府中佳句。

送汾城王主簿

少年初带印，汾上又经过。

芳草归时遍，情人故郡多。

禁钟春雨细，宫树野烟和。

相望东桥别，微风起夕波。

【汇评】

《韦孟全集》：刘云：闲情婉约可爱（"芳草"句下）。　　妙（"禁钟"二句下）。　　极浓丽而不脂粉，情理入微。

《唐诗摘钞》：凡写得意，则字句之间跃跃欲飞；写失意，便字句之间觉惨惨不乐。此唐人神境也。

《唐诗别裁》：意主簿必向往汾城，故有三、四语。雨中听钟，其声自细，粗心人未必知之。

始除尚书郎别善福精舍

原注：建中二年四月十九日，自前栎阳令除尚书比部员外郎。

> 简略非世器，委身同草木。
> 逍遥精舍居，饮酒自为足。
> 累日曾一栉，对书常懒读。
> 社腊会高年，山川恣游瞩。
> 明世方选士，中朝悬美禄。
> 除书忽到门，冠带便拘束。
> 愧忝郎署迹，谬蒙君子录。
> 俯仰垂华缨，飘飖翔轻毂。
> 行将亲爱别，恋此西涧曲。
> 远峰明夕川，夏雨生众绿。
> 迅风飘野路，回首不遑宿。
> 明晨下烟阁，白云在幽谷。

【汇评】

《韦孟全集》：此诗此怀，何逊渊明？世独以高达称陶者，未深读韦集耳。

《唐诗快》：天下人皆要做官，然自有一种做不得官之人，如嵇叔夜、陶渊明是也，得韦左司则三矣。

听江笛送陆侍御

原注：同丘员外赋题。

> 远听江上笛，临觞一送君。

还愁独宿夜，更向郡斋闻。

【汇评】

《唐诗广选》：蒋春甫曰：就中生意。

《唐风怀》：震青曰：无中生有，设想关情，悠然独至。

《诗式》：首句从听江笛起；次句以送陆侍御承；三句放开一笔，"独宿夜"则已是别后矣，就"送"字转到别后；四句足第三句之意。通体不脱"笛"字，首句"听"字，四句"闻"字固切"笛"字，即次句"临觞"二字、"送"字，亦谓听笛声而临觞送王侍御也，三句"还愁"二字、"夜"字，亦谓听笛声于侍御别去后，愁在独宿之夜也。

答东林道士

紫阁西边第几峰，茅斋夜雪虎行踪。

遥看黛色知何处？欲出山门寻暮钟。

答畅校书当

偶然弃官去，投迹在田中。

日出照茅屋，园林养愚蒙。

虽云无一资，樽酌会不空。

且忻百谷成，仰叹造化功。

出入与民伍，作事靡不同。

时伐南涧竹，夜还沣水东。

贫寒自成退，岂为高人踪？

览君金玉篇，彩色发我容。

日月欲为报，方春已徂冬。

《唐诗归》：钟云：亦以其气韵淳古处似陶，不在效其清响。

《唐风定》：至淡至浓，求之声色之外则遇之。

答郑骑曹青橘绝句

怜君卧病思新橘，试摘犹酸亦未黄。
书后欲题三百颗，洞庭须待满林霜。

【汇评】

《后山诗话》：韦苏州诗云："书后欲题三百颗，洞庭须待满林霜。"余往以为盖用右军帖中"赠子黄甘三百"者；比见右军一帖云："奉橘三百枚。霜未降，未可多得"，苏州盖取诸此。

《读雪山房唐诗序例》：韦苏州《和人求橘》一章，潇洒独绝，匪特世所称"门对寒流"、"春潮带雨"而已。

淮上遇洛阳李主簿

结茅临古渡，卧见长淮流。
窗里人将老，门前树已秋。
寒山独过雁，暮雨远来舟。
日夕逢归客，那能忘旧游。

【汇评】

《韦孟全集》：刘云：深情语，不堪再读。

《近体秋阳》：第八句养气以出"遇李"题，作法老清，高贵矜重。

《唐律消夏录》：时迁运往，寓绸缪于十字者。杜少陵则云"衣裳判白露，门巷落丹枫"，韦苏州则云"窗里人将老，门前树已秋"，香山则云"树初黄叶候，人欲白头时"。其触物关心，初无小异，而吐辞成句，且各极其致。

逢杨开府

少事武皇帝，无赖恃恩私。
身作里中横，家藏亡命儿。
朝持樗蒲局，暮窃东邻姬。
司隶不敢捕，立在白玉墀。
骊山风雪夜，长杨羽猎时。
一字都不识，饮酒肆顽痴。
武皇升仙去，憔悴被人欺。
读书事已晚，把笔学题诗。
两府始收迹，南宫谬见推。
非才果不容，出守抚惸嫠。
忽逢杨开府，论旧涕俱垂。
坐客何由识？惟有故人知。

【汇评】

《韦孟全集》：写得奇怪，队仗逼真。旧见诗话，至以为不类苏州平生，不知其沉着转换，正在"武皇升仙"起兴，能令读者坠泪。　　又曰：收拾惨怆，自不在多。

《唐才子传》：初，公豪纵不羁，晚岁逢杨开府，赠诗言事曰："少事武皇帝，无赖恃恩私。身作里中横，家藏亡命儿。……"足见古人真率之妙也。

《唐诗品汇》：缕缕如不自惜，写得侠气动荡，见者偏怜（"家藏"句下）。王世贞《章给事诗集序》：陶、韦之言，潇洒物外，若与世事复相左者。然陶之壮志不能酬，发之于《咏荆轲》；韦之壮迹不能掩,纪之于《逢杨开府》。

《剑溪说诗》:韦诗五百七十餘篇,多安分语,无一诗干进。且志切忧勤,往往自溢于宴游赠答间,而淫荡之思、丽情之句,亦无有焉。至若"身作里中横,家藏亡命儿。朝持樗蒲局,暮窃东邻姬"等句,乃建中初遇故人,凄然而论旧,自道其盛时气概,于今为可悲耳。……以恒情论之,少年无赖作横之事,有忸怩不欲为他人道者,而韦不讳言之,且历历为著于篇,可谓不自文其过之君子矣。

休暇日访王侍御不遇

九月驱驰一日闲,寻君不遇又空还。
怪来诗思清入骨,门对寒流雪满山。

【汇评】

《对床夜语》:唐人绝句,有意相袭者,有句相袭者。……韦应物《访人》云:"怪来诗思清入骨,门对寒流雪满山。"王涯《宫词》云:"共怪满衣珠翠冷,黄花瓦上有新霜。"……此皆意相袭者。

《唐诗选脉会通评林》:周敬曰:拟想妙,真形容。

《带经堂诗话》:或问余古人雪诗,何句最佳。余曰:莫逾羊孚赞云:"资清以化,乘气以霏;值象能鲜,即洁成辉。"陶渊明诗云:"倾耳无希声,在目皓已洁。"王摩诘云:"隔牖风惊竹,开门雪满山。"……韦苏州云:"怪来诗思清入骨,门对寒流雪满山。"此为上乘。

《唐贤清雅集》:其清入骨,而谓苏州自品其诗可也。

《诗式》:首句做休沐日,二句做不遇,所谓起承二句,平直叙起也。三句上二字有访王侍御不遇之神,下五字起四句,所谓第三句宛转变化也。四句言寒流、言雪,俱应上"清"字,而门对于寒流,雪满于山,则是不遇王侍御,但一临其门,而写出一种景象,所谓第四句如顺流之舟也。苏州诗闲淡简远,人比之陶潜,读此益信然。　　[品]清奇。

《诗境浅说续编》：此诗首句自述,次句言不遇空还,意已说尽。后二句写景而不言情,但言其友所居之地,曰"寒流",曰"雪满",皆加倍写法,宜清味之沁人诗骨矣。

有所思

借问堤上柳,青青为谁春？
空游昨日地,不见昨日人。
缭绕万家井,往来车马尘。
莫道无相识,要非心所亲。

【汇评】

《韦孟全集》：逢春感兴,此等语不会绝,但澹味又别也。

《唐风定》：孟东野亦得此意,而无此夷犹自在,有攒眉之苦。

《唐诗善鸣集》：此章闲静中另有轻倩之气,风姿濯濯,一似张绪当年。

《唐诗别裁》：黯然消魂("空游"二句下)。

暮相思

朝出自不还,暮归花尽发。
岂无终日会？惜此花间月。
空馆忽相思,微钟坐来歇。

【汇评】

《韦孟全集》：刘云：只结句神意悄然,得于实境,故题曰《暮相思》。彼安知作者用心苦耶？　　又云：寻其上四语，则凄然不能为怀。

《唐诗归》：钟云：觉多一字不得。　　谭云：俱在言外。

《唐诗归折衷》：唐云：语出天成，非有养者不能作此。　　敬夫云：读此乃知卢仝"当时我醉美人家"真"下里"之音也。

《唐诗善鸣集》：耐人百思。

怀琅琊深标二释子

白云埋大壑，阴崖滴夜泉。
应居西石室，月照山苍然。

【汇评】

《唐绝诗钞注略》：司空图论诗云：右丞、苏州，趣味澄复。按此两诗（指此诗与《秋夜寄邱员外》）二"应"字，澹远有神。

《诗境浅说续编》：空山夜月，景已清幽，"云埋"、"泉滴"二句，尤为隽永。

经函谷关

洪河绝山根，单轨出其侧。
万古为要枢，往来何时息？
秦皇既恃险，海内被吞食。
及嗣同覆颠，咽喉莫能塞。
炎灵讵西驾，娄子非经国。
徒欲扼诸侯，不知恢至德。
圣朝及天宝，豺虎起东北。
下沉战死魂，上结穷冤色。

古今虽共守，成败良可识。

藩屏无俊贤，金汤独何力！

驰车一登眺，感慨中自恻。

【汇评】

《剑溪说诗又编》：何尝不警动（"下沉"二句下）！　篇中步步扼"关"字。又：韦公遇此等题，亦以议论笔力胜。　此叹西京失守，谓徒险之不足恃也。起得雄杰称题，具见形势。次举秦汉，为时事立张本，议论正大，可为经国至言，亦绝好诗篇。而自来选家，专取韦淡远之作，概置此不录，殆所谓"见其表，不见其里"者耶？

夕次盱眙县

落帆逗淮镇，停舫临孤驿。

浩浩风起波，冥冥日沉夕。

人归山郭暗，雁下芦洲白。

独夜忆秦关，听钟未眠客。

【汇评】

《批点唐诗正声》："白"字入妙，正见夕暗之态。

《石园诗话》：韦诗如"微雨夜来过，不知春草生"、"人归山郭暗，雁下芦洲白"、"乔木生夏凉，流云吐华月"、"寒雨暗深更，流萤度高阁"、"落叶满空山，何处寻行迹"、"微风时动牖，残灯尚留壁"、"浮云一别后，流水十年间"、"寒山独过雁，暮雨远来舟"、"寒树依微远天外，夕阳明灭乱流中"、"怪来诗思清入骨，门对寒流雪满山"，有合于刘须溪所谓"诵一二语，高处有山泉极品之味"也。

出 还

昔出喜还家,今还独伤意。

入室掩无光,衔哀写虚位。

凄凄动幽幔,寂寂惊寒吹。

幼女复何知,时来庭下戏。

咨嗟日复老,错莫身如寄。

家人劝我餐,对案空垂泪。

【汇评】

《韦孟全集》:刘云:唐人诗气短,苏州诗气平,短与平甚悬绝。及其悼内,自不能不短耳。短者,使人不欲再读。

《唐诗别裁》:因幼女之戏,而己之疼倍深("幼女"二句下)。　　比安仁《悼亡》较真。

送 终

奄忽逾时节,日月获其良。

萧萧车马悲,祖载发中堂。

生平同此居,一旦异存亡。

斯须亦何益?终复委山冈。

行出国南门,南望郁苍苍。

日入乃云造,恸哭宿风霜。

晨迁俯玄庐,临诀但遑遑。

方当永潜翳,仰视白日光。

俯仰遽终毕,封树已荒凉。

独留不得还,欲去结中肠。

童稚知所失，啼号捉我裳。

即事犹仓卒，岁月始难忘。

【汇评】

《韦孟全集》：刘云：哀肠如此，岂有和声哉？而惨黯条达，愈缓愈长。

《批点唐音》：苏州可谓刻意《选》体，大入堂奥者矣。

对芳树

迢迢芳园树，列映清池曲。

对此伤人心，还如故时绿。

风条洒馀露，露叶承新旭。

佳人不再攀，下有往来躅。

【汇评】

《唐诗品汇》：刘云：亦何尝用意刻削，正自不可堪。

《唐诗别裁》：亦悼亡作。

月　夜

皓月流春城，华露积芳草。

坐念绮窗空，翻伤清景好。

清景终若斯，伤多人自老。

【汇评】

《唐诗别裁》：亦悼亡作。

过昭国里故第

不复见故人，一来过故宅。
物变知景暄，心伤觉时寂。
池荒野筠合，庭绿幽草积。
风散花意谢，鸟还山光夕。
宿昔方同赏，讵知今念昔？
缄室在东厢，遗器不忍觌。
柔翰全分意，芳巾尚染泽。
残工委筐篚，馀素经刀尺。
收此还我家，将还复愁惕。
永绝携手欢，空存旧行迹。
冥冥独无语，杳杳将何适？
唯思今古同，时缓伤与戚。

【汇评】

《剑溪说诗》：古今悼亡之作，唯韦公应物十数篇，澹缓凄楚，真切动人，不必语语沉痛，而幽忧郁堙之气直灌输其中，诚绝调也。潘安仁气自苍浑，是汉京馀烈，而此题精蕴，实自韦发之。

秋夜二首（其一）

庭树转萧萧，阴虫还戚戚。
独向高斋眠，夜闻寒雨滴。
微风时动牖，残灯尚留壁。
惆怅平生怀，偏来委今夕。

《韦孟全集》：刘云：吾读苏州诗至此，切怪其情近妇人。

睢阳感怀

豺虎犯天纲，升平无内备。
长驱阴山卒，略践三河地。
张侯本忠烈，济世有深智。
坚壁梁宋间，远筹吴楚利。
穷年方绝输，邻援皆携贰。
使者哭其庭，救兵终不至。
重围虽可越，藩翰谅难弃。
饥喉待危巢，悬命中路坠。
甘从锋刃毙，莫夺坚贞志。
宿将降贼庭，儒生独全义。
空城唯白骨，同往无贱贵。
哀哉岂独今，千载当歔欷！

【汇评】

《韦孟全集》：苏州《睢阳》，柴桑《三良》、《荆轲》，皆集中眼目，淡寂未免无雄心。

《剑溪说诗又编》：所以潼关失守（首二句下）。　兼叙守睢阳功（"坚壁"二句下）。　以申包胥况南八（"使者"句下）。　此专指贺兰（"救兵"句下）。　句句可证《新（唐）书》（"重围"句下）。　叙事中着此五字，妙（"饥喉"句下）。　指哥舒翰一辈（"宿将"句下）。　李翰所撰《张中丞传》，今有无莫据。其《进传表》，见《文粹》，《新书》翰本传亦载全文，稍截其字句耳。韦此诗相为表里，感愤叹息，可当传赞。退之所书，后出也，欧阳文忠谓与翰互有得失。　　又：古今共推韦诗冲澹，而韦之分量未尽也。如《睢阳感怀》、《经函谷关》，并大有关系之作，尚得以冲澹不冲澹论耶？《唐文粹》、《文苑英华》不录此二首，独《品汇》收入，可称巨眼。

阊门怀古

独鸟下高树，遥知吴苑园。

凄凉千古事，日暮倚阊门。

【汇评】

《诗薮》：中唐五言绝，苏州最古，可继王、孟。《寄丘员外》、《阊门》、《闻雁》等作皆悠然。

广德中洛阳作

生长太平日，不知太平欢。

今还洛阳中，感此方苦酸。

饮药本攻病，毒肠翻自残。

王师涉河洛，玉石俱不完。

时节屡迁斥，山河长郁盘。

萧条孤烟绝，日入空城寒。

寒劣乏高步，缉遗守微官。

西怀咸阳道，踯躅心不安。

登　楼

兹楼日登眺，流岁暗蹉跎。

坐厌淮南守，秋山红树多。

观田家

微雨众卉新，一雷惊蛰始。

田家几日闲，耕种从此起。

丁壮俱在野，场圃亦就理。

归来景常晏，饮犊西涧水。

饥劬不自苦，膏泽且为喜。

仓廪无宿储，徭役犹未已。

方惭不耕者，禄食出闾里。

【汇评】

《唐风定》：与太祝《田家》仿佛，而各一风气，并臻至极。

《唐诗别裁》：韦诗至处，每在淡然无意，所谓天籁也。

春游南亭

川明气已变，岩寒云尚拥。

南亭草心绿，春塘泉脉动。

景煦听禽响，雨馀看柳重。

逍遥池馆华，益愧专城宠。

【汇评】

《唐诗别裁》：人知作诗在句中炼字，而不知炼在韵脚。篇中"拥"字、"动"字、"重"字，妙处全在韵脚也。他诗可以类推。

游开元精舍

夏衣始轻体，游步爱僧居。

果园新雨后，香台照日初。

绿阴生昼静，孤花表春馀。

符竹方为累，形迹一来疏。

【汇评】

《韦孟全集》：落花无言，人澹如菊。

《唐诗归》：钟云：最深最细，细极则幽。

《唐诗成法》：首句游理游情，中四皆从首句生出。三、四可游之时，五、六写游，承前四无痕，写景不泛，得清静之味。结率。

《唐诗别裁》："绿阴"二语，写初夏景入神，"表"字尤见作意。

蓝岭精舍

石壁精舍高，排云聊直上。

佳游惬始愿，忘险得前赏。

崖倾景方晦，谷转川如掌。

绿林含萧条，飞阁起弘敞。

道人上方至，清夜还独往。

日落群山阴，天秋百泉响。

所嗟累已成，安得长偃仰！

【汇评】

《批点唐诗正声》：有缓疾，有转折，眼前景，眼前人事。

《唐诗镜》：有得景会心际。古来登览游眺，唯谢灵运最穷其趣，韦苏州得趣而未畅，如杜子美非不能言，但只写得怀抱感慨，于所遇之趣无与也。

《唐诗别裁》：人谓左司学陶，而风格时近小谢。

澄秀上座院

缭绕西南隅,鸟声转幽静。

秀公今不在,独礼高僧影。

林下器未收,何人适煮茗?

【汇评】

《唐诗归》:钟云:幽事写得深,便无清态。

咏　声

万物自生听,太空恒寂寥。

还从静中起,却向静中消。

【汇评】

《韵语阳秋》:韦应物诗平平处甚多,至于五字句,则超然出于畦径之外。如《游溪》诗:"野水烟鹤唳,楚天云雨空。"《南斋》诗:"春水不生烟,荒岗筿篛石。"《咏声》诗:"万物自生听,太空常寂寥。"如此等句,岂下于"兵卫森画戟,燕寝凝清香"哉!故白乐天云:"韦苏州五言诗,高雅闲淡,自成一家之体。"东坡亦云:"乐天长短三千首,却爱韦郎五字诗。"

《韦孟全集》:刘云:其资近道,语此渐超。

《批点唐音》:胜《咏夜》之作远甚。

《剑溪说诗又编》:此乃静坐功深,领得无始气象,又在希夷、康节前也。较陶靖节"纵浪大化中,不喜亦不惧",更入玄通。

幽　居

贵贱虽异等,出门皆有营。

独无外物牵，遂此幽居情。

微雨夜来过，不知春草生。

青山忽已曙，鸟雀绕舍鸣。

时与道人偶，或随樵者行。

自当安蹇劣，谁谓薄世荣！

【汇评】

《韦孟全集》：古调本色。　　"微雨"一联，似亦以痴得之也。

《唐诗镜》：渊明陶然欣畅，应物澹然寂寞，此其胸次可想。

《汇编唐诗十集》：唐云：不以幽居骄人，何等浑厚！史称韦苏州鲜食寡欲，所居焚香扫地而坐，读此诗其风致可想。

《唐诗评选》：苏州诗独立衰乱之中，所短者时伤刻促。此作清，不刻直，不促，必不与韩、柳、元、白、孟诸家共川而浴。中唐以降，作五言者唯此公知耻。

《唐风怀》：南邨曰：天然生意，较"池塘生春草"更佳。

《唐诗善鸣集》：韦似陶，有奥于陶处。字字和平，此最相近。

《而庵说唐诗》：此首诗起四句冒，后双开成章，譬如吠琉璃轮，双轮互旋，不分光影也。

《唐诗别裁》：中有元化（"微雨"二句下）。　　每过间阖门时，诵首二句，为之哑然。

《网师园唐诗笺》：天籁悠然（"微雨"二句下）。

始至郡

滏城古雄郡，横江千里驰。

高树上迢递，峻堞绕敧危。

井邑烟火晚，郊原草树滋。

洪流荡北阯，崇岭郁南圻。

斯民本乐生，逃逝竟何为？

旱岁属荒歉，旧逋积如坻。

到郡方逾月，终朝理乱丝。

宾朋未及宴，简牍已云疲。

昔贤播高风，得守愧无施。

岂待干戈戢？且愿抚惸嫠。

【汇评】

《剑溪说诗又编》：韦公多恤人之意，极近元次山（归愚先生曰：此无人道及）。

同褒子秋斋独宿

山月皎如烛，风霜时动竹。

夜半鸟惊栖，窗间人独宿。

【汇评】

《韦孟全集》：清孤淡寂，苏州自写照语。

秋　夜

暗窗凉叶动，秋天寝席单。

忧人半夜起，明月在林端。

一与清景遇，每忆平生欢。

如何方恻怆，披衣露更寒。

【汇评】

《韦孟全集》：何必思索，洞见本怀。

《唐诗快》：实情实景，惟"忧人"半夜知之，然"忧人"非诗人亦不能知。

《唐诗别裁》：情深人知之（"一与"二句下）。

滁州西涧

独怜幽草涧边生，上有黄鹂深树鸣。
春潮带雨晚来急，野渡无人舟自横。

【汇评】

《唐诗品汇》：欧阳子云：滁州城西乃是丰山，无西涧，独城北有一涧水极浅不胜舟，又江潮不到。岂诗人务在佳句而实无此景耶？　谢叠山云："幽草"、"黄鹂"，此君子在野，小人在位。"春潮带雨晚来急"，乃季世危难多，如日之已晚，不复光明也。末句谓宽闲寂寞之滨，必有贤人如孤舟之横渡者，特君不能用耳。此诗人感时多故而作，又何必滁之果如是也。　刘云：此语自好，但韦公体出，数字神情又别，故贵知言，不然不免为野人语矣。好诗必是拾得，此绝先得后半，起更难似，故知作者用心。

《批点唐诗正声》：沉密中寓意闲雅，如独坐看山，澹然忘归，诗之绝佳者。谢公曲意取譬，何必乃尔！

《增定评注唐诗正声》：郭云：冷处着眼，妙。

《唐诗选脉会通评林》：周敬曰：一段天趣，分明写出画意。

《带经堂诗话》：西涧在滁州城西，……昔人或谓西涧潮所不至，指为今六合县之芳草涧，谓此涧亦以韦公诗而名，滁人争之。余谓诗人但论兴象，岂必以潮之至与不至为据？真痴人前不得说梦耳！

《唐诗别裁》：起二句与下半无关。下半即景好句，元人谓刺君子在下，小人在上，此辈难与言诗。

《唐绝诗钞注略》：《诗人玉屑》以"春潮"二句为入画句法。

《唐诗笺注》：闲淡心胸，方能领略此野趣。所难尤在此种笔墨，分明是一幅画图。

《唐人万首绝句选评》：写景清切，悠然意远，绝唱也。

《唐诗评注读本》：先以"涧边幽草"、"深树黄鹂"引起，写西涧之景，历历如绘。

上方僧

见月出东山，上方高处禅。

空林无宿火，独夜汲寒泉。

不下蓝溪寺，今年三十年。

闻　雁

故园眇何处？归思方悠哉！

淮南秋雨夜，高斋闻雁来。

【汇评】

《韦孟全集》：刘云：更不须语言。

《唐诗正声》：转摺清峭。

《批点唐诗正声》：省此不复言，极苦。归思无着时，更值夜雨闻雁，谁能送此怀抱？

《唐诗广选》：蒋仲舒曰：更不说愁，愁自不可言。

《汇编唐诗十集》：唐云：说破"归思"，以"雁"作结，便有无限含蓄。

《唐诗别裁》："归思"后说"闻雁"，其情自深。一倒转说，则近人能之矣。

《唐诗笺注》：高斋雨夜，归思方长，忽闻鸿雁之来，益念故园之切。闲闲说来，绝无斧凿痕也。末句为归思添毫。

《诗法易简录》：前二句先说归思，后二句点到闻雁便住，不说如何思归，而思归之情弥深。

《摘星诗说》："淮南秋夜雨，高斋闻雁来"、"山空松子落，幽人应未眠"，两诗俱清绝，奇在音调悉同。

《诗境浅说续编》：此诗秋宵闻雁，有归去之思。凡客馆秋声，最易感人怀抱。

长安道

汉家宫殿含云烟，两宫十里相连延。

晨霞出没弄丹阙，春雨依微自甘泉。

春雨依微春尚早，长安贵游爱芳草。

宝马横来下建章，香车却转避驰道。

贵游谁最贵？卫霍世难比。

何能蒙主恩？幸遇边尘起。

归来甲第拱皇居，朱门峨峨临九衢。

中有流苏合欢之宝帐，一百二十凤凰罗列含明珠；

下有锦铺翠被之灿烂，博山吐香五云散。

丽人绮阁情飘飖，头上鸳钗双翠翘。

低鬟曳袖回春雪，聚黛一声愁碧霄。

山珍海错弃藩篱，烹犊炰羔如折葵。

既请列侯封部曲，还将金印授庐儿。

欢荣若此何所苦？但苦白日西南驰。

【汇评】

《韦孟全集》：清词丽句，灼灼动人。

《唐诗选脉会通评林》：周珽曰：首八句言长安辇毂之下贵游之盛。"卫霍世难比"以下，申言贵游，由承恩获宠，致所居所享极其富贵侈丽，且假权私植，无不遂意，但识欢荣，何知忧苦！末句有唯日不足之思,含讥寓讽,言外意深。

横塘行

妾家住横塘,夫婿郁家郎。

玉盘的历双白鱼,宝篝玲珑透象床。

象床可寝鱼可食,不知郎意何南北。

岸上种莲岂得生,池中种槿岂得成?

丈夫一去花落树,妾独夜长心未平。

【汇评】

《唐诗品汇》:刘云:却是怨意(末句下)。

《批点唐音》:声声乐府。

《唐诗选脉会通评林》:周珽曰:章法古,易;无一句不古,难。句法如此,手眼可夺鬼工。

《唐风定》:高雅质素,烟火之气更无着处,犹是五言妙境。

《唐诗笺要》:岸莲、池槿,巧思已开晚唐门窦。

金谷园歌

石氏灭,金谷园中水流绝。

当时豪右争骄侈,锦为步障四十里。

东风吹花雪满川,紫气凝阁朝景妍。

洛阳陌上人回首,丝竹飘飘入青天。

晋武平吴恣欢燕,馀风靡靡朝廷变。

嗣世衰微谁肯忧?二十四友日日空追游。

追游讵可足,共惜年华促。

祸端一发埋恨长,百草无情春自绿。

《剑溪说诗又编》：左司歌行，极华赡中仍加澹逸，特风调稍逊王、李诸公，然王、李较之意浅。

听莺曲

东方欲曙花冥冥，啼莺相唤亦可听。

乍去乍来时近远，才闻南陌又东城。

忽似上林翻下苑，绵绵蛮蛮如有情。

欲啭不啭意自娇，羌儿弄笛曲未调。

前声后声不相及，秦女学筝指犹涩。

须臾风暖朝日暾，流音变作百鸟喧。

谁家懒妇惊残梦，何处愁人忆故园？

伯劳飞过声蹢躅，戴胜下时桑田绿。

不及流莺日日啼花间，能使万家春意闲。

有时断续听不了，飞去花枝犹袅袅。

还栖碧树锁千门，春漏方残一声晓。

【汇评】

《韦孟全集》：末四句甚佳，然余犹惜其类词耳。

《批点唐诗正声》：观太白《新莺百啭歌》，便觉韦诗烦剧。

《唐诗分类绳尺》：丽句新意，迭迭逼人。

《唐风定》：与太白《新莺篇》齐美。中唐有此，尤罕绝也。

《唐诗别裁》：须知是听莺起法（首句下）。

《岘斋诗谈》：极袅娜，骨格却清挺。

《网师园唐诗笺》：结与起应。

《王闿运手批唐诗选》：一绝句可了，乃演为长篇。

五弦行

美人为我弹五弦,尘埃忽静心悄然。
古刀幽磬初相触,千珠贯断落寒玉。
中曲又不喧,徘徊夜长月当轩。
如伴风流萦艳雪,更逐落花飘御园。
独凤寥寥有时隐,碧霄来下听还近。
燕姬有恨楚客愁,言之不尽声能尽。
末曲感我情,解幽释结和乐生。
壮士有仇未得报,拔剑欲去愤已平,
夜寒酒多愁遽明。

【汇评】

《韦孟全集》:刘云:磊落英多,却复情至。

夏冰歌

出自玄泉杳杳之深井,汲在朱明赫赫之炎辰。
九天含露未销铄,阊阖初开赐贵人。
碎如坠琼方截璐,粉壁生寒象筵布。
玉壶纨扇亦玲珑,座有丽人色俱素。
咫尺炎凉变四时,出门焦灼君讵知?
肥羊甘醴心闷闷,饮此莹然何所思。
当念阑干凿者苦,腊月深井汗如雨。

【汇评】

《韦孟全集》:刘云:清绮绝伦,非他浅浅浮艳可到。

采玉行

官府征白丁，言采蓝溪玉。

绝岭夜无家，深榛雨中宿。

独妇饷粮还，哀哀舍南哭。

【汇评】

《韦孟全集》：刘云：韦柳本色语。

《唐诗别裁》：苦语却以简出之。

三台二首（其二）

冰泮寒塘始绿，雨馀百草皆生。

朝来门阁无事，晚下高斋有情。

【汇评】

《唐诗析类集训》：曹锡彤云：前首（"一年一年老去"）言台宴非宜，次首言台宴仅可。贞元初，韦应物为苏州刺史，此词盖在苏州作。

《韦柳诗集》：日人近藤元粹云：二首俱辞气甚古。

刘 湾

刘湾(? —783),字灵源,彭城(今江苏徐州)人。天宝十载,曾应进士举,数年后及第。永泰元年,官侍御。大历八年,官起居郎,后迁吏部员外郎。建中元年,以职方郎中充关内道黜陟使,婴沉疾,不久卒。与元结、韦应物、钱起等友善。《全唐诗》存诗六首。

【汇评】

湾,蜀人也,性率多直。属文比事,尤得边塞之思。如"死是征人死,功是将军功",悲而且讦;又"举声哭苍天,万木皆悲风",□□□□□;又"李陵不爱死,心存归汉阙",逆子贼臣闻之,宜乎皆改节矣。(《中兴间气集》何义门校本)

出塞曲

将军在重围,音信绝不通。
羽书如流星,飞入甘泉宫。
倚是并州儿,少年心胆雄。
一朝随召募,百战争王公。

去年桑乾北,今年桑乾东。

死是征人死,功是将军功。

汗马牧秋月,疲卒卧霜风。

仍闻左贤王,更将围云中。

【汇评】

《唐诗选脉会通评林》:周珽曰:"黑漆皮灯笼"世界得此指点,大家着眼。合陶翰《古塞下曲》与此篇读之,真令人不能终篇。

云南曲

百蛮乱南方,群盗如猬起。

骚然疲中原,征战从此始。

白门太和城,来往一万里。

去者无全生,十人九人死。

岱马卧阳山,燕兵哭泸水。

妻行求死夫,父行求死子。

苍天满愁云,白骨积空垒。

哀哀云南行,十万同已矣。

【汇评】

《对床夜语》:刘湾《云南行》云:"妻行求死夫,父行求死子。"且丧乱之世,妻倚夫而苟生,父恃子而送死者,今皆先其身而夭,则鳏寡孤独,失其所矣。但词伤于直。潘安仁《关中诗》云:"肝脑涂地,白骨交衢。夫行妻寡,父出子孤。"亦欠包涵之工。

《唐诗选脉会通评林》:周敬曰:言楚情酸,令人读不能终篇。

张　谓

张谓(约711—约780),字正言,河内(今河南沁阳)人。开元中
客游梁宋、齐鲁,又北游幽蓟。天宝二年,登进士第。入安西封常清
幕,又曾参淮南幕府。乾元元年,为礼部郎中,出使夏口,与李白同游
沔州南湖。大历二年,为潭州刺史。征还,为太子左庶子,迁礼部侍
郎,掌大历七、八、九年贡举,复知东都举。大历十二年尚在。有《张
谓诗》一卷。《全唐诗》编其诗一卷,间杂有他人之作。

【汇评】

谓《代北州老翁答》及《湖中对酒行》,在物情之外,但众人未曾
说耳。亦何必历遐远、探古迹,然后始为冥搜?(《河岳英灵集》)

(谓)工诗,格度严密,语致精深,多击节之意。(《唐才子传》)

钟云:七言律,诗家所难。初盛唐以庄严雄浑为长,至其痴重
处,亦不得强为之佳,耳食之夫,一概追逐,滔滔可笑。张谓变而流
丽清老,可谓善自出脱。刘长卿与之同调,俗人泥长卿为中唐,此
君,盛唐也,犹不足服其口耶?且初唐七言律,尽有如此风致者。
因思"气格"二字,蔽却多少人心眼,阻却多少人才情。(《唐诗归》)

张谓侍郎七言律,多奇警之句。及死后见形,独爱人诵其"樱

桃解结垂檐子,杨柳能低入户枝"二语。(《诗筏》)

张正言诗,亦倜傥率真,不甚蕴藉,然胸中殊有浩落之趣。"眼前一樽又长满,胸中万事如等闲",有此风调,固宜太白与之把臂。(《载酒园诗话又编》)

读张谓《杜侍御送贡物》及《代北州老翁》,其人子美之流。(《围炉诗话》)

(张谓)诗取实境,颇有高致。盖自李、杜以后,风尚所趋呈反复,齐、梁一体,唯独主于性灵,故使事无迹,而以传神为能事耳。(《诗学渊源》)

读后汉逸人传二首(其一)

> 子陵没已久,读史思其贤。
> 谁谓颍阳人,千秋如比肩。
> 尝闻汉皇帝,曾是旷周旋。
> 名位苟无心,对君犹可眠。
> 东过富春渚,乐此佳山川。
> 夜卧松下月,朝看江上烟。
> 钓时如有待,钓罢应忘筌。
> 生事在林壑,悠悠经暮年。
> 于今七里濑,遗迹尚依然。
> 高台竟寂寞,流水空潺湲。

【汇评】

《唐风定》:淹雅澹荡,绝是风流。

《唐贤三昧集笺注》:"名位"二句确论。四皓《紫芝歌》云"富贵之畏人分,不若贫贱之肆志",无此说得酝藉。

《唐诗别裁》:心存名位,便为势所压,必不能视天子犹故人也。巢、由、随、光，不为名位所缚。

《历代诗发》：须看他结处蓄味宽闲，不赘赞语更古。

代北州老翁答

负薪老翁往北州，北望乡关生客愁。
自言老翁有三子，两人已向黄沙死。
如今小儿新长成，明年闻道又征兵。
定知此别必零落，不及相随同死生。
尽将田宅借邻伍，且复伶俜去乡土。
在生本求多子孙，及有谁知更辛苦。
近传天子尊武臣，强兵直欲静胡尘。
安边自合有长策，何必流离中国人！

【汇评】

《批点唐诗正声》：如此诗自是一格，杜工部《垂老》、《新婚》等篇便是。

《唐诗镜》：张谓七言古，风格矫矫，可配高达夫一流。

《唐诗归》：钟云：仁人之言，垂戒千古，妙在从老人口中说出，才是诗中好光景。

《唐诗选脉会通评林》：周敬曰：叙事呜咽，致讽明决。

《唐诗别裁》：为明皇黩武而言，与老杜《石壕吏》相似。

湖上对酒行

夜坐不厌湖上月，昼行不厌湖上山。
眼前一尊又长满，心中万事如等闲。
主人有黍百馀石，浊醪数斗应不惜。

即今相对不尽欢，别后相思复何益！

茱萸湾头归路赊，愿君且宿黄公家。

风光若此人不醉，参差辜负东园花。

【汇评】

《唐诗品汇》：刘云：便觉楚楚（首二句下）。

《唐诗归》：钟云：两"不厌"起得妙。后皆弱调，幸无丑态耳。

《唐诗训解》：写得情真。

《唐诗选》：玉遮曰：不假脂粉，所以为佳。

《唐诗选脉会通评林》：周敬曰："即今相对"二句，不出寻常见，真语到。周珽曰：满目烟霞，并在物情之外，亦何必历遐远，探古迹，然后始为游览？

《唐风定》：放言旷达，抒写胸臆了了。

《唐诗归折衷》：敬夫云：四语平起，淖有规模（"心中万事"句下）。　　快语，喜无粗气（"别后相思"句下）。

《唐诗选胜直解》：通篇赋体。前四句出"湖中"字，对月游山皆湖中之事。后四句写湖中夜归之馀情，设言不患无宿处，若急欲归，必不尽欢，则虚此春光，桃李应笑人耳。

《网师园唐诗笺》：沉快（"即今"二句下）。

《历代诗发》：朴质可观，不觉平淡。

赠乔琳

去年上策不见收，今年寄食仍淹留。

美君有酒能便醉，美君无钱能不忧。

如今五侯不爱客，美君不问五侯宅。

如今七贵方自尊，美君不过七贵门。

丈夫会应有知己，世上悠悠何足论！

【汇评】

《唐诗品汇》：刘云：可想其人。

《唐诗广选》：顾华玉曰：正言此二诗俱放逸，第前密后疏，当慎取法耳。

《唐诗直解》：读此可愧狐媚狗趋者。末语直捷道出。

《唐诗镜》：磊落披豁。

《唐诗选》：玉遮曰：数"羡"字不觉重复，意调自胜。

《唐诗别裁》：兀傲之气如见。

送裴侍御归上都

楚地劳行役，秦城罢鼓鼙。

舟移洞庭岸，路出武陵溪。

江月随人影，山花趁马蹄。

离魂将别梦，先已到关西。

【汇评】

《唐诗选脉会通评林》：周珽曰：烹炼极融，针线不漏。送别诗之最上品。

《碛砂唐诗》：谦曰：末结应起联，有一笔双钩之妙。

《闻鹤轩初盛唐近体读本》：婉隽成章，结二方是第二语绪。 徐山文曰："洞庭"承"楚地"，"武陵"承"秦城"；"江月"又承"洞庭"，"山花"又承"武陵"，逐句相生。结总缴，撰想更倩。

《唐诗近体》：俱就"归"字中写境。末二句透过一层，更觉思曲而笔妙。

郡南亭子宴

亭子春城外，朱门向绿林。

柳枝经雨重，松色带烟深。

漉酒迎山客，穿池集水禽。

白云常在眼，聊足慰人心。

【汇评】

《网师园唐诗笺》：故为壮语，倍觉凄然（末句下）。

同王征君湘中有怀

八月洞庭秋，潇湘水北流。

还家万里梦，为客五更愁。

不用开书帙，偏宜上酒楼。

故人京洛满，何日复同游？

【汇评】

《增定评注唐诗正声》：灵秀清壮，情景跃然。

《唐诗广选》：无作意处。

《唐诗摘钞》：尾联见意。起句浑峭，以后但一直扫去。此如欧阳永叔作《醉翁亭记》，起语凡数易，终不惬意，忽得"环滁皆山也"五字，后便振笔疾书，一挥而就。想作者亦当尔尔。

《增订唐诗摘钞》：观水之北流，便有思洛意。"不用开书帙"，无心绪也。"偏宜上酒楼"，借酒解忧也。

《唐诗成法》：较"不似湘江水北流"少两字，却有含蓄。终古客情，十分真切，雅俗共赏。

《唐贤三昧集笺注》：后半不善学，则失之轻滑。

别韦郎中

星轺计日赴岷峨，云树连天阻笑歌。

南入洞庭随雁去,西过巫峡听猿多。

峥嵘洲上飞黄蝶,滟滪堆边起白波。

不醉郎中桑落酒,教人无奈别离何。

【汇评】

《唐诗广选》：末句吟咏有馀味。

《唐诗选脉会通评林》：周珽曰：起得高旷。中联历举楚、蜀所经之处,所谓"阻笑歌"也。故欲尽醉以致情。

《唐风定》：声情意境,渐入中唐。此犹名手也,为气运所乘耳。

《唐诗评选》：摇摇缓缓,自为乐府馀音。

《贯华堂选批唐才子诗》：前解,言使车速发,特因钦限逼迫也。三、四之"南入洞庭"、"西过巫峡",即二之"云树连天"。"随雁去"、"听猿多",即"阻笑歌"也（前四句下）。 后解,言正值深秋,况经奇险,多谢故人,劳劳相送,自当饮尽其厄中也（后四句下）。

《山满楼笺注唐诗七言律》："计日"迫也,"赴岷峨"远也,只此句便有不容少留之意。"云树连天",伏中四句上半截之案也,"阻笑歌"伏中四句下半截之案也。一结只是更不忍辜负高情,自当尽醉,然后分手。

《唐贤三昧集笺注》：莘石先生最赏此作,以为非后人所能及。 声情气格,无一不妙。

《唐诗别裁》：应是己适楚,韦适蜀,故中二联分写,三、四写情,五、六写景,不嫌其复。

《网师园唐诗笺》：此应是送人由楚入蜀之作,故三、四写情,五、六写景,俱以两地分对。

《历代诗发》：一结调法甚佳。

杜侍御送贡物戏赠

铜柱朱崖道路难，伏波横海旧登坛。

越人自贡珊瑚树，汉使何劳獬豸冠？

疲马山中愁日晚，孤舟江上畏春寒。

由来此货称难得，多恐君王不忍看。

【汇评】

《唐诗广选》：田子艺曰：李义山"不须看尽鱼龙戏，终遣君王怒偃师"，及此诗"由来"二句，皆得爱君之意。结句须得此法。

《唐诗直解》："越人"二句，动人羞恶。"疲马"二语，动人恻隐。末更说得贡献恁地败兴，立言有法。

《唐诗归》：钟云：风刺之体，深厚而严，立言有法。　　谭云：读二语，有心者自当恻然（"疲马山中"二句下）。

《唐诗训解》：意欲以不贵异物讽君。"不忍看"三字最佳。

《唐诗选》：三、四讥御史不当贡献，"自贡"、"何劳"，俱用意字眼。

《汇编唐诗十集》：唐云：此系盛唐神品，恨高廷礼不识。

《唐诗选脉会通评林》：婉转雅致，精入妙境。

《贯华堂选批唐才子诗》：一开口，便说"道路难"，妙妙。且不论贡物之来，民生如何疲困，只论侍御之去朝廷，是何意旨乎？况于"铜柱朱崖"，同是此地；"伏波横海"，同为一人。乃彼何人斯，出众登坛？尔何人斯，代人贡物？直是精剥鼠子面皮，更无馀地许活也。三、四又反复治之，偏要提出其獬豸冠来，恶极，妙极（前四句下）。　　五、六又刻写"道路难"三字，穷极治之。七、八用相如《喻巴蜀檄》文法，出脱朝廷，最得宣示远人大体（后四句下）。

《唐诗归折衷》：吴敬夫云：开口已见险远。额联言其不必，颈联言其不堪。末复以不贵难得，责重君王，真善于讽谏者。

《增订唐诗摘钞》：一首极严正剀切诗，而题云"戏赠"，所谓忠告善道也。

《唐诗成法》：题是"戏赠"，诗是毒口痛骂。讽刺须有含蓄，明骂有何味？此首太显露。

《山满楼笺注唐诗七言律》：题是戏赠而诗竟是辱骂，并不留一分馀地也。"道路难"即是五六之"山中日晚"、"江上春寒"，妙在横插第二句"伏波横海"。……结意本讽朝廷不贵异物，而却用归美之词，词尤得体。

《网师园唐诗笺》：通体讽刺，亦庄亦婉，题虽"戏赠"，却非苟作者。

《唐诗近体》：一气浑成中自寓深情微旨，亦严亦婉，讽侍御兼以讽君。

《诗境浅说》：杜侍御以霜台峻秩，奉使南疆，赠行者当述使节之辉光、山川之伟丽。张独一扫浮词，全篇皆以规劝立意，诗笔复音铿而词秀，唐人集中希有之作也。

春园家宴

南园春色正相宜，大妇同行少妇随。
竹里登楼人不见，花间觅路鸟先知。
樱桃解结垂檐子，杨柳能低入户枝。
山简醉来歌一曲，参差笑杀郢中儿。

【汇评】

《唐诗镜》：小巧家数。

《唐诗归》：谭云：只觉得和顺，绝不见其娇媚，所以为妙。　　钟云：室家和平，只在此四语幽事中写出，觉第二句明说尚浅（"樱桃解结"二句下）。谭云：有"参差"二字，觉"山简醉"、"郢中儿"人诗皆有情，非熟调矣。

《贯华堂选批唐才子诗》：唐人诗直是羽翼圣经，助流风化，不止作韵语而已。如此诗，一，表天时和应，二，表闺门肃雍；三、四又言此为人家内行，不必外人之所与闻，便将天地一段太和元气，欲发而为礼乐文章者，已无不酝酿于此。呜呼！此岂后代小生之所得而措手乎！（前四句下）。 解结子，妙，能低枝，又妙。自来妻妾愁其不解结子，乃才解结子，又可恨是不能低枝。今既解结子，又能低枝，此真佛经所称"女宝"。而《易》曰："无攸遂，在中馈。"《诗》曰："黾勉同心，莫不静好。"《礼》曰："婉娩听从。"皆是此物此志也。诚有妻妾如此，而丈人犹不饮酒歌曲，夫岂人情！（后四句下）。

《唐诗摘钞》：竹里登楼，花间觅路，人与景相宜也。樱子垂檐，柳枝入户，景与人相宜也。携此人，玩此景，则对酒当歌，无之而不宜，庶几不负南园春色矣！

《山满楼笺注唐诗七言律》：春园家宴最是乐事，而人生容有不能得者，读先生诗真觉和气洋溢，令人叹羡无已时也。玩"同行"字、"随"字，既肃且雍，岂如二妇艳之风流扫地哉！人不见亦不欲其见，鸟先知亦不惮其知，此赋也。"解结子"指小妇宜男，"能低枝"指大妇逮下，此赋而比也。有妻如此，有妾如此，而犹不醉而犹不歌者，吾无取尔也。

《唐体馀编》：以兴兼比，宜会次句之意。泛作春景，不见其妙，且与家宴无涉（"樱桃解结"二句下）。

《唐诗成法》：欢乐难工，此首可贵。

《闻鹤轩初盛唐近体读本》：薄而生趣。

《近体秋阳》：愈浅愈雅，愈近愈高，此其故只一当家尔。

《湘绮楼说诗》：二联一团和气，结句"山简醉来歌一曲，参差笑杀郢中儿"二语,为欲夸其在任时。一用俗典,通首减色。

西亭子言怀

数丛芳草在堂阴,几处闲花映竹林。
攀树玄猿呼郡吏,傍溪白鸟应家禽。
青山看景知高下,流水闻声觉浅深。
官属不令拘礼数,时时缓步一相寻。

【汇评】

《唐诗归》:钟云:从官廨簿领中写出羲皇桃源在目("傍溪白鸟"句下)。谭云:静("流水闻声"句下)。

《贯华堂选批唐才子诗》:前解写境,后解写人。笔疏墨明,谁当不晓?乃我独有神解于此诗者。看他前解为"堂阴",为"芳草",为"数丛",为"竹林",为"闲花",为"几处",为"树",为"猿",为"溪",为"鸟",全是一人指指点点,申申夭夭于其间。但细读"在"字,"映"字、"攀"字、"呼"字、"傍"字、"应"字,便自见所谓尽是此人闲心妙手,并非西亭有此印板景致也。然则前解正是写人(前四句下)。   后解,看他写到看景知山,闻声识水。二三属吏,尽捐町畦,则不知山水之为我,我之为山水;自之为他,他之为自;一之为多,多之为一。所谓休乎天钧,嗒焉尽丧,是先生之杜德机也。然则后解乃写人无其人(后四句下)。

《近体秋阳》:文情虚明,诗志洁倬。

同诸公游云公禅寺

共许寻鸡足,谁能惜马蹄。
长空净云雨,斜日半虹霓。

檐下千峰转，窗前万木低。

看花寻径远，听鸟入林迷。

地与喧闻隔，人将物我齐。

不知樵客意，何事武陵溪？

【汇评】

《闻鹤轩初盛唐近体读本》：陈德公曰：对起作小致。三、四最警。　　"千峰"上着"檐下"字，"万木"上着"窗前"字，便觉此境迥异，不类人间。"听鸟"句亦正引入胜地。

送卢举使河源

故人行役向边州，匹马今朝不少留。

长路关山何日尽，满堂丝竹为君愁。

【汇评】

《唐诗直解》：直捷说破，讯切世情。

《唐诗训解》：句法用意，与"日暮孤舟何处泊"相似。

《唐诗别裁》：丝竹本以娱情，然送人万里之远，则丝竹皆愁音也。警绝。

早　梅

一树寒梅白玉条，迥临林村傍溪桥。

不知近水花先发，疑是经春雪未销。

【汇评】

《唐诗归》：钟云：到作迟想，妙！妙！

岑　参

　　岑参(约 715—770)，祖籍南阳(今属河南)，后徙居江陵(今属湖北)。曾祖文本、伯祖长倩、伯父羲皆官至宰辅。幼丧父，孤贫，笃学。天宝三载，登进士第，授右内率府兵曹参军。八载，入安西高仙芝幕，充节度掌书记。返长安，与杜甫、高适等唱和。十三载，复入安西封常清幕，以大理评事兼监察御史，充节度判官、支度副使。至德二载，至灵武，迁右补阙，后历起居舍人、虢州长史、太子中允、祠部考功二员外郎、虞部库部郎中等职。永泰元年，出为嘉州刺史。杜鸿渐镇蜀，表为职方郎中兼侍御史，列在幕府。大历三年七月，罢嘉州任东归，阻兵，流寓成都，遂终于蜀。有《岑参集》十卷，已佚。今有《岑嘉州集》七卷(或为八卷)行世。《全唐诗》编诗四卷。

【汇评】

　　参诗语奇体峻，意亦造奇。至如"长风吹白茅，野火烧枯桑"，可谓逸才。又"山风吹空林，飒飒如有人"，宜称幽致也。(《河岳英灵集》)

　　早岁孤贫，能自砥砺，遍览史籍，尤工缀文。属辞尚清，用意尚切，其有所得，多入佳境，迥拔孤秀，出于常情。每一篇绝笔，则人

人传写，虽闾里士庶、戎夷蛮貊，莫不讽诵吟习焉。时议拟公于吴均、何逊，亦可谓精当矣。（杜确《岑嘉州诗集序》）

参诗清丽有思，殊复可喜。观少陵所谓"岑参兄弟皆好奇，携我远来游渼陂"之句，则亦可以得其为人之大略矣。（周紫芝《书岑参诗集后》）

予自少时，绝好岑嘉州诗。往在山中，每醉归，倚胡床睡，辄令儿曹诵之，至酒醒或睡熟乃已。尝以为太白、子美之后，一人而已。今年自唐安别驾来摄犍为，既画公象斋壁，又杂取世所传公遗诗八十馀篇刻之，以传知诗律者，不独备此邦故事，亦平生素意也。（陆游《跋岑嘉州诗集》）

岑参、贾至辈句律多出于鲍，然去康乐地位尚远。（《后村诗话续编》）

突兀万仞则不用过句，陡顿便说他事，岑参专高此法。（《骚坛秘语》）

高适诗尚质主理，岑参诗尚巧主景。（《吟谱》）

参累佐戎幕，往来鞍马烽尘间十馀载，极征行离别之情，城障塞堡，无不经行。博览史籍，尤工缀文，属词清尚，用心良苦。诗调尤高，唐兴罕见此作。放情山水，故常怀逸念，奇造幽致，所得往往超拔孤秀，度越常情。与高适风骨颇同，读之令人慷慨怀感，每篇绝笔，人辄传咏。（《唐才子传》）

嘉州诗一以风骨为主，故体裁峻整，语亦造奇，持意方严，竟鲜落韵。五言古诗从子建以上，方足联肩。古人浑厚，嘉州稍多瘦语，此其所不逮亦一间耳。其他乃不尽人意。要之，孤峰插天，凌拔霄汉，而华润近人之态，终然一短。（《唐诗品》）

五言豪整，至于姿态，当远让王、孟。（《批点唐音》）

高、岑一时不易上下。岑气骨不如达夫遒上，而婉缛过之。《选》体时时入古，岑尤陡健；歌行磊落奇俊，高一起一伏，取是而

已,尤为正宗。五言近体,高、岑俱不能佳;七言,岑稍浓厚。(《艺苑卮言》)

古诗自有音节。陆、谢体极俳偶,然音节与唐律迥不同。唐人李、杜外,惟嘉州最合。襄阳、常侍虽意调高远,至音节,时入近体矣。(《诗薮》)

常侍五言古,深婉有致,而格调音节,时有参差。嘉州清新奇逸,大是俊才,质力造诣,皆出高上。然高黯淡之内,古意犹存;岑英发之中,唐体大著。(同上)

高、岑并工起语,岑尤奇峭,然拟之宣城,格愈下矣。(同上)

高气骨不逮嘉州,孟材具远输摩诘,然并驱者,高、岑悲壮为宗,王、孟闲澹自得,其格调一也。(同上)

嘉州格调严整,音节宏亮,而集中排律甚稀。(同上)

岑参好为巧句,真不足而巧济之,以此知其深浅矣。故曰:"大巧若拙"。(《诗镜总论》)

岑词胜意,句格壮丽,而神韵未扬;高意胜词,情致缠绵,而筋骨不逮。岑之败句,犹不失盛唐;高之合调,时隐逗中唐。(《唐音癸签》)

高适诗尚质主理,岑参诗尚巧主景。(《诗谱》)

盛唐五言律,惟岑嘉州用字之间有涉新巧者,如"孤灯然客梦,寒杵捣乡愁","涧水吞樵路,山花醉药栏"、"塞花飘客泪,边柳挂乡愁",大约不过数联。然高、岑所贵,气象不同,学者不得其气象,而徒法其新巧,则终为晚唐矣。(《诗源辩体》)

参集诗虽不多,然篇皆峭倬,精思蠭起,必迥不同于人,岂惟达夫不中比拟,即一时王、孟诸作手,要之总非其伦。乃千古以高岑称,何其冤也。(《近体秋阳》)

嘉州(五律)句琢字雕,刻意锻炼。(《古欢堂杂著》)

参诗能作奇语,尤长于边塞。(《唐诗别裁》)

嘉州五言,多激壮之音。(同上)

予读嘉州全集,爱其峭蒨苍秀,如对终南、太华。其近体略逊古诗。(《纫斋诗谈》)

嘉州之奇峭,入唐以来所未有。又加以边塞之作,奇气益出。风会所感,豪杰挺生,遂不得不变出杜公矣。(《石洲诗话》)

诗奇而入理,乃谓之奇。若奇而不入理,非奇也。卢玉川、李昌谷之诗,可云奇而不入理者矣。诗之奇而入理者,其惟岑嘉州乎!如《游终南山诗》:"雷声傍太白,雨在八九峰。东望紫阁云,西入白阁松。"余尝以己巳春夏之际,独游终南山紫、白二阁,遇急雨,回憩草堂寺,时原空如沸,山势欲颓,急雨劈门,怒雷奔谷,而后知岑之诗奇矣。又尝以己未冬杪,谪戍出关,祁连雪山,日在马首,又昼夜行戈壁中,沙石吓人,没及髁膝,而后知岑诗"一川碎石大如斗,随风满地石乱走",云奇而实确也。大抵读古人之诗,又必身亲其地,身历其险,而后知心惊魄动者,实由于耳闻目见得之,非妄语也。(《北江诗话》)

(七绝)王、李以外,岑嘉州独推高步,唯去乐府意渐远。(《读雪山房唐诗序例》)

五言源出于吴、何,叠藻绵联,捩张典雅,如五丝织锦,裁缝灭迹。七言出没纵横,翱翔孤秀,振音中律,行气如虹,如观公孙大娘舞剑器,浑脱浏亮,令人神往心倾。边塞萧条,吹笳声裂,刘越石幽燕之气,自当擅绝一场,而格律谨道,贵在放而不野。律体温如,亦兼绵丽;绝句犹七言本色,而神韵弥深。(《三唐诗品》)

其诗辞意清切,迥拔孤秀,多出佳境。人比之吴均、何逊,盖就其律诗言也,时亦谓之"嘉州体"。至古诗、歌行,间亦有气实声壮之作;《走马川》诗三句一转,亦为创作。(《诗学渊源》)

吴曰:盛唐古风,李、杜以外,右丞、嘉州其杰出者。(《唐宋诗举要》)

登北庭北楼呈幕中诸公

尝读西域传，汉家得轮台。
古塞千年空，阴山独崔嵬。
二庭近西海，六月秋风来。
日暮上北楼，杀气凝不开。
大荒无鸟飞，但见白龙堆。
旧国眇天末，归心日悠哉！
上将新破胡，西郊绝烟埃。
边城寂无事，抚剑空徘徊。
幸得趋幕中，托身厕群才。
早知安边计，未尽平生怀。

初过陇山途中呈宇文判官

一驿过一驿，驿骑如星流。
平明发咸阳，暮及陇山头。
陇水不可听，呜咽令人愁。
沙尘扑马汗，雾露凝貂裘。
西来谁家子，自道新封侯。
前月发安西，路上无停留。
都护犹未到，来时在西州。
十日过沙碛，终朝风不休。
马走碎石中，四蹄皆血流。
万里奉王事，一身无所求。
也知塞垣苦，岂为妻子谋！

山口月欲出，先照关城楼。

溪流与松风，静夜相飕飗。

别家赖归梦，山塞多离忧。

与子且携手，不愁前路修。

【汇评】

《唐诗归》：钟云：如口道（"来时"句下）。　　钟云：汉魏人边塞语（"四蹄"句下）。　　谭云：从来作乡梦语奇妙者多矣，为此"赖"字占先（"别家"句下）。

《汇编唐诗十集》：唐云：叙得有法，长篇中亦是足采。

《唐诗别裁》："马走碎石中，四蹄皆血流"，亦称惊绝。

至大梁却寄匡城主人

一从弃鱼钓，十载干明王。

无由谒天阶，却欲归沧浪。

仲秋至东郡，遂见天雨霜。

昨日梦故山，蕙草色已黄。

平明辞铁丘，薄暮游大梁。

仲秋萧条景，拔剌飞鹈鴰。

四郊阴气闭，万里无晶光。

长风吹白茅，野火烧枯桑。

故人南燕吏，籍籍名更香。

聊以玉壶赠，置之君子堂。

【汇评】

《唐诗别裁》："长风吹白茅"二语，殷璠称为逸才。

宿华阴东郭客舍忆阎防

次舍山郭近，解鞍鸣钟时。
主人炊新粒，行子充夜饥。
关月生首阳，照见华阴祠。
苍茫秋山晦，萧瑟寒松悲。
久从园庐别，遂与朋知辞。
旧垫兰杜晚，归轩今已迟。

【汇评】

《增定评注唐诗正声》：周云：羁愁无所不至。

《唐诗选脉会通评林》：周珽曰：首叙投宿之事，次写客舍之景，末言别久归晚，以致相忆之意。

《唐贤三昧集笺注》：夜气逼人。

宿东溪王屋李隐者

山店不凿井，百家同一泉。
晚来南村黑，雨色和人烟。
霜畦吐寒菜，沙雁噪河田。
隐者不可见，天坛飞鸟边。

【汇评】

《唐诗归》：钟云：目前数语，高话羲皇，幽朴在目。

巩北秋兴寄崔明允

白露披梧桐，玄蝉昼夜号。

秋风万里动，日暮黄云高。

君子佐休明，小人事蓬蒿。

所适在鱼鸟，焉能徇锥刀？

孤舟向广武，一鸟归成皋。

胜概日相与，思君心郁陶。

【汇评】

《唐贤三昧集笺注》：神气完足，格律苍厚，直追汉魏。　　凡学古不在袭貌，而在神骨，此真伪之辨。

终南云际精舍寻法澄上人不遇归高冠东潭石淙望秦岭微雨作贻友人

昨夜云际宿，旦从西峰回。

不见林中僧，微雨潭上来。

诸峰皆青翠，秦岭独不开。

石鼓有时鸣，秦王安在哉？

东南云开处，突兀猕猴台。

崖口悬瀑流，半空白皑皑。

喷壁四时雨，傍村终日雷。

北瞻长安道，日夕生尘埃。

若访张仲蔚，衡门满蒿莱。

【汇评】

《批点唐诗正声》：岑诗长篇稳深精炼，独超前数公。

《唐贤三昧集笺注》：长题叙事，亦滥觞后人。　　结响高，真力满，然已是唐人五言，至少陵则大放厥词矣。或问此诗与前首（按指《巩北秋兴寄崔明允》）何以别。曰：前首团敛浑厚，此首笔仗开放，已属抖散。惟七古亦然，李、杜团敛，李、苏则有抖散处。

送王大昌龄赴江宁

对酒寂不语，怅然悲送君。
明时未得用，白首徒攻文。
泽国从一官，沧波几千里。
群公满天阙，独去过淮水。
旧家富春渚，尝忆卧江楼。
自闻君欲行，频望南徐州。
穷巷独闭门，寒灯静深屋。
北风吹微雪，抱被肯同宿？
君行到京口，正是桃花时。
舟中饶孤兴，湖上多新诗。
潜虬且深蟠，黄鹄举未晚。
惜君青云器，努力加餐饭。

【汇评】

《批点唐诗正声》：玉屑金溶，无论俗雅，皆知至宝，惊惊服服。

《历代诗评注读本》：此诗每四句一换韵，凡换五韵，而先用悲词，后作慰语，布局既整，意亦周至。

送祁乐归河东

祁乐后来秀，挺身出河东。
往年诣骊山，献赋温泉宫。
天子不召见，挥鞭遂从戎。
前月还长安，囊中金已空。
有时忽乘兴，画出江上峰。

床头苍梧云，帘下天台松。

忽如高堂上，飒飒生清风。

五月火云屯，气烧天地红。

鸟且不敢飞，子行如转蓬。

少华与首阳，隔河势争雄。

新月河上出，清光满关中。

置酒灞亭别，高歌披心胸。

君到故山时，为谢五老翁。

【汇评】

《唐诗镜》：下语如转蓬。

《唐诗选脉会通评林》：周珽曰：既为后进英，宜为当世用。献赋而君不收，从戎而将不录，往还羁旅，囊橐萧然，落魄至此，辗轲极矣。犹能寄兴图画，妙绝足称，祁乐心胸，潇洒何如？"五月火云屯"以下，咏其归途情景；末美其胸襟洒落，不为尘情所缚，因足以谢庭训也。送别之意，亦云厚矣。

《唐诗笺要》：囊空已下，本可直接"转蓬"等语，却又横插能画一段，作一篇姿态。名公不肯没人长如此。

北庭贻宗学士道别

万事不可料，叹君在军中。

读书破万卷，何事来从戎？

曾逐李轻车，西征出太蒙。

荷戈月窟外，擐甲昆仑东。

两度皆破胡，朝廷轻战功。

十年只一命，万里如飘蓬。

容鬓老胡尘，衣裳脆边风。

忽来轮台下，相见披心胸。

饮酒对春草，弹棋闻夜钟。

今且还龟兹，臂上悬角弓。

平沙向旅馆，匹马随飞鸿。

孤城倚大碛，海气迎边空。

四月犹自寒，天山雪濛濛。

君有贤主将，何谓泣途穷？

时来整六翮，一举凌苍穹。

【汇评】

《唐诗广选》：突出奇峰（首句下）。

送狄员外巡按西山军

原注：得"霁"字。

兵马守西山，中国非得计。

不知何代策，空使蜀人弊。

八州崖谷深，千里云雪闭。

泉浇阁道滑，水冻绳桥脆。

战士常苦饥，糗粮不相继。

胡兵犹不归，空山积年岁。

儒生识损益，言事皆审谛。

狄子幕府郎，有谋必康济。

胸中悬明镜，照耀无巨细。

莫辞冒险艰，可以禅节制。

相思江楼夕，愁见月澄霁。

澧头送蒋侯

君住澧水北，我家澧水西。

两村辨乔木，五里闻鸣鸡。

饮酒溪雨过，弹棋山月低。

徒闻蒋生径，尔去谁相携？

【汇评】

《唐诗归》：谭云："辨"字、"闻"字妙，有宛如一家意（"两村"二句下）。又云：妙在无意中，境事相凑（"饮酒"二句下）。　　钟云：送别用一首闲居幽适诗，妙，妙！觉世上别离，世情之甚。

与高适薛据登慈恩寺浮图

塔势如涌出，孤高耸天宫。

登临出世界，蹬道盘虚空。

突兀压神州，峥嵘如鬼工。

四角碍白日，七层摩苍穹。

下窥指高鸟，俯听闻惊风。

连山若波涛，奔凑似朝东。

青槐夹驰道，宫馆何玲珑。

秋色从西来，苍然满关中。

五陵北原上，万古青濛濛。

净理了可悟，胜因夙所宗。

誓将挂冠去，觉道资无穷。

【汇评】

《唐诗品汇》：唐人倡和之诗，多是感激，各臻其妙。……登慈恩寺塔诗,杜甫云:"高标跨苍穹,烈风无时休。俯视同一气,焉能辨皇州。"高适云:"秋风昨夜至,秦塞多清旷。千里何茫茫,五陵郁相望。"岑参云:"秋色从西来,苍然满关中。五陵北原上,万古青濛濛。"此类甚多,是皆雄浑悲壮,足以凌跨百代。

《唐诗归》:谭云:"从西来"妙,妙!诗人惯将此等无指实处说得确然,便奇("秋色"句下)。 又云:"万古"字入得博大,"青蒙蒙"字下得幽眇。 钟云:"秋色"四语,写尽空远,少陵以"齐鲁青未了"五字尽之,详略各妙。("万古"句下)。 又云:岑塔诗惟"秋色"四语,可敌储光羲、杜甫,馀写高远处俱有极力形容之迹。

《唐诗训解》:极状塔高,布势有驰骋。

《唐诗镜》:形状绝色,语气复雄。

《唐诗选》:"下窥"二句,调高而古,凄然不堪再读。

《唐诗选脉会通评林》:周珽曰:此等诗真狮子捉物,视兔如象。

《诗辩坻》:"四角"二语,拙不入古,酷为钝语。至"秋色从西来,苍然满关中。五陵北原上,万古青蒙蒙",词意奇工,陈隋以上人所不为,亦复不办,此处乃见李唐古诗真色。

《唐诗归折衷》:吴敬夫云:形容处皆板拙可憎("峥嵘"句下)。 前幅尘气,后幅腐理,几不成诗。赖有"秋色"四语,一开眼界。

《唐贤三昧集笺注》:渔洋评:老杜、高、岑诸大家同登慈恩寺塔诗,如大将旗鼓相当,皆万人敌。

《野鸿诗的》:岑有"秋色从西来,苍然满关中。五陵北原上,万古青濛濛"四语,洵称奇伟;而上下文不称,末乃逃入释氏,不脱伧父伎俩。

《唐诗别裁》:登慈恩塔诗,少陵下应推此作,高达夫、储太祝皆不及也。

《网师园唐诗笺》：句亦如涌出（首二句下）。

《唐贤清雅集》：起句突兀。　　苍浑似刘司空、颜光禄，气更流逸。

《历代诗评注读本》：雄浑悲壮，凌跨百代，而"秋色"四句，写尽空远之景，尤令人神往不已。

终南山双峰草堂作

敛迹归山田，悉心谢时辈。

昼还草堂卧，但与双峰对。

兴来恣佳游，事惬符胜概。

著书高窗下，日夕见城内。

曩为世人误，遂负平生爱。

久与林壑辞，及来松杉大。

偶兹近精庐，屡得名僧会。

有时逐樵渔，尽日不冠带。

崖口上新月，石门破苍霭。

色向群木深，光摇一潭碎。

缅怀郑生谷，颇忆严子濑。

胜事犹可追，斯人邈千载。

【汇评】

《批点唐诗正声》：情理真惬，遂成感慨语，景与心会，写此自不觉。

《唐诗选脉会通评林》：陈继儒曰：《草堂》二篇，锤炉《骚》、《选》，精气灏发，如宁封掌火，上下于五色烟云。

《唐诗镜》：景趣清绝。

《唐贤三昧集笺注》：天趣超然（"光摇"句下）。

闻崔十二侍御灌口夜宿报恩寺

闻君寻野寺，便宿支公房。

溪月冷深殿，江云拥回廊。

燃灯松林静，煮茗柴门香。

胜事不可接，相思幽兴长。

【汇评】

《瀛奎律髓》：律诗中之拗字者，庾信诗爱如此。五、六眼前事，但安排得雅净。

《初白庵诗评》：五律全首俱拗者绝少。

《瀛奎律髓汇评》：冯舒：庾子山尚无律体，非爱拗字也。　　冯班：齐梁格诗。　　纪昀：此种究是对偶古诗，不得入之近体。无名氏（乙）：穆然幽深。

因假归白阁西草堂

雷声傍太白，雨在八九峰。

东望白阁云，半入紫阁松。

胜概纷满目，衡门趣弥浓。

幸有数亩田，得延二仲踪。

早闻达士语，偶与心相通。

误徇一微官，还山愧尘容。

钓竿不复把，野碓无人舂。

惆怅飞鸟尽，南溪闻夜钟。

【汇评】

《汇编唐诗十集》：唐云：嘉州五古运笔一法，选诗者宜去雷同,才是精全。

《唐诗快》:假归草堂,乃忽着此二语领起,真是突兀不测(首二句下)。

《唐贤三昧集笺注》:此作极有气魄。　　寓感慨之意,故气魄可见也。

《诗筏》:诗家化境,如风雨驰骤,鬼神出没,满眼空幻,满耳飘忽,突然而来,倏然而去,不得以字句诠,不可以迹相求。如岑参《归白阁草堂》起句云:"雷声傍太白,雨在八九峰。东望白阁云,半入紫阁松。"又《登慈恩寺》诗中间云:"秋色从西来,苍然满关中。五陵北原上,万古青濛濛。"不唯作者至此,奇气一往,即讽者亦把捉不住,安得刻舟求剑,认影作真乎?

《历代诗发》:嘉州才调颖利,虽幽淡处亦不能十分藏锋,然自多胜慨可赏。

《唐宋诗举要》:起势雄莽,结语微妙。　　魄力沉厚,意境幽渺。

杨雄草玄台

吾悲子云居,寂寞人已去。
娟娟西江月,犹照草玄处。
精怪喜无人,睢盱藏老树。

暮秋山行

疲马卧长坡,夕阳下通津。
山风吹空林,飒飒如有人。
苍旻霁凉雨,石路无飞尘。

千念集暮节，万籁悲萧晨。

鹍鸠昨夜鸣，蕙草色已陈。

况在远行客，自然多苦辛。

【汇评】

《对床夜语》：岑参诗："疲马卧长坂，夕阳下通津。山风寒空林，飒飒如有人。"……远途凄惨之意，毕见于此。

《批点唐诗正声》：岑诗缜密精细，而萧旷自在里许。

《唐诗选脉会通评林》：周珽曰：晋人诗"茅茨隐不见，鸡鸣知有人"，此云"山风吹空林，飒飒如有人"，同一意法，由荒境中写出真趣，幽奥自奇。

《唐诗归》：谭云：诵之心惊（"飒飒"句下）。　　钟云：五字苦调、苦境，身历始知（"千念"句下）。

《唐贤三昧集笺注》：第三句五平，为异例。

《唐诗评选》：静光灵警，一结尤乐府佳句。此等诗自非高所得匹，即以冠开、天可矣。

《唐贤清雅集》：语悲气壮，亦是摹颜光禄。

行军诗二首（其二）

原注：时扈从在凤翔。

早知逢世乱，少小谩读书。

悔不学弯弓，向东射狂胡。

偶从谏官列，谬向丹墀趋。

未能匡吾君，虚作一丈夫。

抚剑伤世路，哀歌泣良图。

功业今已迟，览镜悲白须。

平生抱忠义，不敢私微躯。

《对床夜语》：王昌龄《从军行》云："百战苦风尘，十年履霜露。……早知行路难，悔不理章句。"怨其有功未报也。岑参云："早知逢世乱，少小漫读书。悔不学弯弓，向东射狂胡。"悲所遇非时也。意虽反而实同。

客舍悲秋有怀两省旧游呈幕中诸公

三度为郎便白头，一从出守五经秋。
莫言圣主长不用，其那苍生应未休。
人间岁月如流水，客舍秋风今又起。
不知心事向谁论，江上蝉鸣空满耳。

白雪歌送武判官归京

北风卷地白草折，胡天八月即飞雪。
忽然一夜春风来，千树万树梨花开。
散入珠帘湿罗幕，狐裘不暖锦衾薄。
将军角弓不得控，都护铁衣冷难著。
瀚海阑干百丈冰，愁云黲淡万里凝。
中军置酒饮归客，胡琴琵琶与羌笛。
纷纷暮雪下辕门，风掣红旗冻不翻。
轮台东门送君去，去时雪满天山路。
山回路转不见君，雪上空留马行处。

【汇评】

《唐风定》：细秀袅娜，绝不一味纵笔，乃见烟波。

《唐诗评选》：颠倒传情，神爽自一，不容元、白问花源津渡。 　　"胡琴琵琶与羌笛"，但用《柏梁》一句，神采鹭飞。

　　《唐贤三昧集笺注》：起得势，四语精微（首四句下）。 　　彬彬乎大雅之章也。首尾完善，中间精整。

　　《网师园唐诗笺》：入手飘逸，迥不犹人（首四句下）。 　　深情无限，到底不脱歌雪故也（末二句下）。

　　《唐贤清雅集》：嘉州七古，纵横跌荡，大气盘旋，读之使人自生感慨。有志学古者，诚宜留心此种。 　　看他如此杂健，其中起伏转折一丝不乱，可谓刚健含婀娜。后人竞学盛唐，能有此否？

　　《历代诗发》：洒笔酣歌，才锋驰突。"雪"字四见，一一精神。

　　《唐宋诗举要》：方曰："忽如"六句，奇才奇气奇情逸发，令人心神一快。 　　"瀚海"句换气，起下"归客"。

热海行送崔侍御还京

> 侧闻阴山胡儿语，西头热海水如煮。
> 海上众鸟不敢飞，中有鲤鱼长且肥。
> 岸傍青草常不歇，空中白雪遥旋灭。
> 蒸沙烁石然虏云，沸浪炎波煎汉月。
> 阴火潜烧天地炉，何事偏烘西一隅？
> 势吞月窟侵太白，气连赤坂通单于。
> 送君一醉天山郭，正见夕阳海边落。
> 柏台霜威寒逼人，热海炎气为之薄。

【汇评】

　　《彦周诗话》：岑参诗亦自成一家，盖尝从封常清军，其记西域异事甚多。如《优钵罗花歌》、《热海行》，古今传记所不载者也。

轮台歌奉送封大夫出师西征

轮台城头夜吹角，轮台城北旄头落。

羽书昨夜过渠黎，单于已在金山西。

戍楼西望烟尘黑，汉兵屯在轮台北。

上将拥旄西出征，平明吹笛大军行。

四边伐鼓雪海涌，三军大呼阴山动。

虏塞兵气连云屯，战场白骨缠草根。

剑河风急雪片阔，沙口石冻马蹄脱。

亚相勤王甘苦辛，誓将报主静边尘。

古来青史谁不见？今见功名胜古人。

【汇评】

《唐诗选脉会通评林》：起伏结构，语语壮健。

《唐贤三昧集笺注》：何减少陵！　　二句一解，平仄互用，末一解四句作收结，格法森严。

《诗法易简录》：此诗前十四句，句句用韵，两韵一换，节拍甚紧。后一韵衍作四句，以舒其气，声调悠扬有馀音矣。

《唐贤清雅集》：送大将出师，岂宜妄作感慨？如此闲闲着笔，既有情致，又不犯口，音节亦自然，读古人诗须识其苦心，学其妙法，自有长进处。

《岘佣说诗》：《轮台歌》："四边伐鼓雪海涌，三军大呼阴山动。"《走马川行》："轮台九月风怒吼，一川碎石大如斗，随风满地石乱走"、"半夜军行戈相拨，风头如刀面如割"等句，兵法所谓其节短、其势险也。

《唐宋诗举要》：吴曰：起首特为警湛。　　沈曰：起法磊磊落落，送别之作，应以嘉州为则。

火山云歌送别

火山突兀赤亭口，火山五月火云厚。

火云满山凝未开，飞鸟千里不敢来。

平明乍逐胡风断，薄暮浑随塞雨回。

缭绕斜吞铁关树，氛氲半掩交河戍。

迢迢征路火山东，山上孤云随马去。

【汇评】

《诗辩坻》：嘉州《轮台》诸作，奇姿杰出，而风骨浑劲，琢句用意，俱极精思，殆非子美、达夫所及。

青门歌送东台张判官

青门金锁平旦开，城头日出使车回。

青门柳枝正堪折，路傍一日几人别。

东出青门路不穷，驿楼官树灞陵东。

花扑征衣看似绣，云随去马色疑骢。

胡姬酒垆日未午，丝绳玉缸酒如乳。

灞头落花没马蹄，昨夜微雨花成泥。

黄鹂翅湿飞转低，关东尺书醉懒题。

须臾望君不可见，扬鞭飞鞚疾如箭。

借问使乎何时来？莫作东飞伯劳西飞燕。

【汇评】

《增定评注唐诗正声》：郭云：盘旋转折，颇自得手。落句用乐府亦老。

《批选唐诗》：情兴俱到，无迹可寻。

《唐诗镜》：七言古才气若顿，便似有空张之势，语气更益不老。

《唐诗选脉会通评林》：周珽曰：句句字字风艳，何大珠小珠落玉盘。

函谷关歌送刘评事使关西

君不见函谷关，崩城毁壁至今在。

树根草蔓遮古道，空谷千年长不改。

寂莫无人空旧山，圣朝无外不须关。

白马公孙何处去，青牛老人更不还。

苍苔白骨空满地，月与古时长相似。

野花不省见行人，山鸟何曾识关吏。

故人方乘使者车，知吾郭丹却不如。

请君时忆关外客，行到关西多致书。

【汇评】

《增定评注唐诗正声》：郭云：情词促促，妙在句句是函谷关。

《唐贤三昧集笺注》：起得有情有色，自是唐诗正声。　　愈出愈妙。

走马川行奉送出师西征

君不见走马川行雪海边，平沙莽莽黄入天。

轮台九月风夜吼，一川碎石大如斗，

随风满地石乱走。

匈奴草黄马正肥，金山西见烟尘飞，

汉家大将西出师。

将军金甲夜不脱，半夜军行戈相拨，

风头如刀面如割。

马毛带雪汗气蒸,五花连钱旋作冰,

幕中草檄砚水凝。

虏骑闻之应胆慑,料知短兵不敢接,

车师西门伫献捷。

【汇评】

《唐贤三昧集笺注》：第一解二句,馀皆三句一解,格法甚奇。"大如斗"者尚谓之"碎石",是极写风势,此见用字之诀。　　奇句,亦是用字之妙("马毛带雪"二句下)。　　其精悍处似独辟一面目,杜亦未有此。老杜《饮中八仙歌》中,多用三句一解而不换韵,此首六解换韵,平仄互用,别自一奇格也。

《唐诗别裁》：势险节短。句句用韵,三句一转,此《峄山碑》文法也,《唐中兴颂》亦然。

《网师园唐诗笺》：奇景以奇结状出("一川碎石"句下)。险绝怕绝,中夜读之,毛发竖起。　　逐句用韵,每三句一转,促节危弦,无诘屈赘牙之病,嘉州之所以颉颃李、杜,而超出于樊宗师、卢仝辈也。

《唐贤清雅集》：才作起笔,忽然陡插"风吼"、"石走"三句,最奇。下略平叙舒其气,复用"马毛带雪"三句,跌荡一番。急以促节收住,微见颂扬,神完气固。谋篇之妙,与《白雪歌》同工异曲。三句一转都用韵,是一格。

《昭昧詹言》：奇才奇气,风发泉涌。　　"平沙"句,奇句。

胡笳歌送颜真卿使赴河陇

君不闻胡笳声最悲,紫髯绿眼胡人吹。

吹之一曲犹未了,愁杀楼兰征戍儿。

凉秋八月萧关道，北风吹断天山草。

昆仑山南月欲斜，胡人向月吹胡笳。

胡笳怨兮将送君，秦山遥望陇山云。

边城夜夜多愁梦，向月胡笳谁喜闻。

【汇评】

《唐诗广选》：蒋仲舒曰：第五句以下，又详说一番。

《唐诗选》：玉遮曰：篇中四"胡笳"字，不觉复。

《唐诗选脉会通评林》：周珽曰："多愁梦"三字深。

《唐贤三昧集笺注》：悲壮凄绝，钱箨石所谓一声声唱出来。以这样诗送人，恐使征人断肠不已也。

《唐诗别裁》：只言笳声之悲，见河陇之不堪使，而惜别在言外矣。

秦筝歌送外甥萧正归京

汝不闻秦筝声最苦，五色缠弦十三柱。

怨调慢声如欲语，一曲未终日移午。

红亭水木不知暑，忽弹黄钟和白纻。

清风飒来云不去，闻之酒醒泪如雨。

汝归秦兮弹秦声，秦声悲兮聊送汝。

【汇评】

《唐诗镜》：最喜结二语老法。

《唐诗广选》：蒋仲舒曰：乐府佳语，极如童谣。

与独孤渐道别长句兼呈严八侍御

轮台客舍春草满，颍阳归客肠堪断。

穷荒绝漠鸟不飞，万碛千山梦犹懒。

怜君白面一书生，读书千卷未成名。

五侯贵门脚不到，数亩山田身自耕。

兴来浪迹无远近，及至辞家忆乡信。

无事垂鞭信马头，西南几欲穷天尽。

奉使三年独未归，边头词客旧来稀。

借问君来得几日，到家不觉换春衣。

高斋清昼卷帷幕，纱帽接䍦慵不著。

中酒朝眠日色高，弹棋夜半灯花落。

冰片高堆金错盘，满堂凛凛五月寒。

桂林蒲萄新吐蔓，武城刺蜜未可餐。

军中置酒夜挝鼓，锦筵红烛月未午。

花门将军善胡歌，叶河蕃王能汉语。

知尔园林压渭滨，夫人堂上泣罗裙。

鱼龙川北盘溪雨，鸟鼠山西洮水云。

台中严公于我厚，别后新诗满人口。

自怜弃置天西头，因君为问相思否？

【汇评】

《批点唐诗正声》：闲淡浓丽俱有。　　武人豪奢绝似，而字句极有工致。

《增定评注唐诗正声》：郭云：详密而不冗，虽皆平调，却使人不可删。

《唐诗选脉会通评林》：周珽曰：此与《送魏叔卿》篇，铺叙有法。其曰："借问君来得几日"、"因君为问相思否"，与"问君于今三十几"、"因君为问平安否"，此等语俱堪入《骚》。

《唐贤三昧集笺注》：四句一解，平仄互用，七古正体。　　"西南"句奇警。末解始出呈严意，结束全篇。

《唐诗别裁》：忽入别趣，淋漓尽致（"军中置酒"二句下）。　　此诗硬转突接，不须蛛丝马迹，古诗中另是一格。

《网师园唐诗笺》：奇语亦妙语（"万碛千山"句下）。　　入离
筵，超忽悲壮（"军中置酒"句侧）。

送费子归武昌

汉阳贵客悲秋草，旅舍叶飞愁不扫。
秋来倍忆武昌鱼，梦著只在巴陵道。
曾随上将过祁连，离家十年恒在边。
剑锋可惜虚用尽，马蹄无事今已穿。
知君开馆常爱客，樗蒲百金每一掷。
平生有钱将与人，江上故园空四壁。
吾观费子毛骨奇，广眉大口仍赤髭。
看君失路尚如此，人生贵贱那得知。
高秋八月归南楚，东门一壶聊出祖。
路指凤凰山北云，衣沾鹦鹉洲边雨。
勿叹蹉跎白发新，应须守道勿羞贫。
男儿何必恋妻子，莫向江村老却人。

【汇评】

《唐贤三昧集笺注》：四句一解，平仄互用，体格又正。　　收
场音节好，一结稍强人意。

《网师园唐诗笺》：嘉州工于发端。　　勗其再出，饶见语妙
（末二句下）。

凉州馆中与诸判官夜集

弯弯月出挂城头，城头月出照凉州。

凉州七里十万家,胡人半解弹琵琶。

琵琶一曲肠堪断,风萧萧兮夜漫漫。

河西幕中多故人,故人别来三五春。

花门楼前见秋草,岂能贫贱相看老。

一生大笑能几回,斗酒相逢须醉倒。

酒泉太守席上醉后作

琵琶长笛曲相和,羌儿胡雏齐唱歌。

浑炙犁牛烹野驼,交河美酒金叵罗。

三更醉后军中寝,无奈秦山归梦何。

【汇评】

《唐诗直解》:要体正调。

《唐诗训解》:等闲写出忧思。

《唐诗选胜直解》:写得尽情尽致,方是醉后作。

喜韩樽相过

三月灞陵春已老,故人相逢耐醉倒。

瓮头春酒黄花脂,禄米只充沽酒资。

长安城中足年少,独共韩侯开口笑。

桃花点地红斑斑,有酒留君且莫还。

与君兄弟日携手,世上虚名好是闲。

【汇评】

《唐诗训解》:不羁之意可想。　　结语有力。

《唐诗选脉会通评林》:陆士钶曰:有情致,语格亦高。

太白胡僧歌 并序

　　太白中峰绝顶，有胡僧，不知几百岁。眉长数寸，身不制缯帛，衣以草叶，恒持《楞伽经》。云壁迥绝，人迹罕到。尝东峰有斗虎，弱者将死，僧杖而解之；西湫有毒龙，久而为患，僧器而贮之。商山赵叟，前年采茯苓，深入太白，偶值此僧，访我而说。予恒有独往之意，闻而悦之，乃为歌曰：

　　　　闻有胡僧在太白，兰若去天三百尺。
　　　　一持楞伽入中峰，世人难见但闻钟。
　　　　窗边锡杖解两虎，床下钵盂藏一龙。
　　　　草衣不针复不线，两耳垂肩眉覆面。
　　　　此僧年几那得知，手种青松今十围。
　　　　心将流水同清净，身与浮云无是非。
　　　　商山老人已曾识，愿一见之何由得。
　　　　山中有僧人不知，城里看山空黛色。

【汇评】

　　《唐诗归》：钟云：平远。

　　《唐诗选脉会通评林》：周珽曰：一歌于胡僧，似传似铭似写影。

　　《唐诗别裁》：言城里但知有山也，足上一句意（末句下）。

卫节度赤骠马歌

　　　　君家赤骠画不得，一团旋风桃花色。
　　　　红缨紫鞊珊瑚鞭，玉鞍锦鞯黄金勒。
　　　　请君鞲出看君骑，尾长窣地如红丝。

自矜诸马皆不及，却忆百金新买时。

香街紫陌凤城内，满城见者谁不爱。

扬鞭骤急白汗流，弄影行骄碧蹄碎。

紫髯胡雏金剪刀，平明剪出三鬃高。

枥上看时独意气，众中牵出偏雄豪。

骑将猎向南山口，城南狐兔不复有。

草头一点疾如飞，却使苍鹰翻向后。

忆昨看君朝未央，鸣珂拥盖满路香。

始知边将真富贵，可怜人马相辉光。

男儿称意得如此，骏马长鸣北风起。

待君东去扫胡尘，为君一日行千里。

【汇评】

《批点唐诗正声》：《赤骠马歌》风调极好，其工致处杜工部相等。　　句好，有思致，有风味。

《唐诗汇编十集》：唐云：描写赤骠，曲尽情态，纵横变化，奇势横出，亦长篇高手。但不得与《骢马行》并看。

《围炉诗话》：岑参《赤骠马歌》，前念五句皆言卫节度而带及马，末三句言马而带及卫节度，得宾主映带法。

《唐贤三昧集笺注》：七古须知对叠衔接之法。　　时时插入对句，甚妙。

《唐诗别裁》：与少陵"岂有四蹄疾于鸟，不与八骏俱先鸣"同一意，而语更奇警（"却使苍鹰"句下）。

《唐贤清雅集》：全用点染陪衬，古艳为诸大家所未有，细玩自见。　　多用颜色字面点衬赤骠，易入纤俗，大手笔为之只见奇丽，由其气骨识见异也。　　此是嘉州《广陵散》，后来无人学得，亦无人识得。　　至此，人马合一，作一总束，畅然意满矣。下止向大处结去，不再用点染，所以为大家（末句下）。

《岘傭说诗》：嘉州《赤骠马歌》："草头一点疾如飞，欲使苍鹰翻向后。"写尽马之才矣。少陵诸马诗并能写马之德，所以更高一层。

《王闿运手批唐诗选》：连篇皆平稳，所谓纱帽诗也。

田使君美人舞如莲花北铤歌

原注：此曲本出北同城。

美人舞如莲花旋，世人有眼应未见。
高堂满地红氍毹，试舞一曲天下无。
此曲胡人传入汉，诸客见之惊且叹。
慢脸娇娥纤复秾，轻罗金缕花葱茏。
回裾转袖若飞雪，左铤右铤生旋风。
琵琶横笛和未匝，花门山头黄云合。
忽作出塞入塞声，白草胡沙寒飒飒。
翻身入破如有神，前见后见回回新。
始知诸曲不可比，采莲落梅徒聒耳。
世人学舞只是舞，恣态岂能得如此。

韦员外家花树歌

今年花似去年好，去年人到今年老。
始知人老不如花，可惜落花君莫扫。
君家兄弟不可当，列卿御史尚书郎。
朝回花底恒会客，花扑玉缸春酒香。

【汇评】

《唐诗广选》：结句紧处忽放，淡中有味。　　蒋仲舒曰：闲言冷语，分外紧峭有趣。

《唐诗训解》：感慨健羡，情辞俱到。

《唐诗选》：结语荡起一篇之意。　　　玉遮曰：末句佳耳，前殊平平。

《唐诗选脉会通评林》：周珽曰：此脍炙人口者，流丽多味也。第四句一转更隽永；尾语丽，意亦足。

《古唐诗合解》：此篇前后换韵，而起处双起单落，错综可爱。

《唐诗选胜直解》：后四句美其贵显而不俗，好客而不骄，是能知足而行乐者。

玉门关盖将军歌

盖将军，真丈夫，
行年三十执金吾，身长七尺颇有须。
玉门关城迥且孤，黄沙万里白草枯。
南邻犬戎北接胡，将军到来备不虞。
五千甲兵胆力粗，军中无事但欢娱。
暖屋绣帘红地炉，织成壁衣花氍毹。
灯前侍婢泻玉壶，金铛乱点野酡酥。
紫绂金章左右趋，问著只是苍头奴。
美人一双闲且都，朱唇翠眉映明眸，
清歌一曲世所无，今日喜闻凤将雏。
可怜绝胜秦罗敷，使君五马谩踟蹰。
野草绣窠紫罗襦，红牙缕马对樗蒲。
玉盘纤手撒作卢，众中夸道不曾输。
枥上昂昂皆骏驹，桃花叱拨价最殊。
骑将猎向城南隅，腊日射杀千年狐。

我来塞外按边储，为君取醉酒剩沽。

醉争酒盏相喧呼，忽忆咸阳旧酒徒。

【汇评】

《唐诗选脉会通评林》：周珽曰：嘉州诸歌，识可以役风云，力可以鞭龙虎。故每承接转应，无不供其驱斥。

《唐风定》：豪情壮采，横绝毫端，快意顷写，皆人所未道，而音节之妙，细入微芒。

《唐诗快》：此鼓鼙之声也，故当令铜将军、铁绰板唱之。

《围炉诗话》：岑参《盖将军歌》，直是具文见意之讥刺，通篇无别意故也。

西亭子送李司马

高高亭子郡城西，直上千尺与云齐。

盘崖缘壁试攀跻，群山向下飞鸟低，

使君五马天半嘶。

丝绳玉壶为君提，坐来一望无端倪。

红花绿柳莺乱啼，千家万井连回溪。

酒行未醉闻暮鸡，点笔操纸为君题。

为君题，惜解携；草萋萋，没马蹄。

【汇评】

《唐诗选脉会通评林》：周珽曰：首五句咏亭子之高。次四句即宴别望中之景。末因酒阑赋别，不胜芳草王孙之思，忽着短句，峭拔足奇。

《网师园唐诗笺》：飘飘有凌云之气（"群山向下"二句下）。　　合律应节，无限凄惋（"为君题"二句下）。

登古邺城

下马登邺城，城空复何见？
东风吹野火，暮入飞云殿。
城隅南对望陵台，漳水东流不复回。
武帝宫中人去尽，年年春色为谁来？

【汇评】

《批点唐诗正声》：音节感慨，末句尤不堪诵。

《唐诗广选》：何元朗曰：此作格调摹之《滕王阁》。

《唐诗直解》：结有无边光景，只言片语，不尽欷歔。

《唐诗选》：玉遮曰：调与"只今唯有鹧鸪啼"一同凄怆，只言片语，不尽欷歔。

《唐诗评选》：韵无留而意不竭。

《唐诗合选详解》：吴绥眉曰：诗甚清雅，然吾窃怪唐人咏邺台，往往哀伤老瞒，何其无恶恶之心也。当以徐文长之《四声歌》正之。

邯郸客舍歌

客从长安来，驱马邯郸道。
伤心丛台下，一带生蔓草。
客舍门临漳水边，垂杨下系钓鱼船。
邯郸女儿夜沽酒，对客挑灯夸数钱。
酩酊醉时日正午，一曲狂歌垆上眠。

【汇评】

《增定评注唐诗正声》：郭云：妙于写事，不复为愁语。

《唐诗选脉会通评林》：远过赵地，致慨故台之芜没，以初至客舍叙起。门临漳水，柳系渔舟，客舍之事可趣也。狂歌痛醉，昼而犹卧，客舍之乐自得也。逸调却有神色。

《而庵说唐诗》：疏辣爽快，的是汉子语。

宿浦关东店忆杜陵别业

关门锁归客，一夜梦还家。

月落河上晓，遥闻秦树鸦。

长安二月归正好，杜陵树边纯是花。

【汇评】

《唐诗援》：嘉州诸长歌如宜僚弄丸，超超独绝。

优钵罗花歌并序

参尝读佛经，闻有优钵罗花，目所未见。天宝庚申岁，参忝大理评事，摄监察御史，领伊西北庭度支副使。自公多暇，乃于府庭内，栽树种药，为山凿池，婆娑乎其间，足以寄傲。交河小吏有献此花者，云得之于天山之南，其状异于众草，势岂岌如冠弁。巍然上耸，生不傍引，攒花中折，骈叶外包，异香腾风，秀色媚景，因赏而叹曰：尔不生于中土，僻在遐裔，使牡丹价重，芙蓉誉高。惜哉！夫天地无私，阴阳无偏，各遂其生。自物厥性，岂以偏地而不生乎！岂以无人而不芳乎！适此花不遭小吏，终委诸山谷，亦何异怀才之士，未会明主，摈于林薮邪！因感而为歌，歌曰：

白山南，赤山北，

其间有花人不识，绿茎碧叶好颜色。

叶六瓣，花九房，夜掩朝开多异香。

何不生彼中国兮生西方？

移根在庭，媚我公堂。

耻与众草之为伍，何亭亭而独芳？

何不为人之所赏兮，深山穷谷委严霜？

吾窃悲阳关道路长，曾不得献于君王。

【汇评】

《唐诗镜》：喜其语有节制，一纵则无所不之矣。

寄左省杜拾遗

联步趋丹陛，分曹限紫微。

晓随天仗入，暮惹御香归。

白发悲花落，青云羡鸟飞。

圣朝无阙事，自觉谏书稀。

【汇评】

《苕溪诗话》：岑参《寄杜拾遗》云："圣朝无阙事，自觉谏书稀。"退之《赠崔补阙》云："年少得途未要忙，时清谏疏尤宜罕。"皆谬承荀卿"有所从，无谏净"之语，遂使阿谀奸佞用以藉口。以是知凡造意立言，不可不预为天下后世虑。

《唐诗广选》："白发"二语，托兴堪咏。

《唐诗直解》：写得雍容，有体有度，与子美《左掖》诗相敌。

《唐诗归》：谭云：伊、吕之言（"自觉"句下）。　　钟云：勿忽作颂圣谀语（"自觉"句下）。

《唐诗训解》：首二句言同朝不同曹者。结有体。

《唐诗归折衷》：吴敬夫云：多少规讽，寓于浑厚之中。

《唐诗观澜集》：气格苍浑，词旨温远，深得古人赠言之义，直堪与少陵旗鼓相当。

《唐诗别裁》：下半自伤迟暮无可建白也。感叹语以回护出之，方是诗人之旨。

《一瓢诗话》岑嘉州"圣朝无阙事，自觉谏书稀"，正谓阙事甚多，不能觊缕上陈，托此微词。后人不察其心，至有以奸谀目之，亦属恨事。

《网师园唐诗笺》：婉而多风。

《闻鹤轩初盛唐近体读本》：陈德公曰：摩诘五律能备诸言，嘉州各篇惟工美隽，顾其赋分自天，姿韵绝俗，与王并配，岂有闲言。　　非有他警，而句字矜琢，体韵安雅，读之令人矜浮之气俱尽，岂非移情盛音也！　　汪献公曰：结笔犹是温然。

《瀛奎律髓汇评》：陆贻典：落句有含蓄。　　何义门：第七反言之，末句自省之词。"自觉"者，问心常有自负也，故是少陵同调语。　　"花落"则君子渐消，"鸟飞"则智士先去，是皆谏臣所不容坐视者也。句句有两层。　　纪昀：子美以建言获谴，平时必多露圭角，此诗有规之之意，而但言自甘衰朽，浮沉时世，则诗人温厚之旨也。　　五、六寓意深微，末二句语尤婉至。圣朝既以为无阙，则谏书不得不稀矣。非颂语，乃愤语也。或乃缕陈天宝阙事驳此句，殆不足与言诗。　　无名氏：腹联炼沉思于五字，情景俱到。

《唐宋诗举要》：吴曰：能茹咽怀抱于笔墨之外，所以为绝调。

宿关西客舍寄东山严许二山人时天宝初七月初三日在内学见有高道举征

云送关西雨，风传渭北秋。

孤灯燃客梦，寒杵捣乡愁。

滩上思严子，山中忆许由。

苍生今有望，飞诏下林丘。

【汇评】

《瀛奎律髓》："燃"、"捣"二字眼突。

《唐诗镜》：三、四小巧，其格遂降。诗以一字争奇者，非上品也。

《唐诗矩》：开元二十九年始置崇玄学，习老、庄、文、列四子，亦曰道学。此"内学"，或即京师所立之玄学。因见有高道举征，故后段致意二山人，谓诏书行亦将及。然高道学征之意却不曾叙出，但于言外见之，书家所谓意到笔不到，最有妙趣也。前四句极烹炼之功，后段即成破竹之势，不得以虎头蛇尾目之。三、四是"客梦"时"孤灯然"，"乡愁"时"寒杵捣"，句法却以倒装见奇。此等句若不识唐人倒装之法，鲜有不入魔者矣。

《初白庵诗评》："然"字太着意，不如"捣"字自然。此等炼字，遂开纤巧之门，贾长江奉为衣钵（"孤灯"句下）。

《瀛奎律髓汇评》：冯班：次联二句，开晚唐人。　　纪昀："然"字、"捣"字，开后来诗眼之派；"严子"、"许由"，开后来切姓关合之派。皆别派也，而已全见于开宝之时，盖盛极而衰即伏焉，作者亦不自知也。

酬崔十三侍御登玉垒山思故园见寄

玉垒天晴望，诸峰尽觉低。
故园江树北，斜日岭云西。
旷野看人小，长空共鸟齐。
高山徒仰止，不得日攀跻。

【汇评】

《近体秋阳》：两皆奇句，上句奇而真，下句奇而幻，然真处只得虚致，幻处却有实理，故下句尤妙（"旷野"联下）。

南楼送卫凭

近县多过客，似君诚亦稀。

南楼取凉好，便送故人归。

鸟向望中灭，雨侵晴处飞。

应须乘月去，且为解征衣。

【汇评】

《唐律消夏录》：说卫凭，先添"多过客"一句。说送卫凭，再添"取凉好"一句。结句不说送去，倒说留住，"乘月"、"解衣"复与"取凉"句映带得妙。情真而笔活也。

浐水东店送唐子归嵩阳

野店临官路，重城压御堤。

山开灞水北，雨过杜陵西。

归梦秋能作，乡书醉懒题。

桥回忽不见，征马尚闻嘶。

【汇评】

《唐诗解》：摹写惜别之怀，令读者宛然在目。

《唐诗选脉会通评林》：周敬曰："压"字峭。"归梦"句思新，乃真情真语。

《诗源辩体》：一气泻成，既未可以句摘，亦未可以字求也。

《唐风定》：高音亮节，自成悲壮。

《唐诗成法》：前四皆以下句解上句，五、六下三字注上二字，而结又以八补七，此学公羊法也。通首似少题中"嵩阳"字，归梦、乡书已暗点矣。

《唐贤三昧集笺注》：第五奇警。　　七、八写出逼真，使人不胜蔼然之情。

《闻鹤轩初盛唐近体读本》：陈德公曰：后半转轻倩，固其本色。但有隽气欲滴，松薄自所不嫌。　　三、四直率，景联却得稳称，对尤胜出。五、六语浅情真，接结弥是黯然。　　汪献公曰：二句"压"字最老。

送杜佐下第归陆浑别业

正月今欲半，陆浑花未开。
出关见青草，春色正东来。
夫子且归去，明时方爱才。
还须及秋赋，莫即隐蒿莱。

【汇评】

《唐诗归》：钟云：高、岑五言律只如说话，本极真、极老、极厚，后人效之，反用为就易之资，流为浅弱，使俗人堆积者，益自夸示。

《唐诗成法》：前半归陆浑，后半下第。春正东来，人方东去，下第人胸中、眼中何以堪此，却一字不曾说出，令人思而得之。后半亦不正写，全用侧笔，灵活。

《唐贤三昧集笺注》：笃厚之旨。似读韩文《送董召南序》。

《唐诗别裁》：此诗纯用慰勉，心和气平。盛唐人身分，故不易到。

还高冠潭口留别舍弟

昨日山有信，只今耕种时。
遥传杜陵叟，怪我还山迟。
独向潭上酌，无人林下棋。

东溪忆汝处，闲卧对鸬鹚。

【汇评】

《唐诗归》：谭云：兄弟务本之言（首二句下）。 又云：不曰家信，而曰："山有信"，便是下六句杜陵叟寄来信矣。针线如此（首二句下）。 又云：以下四句，就将杜陵叟寄来写在自己别诗中，人不知，以为岑公自道也（"怪我"句下）。 谭云：八句似只将杜陵叟来信掷与弟看，起身便去，自己归家与别弟等语，俱未说出，俱说出矣。如此而后谓之诗，如此看诗而后谓之真诗人。 此诗千年来惟作者与谭子知之，因思真诗传世，良是危事，反复注疏，见学究身而为说法，非惟开示后人，亦以深悯作者。

《唐诗矩》：前写怀山之由，后写忆弟之意。后半不说还山，径接"独向"云云，盖四句有还山字，言外可以映带耳。古诗"十五从军征"一首亦是此法。

《唐诗成法》：前四山中信，后四是信中语，格法奇绝。

《唐贤三昧集笺注》：味在酸咸之外。

《批唐贤三昧集》：信口信笔，笔转气转，极幽极隽之作。

送杨瑗尉南海

不择南州尉，高堂有老亲。
楼台重蜃气，邑里杂鲛人。
海暗三山雨，花明五岭春。
此乡多宝玉，慎莫厌清贫。

【汇评】

《唐诗归》：钟云："不择"妙，即所谓"高士为主簿"之意（"不择"句下）。 谭云：三字写尽残俗（"邑里"句下）。 又云：不曰勿贪，而曰莫贪，立言妙绝，温厚直谅（篇末）。

《唐诗选》：玉遮曰："海暗"二句警绝。

《唐诗解》：唐人结语多用虚词，独此有规讽意。

《唐诗从绳》：尾联寓意格。一、二上句，因下句是美其孝，结勉其廉，可见古人交道，不作临岐握手套语。中二联承"南州"字，末结复用"此乡"字绾住，篇法紧密。

《唐诗别裁》：著眼起结。

《闻鹤轩初盛唐近体读本》：正雅之音，高下共赏。五、六可谓名秀，不取尖妍。　　王源涤曰：落句得朋友规劝意，古人酬应具有性情，不徒谀词喋喋，即此可征世道升降。

《瀛奎律髓汇评》：冯班：落句有古人之风。　　查慎行：一、二两句高。何义门：落句言不择官而仕，止求禄养耳，不可为贫而忘意苡之嫌也。深婉有味。　　纪昀：结作戒词，得古人赠言之意。妙于入手先揭破为贫而仕，已伏末句之根。　　无名氏（乙）：留《三百篇》元气。

奉送李太保兼御史大夫充渭北节度使

诏出未央宫，登坛近总戎。
上公周太保，副相汉司空。
弓抱关西月，旗翻渭北风。
弟兄皆许国，天地荷成功。

【汇评】

《唐诗分类绳尺》：次联典重，三联雄健。

《唐诗归》：钟云：庄重雄浑，须如此等，喧者不能。　　谭云：典质可敬（"副相"句下）。　　又云：二语极易酸馅，此等用之则壮得典雅，经史夺目。惟老杜有此手段，而嘉州以清韵笔奄有之，可见何所不能？

《唐律消夏录》：此等诗缜密阔大，留以为式。　　高、岑性情开朗，故诗皆爽健。其不至于浅薄者，以高能用折笔，岑能用添笔也。

《唐诗摘钞》：全首曲质，得五、六二语雄秀，十分生色。

《围炉诗话》：李光进掌禁兵，以兄光弼被谮，而出为渭北节度使。岑参送之诗云："弟兄皆许国，天地荷成功。"可谓非诗史乎？

《唐诗别裁》："弓"与"旗"皆随常景，点入"关西""渭北"，便切渭北节度，而"抱"字"翻"字，尤使句中有力。

《唐诗从绳》：尾联见意格。五、六点所往之地。见地是诗中要法。"弓"与"旗"一层，抱月、翻风一层，"关西月"、"渭北风"一层。三、四"上公"特暗指"太保"、"司空"名说。

《精选五七言律耐吟集》：立言分际之轻重，千斟万酌而出。

《网师园唐诗笺》："弓抱"二句炼切。

《闻鹤轩初盛唐近体读本》：陈德公曰：通首典切庄警，只此大有功力，结笔浑莽，尤是绝尘，在此家亦为仅见。　　三、四典切，五、六尤是生隽句。"抱"、"翻"二字法老厉，而"翻"字尤生动。

《瀛奎律髓汇评》：冯班：此种诗决不可及。　　纪昀：应酬之作，但音调响亮耳。

陕州月城楼送辛判官入奏

> 送客飞鸟外，城头楼最高。
> 樽前遇风雨，窗里动波涛。
> 谒帝向金殿，随身唯宝刀。
> 相思灞陵月，只有梦偏劳。

【汇评】

《唐诗别裁》：入手须不平，宋人不讲此法，所以单弱。

《说诗晬语》：起手贵突兀。王右丞"风劲角弓鸣"、杜工部"莽莽万重山"、"带甲满天地"，岑嘉州"送客飞鸟外"等篇，真疑高山坠石，不知其来，令人惊绝。

《网师园唐诗笺》：奇辟（首句下）。

送怀州吴别驾

灞上柳枝黄，垆头酒正香。
春流饮去马，暮雨湿行装。
驿路通函谷，州城接太行。
覃怀人总喜，别驾得王祥。

【汇评】

《瀛奎律髓》：壮浪宏阔，非晚唐手可望。

《唐诗矩》：前四语精警，五、六平递亦得，结更稳称。嘉州五言律分二种：有一种工整而秀润者，有一种峭拔而直拗者。若达夫则峭拔者多，工整者少。

《碛砂唐诗》：谦曰：不但笔底如画，直觉销魂，一赋所不及（首四句下）。

《唐三体诗评》：第三生出"饮马"句，更自曲折生动。　　只说别者之喜，却已暗藏送者之悲。

《瀛奎律髓汇评》：纪昀：嘉州难得此鲜华之韵。

发临洮将赴北庭留别

闻说轮台路，连年见雪飞。
春风曾不到，汉使亦应稀。
白草通疏勒，青山过武威。

勤王敢道远,私向梦中归。

【汇评】

《诗源辩体》:岑"闻说轮台路"在厥体中为压卷,《正声》不录,不可晓。

《唐诗矩》:前后两截格。　　七、八分明写北庭之远,一时不能遽归。立言恰要如此,方是真正诗人。将"春风"陪"汉使",设语更松趣。

《石园诗话》:(岑参)《送人到安西》云:"小来思报国,不是爱封侯。"《发临洮将赴北庭留别》云:"勤王敢道远,私向梦中归。"《酬崔十三侍御登玉垒山》云:"旷野看人小,长空共鸟齐。"《送张子尉南海》云:"海暗三山雨,花明五岭春。"《首秋轮台》云:"秋来惟有雁,夏尽不闻蝉。"信乎"语奇体峻"也!

终南东谿中作

溪水碧于草,潺潺花底流。
沙平堪濯足,石浅不胜舟。
洗药朝与暮,钓鱼春复秋。
兴来从所适,还欲向沧洲。

【汇评】

《瀛奎律髓》:句句明白,不见其用力处。

《唐贤三昧集笺注》:一起如画。

《瀛奎律髓汇评》:纪昀:起二句鲜秀可挹,五、六终是弱调。

宿岐州北郭严给事别业

郭外山色暝,主人林馆秋。

疏钟入卧内，片月到床头。

遥夜惜已半，清言殊未休。

君虽在青琐，心不忘沧洲。

【汇评】

《瀛奎律髓汇评》：方回：仕宦而常欲退者，必吉人。尾句不急而有味。　　纪昀：通体清远，后四句尤好。

《唐律消夏录》：从山色暝写到半夜，以"清言"二字弔起结句，法老笔健。

武威春暮闻宇文判官西使还已到晋昌

岸雨过城头，黄鹂上戍楼。

塞花飘客泪，边柳挂乡愁。

白发悲明镜，青春换敝裘。

君从万里使，闻已到瓜州。

【汇评】

《瀛奎律髓》：三、四与"孤灯燃客梦，寒杵捣乡愁"同调。

《唐诗选脉会通评林》：周敬曰：嘉州大好起语，如"片雨过城头，黄鹂上戍楼"、"灞上柳枝黄，垆头酒正香"等，正是奇峰叠绣，手笔唐人所少。　　"飘"、"挂"不特二诗眼，且用字巧而幻。

《唐风定》：起语之工，无出其上。中唐夸"暮蝉"之句，谓工于发端，陋矣。

《唐诗评选》：温雅，是嘉州第一首五言律，直到尾联方知其结构之妙。

《唐诗矩》：尾联点题格。　　"闻已到瓜州"下更不添一语，不但见己留滞之悲，便羡宇文还乡之乐亦未说出，是之谓深，是之谓远。

《唐诗成法》：前四句虽总写武威暮春，而一、二单写景，三、四合写情景，五、六又单写情，结方写判官使还。用"万里"字，"已"字，言外见意，法密格高。

《瀛奎律髓汇评》：纪昀：起四句洒然而来，语极新脆。结句只一对照便住，笔墨高绝。　　许印芳：五律调法，不过数种，一首之中宜前后参错用之，不可两联犯复。若此诗与彼诗犯复，尚不为病。所忌者，调复而词意亦复，未免自套之病。此二联正犯此病，虚谷指出可谓眼明心细，后人当以为戒。

高冠谷口招郑鄠

谷口来相访，空斋不见君。
涧花然暮雨，潭树暖春云。
门径稀人迹，檐峰下鹿群。
衣裳与枕席，山霭碧氛氲。

【汇评】

《唐诗选脉会通评林》：周珽曰：写景入画，句字整细有彩。

《唐诗矩》：起联总冒格。　　结处只写景，更不露"招"字，便浑便深。

《近体秋阳》：访隐篇但觉风流，无些微衰飒气，自是圣手。

《唐诗别裁》：三、四"然"字、"暖"字，工于烹炼。

《唐三体诗评》："来"字虚耳，应未见访也。三、四暗写风雨。

《网师园唐诗笺》：炼句炼字（"涧花"二句下）。

《闻鹤轩初盛唐近体读本》：三、四已极嫣润，一结尤放氛氲。第三"然"字是字法。"檐峰"二字最生异，结亦紧承此言之。

题永乐韦少府厅壁

大河南郭外,终日气昏昏。

白鸟下公府,青山当县门。

故人是邑尉,过客驻征轩。

不惮烟波阔,思君一笑言。

【汇评】

《瀛奎律髓》:三、四好,晚唐人多用之。

《唐贤三昧集笺注》:一气旋折,不在着力。

《唐贤清雅集》:浑浑写足,朴而弥雅。若不知学其筋骨,便成拙陋。

《瀛奎律髓汇评》:纪昀:后四句是老笔,信手流出。无其老而效之,便入俚词率调。

《五七言今体诗钞》:三、四胜太白"山鸟下听事"一联。

初授官题高冠草堂

三十始一命,宦情多欲阑。

自怜无旧业,不敢耻微官。

涧水吞樵路,山花醉药栏。

只缘五斗米,辜负一渔竿。

【汇评】

《唐诗归》:钟云:到极真亦妙,不必责以浑厚。　谭云:英雄诵之心酸。

《唐诗矩》:前后两截格。　盛唐用字多尚稳实,故句法浑而不露。其尖巧一派,实自嘉州始开,如"涧水吞樵路,山花醉药栏”、“涧花然暮雨，潭树暖春云”、“孤灯然客梦，寒杵捣乡愁”等句，皆晚唐之滥觞也。

《围炉诗话》：岑参云：“三十始一命，宦情都欲阑。自怜无旧业，不敢耻微官”，与韩偓“一名所系无穷事，争肯当年便息机”、刘伯温《僧寺》诗云“是处尘劳皆可息，清时终未念辞官”，皆正人由中之言。

《唐诗成法》：“只缘”二字，收上起下，无限曲折。

《唐诗别裁》：五、六“吞”字、“醉”字，与前一首同（按指“工于烹炼”）。

夜过盘石隔河望永乐寄闺中效齐梁体

盈盈一水隔，寂寂二更初。
波上思罗袜，鱼边忆素书。
月如眉已画，云似鬓新梳。
春物知人意，桃花笑索居。

【汇评】

《瀛奎律髓汇评》：方回：波、鱼、月、云，所睹之四物也；袜、书、眉、鬓，所思之四事也。可谓工矣！　　冯舒：首句：“夜”、“隔河”，起。三句：“河”。五句：“夜”。　　冯班：中四句竟用四物，若出自今人，定谓之板矣。　　纪昀：嘉州何以列白、刘之后？考嘉州诗劲调居多，此小诗乃尔缠绵。　　又：中四句本为小巧，然题自明言“效齐梁体”，则竟以齐梁体论，不以盛唐法论矣。文各有体，言各有当，不以一例拘也。　　无名氏（甲）：出笔高雅，无私亵意。

河西春暮忆秦中

渭北春已老，河西人未归。

边城细草出，客馆梨花飞。

别后乡梦数，昨来家信稀。

凉州三月半，犹未脱寒衣。

宿铁关西馆

马汗踏成泥，朝驰几万蹄。

雪中行地角，火处宿天倪。

塞迥心常怯，乡遥梦亦迷。

那知故园月，也到铁关西。

【汇评】

《瀛奎律髓》：五、六胜三、四，以有议论而自然。末句爽逸之甚。

《唐诗援》：嘉州喜用"梦"字，往往入妙。如"勤王敢道远，私向梦中归"、"梦魂知忆处，无夜不京华"。至"乡遥梦亦迷"，愈出愈奇矣。

《唐诗成法》：首句突然。次联申说雪中，是加一倍法。五、六言不止今夕，亦是加一倍法。

《瀛奎律髓汇评》：冯班：方君专重议论，何也？诗用议论，则意尽言中，无馀味，宜戒之。议论极是诗病。　　冯舒：第四句不解。　　何义门：第二以"朝"字映出"宿"字。结句极凄凉，却不败意。　　纪昀："倪"，端倪也，犹俗语天尽头耳。六句沉着。

晚发五渡

客厌巴南地，乡邻剑北天。

江村片雨外，野寺夕阳边。

芋叶藏山径，芦花杂渚田。

舟行未可住，乘月且须牵。

【汇评】

《瀛奎律髓》：诗律往往健整平实，非晚唐纤碎可望。

《唐诗分类绳尺》：不用深情奥语，自是老手难事。

《唐诗选脉会通评林》：周敬曰："江村"句语隽字新。

《增订唐诗摘钞》：起见心急路遥，所以晚发之故。中写五渡之景，三、四大景、远景，五、六小景、近景。七点"发"，八补"晚"。

《唐诗矩》：起联总冒格。　　三、四本写乍雨乍晴之景，故当以"片雨"、"夕阳"为主，作错综句法看。一"厌"字，道尽旅客长途之况，长途生厌，虽有佳景，只增闷怀。三、四以后，写巴南之景种种入妙，却正写巴南之客种种生厌。所以生厌者，以客在巴南，乡邻剑北，去之日远故也。

《唐三体诗评》：破五溪，浑含"晚发"，万钧之力，"厌"字直贯注"未可住"。

《瀛奎律髓汇评》：纪昀：浅淡而不薄弱，此盛唐人身分。

巴南舟中夜书事

渡口欲黄昏，归人争渡喧。
近钟清野寺，远火点江村。
见雁思乡信，闻猿积泪痕。
孤舟万里外，秋月不堪论。

【汇评】

《苕溪渔隐丛话》：苕溪渔隐曰：浩然《夜归鹿门寺歌》云："山寺鸣钟昼已昏，渔梁渡头争渡喧。人随沙岸向江村，余亦乘舟归鹿门。"不若岑参《巴南舟中即事》诗云："渡口欲黄昏，归人争渡喧。"岑诗语简而意尽，优于孟也。

《瀛奎律髓》：句句分晓，无包含而自在，起句十字尤绝唱。

《唐诗归》：谭云"清"字妙。　　又云：使事妙（"见雁"句下）。　　又云"积"字有身份。　　钟云：此"论"字着"秋月"上便妙。　　谭云："不堪论"三字，于秋月乃是确评，移用三时不得。

《汇编唐诗十集》：唐云：盛唐所尚，不出二种，一则高华，一则清逸，岑二作兼之，安可谓高、李所选外无诗也？

《唐诗选脉会通评林》：周敬曰：抚时写景，思乡忆远，情见乎辞。《玉屑》谓五、六羁旅句法。

《唐诗矩》：前后两截格。　　五、六语稍常，然"积"字却见盛唐人手法。亦即前篇（按指《晚发五渡》）之意，格法一变。

《唐三体诗评》："清"字、"点"字衬出远近，自觉生动。

《唐诗成法》：一、二已含思家意，下即当接五、六，却插夜景二句一间，然后转出"猿"、"雁"、"乡"、"泪"，气方深厚。"孤舟"、"夜"还题，"万里"结五、六。"秋月"补时，兼还题中"夜"字；"不堪论"犹少陵"中天月色好谁看"也。通篇皆写事。

《近体秋阳》：结语截然，有气魄，有断制，一语使通篇焕发；"不堪论"奇绝。

《闻鹤轩初盛唐近体读本》：陈德公曰：第五是眼前新语。　　情事婉出，便成合作。第五最作意，句六对亦见黯然。

胡宸诏曰："积"字字法有力，结浑。

《瀛奎律髓汇评》：纪昀：起二句暗合孟公。同时人，定非相袭。　　清妥之作，未为极笔。　　无名氏（乙）：得力在首五字。第三句"清"字佳。

初至犍为作

山色轩槛内，滩声枕席间。

草生公府静,花落讼庭闲。

云雨连三峡,风尘接百蛮。

到来能几日,不觉鬓毛斑。

【汇评】

《瀛奎律髓》:颇似老杜诗,而无其悲愤。末句亦不堪远仕矣,然为刺史,则胜如为客之流离也。

《唐诗选脉会通评林》:周珽曰:景幽事闲,何不可恬情?几日间发忽欲斑,以所莅风土恶劣故耳。善写宦游情况,如怨如诉。

《瀛奎律髓汇评》:陆贻典:"犍为"直起,落句点出"初至"。　　何义门:三、四已极貌荒远,非两省重臣所堪处也,却不露,便纡馀有味。　　纪昀:嘉州诗难得如此清圆。　　许印芳:后半亦壮浪。

奉和中书舍人贾至早朝大明宫

鸡鸣紫陌曙光寒,莺啭皇州春色阑。

金阙晓钟开万户,玉阶仙仗拥千官。

花迎剑珮星初落,柳拂旌旗露未干。

独有凤凰池上客,阳春一曲和皆难。

【汇评】

《诚斋诗话》:七言褒颂功德,如少陵、贾至诸人倡和《早朝大明宫》,乃为典雅重大。和此诗者,岑参云:"花迎剑佩星初落,柳拂旌旗露未干",最佳。

《瀛奎律髓》:四人(杜甫、王维、贾至、岑参)早朝之作,俱伟丽可喜。

《批点唐音》:岑参最善七言,兴意音律不减王维,乃盛唐宗匠。此篇颉颃王、杜,千古脍炙,贵乎皆见"早朝"二字。中间二联分大小景,结引故实,亲切条畅。

《增定评注唐诗正声》:郭云:雄浑足敌王、李,而神彩独胜。

《唐诗广选》:田子艺曰:诸公倡和,此当为首,惜"寒"、"阑"、"干"、"难"四韵不佳耳。

《诗薮》:岑通章八句,皆精工整密,字字天成。颈联绚烂鲜明,早朝意宛然在目。独颔联虽绝壮丽,而气势迫促,遂至全篇音韵微乖。不尔,当为七言律冠矣。王起语意偏,不若岑之大体;结语思窘,不若岑之自然;颈联甚活,终未若岑之骈切;独颔联高华博大,而冠冕和平,前后映带,遂令全首改色,称最当时。大概二诗力量相等,岑以格胜,王以调胜;岑以篇胜,王以句胜;岑极精严缜匝,王较宽裕悠扬。

《唐诗镜》:唐人《早朝》唯岑参一首最为正当,亦语文悉称,但格力稍平耳。

《唐诗解》:贾、杜、岑、王诗并入选,然岑、王矫不相下,舍人则雁行,少陵当退舍。盖"尺有所短,寸有所长"也。

《唐诗选脉会通评林》:周敬曰:"皇"、"紫"假对,"星"、"露"二字实诗眼。通篇心灵、脉融、语秀,作廊庙古衣冠法物,令人对之魂肃神敛。不特《早朝》诸什此为首唱,即举唐七律取为压卷,何让? 周珽曰:诸家取唐七言律压卷者,或推崔司勋《黄鹤楼》,或推沈詹事《独不见》,或推杜工部"玉树雕残"、"昆明池水"、"老去悲秋"、"风急天高"等篇,然音响重薄,气格高下,前有确论。珽谓冠冕壮丽,无如嘉州《早朝》;淡雅幽寂,莫过右丞《积雨》。澹斋翁以二诗得廊庙、山林之神髓,欲取以压卷,直足空古准今。质之诸家,亦必以为然也。

《唐风定》:早朝诗第一,在右丞上。杜公不足骖驾。

《贯华堂选批唐才子诗》:此亦全依贾舍人样,前解通写早朝,后解专写两省也。若其争奇竞胜,又各有不同者:看他欲写千官入朝,却将一、二反先写千官未入朝时。夫千官未入朝时,则只须"鸡鸣"七字,便写"早"字无不已尽。而今又更别添"莺啭"七字者,意言风日如此韶丽,谁不诗情满抱?然而下朝以后,各供乃职,王事蹇蹇,竟成不暇,便早为结句"独有"字、"皆难"字,反衬出异样妙色。此又为右丞之所未到也(前四句下)。　　五、六不惟星落露干,只就看见花柳,便是朝散解严之役也。此时合殿千官,无不纷纷并散,而独有凤池诸客,共以和曲为难。呜呼!因读书得作官,既作官仍读书,言和曲虽难,然此难岂复他官之所有哉!(后四句下)。

《唐诗评选》:刻写入冥,如两镜之取影。　　《毛诗》"庭燎有辉,言观其旂",以状夜向晨之象,景外独绝。千载后乃得"花迎剑佩"一联,星落乃知花之相迎,旂之拂柳也。《三百篇》后,不可无唐律者以此。

《诗辩坻》:嘉州句语停匀华净,而体稍轻飔,又结句承上,神脉似断。工部音节过厉,"仙桃"、"珠玉"近俚,结使事亦粘带,自下驷耳。四诗互有轩轾,予必贾、王、岑、杜为次也。

《碛砂唐诗》:王谦曰:又闻研之者谓诸公倡和,此当为首,唯"寒"、"阑"、"干"、"难"四韵不佳。此虽不必泥,然应制作中最恐有人摘破也。

《唐诗摘钞》:此题贾至首倡,王维、杜甫、岑参三人和之。贾作平平耳,王衣服字太多,杜五句遽云朝罢,稍觉伤促,固当推此作擅场。看他"紫陌"、"春色"、"莺"、"柳"、"剑佩"、"凤池"等字皆公然取之贾诗,则运用不同,气色迥别,与此作并观,低昂不待辨矣。结美其首倡,唐人和诗必如此。

《唐律偶评》:倡和诸篇,斯为稍弱。　　又:"曙光"下接一"寒"字,早意生动。"皇州"以"黄"字借对,"紫陌"平起,却不觉其板。

《删定唐诗解》:吴昌祺云:此诗用意周密,格律精严,当为第一。"花迎"二句或谓为两截语,非也,盖言迎于星落之时,拂于露湛之际耳。"独"、"皆"二字相唤。

《唐诗成法》:一明写"早"字;二暗写"朝"字,又点春时。三、四分写,五、六合写。七、八"和","独"、"皆"字又相呼应。 题是"早朝","早"字最要紧,看其分合照应,花团锦簇,天衣无缝。诸早朝诗此首第一。

《山满楼笺注唐诗七言律》:此诗亦是六句专写早朝,末联才归重两省者。而其写早朝也,正大之中,复饶风致。其归重两省也,则专主称美贾舍人之作,虽各出手眼,固可并垂不朽。

《唐诗笺注》:结语王、杜俱收到舍人,此独以和贾说,亦各见笔墨。

《网师园唐诗笺》:明丽。

《瀛奎律髓汇评》:冯班:此首当居第三。 查慎行:首联对句不觉。五、六两句不脱早朝。 纪昀:五、六句方说晓景,末二句如何突接?究竟仓皇少绪。 无名氏(甲):此首虽不及杜,然较之于王,又觉通利,无夹杂之病。 无名氏(乙):精工着题。论者推此为四诗之弁,然人工则跻极,天峻不可羁,当逊贾、王。

《精选五七言律耐吟集》:如仙乐之竞作,似丹凤之长鸣。

《昭昧詹言》:起二句"早"字,三、四句大明宫早朝。五、六正写朝时。收和诗,匀称。原唱及摩诘、子美无以过之。

《岘傭说诗》:《和贾至舍人早朝》诗,究以岑参为第一。"花迎剑佩"、"柳拂旌旗",何等华贵自然!摩诘"九天阊阖"一联,失之廓落,少陵"九重春色醉仙桃",更不妥矣。诗有一日短长,虽大手笔不免也。

《唐诗近体》:早朝倡和诗,明秀莫过于嘉州,王右丞亦正大,原倡平平,杜作无朝之正面,自是不及。

《唐宋诗举要》:吴曰:庄雅秾丽,唐人律诗此为正格。

和祠部王员外雪后早朝即事

长安雪后似春归,积素凝华连曙晖。

色借玉珂迷晓骑,光添银烛晃朝衣。

西山落月临天仗,北阙晴云捧禁闱。

闻道仙郎歌白雪,由来此曲和人稀。

【汇评】

《增定评注唐诗正声》:周云:颔联四虚字妙。后联借"云"、"月"影出至尊,气象自别。

《唐诗广选》:题中"雪后"二字,句句见之。用字温丽清洒,音律雄浑,行乎其中。结用故实,若出天造。

《唐诗选》:百炼成字,千炼成句,工不可言。

《唐风定》:语语雪后真景,又非刻画而成。

《贯华堂选批唐才子诗》:从来雪后最不似春归,而此言长安雪后独似春归者,长安有早朝盛事。如下三、四之所极写雪得早朝而借色,早朝又得雪而添光,色既因光而剑佩愈华,光又映色而素恣转耀。于是更无别语可以赏叹,因便快拟之曰"似春归"也。"积素"七字者,细写"雪后""后"字,言始雪则积素,雪甚则凝华,至于雪后,已连曙辉也。前解,写雪后早朝(前四句下)。 后解写即事属和。言正当落月晴云,雪方新霁,天仗禁闱,潮犹未终,而仙郎丽才,已成高唱,因而便巧借"白雪"和"稀"字以盛赞之也。

《山满楼笺注唐诗七言律》:长安雪后起得极老,故带出"似春归"三字,以蹙波澜,便见手法。"积素凝华"四字单画一"雪"字,"连曙晖"三字,却总画"雪后似春归"五字,真奇绝之笔也。次联写早朝另有一番气色,将多少紫陌红尘都不知销归何处。三联忽借落月晴雪作衬,似是闲笔,殊不知将"雪"字,"春"字、"晖"字一一点映得有情有趣，更觉分外生姿。结处引用故实巧合全题，纤不伤雅，稳不嫌熟，真为奇绝之笔也。

《唐体肤诠》：岑作起联仅带"早"字，钱则径切朝事，入下有脉。钱于三、四虽以雪附早朝而言，然止写得宫禁之雪；岑能直切早朝，方为警策。五、六一联，岑泛写霁后景，似乎脱却"雪"字，钱则仍根"雪"来，而又分作两意，一句带早朝，一句点晴雪。钱结但著和诗意，而不复回顾；岑则借用《白雪》之歌以美员外，与本意映带有情，便觉章法完密。夫诗之工掘，虽不可以是较，然即是推之，亦可知古人立法用意之不同矣。

《唐诗观澜集》：熔铸无痕，忌其工丽（"色借玉珂"二句下）

《唐诗合选详解》：此篇格局浑雄，而神采独胜，真足脍炙千古。

奉和杜相公发益昌

相国临戎别帝京，拥麾持节远横行。
朝登剑阁云随马，夜渡巴江雨洗兵。
山花万朵迎征盖，川柳千条拂去旌。
暂到蜀城应计日，须知明主待持衡。

【汇评】

《汇编唐诗十集》：唐云：起结俱佳，颔联亦壮。删去三联，便成完璧。

《唐音癸签》：诗有古人所不忌而今人以为病者，摘瑕者因而酷诋之，将并古人无所容，非也。……岑嘉州"云随马"、"雨洗兵"、"花迎盖"、"柳拂旌"，四言一法。摩诘"独坐悲双鬓，白发终难变"，语异意重。……在彼正自不觉，今用之能无受人揶揄？至于失严之句，摩诘、嘉州特多，殊不妨其美。

《山满楼笺注唐诗七言律》：此送杜鸿渐镇蜀之诗。始言相国临行，仪卫之盛如此，朝登夜渡预拟到蜀之日，云雨亦助其威灵。迎盖拂旌，泛言发益州之后花柳皆壮其行色也。末则以成功之速，恩披之荣重期之。风流冠冕，千古送行之作，无能出其范围矣。

《唐体馀编》：此历下之鼻祖。然岑诗高壮中有意味，历下则铺排形似而已（"朝登剑阁"句下）。　与起句相应（末句下）。

《唐诗笺要》：冀望意，又觉得体。"待"字本寻常话，承"暂到"字来，便凛凛生色。

《网师园唐诗笺》：雄壮得体（"朝登剑阁"一联下）。

《诗法易简录》：中二联"朝登"、"夜渡"从发帝京向益州，是顺叙。五、六句"山花"、"川柳"从益州说起，"迎征盖"、"拂去旌"回抱发帝京，是逆挽。用笔变化有法。　此法以首句拈题，实起次句，虚引以领三、四句为合法。此诗三、四句紧承"远横行"来，"剑阁"、"巴江"点明赴益州之路。

使君席夜送严河南赴长水

娇歌急管杂青丝，银烛金杯映翠眉。
使君地主能相送，河尹天明坐莫辞。
春城月出人皆醉，野戍花深马去迟。
寄声报尔山翁道，今日河南胜昔时。

【汇评】

《唐诗镜》：三、四败格。五、六景味仿佛王维。

《唐诗选脉会通评林》：陈继儒曰：起得富丽，接得淡宕。前篇（按指《九日使君席奉饯卫中丞赴长水》）"为报使君"，此言"报尔山翁"，用意别而摘词雄健，各尽其妙。

《唐风定》：顾云："岑诗好起语华艳，初联放宽，次联突出奇语,平平结,最有法。"此评亦细,然岑天质自高,非斤斤为法缚也。

《唐诗评选》:妙在闲适。　　别响。

《唐七律选》:此以四句完题。虽起稍偏仄,而承甚紧切,且对仗浑化,兼无熟气(首四句下)。

《而庵说唐诗》:"春城月出人皆醉,野戍花深马去迟",读者辄见其对仗精工,写景如画,良工苦心埋没尽矣。　　岑嘉州诗豁达醒快,如听河朔豪杰说话,耳边朗朗。

暮春虢州东亭送李司马归扶风别庐

柳弹莺娇花复殷,红亭绿酒送君还。
到来函谷愁中月,归去磻溪梦里山。
帘前春色应须惜,世上浮名好是闲。
西望乡关肠欲断,对君衫袖泪痕斑。

【汇评】

《唐诗广选》:胡元瑞曰:七言律对起,则杜之"风急天高"实为妙绝,而岑参"鸡鸣紫陌"、"柳弹莺娇"二起,工丽婉约,亦可讽咏。

《唐诗选》:三昧语,最要顿悟("到来函谷"一联下)。

《唐诗直解》:深厚婉转,盛唐用虚之最高者,然亦略带景事,不作全虚。

《唐诗训解》:起语艳丽而音切急,下面遂见宽缓。　　结意深长,音却略急,以缴上文,妙甚。

《艺圃撷馀》:唐律之由盛而中,极是盛衰之介。然王维、钱起,实相唱酬;子美全集,半是大历以后,其间逗漏,实有可言。……如右丞《明到衡山》篇,嘉州"函谷"、"磻溪"句,隐隐钱(起)、刘(长卿)、卢(纶)、李(端)间矣。

《唐诗选脉会通评林》:周珽曰:古意幽韵,盛唐妙境。

《贯华堂选批唐才子诗》："柳弹"、"花殷"中，忽然横插"莺娇"，一奇；下再硬接"红亭绿酒"，二奇；二句十四字，先闲写去十一字，只馀三字写得"送君还"，三奇。然而皆不具论，我正细读其"送君还"之三字，恰似今日幸甚，包还故物也者。看他三、四写此司马，来便是愁，不是他人来而不得意始愁；梦久已去，不是今日直至送之归始去，便知此三字真是写出此司马通体轻快。此为名家之名笔，大家之大笔也（首四句下）。

《唐诗评选》：此乃大似杜审言，开天间绝少。方送未归，故曰"梦里山"，亦以见其欲归之久也，隐括成语，妙。

《唐体馀编》：句法似宽，篇意甚紧。

《唐诗成法》："到来函谷"，见客夜愁中之月；"归去磻溪"，见他乡梦里之山。用得幻甚，奇甚。……"春色"应首句，笔力高绝。"好是闲"说浮名，有不尽之味，又关合上下，妙绝。惜结句草率。

《唐诗笺要》：留滞逃遁，两人一样光景，结语和盘托出，沉痛处俱觉意味深长。

《网师园唐诗笺》：新辟（"到来函谷"二句下）。

《养一斋诗话》：于鳞于嘉州"到来函谷愁中月，归去磻溪梦里山"注云："是三昧语，最要顿悟。"是即渔洋《三昧集》之开山也。愚按：嘉州此联，宛转入情，虚实相副，妙处正在目前，诠以"三昧"，转觉凿之使深，令人难喻。渔洋祖袭此论，亦好高之弊也。

九日使君席奉饯卫中丞赴长水

节使横行西出师，鸣弓擐甲羽林儿。

台上霜风凌草木，军中杀气傍旌旗。

预知汉将宣威日，正是胡尘欲灭时。

为报使君多泛菊，更将弦管醉东篱。

《唐诗直解》：六语说尽中丞，末语补足题，如大匠用木，长短合宜。

《唐诗选脉会通评林》：作法雄整，意调朗健。

《增定唐诗摘钞》：前六句一气捲舒，归到九日使君席便住，略无停蓄，魄力甚雄。"预知"、"为报"、"更将"为机括。

西掖省即事

西掖重云开曙晖，北山疏雨点朝衣。
千门柳色连青锁，三殿花香入紫微。
平明端笏陪鹓列，薄暮垂鞭信马归。
官拙自悲头白尽，不如岩下偃荆扉。

【汇评】

《唐诗广选》：此句略不用意作对（"薄暮垂鞭"句下）。

《唐诗直解》：艳语不落尖巧（"千门柳色"一联下）。

《贯华堂选批唐才子诗》：一写假寐待旦，如画也。三、四写鞠躬入门，摄齐升殿，如画也。却不谓后解忽然作彼出落。看他转笔斗写"平明"二字，夫早朝至于平明，若有所敷陈，则已跪而敷陈矣；有所咨访，则已顾而咨访矣。今皆无有也。森森然序立班末，无非奉陪焉耳。奉陪既久，日已薄暮，无非归寓焉耳。加"端笏"字，写尽"陪"字之寸长莫展。加"垂鞭"字，写尽"归"字之满面惭惶。结云："自悲头白尽"，情知只在平明端笏、薄暮垂鞭中间白尽也。哀哉先生，一至是与！

《山满楼笺注唐诗七言律》：一是初起，二是中途，三是已到，四是候朝，五是朝见，六是回寓，七是自叹，八是思归。人知其伤心处，全在"官拙自悲头白尽"之七字，而不知其所以白头之故，却在平明端笏，薄暮垂鞭，陪鵷而列而已矣，信马归而已矣。日日如此，年年如此，一味素餐，毫无补报，曰"官拙"，抑岂真官拙之谓乎？

首春渭西郊行呈蓝田张二主簿

> 回风度雨渭城西，细草新花踏作泥。
> 秦女峰头雪未尽，胡公陂上日初低。
> 愁窥白发羞微禄，悔别青山忆旧溪。
> 闻道辋川多胜事，玉壶春酒正堪携。

【汇评】

《唐诗广选》：蒋仲舒曰："愁"、"羞"、"悔"、"忆"四字，一联并用，非大手笔不能。

《汇编唐诗十集》：唐云：盛唐大都失粘，此则字字合律；盛唐布情则弱，此则雄赡有致。孰谓嘉州不堪王、李对垒？

《唐诗评选》：起束入化，景中生情，情中含景。故曰：景者，情之景，情者，景之情也。高达夫则不然，如山家村筵席，一荤一素。 "窥"字中隐一"镜"字亦可。

《贯华堂选批唐才子诗》：此为后解"白发"二字故先作此苦切翻跌，言只消一阵回风度雨，便见细草新花，一齐尽踏成泥。"回风度雨"，喻言时事翻覆。"细草新花"，喻言新进年少。"踏作泥"，喻言大势既倾，遂无一完也。三、四又与重作叹息，言：可惜未入破题，何意全无结局？如雪未尽，正是春犹未起；日初低，岂料竟成极尽也（前四句下）。 上解，只是借言世上或尚有此，此解便明说我今况是白发，真不宜又别青山也。看他直至"闻道"下，始以"多胜"字、"正堪"字写"首春"，然则前解四句固真不是写首春耳。诗岂容易读哉！

《唐诗摘钞》："辋川胜事"即指首四句说。章法颠倒，大是创格。

《唐诗成法》：五、六炼句曲折。"微禄"一层，"羞"二层，"白发羞微禄"三层，"窥"四层，"愁窥"五层。下句三层，别青山旧溪而来长安，原为功名，"白发羞微禄"，所以"悔"而"忆"也。流水对。

《唐贤三昧集笺注》：此种具见手腕柔和，须于气息求之。

《山满楼笺注唐诗七言律》：此诗只是触景伤情，非若前篇（《赴嘉州过城固县寻永安超禅师房》）出世间之关，特发老大感慨也。一、二，自写西效行役，冒雨冲泥，花草亦遭其狼籍，殊败人意。三、四遐想蓝田此时春雪晚晴，山川足供人登眺，不能奋飞。五、六承一、二言吾于此岂不怀归，奈微禄之束缚何。七、八承三、四，言君于此，定能饶佳兴或春酒之先携矣。开合变化，局法最奇。

《历代诗发》：匠意求工，却无痕迹，故妙。

《唐诗笺注》：诗境亦高雅不群。

《唐诗选胜直解》：五、六二句流水对法。

《诗式》：发句"回风度雨"、"细草新花"八字，便见首春景象；上句"渭城西"三字点题。颔联切秦中写景。颈联切岑参一身写事。落句指辋川，不第蓝田，参之志亦可知矣。　　［品］疏野。

赴嘉州过城固县寻永安超禅师房

满寺枇杷冬着花，老僧相见具袈裟。
汉王城北雪初霁，韩信台西日欲斜。
门外不须催五马，林中且听演三车。
岂料巴川多胜事，为君书此报京华。

【汇评】

《唐诗评选》：嘉州诗极组刻，此首乃萧萧自喜，然必有此，乃施之雕镂。

《唐七律选》：一起生秀之气扑人眉宇，嗣此一路俱高超绝伦，惟结是初唐习调，然仍无碍者，以气阖也。

送郭仆射节制剑南

铁马擐红缨，幡旗出禁城。
明王亲授钺，丞相欲专征。
玉馔天厨送，金杯御酒倾。
剑门乘险过，阁道踏空行。
山鸟惊吹笛，江猿看洗兵。
晓云随去阵，夜月逐行营。
南仲今时往，西戎计日平。
将心感知己，万里寄悬旌。

【汇评】

《精选唐诗分类评释绳尺》：壮严秀发，自不类小家语。

《闻鹤轩初盛唐近体读本》：评：此篇纯用警亮之笔。起二生动，七、八对句尤为灵骏。

早秋与诸子登虢州西亭观眺

亭高出鸟外，客到与云齐。
树点千家小，天围万岭低。
残虹挂陕北，急雨过关西。
酒榼缘青壁，瓜田傍绿溪。
微官何足道？爱客且相携。
唯有乡园处，依依望不迷。

《唐诗广选》：蒋仲舒曰：《登慈恩古塔》诗与此作机智有同处。

《唐诗选脉会通评林》：周敬曰：高华超特。　　锻炼有致，气色精新。

《唐风定》：壮伟阔远，殆罕其俪。

《唐诗笺要》："云齐"上着"客到"，更硬插得妙。

《而庵说唐诗》：此诗若将今人看诗法一直看去，不分解数，嘉州诗又何尝不妙绝千古，但只是辜负作者苦心。而庵却不敢等闲放过它，须如啖橄榄，得其回味，方是能读嘉州排律者。愚看此首排律，中四句更非人所及。要它合着前一解，则与前一解相属，要它合着后一解，则与后一解相属，直如释迦牟尼珠随色现光，不可思议也。

《网师园唐诗笺》：突兀（"残虹"二句下）。　　阔状。

《闻鹤轩初盛唐近体读本》：陈德公曰：诗中绝无"早秋"之字，何也？　　"残虹"四句，作意琢秀。

《岘傭说诗》：五排篇幅短者，起笔可以突兀；篇幅长者，必将全篇通括总揽，以完整之笔出之。岑参"亭高出鸟外，客到与云齐"，王维"积水不可极，安知沧海东"，皆起笔之突兀者也；要是篇幅短故耳，长者嫌头小矣。

题三会寺苍颉造字台

野寺荒台晚，寒天古木悲。
空阶有鸟迹，犹似造书时。

【汇评】

《批点唐音》：此篇所贵，二十字中备见题意。作此等题，自解脱俗，极高。

日没贺延碛作

沙上见日出,沙上见日没。

悔向万里来,功名是何物。

西过渭州见渭水思秦川

渭水东流去,何时到雍州?

凭添两行泪,寄向故园流。

【汇评】

《唐诗广选》:蒋仲舒曰:岑诗此等处,令人哭不得笑不得,是鬼王语。

《唐贤三昧集笺注》:情至语,因不在深。

《唐诗笺要》:情至语亦深,嵌入流水门类,觉见千锤万锻之妙。

行军九日思长安故园

强欲登高去,无人送酒来。

遥怜故园菊,应傍战场开。

【汇评】

《唐诗品汇》:方虚谷云:悲感。

《唐诗广选》:顾华玉曰:妙在二十字中备见题意。

《唐诗直解》:点"战场"字,无限悲怆。

《而庵说唐诗》:此诗以看菊为主,登高为宾。

《诗境浅说续编》:花发战场,况未休兵,谁能堪此?嘉州《见渭水思秦川》诗云云,亦思乡之作。心随水去,已极写乡思,而此作加倍写法,感叹尤深。

题平阳郡汾桥边柳树

此地曾居住,今来宛似归。

可怜汾上柳,相见也依依。

【汇评】

《唐诗解》:言柳之有情,人之无情,可想此正诗人托兴处。

《唐诗真趣编》:意不在汾上树,家园情切耳。贾岛之"却望并州是故乡",岂真忆并州耶?

献封大夫破播仙凯歌六首(选四首)

其一

汉将承恩西破戎,捷书先奏未央宫。

天子预开麟阁待,只今谁数贰师功。

【汇评】

《汇编唐诗十集》:唐云:七绝壮调。 又云:后诗次联以俪而雄,此诗后联以散而雄,尤为难得。

《唐贤三昧集笺注》:平仄不顶,唐人往往如此,以音节为主。 是拗体也,不足怪。意存规讽。 钟云:"预开""谁数"四字,何等气力!

其二

官军西出过楼兰,营幕傍临月窟寒。

蒲海晓霜凝马尾,葱山夜雪扑旌竿。

《唐诗选脉会通评林》：周敬曰：以下三章调法一律，肃肃壁垒，整整步伐，吐气如虹，不类阴房鬼火。　　周珽曰：凯旋之师，写得闲暇生威。

《诗源辩体》：盛唐七言绝，太白、少伯而下，高、岑、摩诘亦多入于圣矣。岑如"官军西出"、"鸣笳叠鼓"、"日落辕门"三篇，整栗雄丽，实为唐人正宗，而《正声》不录，不可晓。

其四

日落辕门鼓角鸣，千群面缚出番城。
洗兵鱼海云迎阵，秣马龙堆月照营。

【汇评】

《增定评注唐诗正声》：郭云：整静而不哗，画出凯旋气色。

《诗薮》：自少陵绝句对结，诗家率以半律讥之；然绝句自有此体，特杜非当行耳。如岑参《凯歌》："丈夫鹊印摇边月，大将龙旗掣海云"、"洗兵鱼海云迎阵，秣马龙堆月照营"等句，皆雄浑高华，后世咸所取法，即半律何伤？若杜审言"红粉楼中应计日，燕支山下莫经年"、"独怜京国人南窜，不似湘江水北流"，则词竭意尽，虽对犹不对也。

《唐诗笺要》：与子美"已收滴博六间戍，更夺蓬婆雪外城"同一壮丽。诗家以为半律体，然较杜冲含不尽，虽律何伤？

《唐诗观澜集》："洗兵鱼海云迎阵，秣马龙堆月照营"，壮而工。

《唐贤三昧集笺注》：边景如画，对收俊丽。

《诗法易简录》：雄劲之气，雅与题称。

《诗式》："洗兵"、"秣马"应上"鼓角鸣"，"云迎"、"月照"应上"日落"，格律又极精细。

《诗境浅说续编》：与少陵《军城早秋》诗格调相似，皆极沉雄之致。

其六

暮雨旌旗湿未干，胡烟白草日光寒。

昨夜将军连晓战，番军只见马空鞍。

【汇评】

《唐定风》：善为悲壮。他人无此骨力音节，或似而气不及。

题苜蓿峰寄家人

苜蓿峰边逢立春，胡芦河上泪沾巾。

闺中只是空相忆，不见沙场愁杀人。

【汇评】

《唐诗绝句类选》：蒋仲舒曰：他人只说闺思已足，此更深一层。

《唐诗广选》：敖子发曰：实历一苦语。

《唐诗归折衷》：唐云：相忆外更生一意，语便不浅。

《唐诗真趣编》：亦是对面衬托法。

《诗式》：凡人出外，每逢时节不免有所思，所谓"清明无客不思家"也，矧参于玉门关外而逢立春乎？首句叙时。凡人出外，苟风景之可访，犹足流连，若"胡芦河上"，风景又恶，欲思家矣，"泪沾巾"写出一种悲感之状。二句叙地。开首两句，分明从参在关外自己一面说，如闺中相忆，忽从对面说矣。三句以虚接为转。沙场何处不可愁人？言闺中虽有许多想象，只在空里捉摸，未至关外实见其恶而致愁耳。四句就三句发之，所谓顺流之舟也。此前两句切己身说，后两句切对面说，读此可悟章法。　　〔品〕委曲。

玉关寄长安李主簿

东去长安万里馀,故人何惜一行书?

玉关西望堪肠断,况复明朝是岁除。

【汇评】

《唐诗广选》:蒋仲舒曰:又添一意,益更深长。

《汇编唐诗十集》:唐云:盛唐绝句得诸真情者必佳,今人挽真入伪,矫直作曲,是以愈趋愈下。

《唐贤三昧集笺注》:一起音调,何其超妙!

《唐诗笺注》:身在玉关,心在长安,故欲书信常通。乃故人信断,又逼岁除,此时此际,能无肠断!却写得曲折。

《唐人万首绝句选》评:去国万里,日月不留,其断肠盖有故,非止望故人一札也。极似平淡,然正含意言外。

武威送刘判官赴碛西行军

火山五月行人少,看君马去疾如鸟。

都护行营太白西,角声一动胡天晓。

【汇评】

《网师园唐诗笺》:音节清越(末二句下)。

《诗境浅说续编》:首二句言天山当五月之时,黄沙烈日,绝少行人,判官独一骑西驰,迅于飞鸟,其豪健气概,不让王尊叱驭。后二句言,所赴行营,远在太白之西。想其在军幕内,闻角声悲奏,正胡天破晓之时。诗意止此,而绝域之军声,思家之远念,自在言外。　　绝句中意义、神韵、音节,各有所长,此诗用仄韵,故音节弥觉高亮。

虢州后亭送李判官使赴晋绛

西原驿路挂城头，客散江亭雨未收。

君去试看汾水上，白云犹似汉时秋。

【汇评】

《唐诗品汇》：谢叠山云：此诗为去国者作，末句隐然富贵不足道。汉公卿往来汾阴，不知几人在，唯白云似汉时秋耳，所以开广其襟胸郁抑也。

《批点唐诗正声》：谢注佳，然只论理致，若此诗清思逸音，独不及一言，是未足与论正声矣。

《唐贤三昧集笺注》：钟云：于到日用事生意。"犹"字用力。

《唐诗训解》：末二句以洞观千古之意宽之。

《唐诗笺要》：李峤《汾阴》长篇，较此首词繁而意反狭。

《网师园唐诗笺》：切定晋绛生情（末二句下）。

《唐贤清雅集》：借题发挥，足见胸襟高旷。今人送行肯作此否？

《批唐贤三昧集》：高视阔步，二十八字牢笼一切言语。此诗高迈可见，其深思不可见也。

《诗式》：以"去"对上"散"，以"汾水"对上"江亭"，以"云"对上"雨"，须知诗律之细也。

送崔子还京

匹马西从天外归，扬鞭只共鸟争飞。

送君九月交河北，雪里题诗泪满衣。

《唐诗直解》：画出归心。

《增订唐诗摘钞》：此诗妙在首二句，写行客归心甚急，已为留滞者作一反照。第三句点题，即便收完，遂使酸伤为信。践此地，对此景，送此人，安得不泪？

《诗式》：首句言还京者方西行绝域，如在天外，今匹马从此归，此就题起也。二句言归心迅速，故扬鞭疾走，与鸟争飞，承上"归"字。三句言送君时在九月、地处交河以北，言外有一种感触，盖崔子方归而嘉州仍在关外也，从还京转到送者身上。此三句转变也。四句言交河地寒，九月见雪，嘉州自伤羁旅，故泪满衣，此跟三句发之也。　　［品］悲慨。

山房春事二首（其二）

梁园日暮乱飞鸦，极目萧条三两家。
庭树不知人去尽，春来还发旧时花。

【汇评】

《唐诗广选》：虽气格卑索，却自流丽。

《唐诗训解》：人去花在，情景凄然。

《唐诗解》：余谓"庭树"一联本嘉州绝调，后人为优孟者，家窃而户攘之，遂以此为套语，惜哉！

《唐贤三昧集笺注》：钟云："不知"、"还发"，多少宛转。

《增订唐诗摘钞》：此调开中唐几许法度。

《唐诗别裁》：后人袭用者多，然嘉州实为绝调。

《网师园唐诗笺》：神韵天然。

《精选评注五朝诗学津梁》："庭树"二句极意翻新，作诗皆当如是。

《诗式》："还发"二字与上"不知"二字，一呼一应，开合相关。此首前两句就题起，实写法，后两句从题外另生一意，虚写法。凡落笔总宜于虚处摩荡，所谓"意翻空而易奇，语征实而难巧"也。　　　[品] 悲慨。

《唐人绝句精华》：此诗从萧条中想见繁盛，不言人之感慨，但写树之无情，使人诵之，自然生感。

逢入京使

故园东望路漫漫，双袖龙钟泪不干。

马上相逢无纸笔，凭君传语报平安。

【汇评】

《唐诗绝句类选》：丘文庄公尝言：眼前景致、口头语，便是诗家绝妙词。以上三诗（按指本诗与贺知章《回乡偶书》贾岛《渡桑乾》）良然。

《唐诗广选》：直不着意。

《唐诗归》：谭云：人人有此事，从来不曾写出，后人蹈袭不得，所以可久。

《唐诗解》：叙事真切，自是客中绝唱。

《唐诗选脉会通评林》：周敬曰：家常话，人人却说不来，妙处只是真。

《古唐诗合解》：此诗以真率入情。

《唐诗笺要》：俚情真语，都极老横。

《而庵说唐诗》："马上相逢无纸笔"，此句人人道好，惟在玉关故妙，若在近处则不为妙矣。

《唐诗别裁》：人人胸臆中语，却成绝唱。

《网师园唐诗笺》：不必用意，只写得情景真耳。

碛中作

走马西来欲到天，辞家见月两回圆。

今夜不知何处宿？平沙万里绝人烟。

【汇评】

《唐诗直解》：马上真境，未尝行边者，不知此苦。

《唐诗训解》：久旅远行，哀而不伤。

《唐诗选脉会通评林》：周敬曰：起句警人语，落句凄凉语，奇隽自别。

《唐诗别裁》：投宿无所，则碛中无人可知矣。

《诗境浅说续编》：此诗但言沙碛苍茫，而回首中原，自有孤客投荒之感。

赴北庭度陇思家

西向轮台万里馀，也知乡信日应疏。

陇山鹦鹉能言语，为报家人数寄书。

【汇评】

《唐诗广选》：蒋仲舒曰：无中生有。

《唐诗别裁》：欲鹦鹉报家人寄书，思曲而苦。

《诗式》：首句切北庭起，二句切思家承。三句转变，如陇山之鹦鹉故能言语，第所言之事，则在下句。时嘉州正思家，而家中已数寄书来，鹦鹉先报嘉州，所谓三句转变，四句发之也。此首前两句嘉州思家，后两句家中忆嘉州，盖从对面收也。　　［品］委曲。

赵将军歌

九月天山风似刀，城南猎马缩寒毛。

将军纵博场场胜，赌得单于貂鼠袍。

春　梦

洞房昨夜春风起，故人尚隔湘江水。

枕上片时春梦中，行尽江南数千里。

【汇评】

《诗薮》：嘉州"枕上片时春梦中，行尽江南数千里"，盛唐之近晚唐者，然犹可藉口六朝至中唐。"人生一世长如客，何必今朝是别离"，则全是晚唐矣。此等最易误人。

《唐诗选脉会通评林》：周珽曰：善于写梦。

《载酒园诗话》：诗有同出一意而工拙自分者。如戎昱《寄湖南张郎中》曰："寒江近户漫流声，竹影当窗乱月明。归梦不知湖水阔，夜来还到洛阳城。"与武元衡"春风一夜吹乡梦，又逐春风到洛城"，顾况"故园此去千余里，春梦犹能夜夜归"同意，而戎语之胜，以"不知湖水阔"五字，有搔头弄姿之态也。然皆本于岑参"枕上片时春梦中，行尽江南数千里"。

沈　宇

沈宇,生卒年里贯均未详。玄宗朝官至太子洗马。《全唐诗》存诗三首。

武阳送别

菊黄芦白雁初飞,羌笛胡笳泪满衣。

送君肠断秋江水,一去东流何日归?

【汇评】

《唐诗选脉会通评林》:周珽曰:别情惨然。

薛奇章

薛奇章,一作薛奇童,生卒年不详,字灵孺,河东(今山西永济)人。玄宗朝官至大理司直。官终慈州刺史。《全唐诗》存诗七首。

【汇评】

《国秀集》有太子司仪薛奇童,似是人名。然唐又有蒋奇童,岂亦人名耶?诗话评薛五言律"禁苑春风起"云:"如此丽则,不谓奇童而何?"则不得为名,审矣。薛又有《云中行》七言古,在王勃、李峤间;《玉阶怨》五言绝,得太白、昌龄调。盖初、盛之超然者,而名字湮没不传,可为浩叹。(《诗薮》)

吴声子夜歌

净扫黄金阶,飞霜皓如雪。

下帘弹箜篌,不忍见秋月。

【汇评】

《历代诗发》:当与"玲珑望秋月"对看。

《批唐贤三昧集》:"净扫黄金阶",何等郑重深情? 突接"飞霜皓如雪"，热心冰冷矣。此所以"下帘弹箜篌，不忍见秋月"也。今若止赞末二语，则"不忍"二句止成单片子，言语无一点悲。深矣，甚矣！

云中行

云中小儿吹金管，向晚因风一川满。
塞北云高心已悲，城南木落肠堪断。
忆昔魏家都此方，凉风观前朝百王。
千门晓映山川色，双阙遥连日月光。
举杯称寿永相保，日夕歌钟彻清昊。
将军汗马百战场，天子射兽五原草。
寂寞金舆去不归，陵上黄尘满路飞。
河边不语伤流水，川上含情叹落辉。
此时独立无所见，日暮寒风吹客衣。

楚宫词二首（其一）

禁苑春风起，流莺绕合欢。
玉窗通日气，珠箔卷轻寒。
杨叶垂阴砌，梨花入井阑。
君王好长袖，新作舞衣宽。

【汇评】

《唐诗选脉会通评林》：通篇述春宫景物，富丽妖艳。怨思于结语中含而不露。诗话评此诗当在元、白之上。

张万顷

张万顷，生卒年里贯均未详。登进士第。天宝六载，官河南法曹。安禄山反，受伪职河南尹。至德二载，陷贼官六等定罪，万顷独以在贼中能保庇百姓不坐。乾元元年，自濮州刺史迁广州都督、岭南五府节度使。上元二年，以赃贬巫州龙溪县尉。《全唐诗》存诗三首。

东溪待苏户曹不至

洛阳城东伊水西，千花万竹使人迷。
台上柳枝临岸低，门前荷叶与桥齐。
日暮待君君不见，长风吹雨过清溪。

【汇评】

《历代诗发》：诗境亦如澄潭夕曛，疏雨俟度。

《养一斋诗话》：此诗风调之美，直逼齐梁，后人鲜用其格者。

沈　颂

沈颂,生卒年不详,吴兴武康(今浙江德清)人。玄宗朝,官无锡尉。《全唐诗》存诗六首。

旅次灞亭

闲琴开旅思,清夜有愁心。

圆月正当户,微风犹在林。

苍茫孤亭上,历乱多秋音。

言念待明发,东山幽意深。

【汇评】

《唐诗归》:钟云:不须深,可想。

《唐诗归折衷》:唐云:此作似阮步兵《咏怀》首篇。

梁　锽

梁锽,生卒年里贯均未详。落魄半生,年四十尚未入仕。天宝初,曾官执戟。又曾从军掌书记,因与主帅不相得,拂衣归。与李顺、岑参、钱起友善。《国秀集》、《元和御览诗》均曾选录其诗。《全唐诗》存诗十五首。

美人春卧

妾家巫峡阳,罗幌寝兰堂。
晓日临窗久,春风引梦长。
落钗仍挂鬓,微汗欲消黄。
纵使朦胧觉,魂犹逐楚王。

【汇评】

《唐诗选脉会通评林》:周珽曰:咏美人诗多矣,如梁简文帝《内人昼眠》有云:"梦笑天娇靥,眠鬟压落花。簟文生玉腕,香汗浸红纱。"可谓酷于形容矣。较兹五、六,殊觉简练过之。至"春风引梦长"、"魂犹逐楚王"二句,咄哗间直洗却千年风流肠胃,诚古今人

少此精思也。　　摹写极尽极真,令人读一过,美人娇姿媚意宛然
在目。妙在以"梦"字绎出"卧"字神来。

《唐贤三昧集笺注》:娟丽,是六朝人语。

咏木老人

刻木牵丝作老翁,鸡皮鹤发与真同。

须臾弄罢寂无事,还似人生一梦中。

【汇评】

《明皇杂录》补遗:明皇在南内,耿耿不乐,每每吟太白(按当
是梁锽)《傀儡》诗。

杜俨

杜俨，生卒年里贯均未详。玄宗朝曾官新安丞。天宝三载芮挺章编《国秀集》，录其诗。《全唐诗》存诗一首。

客中作

书剑催人不暂闲，洛阳羁旅复秦关。

容颜岁岁愁边改，乡国时时梦里还。

【汇评】

《唐诗选脉会通评林》：周珽曰：善言客情，平调之有嫣韵者。

郭 良

郭良,生卒年里贯均未详。玄宗朝,官金部员外郎。天宝三载芮挺章编《国秀集》,录其诗。《全唐诗》存诗二首。

早 行

早行星尚在,数里未天明。
不辨云林色,空闻风水声。
月从山上落,河入斗间横。
渐至重门外,依稀见洛城。

【汇评】

《瀛奎律髓》:第六句新。

《碛砂唐诗》:敏曰:"不辨云林色,空闻风水声",早行真境,写得宛然。

王 乔

王乔，生卒年里贯均未详。天宝初，官安定太守。天宝三载芮挺章编《国秀集》，录其诗。《全唐诗》存诗一首。

过故人旧宅

故人轩骑罢归来，旧宅园林闲不开。
唯馀挟瑟楼中妇，哭向平生歌舞台。

徐九皋

　　徐九皋，生卒年里贯均未详。玄宗朝，官河阴尉。天宝三载芮挺章编《国秀集》，录其诗。《全唐诗》存诗五首。

途中览镜

四海游长倦，百年愁半侵。
赖窥明镜里，时见丈夫心。

阎　宽

阎宽,生卒年不详,广平(今河北鸡泽东)人。玄宗朝官太子正字、醴泉尉。天宝十三载,任监察御史。《全唐诗》存诗五首。

秋　怀

下帷长日尽,虚馆早凉生。
芳草犹未荐,如何蜻蚓鸣?
秋风已振衣,客去何时归?
为问当途者,宁知心有违。

豆卢复

豆卢复,生卒年里贯均未详。天宝初崇玄生。天宝三载芮挺章编《国秀集》,录其诗。《全唐诗》存诗二首。

昌年宫之作

但有离宫处,君王每不居。
旗门芳草合,辇路小槐疏。
殿闭山烟满,窗凝野霭虚。
丰年多望幸,春色待銮舆。

楼　颖

楼颖,生卒年不详。玄宗时与芮挺章同为国子生。天宝三载为芮挺章《国秀集》作序。《国秀集》收其诗五首,采入《全唐诗》。

西施石

西施昔日浣纱津,石上青苔思杀人。

一去姑苏不复返,岸旁桃李为谁春?

【汇评】

《唐诗训解》:意有馀思。

《唐诗归》:钟云:"石上青苔"四字,情痴,然是真境。此诗之工,亦只在"石上青苔"四字,后二句亦平平耳,非深情人不知。

《唐诗归折衷》:附录:首二句,即太白"昔时红粉照流水,今日青苔复落花"二句意思,可思意全在此,故有下二句。钟说痴甚,此诗与太白《浣沙石》诗相出入。

《唐诗摘钞》:将青苔说得十分有情,将桃李说得十分无色,总是一片痴情迷留其际耳。　　　咏西施石，只就石上生情，不必说到入吴时事，此即唐人诗中元气也。若后人涉笔，定作一篇吴越兴亡论，其诗安得如唐贤包孕有馀乎？

李康成

李康成，生卒年里贯均未详。刘长卿有《严陵钓台送李康成赴江东使》诗，知二人同时。曾编选自梁萧子范以下至唐张赴二百零九人所著乐府歌诗六百七十首为《玉台后集》，以续徐陵《玉台新咏》，并自载己诗八首，已佚。《全唐诗》存诗四首，残句二。

采莲曲

采莲去，月没春江曙。
翠钿红袖水中央，青荷莲子杂衣香，
云起风生归路长。
归路长，那得久，
各回船，两摇手。

【汇评】

《唐诗归》：钟云：如见。

《唐诗选脉会通评林》：吴山民曰：以繁声急节，写艳语密情，却简得好。

《唐诗笺要》：结语犹见"发乎情，止乎礼义"遗意，自是盛唐高处。

自君之出矣

自君之出矣，弦吹绝无声。
思君如百草，撩乱逐春生。

包　佶

> 包佶（约 727—792），字幼正，润州延陵（今江苏丹阳西南）人。开元诗人包融之子。天宝六载（747），登进士第。曾为转运使刘晏判官。大历中，累迁至谏议大夫。十二年，坐与元载厚善贬岭南。建中初，复授江州刺史，权领江淮盐铁转运。入为户部郎中，仍权领盐铁。三年，为右庶子、汴东水陆运两税盐铁使。贞元初，官刑部侍郎，迁国子祭酒，兼知贞元二年贡举。官终秘书监。佶与兄包何均能诗，时称"二包"。有集，梁肃为之序，已佚。《全唐诗》存诗一卷。

【汇评】

佶天才赡逸，气宇清深，心醉古经，神和大雅，诗家老斫轮也。与刘长卿、窦叔向诸公皆莫逆之爱。（《唐才子传》）

秘书心惊深郁，姿态深宏，五言排律可谓中唐作者，其他小诗，未见融悟。至如风雨乐章，开合感变，亦谐阴吕。少与兄何齐名，自予观之，卫有武公，鲁人不复称哲昆矣。（《唐诗品》）

大历诗家，包佶最有功名。德宗西狩日，佶领租庸盐铁，间道遣贡行在，王室赖以纾难。（《唐音癸签》）

答窦拾遗卧病见寄

今春扶病移沧海，几度承恩对白花。
送客屡闻帘外鹊，销愁已辨酒中蛇。
瓶开枸杞悬泉水，鼎炼芙蓉伏火砂。
误入尘埃牵吏役，羞将簿领到君家。

【汇评】

《瀛奎律髓》：诗欲新而不陈，"已辨酒中蛇"则无疑矣；"已辨"
二字佳，事故而意新。"枸杞悬泉水"、"芙蓉伏火砂"，亦新。

《唐诗选脉会通评林》：周珽曰：和平卓拔。

《瀛奎律髓汇评》：纪昀：欲新固是，然不可于小处求新。

岭下卧疾寄刘长卿员外

唯有贫兼病，能令亲爱疏。
岁时供放逐，身世付空虚。
胫弱秋添絮，头风晓废梳。
波澜喧众口，藜藿静吾庐。
丧马思开卦，占鸦懒发书。
十年江海隔，离恨子知予。

【汇评】

《瀛奎律髓汇评》：纪昀：二、三联近似香山。结句不尽。

秋日过徐氏园林

回塘分越水，古树积吴烟。

扫竹催铺席，垂萝待系船。

鸟窥新罅栗，龟上半敧莲。

屡入忘归地，长嗟俗事牵。

【汇评】

《瀛奎律髓》：五、六工甚。

《瀛奎律髓汇评》：查慎行：五、六殊拙。　　纪昀：四句亦工，然工处正是纤小处。又云：佶盛唐人，而诗已逗漏晚体。风会渐移，机必先兆。

再过金陵

玉树歌终王气收，雁行高送石城秋。

江山不管兴亡事，一任斜阳伴客愁。

【汇评】

《唐人绝句精华》：此吊古之作，三、四感慨甚深。兴亡不关江山事，谁实主之，不言而喻矣。

李嘉祐

李嘉祐，生卒年未详，字从一，赵郡（今河北赵县）人。天宝七载，登进士第。曾任秘书省正字，奉使搜求图书。肃宗朝，官遗补，贬鄱阳令，移江阴令。大历中，入朝为司勋员外郎，出为袁州刺史。卸任后屏居苏州。与刘长卿、严维等友善。建中中，为台州刺史，卒。有《李嘉祐诗》一卷。《全唐诗》编诗二卷。

【汇评】

袁州自振藻天朝，大收芳誉，中兴高流，与钱、郎别为一体，往往涉于齐、梁，绮靡婉丽，盖吴均、何逊之敌也。如"野渡花争发，春塘水乱流"，又"朝霞晴作雨，湿气晚生寒"，文章之冠冕也。又"禅心超忍辱，梵语问多罗"，设使许询更出，孙绰复生，穷极笔力，未到此境。（《中兴间气集》）

嘉祐诗一卷，名《晏（台）阁集》，声偶畅达，悉谐平调，虽乏绮密之致，而刻削之风，殊能自远。其在大历诸子，品望虽微，而故家气味犹有存者。如"江花铺浅水，山木暗残春"，又"风摇近水叶，云护欲晴天"，又"暮色催人别，秋风待雨寒"，又"朝霞晴作雨，湿气晚生寒"，情理俱融，景象切至，可以为诗矣。（《唐诗品》）

从一、文房,中唐七言绝高者。(《批点唐音》)

高仲武称李嘉祐"绮靡婉丽,涉于齐梁",余意此由未见后人如温、李耳,犹舜造漆器而指以为奢也。然《间气集》所载,殊亦平平。余更喜其"风摇近水叶,云护欲霜天"、"无人花色惨,多雨鸟声寒"、"能全季布诺,不道鲁连功"、"爽气遥分隔浦岫,斜光偏照渡江人",殊有雅致。按李诗绮丽不及君平之半,郑谷曰"何事后来高仲武,品题《间气》未公心",语亦良是。(《载酒园诗话又编》)

夜闻江南人家赛神因题即事

南方淫祀古风俗,楚妪解唱迎神曲。

鎗鎗铜鼓芦叶深,寂寂琼筵江水绿。

雨过风清洲渚闲,椒浆醉尽迎神还。

帝女凌空下湘岸,番君隔浦向尧山。

月隐回塘犹自舞,一门依倚神之祐。

韩康灵药不复求,扁鹊医方曾莫睹。

逐客临江空自悲,月明流水无已时。

听此迎神送神曲,携觞欲吊屈原祠。

咏　萤

映水光难定,凌虚体自轻。

夜风吹不灭,秋露洗还明。

向烛仍分焰,投书更有情。

犹将流乱影,来此傍檐楹。

【汇评】

《近体秋阳》:不肖形而肖意,所以为高("夜风"二句下)。　　　　咏物句如此篇颔联,活见"凌虚",即离俱化,终唐咏物要未有能过之者。抑前后亦称,诚佳作哉!

题王十九茆堂

满庭多种药,入里作山家。
终日能留客,凌寒亦对花。
海鸥过竹屿,门柳拂江沙。
知尔卑栖意,题诗美白华。

【汇评】

《近体秋阳》:真绝,趣绝,所谓质而不俚汉文也。第二句更从真趣讨出奇情,然此景却不少见,前面人都未写得。　三承二,四承一。借四句拖出三句之旨,然四自然而句情高华,思路迥绝。

和都官苗员外秋夜省直对雨简诸知己

多雨南宫夜,仙郎寓值时。
漏长丹凤阙,秋冷白云司。
萤影侵阶乱,鸿声出苑迟。
萧条人吏散,小谢有新诗。

【汇评】

《唐诗评选》:通首只作一"和"字,四十字如一句中。唯深于古者乃能作律,于此益征。

《此木轩论诗汇编》:翰苑气。

《唐诗观澜集》:"漏长丹凤阙,秋冷白云司",自然清远。

送从弟归河朔

故乡那可到，令弟独能归。
诸将矜旄节，何人重布衣？
空城流水在，荒泽旧村稀。
秋日平原路，虫鸣桑叶飞。

【汇评】

《大历诗略》：三、四激昂，结处只平平写景，而别情旅况，两两俱到。

送王牧往吉州谒王使君叔

细草绿汀洲，王孙耐薄游。
年华初冠带，文体旧弓裘。
野渡花争发，春塘水乱流。
使君怜小阮，应念倚门愁。

【汇评】

《唐诗别裁》：天然名秀，当时称其齐梁风格，不虚也。

《王闿运手批唐诗选》：此二句与题无干，别是写景佳句（"野渡"联下）。

自常州还江阴途中作

处处空篱落，江村不忍看。
无人花色惨，多雨鸟声寒。
黄霸初临郡，陶潜未罢官。

乘春务征伐，谁肯问凋残！

【汇评】

《载酒园诗话又编》：《间气集》所载（嘉祐诗），殊亦平平。余更喜其"风摇近水叶，云护欲霜天"、"无人花色惨，多雨鸟声寒"、"能全季布诺，不道鲁连功"、"爽气遥分隔浦岫，斜光偏照渡江人"，殊有雅致。

奉陪韦润州游鹤林寺

野寺江城近，双旌五马过。

禅心超忍辱，梵语问多罗。

松竹闲僧老，云烟晚日和。

寒塘归路转，清磬隔微波。

【汇评】

《唐风定》：壮雅。筋骨不浮，气格尚存也。

春日淇上作

淇上春风涨，鸳鸯逐浪飞。

清明桑叶小，度雨杏花稀。

卫女红妆薄，王孙白马肥。

相将踏青去，不解惜罗衣。

【汇评】

《唐诗评选》：独绍古意，不入时调。高、岑、储、孟无得扣其壁垒者，况钱、刘以降邪？

自苏台至望亭驿人家尽空春
物增思怅然有作因寄从弟纾

南蒲菰蒋覆白苹,东吴黎庶逐黄巾。
野棠自发空临水,江燕初归不见人。
远岫依依如送客,平田渺渺独伤春。
那堪回首长洲苑,烽火年年报虏尘!

【汇评】

《唐诗选脉会通评林》:周敬曰:感衰草之纷菲,伤吴民之残尽。夫燕以无屋而飞,宁见旧主人乎?满目寥落,倍令伤神,良有以也。结更呜咽。　周珽曰:丧乱之音悲以伤,作者痛心,闻者惊臆,读者下泪。

《贯华堂选批唐才子诗》:细玩诗语,皆是舟中寓目,如首句云云。看他"依依"字,虚写送客之树,"渺渺"字,实写无耕之田,妙妙。

《山满楼笺注唐诗七言律》:此舟行纪事之作,通篇只写得"不见人"三字,而此三字却于第四句末,轻轻带出,奇矣。其所以不见人者,唯逐黄巾之故,然则"东吴"句乃是一篇之主,看他有意无意,将南浦一带春物,先写过一句。而后陡然横插此句,又如对偶然,真大奇事也。一是言水路不见有行人,三是言陆路不见有行人,四是言屋中不见有居人,五是言客过不见有人送迎,六是言田荒不见有人耕种。夫无人送客犹之可也,若无人耕田且奈之何哉?故足之曰"独伤春"。……"年年"字最惨,如此景色,如此情事,一年已不堪矣,况年年乎。嗟夫,尔日之黎庶,宁尚有生理哉!

《唐诗笺要》:满眼惨淡,含情最远,使人之意也消。结与文房《贾谊上书》同一意匠,其中唐绝调也。

《一瓢诗话》：李从一"野棠自发空流水，江燕初飞不见人"，高青邱"阁门一带垂杨柳，绿到皋桥不见人"于此脱胎。如"细雨湿衣看不见，闲花落地听无声"，觉烘染太过。

《大历诗略》：颔联凄丽。自然结到寄从弟，仍抱上，佳。

《网师园唐诗笺》："江燕初归不见人"，写尽乱离后景象。

《王闿运手批唐诗选》：悠然自远。

题灵台县东山村主人

处处征胡人渐稀，山村寥落暮烟微。
门临莽苍经年闭，身逐嫖姚几日归？
贫妻白发输残税，馀寇黄河未解围。
天子如今能用武，只应岁晚息兵机。

【汇评】

《唐体馀编》：萦上带下，局势紧簇（"馀寇黄河"句下）。不言归而归意已寓，照应无迹（末联下）。

宋州东登望题武陵驿

梁宋人稀鸟自啼，登舻一望倍含凄。
白骨半随河水去，黄云犹傍郡城低。
平陂战地花空落，旧苑春田草未齐。
明主频移虎符守，几时行县向黔黎？

题游仙阁息公庙

仙冠轻举竟何之？薜荔缘阶竹映祠。

甲子不知风驭日，朝昏唯见雨来时。

霓旌翠盖终难遇，流水青山空所思。

逐客自怜双鬓改，焚香多负白云期。

【汇评】

《唐诗选脉会通评林》：周珽曰：三、四运笔如神。流水在后联，尤不易得。

《贯华堂选批唐才子诗》：此诗正是被逐无计，大恶此身，是日偶登仙阁，一时恰触愁心，于是不觉低头至地，极致叹慕也。"轻举"字妙，逐客累坠，此不如也。"竟"字妙，逐客牵制，此又不如也。"何之"字妙，逐客防讥，此又不如也。……五，"终难遇"妙，身为逐客，则与之升沉永判也。六，"空所思"妙，身为逐客，则真是题目先差也。七、八双鬓已改而白云未期，我实为之，于人何尤？横插"焚香"字妙，只是珠玉在前，惶恐无地，并非与仙有期。

《山满楼笺注唐诗七言律》：息公不知何许人？其庙意必在先生谪宦之所。夫谪宦之与飞仙，相去远矣，故此诗实借以致慨，并非有慕于餐霞咽气之术也。一其人已往，二其庙空存，三曾莫考其时代，四亦未见其灵奇，细玩语意，颇似以为不足深信者。下乃忽然转笔，极写逐客苦况，无论"霓旌翠盖"，上真之路长虚，即此"流水青山"世外之缘亦浅，斯何人耶？盖即红尘中之所谓逐客者也。"自怜双鬓改"，言趁此静修，已恐无及，而白云悠悠，焚香少暇，吾其如此息公何哉！

送皇甫冉往安宜

江皋尽日唯烟水，君向白田何日归？

楚地兼葭连海迥，隋朝杨柳映堤稀。

津楼故市无行客，山馆荒城闭落晖。

若问行人与征战,使君双泪定沾衣。

【汇评】

《湘绮楼说诗》：起极超逸,接亦工丽。

暮春宜阳郡斋愁坐忽枉
刘七侍御新诗因以酬答

子规夜夜啼楷叶,远道逢春半是愁。
芳草伴人还易老,落花随水亦东流。
山临晡晚恒多雨,地接潇湘畏及秋。
唯羡君为周柱史,手持黄纸到沧洲。

【汇评】

《贯华堂选批唐才子诗》：细看"还"字、"亦"字,想其弄笔之姿,便如美女簪花矣("芳草伴人"二句下)。

《唐七律隽》：于写景中有多少情致纡回其间,自能动人。

《山满楼笺注唐诗七言律》：前六句是暮春愁坐,后二句是枉诗酬答。……一、二用子规起,妙绝。子规之声曰不如归去,今"夜夜啼"其告我也切矣。然而不得归者,奈道远何?"逢春半是愁",言春未逢子规啼,则归心未触,其愁或不如是之甚也。三、四承上,人易老,故伴人之芳草不能无老,芳草何不幸而如我?水东流,故随水之落花得与俱东,我何不幸而不如落花!正所以曲写其愁心,岂但伤时序之忽忽而已。

远寺钟

疏钟何处来?度竹兼拂水。
渐逐微风声,依依犹在耳。

题前溪馆

两年谪宦在江西,举目云山要自迷。
今日始知风土异,浔阳南去鹧鸪啼。

包　何

包何，生卒年不详，字幼嗣，润州延陵（今江苏丹阳西南）人。开元诗人包融之子。天宝七载，登进士第。十三载，官太子正字。大历中，累官至起居舍人。何与弟包佶均以诗名，时称"二包"。有《包何诗集》一卷。《全唐诗》存诗一卷。

【汇评】

（融）二子何、佶齐名，世称"二包"。（《新唐书·艺文志》）

（何）曾师事孟浩然，授格法。与李嘉祐相友善。……诗传者可数。盖流离世故，率多素辞，大播芳名，亦当时望族也。（《唐才子传》）

二包艺苑连枝，何七字馀有片藻，佶五排概多完什。（《唐音癸签》）

江上田家

近海川原薄，人家本自稀。

黍苗期腊酒，霜叶是寒衣。

市井谁相识？渔樵夜始归。

不须骑马问，恐畏狎鸥飞。

和程员外春日东郊即事

郎官休浣怜迟日，野老欢娱为有年。
几处折花惊蝶梦，数家留叶待蚕眠。
藤垂宛地萦珠履，泉迸侵阶浸绿钱。
直到闭关朝谒去，莺声不散柳含烟。

【汇评】

《瀛奎律髓》：第三句绝妙。

《唐诗评选》：细润雅称。中唐有此，一振暗癯之色。

《贯华堂选批唐才子诗》：一，写郎官；二，却无端陪写一野老；三，"几处折花"承"郎官"；四，"数家留叶"，却无端亦承他野老，此为何等章法耶？不知郎官到休沐时，必须异于野老几希，然后始成其为休沐；又此休沐之郎官，必须欢娱实过野老，然后始成其为郎官。然则写野老，正是出像写郎官。先生用意，固加人一等也（前四句下）。　　将东郊无情景物，特地写出一片至情，此又奇情妙笔也（后四句下）。

《山满楼笺注唐诗七言律》：一竟点郎官，主也。二无端忽请一野老相陪，不可谓之宾。三承一，极写"怜迟日"，言郎官休浣则有如是之风致也，赋也。四承二，又无端极写"为有年"，言蜀老欢娱则有如是之情事也，不可谓之比与兴。从来诗家并未见有此等章法也。……作诗有何一定，亦在神而明之耳。五、六写东郊景物眷恋郎官，如不听其开关者然。七、八写郎官到底不免朝谒而去，而东郊景物之眷恋则如故也，此又是另辟蹊径，总不屑一字寄人篱下也。

《瀛奎律髓汇评》：何义门：第七句应"休浣"。　　纪昀：三、四好，馀不称。　　结句以"语"复"声"，故改为"散"。其实"语"字虽复而有意，"散"字不复而无味。

寄杨侍御

一官何幸得同时，十载无媒独见遗。

今日不论腰下组，请君看取鬓边丝。

【汇评】

《唐诗训解》：气有抑扬，求而不屈。

《唐诗直解》：伤情，深入甘味。

《唐诗选》：玉遮曰：起句言同仕，次语言见弃，末二句言衰老不能复仕，多少曲折，多少感慨。

《唐诗选脉会通评林》：周敬曰：求援之意，亦善致辞。　　"莫论"、"看取"四字，悲怆婉委。

皇甫曾

皇甫曾(？—785)，字孝常，润州丹阳（今属江苏）人。天宝十二载，登进士第。代宗大历初，官历监察御史、殿中侍御史，坐事贬舒州司马。南返，在湖州与皎然、李纵等联句唱和。后又曾官阳翟令。与其兄皇甫冉齐名，时人比之晋张载、张协。有《皇甫曾集》一卷。《全唐诗》编诗一卷。

【汇评】

昔孟阳之与景阳，诗德远惭厥弟，协居上品，载处下流。今侍御之与补阙，文辞亦尔；体制清洁，华不胜文。然"寒生五湖道，春及万年枝"，五言之选也，其为士林所尚，宜哉！（《中兴间气集》）

景阳华净，遂掩哲昆；平原英赡，竟难家弟。是以世乏联苞之凤，情欣并蒂之华，物犹如此，况复人士耶！皇甫兄弟仕道既同，才名亦配，渤海高生犹持不足之叹，岂怜才之本意乎？侍御律调澄泓，声文华洁，俯视当世，殆已飘然木末矣，虽紫霞碧落，未堪凌驾，亦何可少！（《唐诗品》）

孝常诗较哲昆丰神顿减，然结体沉重，在大历间殆以骨胜者。（《大历诗略》）

"两皇甫"殊胜"二包",虽取境不远,而神幽韵洁,有凉月疏风、残蝉新雁之致。(《载酒园诗话又编》)

送李中丞归本道

上将还专席,双旌复出秦。
关河三晋路,宾从五原人。
孤戍云连海,平沙雪度春。
酬恩看玉剑,何处有烟尘?

【汇评】

《增定评注唐诗正声》:周云:整而厚,首尾无馀欠。

《唐诗矩》:七句即"死生随玉剑",即"身留一剑答君恩"意,语较浑。欲报君恩,故以净扫烟尘为志,却并无烟尘可扫,语意更进一层。

乌程水楼留别

悠悠千里去,惜此一尊同。
客散高楼上,帆飞细雨中。
山程随远水,楚思在青枫。
共说前期易,沧波处处同。

【汇评】

《历代诗发》:妙在轻描淡写。

《石园诗话》:皇甫孝常,茂政之弟也,诗名与兄相上下。……愚谓孝常诗如"返照城中尽,寒砧雨外闻"、"断猿知夜久,秋草助江长"、"客散高楼上,帆飞细雨中"、"江湖十年别,衰老一樽同",皆足以追逐乃兄。

送陆鸿渐山人采茶回

千峰待遇客，香茗复丛生。

采摘知深处，烟霞羡独行。

幽期山寺远，野饭石泉清。

寂寂燃灯夜，相思一磬声。

【汇评】

《唐诗归》：谭云：妙在十字中，一气清转无寻处（"采摘"二句下）。钟云：清深无际。

《唐风定》：一片清苍之气，浑浑无句可摘。

《唐诗摘钞》：只"千峰待遇客"五字，便见此客本与山有深情，采茶特寄焉而已。此后叙去，全觉山人行径高奇，怡情孤寂，其人其品跃然出纸上矣。如此仙笔，自非下劣凡夫所能梦见。

《瀛奎律髓汇评》：何义门：自然。　　纪昀：虽非高格，不失雅音。

《此木轩论诗汇编》：落句"相思一磬声"，极静极微，却开晚唐一路，而钟、谭亦用以兴。

《唐诗笺要》：起句挥霍得开，却有朴茂气味，杂之初盛间，应难识别。

寄刘员外长卿

南忆新安郡，千山带夕阳。

断猿知夜久，秋草助江长。

疏发应成素，青松独耐霜。

爱才称汉主，题柱待回乡。

【汇评】

《瀛奎律髓汇评》：何义门：五六对法极变，曲折顿挫。　　纪昀："千山"句自好，然是悬忆之词，则"夕阳"字嫌于说定。"夜久"字不贯"夕阳"。"秋草"如何"助江长"，不可解。五六二句一赋一比，然语不工。

送孔徵士

> 谷口山多处，君归不可寻。
> 家贫青史在，身老白云深。
> 扫雪开松径，疏泉过竹林。
> 馀生负丘壑，相送亦何心！

【汇评】

《唐诗归》：钟云：清响厚力。

《唐律消夏录》："不可寻"三字甚深远。通首宜从此著想，自有妙意。单写闲景，遂觉减色。结句亦真挚。

山下泉

> 漾漾带山光，澄澄倒林影。
> 那知石上喧，却忆山中静。

早朝日寄所知

> 长安雪夜见归鸿，紫禁朝天拜舞同。
> 曙色渐分双阙下，漏声遥在百花中。
> 炉烟乍起开仙仗，玉佩才成引上公。

共荷发生同雨露,不应黄叶久随风。

【汇评】

《唐诗品汇》:刘云:清丽("曙色渐分"联下)。

《唐风定》:瑰丽清洒,犹近王、岑。

《唐诗善鸣集》:第四句最佳,结语微含怨意,失体。

《山满楼笺注唐诗七言律》:下半首作大开大阖之笔,"开仙杖"言吾君既劳于宵旰也,"引上公"言吾相又勤于吐握也,此真是另辟蹊径,慎勿谓犹然铺叙朝仪而已。

《唐诗笺要》:历叙早朝,可歌可忭,以致讽谕,读之倍觉真挚。"漏声"句自极名贵,只较盛唐纤弱耳。

《大历诗略》:此亦早期佳制,第四妙丽绝伦,结复轩举有致。但起句失势,似专为寄所知,与早朝微隔也。

《网师园唐诗笺》:明秀("漏声遥在"句下)。

《唐诗近体》:佳句不让贾、王诸公("曙色渐分"句下)。

高　适

高适(约700—765),字达夫,郡望渤海蓨县(今河北景县)。早年随父旅居岭南。开元中曾求仕长安,又北上蓟门,漫游燕赵,后寓居宋中(今河南商丘一带),家贫,浪迹渔樵,与李白、杜甫等交游。天宝八载,因睢阳太守张九皋荐,举有道科,授封丘尉。十二载,入哥舒翰河西幕,官左骁卫兵曹、掌书记。安史乱起,助哥舒翰守潼关。潼关失守,奔行在,擢谏议大夫,迁淮南节度使。左除太子少詹事,分司东都,历彭、蜀二州刺史。广德元年,迁剑南西川节度使。入朝为刑部侍郎,转左散骑常侍。有《高适集》二十卷,已佚。后人编有《高常侍集》十卷行世。《全唐诗》编诗四卷。

【汇评】

评事性拓落,不拘小节,耻预常科,隐迹博徒,才名自远。然诗多胸臆语,兼有气骨,故朝野通赏其文。至如《燕歌行》等篇,甚有奇句。且余所最深爱者:"未知肝胆向谁是?令人却忆平原君。"(《河岳英灵集》)

天宝中,海内事干进者注意文词。适年过五十,始留意诗什,数年之间,体格渐变,以气质自高。每吟一篇已,为好事者称诵。(《旧

唐书·高适传》)

高、岑之诗悲壮,读之使人感慨。(《沧浪诗话》)

高适才高,颇有雄气。其诗不习而能,虽乏小巧,终是大才。
(《吴礼部诗话》引时天彝评)

常侍朔气纵横,壮心落落,抱瑜握瑾,浮沉闾巷之间,殆侠徒
也。故其为诗,直举胸臆,模画景象,气骨琅然,而词锋华润,感赏
之情,殆出常表。视诸苏卿之悲愤,陆平原之惆怅,辞节虽离,而音
调不促,无以过之矣。夫诗本人情,囿风气,河洛之间,其气浑然远
矣,其殆庶乎!(《唐诗品》)

七言古,盛于开元以后,高适当属名手。调响气佚,颇得纵横;
勾角廉折,立见涯涘。以是知李、杜之气局深矣。(《诗镜总论》)

高达夫调响而急。(同上)

达夫歌行、五言律,极有气骨。至七言律,虽和平婉厚,然已失
盛唐雄赡,渐入中唐矣。(《诗薮》)

钟云:唐人如沈宋、王孟、李杜、钱刘之类,虽两人并称,皆有
不能强同处。惟高、岑心手如出一人,其森秀之骨,淡远之气,既皆
相敌。古诗似张九龄、宋之问一派;五言律只如说话,其极炼、极
厚、极润、极活往往从欹侧历落中出,人不得以整求之,又不得学其
不整。(《唐诗归》)

史称达夫五十始为诗,而能以气质自高,每一篇出,好事者辄
传布之。且言其性磊落,不拘小节,耻预常科,隐于博奕,才情自
远。今读其七言古诸篇,感慨悲壮,气骨风度绝然建一代旗鼓者,
盛唐佳品,岂能多得?(《唐诗选脉会通评林》)

唐人五七言古,高、岑为正宗。然析而论之,高五言未得为正
宗,七言乃为正宗耳。岑五言为正宗,七言始能自骋矣。五言古,
高、岑俱豪荡,而高语多粗率,未尽调达;岑语虽调达,而意多显直。
高平韵者多杂用律体,仄韵者多忌"鹤膝"。……七言歌行,高调合

准绳,岑体多轶荡。(《诗源辩体》)

五言律,高语多苍莽,岑语多藻丽,然高入录者气格似胜,岑则句意多同。(同上)

高、岑五言不拘律法者,犹子美七言以歌行入律,沧浪所谓"古律"是也。虽是变风,然豪旷磊落,乃才大而失之于放,盖过而非不及也。(同上)

达夫五言律多似短古,亦是风调别处。(《诗辩坻》)

赵伯澥云:此论(按指《唐诗归》中钟惺所论)甚妙,譬如临池家楷中带隶,自是高古。元美乃谓高、岑五言律俱不能佳,陈正字时入古体,亦是矫枉之过,八股遂不可学秦汉耶?此公素善论体裁,不能不失此一言。　　唐云:君五律本整,钟但采其不整者耳。　　吴敬夫云:尚气骨者竟祖高、岑,然使作意矜张,而神思未闲,体气不厚,实伤雅道,所云"米元章之字,虽笔力劲健,终有子路事夫子气象"也。故读王、孟者,当于幽闲之中察其骨韵;读高、岑者,当于豪迈之外赏其风神。(《唐诗归折衷》)

钟氏曰:"高、岑心手如出一人,其森秀之骨,澹远之气,既皆相敌。"余意亦终有别。高五言古劲浑朴厚耳;岑稍点染,遂饶秾色。高七言古最有气力,李、杜之下,即当首推;岑自肤立,然如崔季珪代魏王,虽雅望非常,真英雄尚属捉刀人也。唯短律相匹,长律亦岑不如高。(《载酒园诗话又编》)

问:高、岑似微不同,或高优于岑乎?答:唐人齐名,如沈宋、王孟、钱刘、元白、皮陆,皆约略相似,唯李杜、高岑迥别。高悲壮而厚,岑奇逸而峭。钟伯敬谓高、岑诗如出一手,大谬矣。(《师友诗传续录》)

盛唐大家,称高、岑、王、孟。高、岑相似,而高为稍优,孟则大不如王矣。高七古为胜,时见沉雄,时见冲澹,不一色,其沉雄直不减杜甫。岑七古间有杰句,苦无全篇,且起结意调往往相同,不见手笔。高、岑五七律相似,遂为后人应酬活套作俑。如高七律一首中叠用"巫峡啼猿"、"衡阳归雁"、"青枫江"、"白帝城",岑一首中叠用"云随马"、"雨洗兵"、"花迎盖"、"柳拂旌",四语一意;高、岑五律如此尤多。后人行笈中携《广舆记》一部,遂可吟咏遍九州,实高、岑启之也。总之以月白风清、鸟啼花落等字装上地头,一名目则一首诗成,可以活板印就也。(《原诗》)

高、岑、王三家均能刻意炼句,又不伤大雅,可谓文质彬彬。(《野鸿诗的》)

初学入手,求其笔势稳称,则王摩诘、高达夫二家乃正善学初唐者。少陵如《洗兵马》、《古柏行》亦然,但更加雄浑耳。(《贞一斋诗话》)

前辈论诗,往往有作践古人处,如以高达夫、岑嘉州五七律相似,遂为后人应酬活套,是作践高、岑语也。后人苟能师法高、岑,其应酬活套必不致如近日之恶矣。(《一瓢诗话》)

李、杜外,高、岑、王、李,七言古中最矫健者。(《唐诗别裁》)

高常侍与岑嘉州不同,钟退谷之论,阮亭已早辨之。然高之浑朴老成,亦杜陵之先鞭也。直至杜陵,遂合诸公为一手耳。(《石洲诗话》)

高、岑奇峭,自是有气骨,非低平庸浅所及。然学之者亦须韵句深长,而阔远不露,乃佳;不然,恐不免短急无馀韵,仍是俗手耳。(《昭昧詹言》)

其源出于左太冲,才力纵横,意态雄杰,妙于造语,每以俊言取致。有如河洲十月,一看思归;舍下蛩鸣,居然萧索;载酒平台,赠君千里:发端既远,研意弥新,在小谢之间居然一席。七古与岑一骨,苍放音多,排軬骋妍,自然沉郁。骈语之中,独能顿宕,启后人无限法门,当为七言不祧之祖。(《三唐诗品》)

塞下曲

结束浮云骏,翩翩出从戎。
且凭天子怒,复倚将军雄。
万鼓雷殷地,千旗火生风。
日轮驻霜戈,月魄悬雕弓。
青海阵云匝,黑山兵气衝。
战酣太白高,战罢旄头空。
万里不惜死,一朝得成功。
画图麒麟阁,入朝明光宫。
大笑向文士,一经何足穷!
古人昧此道,往往成老翁。

塞　上

东出卢龙塞,浩然客思孤。
亭堠列万里,汉兵犹备胡。
边尘涨北溟,虏骑正南驱。
转斗岂长策,和亲非远图。
惟昔李将军,按节出皇都。
总戎扫大漠,一战擒单于。
常怀感激心,愿效纵横谟。
倚剑欲谁语,关河空郁纡。

【汇评】
　　《乐府诗集》:《晋书·乐志》曰:《出塞》、《入塞》曲,李延年造。
曹嘉之《晋书》曰:刘畴尝避乱坞壁,贾胡百数欲害之,畴无惧色,援箫而吹之，为《出塞》、《入塞》之声，以动其游客之思，于是群胡皆垂泣而去。按《西京杂记》曰："戚夫人善歌《出塞》、《入塞》、《望归》之曲。"则高帝时已有之，疑不起于延年也。唐又有《塞上》、《塞下》曲，盖出于此。

蓟门行五首（选三首）

其三

边城十一月，雨雪乱霏霏。
元戎号令严，人马亦轻肥。
羌胡无尽日，征战几时归？

【汇评】

《唐百家诗选》：赵熙批：此处能仿魏人气局。

其四

幽州多骑射，结发重横行。
一朝事将军，出入有声名。
纷纷猎秋草，相向角弓鸣。

其五

黯黯长城外，日没更烟尘。
胡骑虽凭陵，汉兵不顾身。
古树满空塞，黄云愁杀人。

效古赠崔二

十月河洲时，一看有归思。

风飙生惨烈,雨雪暗天地。
我辈今胡为? 浩哉迷所至。
缅怀当涂者,济济居声位。
邈然在云霄,宁肯更沦踬?
周旋多燕乐,门馆列车骑。
美人芙蓉姿,狭室兰麝气。
金炉陈兽炭,谈笑正得意。
岂论草泽中,有此枯槁士。
我惭经济策,久欲甘弃置。
君负纵横才,如何尚憔悴?
长歌增郁怏,对酒不能醉。
穷达自有时,夫子莫下泪。

寄孟五少府

秋气落穷巷,离忧兼暮蝉。
后时已如此,高兴亦徒然。
知君念淹泊,忆我屡周旋。
征路见来雁,归人悲远天。
平生感千里,相望在贞坚。

【汇评】

《唐诗归》:谭云:来得飒然(首句下)。　　钟云:唐人每妙
于用"兼"字,奇变百出("离忧"句下)。　　谭云:真情语("忆我"
句下)。　　又云:五字深秘("相望"句下)。　　钟云:排律化
境。细读沈、宋诗,始知其妙。

《唐贤三昧集笺注》:后四句因景生情,情深于文。

《历代诗发》:起有别趣。

《批唐贤三昧集》：起五字，岂凡手胸中所有？对亦生造。高、岑并称，高之遒俊似不逮岑，而其苍莽处更过之。诗格自以苍莽为最贵，遒俊其次也。

酬裴员外以诗代书

少时方浩荡，遇物犹尘埃。
脱略身外事，交游天下才。
单车入燕赵，独立心悠哉。
宁知戎马间，忽展平生怀。
且欣清论高，岂顾夕阳颓？
题诗碣石馆，纵酒燕王台。
北望沙漠垂，漫天雪皑皑。
临边无策略，览古空裴回。
乐毅吾所怜，拔齐翻见猜。
荆卿吾所悲，适秦不复回。
然诺多死地，公忠成祸胎。
与君从此辞，每恐流年催。
如何俱老大，始复忘形骸。
兄弟真二陆，声名连八裴。
乙未将星变，贼臣候天灾。
胡骑犯龙山，乘舆经马嵬。
千官无倚著，万姓徒悲哀。
诛吕鬼神动，安刘天地开。
奔波走风尘，倏忽值云雷。
拥旄出淮甸，入幕征楚材。
誓当剪鲸鲵，永以竭驽骀。

小人胡不仁，谗我成死灰。
赖得日月明，照耀无不该。
留司洛阳宫，詹府唯蒿莱。
是时扫氛祲，尚未歼渠魁。
背河列长围，师老将亦乖。
归军剧风火，散卒争椎埋。
一夕瀍洛空，生灵悲曝腮。
衣冠投草莽，予欲驰江淮。
登顿宛叶下，栖遑襄邓隈。
城池何萧条，邑屋更崩摧。
纵横荆棘丛，但见瓦砾堆。
行人无血色，战骨多青苔。
遂除彭门守，因得朝玉阶。
激昂仰鹓鹭，献替欣盐梅。
驱传及远番，忧思郁难排。
罢人纷争讼，赋税如山崖。
所思在畿甸，曾是鲁宓侪。
自从拜郎官，列宿焕天街。
那能访遐僻，还复寄琼瑰。
金玉本高价，埙篪终易谐。
朗咏临清秋，凉风下庭槐。
何意寇盗间，独称名义偕。
辛酸陈侯诔，^①叹息季鹰杯。
白日屡分手，青春不再来。
卧看中散论，愁忆太常斋。
酬赠徒为尔，长歌还自咍。

① 陈二补阙铭诔,即裴所为。

淇上酬薛三据兼寄郭少府微

自从别京华,我心乃萧索。

十年守章句,万事空寥落。

北上登蓟门,茫茫见沙漠。

倚剑对风尘,慨然思卫霍。

拂衣去燕赵,驱马怅不乐。

天长沧洲路,日暮邯郸郭。

酒肆或淹留,渔潭屡栖泊。

独行备艰险,所见穷善恶。

永愿拯刍荛,孰云干鼎镬?

皇情念淳古,时俗何浮薄。

理道资任贤,安人在求瘼。

故交负灵奇,逸气抱謇谔。

隐轸经济具,纵横建安作。

才望忽先鸣,风期无宿诺。

飘飖劳州县,迢递限言谑。

东驰眇贝丘,西顾弥虢略。

淇水徒自流,浮云不堪托。

吾谋适可用,天路岂寥廓!

不然买山田,一身与耕凿。

且欲同鹪鹩,焉能志鸿鹤。

【汇评】

《韵语阳秋》:意在退处者,虽饥寒而不辞;意在进为者,虽沓贪而不顾：皆一曲之士也。高适尝云："吾谋适可用，天路岂寥廓？不然买山田，一身与耕凿。"可仕则仕，可止则止，何常之有哉！

送韩九

惆怅别离日，裴回岐路前。

归人望独树，匹马随秋蝉。

常与天下士，许君兄弟贤。

良时正可用，行矣莫徒然。

【汇评】

《唐诗镜》：三、四老气横绝，下句欠胜。

《唐诗归》：钟云：亦只说所送之人，不著自己身上（"归人"二句下）。　　又云：眉睫唇吻间，有一副肝肠。　　谭云：无论其情事之绝，只此二语，何其清竦而香洁（"常与"一联下）！

《汇编唐诗十集》：唐云：高诗以气胜，此作可想。

同诸公登慈恩寺浮图

香界泯群有，浮图岂诸相？

登临骇孤高，披拂欣大壮。

言是羽翼生，迥出虚空上。

顿疑身世别，乃觉形神王。

宫阙皆户前，山河尽檐向。

秋风昨夜至，秦塞多清旷。

千里何苍苍，五陵郁相望。

盛时惭阮步，末宦知周防。

输效独无因，斯焉可游放。

《唐诗广选》：奇情奇语（"言是"句下）。

《唐音癸签》：诗家拈教乘中题，当即用教乘中语义，旁撷外典补凑，便非当行。在古如支公辈亦有杂用老、庄语者，至今时则迥然分途，取材不可混矣。唐诸家教乘中诗合作者多，独老杜殊出入，不可为法。如《慈恩塔》一诗，高、岑终篇皆彼教语，杜则杂望陵寝、叹稻粱等句，与法门事全不涉。他寺刹及赠僧寺皆然。

《唐贤三昧集笺注》：风格清举，可与诸公作参观。　　王士禛曰：每思高、岑、杜辈同登慈恩塔，李、杜辈同登吹台，一时大敌，旗鼓相当，恨不厕身其间，为执鞭弭之役。

《杜诗详注》：同时诸公登塔，各有题咏。薛据诗已失传；岑、储两作，风秀熨贴，不愧名家；高达夫出之简净，品格亦自清坚。

同薛司直诸公秋霁曲江俯见南山作

南山郁初霁，曲江湛不流。
若临瑶池前，想望昆仑丘。
回首见黛色，眇然波上秋。
深沉俯峥嵘，清浅延阻修。
连潭万木影，插岸千岩幽。
杳霭信难测，渊沦无暗投。
片云对渔父，独鸟随虚舟。
我心寄青霞，世事惭白鸥。
得意在乘兴，忘怀非外求。
良辰自多暇，欣与数子游。

【汇评】

《唐诗广选》：极其摹画（"连潭"句下）。

《唐诗选脉会通评林》：周珽曰：此通以江山交互、属对成篇，总状山水林岩之胜，即秋霁俯见之景也。"瑶池"、"昆仑"二句，作譬喻接上妙。"片云"、"独鸟"二句，咏物情之闲逸以起下意。"心寄"、"事惭"、"在乘兴"、"非外求"四语，悟己趣之遗忘。结言得与司直诸公同游，志愿已毕。叙景道情，妩媚雅达。

《唐贤三昧集笺注》：比拟工（"若临"二句下）。　传神（"回首"二句下）。　刻画（"连潭"二句下）。　比前首（按指《同诸公登慈恩寺浮图》）亦自有一种景象。

《唐诗选胜直解》：此篇以曲江、南山相对作联。起二句山色秀而水不流，正秋霁之景。三四句出司直诸公曲江之饮，如宴瑶池而望昆仑者。此一段从南山、曲江、秋霁、诸公倒出题面（首四句下）。

《历代诗发》：其写题处，虚活雅贴，自是法家。

登广陵栖灵寺塔

淮南富登临，兹塔信奇最。
直上造云族，凭虚纳天籁。
迥然碧海西，独立飞鸟外。
始知高兴尽，适与赏心会。
连山黯吴门，乔木吞楚塞。
城池满窗下，物象归掌内。
远思驻江帆，暮时结春霭。
轩车疑蠢动，造化资大块。
何必了无身，然后知所退！

【汇评】

《独异志》：扬州西灵塔，中国之尤峻峙者。唐武宗末拆寺之前一年，……天火焚塔俱尽。

《唐诗归》：钟云："轩车"着"蠢动"二字奇甚，一时所见真境，写出不觉，形容高远，如画笔端，好笑。　谭云："轩车疑蠢动"，《考工·轮人》中妙语（"轩车"句下）。　钟云："知所退"三字深而朴。

登百丈峰二首（其一）

朝登百丈峰，遥望燕支道。
汉垒青冥间，胡天白如扫。
忆昔霍将军，连年此征讨。
匈奴终不灭，寒山徒草草。
唯见鸿雁飞，令人伤怀抱。

【汇评】

《唐诗解》：此叹苦战之无益也。言登高而望边境，见汉垒而想去病之北征，其时以为必灭匈奴而后已，然终果灭乎？狼居胥之封徒草草耳，既无足称，然睹鸿雁之飞而独伤怀抱者，窃有感于传书之事也。夫去病伪功而取封，子卿守节而薄赏，适盖有慨于当时矣。

同群公宿开善寺赠陈十六所居

驾车出人境，避暑投僧家。
裴徊龙象侧，始见香林花。
读书不及经，饮酒不胜茶。
知君悟此道，所未搜袈裟。
空谈忘外物，持戒破诸邪。
则是无心地，相看唯月华。

《汇编唐诗十集》：唐云：通篇无着，一结更空。

宋中十首（选四首）

其一

梁王昔全盛，宾客复多才。

悠悠一千年，陈迹唯高台。

寂寞向秋草，悲风千里来。

【汇评】

《唐诗训解》：草枯风惨，无限伤怀。

《唐诗选》：末二句无限关情。

《唐诗评选》："惟"字直贯到末十五字。两韵为一句，大奇。

其四

梁苑白日暮，梁山秋草时。

君王不可见，修竹令人悲。

九月桑叶尽，寒风鸣树枝。

【汇评】

《唐诗归》：钟云：写得难堪，只在秋草、修竹、桑叶，然安顿得妙。　又云：《宋中十首》此下二作（"出门望终古"、"常爱宓子贱"）独高简，人不能知，止称"悲风千里来"等句。

《唐诗归折衷》：唐云：语直且带议论，是咏史体；若论气骨，终逊"悲风"。

其五

登高临旧国，怀古对穷秋。

落日鸿雁度，寒城砧杵愁。

昔贤不复有，行矣莫淹留。

【汇评】

《唐诗直解》：悲慨，有体有理。

《唐诗快》：其诗高妙如此。

其九

常爱宓子贱，鸣琴能自亲。

邑中静无事，岂不由其身？

何意千年后，寂寞无此人。

【汇评】

《批点唐诗正声》：诸小作多慷慨疏放，不拘常态；长篇自一机轴，颇涉轶荡。

《唐诗归》：谭云："能自亲"三字深妙。　　又云："邑中"二句澹语妙绝。钟云：此首才是真澹。

蓟中作

策马自沙漠，长驱登塞垣。

边城何萧条，白日黄云昏。

一到征战处，每愁胡虏翻。

岂无安边书？诸将已承恩。

惆怅孙吴事，归来独闭门。

【汇评】

《唐诗归》："欲言塞下事，天子不召见"，归咎于君；"岂无安边书，诸将已承恩"，归咎于臣。同一忧感，不若此语得体，激切温厚。然"已承恩"三字，偷惰、欺蔽二意俱在其中，可为边事之戒。

《唐诗解》：此志在安边，伤不遇也。言我览观边塞胡虏之未宁，岂安边之书可献乎？特以诸将巧诈以图爵赏，使贤者不能自达于上耳，是以徒抱孙吴之略而不得一试也。

《唐风定》：与陶翰《塞下》同调并工。

《唐诗别裁》：言诸将不知防边，虽有策无可陈也。乃不云天子僭赏，而云主将承恩，令人言外思之。

自淇涉黄河途中作十三首（选四首）

其一

川上常极目，世情今已闲。

去帆带落日，征路随长山。

亲友若云霄，可望不可攀。

于兹任所惬，浩荡风波间。

其三

野人头尽白，与我忽相访。

手持青竹竿，日暮淇水上。

虽老美容色，虽贫亦闲放。

钓鱼三十年，中心无所向。

【汇评】

《唐诗归》：钟云：二语写出高士（末二句下）。

《唐风定》：高浑，绝去炉锤。　　胜嘉州《渔父》之作。

其六

秋日登滑台，台高秋已暮。

独行既未惬，怀土怅无趣。

晋宋何萧条，羌胡散驰骛。

当时无战略，此地即边戍。

兵革徒自勤，山河孰云固？

乘闲喜临眺，感物伤游寓。

惆怅落日前，飘飘远帆处。

北风吹万里，南雁不知数。

归意方浩然，云沙更回互。

【汇评】

《唐诗镜》：末四语感物，语致落落，婴怀殊深。

其九

朝从北岸来，泊船南河浒。

试共野人言，深觉农夫苦。

去秋虽薄熟，今夏犹未雨。

耕耘日勤劳，租税兼乌卤。

园蔬空寥落，产业不足数。

尚有献芹心，无因见明主。

【汇评】

《汇编唐诗十集》：信手拈出，诚不厌浅。

东平路作三首 (其三)

清旷凉夜月，裴回孤客舟。

渺然风波上，独爱前山秋。

秋至复摇落，空令行者愁。

【汇评】

《唐诗归》：说得秋有着落，益觉幻妙（"渺然"二句下）。

《唐百家诗选》：赵熙批：拍入行程（"裴回"句下）。

《删定唐诗解》：言客梦已愁，若果为秋则更愁，谓非明月未妥。

东平路中遇大水

天灾自古有，昏垫弥今秋。

霖霪溢川原，澒洞涵田畴。

指途适汶阳，挂席经芦洲。

永望齐鲁郊，白云何悠悠。

傍沿巨野泽，大水纵横流。

虫蛇拥独树，麋鹿奔行舟。

稼穑随波澜，西成不可求。

室居相枕藉，蛙黾声啾啾。

仍怜穴蚁漂，益羡云禽游。

农夫无倚著，野老生殷忧。

圣主当深仁，庙堂运良筹。

仓廪终尔给，田租应罢收。

我心胡郁陶，征旅亦悲秋。

纵怀济时策，谁肯论吾谋！

登 垅

垅头远行客，垅上分流水。

流水无尽期，行人未云已。

浅才登一命，孤剑通万里。

岂不思故乡，从来感知已。

【汇评】

《增定评注唐诗正声》：郭云："未云已"三字冷眼阅世，一结深厚。

《唐诗解》：首叙陇头之事，而即以流水兴行人之不休，盖赋而兴也。

《唐诗别裁》：观"浅才登一命"句，应是哥舒翰表为参军掌书记时作。感知忘家，语简意足。

《网师园唐诗笺》：古茂，似汉魏乐府（首四句下）。

哭单父梁九少府

开箧泪沾臆，见君前日书。

夜台今寂寞，独是子云居。

畴昔探云奇，登临赋山水。

同舟南浦下，望月西江里。

契阔多别离，绸缪到生死。

九原即何处？万事皆如此。

晋山徒峨峨，斯人已冥冥。

常时禄且薄，殁后家复贫。

妻子在远道，弟兄无一人。

十上多苦辛，一官恒自哂。

青云将可致，白日忽先尽。

唯有身后名，空留无远近。

【汇评】

《唐诗归》：钟云：太白语谑浪，达夫语凄感。

《唐诗选脉会通评林》：周珽曰：语语泪珠，字字泪血。

《载酒园诗话》：诗中佳句，有宜于作绝句者，有宜于作律诗者。如高适《哭单父梁少府》,本系古诗长篇,《集异记》载旗亭伶官所讴,乃截首四句为短章:"开箧泪沾臆,见君前日书。夜台犹寂寞,疑是子云居。"以原诗并观,绝句果言短意长,凄凉万状。

《围炉诗话》:五古、五绝亦可相收放。高适《哭梁少府》诗,只取前四句,即成一绝,下文皆铺叙也。

行路难二首(其一)

长安少年不少钱,能骑骏马鸣金鞭。
五侯相逢大道边,美人弦管争留连。
黄金如斗不敢惜,片言如山莫弃捐。
安知憔悴读书者,暮宿灵台私自怜!

【汇评】

《唐诗广选》:不稳("黄金如斗"句下)。

《唐风绪笺》:此诗意多讽刺,语自平和,故佳。

古大梁行

古城莽苍饶荆榛,驱马荒城愁杀人。
魏王宫观尽禾黍,信陵宾客随灰尘。
忆昨雄都旧朝市,轩车照耀歌钟起。
军容带甲三十万,国步连营一千里。
全盛须臾那可论,高台曲池无复存。
遗墟但见狐狸迹,古地空馀草木根。
暮天摇落伤怀抱,倚剑悲歌对秋草。
侠客犹传朱亥名,行人尚识夷门道。
白璧黄金万户侯,宝刀骏马填山丘。

年代凄凉不可问，往来唯有水东流。

【汇评】

《唐诗选脉会通评林》：周珽曰：游心千古，似佃似渔，精华所萃，结为奇调，凭吊诗之绝唱者。

《唐风定》：按节安歌，步武严整，无一往奔轶之习。

《唐贤三昧集笺注》：开后人故迹凭吊诗之法门。　　隔联间以对仗，壁垒森严。一结多少感慨！

《昭昧詹言》：起二句优爽，"魏王"二句衍，"忆昨"四句推开，"全盛"句折入，"暮天"句入己。以下重复感叹，自有浅深，而气益厚，韵益长，反复吟咏，久之自见。

邯郸少年行

邯郸城南游侠子，自矜生长邯郸里。
千场纵博家仍富，几度报仇身不死。
宅中歌笑日纷纷，门外车马常如云。
未知肝胆向谁是，令人却忆平原君。
君不见今人交态薄，黄金用尽还疏索。
以兹感叹辞旧游，更于时事无所求。
且与少年饮美酒，往来射猎西山头。

【汇评】

《唐诗广选》：慨绝古今（"未知肝胆"二句下）。

《唐诗直解》：气骨高凝。丽归少年，不失故涉。

《批选唐诗》：情至无可复加。

《唐诗选脉会通评林》：周敬曰：须看其起伏结构。读此等诗，令人巧丽纤浓之语何处着华？　　周珽曰：写尽侠肠侠气，造语多奇。

《此木轩论诗汇编》：风流豪迈，是达夫面目。

《古唐诗合解》：此篇上下两段局，上半篇一转韵，气缓；下半篇"君不见"后转韵，气促。格调宜然。

《唐贤三昧集笺注》：画出一个轻侠少年（"千场纵博"二句下）。　　句有远神，最为宕逸（"未知肝胆"二句下）。

《网师园唐诗笺》：英气棱棱，溢出眉宇（"未知肝胆"二句下）。

《唐百家诗选》：赵熙批：兀傲奇横。　　李白"淮南小山白毫子，乃在淮南小山里"，与此起同妙（首二句下）。　　突断（"君不见"句下）。　　大力收束，何其健举！

《石园诗话》：殷（璠）独深爱其"未知肝胆向谁是，令人却忆平原君"，语虽妙，然非集中极致之句。

燕歌行并序

开元二十六年，客有从御史大夫张公出塞而还者，作《燕歌行》以示适，感征戍之事，因而和焉。

汉家烟尘在东北，汉将辞家破残贼。

男儿本自重横行，天子非常赐颜色。

枞金伐鼓下榆关，旌旆逶迤碣石间。

校尉羽书飞瀚海，单于猎火照狼山。

山川萧条极边土，胡骑凭陵杂风雨。

战士军前半死生，美人帐下犹歌舞。

大漠穷秋塞草腓，孤城落日斗兵稀。

身当恩遇恒轻敌，力尽关山未解围。

铁衣远戍辛勤久，玉箸应啼别离后。

少妇城南欲断肠，征人蓟北空回首。

边庭飘飖那可度，绝域苍茫更何有？

杀气三时作阵云，寒声一夜传刁斗。

相看白刃血纷纷，死节从来岂顾勋！

君不见沙场征战苦，至今犹忆李将军。

【汇评】

《批点唐诗正声》：长篇滚滚，句虽佳，然皆有序，若得虚字斡旋影响，方得入妙。

《唐诗广选》：蒋仲舒曰："少妇"以后，又是一番断肠情况。

《唐风定》：金戈铁马之声，有玉磬鸣球之节，非一意抒写以为悲壮也。

《唐诗评选》：词浅意深，铺排中即为诽刺，此道自《三百篇》来，至唐而微，至宋而绝。"少妇"、"征人"一联，倒一语乃是征人想他如此，联上"应"字神理不爽。结句亦苦平淡，然如一匹衣着，宁令稍薄，不容有颣。

《唐诗快》：此是歌行本色。

《围炉诗话》：诗之繁于词者，七古、五排也。五排有间架，意易见；七古之顺叙者亦然。达夫此篇，纵横出没如云中龙，不以古文四宾主法制之，意难见也。四宾主法者，一主中主，如一家惟一主翁也；二主中宾，如主翁之妻妾儿孙奴婢，即主翁之分身以主内事者也；三宾中主，如主翁之朋友亲戚，任主翁之外事者也；四宾中宾，如朋友之朋友，与主翁无涉者也。于四者中除却宾中宾，而主中主亦只一见，惟以宾中主勾动主中宾而成文章，八大家无不然也。《燕歌行》之主中主，在忆将军李牧善养士而能破敌。于达夫时，必有不恤士卒之边将，故作此诗。而主中宾，则"壮士军前半死生，美人帐下犹歌舞"、"相看白刃血纷纷，死节从来岂顾勋"四语是也。其馀皆是宾中主。自"汉家烟尘"至"未解围"，言出师遇敌也。此下理当接以"边庭"云云，但径直无味，故横间以"少妇"、"征人"四语。"君不见"云云，乃出正意以结之也。文章出正面，若以此意行文，须叙李牧善养士、能破敌之功烈，以激励此边将；诗用兴比出侧面，故止举"李将军"，使人深求而得，故曰："言之者无罪，而闻之者足以戒"也。

《唐贤三昧集笺注》：句中含双单字，此七古造句之要诀，盖如此则顿跌多姿，而不伤于虚弱，杜工部《渼陂行》多用此句法。转韵亦用对法。

《唐诗别裁》：七言古中时带整句，局势方不散漫。若李、杜风雨分飞，鱼龙百变，又不可以一格论。

《网师园唐诗笺》：沉痛语不堪多读。

《唐百家诗选》：赵熙批：常侍第一大篇，与东川"白日登山望烽火"一首非但声情高壮，其于守珪有微词，盖于国史相表里也。

《昭昧詹言》："汉家"四句起，"拟金"句接，"山川"句换，"大漠"句换，"铁衣"句转，收指李牧以讽。

《唐宋诗举要》：（《旧唐书·张守珪传》）曰："二十六年，守珪裨将赵堪、白真陁罗等假以守珪之命，逼平卢军使乌知义邀叛奚馀众于潢水之北，初胜后败。守珪隐其败状而妄奏克捷之功，事颇泄"云云。达夫此诗，盖隐刺之也。　　吴曰：二句最为沉至（"战士军前"一联下）。　　此殆刺妄奏克捷之事（"死节从来"句下）。

人日寄杜二拾遗

人日题诗寄草堂，遥怜故人思故乡。
柳条弄色不忍见，梅花满枝空断肠。
身在远藩无所预，心怀百忧复千虑。
今年人日空相忆，明年人日知何处？
一卧东山三十春，岂知书剑老风尘。
龙钟还忝二千石，愧尔东西南北人。

【汇评】

《唐诗广选》：洪影庐曰：高适寄杜云"愧尔东西南北人"，杜则云"东西南北正堪论"，如钟磬在簴，叩之则应，非若今人酬和为次韵所局也。

《唐诗直解》：直率不厌其浅。

《唐诗训解》：情真意恳，词亦是达。

《唐诗镜》：语多合拍，虽无他奇，故是可咏。

《杜诗详注》：首二总提，次四思故乡，下六怜故人，……七、八意转而韵不转，九、十韵转而意不转，杜集亦时用此法。

《此木轩论诗汇编》：高、杜二诗，虽是各臻至极，毕竟先高后杜，乃为明于诗之正变源流者。高诗只如此，杜答诗乃淋漓尽致，二者孰优？"今年人日空相忆"云云，只是不说出来。

《古唐诗合解》：此篇三韵是古风正调，与《江上吟》同。

《而庵说唐诗》：法老气苍，学者须细心效之。

《唐诗别裁》：言羁绊一官，萍踪断梗，远不如遨游四方之为乐也。

《唐贤三昧集笺注》：收摄沉顿。此一字一顿，老杜和作乃分诠四段以应之，宜取参看。

《唐贤清雅集》：达夫歌行以骨健胜，最难学，此唯取其平易近人者，然亦恐费手。　　淡语不堪多读（末四句下）。

《唐宋诗举要》：沉痛（"明年人日"句下）。

送　别

昨夜离心正郁陶，三更白露西风高。

萤飞木落何淅沥，此时梦见西归客。

曙钟寥亮三四声，东邻嘶马使人惊。

揽衣出户一相送,唯见归云纵复横。

【汇评】

《唐诗镜》:随手得句,不主故常。末二语甚有情色。

《唐诗解》:此叙不忍别之情。夫念离而忧,思深如梦,候钟而起,闻马而惊,当未别之时已不胜情矣,况既别之后所见为归云,能无惆怅乎?

送浑将军出塞

将军族贵兵且强,汉家已是浑邪王。
子孙相承在朝野,至今部曲燕支下。
控弦尽用阴山儿,临阵常骑大宛马。
银鞍玉勒绣蝥弧,每逐嫖姚破骨都。
李广从来先将士,卫青未肯学孙吴。
传有沙场千万骑,昨日边庭羽书至。
城头画角三四声,匣里宝刀昼夜鸣。
意气能甘万里去,辛勤判作一年行。
黄云白草无前后,朝建旌旄夕刁斗。
塞下应多侠少年,关西不见春杨柳。
从军借问所从谁?击剑酣歌当此时。
远别无轻绕朝策,平戎早寄仲宣诗。

【汇评】

《带经堂诗话》:或问诗工于发端如何?应之曰:如谢宣城"大江流日夜,客心悲未央",……高常侍"将军族贵兵且强,汉家已是浑邪王",老杜"将军魏武之子孙,于今为庶为青门"是也。

《唐贤三昧集笺注》:气格嶒崚。明人喜模拟这等处,而竟不免为优孟衣冠也。

《历代诗发》：常侍七古，慷慨疏越，气韵沉雄，斧凿之痕一归熔化，才志养优，真承学之典型也。

《批唐贤三昧集》：送人诗品，如此已足擅场，再约之则不足。

《唐百家诗选》：赵熙批：浑将军得此一诗，胜于史篇一传。　　接法天挺（"汉家已是"句下）。

封丘作

我本渔樵孟诸野，一生自是悠悠者。

乍可狂歌草泽中，宁堪作吏风尘下？

只言小邑无所为，公门百事皆有期。

拜迎官长心欲碎，鞭挞黎庶令人悲。

归来向家问妻子，举家尽笑今如此。

生事应须南亩田，世情付与东流水。

梦想旧山安在哉？为衔君命且迟回。

乃知梅福徒为尔，转忆陶潜归去来。

【汇评】

《韵语阳秋》：《封丘》诗云："我本渔樵孟诸野，一生自是悠悠者。乍可狂歌草泽中，宁堪作吏风尘下？"其末句云："乃知梅福徒为尔，转忆陶潜《归去来》。"则不堪作吏之卑辱，而复思孟诸之渔樵也，韩退之云："居闲食不足，从仕力难任。"其此之谓乎？

《唐诗广选》：胡元瑞曰：起语疏荡。

《唐百家诗选》：赵熙批：浑灏流转，常侍独擅之长（末二句下）。

寄宿田家

田家老翁住东陂，说道平生隐在兹。

鬓白未曾记日月,山青每到识春时,
门前种柳深成巷,野谷流泉添入池。
牛壮日耕十亩地,人闲常扫一茅茨。
客来满酌清尊酒,感兴平吟才子诗。
岩际窟中藏鼴鼠,潭边竹里隐鸬鹚。
村墟日落行人少,醉后无心怯路岐。
今夜只应还寄宿,明朝拂曙与君辞。

【汇评】

《唐诗品汇》:七言排律唐人不多见。如太白《别山僧》、高适《宿田家》等作,虽联对精密,而律调未纯,终是古诗体段。

《唐诗广选》:即"寒尽不知年"之意,此却浑古("鬓白未曾"句下)。　俗语自可("牛壮日耕"句下)。　蒋仲舒曰:浅浅说胜浑浑说,百尔所思,不如一言。

《唐诗选脉会通评林》:周珽曰:好幅田家乐图。

《唐风定》:顾云:语带烟霞,此足当之矣。

《唐百家诗选》:赵熙批:精炼("山青每到"句下)。　千钧之力,而从容自在(末句下)。

别韦参军

二十解书剑,西游长安城。
举头望君门,屈指取公卿。
国风冲融迈三五,朝廷欢乐弥寰宇。
白璧皆言赐近臣,布衣不得干明主。
归来洛阳无负郭,东过梁宋非吾土。
兔苑为农岁不登,雁池垂钓心长苦。

世人遇我同众人，唯君于我最相亲。

且喜百年有交态，未尝一日辞家贫。

弹棋击筑白日晚，纵酒高歌杨柳春。

欢娱未尽分散去，使我惆怅惊心神。

丈夫不作儿女别，临岐涕泪沾衣巾。

【汇评】

《韵语阳秋》：适有《赠别李少府》云："余亦惬所从，渔樵十二年。种瓜漆园里，凿井卢门边。"《赠韦参军》云："布衣不得干明主"，"东过梁宋无寸土。兔苑为农岁不登，雁池垂钓心常苦。"其生理可谓窄矣。及宋州刺史张九皋奇其人，举有道科中第，调封丘尉，则曰："此时也得辞渔樵，青袍裹身荷圣朝。牛犁钓竿不复见，县人邑吏来相邀。"则是不堪渔樵之艰窘，而喜末官之微禄也。一不得志，则舍之而去，何邪？

《增定评注唐诗正声》：周云：淡语情款自深，结处与王勃《送杜少府》一格。

《唐风定》：高、岑豪壮感慨，人所共知，其清疏瘦劲处，罕有知者，如此种是也。

《昭昧詹言》：收四句入别。

送田少府贬苍梧

沉吟对迁客，惆怅西南天。

昔为一官未得意，今向万里令人怜。

念兹斗酒成瞬间，停舟叹君日将晏。

远树应怜北地春，行人却羡南归雁。

丈夫穷达未可知，看君不合长数奇。

江山到处堪乘兴，杨柳青青那足悲！

《增定评注唐诗正声》：郭云：气调微弱，大非常侍本色。

《唐诗广选》：王元美曰："行人"句诗家能道，"远树"句无人能道。

《唐诗选脉会通评林》：周珽曰：常侍送别诗悉从实情真意写出，布景抒辞不粘不泛，如《送田少府》、《沈四》、《蔡山人》、《别韦参军》、《晋三》等篇，俱有啼烟叫月、千秋鸣咽之响。

《载酒园诗话又编》：唐人称"有唐以来，诗人之达者，唯适而已。"今读其诗，豁达磊落，寒涩琐媚之态去之略尽。如《送田少府贬苍梧》曰："丈夫穷达未可知，看君不合长数奇。"《赠别晋三处士》曰："爱君且欲君先达，今上求贤早上书。"《九日酬颜少府》曰："纵使登高只断肠，不如独坐空搔首。"《崔司录宅燕大理李卿》曰："饮醉欲言归剡溪，门前驷马光照衣。路旁观者徒唧唧，我公不以为是非。"眉宇如此，岂久处坞壁！

赋得还山吟送沈四山人

还山吟，天高日暮寒山深，
送君还山识君心。
人生老大须恣意，看君解作一生事，
山间偃仰无不至。
石泉淙淙若风雨，桂花松子常满地。
卖药囊中应有钱，还山服药又长年。
白云劝尽杯中物，明月相随何处眠？
眠时忆问醒时事，梦魂可以相周旋。

【汇评】

《唐诗广选》：收语出不意（"眠时忆问"句下）。

《唐诗归》：谭云："梦魂可以相周旋"、"知君以此忘帝力"、"我公不以为是非"皆以此一种句法，妙绝千古，当看其用笔老处。　　又云：观其落笔驻笔，清健高雅处。　　钟云：幽人语境，相视略领，傍人不知（"送君还山"句下）。

《唐风定》：落落酣歌，快意无比。

《古唐诗合解》：此篇从题起韵，写题二句，转调用叠韵五句，再转韵六句。前紧促，而宽徐。

《唐贤三昧集笺注》：宕逸可爱。

《唐贤清雅集》：起处已尽大意，后节节回应，神气一片。

《唐宋诗举要》：兴象华妙，音韵尤美。

同鲜于洛阳於毕员外宅观画马歌

知君爱鸣琴，仍好千里马。

永日恒思单父中，有时心到宛城下。

遇客丹青天下才，白生胡雏控龙媒。

主人娱宾画障开，只言骐骥西极来。

半壁趢趗势不住，满堂风飘飒然度。

家僮愕视欲先鞭，枥马惊嘶还屡顾。

始知物妙皆可怜，燕昭市骏岂徒然！

纵令剪拂无所用，犹胜驽骀在眼前。

同河南李少尹毕员外宅夜饮时洛阳告捷遂作春酒歌

故人美酒胜浊醪，故人清词合风骚。

长歌满酌惟吾曹，高谈正可挥麈毛，

半醉忽然持蟹螯。

洛阳告捷倾前后，武侯腰间印如斗，

郎官无事时饮酒。

杯中绿蚁吹转来，瓮上飞花拂还有。

前年持节将楚兵，去年留司在东京。

今年复拜二千石，盛夏五月西南行。

彭门剑门蜀山里，昨逢军人劫夺我，

到家但见妻与子。

赖得饮君春酒数十杯，不然令我愁欲死。

【汇评】

《诗源辩体》：高《行路难》、《春酒歌》、《画马歌》、《还山吟》四篇，亦能自骋，而《还山》则结语为累。

同李九士曹观壁画云作

始知帝乡客，能画苍梧云。

秋天万里一片色，只疑飞尽犹氤氲。

【汇评】

《唐诗归》：钟云："始知"二字起，用笔便奇。看他比七言绝又少四字，已是一首歌行。

醉后赠张九旭

世上谩相识，此翁殊不然。

兴来书自圣，醉后语尤颠。

白发老闲事，青云在目前。

床头一壶酒，能更几回眠？

【汇评】

《唐诗广选》：蒋春甫曰：起语老，又不犯，难乎！

《唐诗直解》：起二句已托出张颠，举止性情真颠人，胸中异常斟酌。

《唐诗选脉会通评林》：周珽曰：达夫率口生韵，其赠寄、送别等篇，不事钩棘为奇，皆一气呵成，丰态有美女舞竿之致。

《唐诗矩》：全篇直叙格。高、岑二子，古体、歌行工力悉敌，不愧齐名。独五、七言律，高似稍劣。盖嘉州精警，常侍疏朴，彼为正声，此则外调也。

《古唐诗合解》：通篇俱写赠意，而用意尤在起结。

《唐诗成法》：起句后平列六句，格奇。

《唐诗别裁》：世俗交谊不亲，而泛云知己，所谓"漫相识"也。

途中寄徐录事

原注：比以王书见赠。

落日风雨至，秋天鸿雁初。

离忧不堪比，旅馆复何如？

君又几时去？我知音信疏。

空多篚中赠，长见右军书。

【汇评】

《增定评注唐诗正声》：郭云：对起清洒，直叙中有婉折，可谓妙于用虚。

《唐诗归》：钟云：清光纷披（首二句下）。　　若有承接，实为着落，妙妙（"君又"句下）。　　妙在预知，苦在预知（"我知"句下）。　　亦自写得亲厚（末句下）。　　妙在不添一词藻然后逼真。

《诗筏》：高、岑五言古律，俱臻化境，而高达夫尤妙于用虚。非用虚也，其筋力精神俱藏于虚字之内，急读之遂以为虚耳。以此作律诗更难。如达夫《途中寄徐录事》……"君又"、"我知"等虚字，岂非篇中筋力，但觉其运脱轻妙，如骏马走坡，如羚羊挂角耳。且其难处，尤在虚字实对，仍不破除律体。太白虽有此不衫不履之致，然颇近古诗矣。

《唐贤三昧集笺注》：流水对法自奇（"君又"一联下）。

送蹇秀才赴临洮

怅望日千里，如何今二毛。
犹思阳谷去，莫厌陇山高。
倚马见雄笔，随身唯宝刀。
料君终日致，勋业在临洮。

【汇评】

《唐诗选脉会通评林》：周珽曰：勉慰恳至，词亦开豁。

送刘评事充朔方判官赋得征马嘶

征马向边州，萧萧嘶不休。
思深应带别，声断为兼秋。
岐路风将远，关山月共愁。
赠君从此去，何日大刀头？

【汇评】

《唐诗广选》：从题目上做造出来。

《唐诗直解》：用意沉渺。马有何意？此语（按指"思深"二语）甚奇。"带"、"将"、"兼"、"共"犯重。

《唐诗归》：恨结得粗。

《唐诗解》：唐人送别，各赋一物以为赠，故以"征马嘶"为题。言马向朔方哀嘶不息，其思幽深，以"带别"为然；声更凄绝，为"兼秋"而甚。于是涉歧路之风，对关山之月，行渐远而愁日深，从此而去，何日当还也？

《唐诗选脉会通评林》：周敬曰：旧谓高适诗多胸臆语，兼有气骨。今读此诗，机锋迥出常调。

《唐诗归折衷》：敬夫云：非不典故，却不中用。

《闻鹤轩初盛唐近代读本》：起较生快，三、四故是作意语，下半乃其本色。"风将远"亦自生。

送魏八

更沽淇上酒，还泛驿前舟。

为惜故人去，复怜嘶马愁。

云山行处合，风雨兴中秋。

此路无知己，明珠莫暗投。

【汇评】

《唐诗解》：君之往也，盖欲求售于时，然前路无知己，岂可以明珠暗投耶？当自重其才，勿轻视也。

《唐诗选脉会通评林》：周珽曰：字字入情，不属爱深，脱不得此意。

送郑侍御谪闽中

谪去君无恨，闽中我旧过。

大都秋雁少，只是夜猿多。

东路云山合，南天瘴疠和。

　　自当逢雨露，行矣慎风波。

【汇评】

　　《唐诗广选》：蒋仲舒曰：道得真率自然，势亦流走。

　　《唐诗直解》：真爱至情，抵多少加餐等语！

　　《唐诗分类绳尺》：慰勉备至。

　　《唐风定》：此自有大力熔冶，不以冲口说出为奇。

　　《近体秋阳》：此诗清老笃挚，当为一代送别五律之冠，不第首推兹集已也。

　　《唐诗别裁》：雁少猿多，正言旅思不堪也（"大都"一联下）。

　　《网师园唐诗笺》：落落写来，深情自见（"大都"句下）。

　　《闻鹤轩初盛唐近体读本》：陈德公曰：独标高浑，如近射洪。　　评：前四爽俊。六句压"和"字，粗可对。结亦自安雅，"逢雨露"正以缴应起句"君无恨"意。

送李侍御赴安西

　　行子对飞蓬，金鞭指铁骢。

　　功名万里外，心事一杯中。

　　虏障燕支北，秦城太白东。

　　离魂莫惆怅，看取宝刀雄。

【汇评】

　　《增定评注唐诗正声》：周云：语语陡健，却又浅深，所以为盛唐。

　　《诗薮》：五言律，高如"行子对飞蓬"、"逢君说行迈"、"绝域眇难跻"，岑如"闻说轮台路"、"西边虏方尽"、"野店临官路"等篇，皆一气浑成，既未可以句摘，亦未可以字求也。

《唐音癸签》：太白"人分千里外，兴在一杯中"，达夫"功名万里外，心事一杯中"，似皆从庾抱之"悲生万里外，恨起一杯中"来。而达夫较厚，太白较逸，并未易轩轾。

《唐诗解》：此以立功期侍御也。君既为行子矣，所对者飞蓬，所恃者鞍马，万里之志形于一杯，虏障秦城特咫尺耳，岂以离别为恨哉！请视宝刀以壮行色。

《唐诗选脉会通评林》：周珽曰：不事刻画，精悍奇特。

《石园诗话》：愚谓常侍诗如"归人望独树，匹马随秋蝉"、"大都秋雁少，只是夜猿多"、"功名万里外，心事一杯中"，俱令人吟讽不厌。

淇上别业

依依西山下，别业桑林边。

庭鸭喜多雨，邻鸡知暮天。

野人种秋菜，古老开原田。

且向世情远，吾今聊自然。

【汇评】

《唐诗归》：钟云："喜"字、"知"字，妙于体物。

《唐律消夏录》：与摩诘《终南别业》等诗一样清旷，然口气却是不同，如"喜"字、"知"字，摩诘便不耐烦如此体贴。盖摩诘实与世情远，是真自然，而达夫"且向世情远"，是"聊自然"也。　　达夫表里洞彻，此诗可见。以视宋之问"无能愧此生"句，真龌龊心肠矣。

使青夷军入居庸三首（选二首）

其一

匹马行将久，征途去转难。

不知边地别，只讶客衣单。

溪冷泉声苦，山空木叶干。

莫言关塞极，云雪尚漫漫。

【汇评】

《唐诗广选》："不知边地别"二语，讽咏不厌。

《汇编唐诗十集》：唐云：高诗主气骨，此是其幽细者。

《唐诗选》："泉声苦"、"木叶干"，曲尽边塞之景。

《唐诗选脉会通评林》：周珽曰：雄浑悲慨，是盛唐人口吻。

《唐诗成法》：此奉使才入居庸，尚未至青夷军。边塞途长，匹马已难，何况日夕？加一倍写法，为下去"转难"作势。不知边地早寒，尚是内地单衣。五、六但写途中景色，而边地之所以"别"，客衣之所以"单"自见。在行者已觉是无尽头，而所使之地尚漫漫未至，将来雨雪更苦。"莫言"二字自慰目前，亦见边塞之行路难也。怨诽之意一毫不露。

《唐诗笺注》：由行役而写到边塞，复由边塞而转入行役，意绪环生，如见当日匹马过关之状。

《闻鹤轩初盛唐近体读本》：陈德公曰：五、六景联生肃，不同浑便。　　评：轻省殊似嘉州。三、四非阅历过来者不解。

其二
古镇青山口，寒风落日时。

岩峦鸟不过，冰雪马堪迟。

出塞应无策，还家赖有期。

东山足松桂，归去结茅茨。

【汇评】

《唐诗训解》：情景俱真。

自蓟北归

驱马蓟门北,北风边马哀。

苍茫远山口,豁达胡天开。

五将已深入,前军止半回。

谁怜不得意,长剑独归来。

【汇评】

《增定评注唐诗正声》:郭云:却似古诗,却自慷慨。

《唐诗评选》:此军衅空归之作,悲凉有体。高、岑自非五言好手,冗爽自命,谓之气格,止是铺排骨血,粗豪笼罩。文章之道,自各有宜。典册檄命,固不得不以爽厉动人于俄顷,若夫絜音使圆、引声为永者,自藉和远幽微,动人欣戚之性。况在五言,尤以密节送数叠之思;矧于近体,益以简篇约无穷之致。而如建瓴泻水,迅雷破山,则一径无馀,迫人于口耳,其馀波回嶂,岂复有可观者哉!聊存一二,以取材于二格,实非所好,不能从时世躐音响也。

《唐诗成法》:三、四写得旷远,足生英雄壮心,意言初出时本欲立功异域,以取封侯。五、六忽然写得败兴之极,起七、八。若非三、四,则"不得意"三字全无来脉。

《唐贤三昧集笺注》:叠"北"、"马"二字。　　起手颇奇。

东平别前卫县李寀少府

黄鸟翩翩杨柳垂,春风送客使人悲。

怨别自惊千里外,论交却忆十年时。

云开汶水孤帆远,路绕梁山匹马迟。

此地从来可乘兴,留君不住益凄其。

【汇评】

《批点唐音》：此篇托时起兴，接句便见春景，乃以别旧而悲。下面情联切实而清婉，景联切实而典丽，且优柔有馀意。如此制作森整，极可为法，学盛唐，此其门径也。

《唐诗广选》：纯以真语写真情，不假绘丽语为工。

《唐风定》：结构大成，无熔炼之迹，而雄浑悲壮自在其中。

《贯华堂选批唐才子诗》："远"字见去者之太疾，"迟"字见送者之不舍。

《删定唐诗解》："怨别"即指此日，非追忆别家也。五、六一彼一此，不可并入少府。

《唐诗归折衷》：唐云：直而浅，步骤之便浅。

《唐诗摘钞》：因是十年交情，故结处写得万难分手。

《增订唐诗摘钞》：三、四二句一气倒叙，笔劲而醒。

《山满楼笺注唐诗七言律》：春风和煦，黄鸟方相逐于柳阴深处，而人方送别。当此之时，即新知近地且犹不可，况以十年之谊，而为千里之游乎？所以忽然而惊，猛然而忆，而卒至怅然而悲也。此四句（按指前四句）从未分手时言。于是而去者去矣，帆非远，我偏觉其远；归者归矣，马非迟，我偏欲其迟。此二句写一种恋恋不舍情事，逼真如画。

《唐诗笺要》：离愁别怨，转似步步兴会。　　"论交"句是倒插法。诗家最难于起结，非重复即肤软，予于达夫二诗（《按指此诗与《送李少府贬峡中王少府贬长沙》）得起结之妙。

《唐诗别裁》：情不深而自远，景不丽而自佳，韵使之也。

《昭昧詹言》：先写时景起，二、三句正点，四句挽回，五、六收同前（按指《夜别韦司士》诗后半）。常侍每工于发端，后半平常未奇也。高、岑二家，大概亦是尚兴象，而气势比东川加健拔。

《湘绮楼说诗》：脱手弹丸，明七子专慕此种。

夜别韦司士得城字

高馆张灯酒复清，夜钟残月雁归声。
只言啼鸟堪求侣，无那春风欲送行。
黄河曲里沙为岸，白马津边柳向城。
莫怨他乡暂离别，知君到处有逢迎。

【汇评】

《唐诗广选》：蒋仲舒曰：适绝句"莫愁前路无知己，天下谁人不识君"，即此诗结意。

《唐诗直解》：只将"啼鸟"、"春风"、"柳城"、"沙岸"写出别意，自觉黯然。

《唐诗镜》：语致流利，三、四托情亦佳。

《唐诗选脉会通评林》：周敬曰：活如生龙，工如列纹，情款备至。

《唐风定》：三诗（按指本诗与《东平别前卫县李寀少府》、《送李少府贬峡中王少府贬长沙》）结法相似，跌荡开爽，不为法度所局。

《贯华堂选批唐才子诗》：此是唐人四句分承法。（前四句下）

《唐诗摘钞》：行者与己分深，自当为留连惜别之语；若与己分浅，只是送其就道便歇。如前李少府是分深者，此韦司士是分浅者，二诗下语分数自是不同。今人送行诗大都溷溷而已。

《增订唐诗摘钞》：起联用事太多，故次联以淡语间之，其气方不滞。

《山满楼笺注唐诗七言律》：首句七字，字字快心；次句七字，字字败兴。三承一，四承二，一顿一宕，多少风致！五、六指其所往之处，七、八聊以慰之，玩此诗语意，先生与司士当是初次相识，而司士之为人足以动人爱慕，又可知也。

《唐律偶评》：三、四正怨其轻同调而急干谒，落句却反嘱以"莫怨"，所谓绞而婉也。

《唐诗笺要》：起手捉定"夜别"，情景都到。中联卓然名句，不亚云卿。

《唐贤三昧集笺注》：起手不平，也不生。　盛唐高调（中四句下）。　收亦尽熟，尚不至滑。

《唐诗别裁》：以上（按指本诗与《东平别前卫县李寀少府》）皆近酬应诗，因神韵使人不觉，知近体贵神韵也。

《唐诗笺注》："残月雁归"有此意。

《唐诗选胜直解》：首二句将送别之事虚虚笼起，张灯置酒何事，残月雁声何情？二联用"只言"、"无那"二虚字相接，求侣难为别矣。

《昭昧詹言》：起二句叙"夜"，为"别"字传神，亦用攒字设色。三句垫，四句点"别"，五、六别后情事，收世情而已。

《批唐贤三昧集》：音韵铿然。

送李少府贬峡中王少府贬长沙

嗟君此别意何如？驻马衔杯问谪居。
巫峡啼猿数行泪，衡阳归雁几封书。
青枫江上秋天远，白帝城边古木疏。
圣代即今多雨露，暂时分手莫踟蹰。

【汇评】

《瀛奎律髓》：中四句指士俗所尚，末句开以早还，亦一体也。

《唐诗援》：似怨似嘲，大无聊赖。

《批选唐诗》：清宛流畅，不损天真。

《唐诗选》：中联以二人谪地分说，恰好切峡中、长沙事，何等工确，且就中便含别态。末复收拾，以应起句。

《唐诗选脉会通评林》：周珽曰：脉理针线错落，自不知所自来。　　周敬曰：造联天然巧制，结撰相慰情真。

《唐诗摘钞》：此虽律诗八句，其实一席老炼人情世故说话也。

《山满楼笺注唐诗七言律》："驻马衔杯"一连五句，俱承"嗟君此别"来，惟其嗟之，是以问之，而巫峡、长沙种种不堪之景况，皆足令人扼腕，是朋友之情所必至也。"圣代""即今"二句紧照"意何如"三字，唯其嗟之，是以宽之慰之，丁宁苦诫之。

《唐三体诗评》："几封书"乃对"暂"字，五、六则言瞻望伫立之情也。中二联工整中仍错综变换。

《唐体肤诠》：中四句景物如何分虚实先后？盖"巫峡"二句于景中寓事，便为实中之虚，且承谪居意下，其势宜在前；后联可不烦言而解矣。

《唐诗笺要》：只似送一人，唐人高脱处（首句下）。

《而庵说唐诗》："青枫江上秋天远，白帝城边古木疏"，青枫江在长沙，白帝城在峡中。峡中远，长沙近；王少府先到，李少府后到。计其到时，王少府当在秋尽，故云"秋天远"；李少府当在冬初，故云"古木疏"：真做到极尽头处。

《唐贤三昧集笺注》：唤起法，须知不可滑易。中四句不可全写景，后人便不管。第七句提振得起，到后来老杜"西蜀地形天下险"、"鱼龙寂寞秋江冷"，则更挥斥沉顿矣。

《唐诗别裁》：连用四地名，究非律诗所宜。五、六浑言之，斯善矣。

《瀛奎律髓汇评》：冯班：中二联从次句生下。　　何义门：中四句神往形留，直是与之俱去。结句才非世情常语，乃嗟惜之极致也。　　纪昀：通体清老，结更和平不逼。

《湘绮楼说诗》："巫峡啼猿数行泪，衡阳归雁几封书"，二联选声配色,开晚唐一派。

《唐宋诗举要》:吴曰:起得丰神(首句下)。   又曰:分疏有色泽敷佐,便不枯寂("巫峡啼猿"联下)。   又曰:意思沉着。又曰:一气舒卷,复极高华朗曜,盛唐诗极盛之作。

金城北楼

北楼西望满晴空,积水连山胜画中。
湍上急流声若箭,城头残月势如弓。
垂竿已羡磻溪老,体道犹思塞上翁。
为问边庭更何事?至今羌笛怨无穷。

【汇评】

《近体秋阳》:八句几渺不相涉,而窅深浑阔,不可名言。文心之妙,一至于此。

《诗式》:发句"满晴空"、"积水连山"等字写入西望,便切金城北楼。颔联"湍上急流"、"城头残月"一句写低处,一句写高处,妙切塞上。颈联以姜尚、李耳分帖,略作开合之势,运用绝妙。落句言边庭有甚事,而令人起羌笛之怨。达夫时在金城,借以寄意。诗有兴比赋三体,如此类犹能兴也,后人作诗但能赋耳,不知诗所以讽,必须含蓄不尽,始能耐人寻味。

重 阳

节物惊心两鬓华,东篱空绕未开花。
百年将半仕三已,五亩就荒天一涯。
岂有白衣来剥啄,一从乌帽自欹斜。
真成独坐空搔首,门柳萧萧噪暮鸦。

【汇评】

《唐诗归》：钟云：悲壮深老，意法俱妙。

《唐诗归折衷》：吴敬夫云：于苍劲中见曲折，于澹远处见悲伤。

《贯华堂选批唐才子诗》：看他只是年老、宦拙、家贫、路远四语，却巧用"百"字、"三"字、"五"字、"一"字四数目字，练成峭语，读之使人通身森森然。

信安王幕府诗并序

开元二十年，国家有事林胡，诏礼部尚书信安王总戎大举。时考功郎中王公、司勋郎中刘公、主客郎中魏公、侍御史李公、监察御史崔公咸在幕府。诗以颂美数公，见于词凡三十韵。

> 云纪轩皇代，星高太白年。
>
> 庙堂咨上策，幕府制中权。
>
> 盘石藩维固，升坛礼乐先。
>
> 国章荣印绶，公服贵貂蝉。
>
> 乐善旌深德，输忠格上玄。
>
> 剪桐光宠锡，题剑美贞坚。
>
> 圣祚雄图广，师贞武德虔。
>
> 雷霆七校发，旌旆五营连。
>
> 华省征群义，霜台举二贤。
>
> 岂伊公望远，曾是茂才迁。
>
> 并秉韬钤术，兼该翰墨筵。
>
> 帝思麟阁像，臣献柏梁篇。
>
> 振玉登辽甸，拟金历蓟墙。
>
> 度河飞羽檄，横海泛楼船。
>
> 北伐声逾迈，东征务以专。

讲戎喧涿野，料敌静居延。

军势持三略，兵戎自九天。

朝瞻授钺去，时听偃戈旋。

大漠风沙里，长城雨雪边。

云端临碣石，波际隐朝鲜。

夜壁冲高斗，寒空驻彩旃。

倚弓玄兔月，饮马白狼川。

庶物随交泰，苍生解倒悬。

四郊增气象，万里绝风烟。

关塞鸿勋著，京华甲第全。

落梅横吹后，春色凯歌前。

直道常兼济，微才独弃捐。

曳裾诚已矣，投笔尚凄然。

作赋同元淑，能诗匪仲宣。

云霄不可望，空欲仰神仙。

【汇评】

《诗薮》：盛唐排律，杜外，右丞为冠，太白次之。常侍篇什空
澹，不及王、李之秀丽豪爽，而《信安王幕府》三十韵，典重整齐，精
工赡逸，特为高作，王、李所无也。　　又：凡排律起句，极宜冠裳
雄浑，不得作小家语。唐人可法者，……李白"独坐清天下，专征出
海隅"、高适"云纪轩皇代，星高太平年"，此类最为得体。

送柴司户充刘卿判官之岭外

岭外资雄镇，朝端宠节旄。

月卿临幕府，星使出词曹。

海对羊城阔，山连象郡高。

风霜驱瘴疠，忠信涉波涛。

别恨随流水，交情脱宝刀。

有才无不适，行矣莫徒劳。

【汇评】

《唐诗广选》：蒋春甫曰：宋人用'忠信'字便酸，那复得此？

《唐诗直解》：刘卿代使，止"星使"一语着题。

《唐诗训解》："月卿"二句是鸳鸯对体。

《唐诗镜》："忠信涉波涛"，语最简炼。

《唐诗选脉会通评林》：周敬曰：壮浑警策之章。　　通篇真切隽永，盛唐高品。

《古唐诗合解》：前解柴司户充刘判官之岭外，四句已足，留送之意在后解显出。中解布景描情，字字精湛。

陪窦侍御泛灵云池

白露时先降，清川思不穷。

江湖仍塞上，舟楫在军中。

舞换临津树，歌饶向迥风。

夕阳连积水，边色满秋空。

乘兴宜投辖，邀欢莫避骢。

谁怜持弱羽，犹欲伴鹓鸿。

【汇评】

《唐诗广选》：结语气韵微薄。

《唐诗训解》：歌舞一联，造语奇崛，思入风云。

《汇编唐诗十集》：唐云：常侍五言律，健而不甚整，"征马嘶"而外无可采焉。堪与右丞竞爽者，独此两排律耳（另一指《送柴司户充刘卿判官之岭外》）。

咏 史

尚有绨袍赠，应怜范叔寒。

不知天下士，犹作布衣看。

【汇评】

《唐诗正声》：吴逸一曰："尚有"、"应怜"、"不知"、"犹作"八字，俱下得有力。

《唐诗直解》：语直意达。

《唐诗训解》："天下士"、"布衣"指范叔说，见得人不易识耳。

《唐诗解》：达夫少尝落魄，晚年始贵。疑当时必有轻之者，故借古人以咏之。

《唐诗选脉会通评林》：周敬曰：为贫士增多少气色。

《而庵说唐诗》："尚有绨袍赠，应怜范叔寒。"夫以丞相之尊，岂有人敢以绨袍赠他？故用"尚有"二字作惊异之辞。此句毕，复顿住笔而凝思曰：吾知之矣，范叔见须贾时不作丞相服饰，足见其寒，怜而赠之也。怜其实，却又应如是的了，故用"应"字。几个字中作如是大起落，当不在少陵下。

《唐诗笺注》："尚有绨袍赠"句起得突兀，已包《史记》全文。忽起忽落，成此二十字，而大意总言天下士不可轻视，隐然自负。试思如此起法，斩却人间多少拖泥带水话。

《唐人万首绝句选评》：古人咏史，偶着一事，自写己意，不粘皮带骨。以此二十字浑成尤难。

同群公题张处士菜园

耕地桑柘间，地肥菜常熟。

为问葵藿资，何如庙堂肉？

【汇评】

《韵语阳秋》：自古工诗者未尝无兴也，观物有感焉则有兴；今之作诗者以兴近乎讪也，故不敢作，而诗之一义衰矣。老杜《萵苣》诗云："两旬不甲坼，空惜埋泥滓。野苋迷汝来，宗生实于此。"皆兴小人盛而掩君子也。至高适《题张处士菜园》，……则近乎讪矣。作诗者苟知兴之与讪异，始可以言诗矣。

《唐诗品汇》：古今诗话曰：睹物有感则有兴义，盖兴近乎讪，高适此诗则近乎讪矣。作者知兴讪之异始可言诗。

田家春望

出门何所见？春色满平芜。

可叹无知己，高阳一酒徒。

【汇评】

《唐诗直解》：肮脏在言外。

《唐诗训解》：蔓草得春，群小用事之象。

《唐诗解》：所见唯草间春色，不复有知己，安得不混迹于酒徒？

《唐风定》：豪壮（末句下）。

闲　居

柳色惊心事，春风厌索居。

方知一杯酒，犹胜百家书。

【汇评】

《唐风怀》：次远曰：是深于饮者。读破万卷书，方许此解。

九曲词三首（选二首）

其二

万骑争歌杨柳春，千场对舞绣麒麟。

到处尽逢欢洽事，相看总是太平人。

【汇评】

《乐府诗集》：哥舒翰破吐蕃，收九曲黄河，置洮阳郡，适为作《九曲词》。

其三

铁骑横行铁岭头，西看逦迤取封侯。

青海只今将饮马，黄河不用更防秋。

【汇评】

《唐诗广选》：蒋仲舒曰：以纵横为纪律。

《唐诗观澜集》：雄壮不让嘉州。

营州歌

营州少年厌原野，狐裘蒙茸猎城下。

虏酒千钟不醉人，胡儿十岁能骑马。

【汇评】

《唐诗品汇》：刘云：高古。

《批点唐音》：盛唐侧韵之可法者。

《诗薮》：王翰《凉州词》、王维《少年行》、高适《营州歌》……皆乐府也。然音响自是唐人，与五言绝稍异。

《唐诗解》："虏酒"、"胡儿"，倒装作对，益见奇绝。

《唐风定》：古调。

《诗境浅说续编》：高达夫《营州歌》……写塞外情状。诗用仄韵，音节亦殊抗健。

塞上听吹笛

雪尽胡天牧马还，月明羌笛戍楼间。

借问梅花何处落？风吹一夜满关山。

【汇评】

《唐诗正声》：吴逸一评：因"牧马还"而有此笛声，摹写得妙。

《唐诗训解》：此篇却似中唐。

《唐诗解》：落梅足起游客之思，故闻笛者每兴味。

《唐诗摘钞》："间"读作"闲"始妙。因大雪胡马远去，故戍楼得闲，二语始唤应有情。同用落梅事，太白"黄鹤楼中吹玉笛，江城五月落梅花"是直说硬说，此二句是婉说巧说，彼老此趣。

《历代诗发》：闻笛用落梅，如《子夜歌》之喻莲子已成习套，而供奉、常侍诗至今犹新脆，固其气厚，亦洗发不同也。

《诗式》：题为"听吹笛"，首句从吹笛者起，则"听"字方有根。二句楼上自萧条，海月自闲，故听得吹笛之声。而"听"字又有着落。（按此诗首联一作"胡人吹笛戍楼间，楼上萧条海月闲"）三句从听字转，四句发之，纯写听字之神。凡下字最要斟酌，如末句下"关山"二字，并上"借问落梅凡几曲"，句亦切题矣。若易以"江城"二字，便是黄鹤楼听吹笛诗。

别董大二首（其一）

十里黄云白日曛，北风吹雁雪纷纷。

莫愁前路无知己,天下谁人不识君!

【汇评】

《唐诗广选》:蒋仲舒曰:适律诗:"莫怨他乡暂离别,知君到处有逢迎",即此意。

《唐诗直解》:慷慨悲壮。落句太直。

《唐诗解》:云有将雪之色,雁起离群之思,于此分别,殆难为情,故以莫愁慰之。言君才易知,所如必有合者。

《唐诗选脉会通评林》:周珽曰:上联具景物凄惨,分别难以为情。下联见美才易知,所如必多契合;至知满天下,何必依依尔我分手! 就董君身上想出赠别至情,妙,妙。

《唐风定》:雄快(末句下)。

《而庵说唐诗》:此诗妙在粗豪。

《葵青居七绝诗三百纂释》:身分占得高,眼界放得阔。"早有文章惊海内,何妨车马走天涯?"

听张立本女吟

危冠广袖楚宫妆,独步闲庭逐夜凉。

自把玉钗敲砌竹,清歌一曲月如霜。

【汇评】

《诗式》:首句写态,次句写情,均为"吟"字蓄势。三句转入"吟"字,四句就"吟"字发之。"自把"与"独步"相应。一曲清歌,使有月夜相对。以"如霜"形容月色之冷,又与"自把玉钗敲砌竹"情境相称。三句描写"听"字细绝,并玉钗敲竹之声亦"听"得也。　　〔品〕清丽。

除夜作

旅馆寒灯独不眠,客心何事转凄然?

故乡今夜思千里,霜鬓明朝又一年。

【汇评】

《注解选唐诗》:"故乡今夜思千里,霜鬓明朝又一年。"客中除夕闻此两句,谁不凄然?

《批点唐音》:此篇音律稍似中唐,但四句中意态圆足自别。

《增定评注唐诗正声》:郭云:婉转在数虚字。

《唐诗绝句类选》:"独"者,他人不然;"转"者,比常尤甚。二字为诗眼。

《唐诗广选》:敖子发曰:首句已自凄然,后二句又说出"转凄然"之情,客边除夜怕诵此诗。 胡济鼎曰:"转"字唤起后二句。唐绝谨严,一字不乱下如此。

《唐诗归》:谭云:故乡亲友,思千里外霜鬓,其味无穷。若两句开说,便索然矣。

《唐风定》:以中晚《除夜》二律(按指戴叔伦《除夜宿石头驿》、崔涂《巴山道中除夜书怀》)方之,更见此诗之高。 对结意尽(末句下)。

《姜斋诗话》:七言绝句有对偶,如"故乡今夜思千里,霜鬓明朝又一年",亦流动不羁。

《唐诗笺注》:"故乡今夜"承首句,"霜鬓明朝"承次句,意有两层,故用"独"字、"转"字。诗律甚细。

《网师园唐诗笺》:不直说己之思乡,而推到故乡亲友之思我,此与摩诘《九月九日》诗同是勘进一层法。

《唐诗选胜直解》:首二句自问之词,末二句从上生出。

《诗法易简录》：后二句寓流走于整对之中，又恰好结得住，令人读之，几不觉其为整对也。末句醒出"除夜"。

《挑灯诗话》：只眼前景，口边语，一倒转来说，便曲折有馀味。

《诗境浅说续编》：绝句以不说尽为佳，此诗三四句将第二句"凄然"之意说尽，而亦耐人寻味。以流水对句作收笔，尤为自然。

赠任华

丈夫结交须结贫，贫者结交交始亲。

世人不解结交者，唯重黄金不重人。

黄金虽多有尽时，结交一成无竭期。

君不见管仲与鲍叔，至今留名名不移。

【汇评】

《诗伦》：两贫相结，非道义之合，则意气之投（首二句下）。　留不朽之名是谓丈夫（末句下）。　硬、生、辣，诗家罕有其匹。

李　岘

李岘(709—766),陇西成纪(今甘肃秦安)人。信安王李祎少子,
少以门荫入仕。玄宗朝,自太子通事舍人五迁为魏郡太守,再迁京兆
尹,出为长沙太守。安史乱起,拜凤翔太守,迁尚书左丞、礼部尚书、
御史大夫兼京兆尹。乾元二年为相,为李辅国所忌,贬蜀州刺史。代
宗立,自荆南节度征为礼部尚书,旋复知政事。罢相,为礼部尚书,知
江淮选。改检校兵部尚书兼衢州刺史,卒。《全唐诗》存诗一首。

剑　池

阖间葬日劳人力,嬴政穿来役鬼功。
澄碧尚疑神物在,等闲雷雨起潭中。

李 穆

李穆,生卒年里贯均未详。刘长卿婿。《全唐诗》存诗一首。

寄妻父刘长卿

处处云山无尽时,桐庐南望转参差。

舟人莫道新安近,欲上澪滠行自迟。[①]

【原注】

　① 时刘在新安郡。